Diogenes Taschenbuch 23716

Das Franz Kafka Lesebuch

Herausgegeben von Jürg Amann und Winfried Stephan

Diogenes

Ausführlicher Nachweis
am Schluß des Bandes
Umschlagillustration nach einer Zeichnung
von Franz Kafka

www.diogenes.ch
80/08/52/1
ISBN 978 3 257 23716 0

Inhalt

Erzählungen

Erzählungen vom Autor veröffentlicht

Betrachtung

Kinder auf der Landstraße

Ich hörte die Wagen an dem Gartengitter vorüberfahren, manchmal sah ich sie auch durch die schwach bewegten Lücken im Laub. Wie krachte in dem heißen Sommer das Holz in ihren Speichen und Deichseln! Arbeiter kamen von den Feldern und lachten, daß es eine Schande war.

Ich saß auf unserer kleinen Schaukel, ich ruhte mich gerade aus zwischen den Bäumen im Garten meiner Eltern.

Vor dem Gitter hörte es nicht auf. Kinder im Laufschritt waren im Augenblick vorüber; Getreidewagen mit Männern und Frauen auf den Garben und ringsherum verdunkelten die Blumenbeete; gegen Abend sah ich einen Herrn mit einem Stock langsam spazierengehn, und ein paar Mädchen, die Arm in Arm ihm entgegenkamen, traten grüßend ins seitliche Gras.

Dann flogen Vögel wie sprühend auf, ich folgte ihnen mit den Blicken, sah, wie sie in einem Atemzug stiegen, bis ich nicht mehr glaubte, daß sie stiegen, sondern, daß ich falle, und fest mich an den Seilen haltend, aus Schwäche ein wenig zu schaukeln anfing. Bald schaukelte ich stärker, als die Luft schon kühler wehte und statt der fliegenden Vögel zitternde Sterne erschienen.

Bei Kerzenlicht bekam ich mein Nachtmahl. Oft hatte ich

beide Arme auf der Holzplatte und, schon müde, biß ich in mein Butterbrot. Die stark durchbrochenen Vorhänge bauschten sich im warmen Wind, und manchmal hielt sie einer, der draußen vorüberging, mit seinen Händen fest, wenn er mich besser sehen und mit mir reden wollte. Meistens verlöschte die Kerze bald und in dem dunklen Kerzenrauch trieben sich noch eine Zeitlang die versammelten Mücken herum. Fragte mich einer vom Fenster aus, so sah ich ihn an, als schaue ich ins Gebirge oder in die bloße Luft, und auch ihm war an einer Antwort nicht viel gelegen.

Sprang dann einer über die Fensterbrüstung und meldete, die anderen seien schon vor dem Haus, so stand ich freilich seufzend auf.

»Nein, warum seufzt du so? Was ist denn geschehn? Ist es ein besonderes, nie gutzumachendes Unglück? Werden wir uns nie davon erholen können? Ist wirklich alles verloren?«

Nichts war verloren. Wir liefen vor das Haus. »Gott sei Dank, da seid ihr endlich!« – »Du kommst halt immer zu spät!« – »Wieso denn ich?« – »Gerade du, bleib zu Hause, wenn du nicht mitwillst.« – »Keine Gnaden!« – »Was? Keine Gnaden? Wie redest du?«

Wir durchstießen den Abend mit dem Kopf. Es gab keine Tages- und keine Nachtzeit. Bald rieben sich unsere Westenknöpfe aneinander wie Zähne, bald liefen wir in gleichbleibender Entfernung, Feuer im Mund, wie Tiere in den Tropen. Wie Kürassiere in alten Kriegen, stampfend und hoch in der Luft, trieben wir einander die kurze Gasse hinunter und mit diesem Anlauf in den Beinen die Landstraße weiter hinauf. Einzelne traten in den Straßengraben, kaum verschwanden sie vor der dunklen Böschung, standen sie schon wie fremde Leute oben auf dem Feldweg und schauten herab.

»Kommt doch herunter!« – »Kommt zuerst herauf!« – »Damit ihr uns herunterwerfet, fällt uns nicht ein, so gescheit sind wir noch.« – »So feig seid ihr, wollt ihr sagen. Kommt nur, kommt!« – »Wirklich? Ihr? Gerade ihr werdet uns hinunterwerfen? Wie müßtet ihr aussehen?«

Wir machten den Angriff, wurden vor die Brust gestoßen und legten uns in das Gras des Straßengrabens, fallend und freiwillig. Alles war gleichmäßig erwärmt, wir spürten nicht Wärme, nicht Kälte im Gras, nur müde wurde man.

Wenn man sich auf die rechte Seite drehte, die Hand unters Ohr gab, da wollte man gerne einschlafen. Zwar wollte man sich noch einmal aufraffen mit erhobenem Kinn, dafür aber in einen tieferen Graben fallen. Dann wollte man, den Arm quer vorgehalten, die Beine schiefgeweht, sich gegen die Luft werfen und wieder bestimmt in einen noch tieferen Graben fallen. Und damit wollte man gar nicht aufhören.

Wie man sich im letzten Graben richtig zum Schlafen aufs äußerste strecken würde, besonders in den Knien, daran dachte man noch kaum und lag, zum Weinen aufgelegt, wie krank, auf dem Rücken. Man zwinkerte, wenn einmal ein Junge, die Ellbogen bei den Hüften, mit dunklen Sohlen über uns von der Böschung auf die Straße sprang.

Den Mond sah man schon in einiger Höhe, ein Postwagen fuhr in seinem Licht vorbei. Ein schwacher Wind erhob sich allgemein, auch im Graben fühlte man ihn, und in der Nähe fing der Wald zu rauschen an. Da lag einem nicht mehr so viel daran, allein zu sein.

»Wo seid ihr?« – »Kommt her!« – »Alle zusammen!« – »Was versteckst du dich, laß den Unsinn!« – »Wißt ihr nicht, daß die Post schon vorüber ist!« – »Aber nein! Schon vorüber?« – »Natürlich, während du geschlafen hast, ist sie vorübergefahren.« – »Ich habe geschlafen? Nein so etwas!« – »Schweig nur, man sieht es dir doch an.« – »Aber ich bitte dich.« – »Kommt!«

Wir liefen enger beisammen, manche reichten einander die Hände, den Kopf konnte man nicht genug hoch haben, weil es abwärts ging. Einer schrie einen indianischen Kriegsruf heraus, wir bekamen in die Beine einen Galopp wie niemals, bei den Sprüngen hob uns in den Hüften der Wind. Nichts hätte uns aufhalten können; wir waren so im Laufe, daß wir selbst beim Überholen die Arme verschränken und ruhig uns umsehen konnten.

Auf der Wildbachbrücke blieben wir stehn; die weitergelaufen waren, kehrten zurück. Das Wasser unten schlug an Steine und Wurzeln, als wäre es nicht schon Spätabend. Es gab keinen Grund dafür, warum nicht einer auf das Geländer der Brücke sprang.

Hinter Gebüschen in der Ferne fuhr ein Eisenbahnzug heraus, alle Kupees waren beleuchtet, die Glasfenster sicher herabgelassen. Einer von uns begann einen Gassenhauer zu singen, aber wir alle wollten singen. Wir sangen viel rascher, als der Zug fuhr, wir schaukelten die Arme, weil die Stimme nicht genügte, wir kamen mit unseren Stimmen in ein Gedränge, in dem uns wohl war. Wenn man seine Stimme unter andere mischt, ist man wie mit einem Angelhaken gefangen.

So sangen wir, den Wald im Rücken, den fernen Reisenden in die Ohren. Die Erwachsenen wachten noch im Dorfe, die Mütter richteten die Betten für die Nacht.

Es war schon Zeit. Ich küßte den, der bei mir stand, reichte den drei Nächsten nur so die Hände, begann, den Weg zurückzulaufen, keiner rief mich. Bei der ersten Kreuzung, wo sie mich nicht mehr sehen konnten, bog ich ein und lief auf Feldwegen wieder in den Wald. Ich strebte zu der Stadt im Süden hin, von der es in unserem Dorfe hieß:

»Dort sind Leute! Denkt euch, die schlafen nicht!«

»Und warum denn nicht?«

»Weil sie nicht müde werden.«

»Und warum denn nicht?«

»Weil sie Narren sind.«

»Werden denn Narren nicht müde?«

»Wie könnten Narren müde werden!«

Entlarvung eines Bauernfängers

Endlich gegen zehn Uhr abends kam ich mit einem mir von früher nur flüchtig bekannten Mann, der sich mir diesmal unversehens wieder angeschlossen und mich zwei Stunden lang in den Gassen herumgezogen hatte, vor dem herrschaftlichen Hause an, in das ich zu einer Gesellschaft geladen war.

»So!« sagte ich und klatschte in die Hände zum Zeichen der unbedingten Notwendigkeit des Abschieds. Weniger bestimmte Versuche hatte ich schon einige gemacht. Ich war schon ganz müde.

»Gehn Sie gleich hinauf?« fragte er. In seinem Munde

hörte ich ein Geräusch wie vom Aneinanderschlagen der Zähne.

»Ja.«

Ich war doch eingeladen, ich hatte es ihm gleich gesagt. Aber ich war eingeladen, hinaufzukommen, wo ich schon so gerne gewesen wäre, und nicht hier unten vor dem Tor zu stehn und an den Ohren meines Gegenübers vorüberzuschauen. Und jetzt noch mit ihm stumm zu werden, als seien wir zu einem langen Aufenthalt auf diesem Fleck entschlossen. Dabei nahmen an diesem Schweigen gleich die Häuser ringsherum ihren Anteil, und das Dunkel über ihnen bis zu den Sternen. Und die Schritte unsichtbarer Spaziergänger, deren Wege zu erraten man nicht Lust hatte, der Wind, der immer wieder an die gegenüberliegende Straßenseite sich drückte, ein Grammophon, das gegen die geschlossenen Fenster irgendeines Zimmers sang, – sie ließen aus diesem Schweigen sich hören, als sei es ihr Eigentum seit jeher und für immer.

Und mein Begleiter fügte sich in seinem und – nach einem Lächeln – auch in meinem Namen, streckte die Mauer entlang den rechten Arm aufwärts und lehnte sein Gesicht, die Augen schließend, an ihn.

Doch dieses Lächeln sah ich nicht mehr ganz zu Ende, denn Scham drehte mich plötzlich herum. Erst an diesem Lächeln also hatte ich erkannt, daß das ein Bauernfänger war, nichts weiter. Und ich war doch schon monatelang in dieser Stadt, hatte geglaubt, diese Bauernfänger durch und durch zu kennen, wie sie bei Nacht aus Seitenstraßen, die Hände vorgestreckt, wie Gastwirte uns entgegentreten, wie sie sich um die Anschlagsäule, bei der wir stehen, herumdrücken, wie zum Versteckspielen, und hinter der Säulenrundung hervor zumindest mit einem Auge spionieren, wie sie in Straßenkreuzungen, wenn wir ängstlich werden, auf einmal vor uns schweben auf der Kante unseres Trottoirs! Ich verstand sie doch so gut, sie waren ja meine ersten städtischen Bekannten in den kleinen Wirtshäusern gewesen, und ich verdankte ihnen den ersten Anblick einer Unnachgiebigkeit, die ich mir jetzt so wenig von der Erde wegdecken konnte, daß ich sie schon in mir zu fühlen begann. Wie standen sie einem noch gegenüber, selbst wenn man ihnen schon längst entlaufen war, wenn es also längst nichts mehr zu fangen gab! Wie setzten sie sich nicht, wie fielen sie nicht hin, sondern sahen einen mit Blicken an, die noch immer, wenn auch nur aus der Ferne, überzeugten! Und ihre Mittel waren stets die gleichen: Sie stellten sich vor uns hin, so breit sie konnten; suchten uns abzuhalten von dort, wohin wir strebten; bereiteten uns zum Ersatz eine Wohnung in ihrer eigenen Brust, und bäumte sich endlich das gesammelte Gefühl in uns auf, nahmen sie es als Umarmung, in die sie sich warfen, das Gesicht voran.

Und diese alten Späße hatte ich diesmal erst nach so langem Beisammensein erkannt. Ich zerrieb mir die Fingerspitzen aneinander, um die Schande ungeschehen zu machen.

Mein Mann aber lehnte hier noch wie früher, hielt sich noch immer für einen Bauernfänger, und die Zufriedenheit mit seinem Schicksal rötete ihm die freie Wange.

»Erkannt!« sagte ich und klopfte ihm noch leicht auf die Schulter. Dann eilte ich die Treppe hinauf, und die so grundlos treuen Gesichter der Dienerschaft oben im Vorzimmer freuten mich wie eine schöne Überraschung. Ich sah sie alle der Reihe nach an, während man mir den Mantel abnahm und die Stiefel abstaubte. Aufatmend und langgestreckt betrat ich dann den Saal.

Der plötzliche Spaziergang

Wenn man sich am Abend endgültig entschlossen zu haben scheint, zu Hause zu bleiben, den Hausrock angezogen hat, nach dem Nachtmahl beim beleuchteten Tische sitzt und jene Arbeit oder jenes Spiel vorgenommen hat, nach dessen Beendigung man gewohnheitsgemäß schlafen geht, wenn draußen ein unfreundliches Wetter ist, welches das Zuhausebleiben selbstverständlich macht, wenn man jetzt auch schon so lange bei Tisch stillgehalten hat, daß das Weggehen allgemeines Erstaunen hervorrufen müßte, wenn nun auch schon das Treppenhaus dunkel und das Haustor gesperrt ist, und wenn man nun trotz alledem in einem plötzlichen Unbehagen aufsteht, den Rock wechselt, sofort straßenmäßig angezogen erscheint, weggehen zu müssen erklärt, es nach kurzem Abschied auch tut, je nach der Schnelligkeit, mit der man die Wohnungstür zuschlägt, mehr oder weniger Ärger zu hinterlassen glaubt, wenn man sich auf der Gasse wiederfindet, mit Gliedern, die diese schon unerwartete Freiheit, die man ihnen verschafft hat, mit besonderer Beweglichkeit beantworten, wenn man durch diesen einen Entschluß alle Entschlußfähigkeit in sich gesammelt fühlt, wenn man mit größerer als der gewöhnlichen Bedeutung erkennt, daß man ja mehr Kraft als Bedürfnis hat, die schnellste Veränderung leicht zu bewirken und zu ertragen, und wenn man so die langen Gassen hinläuft, – dann ist man für diesen Abend gänzlich aus seiner Familie ausgetreten, die ins Wesenlose abschwenkt, während man selbst, ganz fest, schwarz vor Umrissenheit, hinten die Schenkel schlagend, sich zu seiner wahren Gestalt erhebt. Verstärkt wird alles noch, wenn man zu dieser späten Abendzeit einen Freund aufsucht, um nachzusehen, wie es ihm geht.

Entschlüsse

Aus einem elenden Zustand sich zu erheben, muß selbst mit gewollter Energie leicht sein. Ich reiße mich vom Sessel los, umlaufe den Tisch, mache Kopf und Hals beweglich, bringe Feuer in die Augen, spanne die Muskeln um sie herum. Arbeite jedem Gefühl entgegen, begrüße A. stürmisch, wenn er jetzt kommen wird, dulde B. freundlich in meinem Zimmer, ziehe bei C. alles, was gesagt wird, trotz Schmerz und Mühe mit langen Zügen in mich hinein.

Aber selbst wenn es so geht, wird mit jedem Fehler, der nicht ausbleiben kann, das Ganze, das Leichte und das Schwere, stocken, und ich werde mich im Kreise zurückdrehen müssen.

Deshalb bleibt doch der beste Rat, alles hinzunehmen, als schwere Masse sich verhalten, und fühle man sich selbst fortgeblasen, keinen unnötigen Schritt sich ablocken lassen, den anderen mit Tierblick anschaun, keine Reue fühlen, kurz, das, was vom Leben als Gespenst noch übrig ist, mit eigener Hand niederdrücken, das heißt, die letzte grabmäßige Ruhe noch vermehren und nichts außer ihr mehr bestehen lassen.

Eine charakteristische Bewegung eines solchen Zustandes ist das Hinfahren des kleinen Fingers über die Augenbrauen.

Der Ausflug ins Gebirge

»Ich weiß nicht«, rief ich ohne Klang, »ich weiß ja nicht. Wenn niemand kommt, dann kommt eben niemand. Ich habe niemandem etwas Böses getan, niemand hat mir etwas Böses getan, niemand aber will mir helfen. Lauter Niemand. Aber so ist es doch nicht. Nur daß mir niemand hilft – sonst wäre lauter Niemand hübsch. Ich würde ganz gern – warum denn nicht – einen Ausflug mit einer Gesellschaft von lauter Niemand machen. Natürlich ins Gebirge, wohin denn sonst? Wie sich diese Niemand aneinanderdrängen, diese vielen quergestreckten und eingehängten Arme, diese vielen Füße, durch winzige Schritte getrennt! Versteht sich, daß alle in Frack sind. Wir gehen so lala, der Wind fährt durch die Lücken, die wir und unsere Gliedmaßen offenlassen. Die Hälse werden im Gebirge frei! Es ist ein Wunder, daß wir nicht singen.«

Das Unglück des Junggesellen

Es scheint so arg, Junggeselle zu bleiben, als alter Mann unter schwerer Wahrung der Würde um Aufnahme zu bitten, wenn man einen Abend mit Menschen verbringen will, krank zu sein und aus dem Winkel seines Bettes wochenlang das leere Zimmer anzusehn, immer vor dem Haustor Abschied zu nehmen, niemals neben seiner Frau sich die Treppe hinaufzudrängen, in seinem Zimmer nur Seitentüren zu haben, die in fremde Wohnungen führen, sein Nachtmahl in einer Hand nach Hause zu tragen, fremde Kinder anstaunen zu müssen und nicht immerfort wiederholen zu dürfen: »Ich habe keine«, sich im Aussehn und Benehmen nach ein oder zwei Junggesellen der Jugenderinnerungen auszubilden.

So wird es sein, nur daß man auch in Wirklichkeit heute und später selbst dastehen wird, mit einem Körper und einem wirklichen Kopf, also auch einer Stirn, um mit der Hand an sie zu schlagen.

Der Kaufmann

Es ist möglich, daß einige Leute Mitleid mit mir haben, aber ich spüre nichts davon. Mein kleines Geschäft erfüllt mich mit Sorgen, die mich innen an Stirne und Schläfen schmerzen, aber ohne mir Zufriedenheit in Aussicht zu stellen, denn mein Geschäft ist klein.

Für eine Stunde im voraus muß ich Bestimmungen treffen, das Gedächtnis des Hausdieners wachhalten, vor befürchteten Fehlern warnen und in einer Jahreszeit die Moden der folgenden berechnen, nicht wie sie unter Leuten meines Kreises herrschen werden, sondern bei unzugänglichen Bevölkerungen auf dem Lande.

Mein Geld haben fremde Leute; ihre Verhältnisse können mir nicht deutlich sein; das Unglück, das sie treffen könnte, ahne ich nicht; wie könnte ich es abwehren! Vielleicht sind sie verschwenderisch geworden und geben ein Fest in einem Wirtshausgarten, und andere halten sich für ein Weilchen auf der Flucht nach Amerika bei diesem Feste auf.

Wenn nun am Abend eines Werktages das Geschäft gesperrt wird und ich plötzlich Stunden vor mir sehe, in denen ich für die ununterbrochenen Bedürfnisse meines Geschäftes nichts werde arbeiten können, dann wirft sich meine am Morgen weit vorausgeschickte Aufregung in mich, wie eine zurückkehrende Flut, hält es aber in mir nicht aus und ohne Ziel reißt sie mich mit.

Und doch kann ich diese Laune gar nicht benützen und kann nur nach Hause gehn, denn ich habe Gesicht und Hände schmutzig und verschwitzt, das Kleid fleckig und staubig, die Geschäftsmütze auf dem Kopfe und von Kistennägeln zerkratzte Stiefel. Ich gehe dann wie auf Wellen, klappere mit den Fingern beider Hände, und mir entgegenkommenden Kindern fahre ich über das Haar.

Aber der Weg ist kurz. Gleich bin ich in meinem Hause, öffne die Lifttür und trete ein.

Ich sehe, daß ich jetzt und plötzlich allein bin. Andere, die über Treppen steigen müssen, ermüden dabei ein wenig, müssen mit eilig atmenden Lungen warten, bis man die Tür der Wohnung öffnen kommt, haben dabei einen Grund für Ärger und Ungeduld, kommen jetzt ins Vorzimmer, wo sie den Hut aufhängen, und erst bis sie durch den Gang an einigen Glastüren vorbei in ihr eigenes Zimmer kommen, sind sie allein.

Ich aber bin gleich allein im Lift und schaue, auf die Knie gestützt, in den schmalen Spiegel. Als der Lift sich zu heben anfängt, sage ich: »Seid still, tretet zurück, wollt ihr in den Schatten der Bäume, hinter die Draperien der Fenster, in das Laubengewölbe?«

Ich rede mit den Zähnen und die Treppengeländer gleiten an den Milchglasscheiben hinunter wie stürzendes Wasser.

»Flieget weg; euere Flügel, die ich niemals gesehen habe, mögen euch ins dörfliche Tal tragen oder nach Paris, wenn es euch dorthin treibt.

Doch genießet die Aussicht des Fensters, wenn die Prozessionen aus allen drei Straßen kommen, einander nicht ausweichen, durcheinandergehn und zwischen ihren letzten Reihen den freien Platz wieder entstehen lassen. Winket mit den Tüchern, seid entsetzt, seid gerührt, lobet die schöne Dame, die vorüberfährt.

Geht über den Bach auf der hölzernen Brücke, nickt den badenden Kindern zu und staunet über das Hurra der tausend Matrosen auf dem fernen Panzerschiff.

Verfolget nur den unscheinbaren Mann, und wenn ihr ihn in einen Torweg gestoßen habt, beraubt ihn, und seht ihm dann, jeder die Hände in den Taschen, nach, wie er traurig seines Weges in die linke Gasse geht.

Die verstreut auf ihren Pferden galoppierende Polizei bändigt die Tiere und drängt euch zurück. Lasset sie, die leeren Gassen werden sie unglücklich machen, ich weiß es. Schon reiten sie, ich bitte, paarweise weg, langsam um die Straßenecken, fliegend über die Plätze.«

Dann muß ich aussteigen, den Aufzug hinunterlassen, an der Türglocke läuten, und das Mädchen öffnet die Tür, während ich grüße.

Zerstreutes Hinausschaun

Was werden wir in diesen Frühlingstagen tun, die jetzt rasch kommen? Heute früh war der Himmel grau, geht man aber jetzt zum Fenster, so ist man überrascht und lehnt die Wange an die Klinke des Fensters.

Unten sieht man das Licht der freilich schon sinkenden Sonne auf dem Gesicht des kindlichen Mädchens, das so geht und sich umschaut, und zugleich sieht man den Schatten des Mannes darauf, der hinter ihm rascher kommt.

Dann ist der Mann schon vorübergegangen und das Gesicht des Kindes ist ganz hell.

Der Nachhauseweg

Man sehe die Überzeugungskraft der Luft nach dem Gewitter! Meine Verdienste erscheinen mir und überwältigen mich, wenn ich mich auch nicht sträube.

Ich marschiere und mein Tempo ist das Tempo dieser Gassenseite, dieser Gasse, dieses Viertels. Ich bin mit Recht verantwortlich für alle Schläge gegen Türen, auf die Platten der Tische, für alle Trinksprüche, für die Liebespaare in ihren Betten, in den Gerüsten der Neubauten, in dunklen Gassen an die Häusermauern gepreßt, auf den Ottomanen der Bordelle.

Ich schätze meine Vergangenheit gegen meine Zukunft, finde aber beide vortrefflich, kann keiner von beiden den Vorzug geben und nur die Ungerechtigkeit der Vorsehung, die mich so begünstigt, muß ich tadeln.

Nur als ich in mein Zimmer trete, bin ich ein wenig nachdenklich, aber ohne daß ich während des Treppensteigens etwas Nachdenkenswertes gefunden hätte. Es hilft mir nicht viel, daß ich das Fenster gänzlich öffne und daß in einem Garten die Musik noch spielt.

Die Vorüberlaufenden

Wenn man in der Nacht durch eine Gasse spazierengeht, und ein Mann, von weitem schon sichtbar – denn die Gasse vor uns steigt an und es ist Vollmond –, uns entgegenläuft, so werden wir ihn nicht anpacken, selbst wenn er schwach und zerlumpt ist, selbst wenn jemand hinter ihm läuft und schreit, sondern wir werden ihn weiterlaufen lassen.

Denn es ist Nacht, und wir können nicht dafür, daß die Gasse im Vollmond vor uns aufsteigt, und überdies, vielleicht haben diese zwei die Hetze zu ihrer Unterhaltung veranstaltet, vielleicht verfolgen beide einen dritten, vielleicht wird der erste unschuldig verfolgt, vielleicht will der zweite morden, und wir würden Mitschuldige des Mordes, vielleicht wissen die zwei nichts voneinander, und es läuft nur jeder auf eigene Verantwortung in sein Bett, vielleicht sind es Nachtwandler, vielleicht hat der erste Waffen.

Und endlich, dürfen wir nicht müde sein, haben wir nicht so viel Wein getrunken? Wir sind froh, daß wir auch den zweiten nicht mehr sehn.

Der Fahrgast

Ich stehe auf der Plattform des elektrischen Wagens und bin vollständig unsicher in Rücksicht meiner Stellung in dieser Welt, in dieser Stadt, in meiner Familie. Auch nicht beiläufig könnte ich angeben, welche Ansprüche ich in irgendeiner Richtung mit Recht vorbringen könnte. Ich kann es gar nicht verteidigen, daß ich auf dieser Plattform stehe, mich an dieser Schlinge halte, von diesem Wagen mich tragen lasse, daß Leute dem Wagen ausweichen oder still gehn, oder vor den Schaufenstern ruhn. – Niemand verlangt es ja von mir, aber das ist gleichgültig.

Der Wagen nähert sich einer Haltestelle, ein Mädchen stellt sich nahe den Stufen, zum Aussteigen bereit. Sie erscheint mir so deutlich, als ob ich sie betastet hätte. Sie ist schwarz gekleidet, die Rockfalten bewegen sich fast nicht, die Bluse ist knapp und hat einen Kragen aus weißer kleinmaschiger Spitze, die linke Hand hält sie flach an die Wand, der Schirm in ihrer Rechten steht auf der zweitobersten Stufe. Ihr Gesicht ist braun, die Nase, an den Seiten schwach gepreßt, schließt rund und breit ab. Sie hat viel braunes Haar und verwehte Härchen an der rechten Schläfe. Ihr kleines Ohr liegt eng an, doch sehe ich, da ich nahe stehe, den ganzen Rücken der rechten Ohrmuschel und den Schatten an der Wurzel.

Ich fragte mich damals: Wieso kommt es, daß sie nicht über sich verwundert ist, daß sie den Mund geschlossen hält und nichts dergleichen sagt?

Kleider

Oft wenn ich Kleider mit vielfachen Falten, Rüschen und Behängen sehe, die über schönen Körpern schön sich legen, dann denke ich, daß sie nicht lange so erhalten bleiben, sondern Falten bekommen, nicht mehr geradezuglätten, Staub bekommen, der, dick in der Verzierung, nicht mehr zu entfernen ist, und daß niemand so traurig und lächerlich sich wird machen wollen, täglich das gleiche kostbare Kleid früh anzulegen und abends auszuziehn.

Doch sehe ich Mädchen, die wohl schön sind und vielfach reizende Muskeln und Knöchelchen und gespannte Haut und Massen dünner Haare zeigen, und doch tagtäglich in diesem einen natürlichen Maskenanzug erscheinen, immer das gleiche Gesicht in die gleichen Handflächen legen und von ihrem Spiegel widerscheinen lassen.

Nur manchmal am Abend, wenn sie spät von einem Feste kommen, scheint es ihnen im Spiegel abgenützt, gedunsen, verstaubt, von allen schon gesehn und kaum mehr tragbar.

Die Abweisung

Wenn ich einem schönen Mädchen begegne und sie bitte: »Sei so gut, komm mit mir«, und sie stumm vorübergeht, so meint sie damit:

»Du bist kein Herzog mit fliegendem Namen, kein breiter Amerikaner mit indianischem Wuchs, mit waagrecht ruhenden Augen, mit einer von der Luft der Rasenplätze und der sie durchströmenden Flüsse massierten Haut, du hast keine Reisen gemacht zu den großen Seen und auf ihnen, die ich weiß nicht wo zu finden sind. Also ich bitte, warum soll ich, ein schönes Mädchen, mit dir gehn?«

»Du vergißt, dich trägt kein Automobil in langen Stößen schaukelnd durch die Gasse; ich sehe nicht die in ihre Kleider gepreßten Herren deines Gefolges, die, Segenssprüche für dich murmelnd, in genauem Halbkreis hinter dir gehn; deine Brüste sind im Mieder gut geordnet, aber deine Schenkel und Hüften entschädigen sich für jene Enthaltsamkeit; du trägst ein Taffetkleid mit plissierten Falten, wie es im vorigen Herbste uns durchaus allen Freude machte, und doch lächelst du – diese Lebensgefahr auf dem Leibe – bisweilen.«

»Ja, wir haben beide recht, und um uns dessen nicht unwiderleglich bewußt zu werden, wollen wir, nicht wahr, lieber jeder allein nach Hause gehn.«

Zum Nachdenken für Herrenreiter

Nichts, wenn man es überlegt, kann dazu verlocken, in einem Wettrennen der erste sein zu wollen.

Der Ruhm, als der beste Reiter eines Landes anerkannt zu werden, freut beim Losgehn des Orchesters zu stark, als daß sich am Morgen danach die Reue verhindern ließe.

Der Neider der Gegner, listiger, ziemlich einflußreicher Leute, muß uns in dem engen Spalier schmerzen, das wir nun durchreiten nach jener Ebene, die bald vor uns leer war bis auf einige überrundete Reiter, die klein gegen den Rand des Horizonts anritten.

Viele unserer Freunde eilen, den Gewinn zu beheben,

und nur über die Schultern weg schreien sie von den entlegenen Schaltern ihr Hurra zu uns; die besten Freunde aber haben gar nicht auf unser Pferd gesetzt, da sie fürchteten, käme es zum Verluste, müßten sie uns böse sein, nun aber, da unser Pferd das erste war und sie nichts gewonnen haben, drehn sie sich um, wenn wir vorüberkommen und schauen lieber die Tribünen entlang.

Die Konkurrenten rückwärts, fest im Sattel, suchen das Unglück zu überblicken, das sie getroffen hat, und das Unrecht, das ihnen irgendwie zugefügt wird; sie nehmen ein frisches Aussehen an, als müsse ein neues Rennen angefangen und ein ernsthaftes nach diesem Kinderspiel.

Vielen Damen scheint der Sieger lächerlich, weil er sich aufbläht und doch nicht weiß, was anzufangen mit dem ewigen Händeschütteln, Salutieren, Sich-Niederbeugen und In-die-Ferne-Grüßen, während die Besiegten den Mund geschlossen haben und die Hälse ihrer meist wiehernden Pferde leichthin klopfen.

Endlich fängt es gar aus dem trüb gewordenen Himmel zu regnen an.

Das Gassenfenster

Wer verlassen lebt und sich doch hie und da irgendwo anschließen möchte, wer mit Rücksicht auf die Veränderungen der Tageszeit, der Witterung, der Berufsverhältnisse und dergleichen ohne weiteres irgendeinen beliebigen Arm sehen will, an dem er sich halten könnte, – der wird es ohne ein Gassenfenster nicht lange treiben. Und steht es mit ihm so, daß er gar nichts sucht und nur als müder Mann, die Augen auf und ab zwischen Publikum und Himmel, an seine Fensterbrüstung tritt, und er will nicht und hat ein wenig den Kopf zurückgeneigt, so reißen ihn doch unten die Pferde mit in ihr Gefolge von Wagen und Lärm und damit endlich der menschlichen Eintracht zu.

Wunsch, Indianer zu werden

Wenn man doch ein Indianer wäre, gleich bereit, und auf dem rennenden Pferde, schief in der Luft, immer wieder kurz erzitterte über dem zitternden Boden, bis man die Sporen ließ, denn es gab keine Sporen, bis man die Zügel wegwarf, denn es gab keine Zügel, und kaum das Land vor sich als glattgemähte Heide sah, schon ohne Pferdehals und Pferdekopf.

Die Bäume

Denn wir sind wie Baumstämme im Schnee. Scheinbar liegen sie glatt auf, und mit kleinem Anstoß sollte man sie wegschieben können. Nein, das kann man nicht, denn sie sind fest mit dem Boden verbunden. Aber sieh, sogar das ist nur scheinbar.

Unglücklichsein

Als es schon unerträglich geworden war – einmal gegen Abend im November – und ich über den schmalen Teppich meines Zimmers wie in einer Rennbahn einherlief, durch den Anblick der beleuchteten Gasse erschreckt, wieder wendete, und in der Tiefe des Zimmers, im Grund des Spiegels doch wieder ein neues Ziel bekam und aufschrie, um nur den Schrei zu hören, dem nichts antwortet und dem auch nichts die Kraft des Schreiens nimmt, der also aufsteigt, ohne Gegengewicht, und nicht aufhören kann, selbst wenn er verstummt, da öffnete sich aus der Wand heraus die Tür, so eilig, weil doch Eile nötig war und selbst die Wagenpferde unten auf dem Pflaster, wie wildgewordene Pferde in der Schlacht, die Gurgeln preisgegeben, sich erhoben.

Als kleines Gespenst fuhr ein Kind aus dem ganz dunklen Korridor, in dem die Lampe noch nicht brannte, und blieb auf den Fußspitzen stehn, auf einem unmerklich schaukelnden Fußbodenbalken. Von der Dämmerung des Zimmers gleich geblendet, wollte es mit dem Gesicht rasch in seine Hände, beruhigte sich aber unversehens mit dem Blick zum Fenster, vor dessen Kreuz der hochgetriebene Dunst der Straßenbeleuchtung endlich unter dem Dunkel liegenblieb. Mit dem rechten Ellbogen hielt es sich vor der offenen Tür aufrecht an der Zimmerwand und ließ den Luftzug von draußen um die Gelenke der Füße streichen, auch den Hals, auch die Schläfen entlang.

Ich sah ein wenig hin, dann sagte ich »Guten Tag« und nahm meinen Rock vom Ofenschirm, weil ich nicht so halb nackt dastehen wollte. Ein Weilchen lang hielt ich den Mund offen, damit mich die Aufregung durch den Mund verlasse. Ich hatte schlechten Speichel in mir, im Gesicht zitterten mir die Augenwimpern, kurz, es fehlte mir nichts, als gerade dieser allerdings erwartete Besuch.

Das Kind stand noch an der Wand auf dem gleichen Platz, es hatte die rechte Hand an die Mauer gepreßt und konnte, ganz rotwangig, dessen nicht satt werden, daß die weißgetünchte Wand grobkörnig war, und die Fingerspitzen rieb. Ich sagte: »Wollen Sie tatsächlich zu mir? Ist es kein Irrtum? Nichts leichter als ein Irrtum in diesem großen Hause. Ich heiße Soundso, wohne im dritten Stock. Bin ich also der, den Sie besuchen wollen?«

»Ruhe, Ruhe!« sagte das Kind über die Schulter weg. »Alles ist schon richtig.«

»Dann kommen Sie weiter ins Zimmer herein, ich möchte die Tür schließen.«

»Die Tür habe ich jetzt gerade geschlossen. Machen Sie sich keine Mühe. Beruhigen Sie sich überhaupt.«

»Reden Sie nicht von Mühe. Aber auf diesem Gange wohnt eine Menge Leute, alle sind natürlich meine Bekannten; die meisten kommen jetzt aus den Geschäften; wenn sie in einem Zimmer reden hören, glauben sie einfach das Recht zu haben, aufzumachen und nachzuschaun, was los ist. Es ist einmal schon so. Diese Leute haben die tägliche Arbeit hinter sich; wem würden sie sich in der provisorischen Abendfreiheit unterwerfen! Übrigens wissen Sie es ja auch. Lassen Sie mich die Türe schließen.«

»Ja, was ist denn? Was haben Sie? Meinetwegen kann das ganze Haus hereinkommen. Und dann noch einmal: Ich habe die Türe schon geschlossen, glauben Sie denn, nur Sie können die Türe schließen? Ich habe sogar mit dem Schlüssel zugesperrt.«

»Dann ist's gut. Mehr will ich ja nicht. Mit dem Schlüssel hätten Sie gar nicht zusperren müssen. Und jetzt machen Sie es sich nur behaglich, wenn Sie schon einmal da sind. Sie sind mein Gast. Vertrauen Sie mir völlig. Machen Sie sich nur breit ohne Angst. Ich werde Sie weder zum Hierbleiben zwingen, noch zum Weggehn. Muß ich das erst sagen? Kennen Sie mich so schlecht?«

»Nein. Sie hätten das wirklich nicht sagen müssen. Noch mehr, Sie hätten es gar nicht sagen sollen. Ich bin ein Kind; warum so viel Umstände mit mir machen?«

»So schlimm ist es nicht. Natürlich, ein Kind. Aber gar so klein sind Sie nicht. Sie sind schon ganz erwachsen. Wenn Sie ein Mädchen wären, dürften Sie sich nicht so einfach mit mir in einem Zimmer einsperren.«

»Darüber müssen wir uns keine Sorge machen. Ich wollte nur sagen: Daß ich Sie so gut kenne, schützt mich wenig, es enthebt Sie nur der Anstrengung, mir etwas vorzulügen. Trotzdem aber machen Sie mir Komplimente. Lassen Sie das, ich fordere Sie auf, lassen Sie das. Dazu kommt, daß ich Sie nicht überall und immerfort kenne, gar bei dieser Finsternis. Es wäre viel besser, wenn Sie Licht machen ließen. Nein, lieber nicht. Immerhin werde ich mir merken, daß Sie mir schon gedroht haben.«

»Wie? Ich hätte Ihnen gedroht? Aber ich bitte Sie. Ich bin ja so froh, daß Sie endlich hier sind. Ich sage ›endlich‹, weil es schon so spät ist. Es ist mir unbegreiflich, warum Sie so spät gekommen sind. Da ist es möglich, daß ich in der Freude so durcheinandergesprochen habe und daß Sie es gerade so verstanden haben. Daß ich so gesprochen habe, gebe ich zehnmal zu, ja, ich habe Ihnen mit allem gedroht, was Sie wollen. – Nur keinen Streit, um's Himmels willen! – Aber wie konnten Sie es glauben? Wie konnten Sie mich so kränken? Warum wollen Sie mir mit aller Gewalt dieses kleine Weilchen Ihres Hierseins verderben? Ein fremder Mensch wäre entgegenkommender als Sie.«

»Das glaube ich; das war keine Weisheit. So nah, als Ihnen ein fremder Mensch entgegenkommen kann, bin ich Ihnen schon von Natur aus. Das wissen Sie auch, wozu also die Wehmut? Sagen Sie, daß Sie Komödie spielen wollen, und ich gehe augenblicklich.«

»So? Auch das wagen Sie mir zu sagen? Sie sind ein wenig zu kühn. Am Ende sind Sie doch in meinem Zimmer. Sie reiben Ihre Finger wie verrückt an meiner Wand. Mein Zimmer, meine Wand! Und außerdem ist das, was Sie sagen, lächerlich, nicht nur frech. Sie sagen, Ihre Natur zwinge Sie, mit mir in dieser Weise zu reden. Wirklich? Ihre Natur zwingt Sie? Das ist nett von Ihrer Natur. Ihre Natur ist meine, und wenn ich mich von Natur aus freundlich zu Ihnen verhalte, so dürfen auch Sie nicht anders.«

»Ist das freundlich?« – »Ich rede von früher.« – »Wissen Sie, wie ich später sein werde?« – »Nichts weiß ich.«

Und ich ging zum Nachttisch hin, auf dem ich die Kerze anzündete. Ich hatte in jener Zeit weder Gas noch elektrisches Licht in meinem Zimmer. Ich saß dann noch eine Weile beim Tisch, bis ich auch dessen müde wurde, den Überzieher anzog, den Hut vom Kanapee nahm und die Kerze ausblies. Beim Hinausgehen verfing ich mich in ein Sesselbein.

Auf der Treppe traf ich einen Mieter aus dem gleichen Stockwerk.

»Sie gehen schon wieder weg, Sie Lump?« fragte er, auf seinen über zwei Stufen ausgebreiteten Beinen ausruhend.

»Was soll ich machen?« sagte ich. »Jetzt habe ich ein Gespenst im Zimmer gehabt.«

»Sie sagen das mit der gleichen Unzufriedenheit, wie wenn Sie ein Haar in der Suppe gefunden hätten.«

»Sie spaßen. Aber merken Sie sich, ein Gespenst ist ein Gespenst.«

»Sehr wahr. Aber wie, wenn man überhaupt nicht an Gespenster glaubt?«

»Ja, meinen Sie denn, ich glaube an Gespenster? Was hilft mir aber dieses Nichtglauben?«

»Sehr einfach. Sie müssen eben keine Angst mehr haben, wenn ein Gespenst wirklich zu Ihnen kommt.«

»Ja, aber das ist doch die nebensächliche Angst. Die eigentliche Angst ist die Angst vor der Ursache der Erscheinung. Und diese Angst bleibt. Die habe ich geradezu großartig in mir.« Ich fing vor Nervosität an, alle meine Taschen zu durchsuchen.

»Da Sie aber vor der Erscheinung selbst keine Angst hatten, hätten Sie sie doch ruhig nach ihrer Ursache fragen können!«

»Sie haben offenbar noch nie mit Gespenstern gesprochen. Aus denen kann man ja niemals eine klare Auskunft bekommen. Das ist ein Hin und Her. Diese Gespenster scheinen über ihre Existenz mehr im Zweifel zu sein als wir, was übrigens bei ihrer Hinfälligkeit kein Wunder ist.«

»Ich habe aber gehört, daß man sie auffüttern kann.«

»Da sind Sie gut berichtet. Das kann man. Aber wer wird das machen?«

»Warum nicht? Wenn es ein weibliches Gespenst ist zum Beispiel«, sagte er und schwang sich auf die obere Stufe.

»Ach so«, sagte ich, »aber selbst dann steht es nicht dafür.« Ich besann mich. Mein Bekannter war schon so hoch, daß er sich, um mich zu sehen, unter einer Wölbung des Treppenhauses vorbeugen mußte. »Aber trotzdem«, rief ich, »wenn Sie mir dort oben mein Gespenst wegnehmen, dann ist es zwischen uns aus, für immer.«

»Aber das war ja nur Spaß«, sagte er und zog den Kopf zurück.

»Dann ist es gut«, sagte ich und hätte jetzt eigentlich ruhig spazierengehen können. Aber weil ich mich gar so verlassen fühlte, ging ich lieber hinauf und legte mich schlafen.

Das Urteil

Es war an einem Sonntagvormittag im schönsten Frühjahr. Georg Bendemann, ein junger Kaufmann, saß in seinem Privatzimmer im ersten Stock eines der niedrigen, leichtgebauten Häuser, die entlang des Flusses in einer langen Reihe, fast nur in der Höhe und Färbung unterschieden, sich hinzogen. Er hatte gerade einen Brief an einen sich im Ausland befindlichen Jugendfreund beendet, verschloß ihn in spielerischer Langsamkeit und sah dann, den Ellbogen auf den Schreibtisch gestützt, aus dem Fenster auf den Fluß, die Brücke und die Anhöhen am anderen Ufer mit ihrem schwachen Grün. Er dachte darüber nach, wie dieser Freund, mit seinem Fortkommen zu Hause unzufrieden, vor Jahren schon nach Rußland sich förmlich geflüchtet hatte. Nun betrieb er ein Geschäft in Petersburg, das anfangs sich sehr gut angelassen hatte, seit langem aber schon zu stocken schien, wie der Freund bei seinen immer seltener werdenden Besuchen klagte. So arbeitete er sich in der Fremde nutzlos ab, der fremdartige Vollbart verdeckte nur schlecht das seit den Kinderjahren wohlbekannte Gesicht, dessen gelbe Hautfarbe auf eine sich entwickelnde Krankheit hinzudeuten schien. Wie er erzählte, hatte er keine rechte Verbindung mit der dortigen Kolonie seiner Landsleute, aber auch fast keinen gesellschaftlichen Verkehr mit einheimischen Familien und richtete sich so für ein endgültiges Junggesellentum ein.

Was wollte man einem solchen Manne schreiben, der sich offenbar verrannt hatte, den man bedauern, dem man aber nicht helfen konnte. Sollte man ihm vielleicht raten, wieder nach Hause zu kommen, seine Existenz hierherzuverlegen, alle die alten freundschaftlichen Beziehungen wiederaufzunehmen – wofür ja kein Hindernis bestand – und im übrigen auf die Hilfe der Freunde zu vertrauen? Das bedeutete aber nichts anderes, als daß man ihm gleichzeitig, je schonender, desto kränkender, sagte, daß seine bisherigen Versuche mißlungen seien, daß er endlich von ihnen ablassen solle, daß er zurückkehren und sich als ein für immer Zurückgekehrter von allen mit großen Augen anstaunen lassen müsse, daß nur seine Freunde etwas verstünden und daß er ein altes Kind sei, das den erfolgreichen, zu Hause gebliebenen Freunden einfach zu folgen habe. Und war es dann noch sicher, daß alle die Plage, die man ihm antun müßte, einen Zweck hätte? Vielleicht gelang es nicht einmal, ihn überhaupt nach Hause zu bringen – er sagte ja selbst, daß er die Verhältnisse in der Heimat nicht mehr verstünde –, und so bliebe er dann trotz allem in seiner Fremde, verbittert durch die Ratschläge und den Freunden noch ein Stück mehr entfremdet. Folgte er aber wirklich dem Rat und würde hier – natürlich nicht mit Absicht, aber durch die Tatsachen – niedergedrückt, fände sich nicht in seinen Freunden und nicht ohne sie zurecht, litte an Beschämung, hätte jetzt wirklich keine Heimat und keine Freunde mehr, war es da nicht viel besser für ihn, er blieb in der Fremde, so wie er war? Konnte man denn bei solchen Umständen daran denken, daß er es hier tatsächlich vorwärtsbringen würde?

Aus diesen Gründen konnte man ihm, wenn man noch

überhaupt die briefliche Verbindung aufrechterhalten wollte, keine eigentlichen Mitteilungen machen, wie man sie ohne Scheu auch den entferntesten Bekannten machen würde. Der Freund war nun schon über drei Jahre nicht in der Heimat gewesen und erklärte dies sehr notdürftig mit der Unsicherheit der politischen Verhältnisse in Rußland, die demnach also auch die kürzeste Abwesenheit eines kleinen Geschäftsmannes nicht zuließen, während Hunderttausende Russen ruhig in der Welt herumfuhren. Im Laufe dieser drei Jahre hatte sich aber gerade für Georg vieles verändert. Von dem Todesfall von Georgs Mutter, der vor etwa zwei Jahren erfolgt war und seit welchem Georg mit seinem alten Vater in gemeinsamer Wirtschaft lebte, hatte der Freund wohl noch erfahren und sein Beileid in einem Brief mit einer Trockenheit ausgedrückt, die ihren Grund nur darin haben konnte, daß die Trauer über ein solches Ereignis in der Fremde ganz unvorstellbar wird. Nun hatte aber Georg seit jener Zeit, so wie alles andere, auch sein Geschäft mit größerer Entschlossenheit angepackt. Vielleicht hatte ihn der Vater bei Lebzeiten der Mutter dadurch, daß er im Geschäft nur seine Ansicht gelten lassen wollte, an einer wirklichen eigenen Tätigkeit gehindert, vielleicht war der Vater seit dem Tode der Mutter, trotzdem er noch immer im Geschäft arbeitete, zurückhaltender geworden, vielleicht spielten – was sogar sehr wahrscheinlich war – glückliche Zufälle eine weit wichtigere Rolle, jedenfalls aber hatte sich das Geschäft in diesen zwei Jahren ganz unerwartet entwickelt, das Personal hatte man verdoppeln müssen, der Umsatz hatte sich verfünffacht, ein weiterer Fortschritt stand zweifellos bevor.

Der Freund aber hatte keine Ahnung von dieser Veränderung. Früher, zum letztenmal vielleicht in jenem Beileidsbrief, hatte er Georg zur Auswanderung nach Rußland überreden wollen und sich über die Aussichten verbreitet, die gerade für Georgs Geschäftszweig in Petersburg bestanden. Die Ziffern waren verschwindend gegenüber dem Umfang, den Georgs Geschäft jetzt angenommen hatte. Georg aber hatte keine Lust gehabt, dem Freund von seinen geschäftlichen Erfolgen zu schreiben, und hätte er es jetzt nachträglich getan, es hätte wirklich einen merkwürdigen Anschein gehabt.

So beschränkte sich Georg darauf, dem Freund immer nur über bedeutungslose Vorfälle zu schreiben, wie sie sich, wenn man an einem ruhigen Sonntag nachdenkt, in der Erinnerung ungeordnet aufhäufen. Er wollte nichts anderes, als die Vorstellung ungestört lassen, die sich der Freund von der Heimatstadt in der langen Zwischenzeit wohl gemacht und mit welcher er sich abgefunden hatte. So geschah es Georg, daß er dem Freund die Verlobung eines gleichgültigen Menschen mit einem ebenso gleichgültigen Mädchen dreimal in ziemlich weit auseinanderliegenden Briefen anzeigte, bis sich dann allerdings der Freund, ganz gegen Georgs Absichten, für diese Merkwürdigkeit zu interessieren begann.

Georg schrieb ihm aber solche Dinge viel lieber, als daß er zugestanden hätte, daß er selbst vor einem Monat mit einem Fräulein Frieda Brandenfeld, einem Mädchen aus wohlhabender Familie, sich verlobt hatte. Oft sprach er mit seiner Braut über diesen Freund und das besondere Korrespondenzverhältnis, in welchem er zu ihm stand. »Er wird also gar nicht zu unserer Hochzeit kommen«, sagte sie,

»und ich habe doch das Recht, alle deine Freunde kennenzulernen.« – »Ich will ihn nicht stören«, antwortete Georg, »verstehe mich recht, er würde wahrscheinlich kommen, wenigstens glaube ich es, aber er würde sich gezwungen und geschädigt fühlen, vielleicht mich beneiden und sicher unzufrieden und unfähig, diese Unzufriedenheit jemals zu beseitigen, allein wieder zurückfahren. Allein – weißt du, was das ist?« – »Ja, kann er denn von unserer Heirat nicht auch auf andere Weise erfahren?« – »Das kann ich allerdings nicht verhindern, aber es ist bei seiner Lebensweise unwahrscheinlich.« – »Wenn du solche Freunde hast, Georg, hättest du dich überhaupt nicht verloben sollen.« – »Ja, das ist unser beider Schuld; aber ich wollte es auch jetzt nicht anders haben.« Und wenn sie dann, rasch atmend unter seinen Küssen, noch vorbrachte: »Eigentlich kränkt es mich doch«, hielt er es wirklich für unverfänglich, dem Freund alles zu schreiben. »So bin ich und so hat er mich hinzunehmen«, sagte er sich, »ich kann nicht aus mir einen Menschen herausschneiden, der vielleicht für die Freundschaft mit ihm geeigneter wäre, als ich es bin.«

Und tatsächlich berichtete er seinem Freunde in dem langen Brief, den er an diesem Sonntagvormittag schrieb, die erfolgte Verlobung mit folgenden Worten: »Die beste Neuigkeit habe ich mir bis zum Schluß aufgespart. Ich habe mich mit einem Fräulein Frieda Brandenfeld verlobt, einem Mädchen aus einer wohlhabenden Familie, die sich hier erst lange nach Deiner Abreise angesiedelt hat, die Du also kaum kennen dürftest. Es wird sich noch Gelegenheit finden, Dir Näheres über meine Braut mitzuteilen, heute genüge Dir, daß ich recht glücklich bin und daß sich in unserem gegenseitigen Verhältnis nur insofern etwas geändert hat, als Du jetzt in mir statt eines ganz gewöhnlichen Freundes einen glücklichen Freund haben wirst. Außerdem bekommst Du in meiner Braut, die Dich herzlich grüßen läßt und die Dir nächstens selbst schreiben wird, eine aufrichtige Freundin, was für einen Junggesellen nicht ganz ohne Bedeutung ist. Ich weiß, es hält Dich vielerlei von einem Besuche bei uns zurück, wäre aber nicht gerade meine Hochzeit die richtige Gelegenheit, einmal alle Hindernisse über den Haufen zu werfen? Aber wie dies auch sein mag, handle ohne alle Rücksicht und nur nach Deiner Wohlmeinung.«

Mit diesem Brief in der Hand war Georg lange, das Gesicht dem Fenster zugekehrt, an seinem Schreibtisch gesessen. Einem Bekannten, der ihn im Vorübergehen von der Gasse aus gegrüßt hatte, hatte er kaum mit einem abwesenden Lächeln geantwortet.

Endlich steckte er den Brief in die Tasche und ging aus seinem Zimmer quer durch einen kleinen Gang in das Zimmer seines Vaters, in dem er schon seit Monaten nicht gewesen war. Es bestand auch sonst keine Nötigung dazu, denn er verkehrte mit seinem Vater ständig im Geschäft, das Mittagessen nahmen sie gleichzeitig in einem Speisehaus ein, abends versorgte sich zwar jeder nach Belieben, doch saßen sie dann meistens, wenn nicht Georg, wie es am häufigsten geschah, mit Freunden beisammen war oder jetzt seine Braut besuchte, noch ein Weilchen, jeder mit seiner Zeitung, im gemeinsamen Wohnzimmer. Georg staunte darüber, wie dunkel das Zimmer des Vaters selbst an diesem sonnigen Vormittag war. Einen solchen Schatten warf also die hohe Mauer, die sich jenseits des schmalen Hofes erhob. Der Vater saß beim Fenster in einer Ecke, die mit verschiedenen Andenken an die selige Mutter ausgeschmückt war, und las die Zeitung, die er seitlich vor die Augen hielt, wodurch er irgendeine Augenschwäche auszugleichen suchte. Auf dem Tisch standen die Reste des Frühstücks, von dem nicht viel verzehrt zu sein schien.

»Ah, Georg!« sagte der Vater und ging ihm gleich entgegen. Sein schwerer Schlafrock öffnete sich beim Gehen, die Enden umflatterten ihn – ›Mein Vater ist noch immer ein Riese‹, sagte sich Georg.

»Hier ist es ja unerträglich dunkel«, sagte er dann.

»Ja, dunkel ist es schon«, antwortete der Vater.

»Das Fenster hast du auch geschlossen?«

»Ich habe es lieber so.«

»Es ist ja ganz warm draußen«, sagte Georg, wie im Nachhang zu dem Früheren, und setzte sich.

Der Vater räumte das Frühstücksgeschirr ab und stellte es auf einen Kasten.

»Ich wollte dir eigentlich nur sagen«, fuhr Georg fort, der den Bewegungen des alten Mannes ganz verloren folgte, »daß ich nun doch nach Petersburg meine Verlobung angezeigt habe.« Er zog den Brief ein wenig aus der Tasche und ließ ihn wieder zurückfallen.

»Nach Petersburg?« fragte der Vater.

»Meinem Freunde doch«, sagte Georg und suchte des Vaters Augen. – Im Geschäft ist er doch ganz anders, dachte er, wie er hier breit sitzt und die Arme über der Brust kreuzt.

»Ja. Deinem Freunde«, sagte der Vater mit Betonung.

»Du weißt doch, Vater, daß ich ihm meine Verlobung zuerst verschweigen wollte. Aus Rücksichtnahme, aus keinem anderen Grunde sonst. Du weißt selbst, er ist ein schwieriger Mensch. Ich sagte mir, von anderer Seite kann er von meiner Verlobung wohl erfahren, wenn das auch bei seiner einsamen Lebensweise kaum wahrscheinlich ist – das kann ich nicht hindern –, aber von mir selbst soll er es nun einmal nicht erfahren.«

»Und jetzt hast du es dir wieder anders überlegt?« fragte der Vater, legte die große Zeitung auf den Fensterbord und auf die Zeitung die Brille, die er mit der Hand bedeckte.

»Ja, jetzt habe ich es mir wieder überlegt. Wenn er mein guter Freund ist, sagte ich mir, dann ist meine glückliche Verlobung auch für ihn ein Glück. Und deshalb habe ich nicht mehr gezögert, es ihm anzuzeigen. Ehe ich jedoch den Brief einwarf, wollte ich es dir sagen.«

»Georg«, sagte der Vater und zog den zahnlosen Mund in die Breite, »hör einmal! Du bist wegen dieser Sache zu mir gekommen, um dich mit mir zu beraten. Das ehrt dich ohne Zweifel. Aber es ist nichts, es ist ärger als nichts, wenn du mir jetzt nicht die volle Wahrheit sagst. Ich will nicht Dinge aufrühren, die nicht hierher gehören. Seit dem Tode unserer teueren Mutter sind gewisse unschöne Dinge vorgegangen. Vielleicht kommt auch für sie die Zeit, und vielleicht kommt sie früher, als wir denken. Im Geschäft entgeht mir manches, es wird mir vielleicht nicht verborgen – ich will jetzt gar nicht die Annahme machen, daß es mir verborgen wird –, ich bin nicht mehr kräftig genug, mein Gedächtnis läßt nach, ich habe nicht mehr den Blick für alle die vielen Sachen. Das ist erstens der Ablauf der Natur, und zweitens hat mich der Tod unseres Mütterchens viel mehr niedergeschlagen als dich. – Aber weil wir gerade bei dieser Sache halten, bei diesem

Brief, so bitte ich dich, Georg, täusche mich nicht. Es ist eine Kleinigkeit, es ist nicht des Atems wert, also täusche mich nicht. Hast du wirklich diesen Freund in Petersburg?«

Georg stand verlegen auf. »Lassen wir meine Freunde sein. Tausend Freunde ersetzen mir nicht meinen Vater. Weißt du, was ich glaube? Du schonst dich nicht genug. Aber das Alter verlangt seine Rechte. Du bist mir im Geschäft unentbehrlich, das weißt du ja sehr genau, aber wenn das Geschäft deine Gesundheit bedrohen sollte, sperre ich es noch morgen für immer. Das geht nicht. Wir müssen da eine andere Lebensweise für dich einführen. Aber von Grund aus. Du sitzt hier im Dunkeln und im Wohnzimmer hättest du schönes Licht. Du nippst vom Frühstück, statt dich ordentlich zu stärken. Du sitzt bei geschlossenem Fenster, und die Luft würde dir so guttun. Nein, mein Vater! Ich werde den Arzt holen, und seinen Vorschriften werden wir folgen. Die Zimmer werden wir wechseln, du wirst ins Vorderzimmer ziehen, ich hierher. Es wird keine Veränderung für dich sein, alles wird mit übertragen werden. Aber das alles hat Zeit, jetzt lege dich noch ein wenig ins Bett, du brauchst unbedingt Ruhe. Komm, ich werde dir beim Ausziehn helfen, du wirst sehn, ich kann es. Oder willst du gleich ins Vorderzimmer gehn, dann legst du dich vorläufig in mein Bett. Das wäre übrigens sehr vernünftig.«

Georg stand knapp neben seinem Vater, der den Kopf mit dem struppigen weißen Haar auf die Brust hatte sinken lassen. »Georg«, sagte der Vater leise, ohne Bewegung.

Georg kniete sofort neben dem Vater nieder, er sah die Pupillen in dem müden Gesicht des Vaters übergroß in den Winkeln der Augen auf sich gerichtet.

»Du hast keinen Freund in Petersburg. Du bist immer ein Spaßmacher gewesen und hast dich auch mir gegenüber nicht zurückgehalten. Wie solltest du denn gerade dort einen Freund haben! Das kann ich gar nicht glauben.«

»Denk doch einmal nach, Vater«, sagte Georg, hob den Vater vom Sessel und zog ihm, wie er nun doch recht schwach dastand, den Schlafrock aus, »jetzt wird es bald drei Jahre hersein, da war mein Freund bei uns zu Besuch. Ich erinnere mich noch, daß du ihn nicht besonders gern hattest. Wenigstens zweimal habe ich ihn vor dir verleugnet, trotzdem er gerade bei mir im Zimmer saß. Ich konnte ja deine Abneigung gegen ihn ganz gut verstehn, mein Freud hat seine Eigentümlichkeiten. Aber dann hast du dich doch auch wieder ganz gut mit ihm unterhalten. Ich war damals noch so stolz darauf, daß du ihm zuhörtest, nicktest und fragtest. Wenn du nachdenkst, mußt du dich erinnern. Er erzählte damals unglaubliche Geschichten von der Russischen Revolution. Wie er zum Beispiel auf einer Geschäftsreise in Kiew bei einem Tumult einen Geistlichen auf einem Balkon gesehen hatte, der sich ein breites Blutkreuz in die flache Hand schnitt, diese Hand erhob und die Menge anrief. Du hast ja selbst diese Geschichte hier und da wiedererzählt.«

Währenddessen war es Georg gelungen, den Vater wieder niederzusetzen und ihm die Trikothose, die er über den Leinenunterhosen trug, sowie die Socken vorsichtig auszuziehn. Beim Anblick der nicht besonders reinen Wäsche machte er sich Vorwürfe, den Vater vernachlässigt zu haben. Es wäre sicherlich auch seine Pflicht gewesen, über den Wäschewechsel seines Vaters zu wachen. Er hatte mit seiner Braut darüber, wie sie die Zukunft des Vaters einrichten wollten, noch nicht ausdrücklich gesprochen, denn sie hatten stillschweigend vorausgesetzt, daß der Vater allein in der alten Wohnung bleiben würde. Doch jetzt entschloß er sich kurz mit aller Bestimmtheit, den Vater in seinen künftigen Haushalt mitzunehmen. Es schien ja fast, wenn man genauer zusah, daß die Pflege, die dort dem Vater bereitet werden sollte, zu spät kommen könnte.

Auf seinen Armen trug er den Vater ins Bett. Ein schreckliches Gefühl hatte er, als er während der paar Schritte zum Bett hin merkte, daß an seiner Brust der Vater mit seiner Uhrkette spielte. Er konnte ihn nicht gleich ins Bett legen, so fest hielt er sich an dieser Uhrkette.

Kaum war er aber im Bett, schien alles gut. Er deckte sich selbst zu und zog dann die Bettdecke noch besonders weit über die Schulter. Er sah nicht unfreundlich zu Georg hinauf.

»Nicht wahr, du erinnerst dich schon an ihn?« fragte Georg und nickte ihm aufmunternd zu.

»Bin ich jetzt gut zugedeckt?« fragte der Vater, als könne er nicht nachschauen, ob die Füße genug bedeckt seien.

»Es gefällt dir also schon im Bett«, sagte Georg und legte das Deckzeug besser um ihn.

»Bin ich gut zugedeckt?« fragte der Vater noch einmal und schien auf die Antwort besonders aufzupassen.

»Sei nur ruhig, du bist gut zugedeckt.«

»Nein!« rief der Vater, daß die Antwort an die Frage stieß, warf die Decke zurück mit einer Kraft, daß sie einen Augenblick im Fluge sich ganz entfaltete, und stand aufrecht im Bett. Nur eine Hand hielt er leicht an den Plafond. »Du wolltest mich zudecken, das weiß ich, mein Früchtchen, aber zugedeckt bin ich noch nicht. Und ist es auch die letzte Kraft, genug für dich, zuviel für dich. Wohl kenne ich deinen Freund. Er wäre ein Sohn nach meinem Herzen. Darum hast du ihn auch betrogen die ganzen Jahre lang. Warum sonst? Glaubst du, ich habe nicht um ihn geweint? Darum doch sperrst du dich in dein Büro, niemand soll stören, der Chef ist beschäftigt – nur damit du deine falschen Briefchen nach Rußland schreiben kannst. Aber den Vater muß glücklicherweise niemand lehren, den Sohn zu durchschauen. Wie du jetzt geglaubt hast, du hättest ihn untergekriegt, so untergekriegt, daß du dich mit deinem Hintern auf ihn setzen kannst und er rührt sich nicht, da hat sich mein Herr Sohn zum Heiraten entschlossen!«

Georg sah zum Schreckbild seines Vaters auf. Der Petersburger Freund, den der Vater plötzlich so gut kannte, ergriff ihn wie noch nie. Verloren im weiten Rußland sah er ihn. An der Türe des leeren, ausgeraubten Geschäftes sah er ihn. Zwischen den Trümmern der Regale, den zerfetzten Waren, den fallenden Gasarmen stand er gerade noch. Warum hatte er so weit wegfahren müssen!

»Aber schau mich an!« rief der Vater, und Georg lief, fast zerstreut, zum Bett, um alles zu fassen, stockte aber in der Mitte des Weges.

»Weil sie die Röcke gehoben hat«, fing der Vater zu flöten an, »weil sie die Röcke so gehoben hat, die widerliche Gans«, und er hob, um das darzustellen, sein Hemd so hoch, daß man auf seinem Oberschenkel die Narbe aus seinen Kriegsjahren sah, »weil sie die Röcke so und so und so gehoben hat, hast du dich an sie herangemacht, und damit du an ihr ohne Störung dich befriedigen kannst, hast du unserer Mutter Andenken geschändet, den Freund verraten und deinen Vater ins Bett gesteckt, damit er sich nicht rühren kann. Aber kann er sich rühren oder nicht?« Und er stand vollkommen frei und warf die Beine. Er strahlte vor Einsicht.

Georg stand in einem Winkel, möglichst weit vom Vater. Vor einer langen Weile hatte er sich fest entschlossen, alles vollkommen genau zu beobachten, damit er nicht irgendwie auf Umwegen, von hinten her, von oben herab überrascht werden könne. Jetzt erinnerte er sich wieder an den längst vergessenen Entschluß und vergaß ihn, wie man einen kurzen Faden durch ein Nadelöhr zieht.

»Aber der Freund ist nun doch nicht verraten!« rief der Vater, und sein hin und her bewegter Zeigefinger bekräftigte es. »Ich war sein Vertreter hier am Ort.«

»Komödiant!« konnte sich Georg zu rufen nicht enthalten, erkannte sofort den Schaden und biß, nur zu spät, – die Augen erstarrt – in seine Zunge, daß er vor Schmerz einknickte.

»Ja, freilich habe ich Komödie gespielt! Komödie! Gutes Wort! Welcher andere Trost blieb dem alten verwitweten Vater? Sag – und für den Augenblick der Antwort sei du noch mein lebender Sohn –, was blieb mir übrig, in meinem Hinterzimmer, verfolgt vom ungetreuen Personal, alt bis in die Knochen? Und mein Sohn ging im Jubel durch die Welt, schloß Geschäfte ab, die ich vorbereitet hatte, überpurzelte sich vor Vergnügen und ging vor seinem Vater mit dem verschlossenen Gesicht eines Ehrenmannes davon! Glaubst du, ich hätte dich nicht geliebt, ich, von dem du ausgingst?«

Jetzt wird er sich vorbeugen, dachte Georg, wenn er

fiele und zerschmetterte! Dieses Wort durchzischte seinen Kopf.

Der Vater beugte sich vor, fiel aber nicht. Da Georg sich nicht näherte, wie er erwartet hatte, erhob er sich wieder.

»Bleib, wo du bist, ich brauche dich nicht! Du denkst, du hast noch die Kraft, hierherzukommen, und hältst dich bloß zurück, weil du so willst. Daß du dich nicht irrst! Ich bin noch immer der viel Stärkere. Allein hätte ich vielleicht zurückweichen müssen, aber so hat mir die Mutter ihre Kraft abgegeben, mit deinem Freund habe ich mich herrlich verbunden, deine Kundschaft habe ich hier in der Tasche!«

›Sogar im Hemd hat er Taschen!‹ sagte sich Georg und glaubte, er könne ihn mit dieser Bemerkung in der ganzen Welt unmöglich machen. Nur einen Augenblick dachte er das, denn immerfort vergaß er alles.

»Häng dich nur in deine Braut ein und komm mir entgegen! Ich fege sie dir von der Seite weg, du weißt nicht, wie!«

Georg machte Grimassen, als glaube er das nicht. Der Vater nickte bloß, die Wahrheit dessen, was er sagte, beteuernd, in Georgs Ecke hin.

»Wie hast du mich doch heute unterhalten, als du kamst und fragtest, ob du deinem Freund von der Verlobung schreiben sollst. Er weiß doch alles, dummer Junge, er weiß doch alles! Ich schrieb ihm doch, weil du vergessen hast, mir das Schreibzeug wegzunehmen. Darum kommt er schon seit Jahren nicht, er weiß ja alles hundertmal besser als du selbst, deine Briefe zerknüllt er ungelesen in der linken Hand, während er in der rechten meine Briefe zum Lesen sich vorhält!«

Seinen Arm schwang er vor Begeisterung über dem Kopf. »Er weiß alles tausendmal besser!« rief er.

»Zehntausendmal!« sagte Georg, um den Vater zu verlachen, aber noch in seinem Munde bekam das Wort einen todernsten Klang.

»Seit Jahren passe ich schon auf, daß du mit dieser Frage kämest! Glaubst du, mich kümmert etwas anderes? Glaubst du, ich lese Zeitungen? Da!« und er warf Georg ein Zeitungsblatt, das irgendwie mit ins Bett getragen worden war, zu. Eine alte Zeitung, mit einem Georg schon ganz unbekannten Namen.

»Wie lange hast du gezögert, ehe du reif geworden bist! Die Mutter mußte sterben, sie konnte den Freudentag nicht erleben, der Freund geht zugrunde in seinem Rußland, schon vor drei Jahren war er gelb zum Wegwerfen, und ich, du siehst ja, wie es mit mir steht. Dafür hast du doch Augen!«

»Du hast mir also aufgelauert!« rief Georg.

Mitleidig sagte der Vater nebenbei: »Das wolltest du wahrscheinlich früher sagen. Jetzt paßt es ja gar nicht mehr.«

Und lauter: »Jetzt weißt du also, was es noch außer dir gab, bisher wußtest du nur von dir! Ein unschuldiges Kind warst du ja eigentlich, aber noch eigentlicher warst du ein teuflischer Mensch! – Und darum wisse: Ich verurteile dich jetzt zum Tode des Ertrinkens!«

Georg fühlte sich aus dem Zimmer gejagt, den Schlag, mit dem der Vater hinter ihm aufs Bett stürzte, trug er noch in den Ohren davon. Auf der Treppe, über deren Stufen er wie über eine schiefe Fläche eilte, überrumpelte er seine Bedienerin, die im Begriffe war, hinaufzugehen, um die Wohnung nach der Nacht aufzuräumen. »Jesus!« rief sie und verdeckte mit der Schürze das Gesicht, aber er war schon davon. Aus dem Tor sprang er, über die Fahrbahn zum Wasser trieb es ihn. Schon hielt er das Geländer fest, wie ein Hungriger die Nahrung. Er schwang sich über, als der ausgezeichnete Turner, der er in seinen Jugendjahren zum Stolz seiner Eltern gewesen war. Noch hielt er sich mit schwächer werdenden Händen fest, erspähte zwischen den Geländerstangen einen Autoomnibus, der mit Leichtigkeit seinen Fall übertönen würde, rief leise: »Liebe Eltern, ich habe euch doch immer geliebt«, und ließ sich hinabfallen.

In diesem Augenblick ging über die Brücke ein geradezu unendlicher Verkehr.

Die Verwandlung

I

Als Gregor Samsa eines Morgens aus unruhigen Träumen erwachte, fand er sich in seinem Bett zu einem ungeheueren Ungeziefer verwandelt. Er lag auf einem panzerartig harten Rücken und sah, wenn er den Kopf ein wenig hob, seinen gewölbten, braunen, von bogenförmigen Versteifungen geteilten Bauch, auf dessen Höhe sich die Bettdecke, zum gänzlichen Niedergleiten bereit, kaum noch erhalten konnte. Seine vielen, im Vergleich zu seinem sonstigen Umfang kläglich dünnen Beine flimmerten ihm hilflos vor den Augen.

›Was ist mit mir geschehen?‹ dachte er. Es war kein Traum. Sein Zimmer, ein richtiges, nur etwas zu kleines Menschenzimmer, lag ruhig zwischen den vier wohlbekannten Wänden. Über dem Tisch, auf dem eine auseinandergepackte Musterkollektion von Tuchwaren ausgebreitet war – Samsa war Reisender –, hing das Bild, das er vor kurzem aus einer illustrierten Zeitschrift ausgeschnitten und in einem hübschen, vergoldeten Rahmen untergebracht hatte. Es stellte eine Dame dar, die, mit einem Pelzhut und einer Pelzboa versehen, aufrecht dasaß und einen schweren Pelzmuff, in dem ihr ganzer Unterarm verschwunden war, dem Beschauer entgegenhob.

Gregors Blick richtete sich dann zum Fenster, und das

trübe Wetter – man hörte Regentropfen auf das Fensterblech aufschlagen – machte ihn ganz melancholisch. ›Wie wäre es, wenn ich noch ein wenig weiterschliefe und alle Narrheiten vergäße‹, dachte er, aber das war gänzlich undurchführbar, denn er war gewöhnt, auf der rechten Seite zu schlafen, konnte sich aber in seinem gegenwärtigen Zustand nicht in diese Lage bringen. Mit welcher Kraft er sich auch auf die rechte Seite warf, immer wieder schaukelte er in die Rückenlage zurück. Er versuchte es wohl hundertmal, schloß die Augen, um die zappelnden Beine nicht sehen zu müssen, und ließ erst ab, als er in der Seite einen noch nie gefühlten, leichten, dumpfen Schmerz zu fühlen begann.

›Ach Gott‹, dachte er, ›was für einen anstrengenden Beruf habe ich gewählt! Tagaus, tagein auf der Reise. Die geschäftlichen Aufregungen sind viel größer als im eigentlichen Geschäft zu Hause, und außerdem ist mir noch diese Plage des Reisens auferlegt, die Sorgen um die Zuganschlüsse, das unregelmäßige, schlechte Essen, ein immer wechselnder, nie andauernder, nie herzlich werdender menschlicher Verkehr. Der Teufel soll das alles holen!‹ Er fühlte ein leichtes Jucken oben auf dem Bauch; schob sich auf dem Rücken langsam näher zum Bettpfosten, um den Kopf besser heben zu können; fand die juckende Stelle, die mit lauter kleinen weißen Pünktchen besetzt war, die er nicht zu beurteilen verstand; und wollte mit einem Bein die Stelle betasten, zog es aber gleich zurück, denn bei der Berührung umwehten ihn Kälteschauer.

Er glitt wieder in seine frühere Lage zurück. ›Dies frühzeitige Aufstehen‹, dachte er, ›macht einen ganz blödsinnig. Der Mensch muß seinen Schlaf haben. Andere Reisende leben wie Haremsfrauen. Wenn ich zum Beispiel im Laufe des Vormittags ins Gasthaus zurückgehe, um die erlangten Aufträge zu überschreiben, sitzen diese Herren erst beim Frühstück. Das sollte ich bei meinem Chef versuchen; ich würde auf der Stelle hinausfliegen. Wer weiß übrigens, ob das nicht sehr gut für mich wäre. Wenn ich mich nicht wegen meiner Eltern zurückhielte, ich hätte längst gekündigt, ich wäre vor den Chef hingetreten und hätte ihm meine Meinung von Grund des Herzens aus gesagt. Vom Pult hätte er fallen müssen! Es ist auch eine sonderbare Art, sich auf das Pult zu setzen und von der Höhe herab mit dem Angestellten zu reden, der überdies wegen der Schwerhörigkeit des Chefs ganz nahe herantreten muß. Nun, die Hoffnung ist noch nicht gänzlich aufgegeben; habe ich einmal das Geld beisammen, um die Schuld der Eltern an ihn abzuzahlen – es dürfte noch fünf bis sechs Jahre dauern –, mache ich die Sache unbedingt. Dann wird der große Schnitt gemacht. Vorläufig allerdings muß ich aufstehen, denn mein Zug fährt um fünf.‹

Und er sah zur Weckuhr hinüber, die auf dem Kasten tickte. ›Himmlischer Vater!‹ dachte er. Es war halb sieben Uhr und die Zeiger gingen ruhig vorwärts, es war sogar halb vorüber, es näherte sich schon drei Viertel. Sollte der Wecker nicht geläutet haben? Man sah vom Bett aus, daß er auf vier Uhr richtig eingestellt war; gewiß hatte er auch geläutet. Ja, aber war es möglich, dieses möbelerschütternde Läuten ruhig zu verschlafen? Nun, ruhig hatte er ja nicht geschlafen, aber wahrscheinlich desto fester. Was aber sollte er jetzt tun? Der nächste Zug ging um sieben Uhr; um den einzuholen, hätte er sich unsinnig beeilen müssen, und die Kollektion war noch nicht eingepackt, und er selbst fühlte sich durchaus nicht besonders frisch und beweglich. Und selbst wenn er den Zug einholte, ein Donnerwetter des Chefs war nicht zu vermeiden, denn der Geschäftsdiener hatte beim Fünfuhrzug gewartet und die Meldung von seiner Versäumnis längst erstattet. Er war eine Kreatur des Chefs, ohne Rückgrat und Verstand. Wie nun, wenn er sich krank meldete? Das wäre aber äußerst peinlich und verdächtig, denn Gregor war während seines fünfjährigen Dienstes noch nicht einmal krank gewesen. Gewiß würde der Chef mit dem Krankenkassenarzt kommen, würde den Eltern wegen des faulen Sohnes Vorwürfe machen und alle Einwände durch den Hinweis auf den Krankenkassenarzt abschneiden, für den es ja überhaupt nur ganz gesunde, aber arbeitsscheue Menschen gibt. Und hätte er übrigens in diesem Falle so ganz unrecht? Gregor fühlte sich tatsächlich, abgesehen von einer nach dem langen Schlaf wirklich überflüssigen Schläfrigkeit, ganz wohl und hatte sogar einen besonders kräftigen Hunger.

Als er dies alles in größter Eile überlegte, ohne sich entschließen zu können, das Bett zu verlassen – gerade schlug der Wecker drei Viertel sieben –, klopfte es vorsichtig an die Tür am Kopfende seines Bettes. »Gregor«, rief es – es war die Mutter –, »es ist drei Viertel sieben. Wolltest du nicht wegfahren?« Die sanfte Stimme! Gregor erschrak, als er seine antwortende Stimme hörte, die wohl unverkennbar seine frühere war, in die sich aber, wie von unten her, ein nicht zu unterdrückendes, schmerzliches Piepsen mischte, das die Worte förmlich nur im ersten Augenblick in ihrer Deutlichkeit beließ, um sie im Nachklang derart zu zerstören, daß man nicht wußte, ob man recht gehört hatte.

Gregor hatte ausführlich antworten und erklären wollen, beschränkte sich aber bei diesen Umständen darauf, zu sagen: »Ja, ja, danke Mutter, ich stehe schon auf.« Infolge der Holztür war die Veränderung in Gregors Stimme draußen wohl nicht zu merken, denn die Mutter beruhigte sich mit dieser Erklärung und schlürfte davon. Aber durch das kleine Gespräch waren die anderen Familienmitglieder darauf aufmerksam geworden, daß Gregor wider Erwarten noch zu Hause war, und schon klopfte an der einen Seitentür der Vater, schwach, aber mit der Faust. »Gregor, Gregor«, rief er, »was ist denn?« Und nach einer kleinen Weile mahnte er nochmals mit tieferer Stimme: »Gregor, Gregor!« An der anderen Seitentür aber klagte leise die Schwester: »Gregor? Ist dir nicht wohl? Brauchst du etwas?« Nach beiden Seiten hin antwortete Gregor: »Bin schon fertig«, bemühte sich, durch die sorgfältigste Aussprache und durch Einschaltung von langen Pausen zwischen den einzelnen Worten seiner Stimme alles Auffallende zu nehmen. Der Vater kehrte auch zu seinem Frühstück zurück, die Schwester aber flüsterte: »Gregor, mach auf, ich beschwöre dich.« Gregor aber dachte gar nicht daran aufzumachen, sondern lobte die vom Reisen her übernommene Vorsicht, auch zu Hause alle Türen während der Nacht zu versperren.

Zunächst wollte er ruhig und ungestört aufstehen, sich anziehen und vor allem frühstücken, und dann erst das Weitere überlegen, denn, das merkte er wohl, im Bett würde er mit dem Nachdenken zu keinem vernünftigen Ende kommen. Er erinnerte sich, schon öfters im Bett irgendeinen vielleicht durch ungeschicktes Liegen erzeugten, leichten Schmerz empfunden zu haben, der sich dann beim Aufstehen als reine Einbildung herausstellte, und er war gespannt, wie sich seine heutigen Vorstellungen allmählich auflösen würden. Daß die Veränderung der Stimme nichts anderes war als der Vorbote einer tüchtigen Verkühlung, einer Berufskrankheit der Reisenden, daran zweifelte er nicht im geringsten.

Die Decke abzuwerfen war ganz einfach; er brauchte sich nur ein wenig aufzublasen und sie fiel von selbst. Aber weiterhin wurde es schwierig, besonders weil er so ungemein breit war. Er hätte Arme und Hände gebraucht, um sich aufzurichten; statt dessen aber hatte er nur die vielen Beinchen, die ununterbrochen in der verschiedensten Bewegung waren und die er überdies nicht beherrschen konnte. Wollte er eines einmal einknicken, so war es das erste, daß er sich streckte; und gelang es ihm endlich, mit diesem Bein das auszuführen, was er wollte, so arbeiteten inzwischen alle anderen, wie freigelassen, in höchster, schmerzlicher Aufregung.

›Nur sich nicht im Bett unnütz aufhalten‹, sagte sich Gregor.

Zuerst wollte er mit dem unteren Teil seines Körpers aus dem Bett hinauskommen, aber dieser untere Teil, den er übrigens noch nicht gesehen hatte und von dem er sich auch keine rechte Vorstellung machen konnte, erwies sich als zu schwer beweglich; es ging so langsam; und als er schließlich, fast wild geworden, mit gesammelter Kraft, ohne Rücksicht sich vorwärts stieß, hatte er die Richtung falsch gewählt, schlug an den unteren Bettpfosten heftig an, und der brennende Schmerz, den er empfand, belehrte ihn, daß gerade der untere Teil seines Körpers augenblicklich vielleicht der empfindlichste war.

Er versuchte es daher, zuerst den Oberkörper aus dem Bett zu bekommen, und drehte vorsichtig den Kopf dem Bettrand zu. Dies gelang auch leicht, und trotz ihrer Breite und Schwere folgte schließlich die Körpermasse langsam der Wendung des Kopfes. Aber als er den Kopf endlich außerhalb des Bettes in der freien Luft hielt, bekam er Angst, weiter auf diese Weise vorzurücken, denn wenn er sich schließlich so fallen ließ, mußte geradezu ein Wunder geschehen, wenn der Kopf nicht verletzt werden sollte. Und die Besinnung durfte er gerade jetzt um keinen Preis verlieren; lieber wollte er im Bett bleiben.

Aber als er wieder nach gleicher Mühe aufseufzend so dalag wie früher, und wieder seine Beinchen womöglich noch ärger gegeneinander kämpfen sah und keine Möglichkeit fand, in diese Willkür Ruhe und Ordnung zu bringen, sagte er sich wieder, daß er unmöglich im Bett bleiben könne und daß es das Vernünftigste sei, alles zu opfern, wenn auch nur die kleinste Hoffnung bestünde, sich dadurch vom Bett zu befreien. Gleichzeitig aber vergaß er nicht, sich zwischendurch daran zu erinnern, daß viel besser als verzweifelte Entschlüsse ruhige und ruhigste Überlegung sei. In solchen Augenblicken richtete er die Augen möglichst scharf auf das Fenster, aber leider war aus dem Anblick des Morgennebels, der sogar die andere Seite der engen Straße verhüllte, wenig Zuversicht und Munterkeit zu holen. ›Schon sieben Uhr‹, sagte er sich beim neuerlichen Schlagen des Weckers, ›schon sieben Uhr und noch immer ein solcher Nebel.‹ Und ein Weilchen lang lag er ruhig mit schwachem Atem, als erwarte er vielleicht von der völligen Stille die Wiederkehr der wirklichen und selbstverständlichen Verhältnisse.

Dann aber sagte er sich: ›Ehe es ein Viertel acht schlägt, muß ich unbedingt das Bett vollständig verlassen haben. Im übrigen wird auch bis dahin jemand aus dem Geschäft kommen, um nach mir zu fragen, denn das Geschäft wird vor sieben Uhr geöffnet.‹ Und er machte sich nun daran, den Körper in seiner ganzen Länge vollständig gleichmäßig aus dem Bett hinauszuschaukeln. Wenn er sich auf diese Weise aus dem Bett fallen ließ, blieb der Kopf, den er beim Fall scharf heben wollte, voraussichtlich unverletzt. Der Rücken schien hart zu sein; dem würde wohl bei dem Fall auf den Teppich nichts geschehen. Das größte Bedenken machte ihm die Rücksicht auf den lauten Krach, den es geben müßte und der wahrscheinlich hinter allen Türen wenn nicht Schrecken, so doch Besorgnisse erregen würde. Das mußte aber gewagt werden.

Als Gregor schon zur Hälfte aus dem Bette ragte – die neue Methode war mehr ein Spiel als eine Anstrengung, er brauchte immer nur ruckweise zu schaukeln –, fiel ihm ein, wie einfach alles wäre, wenn man ihm zu Hilfe käme. Zwei starke Leute – er dachte an seinen Vater und das Dienstmädchen – hätten vollständig genügt; sie hätten ihre Arme nur unter seinen gewölbten Rücken schieben, ihn so aus dem Bett schälen, sich mit der Last niederbeugen und dann bloß vorsichtig dulden müssen, daß er den Überschwung auf dem Fußboden vollzog, wo dann die Beinchen hoffentlich einen Sinn bekommen würden. Nun, ganz abgesehen davon, daß die Türen versperrt waren, hätte er wirklich um Hilfe rufen sollen? Trotz aller Not konnte er bei diesem Gedanken ein Lächeln nicht unterdrücken.

Schon war er so weit, daß er bei stärkerem Schaukeln

kaum das Gleichgewicht noch erhielt, und sehr bald mußte er sich nun endgültig entscheiden, denn es war in fünf Minuten ein Viertel acht, – als es an der Wohnungstür läutete. ›Das ist jemand aus dem Geschäft‹, sagte er sich und erstarrte fast, während seine Beinchen nur desto eiliger tanzten. Einen Augenblick blieb alles still. ›Sie öffnen nicht‹, sagte sich Gregor, befangen in irgendeiner unsinnigen Hoffnung. Aber dann ging natürlich wie immer das Dienstmädchen festen Schrittes zur Tür und öffnete. Gregor brauchte nur das erste Grußwort des Besuchers zu hören und wußte schon, wer es war – der Prokurist selbst. Warum war nur Gregor dazu verurteilt, bei einer Firma zu dienen, wo man bei der kleinsten Versäumnis gleich den größten Verdacht faßte? Waren denn alle Angestellten samt und sonders Lumpen, gab es denn unter ihnen keinen treuen, ergebenen Menschen, der, wenn er auch nur ein paar Morgenstunden für das Geschäft nicht ausgenützt hatte, vor Gewissensbissen närrisch wurde und geradezu nicht imstande war, das Bett zu verlassen? Genügte es wirklich nicht, einen Lehrjungen nachfragen zu lassen – wenn überhaupt diese Fragerei nötig war –, mußte da der Prokurist selbst kommen, und mußte dadurch der ganzen unschuldigen Familie gezeigt werden, daß die Untersuchung dieser verdächtigen Angelegenheit nur dem Verstand des Prokuristen anvertraut werden konnte? Und mehr infolge der Erregung, in welche Gregor durch diese Überlegungen versetzt wurde, als infolge eines richtigen Entschlusses, schwang er sich mit aller Macht aus dem Bett. Es gab einen lauten Schlag, aber ein eigentlicher Krach war es nicht. Ein wenig wurde der Fall durch den Teppich abgeschwächt, auch war der Rücken elastischer, als Gregor gedacht hatte, daher kam der nicht gar so auffallende dumpfe Klang. Nur den Kopf hatte er nicht vorsichtig genug gehalten und ihn angeschlagen; er drehte ihn und rieb ihn an dem Teppich vor Ärger und Schmerz.

»Da drin ist etwas gefallen«, sagte der Prokurist im Nebenzimmer links. Gregor suchte sich vorzustellen, ob nicht auch einmal dem Prokuristen etwas Ähnliches passieren könnte wie heute ihm; die Möglichkeit dessen mußte man doch eigentlich zugeben. Aber wie zur rohen Antwort auf diese Frage machte jetzt der Prokurist im Nebenzimmer ein paar bestimmte Schritte und ließ seine Lackstiefel knarren. Aus dem Nebenzimmer rechts flüsterte die Schwester, um Gregor zu verständigen: »Gregor, der Prokurist ist da.« – »Ich weiß«, sagte Gregor vor sich hin; aber so laut, daß es die Schwester hätte hören können, wagte er die Stimme nicht zu erheben.

»Gregor«, sagte nun der Vater aus dem Nebenzimmer links, »der Herr Prokurist ist gekommen und erkundigt sich, warum du nicht mit dem Frühzug weggefahren bist. Wir wissen nicht, was wir ihm sagen sollen. Übrigens will er auch mit dir persönlich sprechen. Also bitte mach die Tür auf. Er wird die Unordnung im Zimmer zu entschuldigen schon die Güte haben.« – »Guten Morgen, Herr Samsa«, rief der Prokurist freundlich dazwischen. »Ihm ist nicht wohl«, sagte die Mutter zum Prokuristen, während der Vater noch an der Tür redete, »ihm ist nicht wohl, glauben Sie mir, Herr Prokurist. Wie würde denn Gregor sonst einen Zug versäumen! Der Junge hat ja nichts im Kopf als das Geschäft. Ich ärgere mich schon fast, daß er abends niemals ausgeht; jetzt war er doch acht Tage in der Stadt, aber jeden Abend war er zu Hause. Da sitzt er bei uns am Tisch und liest still die Zeitung oder studiert Fahrpläne. Es ist schon eine Zerstreuung für ihn, wenn er sich mit Laubsägearbeiten beschäftigt. Da hat er zum Beispiel im Laufe von zwei, drei Abenden einen kleinen Rahmen geschnitzt; Sie werden staunen, wie hübsch er ist; er hängt drin im Zimmer; Sie werden ihn gleich sehen, bis Gregor aufmacht. Ich bin übrigens glücklich, daß Sie da sind, Herr Prokurist; wir allein hätten Gregor nicht dazu gebracht, die Tür zu öffnen; er ist so hartnäckig; und bestimmt ist ihm nicht wohl, trotzdem er es am Morgen geleugnet hat.« – »Ich komme gleich«, sagte Gregor langsam und bedächtig und rührte sich nicht, um kein Wort der Gespräche zu verlieren. »Anders, gnädige Frau, kann ich es mir auch nicht erklären«, sagte der Prokurist, »hoffentlich ist es nichts Ernstes. Wenn ich auch andererseits sagen muß, daß wir Geschäftsleute – wie man will, leider oder glücklicherweise – ein leichtes Unwohlsein sehr oft aus geschäftlichen Rücksichten einfach überwinden müssen.« – »Also kann der Herr Prokurist schon zu dir hinein?« fragte der ungeduldige Vater und klopfte wiederum an die Tür. »Nein«, sagte Gregor. Im Nebenzimmer links trat eine peinliche Stille ein, im Nebenzimmer rechts begann die Schwester zu schluchzen.

Warum ging denn die Schwester nicht zu den anderen? Sie war wohl erst jetzt aus dem Bett aufgestanden und hatte noch gar nicht angefangen sich anzuziehen. Und warum weinte sie denn? Weil er nicht aufstand und den Prokuristen nicht hereinließ, weil er in Gefahr war, den Posten zu verlieren, und weil dann der Chef die Eltern mit den alten Forderungen wieder verfolgen würde? Das waren doch vorläufig wohl unnötige Sorgen. Noch war Gregor hier und dachte nicht im geringsten daran, seine Familie zu verlassen. Augenblicklich lag er wohl da auf dem Teppich, und niemand, der seinen Zustand gekannt hätte, hätte im Ernst von ihm verlangt, daß er den Prokuristen hereinlasse. Aber wegen dieser kleinen Unhöflichkeit, für die sich ja später leicht eine passende Ausrede finden würde, konnte Gregor doch nicht gut sofort weggeschickt werden. Und Gregor schien es, daß es viel vernünftiger wäre, ihn jetzt in Ruhe zu lassen, statt ihn mit Weinen und Zureden zu stören. Aber es war eben die Ungewißheit, welche die anderen bedrängte und ihr Benehmen entschuldigte.

»Herr Samsa«, rief nun der Prokurist mit erhobener Stimme, »was ist denn los? Sie verbarrikadieren sich da in Ihrem Zimmer, antworten bloß mit Ja und Nein, machen Ihren Eltern schwere, unnötige Sorgen und versäumen – dies nur nebenbei erwähnt – Ihre geschäftlichen Pflichten in einer eigentlich unerhörten Weise. Ich spreche hier im Namen Ihrer Eltern und Ihres Chefs und bitte Sie ganz ernsthaft um eine augenblickliche, deutliche Erklärung. Ich staune, ich staune. Ich glaubte Sie als einen ruhigen, vernünftigen Menschen zu kennen, und nun scheinen Sie plötzlich anfangen zu wollen, mit sonderbaren Launen zu paradieren. Der Chef deutete mir zwar heute früh eine mögliche Erklärung für Ihre Versäumnis an – sie betraf das Ihnen seit kurzem anvertraute Inkasso –, aber ich legte wahrhaftig fast mein Ehrenwort dafür ein, daß diese Erklärung nicht zutreffen könne. Nun aber sehe ich hier Ihren unbegreiflichen Starrsinn und verliere ganz und gar die Lust, mich auch nur im geringsten für Sie einzusetzen. Und Ihre Stellung ist durchaus nicht die festeste. Ich hatte ursprünglich die Absicht, Ihnen das alles unter vier Augen zu sagen, aber da Sie mich hier nutzlos meine Zeit versäumen lassen, weiß ich nicht, warum es nicht auch Ihre Herren Eltern erfahren sollen. Ihre Leistungen in der letzten Zeit waren also sehr unbefriedigend; es ist zwar nicht die Jahreszeit, um besondere Geschäfte zu machen, das erkennen wir an; aber eine Jahreszeit, um keine Geschäfte zu machen, gibt es überhaupt nicht, Herr Samsa, darf es nicht geben.« – »Aber Herr Prokurist«, rief Gregor außer sich und vergaß in der Aufregung alles andere, »ich mache ja sofort, augenblicklich auf. Ein leichtes Unwohlsein, ein Schwindelanfall, haben mich verhindert aufzustehen. Ich liege noch jetzt im Bett. Jetzt bin ich aber schon wieder ganz frisch. Eben steige ich aus dem Bett. Nur einen kleinen Augenblick Geduld! Es geht noch nicht so gut, wie ich dachte. Es ist mir aber schon wohl. Wie das nur einen Menschen so überfallen kann! Noch gestern abend war mir ganz gut, meine Eltern wissen es ja, oder besser, schon gestern abend hatte ich eine kleine Vorahnung. Man hätte es mir ansehen müssen. Warum habe ich es nur im Geschäft nicht gemeldet! Aber man denkt eben immer, daß man die Krankheit ohne Zuhausebleiben überstehen wird. Herr Prokurist! Schonen Sie meine Eltern! Für alle die Vorwürfe, die Sie mir jetzt machen, ist ja kein Grund; man hat mir ja davon auch kein Wort gesagt. Sie haben vielleicht die letzten Aufträge, die ich geschickt habe, nicht gelesen. Übrigens, noch mit dem Achtuhrzug fahre ich auf die Reise, die paar Stunden Ruhe haben mich gekräftigt. Halten Sie sich nur nicht auf, Herr Prokurist; ich bin gleich selbst im Geschäft, und haben Sie die Güte, das zu sagen und mich dem Herrn Chef zu empfehlen!«

Und während Gregor dies alles hastig ausstieß und kaum wußte, was er sprach, hatte er sich leicht, wohl infolge der im Bett bereits erlangten Übung, dem Kasten genähert und versuchte nun, an ihm sich aufzurichten. Er wollte tatsächlich die Tür aufmachen, tatsächlich sich sehen lassen und mit dem Prokuristen sprechen; er war begierig zu erfahren, was die anderen, die jetzt so nach ihm verlangten, bei seinem Anblick sagen würden. Würden sie erschrecken, dann hatte Gregor keine Verantwortung mehr und konnte ruhig sein. Würden sie aber alles ruhig hinnehmen, dann hatte auch er keinen Grund sich aufzuregen, und konnte, wenn er sich beeilte, um acht Uhr tatsächlich auf dem Bahnhof sein. Zuerst glitt er nun einige Male von dem glatten Kasten ab, aber endlich gab er sich einen letzten Schwung und stand aufrecht da; auf die Schmerzen im Unterleib achtete er gar nicht mehr, so sehr sie auch brannten. Nun ließ er sich gegen die Rückenlehne eines nahen Stuhles fallen, an deren Rändern er sich mit seinen Beinchen festhielt. Damit hatte er aber auch die Herrschaft über sich erlangt und verstummte, denn nun konnte er den Prokuristen anhören.

»Haben Sie auch nur ein Wort verstanden?« fragte der Prokurist die Eltern, »er macht sich doch wohl nicht einen Narren aus uns?« – »Um Gottes willen«, rief die Mutter schon unter Weinen, »er ist vielleicht schwer krank, und wir quälen ihn. Grete! Grete!« schrie sie dann. »Mutter?« rief die Schwester von der anderen Seite. Sie verständigten sich durch Gregors Zimmer. »Du mußt augenblicklich zum Arzt. Gregor ist krank. Rasch um den Arzt. Hast du Gregor jetzt reden hören?« – »Das war eine Tierstimme«, sagte der Prokurist, auffallend leise gegenüber dem Schreien der

Mutter. »Anna! Anna!« rief der Vater durch das Vorzimmer in die Küche und klatschte in die Hände. »Sofort einen Schlosser holen!« Und schon liefen die zwei Mädchen mit rauschenden Röcken durch das Vorzimmer – wie hatte sich die Schwester denn so schnell angezogen? – und rissen die Wohnungstüre auf. Man hörte gar nicht die Türe zuschlagen; sie hatten sie wohl offengelassen, wie es in Wohnungen zu sein pflegt, in denen ein großes Unglück geschehen ist.

Gregor war aber viel ruhiger geworden. Man verstand zwar also seine Worte nicht mehr, trotzdem sie ihm genug klar, klarer als früher, vorgekommen waren, vielleicht infolge der Gewöhnung des Ohres. Aber immerhin glaubte man nun schon daran, daß es mit ihm nicht ganz in Ordnung war, und war bereit, ihm zu helfen. Die Zuversicht und Sicherheit, mit welchen die ersten Anordnungen getroffen worden waren, taten ihm wohl. Er fühlte sich wieder einbezogen in den menschlichen Kreis und erhoffte von beiden, vom Arzt und vom Schlosser, ohne sie eigentlich genau zu scheiden, großartige und überraschende Leistungen. Um für die sich nähernden entscheidenden Besprechungen eine möglichst klare Stimme zu bekommen, hustete er ein wenig ab, allerdings bemüht, dies ganz gedämpft zu tun, da möglicherweise auch schon dieses Geräusch anders als menschlicher Husten klang, was er selbst zu entscheiden sich nicht mehr getraute. Im Nebenzimmer war es inzwischen ganz still geworden. Vielleicht saßen die Eltern mit dem Prokuristen beim Tisch und tuschelten, vielleicht lehnten alle an der Türe und horchten.

Gregor schob sich langsam mit dem Sessel zur Tür hin, ließ ihn dort los, warf sich gegen die Tür, hielt sich an ihr aufrecht – die Ballen seiner Beinchen hatten ein wenig Klebstoff – und ruhte sich dort einen Augenblick lang von der Anstrengung aus. Dann aber machte er sich daran, mit dem Mund den Schlüssel im Schloß umzudrehen. Es schien leider, daß er keine eigentlichen Zähne hatte – womit sollte er gleich den Schlüssel fassen? –, aber dafür waren die Kiefer freilich sehr stark; mit ihrer Hilfe brachte er auch wirklich den Schlüssel in Bewegung und achtete nicht darauf, daß er sich zweifellos irgendeinen Schaden zufügte, denn eine braune Flüssigkeit kam ihm aus dem Mund, floß über den Schlüssel und tropfte auf den Boden. »Hören Sie nur«, sagte der Prokurist im Nebenzimmer, »er dreht den Schlüssel um.« Das war für Gregor eine große Aufmunterung; aber alle hätten ihm zurufen sollen, auch der Vater und die Mutter: ›Frisch, Gregor‹, hätten sie rufen sollen, ›immer nur heran, fest an das Schloß heran!‹ Und in der Vorstellung, daß alle seine Bemühungen mit Spannung verfolgten, verbiß er sich mit allem, was er an Kraft aufbringen konnte, besinnungslos in den Schlüssel. Je nach dem Fortschreiten der Drehung des Schlüssels umtanzte er das Schloß; hielt sich jetzt nur noch mit dem Munde aufrecht, und je nach Bedarf hing er sich an den Schlüssel oder drückte ihn dann wieder nieder mit der ganzen Last seines Körpers. Der hellere Klang des endlich zurückschnappenden Schlosses erweckte Gregor förmlich. Aufatmend sagte er sich: ›Ich habe also den Schlosser nicht gebraucht‹, und legte den Kopf auf die Klinke, um die Türe gänzlich zu öffnen.

Da er die Türe auf diese Weise öffnen mußte, war sie eigentlich schon recht weit geöffnet, und er selbst noch nicht zu sehen. Er mußte sich erst langsam um den einen Türflügel herumdrehen, und zwar sehr vorsichtig, wenn er nicht gerade vor dem Eintritt ins Zimmer plump auf den Rücken fallen wollte. Er war noch mit jener schwierigen Bewegung beschäftigt und hatte nicht Zeit, auf anderes zu achten, da hörte er schon den Prokuristen ein lautes »Oh!« ausstoßen – es klang, wie wenn der Wind saust –, und nun sah er ihn auch, wie er, der der Nächste an der Türe war, die Hand gegen den offenen Mund drückte und langsam zurückwich, als vertreibe ihn eine unsichtbare, gleichmäßig fortwirkende Kraft. Die Mutter – sie stand trotz der Anwesenheit des Prokuristen mit von der Nacht her noch aufgelösten, hoch sich sträubenden Haaren – sah zuerst mit gefalteten Händen den Vater an, ging dann zwei Schritte zu Gregor hin und fiel inmitten ihrer rings um sie herum sich ausbreitenden Röcke nieder, das Gesicht ganz unauffindbar zu ihrer Brust gesenkt. Der Vater ballte mit feindseligem Ausdruck die Faust, als wolle er Gregor in sein Zimmer zurückstoßen, sah sich dann unsicher im Wohnzimmer um, beschattete dann mit den Händen die Augen und weinte, daß sich seine mächtige Brust schüttelte.

Gregor trat nun gar nicht in das Zimmer, sondern lehnte sich von innen an den festgeriegelten Türflügel, so daß sein Leib nur zur Hälfte und darüber der seitlich geneigte Kopf zu sehen war, mit dem er zu den anderen hinüberlugte. Es war inzwischen viel heller geworden; klar stand auf der anderen Straßenseite ein Ausschnitt des gegenüberliegenden, endlosen, grauschwarzen Hauses – es war ein Krankenhaus – mit seinen hart die Front durchbrechenden regelmäßigen Fenstern; der Regen fiel noch nieder, aber nur mit großen, einzeln sichtbaren und förmlich auch einzelnweise auf die

Erde hinuntergeworfenen Tropfen. Das Frühstücksgeschirr stand in überreicher Zahl auf dem Tisch, denn für den Vater war das Frühstück die wichtigste Mahlzeit des Tages, die er bei der Lektüre verschiedener Zeitungen stundenlang hinzog. Gerade an der gegenüberliegenden Wand hing eine Photographie Gregors aus seiner Militärzeit, die ihn als Leutnant darstellte, wie er, die Hand am Degen, sorglos lächelnd, Respekt für seine Haltung und Uniform verlangte. Die Tür zum Vorzimmer war geöffnet, und man sah, da auch die Wohnungstür offen war, auf den Vorplatz der Wohnung hinaus und auf den Beginn der abwärts führenden Treppe.

»Nun«, sagte Gregor und war sich dessen wohl bewußt, daß er der einzige war, der die Ruhe bewahrt hatte, »ich werde mich gleich anziehen, die Kollektion zusammenpacken und wegfahren. Wollt ihr, wollt ihr mich wegfahren lassen? Nun, Herr Prokurist, Sie sehen, ich bin nicht starrköpfig und ich arbeite gern; das Reisen ist beschwerlich, aber ich könnte ohne das Reisen nicht leben. Wohin gehen Sie denn, Herr Prokurist? Ins Geschäft? Ja? Werden Sie alles wahrheitsgetreu berichten? Man kann im Augenblick unfähig sein zu arbeiten, aber dann ist gerade der richtige Zeitpunkt, sich an die früheren Leistungen zu erinnern und zu bedenken, daß man später, nach Beseitigung des Hindernisses, gewiß desto fleißiger und gesammelter arbeiten wird. Ich bin ja dem Herrn Chef so sehr verpflichtet, das wissen Sie doch recht gut. Andererseits habe ich die Sorge um meine Eltern und die Schwester. Ich bin in der Klemme, ich werde mich aber auch wieder herausarbeiten. Machen Sie es mir aber nicht schwieriger, als es schon ist. Halten Sie im Geschäft meine Partei! Man liebt den Reisenden nicht, ich weiß. Man denkt, er verdient ein Heidengeld und führt dabei ein schönes Leben. Man hat eben keine besondere Veranlassung, dieses Vorurteil besser zu durchdenken. Sie aber, Herr Prokurist, Sie haben einen besseren Überblick über die Verhältnisse als das sonstige Personal, ja sogar, ganz im Vertrauen gesagt, einen besseren Überblick als der Herr Chef selbst, der in seiner Eigenschaft als Unternehmer sich in seinem Urteil leicht zuungunsten eines Angestellten beirren läßt. Sie wissen auch sehr wohl, daß der Reisende, der fast das ganze Jahr außerhalb des Geschäftes ist, so leicht ein Opfer von Klatschereien, Zufälligkeiten und grundlosen Beschwerden werden kann, gegen die sich zu wehren ihm ganz unmöglich ist, da er von ihnen meistens gar nichts erfährt und nur dann, wenn er erschöpft eine Reise beendet hat, zu Hause die schlimmen, auf ihre Ursachen hin nicht mehr zu durchschauenden Folgen am eigenen Leibe zu spüren bekommt. Herr Prokurist, gehen Sie nicht weg, ohne mir ein Wort gesagt zu haben, das mir zeigt, daß Sie mir wenigstens zu einem kleinen Teil recht geben!«

Aber der Prokurist hatte sich schon bei den ersten Worten Gregors abgewendet, und nur über die zuckende Schulter hinweg sah er mit aufgeworfenen Lippen nach Gregor zurück. Und während Gregors Rede stand er keinen Augenblick still, sondern verzog sich, ohne Gregor aus den Augen zu lassen, gegen die Tür, aber ganz allmählich, als bestehe ein geheimes Verbot, das Zimmer zu verlassen. Schon war er im Vorzimmer, und nach der plötzlichen Bewegung, mit der er zum letztenmal den Fuß aus dem Wohnzimmer zog, hätte man glauben können, er habe sich soeben die Sohle verbrannt. Im Vorzimmer aber streckte er die rechte

Hand weit von sich zur Treppe hin, als warte dort auf ihn eine geradezu überirdische Erlösung.

Gregor sah ein, daß er den Prokuristen in dieser Stimmung auf keinen Fall weggehen lassen dürfe, wenn dadurch seine Stellung im Geschäft nicht aufs äußerste gefährdet werden sollte. Die Eltern verstanden das alles nicht so gut; sie hatten sich in den langen Jahren die Überzeugung gebildet, daß Gregor in diesem Geschäft für sein Leben versorgt war, und hatten außerdem jetzt mit den augenblicklichen Sorgen so viel zu tun, daß ihnen jede Voraussicht abhanden gekommen war. Aber Gregor hatte diese Voraussicht. Der Prokurist mußte gehalten, beruhigt, überzeugt und schließlich gewonnen werden; die Zukunft Gregors und seiner Familie hing doch davon ab! Wäre doch die Schwester hier gewesen! Sie war klug; sie hatte schon geweint, als Gregor noch ruhig auf dem Rücken lag. Und gewiß hätte der Prokurist, dieser Damenfreund, sich von ihr lenken lassen; sie hätte die Wohnungstür zugemacht und ihm im Vorzimmer den Schrecken ausgeredet. Aber die Schwester war eben nicht da, Gregor selbst mußte handeln. Und ohne daran zu denken, daß er seine gegenwärtigen Fähigkeiten, sich zu bewegen, noch gar nicht kannte, ohne auch daran zu denken, daß seine Rede möglicher-, ja wahrscheinlicherweise wieder nicht verstanden worden war, verließ er den Türflügel; schob sich durch die Öffnung; wollte zum Prokuristen hingehen, der sich schon am Geländer des Vorplatzes lächerlicherweise mit beiden Händen festhielt; fiel aber sofort, nach einem Halt suchend, mit einem kleinen Schrei auf seine vielen Beinchen nieder. Kaum war das geschehen, fühlte er zum erstenmal an diesem Morgen ein körperliches Wohlbehagen;

die Beinchen hatten festen Boden unter sich; sie gehorchten vollkommen, wie er zu seiner Freude merkte; strebten sogar danach, ihn fortzutragen, wohin er wollte; und schon glaubte er, die endgültige Besserung alles Leidens stehe unmittelbar bevor. Aber im gleichen Augenblick, als er da schaukelnd vor verhaltener Bewegung, gar nicht weit von seiner Mutter entfernt, ihr gerade gegenüber auf dem Boden lag, sprang diese, die doch so ganz in sich versunken schien, mit einem Male in die Höhe, die Arme weit ausgestreckt, die Finger gespreizt, rief: »Hilfe, um Gottes willen, Hilfe!« hielt den Kopf geneigt, als wolle sie Gregor besser sehen, lief aber, im Widerspruch dazu, sinnlos zurück; hatte vergessen, daß hinter ihr der gedeckte Tisch stand; setzte sich, als sie bei ihm angekommen war, wie in Zerstreutheit, eilig auf ihn; und schien gar nicht zu merken, daß neben ihr aus der umgeworfenen großen Kanne der Kaffee in vollem Strome auf den Teppich sich ergoß.

»Mutter, Mutter«, sagte Gregor leise und sah zu ihr hinauf. Der Prokurist war ihm für einen Augenblick ganz aus dem Sinn gekommen; dagegen konnte er sich nicht versagen, im Anblick des fließenden Kaffees mehrmals mit den Kiefern ins Leere zu schnappen. Darüber schrie die Mutter neuerdings auf, flüchtete vom Tisch und fiel dem ihr entgegeneilenden Vater in die Arme. Aber Gregor hatte jetzt keine Zeit für seine Eltern, der Prokurist war schon auf der Treppe; das Kinn auf dem Geländer, sah er noch zum letzten Male zurück. Gregor nahm einen Anlauf, um ihn möglichst sicher einzuholen; der Prokurist mußte etwas ahnen, denn er machte einen Sprung über mehrere Stufen und verschwand; »Hu!« aber schrie er noch, es klang durchs ganze Treppenhaus. Leider schien nun auch diese Flucht des Prokuristen den Vater, der bisher verhältnismäßig gefaßt gewesen war, völlig zu verwirren, denn statt selbst dem Prokuristen nachzulaufen oder wenigstens Gregor in der Verfolgung nicht zu hindern, packte er mit der Rechten den Stock des Prokuristen, den dieser mit Hut und Überzieher auf einem Sessel zurückgelassen hatte, holte mit der Linken eine große Zeitung vom Tisch und machte sich unter Füßestampfen daran, Gregor durch Schwenken des Stockes und der Zeitung in sein Zimmer zurückzutreiben. Kein Bitten Gregors half, kein Bitten wurde auch verstanden, er mochte den Kopf noch so demütig drehen, der Vater stampfte nur stärker mit den Füßen. Drüben hatte die Mutter trotz des kühlen Wetters ein Fenster aufgerissen, und hinausgelehnt drückte sie ihr Gesicht weit außerhalb des Fensters in ihre Hände. Zwischen Gasse und Treppenhaus entstand eine starke Zugluft, die Fenstervorhänge flogen auf, die Zeitungen auf dem Tische rauschten, einzelne Blätter wehten über den Boden hin. Unerbittlich drängte der Vater und stieß Zischlaute aus, wie ein Wilder. Nun hatte aber Gregor noch gar keine Übung im Rückwärtsgehen, es ging wirklich sehr langsam. Wenn sich Gregor nur hätte umdrehen dürfen, er wäre gleich in seinem Zimmer gewesen, aber er fürchtete sich, den Vater durch die zeitraubende Umdrehung ungeduldig zu machen, und jeden Augenblick drohte ihm doch von dem Stock in des Vaters Hand der tödliche Schlag auf den Rücken oder auf den Kopf. Endlich aber blieb Gregor doch nichts anderes übrig, denn er merkte mit Entsetzen, daß er im Rückwärtsgehen nicht einmal die Richtung einzuhalten verstand; und so begann er, unter unaufhörlichen ängstlichen Seitenblicken nach dem Vater, sich nach Möglichkeit rasch, in Wirklichkeit aber doch nur sehr langsam umzudrehen. Vielleicht merkte der Vater seinen guten Willen, denn er störte ihn hierbei nicht, sondern dirigierte sogar hie und da die Drehbewegung von der Ferne mit der Spitze seines Stockes. Wenn nur nicht dieses unerträgliche Zischen des Vaters gewesen wäre! Gregor verlor darüber ganz den Kopf. Er war schon fast ganz umgedreht, als er sich, immer auf dieses Zischen horchend, sogar irrte und sich wieder ein Stück zurückdrehte. Als er aber endlich glücklich mit dem Kopf vor der Türöffnung war, zeigte es sich, daß sein Körper zu breit war, um ohne weiteres durchzukommen. Dem Vater fiel es natürlich in seiner gegenwärtigen Verfassung auch nicht entfernt ein, etwa den anderen Türflügel zu öffnen, um für Gregor einen genügenden Durchgang zu schaffen. Seine fixe Idee war bloß, daß Gregor so rasch als möglich in sein Zimmer müsse. Niemals hätte er auch die umständlichen Vorbereitungen gestattet, die Gregor brauchte, um sich aufzurichten und vielleicht auf diese Weise durch die Tür zu kommen. Vielmehr trieb er, als gäbe es kein Hindernis, Gregor jetzt unter besonderem Lärm vorwärts; es klang schon hinter Gregor gar nicht mehr wie die Stimme bloß eines einzigen Vaters; nun gab es wirklich keinen Spaß mehr, und Gregor drängte sich – geschehe was wolle – in die Tür. Die eine Seite seines Körpers hob sich, er lag schief in der Türöffnung, seine eine Flanke war ganz wundgerieben, an der weißen Tür bleiben häßliche Flecken, bald steckte er fest und hätte sich allein nicht mehr rühren können, die Beinchen auf der einen Seite hingen zitternd oben in der Luft, die auf der anderen waren schmerzhaft zu

Boden gedrückt – da gab ihm der Vater von hinten einen jetzt wahrhaftig erlösenden starken Stoß, und er flog, heftig blutend, weit in sein Zimmer hinein. Die Tür wurde noch mit dem Stock zugeschlagen, dann war es endlich still.

II

Erst in der Abenddämmerung erwachte Gregor aus seinem schweren ohnmachtsähnlichen Schlaf. Er wäre gewiß nicht viel später auch ohne Störung erwacht, denn er fühlte sich genügend ausgeruht und ausgeschlafen, doch schien es ihm, als hätte ihn ein flüchtiger Schritt und ein vorsichtiges Schließen der zum Vorzimmer führenden Tür geweckt. Der Schein der elektrischen Straßenlampe lag bleich hier und da auf der Zimmerdecke und auf den höheren Teilen der Möbel, aber unten bei Gregor war es finster. Langsam schob er sich, noch ungeschickt mit seinen Fühlern tastend, die er erst jetzt schätzen lernte, zur Türe hin, um nachzusehen, was dort geschehen war. Seine linke Seite schien eine einzige lange, unangenehm spannende Narbe, und er mußte auf seinen zwei Beinreihen regelrecht hinken. Ein Beinchen war übrigens im Laufe der vormittäglichen Vorfälle schwer verletzt worden – es war fast ein Wunder, daß nur eines verletzt worden war – und schleppte leblos nach.

Erst bei der Tür merkte er, was ihn dorthin eigentlich gelockt hatte; es war der Geruch von etwas Eßbarem gewesen. Denn dort stand ein Napf mit süßer Milch gefüllt, in der kleine Schnitten von Weißbrot schwammen. Fast hätte er vor Freude gelacht, denn er hatte noch größeren Hunger als am

Morgen, und gleich tauchte er seinen Kopf fast bis über die Augen in die Milch hinein. Aber bald zog er ihn enttäuscht wieder zurück; nicht nur, daß ihm das Essen wegen seiner heiklen linken Seite Schwierigkeiten machte – und er konnte nur essen, wenn der ganze Körper schnaufend mitarbeitete –, so schmeckte ihm überdies die Milch, die sonst sein Lieblingsgetränk war, und die ihm gewiß die Schwester deshalb hereingestellt hatte, gar nicht, ja er wandte sich fast mit Widerwillen von dem Napf ab und kroch in die Zimmermitte zurück.

Im Wohnzimmer war, wie Gregor durch die Türspalte sah, das Gas angezündet, aber während sonst zu dieser Tageszeit der Vater seine nachmittags erscheinende Zeitung der Mutter und manchmal auch der Schwester mit erhobener Stimme vorzulesen pflegte, hörte man jetzt keinen Laut. Nun, vielleicht war dieses Vorlesen, von dem ihm die Schwester immer erzählte und schrieb, in der letzten Zeit überhaupt aus der Übung gekommen. Aber auch ringsherum war es so still, trotzdem doch gewiß die Wohnung nicht leer war. ›Was für ein stilles Leben die Familie doch führte‹, sagte sich Gregor und fühlte, während er starr vor sich ins Dunkle sah, einen großen Stolz darüber, daß er seinen Eltern und seiner Schwester ein solches Leben in einer so schönen Wohnung hatte verschaffen können. Wie aber, wenn jetzt alle Ruhe, aller Wohlstand, alle Zufriedenheit ein Ende mit Schrecken nehmen sollten? Um sich nicht in solche Gedanken zu verlieren, setzte sich Gregor lieber in Bewegung und kroch im Zimmer auf und ab.

Einmal während des langen Abends wurde die eine Seitentür und einmal die andere bis zu einer kleinen Spalte geöffnet und rasch wieder geschlossen; jemand hatte wohl das Bedürfnis hereinzukommen, aber auch wieder zu viele Bedenken. Gregor machte nun unmittelbar bei der Wohnzimmertür halt, entschlossen, den zögernden Besucher doch irgendwie hereinzubringen oder doch wenigstens zu erfahren, wer es sei; aber nun wurde die Tür nicht mehr geöffnet und Gregor wartete vergebens. Früh, als die Türen versperrt waren, hatten alle zu ihm hereinkommen wollen, jetzt, da er die eine Tür geöffnet hatte und die anderen offenbar während des Tages geöffnet worden waren, kam keiner mehr, und die Schlüssel steckten nun auch von außen.

Spät erst in der Nacht wurde das Licht im Wohnzimmer ausgelöscht, und nun war leicht festzustellen, daß die Eltern und die Schwester so lange wach geblieben waren, denn wie man genau hören konnte, entfernten sich jetzt alle drei auf den Fußspitzen. Nun kam gewiß bis zum Morgen niemand mehr zu Gregor herein; er hatte also eine lange Zeit, um ungestört zu überlegen, wie er sein Leben jetzt neu ordnen sollte. Aber das hohe freie Zimmer, in dem er gezwungen war, flach auf dem Boden zu liegen, ängstigte ihn, ohne daß er die Ursache herausfinden konnte, denn es war ja sein seit fünf Jahren von ihm bewohntes Zimmer – und mit einer halb unbewußten Wendung und nicht ohne eine leichte Scham eilte er unter das Kanapee, wo er sich, trotzdem sein Rücken ein wenig gedrückt wurde und trotzdem er den Kopf nicht mehr erheben konnte, gleich sehr behaglich fühlte und nur bedauerte, daß sein Körper zu breit war, um vollständig unter dem Kanapee untergebracht zu werden.

Dort blieb er die ganze Nacht, die er zum Teil im Halbschlaf, aus dem ihn der Hunger immer wieder aufschreckte, verbrachte, zum Teil aber in Sorgen und undeutlichen Hoffnungen, die aber alle zu dem Schlusse führten, daß er sich vorläufig ruhig verhalten und durch Geduld und größte Rücksichtnahme der Familie die Unannehmlichkeiten erträglich machen müsse, die er ihr in seinem gegenwärtigen Zustand nun einmal zu verursachen gezwungen war.

Schon am frühen Morgen, es war fast noch Nacht, hatte Gregor Gelegenheit, die Kraft seiner eben gefaßten Entschlüsse zu prüfen, denn vom Vorzimmer her öffnete die Schwester, fast völlig angezogen, die Tür und sah mit Spannung herein. Sie fand ihn nicht gleich, aber als sie ihn unter dem Kanapee bemerkte – Gott, er mußte doch irgendwo sein, er hatte doch nicht wegfliegen können –, erschrak sie so sehr, daß sie, ohne sich beherrschen zu können, die Tür von außen wieder zuschlug. Aber als bereue sie ihr Benehmen, öffnete sie die Tür sofort wieder und trat, als sei sie bei einem Schwerkranken oder gar bei einem Fremden, auf den Fußspitzen herein. Gregor hatte den Kopf bis knapp zum Rande des Kanapees vorgeschoben und beobachtete sie. Ob sie wohl bemerken würde, daß er die Milch stehengelassen hatte, und zwar keineswegs aus Mangel an Hunger, und ob sie eine andere Speise hereinbringen würde, die ihm besser entsprach? Täte sie es nicht von selbst, er wollte lieber verhungern, als sie darauf aufmerksam machen, trotzdem es ihn eigentlich ungeheuer drängte, unterm Kanapee vorzuschießen, sich der Schwester zu Füßen zu werfen und sie um irgend etwas Gutes zum Essen zu bitten. Aber die Schwester bemerkte sofort mit Verwunderung den noch vollen Napf, aus dem nur ein wenig Milch ringsherum verschüttet war, sie hob ihn gleich auf, zwar nicht mit den bloßen Händen, sondern mit einem Fetzen, und trug ihn hinaus. Gregor war äußerst neugierig, was sie zum Ersatze bringen würde, und er machte sich die verschiedensten Gedanken darüber. Niemals aber hätte er erraten können, was die Schwester in ihrer Güte wirklich tat. Sie brachte ihm, um seinen Geschmack zu prüfen, eine ganze Auswahl, alles auf einer alten Zeitung ausgebreitet. Da war altes halbverfaultes Gemüse; Knochen vom Nachtmahl her, die von festgewordener weißer Soße umgeben waren; ein paar Rosinen und Mandeln; ein Käse, den Gregor vor zwei Tagen für ungenießbar erklärt hatte; ein trockenes Brot, ein mit Butter beschmiertes Brot und ein mit Butter beschmiertes und gesalzenes Brot. Außerdem stellte sie zu dem allen noch den wahrscheinlich ein für allemal für Gregor bestimmten Napf, in den sie Wasser gegossen hatte. Und aus Zartgefühl, da sie wußte, daß Gregor vor ihr nicht essen würde, entfernte sie sich eiligst und drehte sogar den Schlüssel um, damit nur Gregor merken könne, daß er es sich so behaglich machen dürfe, wie er wolle. Gregors Beinchen schwirrten, als es jetzt zum Essen ging. Seine Wunden mußten übrigens auch schon vollständig geheilt sein, er fühlte keine Behinderung mehr, er staunte darüber und dachte daran, wie er vor mehr als einem Monat sich mit dem Messer ganz wenig in den Finger geschnitten, und wie ihm diese Wunde noch vorgestern genug weh getan hatte. ›Sollte ich jetzt weniger Feingefühl haben?‹ dachte er und saugte schon gierig an dem Käse, zu dem es ihn vor allen anderen Speisen sofort und nachdrücklich gezogen hatte. Rasch hintereinander und mit vor Befriedigung tränenden Augen verzehrte er den Käse, das Gemüse und die Soße; die frischen Speisen dagegen schmeckten ihm nicht, er konnte nicht einmal ihren Geruch vertragen und schleppte sogar die Sachen, die er essen wollte, ein Stückchen weiter weg. Er war schon längst mit allem fertig und lag nur noch faul auf der gleichen Stelle, als die Schwester zum Zeichen, daß er sich zurückziehen solle, langsam den Schlüssel umdrehte. Das schreckte ihn sofort auf, trotzdem er schon fast schlummerte, und er eilte wieder unter das Kanapee. Aber es kostete ihn große Selbstüberwindung, auch nur die kurze Zeit, während welcher die Schwester im Zimmer war, unter dem Kanapee zu bleiben, denn von dem reichlichen Essen hatte sich sein Leib ein wenig gerundet und er konnte dort in der Enge kaum atmen. Unter kleinen Erstickungsanfällen sah er mit etwas hervorgequollenen Augen zu, wie die nichtsahnende Schwester mit einem Besen nicht nur die Überbleibsel zusammenkehrte, sondern selbst die von Gregor gar nicht berührten Speisen, als seien also auch diese nicht mehr zu gebrauchen, und wie sie alles hastig in einen Kübel schüttete, den sie mit einem Holzdeckel schloß, worauf sie alles hinaustrug. Kaum hatte sie sich umgedreht, zog sich schon Gregor unter dem Kanapee hervor und streckte und blähte sich.

Auf diese Weise bekam nun Gregor sein tägliches Essen, einmal am Morgen, wenn die Eltern und das Dienstmädchen noch schliefen, das zweitemal nach dem allgemeinen Mittagessen, denn dann schliefen die Eltern gleichfalls noch ein Weilchen, und das Dienstmädchen wurde von der Schwester mit irgendeiner Besorgung weggeschickt. Gewiß wollten auch sie nicht, daß Gregor verhungere, aber vielleicht hätten sie es nicht ertragen können, von seinem Essen mehr als durch Hörensagen zu erfahren, vielleicht wollte die Schwester ihnen auch eine möglicherweise nur kleine Trauer ersparen, denn tatsächlich litten sie ja gerade genug.

Mit welchen Ausreden man an jenem ersten Vormittag den Arzt und den Schlosser wieder aus der Wohnung geschafft hatte, konnte Gregor gar nicht erfahren, denn da er nicht verstanden wurde, dachte niemand daran, auch die Schwester nicht, daß er die anderen verstehen könne, und so mußte er sich, wenn die Schwester in seinem Zimmer war, damit begnügen, nur hier und da ihre Seufzer und Anrufe der Heiligen zu hören. Erst später, als sie sich ein wenig an alles gewöhnt hatte – von vollständiger Gewöhnung konnte natürlich niemals die Rede sein –, erhaschte Gregor manchmal eine Bemerkung, die freundlich gemeint war oder so gedeutet werden konnte. »Heute hat es ihm aber geschmeckt«, sagte sie, wenn Gregor unter dem Essen tüchtig aufgeräumt hatte, während sie im gegenteiligen Fall, der sich allmählich immer häufiger wiederholte, fast traurig zu sagen pflegte: »Nun ist wieder alles stehengeblieben.«

Während aber Gregor unmittelbar keine Neuigkeit erfahren konnte, erhorchte er manches aus den Nebenzimmern, und wo er nur einmal Stimmen hörte, lief er gleich zu der betreffenden Tür und drückte sich mit ganzem Leib an sie. Besonders in der ersten Zeit gab es kein Gespräch, das nicht irgendwie, wenn auch nur im geheimen, von ihm handelte. Zwei Tage lang waren bei allen Mahlzeiten Beratungen darüber zu hören, wie man sich jetzt verhalten solle; aber auch zwischen den Mahlzeiten sprach man über das gleiche Thema, denn immer waren zumindest zwei Familienmitglieder zu Hause, da wohl niemand allein zu Hause bleiben wollte und man die Wohnung doch auf keinen Fall gänzlich verlassen konnte. Auch hatte das Dienstmädchen gleich am ersten Tag – es war nicht ganz klar, was und wieviel sie von dem Vorgefallenen wußte – kniefällig die Mutter gebeten, sie sofort zu entlassen, und als sie sich eine Viertelstunde danach verabschiedete, dankte sie für die Entlassung unter Tränen, wie für die größte Wohltat, die man ihr erwiesen hatte, und gab, ohne daß man es von ihr verlangte, einen fürchterlichen Schwur ab, niemandem auch nur das Geringste zu verraten.

Nun mußte die Schwester im Verein mit der Mutter auch kochen; allerdings machte das nicht viel Mühe, denn man aß fast nichts. Immer wieder hörte Gregor, wie der eine den anderen vergebens zum Essen aufforderte und keine andere Antwort bekam als: »Danke, ich habe genug« oder etwas Ähnliches. Getrunken wurde vielleicht auch nichts. Öfters fragte die Schwester den Vater, ob er Bier haben wolle, und herzlich erbot sie sich, es selbst zu holen, und als der Vater schwieg, sagte sie, um ihm jedes Bedenken zu nehmen, sie könne auch die Hausmeisterin darum schicken, aber dann sagte der Vater schließlich ein großes »Nein«, und es wurde nicht mehr davon gesprochen.

Schon im Laufe des ersten Tages legte der Vater die ganzen Vermögensverhältnisse und Aussichten sowohl der Mutter als auch der Schwester dar. Hie und da stand er vom Tische auf und holte aus seiner kleinen Wertheimkassa, die er aus dem vor fünf Jahren erfolgten Zusammenbruch seines Geschäftes gerettet hatte, irgendeinen Beleg oder irgendein Vormerkbuch. Man hörte, wie er das komplizierte Schloß aufsperrte und nach Entnahme des Gesuchten wieder verschloß. Diese Erklärungen des Vaters waren zum Teil das erste Erfreuliche, was Gregor seit seiner Gefangenschaft zu hören bekam. Er war der Meinung gewesen, daß dem Vater von jenem Geschäft her nicht das Geringste übriggeblieben war, zumindest hatte ihm der Vater nichts Gegenteiliges gesagt, und Gregor allerdings hatte ihn auch nicht darum gefragt. Gregors Sorge war damals nur gewesen, alles daranzusetzen, um die Familie das geschäftliche Unglück, das alle in eine vollständige Hoffnungslosigkeit gebracht hatte, möglichst rasch vergessen zu lassen. Und so hatte er damals mit ganz besonderem Feuer zu arbeiten angefangen und war fast über Nacht aus einem kleinen Kommis ein Reisender geworden, der natürlich ganz andere Möglichkeiten des Geldverdienens hatte, und dessen Arbeitserfolge sich sofort in Form der Provision zu Bargeld verwandelten, das der erstaunten und beglückten Familie zu Hause auf den Tisch gelegt werden konnte. Es waren schöne Zeiten gewesen, und niemals nachher hatten sie sich, wenigstens in diesem Glanze, wiederholt, trotzdem Gregor später so viel Geld verdiente, daß er den Aufwand der ganzen Familie zu tragen imstande war und auch trug. Man hatte sich eben daran gewöhnt, sowohl die Familie als auch Gregor, man nahm das Geld dankbar an, er lieferte es gern ab, aber eine besondere Wärme wollte sich nicht mehr ergeben. Nur die Schwester war Gregor doch noch nahe geblieben, und es war sein geheimer Plan, sie, die zum Unterschied von Gregor Musik sehr liebte und rührend Violine zu spielen verstand, nächstes Jahr, ohne Rücksicht auf die Kosten, die das verursachen mußte, und die man schon auf andere Weise hereinbringen würde, auf das Konservatorium zu schicken. Öfters während der kurzen Aufenthalte Gregors in der Stadt wurde in

Gesprächen mit der Schwester das Konservatorium erwähnt, aber immer nur als schöner Traum, an dessen Verwirklichung nicht zu denken war, und die Eltern hörten nicht einmal diese unschuldigen Erwähnungen gern; aber Gregor dachte sehr bestimmt daran und beabsichtigte, es am Weihnachtsabend feierlich zu erklären.

Solche in seinem gegenwärtigen Zustand ganz nutzlose Gedanken gingen ihm durch den Kopf, während er dort aufrecht an der Türe klebte und horchte. Manchmal konnte er vor allgemeiner Müdigkeit gar nicht mehr zuhören und ließ den Kopf nachlässig gegen die Tür schlagen, hielt ihn aber sofort wieder fest, denn selbst das kleine Geräusch, das er damit verursacht hatte, war nebenan gehört worden und hatte alle verstummen lassen. »Was er nur wieder treibt«, sagte der Vater nach einer Weile, offenbar zur Türe hingewendet, und dann erst wurde das unterbrochene Gespräch allmählich wiederaufgenommen.

Gregor erfuhr nun zur Genüge – denn der Vater pflegte sich in seinen Erklärungen öfters zu wiederholen, teils, weil er selbst sich mit diesen Dingen schon lange nicht beschäftigt hatte, teils auch, weil die Mutter nicht alles gleich beim erstenmal verstand –, daß trotz allen Unglücks ein allerdings ganz kleines Vermögen aus der alten Zeit noch vorhanden war, das die nicht angerührten Zinsen in der Zwischenzeit ein wenig hatten anwachsen lassen. Außerdem aber war das Geld, das Gregor allmonatlich nach Hause gebracht hatte – er selbst hatte nur ein paar Gulden für sich behalten –, nicht vollständig aufgebraucht worden und hatte sich zu einem kleinen Kapital angesammelt. Gregor, hinter seiner Türe, nickte eifrig, erfreut über diese unerwartete

Vorsicht und Sparsamkeit. Eigentlich hätte er ja mit diesen überschüssigen Geldern die Schuld des Vaters gegenüber dem Chef weiter abgetragen haben können, und jener Tag, an dem er diesen Posten hätte loswerden können, wäre weit näher gewesen, aber jetzt war es zweifellos besser so, wie es der Vater eingerichtet hatte.

Nun genügte dieses Geld aber ganz und gar nicht, um die Familie etwa von den Zinsen leben zu lassen; es genügte vielleicht, um die Familie ein, höchstens zwei Jahre zu erhalten, mehr war es nicht. Es war also bloß eine Summe, die man eigentlich nicht angreifen durfte, und die für den Notfall zurückgelegt werden mußte; das Geld zum Leben aber mußte man verdienen. Nun war aber der Vater ein zwar gesunder, aber alter Mann, der schon fünf Jahre nichts gearbeitet hatte und sich jedenfalls nicht viel zutrauen durfte; er hatte in diesen fünf Jahren, welche die ersten Ferien seines mühevollen und doch erfolglosen Lebens waren, viel Fett angesetzt und war dadurch recht schwerfällig geworden. Und die alte Mutter sollte nun vielleicht Geld verdienen, die an Asthma litt, der eine Wanderung durch die Wohnung schon Anstrengung verursachte, und die jeden zweiten Tag in Atembeschwerden auf dem Sofa beim offenen Fenster verbrachte? Und die Schwester sollte Geld verdienen, die noch ein Kind war mit ihren siebzehn Jahren, und der ihre bisherige Lebensweise so sehr zu gönnen war, die daraus bestanden hatte, sich nett zu kleiden, lange zu schlafen, in der Wirtschaft mitzuhelfen, an ein paar bescheidenen Vergnügungen sich zu beteiligen und vor allem Violine zu spielen? Wenn die Rede auf diese Notwendigkeit des Geldverdienens kam, ließ zuerst immer Gregor die Türe los und warf sich auf das neben der Tür befindliche kühle Ledersofa, denn ihm war ganz heiß vor Beschämung und Trauer.

Oft lag er dort die ganzen langen Nächte über, schlief keinen Augenblick und scharrte nur stundenlang auf dem Leder. Oder er scheute nicht die Mühe, einen Sessel zum Fenster zu schieben, dann die Fensterbrüstung hinaufzukriechen und, in den Sessel gestemmt, sich ans Fenster zu lehnen, offenbar nur in irgendeiner Erinnerung an das Befreiende, das früher für ihn darin gelegen war, aus dem Fenster zu schauen. Denn tatsächlich sah er von Tag zu Tag die auch nur ein wenig entfernten Dinge immer undeutlicher; das gegenüberliegende Krankenhaus, dessen nur allzu häufiger Anblick er früher verflucht hatte, bekam er überhaupt nicht mehr zu Gesicht, und wenn er nicht genau gewußt hätte, daß er in der stillen, aber völlig städtischen Charlottenstraße wohnte, hätte er glauben können, von seinem Fenster aus in eine Einöde zu schauen, in welcher der graue Himmel und die graue Erde ununterscheidbar sich vereinigten. Nur zweimal hatte die aufmerksame Schwester sehen müssen, daß der Sessel beim Fenster stand, als sie schon jedesmal, nachdem sie das Zimmer aufgeräumt hatte, den Sessel wieder genau zum Fenster hinschob, ja sogar von nun ab den inneren Fensterflügel offen ließ.

Hätte Gregor nur mit der Schwester sprechen und ihr für alles danken können, was sie für ihn machen mußte, er hätte ihre Dienste leichter ertragen; so aber litt er darunter. Die Schwester suchte freilich die Peinlichkeit des Ganzen möglichst zu verwischen, und je längere Zeit verging, desto besser gelang es ihr natürlich auch, aber auch Gregor durchschaute mit der Zeit alles viel genauer. Schon ihr Eintritt war für ihn schrecklich. Kaum war sie eingetreten, lief sie, ohne sich Zeit zu nehmen, die Türe zu schließen, so sehr sie sonst darauf achtete, jedem den Anblick von Gregors Zimmer zu ersparen, geradewegs zum Fenster und riß es, als ersticke sie fast, mit hastigen Händen auf, blieb auch, selbst wenn es noch so kalt war, ein Weilchen beim Fenster und atmete tief. Mit diesem Laufen und Lärmen erschreckte sie Gregor täglich zweimal; die ganze Zeit über zitterte er unter dem Kanapee und wußte doch sehr gut, daß sie ihn gewiß gerne damit verschont hätte, wenn es ihr nur möglich gewesen wäre, sich in einem Zimmer, in dem sich Gregor befand, bei geschlossenem Fenster aufzuhalten.

Einmal, es war wohl schon ein Monat seit Gregors Verwandlung vergangen, und es war doch schon für die Schwester kein besonderer Grund mehr, über Gregors Aussehen in Erstaunen zu geraten, kam sie ein wenig früher als sonst und traf Gregor noch an, wie er, unbeweglich und so recht zum Erschrecken aufgestellt, aus dem Fenster schaute. Es wäre für Gregor nicht unerwartet gewesen, wenn sie nicht eingetreten wäre, da er sie durch seine Stellung verhinderte, sofort das Fenster zu öffnen, aber sie trat nicht nur nicht ein, sie fuhr sogar zurück und schloß die Tür; ein Fremder hätte geradezu denken können, Gregor habe ihr aufgelauert und habe sie beißen wollen. Gregor versteckte sich natürlich sofort unter dem Kanapee, aber er mußte bis zum Mittag warten, ehe die Schwester wiederkam, und sie schien viel unruhiger als sonst. Er erkannte daraus, daß ihr sein Anblick noch immer unerträglich war und ihr auch weiterhin unerträglich bleiben müsse, und daß sie sich wohl sehr überwinden mußte, vor dem Anblick auch nur der kleinen Partie seines Körpers nicht davonzulaufen, mit der er unter dem Kanapee hervorragte. Um ihr auch diesen Anblick zu ersparen, trug er eines Tages auf seinem Rücken – er brauchte zu dieser Arbeit vier Stunden – das Leintuch auf das Kanapee und ordnete es in einer solchen Weise an, daß er nun gänzlich verdeckt war, und daß die Schwester, selbst wenn sie sich bückte, ihn nicht sehen konnte. Wäre dieses Leintuch ihrer Meinung nach nicht nötig gewesen, dann hätte sie es ja entfernen können, denn daß es nicht zum Vergnügen Gregors gehören konnte, sich so ganz und gar abzusperren, war doch klar genug, aber sie ließ das Leintuch, so wie es war, und Gregor glaubte sogar einen dankbaren Blick erhascht zu haben, als er einmal mit dem Kopf vorsichtig das Leintuch ein wenig lüftete, um nachzusehen, wie die Schwester die neue Einrichtung aufnahm.

In den ersten vierzehn Tagen konnten es die Eltern nicht über sich bringen, zu ihm hereinzukommen, und er hörte oft, wie sie die jetzige Arbeit der Schwester völlig anerkannten, während sie sich bisher häufig über die Schwester geärgert hatten, weil sie ihnen als ein etwas nutzloses Mädchen erschienen war. Nun aber warteten oft beide, der Vater und die Mutter, vor Gregors Zimmer, während die Schwester dort aufräumte, und kaum war sie herausgekommen, mußte sie ganz genau erzählen, wie es in dem Zimmer aussah, was Gregor gegessen hatte, wie er sich diesmal benommen hatte, und ob vielleicht eine kleine Besserung zu bemerken war. Die Mutter übrigens wollte verhältnismäßig bald Gregor besuchen, aber der Vater und die Schwester hielten sie zuerst mit Vernunftgründen zurück, denen Gregor sehr aufmerksam zuhörte und die er vollständig billigte.

Später aber mußte man sie mit Gewalt zurückhalten, und wenn sie dann rief: »Laßt mich doch zu Gregor, er ist ja mein unglücklicher Sohn! Begreift ihr es denn nicht, daß ich zu ihm muß?«, dann dachte Gregor, daß es vielleicht doch gut wäre, wenn die Mutter hereinkäme, nicht jeden Tag natürlich, aber vielleicht einmal in der Woche; sie verstand doch alles viel besser als die Schwester, die trotz all ihrem Mute doch nur ein Kind war und im letzten Grunde vielleicht nur aus kindlichem Leichtsinn eine so schwere Aufgabe übernommen hatte.

Der Wunsch Gregors, die Mutter zu sehen, ging bald in Erfüllung. Während des Tages wollte Gregor schon aus Rücksicht auf seine Eltern sich nicht beim Fenster zeigen, kriechen konnte er aber auf den paar Quadratmetern des Fußbodens auch nicht viel, das ruhige Liegen ertrug er schon während der Nacht schwer, das Essen machte ihm bald nicht mehr das geringste Vergnügen, und so nahm er zur Zerstreuung die Gewohnheit an, kreuz und quer über Wände und Plafond zu kriechen. Besonders oben auf der Decke hing er gern; es war ganz anders, als das Liegen auf dem Fußboden; man atmete freier; ein leichtes Schwingen ging durch den Körper; und in der fast glücklichen Zerstreutheit, in der sich Gregor dort oben befand, konnte es geschehen, daß er zu seiner eigenen Überraschung sich losließ und auf den Boden klatschte. Aber nun hatte er natürlich seinen Körper ganz anders in der Gewalt als früher und beschädigte sich selbst bei einem so großen Falle nicht. Die Schwester nun bemerkte sofort die neue Unterhaltung, die Gregor für sich gefunden hatte – er hinterließ ja auch beim Kriechen hie und da Spuren seines Klebstoffes –, und da setzte sie es sich in den Kopf, Gregor das Kriechen in größtem Ausmaße zu ermöglichen und die Möbel, die es verhinderten, also vor allem den Kasten und den Schreibtisch, wegzuschaffen. Nun war sie aber nicht imstande, dies allein zu tun; den Vater wagte sie nicht um Hilfe zu bitten; das Dienstmädchen hätte ihr ganz gewiß nicht geholfen, denn dieses etwa sechzehnjährige Mädchen harrte zwar tapfer seit Entlassung der früheren Köchin aus, hatte aber um die Vergünstigung gebeten, die Küche unaufhörlich versperrt halten zu dürfen und nur auf besonderen Anruf öffnen zu müssen; so blieb der Schwester also nichts übrig, als einmal in Abwesenheit des Vaters die Mutter zu holen. Mit Ausrufen erregter Freude kam die Mutter auch heran, verstummte aber an der Tür vor Gregors Zimmer. Zuerst sah natürlich die Schwester nach, ob alles im Zimmer in Ordnung war; dann erst ließ sie die Mutter eintreten. Gregor hatte in größter Eile das Leintuch noch tiefer und mehr in Falten gezogen, das Ganze sah wirklich nur wie ein zufällig über das Kanapee geworfenes Leintuch aus. Gregor unterließ auch diesmal, unter dem Leintuch zu spionieren; er verzichtete darauf, die Mutter schon diesmal zu sehen, und war nur froh, daß sie nun doch gekommen war. »Komm nur, man sieht ihn nicht«, sagte die Schwester, und offenbar führte sie die Mutter an der Hand. Gregor hörte nun, wie die zwei schwachen Frauen den immerhin schweren alten Kasten von seinem Platz rückten, und wie die Schwester immerfort den größten Teil der Arbeit für sich beanspruchte, ohne auf die Warnungen der Mutter zu hören, welche fürchtete, daß sie sich überanstrengen werde. Es dauerte sehr lange. Wohl nach schon viertelstündiger Arbeit sagte die Mutter, man solle den Kasten doch lieber hier lassen, denn erstens sei er zu schwer, sie würden vor Ankunft des Vaters nicht fertig werden und mit dem Kasten in der Mitte des Zimmers Gregor jeden Weg verrammeln, zweitens aber sei es doch gar nicht sicher, daß Gregor mit der Entfernung der Möbel ein Gefallen geschehe. Ihr scheine das Gegenteil der Fall zu sein; ihr bedrücke der Anblick der leeren Wand geradezu das Herz; und warum solle nicht auch Gregor diese Empfindung haben, da er doch an die Zimmermöbel längst gewöhnt sei und sich deshalb im leeren Zimmer verlassen fühlen werde. »Und ist es dann nicht so«, schloß die Mutter ganz leise, wie sie überhaupt fast flüsterte, als wolle sie vermeiden, daß Gregor, dessen genauen Aufenthalt sie ja nicht kannte, auch nur den Klang der Stimme höre, denn daß er die Worte nicht verstand, davon war sie überzeugt, »und ist es nicht so, als ob wir durch die Entfernung der Möbel zeigten, daß wir jede Hoffnung auf Besserung aufgeben und ihn rücksichtslos sich selbst überlassen? Ich glaube, es wäre das beste, wir suchen das Zimmer genau in dem Zustand zu erhalten, in dem es früher war, damit Gregor, wenn er wieder zu uns zurückkommt, alles unverändert findet und um so leichter die Zwischenzeit vergessen kann.«

Beim Anhören dieser Worte der Mutter erkannte Gregor, daß der Mangel jeder unmittelbaren menschlichen Ansprache, verbunden mit dem einförmigen Leben inmitten der Familie, im Laufe dieser zwei Monate seinen Verstand hatte verwirren müssen, denn anders konnte er es sich nicht erklären, daß er ernsthaft darnach hatte verlangen können, daß sein Zimmer ausgeleert würde. Hatte er wirklich Lust, das warme, mit ererbten Möbeln gemütlich ausgestattete

Zimmer in eine Höhle verwandeln zu lassen, in der er dann freilich nach allen Richtungen ungestört würde kriechen können, jedoch auch unter gleichzeitigem schnellen, gänzlichen Vergessen seiner menschlichen Vergangenheit? War er doch jetzt schon nahe daran, zu vergessen, und nur die seit langem nicht gehörte Stimme der Mutter hatte ihn aufgerüttelt. Nichts sollte entfernt werden; alles mußte bleiben; die guten Einwirkungen der Möbel auf seinen Zustand konnte er nicht entbehren; und wenn die Möbel ihn hinderten, das sinnlose Herumkriechen zu betreiben, so war es kein Schaden, sondern ein großer Vorteil.

Aber die Schwester war leider anderer Meinung; sie hatte sich, allerdings nicht ganz unberechtigt, angewöhnt, bei Besprechung der Angelegenheiten Gregors als besonders Sachverständige gegenüber den Eltern aufzutreten, und so war auch jetzt der Rat der Mutter für die Schwester Grund genug, auf der Entfernung nicht nur des Kastens und des Schreibtisches, an die sie zuerst allein gedacht hatte, sondern auf der Entfernung sämtlicher Möbel, mit Ausnahme des unentbehrlichen Kanapees, zu bestehen. Es war natürlich nicht nur kindlicher Trotz und das in der letzten Zeit so unerwartet und schwer erworbene Selbstvertrauen, das sie zu dieser Forderung bestimmte; sie hatte doch auch tatsächlich beobachtet, daß Gregor viel Raum zum Kriechen brauchte, dagegen die Möbel, soweit man sehen konnte, nicht im geringsten benützte. Vielleicht aber spielte auch der schwärmerische Sinn der Mädchen ihres Alters mit, der bei jeder Gelegenheit seine Befriedigung sucht, und durch den Grete jetzt sich dazu verlocken ließ, die Lage Gregors noch schreckenerregender machen zu wollen, um dann noch mehr als bis jetzt für ihn leisten zu können. Denn in einen Raum, in dem Gregor ganz allein die leeren Wände beherrschte, würde wohl kein Mensch außer Grete jemals einzutreten sich getrauen.

Und so ließ sie sich von ihrem Entschlusse durch die Mutter nicht abbringen, die auch in diesem Zimmer vor lauter Unruhe unsicher schien, bald verstummte und der Schwester nach Kräften beim Hinausschaffen des Kastens half. Nun, den Kasten konnte Gregor im Notfall noch entbehren, aber schon der Schreibtisch mußte bleiben. Und kaum hatten die Frauen mit dem Kasten, an den sie sich ächzend drückten, das Zimmer verlassen, als Gregor den Kopf unter dem Kanapee hervorstieß, um zu sehen, wie er vorsichtig und möglichst rücksichtsvoll eingreifen könnte. Aber zum Unglück war es gerade die Mutter, welche zuerst zurückkehrte, während Grete im Nebenzimmer den Kasten umfangen hielt und ihn allein hin und her schwang, ohne ihn natürlich von der Stelle zu bringen. Die Mutter aber war Gregors Anblick nicht gewöhnt, er hätte sie krank machen können, und so eilte Gregor erschrocken im Rückwärtslauf bis an das andere Ende des Kanapees, konnte es aber nicht mehr verhindern, daß das Leintuch vorne ein wenig sich bewegte. Das genügte, um die Mutter aufmerksam zu machen. Sie stockte, stand einen Augenblick still und ging dann zu Grete zurück.

Trotzdem sich Gregor immer wieder sagte, daß ja nichts Außergewöhnliches geschehe, sondern nur ein paar Möbel umgestellt würden, wirkte doch, wie er sich bald eingestehen mußte, dieses Hin- und Hergehen der Frauen, ihre kleinen Zurufe, das Kratzen der Möbel auf dem Boden, wie ein großer, von allen Seiten genährter Trubel auf ihn, und er mußte sich, so fest er Kopf und Beine an sich zog und den Leib bis an den Boden drückte, unweigerlich sagen, daß er das Ganze nicht lange aushalten werde. Sie räumten ihm sein Zimmer aus; nahmen ihm alles, was ihm lieb war; den Kasten, in dem die Laubsäge und andere Werkzeuge lagen, hatten sie schon hinausgetragen; lockerten jetzt den schon im Boden fest eingegrabenen Schreibtisch, an dem er als Handelsakademiker, als Bürgerschüler, ja sogar schon als Volksschüler seine Aufgaben geschrieben hatte, – da hatte er wirklich keine Zeit mehr, die guten Absichten zu prüfen, welche die zwei Frauen hatten, deren Existenz er übrigens fast vergessen hatte, denn vor Erschöpfung arbeiteten sie schon stumm, und man hörte nur das schwere Tappen ihrer Füße.

Und so brach er denn hervor – die Frauen stützten sich gerade im Nebenzimmer an den Schreibtisch, um ein wenig zu verschnaufen –, wechselte viermal die Richtung des Laufes, er wußte wirklich nicht, was er zuerst retten sollte, da sah er an der im übrigen schon leeren Wand auffallend das Bild der in lauter Pelzwerk gekleideten Dame hängen, kroch eilends hinauf und preßte sich an das Glas, das ihn festhielt und seinem heißen Bauch wohltat. Dieses Bild wenigstens, das Gregor jetzt ganz verdeckte, würde nun gewiß niemand wegnehmen. Er verdrehte den Kopf nach der Tür des Wohnzimmers, um die Frauen bei ihrer Rückkehr zu beobachten.

Sie hatten sich nicht viel Ruhe gegönnt und kamen schon wieder; Grete hatte den Arm um die Mutter gelegt und trug sie fast. »Also was nehmen wir jetzt?« sagte Grete und sah sich um. Da kreuzten sich ihre Blicke mit denen Gregors an der Wand. Wohl nur infolge der Gegenwart der Mutter behielt sie ihre Fassung, beugte ihr Gesicht zur Mutter, um diese vom Herumschauen abzuhalten, und sagte, allerdings zitternd und unüberlegt: »Komm, wollen wir nicht lieber auf einen Augenblick noch ins Wohnzimmer zurückgehen?« Die Absicht Gretes war für Gregor klar, sie wollte die Mutter in Sicherheit bringen und dann ihn von der Wand hinunterjagen. Nun, sie konnte es ja immerhin versuchen! Er saß auf seinem Bild und gab es nicht her. Lieber würde er Grete ins Gesicht springen.

Aber Gretes Worte hatten die Mutter erst recht beunruhigt, sie trat zur Seite, erblickte den riesigen braunen Fleck auf der geblümten Tapete, rief, ehe ihr eigentlich zum Bewußtsein kam, daß das Gregor war, was sie sah, mit schreiender, rauher Stimme: »Ach Gott, ach Gott!« und fiel mit ausgebreiteten Armen, als gebe sie alles auf, über das Kanapee hin und rührte sich nicht. »Du, Gregor!« rief die Schwester mit erhobener Faust und eindringlichen Blicken. Es waren seit der Verwandlung die ersten Worte, die sie unmittelbar an ihn gerichtet hatte. Sie lief ins Nebenzimmer, um irgendeine Essenz zu holen, mit der sie die Mutter aus ihrer Ohnmacht wecken könnte; Gregor wollte auch helfen – zur Rettung des Bildes war noch Zeit –; er klebte aber fest an dem Glas und mußte sich mit Gewalt losreißen; er lief dann auch ins Nebenzimmer, als könne er der Schwester irgendeinen Rat geben, wie in früherer Zeit; mußte dann aber untätig hinter ihr stehen; während sie in verschiedenen Fläschchen kramte, erschreckte sie noch, als sie sich umdrehte; eine Flasche fiel zu Boden und zerbrach; ein Splitter verletzte Gregor im Gesicht, irgendeine ätzende Medizin umfloß ihn; Grete nahm nun, ohne sich länger aufzuhalten, soviel Fläschchen, als sie nur halten konnte, und rannte mit ihnen zur Mutter hinein; die Tür schlug sie mit dem Fuße zu. Gregor war nun von der Mutter abgeschlossen, die durch seine Schuld vielleicht dem Tode nahe war; die Tür durfte er nicht öffnen, wollte er der Schwester, die bei der Mutter bleiben mußte, nicht verjagen; er hatte jetzt nichts zu tun, als zu warten; und von Selbstvorwürfen und Besorgnis bedrängt, begann er zu kriechen, überkroch alles, Wände, Möbel und Zimmerdecke und fiel endlich in seiner Verzweiflung, als sich das ganze Zimmer schon um ihn zu drehen anfing, mitten auf den großen Tisch.

Es verging eine kleine Weile, Gregor lag matt da, ringsherum war es still, vielleicht war das ein gutes Zeichen. Da läutete es. Das Mädchen war natürlich in ihrer Küche eingesperrt und Grete mußte daher öffnen gehen. Der Vater war gekommen. »Was ist geschehen?« waren seine ersten Worte; Gretes Aussehen hatte ihm wohl alles verraten. Grete antwortete mit dumpfer Stimme, offenbar drückte sie ihr Gesicht an des Vaters Brust: »Die Mutter war ohnmächtig, aber es geht ihr schon besser. Gregor ist ausgebrochen.« – »Ich habe es ja erwartet«, sagte der Vater, »ich habe es euch ja immer gesagt, aber ihr Frauen wollt nicht hören.« Gregor war es klar, daß der Vater Gretes allzu kurze Mitteilung schlecht gedeutet hatte und annahm, daß Gregor sich irgendeine Gewalttat habe zuschulden kommen lassen. Deshalb mußte Gregor den Vater jetzt zu besänftigen suchen, denn ihn aufzuklären, hatte er weder Zeit noch Möglichkeit. Und so flüchtete er sich zur Tür seines Zimmers und drückte sich an sie, damit der Vater beim Eintritt vom Vorzimmer her gleich sehen könne, daß Gregor die beste Absicht habe, sofort in sein Zimmer zurückzukehren, und daß es nicht nötig sei, ihn zurückzutreiben, sondern daß man nur die Tür zu öffnen brauche, und gleich werde er verschwinden.

Aber der Vater war nicht in der Stimmung, solche Feinheiten zu bemerken; »Ah!« rief er gleich beim Eintritt in einem Tone, als sei er gleichzeitig wütend und froh. Gregor zog den Kopf von der Tür zurück und hob ihn gegen den Vater. So hatte er sich den Vater wirklich nicht vorgestellt, wie er jetzt dastand; allerdings hatte er in der letzten Zeit über dem neuartigen Herumkriechen versäumt, sich so wie früher um die Vorgänge in der übrigen Wohnung zu kümmern, und hätt eigentlich darauf gefaßt sein müssen, veränderte Verhältnisse anzutreffen. Trotzdem, trotzdem, war das noch der Vater? Der gleiche Mann, der müde im Bett vergraben lag, wenn früher Gregor zu einer Geschäftsreise ausgerückt war; der ihn an Abenden der Heimkehr im Schlafrock im Lehnstuhl empfangen hatte; gar nicht recht imstande war aufzustehen, sondern zum Zeichen der Freude nur die Arme gehoben hatte, und der bei den seltenen gemeinsamen Spaziergängen an ein paar Sonntagen im Jahr und an den höchsten Feiertagen zwischen Gregor und der Mutter, die schon an und für sich langsam gingen, immer noch ein wenig langsamer, in seinen alten Mantel eingepackt, mit stets vorsichtig aufgesetztem Krückstock sich vorwärts arbeitete und, wenn er etwas sagen wollte, fast immer stillstand und seine Begleitung um sich versammelte? Nun aber war er recht gut aufgerichtet; in eine straffe blaue

Uniform mit Goldknöpfen gekleidet, wie sie Diener der Bankinstitute tragen; über dem hohen steifen Kragen des Rockes entwickelte sich sein starkes Doppelkinn; unter den buschigen Augenbrauen drang der Blick der schwarzen Augen frisch und aufmerksam hervor; das sonst zerzauste weiße Haar war zu einer peinlich genauen, leuchtenden Scheitelfrisur niedergekämmt. Er warf seine Mütze, auf der ein Goldmonogramm, wahrscheinlich das einer Bank, angebracht war, über das ganze Zimmer im Bogen auf das Kanapee hin und ging, die Enden seines langen Uniformrockes zurückgeschlagen, die Hände in den Hosentaschen, mit verbissenem Gesicht auf Gregor zu. Er wußte wohl selbst nicht, was er vorhatte; immerhin hob er die Füße ungewöhnlich hoch, und Gregor staunte über die Riesengröße seiner Stiefelsohlen. Doch hielt er sich dabei nicht auf, er wußte ja noch vom ersten Tage seines neuen Lebens her, daß der Vater ihm gegenüber nur die größte Strenge für angebracht ansah. Und so lief er vor dem Vater her, stockte, wenn der Vater stehenblieb, und eilte schon wieder vorwärts, wenn sich der Vater nur rührte. So machten sie mehrmals die Runde um das Zimmer, ohne daß sich etwas Entscheidendes ereignete, ja ohne daß das Ganze infolge seines langsamen Tempos den Anschein einer Verfolgung gehabt hätte. Deshalb blieb auch Gregor vorläufig auf dem Fußboden, zumal er fürchtete, der Vater könnte eine Flucht auf die Wände oder den Plafond für besondere Bosheit halten. Allerdings mußte sich Gregor sagen, daß er sogar dieses Laufen nicht lange aushalten würde; denn während der Vater einen Schritt machte, mußte er eine Unzahl von Bewegungen ausführen. Atemnot begann sich schon bemerkbar zu machen, wie er ja auch in seiner früheren Zeit keine ganz vertrauenswürdige Lunge besessen hatte. Als er nun so dahintorkelte, um alle Kräfte für den Lauf zu sammeln, kaum die Augen offenhielt; in seiner Stumpfheit an eine andere Rettung als durch Laufen gar nicht dachte; und fast schon vergessen hatte, daß ihm die Wände freistanden, die hier allerdings mit sorgfältig geschnitzten Möbeln voll Zacken und Spitzen verstellt waren – da flog knapp neben ihm, leicht geschleudert, irgend etwas nieder und rollte vor ihm her. Es war ein Apfel; gleich flog ihm ein zweiter nach; Gregor blieb vor Schrecken stehen; ein Weiterlaufen war nutzlos, denn der Vater hatte sich entschlossen, ihn zu bombardieren. Aus der Obstschale auf der Kredenz hatte er sich die Taschen gefüllt und warf nun, ohne vorläufig scharf zu zielen, Apfel für Apfel. Diese kleinen roten Äpfel rollten wie elektrisiert auf dem Boden herum und stießen aneinander. Ein schwach geworfener Apfel streifte Gregors Rücken, glitt aber unschädlich ab. Ein ihm sofort nachfliegender drang dagegen förmlich in Gregors Rücken ein; Gregor wollte sich weiterschleppen, als könne der überraschende unglaubliche Schmerz mit dem Ortswechsel vergehen; doch fühlte er sich wie festgenagelt und streckte sich in vollständiger Verwirrung aller Sinne. Nur mit dem letzten Blick sah er noch, wie die Tür seines Zimmers aufgerissen wurde, und vor der schreienden Schwester die Mutter hervoreilte, im Hemd, denn die Schwester hatte sie entkleidet, um ihr in der Ohnmacht Atemfreiheit zu verschaffen, wie dann die Mutter auf den Vater zulief und ihr auf dem Weg die aufgebundenen Röcke einer nach dem anderen zu Boden glitten, und wie sie stolpernd über die Röcke auf den Vater eindrang und ihn umarmend, in gänzlicher Vereinigung mit ihm – nun versagte aber Gregors Sehkraft schon – die Hände an des Vaters Hinterkopf um Schonung von Gregors Leben bat.

III

Die schwere Verwundung Gregors, an der er über einen Monat litt – der Apfel blieb, da ihn niemand zu entfernen wagte, als sichtbares Andenken im Fleische sitzen –, schien selbst den Vater daran erinnert zu haben, daß Gregor trotz seiner gegenwärtigen traurigen und ekelhaften Gestalt ein Familienmitglied war, das man nicht wie einen Feind behandeln durfte, sondern demgegenüber es das Gebot der Familienpflicht war, den Widerwillen hinunterzuschlucken und zu dulden, nichts als zu dulden.

Und wenn nun auch Gregor durch seine Wunde an Beweglichkeit wahrscheinlich für immer verloren hatte und vorläufig zur Durchquerung seines Zimmers wie ein alter Invalide lange, lange Minuten brauchte – an das Kriechen in der Höhe war nicht zu denken –, so bekam er für diese Verschlimmerung seines Zustandes einen seiner Meinung nach vollständig genügenden Ersatz dadurch, daß immer gegen Abend die Wohnzimmertür, die er schon ein bis zwei Stunden vorher scharf zu beobachten pflegte, geöffnet wurde, so daß er, im Dunkel seines Zimmers liegend, vom Wohnzimmer aus unsichtbar, die ganze Familie beim beleuchteten Tische sehen und ihre Reden, gewissermaßen mit allgemeiner Erlaubnis, also ganz anders als früher, anhören durfte.

Freilich waren es nicht mehr die lebhaften Unterhaltungen der früheren Zeiten, an die Gregor in den kleinen Hotelzimmern stets mit einigem Verlangen gedacht hatte, wenn er sich müde in das feuchte Bettzeug hatte werfen müssen. Es ging jetzt meist nur sehr still zu. Der Vater schlief bald nach dem Nachtessen in seinem Sessel ein; die Mutter und Schwester ermahnten einander zur Stille; die Mutter nähte, weit unter das Licht vorgebeugt, feine Wäsche für ein Modengeschäft; die Schwester, die eine Stellung als Verkäuferin angenommen hatte, lernte am Abend Stenographie und Französisch, um vielleicht später einmal einen besseren Posten zu erreichen. Manchmal wachte der Vater auf, und als wisse er gar nicht, daß er geschlafen habe, sagte er zur Mutter: »Wie lange du heute schon wieder nähst!« und schlief sofort wieder ein, während Mutter und Schwester einander müde zulächelten.

Mit einer Art Eigensinn weigerte sich der Vater, auch zu Hause seine Dieneruniform abzulegen; und während der Schlafrock nutzlos am Kleiderhaken hing, schlummerte der Vater vollständig angezogen auf seinem Platz, als sei er immer zu seinem Dienste bereit und warte auch hier auf die Stimme des Vorgesetzten. Infolgedessen verlor die gleich anfangs nicht neue Uniform trotz aller Sorgfalt von Mutter und Schwester an Reinlichkeit, und Gregor sah oft ganze Abende lang auf dieses über und über fleckige, mit seinen stets geputzten Goldknöpfen leuchtende Kleid, in dem der alte Mann höchst unbequem und doch ruhig schlief.

Sobald die Uhr zehn schlug, suchte die Mutter durch leise Zusprache den Vater zu wecken und dann zu überreden, ins Bett zu gehen, denn hier war es doch kein richtiger Schlaf, und diesen hatte der Vater, der um sechs Uhr seinen Dienst antreten mußte, äußerst nötig. Aber in dem Eigensinn, der ihn, seitdem er Diener war, ergriffen hatte, bestand er immer darauf, noch länger bei Tisch zu bleiben, trotzdem er regelmäßig einschlief, und war dann überdies nur mit der größten Mühe zu bewegen, den Sessel mit dem Bett zu vertauschen. Da mochten Mutter und Schwester mit kleinen Ermahnungen noch so sehr auf ihn eindringen, viertelstundenlang schüttelte er langsam den Kopf, hielt die Augen geschlossen und stand nicht auf. Die Mutter zupfte ihn am Ärmel, sagte ihm Schmeichelworte ins Ohr, die Schwester verließ ihre Aufgabe, um der Mutter zu helfen, aber beim Vater verfing das nicht. Er versank nur noch tiefer in seinen Sessel. Erst als ihn die Frauen unter den Achseln faßten, schlug er die Augen auf, sah abwechselnd die Mutter und die Schwester an und pflegte zu sagen: »Das ist ein Leben. Das ist die Ruhe meiner alten Tage.« Und auf die beiden Frauen gestützt, erhob er sich, umständlich, als sei er für sich selbst die größte Last, ließ sich von den Frauen bis zur Türe führen, winkte ihnen dort ab und ging nun selbständig weiter, während die Mutter ihr Nähzeug, die Schwester ihre Feder eiligst hinwarfen, um hinter dem Vater zu laufen und ihm weiter behilflich zu sein.

Wer hatte in dieser abgearbeiteten und übermüdeten Familie Zeit, sich um Gregor mehr zu kümmern, als unbedingt nötig war? Der Haushalt wurde immer mehr eingeschränkt; das Dienstmädchen wurde nun doch entlassen; eine riesige knochige Bedienerin mit weißem, den Kopf umflatterndem Haar kam des Morgens und des Abends, um die schwerste Arbeit zu leisten; alles andere besorgte die Mutter neben ihrer vielen Näharbeit. Es geschah sogar, daß verschiedene Familienschmuckstücke, welche früher die Mutter und die Schwester überglücklich bei Unterhaltungen und Feierlichkeiten getragen hatten, verkauft wurden, wie Gregor am Abend aus der allgemeinen Besprechung der erzielten Preise erfuhr. Die größte Klage war aber stets, daß man diese für die gegenwärtigen Verhältnisse allzu große Wohnung nicht verlassen konnte, da es nicht auszudenken war, wie man Gregor übersiedeln sollte. Aber Gregor sah wohl ein, daß es nicht nur die Rücksicht auf ihn war, welche eine Übersiedlung verhinderte, denn ihn hätte man doch in einer passenden Kiste mit ein paar Luftlöchern leicht transportieren können; was die Familie hauptsächlich vom Wohnungswechsel abhielt, war vielmehr die völlige Hoffnungslosigkeit und der Gedanke daran, daß sie mit einem Unglück geschlagen war, wie niemand sonst im ganzen Verwandten- und Bekanntenkreis. Was die Welt von armen Leuten verlangt, erfüllten sie bis zum äußersten, der Vater holte den kleinen Bankbeamten das Frühstück, die Mutter opferte sich für die Wäsche fremder Leute, die Schwester lief nach dem Befehl der Kunden hinter dem Pulte hin und her, aber weiter reichten die Kräfte der Familie schon nicht. Und die Wunde im Rücken fing Gregor wie neu zu schmerzen an, wenn Mutter und Schwester, nachdem sie den Vater zu Bett gebracht hatten, nun zurückkehrten, die Arbeit liegenließen, nahe zusammenrückten, schon Wange an Wange saßen; wenn jetzt die Mutter, auf Gregors Zimmer zeigend, sagte: »Mach' dort die Tür zu, Grete«, und wenn nun Gregor wieder im Dunkel war, während nebenan die Frauen ihre Tränen vermischten oder gar tränenlos den Tisch anstarrten.

Die Nächte und Tage verbrachte Gregor fast ganz ohne

Schlaf. Manchmal dachte er daran, beim nächsten Öffnen der Tür die Angelegenheiten der Familie ganz so wie früher wieder in die Hand zu nehmen; in seinen Gedanken erschienen wieder nach langer Zeit der Chef und der Prokurist, die Kommis und die Lehrjungen, der so begriffsstützige Hausknecht, zwei, drei Freunde aus anderen Geschäften, ein Stubenmädchen aus einem Hotel in der Provinz, eine liebe, flüchtige Erinnerung, eine Kassiererin aus einem Hutgeschäft, um die er sich ernsthaft, aber zu langsam beworben hatte – sie alle erschienen untermischt mit Fremden oder schon Vergessenen, aber statt ihm und seiner Familie zu helfen, waren sie sämtlich unzugänglich, und er war froh, wenn sie verschwanden. Dann aber war er wieder gar nicht in der Laune, sich um seine Familie zu sorgen, bloß Wut über die schlechte Wartung erfüllte ihn, und trotzdem er sich nichts vorstellen konnte, worauf er Appetit gehabt hätte, machte er doch Pläne, wie er in die Speisekammer gelangen könnte, um dort zu nehmen, was ihm, auch wenn er keinen Hunger hatte, immerhin gebührte. Ohne jetzt mehr nachzudenken, womit man Gregor einen besonderen Gefallen machen könnte, schob die Schwester eiligst, ehe sie morgens und mittags ins Geschäft lief, mit dem Fuß irgendeine beliebige Speise in Gregors Zimmer hinein, um sie am Abend, gleichgültig dagegen, ob die Speise vielleicht nur verkostet oder – der häufigste Fall – gänzlich unberührt war, mit einem Schwenken des Besens hinauszukehren. Das Aufräumen des Zimmers, das sie nun immer abends besorgte, konnte gar nicht mehr schneller getan sein. Schmutzstreifen zogen sich die Wände entlang, hie und da lagen Knäuel von Staub und Unrat. In der ersten Zeit stellte sich Gregor bei der Ankunft der Schwester in derartige besonders bezeichnende Winkel, um ihr durch diese Stellung gewissermaßen einen Vorwurf zu machen. Aber er hätte wohl wochenlang dort bleiben können, ohne daß sich die Schwester gebessert hätte; sie sah ja den Schmutz genau so wie er, aber sie hatte sich eben entschlossen, ihn zu lassen. Dabei wachte sie mit einer an ihr ganz neuen Empfindlichkeit, die überhaupt die ganze Familie ergriffen hatte, darüber, daß das Aufräumen von Gregors Zimmer ihr vorbehalten blieb. Einmal hatte die Mutter Gregors Zimmer einer großen Reinigung unterzogen, die ihr nur nach Verbrauch einiger Kübel Wasser gelungen war – die viele Feuchtigkeit kränkte allerdings Gregor auch und er lag breit, verbittert und unbeweglich auf dem Kanapee –, aber die Strafe blieb für die Mutter nicht aus. Denn kaum hatte am Abend die Schwester die Veränderung in Gregors Zimmer bemerkt, als sie, aufs höchste beleidigt, ins Wohnzimmer lief und, trotz der beschwörend erhobenen Hände der Mutter, in einen Weinkrampf ausbrach, dem die Eltern – der Vater war natürlich aus seinem Sessel aufgeschreckt worden – zuerst erstaunt und hilflos zusahen; bis auch sie sich zu rühren anfingen; der Vater rechts der Mutter Vorwürfe machte, daß sie Gregors Zimmer nicht der Schwester zur Reinigung überließ; links dagegen die Schwester anschrie, sie werde niemals mehr Gregors Zimmer reinigen dürfen; während die Mutter den Vater, der sich vor Erregung nicht mehr kannte, ins Schlafzimmer zu schleppen suchte; die Schwester, von Schluchzen geschüttelt, mit ihren kleinen Fäusten den Tisch bearbeitete; und Gregor laut vor Wut darüber zischte, daß es keinem einfiel, die Tür zu schließen und ihm diesen Anblick und Lärm zu ersparen.

Aber selbst wenn die Schwester, erschöpft von ihrer Berufsarbeit, dessen überdrüssig geworden war, für Gregor, wie früher, zu sorgen, so hätte noch keineswegs die Mutter für sie eintreten müssen und Gregor hätte doch nicht vernachlässigt werden brauchen. Denn nun war die Bedienerin da. Diese alte Witwe, die in ihrem langen Leben mit Hilfe ihres starken Knochenbaues das Ärgste überstanden haben mochte, hatte keinen eigentlichen Abscheu vor Gregor. Ohne irgendwie neugierig zu sein, hatte sie zufällig einmal die Tür von Gregors Zimmer aufgemacht und war im Anblick Gregors, der, gänzlich überrascht, trotzdem ihn niemand jagte, hin und her zu laufen begann, die Hände im Schoß gefaltet staunend stehengeblieben. Seitdem versäumte sie nicht, stets flüchtig morgens und abends die Tür ein wenig zu öffnen und zu Gregor hineinzuschauen. Anfangs rief sie ihn auch zu sich herbei, mit Worten, die sie wahrscheinlich für freundlich hielt, wie »Komm mal herüber, alter Mistkäfer!« oder »Seht mal den alten Mistkäfer!« Auf solche Ansprachen antwortete Gregor mit nichts, sondern blieb unbeweglich auf seinem Platz, als sei die Tür gar nicht geöffnet worden. Hätte man doch dieser Bedienerin, statt sie nach ihrer Laune ihn nutzlos stören zu lassen, lieber den Befehl gegeben, sein Zimmer täglich zu reinigen! Einmal am frühen Morgen – ein heftiger Regen, vielleicht schon ein Zeichen des kommenden Frühjahrs, schlug an die Scheiben – war Gregor, als die Bedienerin mit ihren Redensarten wieder begann, derartig verbittert, daß er, wie zum Angriff, allerdings langsam und hinfällig, sich gegen sie wendete. Die Bedienerin aber, statt sich zu fürchten, hob bloß einen in der Nähe der Tür befindlichen Stuhl hoch empor, und wie sie mit groß geöffnetem Munde dastand, war ihre Absicht klar, den Mund erst zu schließen, wenn der Sessel in ihrer Hand auf Gregors Rücken niederschlagen würde. »Also weiter geht es nicht?« fragte sie, als Gregor sich wieder umdrehte, und stellte den Sessel ruhig in die Ecke zurück.

Gregor aß nun fast gar nichts mehr. Nur wenn er zufällig an der vorbereiteten Speise vorüberkam, nahm er zum Spiel einen Bissen in den Mund, hielt ihn dort stundenlang und spie ihn dann meist wieder aus. Zuerst dachte er, es sei die Trauer über den Zustand seines Zimmers, die ihn vom Essen abhalte, aber gerade mit den Veränderungen des Zimmers söhnte er sich sehr bald aus. Man hatte sich angewöhnt, Dinge, die man anderswo nicht unterbringen konnte, in dieses Zimmer hineinzustellen, und solcher Dinge gab es nun viele, da man ein Zimmer der Wohnung an drei Zimmerherren vermietet hatte. Diese ernsten Herren – alle drei hatten Vollbärte, wie Gregor einmal durch eine Türspalte feststellte – waren peinlich auf Ordnung, nicht nur in ihrem Zimmer, sondern, da sie sich nun einmal hier eingemietet hatten, in der ganzen Wirtschaft, also insbesondere in der Küche, bedacht. Unnützen oder gar schmutzigen Kram ertrugen sie nicht. Überdies hatten sie zum größten Teil ihre eigenen Einrichtungsstücke mitgebracht. Aus diesem Grunde waren viele Dinge überflüssig geworden, die zwar nicht verkäuflich waren, die man aber auch nicht wegwerfen wollte. Alle diese wanderten in Gregors Zimmer. Ebenso auch die Aschenkiste und die Abfallkiste aus der Küche. Was nur im Augenblick unbrauchbar war, schleuderte die Bedienerin, die es immer sehr eilig hatte, einfach in Gregors

Zimmer; Gregor sah glücklicherweise meist nur den betreffenden Gegenstand und die Hand, die ihn hielt. Die Bedienerin hatte vielleicht die Absicht, bei Zeit und Gelegenheit die Dinge wieder zu holen oder alle insgesamt mit einemmal hinauszuwerfen, tatsächlich aber blieben sie dort liegen, wohin sie durch den ersten Wurf gekommen waren, wenn nicht Gregor sich durch das Rumpelzeug wand und es in Bewegung brachte, zuerst gezwungen, weil kein sonstiger Platz zum Kriechen frei war, später aber mit wachsendem Vergnügen, obwohl er nach solchen Wanderungen, zum Sterben müde und traurig, wieder stundenlang sich nicht rührte.

Da die Zimmerherren manchmal auch ihr Abendessen zu Hause im gemeinsamen Wohnzimmer einnahmen, blieb die Wohnzimmertür an manchen Abenden geschlossen, aber Gregor verzichtete ganz leicht auf das Öffnen der Tür, hatte er doch schon manche Abende, an denen sie geöffnet war, nicht ausgenützt, sondern war, ohne daß es die Familie merkte, im dunkelsten Winkel seines Zimmers gelegen. Einmal aber hatte die Bedienerin die Tür zum Wohnzimmer ein wenig offengelassen; und sie blieb so offen, auch als die Zimmerherren am Abend eintraten und Licht gemacht wurde. Sie setzten sich oben an den Tisch, wo in früheren Zeiten der Vater, die Mutter und Gregor gegessen hatten, entfalteten die Servietten und nahmen Messer und Gabel in die Hand. Sofort erschien in der Tür die Mutter mit einer Schüssel Fleisch und knapp hinter ihr die Schwester mit einer Schüssel hochgeschichteter Kartoffeln. Das Essen dampfte mit starkem Rauch. Die Zimmerherren beugten sich über die vor sie hingestellten Schüsseln, als wollten sie

sie vor dem Essen prüfen, und tatsächlich zerschnitt der, welcher in der Mitte saß und den anderen zwei als Autorität zu gelten schien, ein Stück Fleisch noch auf der Schüssel, offenbar um festzustellen, ob es mürbe genug sei und ob es nicht etwa in die Küche zurückgeschickt werden solle. Er war befriedigt, und Mutter und Schwester, die gespannt zugesehen hatten, begannen aufatmend zu lächeln.

Die Familie selbst aß in der Küche. Trotzdem kam der Vater, ehe er in die Küche ging, in dieses Zimmer herein und machte mit einer einzigen Verbeugung, die Kappe in der Hand, einen Rundgang um den Tisch. Die Zimmerherren erhoben sich sämtlich und murmelten etwas in ihre Bärte. Als sie dann allein waren, aßen sie fast unter vollkommenem Stillschweigen. Sonderbar schien es Gregor, daß man aus allen mannigfachen Geräuschen des Essens immer wieder ihre kauenden Zähne heraushörte, als ob damit Gregor gezeigt werden sollte, daß man Zähne brauche, um zu essen, und daß man auch mit den schönsten zahnlosen Kiefern nichts ausrichten könne. ›Ich habe ja Appetit‹, sagte sich Gregor sorgenvoll, ›aber nicht auf diese Dinge. Wie sich diese Zimmerherren nähren, und ich komme um!‹

Gerade an diesem Abend – Gregor erinnerte sich nicht, während der ganzen Zeit die Violine gehört zu haben – ertönte sie von der Küche her. Die Zimmerherren hatten schon ihr Nachtmahl beendet, der mittlere hatte eine Zeitung hervorgezogen, den zwei anderen je ein Blatt gegeben, und nun lasen sie zurückgelehnt und rauchten. Als die Violine zu spielen begann, wurden sie aufmerksam, erhoben sich und gingen auf den Fußspitzen zur Vorzimmertür, in der sie aneinandergedrängt stehenblieben. Man mußte sie von der Küche aus gehört haben, denn der Vater rief: »Ist den Herren das Spiel vielleicht unangenehm? Es kann sofort eingestellt werden.« – »Im Gegenteil«, sagte der mittlere der Herren, »möchte das Fräulein nicht zu uns hereinkommen und hier im Zimmer spielen, wo es doch viel bequemer und gemütlicher ist?« – »O bitte«, rief der Vater, als sei er der Violinspieler. Die Herren traten ins Zimmer zurück und warteten. Bald kam der Vater mit dem Notenpult, die Mutter mit den Noten und die Schwester mit der Violine. Die Schwester bereitete alles ruhig zum Spiele vor; die Eltern, die niemals früher ein Zimmer vermietet hatten und deshalb die Höflichkeit gegen die Zimmerherren übertrieben, wagten gar nicht, sich auf ihre eigenen Sessel zu setzen; der Vater lehnte an der Tür, die rechte Hand zwischen zwei Knöpfen des geschlossenen Livreerockes gesteckt; die Mutter aber erhielt von einem Herrn einen Sessel angeboten und saß, da sie den Sessel dort ließ, wohin ihn der Herr zufällig gestellt hatte, abseits in einem Winkel.

Die Schwester begann zu spielen; Vater und Mutter verfolgten, jeder von seiner Seite, aufmerksam die Bewegungen ihrer Hände. Gregor hatte, von dem Spiele angezogen, sich ein wenig weiter vorgewagt und war schon mit dem Kopf im Wohnzimmer. Er wunderte sich kaum darüber, daß er in letzter Zeit so wenig Rücksicht auf die andern nahm; früher war diese Rücksichtnahme sein Stolz gewesen. Und dabei hätte er gerade jetzt mehr Grund gehabt, sich zu verstecken, denn infolge des Staubes, der in seinem Zimmer überall lag und bei der kleinsten Bewegung umherflog, war auch er ganz staubbedeckt; Fäden, Haare, Speiseüberreste schleppte er auf seinem Rücken und an den Seiten mit sich herum;

seine Gleichgültigkeit gegen alles war viel zu groß, als daß er sich, wie früher mehrmals während des Tages, auf den Rücken gelegt und am Teppich gescheuert hätte. Und trotz dieses Zustandes hatte er keine Scheu, ein Stück auf dem makellosen Fußboden des Wohnzimmers vorzurücken.

Allerdings achtete auch niemand auf ihn. Die Familie war gänzlich vom Violinspiel in Anspruch genommen; die Zimmerherren dagegen, die zunächst, die Hände in den Hosentaschen, viel zu nahe hinter dem Notenpult der Schwester sich aufgestellt hatten, so daß sie alle in die Noten hätten sehen können, was sicher die Schwester stören mußte, zogen sich bald unter halblauten Gesprächen mit gesenkten Köpfen zum Fenster zurück, wo sie, vom Vater besorgt beobachtet, auch blieben. Es hatte nun wirklich den überdeutlichen Anschein, als wären sie in ihrer Annahme, ein schönes oder unterhaltendes Violinspiel zu hören, enttäuscht, hätten die ganze Vorführung satt und ließen sich nur aus Höflichkeit noch in ihrer Ruhe stören. Besonders die Art, wie sie alle aus Nase und Mund den Rauch ihrer Zigarren in die Höhe bliesen, ließ auf große Nervosität schließen. Und doch spielte die Schwester so schön. Ihr Gesicht war zur Seite geneigt, prüfend und traurig folgten ihre Blicke den Notenzeilen. Gregor kroch noch ein Stück vorwärts und hielt den Kopf eng an den Boden, um möglicherweise ihren Blicken begegnen zu können. War er ein Tier, da ihn Musik so ergriff? Ihm war, als zeige sich ihm der Weg zu der ersehnten unbekannten Nahrung. Er war entschlossen, bis zur Schwester vorzudringen, sie am Rock zu zupfen und ihr dadurch anzudeuten, sie möge doch mit ihrer Violine in sein Zimmer kommen, denn niemand lohnte hier das Spiel so, wie er es lohnen wollte. Er wollte sie nicht mehr aus seinem Zimmer lassen, wenigstens nicht, solange er lebte; seine Schreckgestalt sollte ihm zum erstenmal nützlich werden; an allen Türen seines Zimmers wollte er gleichzeitig sein und den Angreifern entgegenfauchen; die Schwester aber sollte nicht gezwungen, sondern freiwillig bei ihm bleiben; sie sollte neben ihm auf dem Kanapee sitzen, das Ohr zu ihm herunterneigen, und er wollte ihr dann anvertrauen, daß er die feste Absicht gehabt habe, sie auf das Konservatorium zu schicken, und daß er dies, wenn nicht das Unglück dazwischengekommen wäre, vergangene Weihnachten – Weihnachten war doch wohl schon vorüber? – allen gesagt hätte, ohne sich um irgendwelche Widerreden zu kümmern. Nach dieser Erklärung würde die Schwester in Tränen der Rührung ausbrechen, und Gregor würde sich bis zu ihrer Achsel erheben und ihren Hals küssen, den sie, seitdem sie ins Geschäft ging, frei ohne Band oder Kragen trug.

»Herr Samsa!« rief der mittlere Herr dem Vater zu und zeigte, ohne ein weiteres Wort zu verlieren, mit dem Zeigefinger auf den langsam sich vorwärts bewegenden Gregor. Die Violine verstummte, der mittlere Zimmerherr lächelte erst einmal kopfschüttelnd seinen Freunden zu und sah dann wieder auf Gregor hin. Der Vater schien es für nötiger zu halten, statt Gregor zu vertreiben, vorerst die Zimmerherren zu beruhigen, trotzdem diese gar nicht aufgeregt waren und Gregor sie mehr als das Violinspiel zu unterhalten schien. Er eilte zu ihnen und suchte sie mit ausgebreiteten Armen in ihr Zimmer zu drängen und gleichzeitig mit seinem Körper ihnen den Ausblick auf Gregor zu nehmen. Sie wurden nun tatsächlich ein wenig böse, man wußte nicht mehr, ob über das Benehmen des Vaters oder über die ihnen jetzt aufgehende Erkenntnis, ohne es zu wissen, einen solchen Zimmernachbar wie Gregor besessen zu haben. Sie verlangten vom Vater Erklärungen, hoben ihrerseits die Arme, zupften unruhig an ihren Bärten und wichen nur langsam gegen ihr Zimmer zurück. Inzwischen hatte die Schwester die Verlorenheit, in die sie nach dem plötzlich abgebrochenen Spiel verfallen war, überwunden, hatte sich, nachdem sie eine Zeitlang in den lässig hängenden Händen Violine und Bogen gehalten und weiter, als spiele sie noch, in die Noten gesehen hatte, mit einem Male aufgerafft, hatte das Instrument auf den Schoß der Mutter gelegt, die in Atembeschwerden mit heftig arbeitenden Lungen noch auf ihrem Sessel saß, und war in das Nebenzimmer gelaufen, dem sich die Zimmerherren unter dem Drängen des Vaters schon schneller näherten. Man sah, wie unter den geübten Händen der Schwester die Decken und Polster in den Betten in die Höhe flogen und sich ordneten. Noch ehe die Herren das Zimmer erreicht hatten, war sie mit dem Aufbetten fertig und schlüpfte heraus. Der Vater schien wieder von seinem Eigensinn derartig ergriffen, daß er jeden Respekt vergaß, den er seinen Mietern immerhin schuldete. Er drängte nur und drängte, bis schon in der Tür des Zimmers der mittlere der Herren donnernd mit dem Fuß aufstampfte und dadurch den Vater zum Stehen brachte. »Ich erkläre hiermit«, sagte er, hob die Hand und suchte mit den Blicken auch die Mutter und die Schwester, »daß ich mit Rücksicht auf die in dieser Wohnung und Familie herrschenden widerlichen Verhältnisse« – hierbei spie er kurz entschlossen auf den Boden – »mein Zimmer augenblicklich kündige. Ich werde natürlich auch für die Tage, die ich hier gewohnt habe, nicht das geringste bezahlen, dagegen werde ich es mir noch überlegen, ob ich nicht mit irgendwelchen – glauben Sie mir – sehr leicht zu begründenden Forderungen gegen Sie auftreten werde.« Er schwieg und sah gerade vor sich hin, als erwarte er etwas. Tatsächlich fielen sofort seine zwei Freunde mit den Worten ein: »Auch wir kündigen augenblicklich.« Darauf faßte er die Türklinke und schloß mit einem Krach die Tür.

Der Vater wankte mit tastenden Händen zu seinem Sessel und ließ sich in ihn fallen; es sah aus, als strecke er sich zu seinem gewöhnlichen Abendschläfchen, aber das starke Nicken seines wie haltlosen Kopfes zeigte, daß er ganz und gar nicht schlief. Gregor war die ganze Zeit still auf dem Platz gelegen, auf dem ihn die Zimmerherren ertappt hatten. Die Enttäuschung über das Mißlingen seines Planes, vielleicht aber auch die durch das viele Hungern verursachte Schwäche machten es ihm unmöglich, sich zu bewegen. Er fürchtete mit einer gewissen Bestimmtheit schon für den nächsten Augenblick einen allgemeinen über ihn sich entladenden Zusammensturz und wartete. Nicht einmal die Violine schreckte ihn auf, die, unter den zitternden Fingern der Mutter hervor, ihr vom Schoße fiel und einen hallenden Ton von sich gab.

»Liebe Eltern«, sagte die Schwester und schlug zur Einleitung mit der Hand auf den Tisch, »so geht es nicht weiter. Wenn ihr das vielleicht nicht einsehet, ich sehe es sein. Ich will vor diesem Untier nicht den Namen meines Bruders aussprechen, und sage daher bloß: Wir müssen versuchen, es loszuwerden. Wir haben das Menschenmögliche versucht, es zu pflegen und zu dulden, ich glaube, es kann uns niemand den geringsten Vorwurf machen.«

»Sie hat tausendmal recht«, sagte der Vater für sich. Die Mutter, die noch immer nicht genug Atem finden konnte, fing in die vorgehaltene Hand mit einem irrsinnigen Ausdruck der Augen dumpf zu husten an.

Die Schwester eilte zur Mutter und hielt ihr die Stirn. Der Vater schien durch die Worte der Schwester auf bestimmtere Gedanken gebracht zu sein, hatte sich aufrecht gesetzt, spielte mit seiner Dienermütze zwischen den Tellern, die noch vom Nachtmahl der Zimmerherren her auf dem Tische lagen, und sah bisweilen auf den stillen Gregor hin.

»Wir müssen es loszuwerden versuchen«, sagte die Schwester nun ausschließlich zum Vater, denn die Mutter hörte in ihrem Husten nichts, »es bringt euch noch beide um, ich sehe es kommen. Wenn man schon so schwer arbeiten muß, wie wir alle, kann man nicht noch zu Hause diese ewige Quälerei ertragen. Ich kann es auch nicht mehr.« Und sie brach so heftig in Weinen aus, daß ihre Tränen auf das Gesicht der Mutter niederflossen, von dem sie sie mit mechanischen Handbewegungen wischte.

»Kind«, sagte der Vater mitleidig und mit auffallendem Verständnis, »was sollen wir aber tun?«

Die Schwester zuckte nur die Achseln zum Zeichen der Ratlosigkeit, die sie nun während des Weinens im Gegensatz zu ihrer früheren Sicherheit ergriffen hatte.

»Wenn er uns verstünde«, sagte der Vater halb fragend; die Schwester schüttelte aus dem Weinen heraus heftig die Hand zum Zeichen, daß daran nicht zu denken sei.

»Wenn er uns verstünde«, wiederholte der Vater und

nahm durch Schließen der Augen die Überzeugung der Schwester von der Unmöglichkeit dessen in sich auf, »dann wäre vielleicht ein Übereinkommen mit ihm möglich. Aber so –«

»Weg muß er«, rief die Schwester, »das ist das einzige Mittel, Vater. Du mußt bloß den Gedanken loszuwerden suchen, daß es Gregor ist. Daß wir es solange geglaubt haben, ist ja unser eigentliches Unglück. Aber wie kann es denn Gregor sein? Wenn es Gregor wäre, er hätte längst eingesehen, daß ein Zusammenleben von Menschen mit einem solchen Tier nicht möglich ist, und wäre freiwillig fortgegangen. Wir hätten dann keinen Bruder, aber könnten weiterleben und sein Andenken in Ehren halten. So aber verfolgt uns dieses Tier, vertreibt die Zimmerherren, will offenbar die ganze Wohnung einnehmen und uns auf der Gasse übernachten lassen. Sie nur, Vater«, schrie sie plötzlich auf, »er fängt schon wieder an!« Und in einem für Gregor gänzlich unverständlichen Schrecken verließ die Schwester sogar die Mutter, stieß sich förmlich von ihrem Sessel ab, als wollte sie lieber die Mutter opfern, als in Gregors Nähe bleiben, und eilte hinter den Vater, der, lediglich durch ihr Benehmen erregt, auch aufstand und die Arme wie zum Schutze der Schwester vor ihr halb erhob.

Aber Gregor fiel es doch gar nicht ein, irgend jemandem und gar seiner Schwester angst machen zu wollen. Er hatte bloß angefangen, sich umzudrehen, um in sein Zimmer zurückzuwandern, und das nahm sich allerdings auffallend aus, da er infolge seines leidenden Zustandes bei den schwierigen Umdrehungen mit seinem Kopfe nachhelfen mußte, den er hierbei viele Male hob und gegen den Boden schlug.

Er hielt inne und sah sich um. Seine gute Absicht schien erkannt worden zu sein; es war nur ein augenblicklicher Schrecken gewesen. Nun sahen ihn alle schweigend und traurig an. Die Mutter lag, die Beine ausgestreckt und aneinandergedrückt, in ihrem Sessel, die Augen fielen vor Ermattung fast zu; der Vater und die Schwester saßen nebeneinander, die Schwester hatte ihre Hand um des Vaters Hals gelegt.

›Nun darf ich mich schon vielleicht umdrehen‹, dachte Gregor und begann seine Arbeit wieder. Er konnte das Schnaufen der Anstrengung nicht unterdrücken und mußte auch hie und da ausruhen. Im übrigen drängte ihn auch niemand, es war alles ihm selbst überlassen. Als er die Umdrehung vollendet hatte, fing er sofort an, geradeaus zurückzuwandern. Er staunte über die große Entfernung, die ihn von seinem Zimmer trennte, und er begriff gar nicht, wie er bei seiner Schwäche vor kurzer Zeit den gleichen Weg, fast ohne es zu merken, zurückgelegt hatte. Immerfort nur auf rasches Kriechen bedacht, achtete er kaum darauf, daß kein Wort, kein Ausruf der Familie ihn störte. Erst als er schon in der Tür war, wendete er den Kopf, nicht vollständig, denn er fühlte den Hals steif werden, immerhin sah er noch, daß sich hinter ihm nichts verändert hatte, nur die Schwester war aufgestanden. Sein letzter Blick streifte die Mutter, die nun völlig eingeschlafen war.

Kaum war er innerhalb seines Zimmers, wurde die Tür eiligst zugedrückt, festgeriegelt und versperrt. Über den plötzlichen Lärm hinter sich erschrak Gregor so, daß ihm die Beinchen einknickten. Es war die Schwester, die sich so beeilt hatte. Aufrecht war sie schon da gestanden und hatte gewartet, leichtfüßig war sie dann vorwärts gesprungen, Gregor hatte sie gar nicht kommen hören, und ein »Endlich!« rief sie den Eltern zu, während sie den Schlüssel im Schloß umdrehte.

»Und jetzt?« fragte sich Gregor und sah sich im Dunkeln um. Er machte bald die Entdeckung, daß er sich nun überhaupt nicht mehr rühren konnte. Er wunderte sich darüber nicht, eher kam es ihm unnatürlich vor, daß er sich bis jetzt tatsächlich mit diesen dünnen Beinchen hatte fortbewegen können. Im übrigen fühlte er sich verhältnismäßig behaglich. Er hatte zwar Schmerzen im ganzen Leib, aber ihm war, als würden sie allmählich schwächer und schwächer und würden schließlich ganz vergehen. Den verfaulten Apfel in seinem Rücken und die entzündete Umgebung, die ganz von weichem Staub bedeckt waren, spürte er schon kaum. An seine Familie dachte er mit Rührung und Liebe zurück. Seine Meinung darüber, daß er verschwinden müsse, war womöglich noch entschiedener als die seiner Schwester. In diesem Zustand leeren und friedlichen Nachdenkens blieb er, bis die Turmuhr die dritte Morgenstunde schlug. Den Anfang des allgemeinen Hellerwerdens draußen vor dem Fenster erlebte er noch. Dann sank sein Kopf ohne seinen Willen gänzlich nieder, und aus seinen Nüstern strömte sein letzter Atem schwach hervor.

Als am frühen Morgen die Bedienerin kam – vor lauter Kraft und Eile schlug sie, wie oft man sie auch schon gebeten hatte, das zu vermeiden, alle Türen derartig zu, daß in der ganzen Wohnung von ihrem Kommen an kein ruhiger Schlaf mehr möglich war –, fand sie bei ihrem gewöhnlichen kurzen Besuch an Gregor zuerst nichts Besonderes. Sie dachte, er liege absichtlich so unbeweglich da und spiele den Beleidigten; sie traute ihm allen möglichen Verstand zu. Weil sie zufällig den langen Besen in der Hand hielt, suchte sie mit ihm Gregor von der Tür aus zu kitzeln. Als sich auch da kein Erfolg zeigte, wurde sie ärgerlich und stieß ein wenig in Gregor hinein, und erst als sie ihn ohne jeden Widerstand von seinem Platze geschoben hatte, wurde sie aufmerksam. Als sie bald den wahren Sachverhalt erkannte, machte sie große Augen, pfiff vor sich hin, hielt sich aber nicht lange auf, sondern riß die Tür des Schlafzimmers auf und rief mit lauter Stimme in das Dunkel hinein: »Sehen Sie nur mal an, es ist krepiert; da liegt es, ganz und gar krepiert!«

Das Ehepaar Samsa saß im Ehebett aufrecht da und hatte zu tun, den Schrecken über die Bedienerin zu verwinden, ehe es dazu kam, ihre Meldung aufzufassen. Dann aber stiegen Herr und Frau Samsa, jeder auf seiner Seite, eiligst aus dem Bett, Herr Samsa warf die Decke über seine Schultern, Frau Samsa kam nur im Nachthemd hervor; so traten sie in Gregors Zimmer. Inzwischen hatte sich auch die Tür des Wohnzimmers geöffnet, in dem Grete seit dem Einzug der Zimmerherren schlief; sie war völlig angezogen, als hätte sie gar nicht geschlafen, auch ihr bleiches Gesicht schien das zu beweisen. »Tot?« sagte Frau Samsa und sah fragend zur Bedienerin auf, trotzdem sie doch alles selbst prüfen und sogar ohne Prüfung erkennen konnte. »Das will ich meinen«, sagte die Bedienerin und stieß zum Beweis Gregors Leiche mit dem Besen noch ein großes Stück seitwärts. Frau Samsa machte eine Bewegung, als wolle sie den Besen zurückhalten, tat es aber nicht. »Nun«, sagte Herr Samsa, »jetzt können wir Gott danken.« Er bekreuzigte sich, und die drei

Frauen folgten seinem Beispiel. Grete, die kein Auge von der Leiche wendete, sagte: »Seht nur, wie mager er war. Er hat ja auch schon so lange Zeit nichts gegessen. So wie die Speisen hereinkamen, sind sie wieder hinausgekommen.« Tatsächlich war Gregors Körper vollständig flach und trocken, man erkannte das eigentlich erst jetzt, da er nicht mehr von den Beinchen gehoben war und auch sonst nichts den Blick ablenkte.

»Komm, Grete, auf ein Weilchen zu uns herein«, sagte Frau Samsa mit einem wehmütigen Lächeln, und Grete ging, nicht ohne nach der Leiche zurückzusehen, hinter den Eltern in das Schlafzimmer. Die Bedienerin schloß die Tür und öffnete gänzlich das Fenster. Trotz des frühen Morgens war der frischen Luft schon etwas Lauigkeit beigemischt. Es war eben schon Ende März.

Aus ihrem Zimmer traten die drei Zimmerherren und sahen sich erstaunt nach ihrem Frühstück um; man hatte sie vergessen. »Wo ist das Frühstück?« fragte der mittlere der Herren mürrisch die Bedienerin. Diese aber legte den Finger an den Mund und winkte dann hastig und schweigend den Herren zu, sie möchten in Gregors Zimmer kommen. Sie kamen auch und standen dann, die Hände in den Taschen ihrer etwas abgenützten Röckchen, in dem nun schon ganz hellen Zimmer um Gregors Leiche herum.

Da öffnete sich die Tür des Schlafzimmers, und Herr Samsa erschien in seiner Livree, an einem Arm seine Frau, am anderen seine Tochter. Alle waren ein wenig verweint; Grete drückte bisweilen ihr Gesicht an den Arm des Vaters.

»Verlassen Sie sofort meine Wohnung!« sagte Herr Samsa und zeigte auf die Tür, ohne die Frauen von sich zu lassen.

»Wie meinen Sie das?« sagte der mittlere der Herren etwas bestürzt und lächelte süßlich. Die zwei anderen hielten die Hände auf dem Rücken und rieben sie ununterbrochen aneinander, wie in freudiger Erwartung eines großen Streites, der aber für sie günstig ausfallen mußte. »Ich meine es genau so, wie ich es sage«, antwortete Herr Samsa und ging in einer Linie mit seinen zwei Begleiterinnen auf den Zimmerherrn zu. Dieser stand zuerst still da und sah zu Boden, als ob sich die Dinge in seinem Kopf zu einer neuen Ordnung zusammenstellten. »Dann gehen wir also«, sagte er dann und sah zu Herrn Samsa auf, als verlange er in einer plötzlichen ihn überkommenden Demut sogar für diesen Entschluß eine neue Genehmigung. Herr Samsa nickte ihm bloß mehrmals kurz mit großen Augen zu. Daraufhin ging der Herr tatsächlich sofort mit langen Schritten ins Vorzimmer; seine beiden Freunde hatten schon ein Weilchen lang mit ganz ruhigen Händen aufgehorcht und hüpften ihm jetzt geradezu nach, wie in Angst, Herr Samsa könnte vor ihnen ins Vorzimmer eintreten und die Verbindung mit ihrem Führer stören. Im Vorzimmer nahmen alle drei die Hüte vom Kleiderrechen, zogen ihre Stöcke aus dem Stockbehälter, verbeugten sich stumm und verließen die Wohnung. In einem, wie sich zeigte, gänzlich unbegründeten Mißtrauen trat Herr Samsa mit den zwei Frauen auf den Vorplatz hinaus; an das Geländer gelehnt, sahen sie zu, wie die drei Herren zwar langsam, aber ständig die lange Treppe hinunterstiegen, in jedem Stockwerk in einer bestimmten Biegung des Treppenhauses verschwanden und nach ein paar Augenblicken wieder hervorkamen; je tiefer sie gelangten, desto mehr verlor sich das Interesse der Familie Samsa für sie, und als ihnen entgegen und dann hoch über sie hinweg ein Fleischergeselle mit der Trage auf dem Kopf in stolzer Haltung heraufstieg, verließ bald Herr Samsa mit den Frauen das Geländer, und alle kehrten, wie erleichtert, in ihre Wohnung zurück.

Sie beschlossen, den heutigen Tag zum Ausruhen und Spazierengehen zu verwenden; sie hatten diese Arbeitsunterbrechung nicht nur verdient, sie brauchten sie sogar unbedingt. Und so setzten sie sich zum Tisch und schrieben drei Entschuldigungsbriefe, Herr Samsa an seine Direktion, Frau Samsa an ihren Auftraggeber und Grete an ihren Prinzipal. Während des Schreibens kam die Bedienerin herein, um zu sagen, daß sie fortgehe, denn ihre Morgenarbeit war beendet. Die drei Schreibenden nickten zuerst bloß, ohne aufzuschauen, erst als die Bedienerin sich immer noch nicht entfernen wollte, sah man ärgerlich auf. »Nun?« fragte Herr Samsa. Die Bedienerin stand lächelnd in der Tür, als habe sie der Familie ein großes Glück zu melden, werde es aber nur dann tun, wenn sie gründlich ausgefragt werde. Die fast aufrechte kleine Straußfeder auf ihrem Hut, über die sich Herr Samsa schon während ihrer ganzen Dienstzeit ärgerte, schwankte leicht nach allen Richtungen. »Also was wollen Sie eigentlich?« fragte Frau Samsa, vor welcher die Bedienerin noch am meisten Respekt hatte. »Ja«, antwortete die Bedienerin und konnte vor freundlichem Lachen nicht gleich weiterreden, »also darüber, wie das Zeug von nebenan weggeschafft werden soll, müssen Sie sich keine Sorgen machen. Es ist schon in Ordnung.« Frau Samsa und Grete beugten sich zu ihren Briefen nieder, als wollten sie weiterschreiben; Herr Samsa, welcher merkte, daß die Bedienerin nun alles ausführlich zu beschreiben anfangen wollte, wehrte dies mit ausgestreckter Hand entschieden ab. Da sie aber nicht erzählten durfte, erinnerte sie sich an die große Eile, die sie hatte, rief offenbar beleidigt: »Adjes allseits«, drehte sich wild um und verließ unter fürchterlichem Türezuschlagen die Wohnung.

»Abends wird sie entlassen«, sagte Herr Samsa, bekam aber weder von seiner Frau noch von seiner Tochter eine Antwort, denn die Bedienerin schien ihre kaum gewonnene Ruhe wieder gestört zu haben. Sie erhoben sich, gingen zum Fenster und blieben dort, sich umschlungen haltend. Herr Samsa drehte sich in seinem Sessel nach ihnen um und beobachtete sie still ein Weilchen. Dann rief er: »Also kommt doch her. Laßt schon endlich die alten Sachen. Und nehmt auch ein wenig Rücksicht auf mich.« Gleich folgten ihm die Frauen, eilten zu ihm, liebkosten ihn und beendeten rasch ihre Briefe.

Dann verließen alle drei gemeinschaftlich die Wohnung, was sie schon seit Monaten nicht getan hatten, und fuhren mit der Elektrischen ins Freie vor die Stadt. Der Wagen, in dem sie allein saßen, war ganz von warmer Sonne durchschienen. Sie besprachen, bequem auf ihren Sitzen zurückgelehnt, die Aussichten für die Zukunft, und es fand sich, daß diese bei näherer Betrachtung durchaus nicht schlecht waren, denn aller drei Anstellungen waren, worüber sie einander eigentlich noch gar nicht ausgefragt hatten, überaus günstig und besonders für später vielversprechend. Die größte augenblickliche Besserung der Lage mußte sich natürlich leicht durch einen Wohnungswechsel ergeben; sie wollten nun eine kleinere und billigere, aber besser gelegene und überhaupt praktischere Wohnung nehmen, als es die jetzige, noch von Gregor ausgesuchte war. Während sie sich so unterhielten, fiel es Herrn und Frau Samsa im Anblick ihrer immer lebhafter werdenden Tochter fast gleichzeitig ein, wie sie in der letzten Zeit trotz aller Plage, die ihre Wangen bleich gemacht hatten, zu einem schönen und üppigen Mädchen aufgeblüht war. Stiller werdend und fast unbewußt durch Blicke sich verständigend, dachten sie daran, daß es nun Zeit sein werde, auch einen braven Mann für sie zu suchen. Und es war ihnen wie eine Bestätigung ihrer neuen Träume und guten Absichten, als am Ziele ihrer Fahrt die Tochter als erste sich erhob und ihren jungen Körper dehnte.

Ein Landarzt

Ein Landarzt

Ich war in großer Verlegenheit: eine dringende Reise stand mir bevor; ein Schwerkranker wartete auf mich in einem zehn Meilen entfernten Dorfe; starkes Schneegestöber füllte den weiten Raum zwischen mir und ihm; einen Wagen hatte ich, leicht, großräderig, ganz wie er für unsere Landstraßen taugt; in den Pelz gepackt, die Instrumententasche in der Hand, stand ich reisefertig schon auf dem Hofe; aber das Pferd fehlte, das Pferd. Mein eigenes Pferd war in der letzten Nacht, infolge der Überanstrengung in diesem eisigen Winter, verendet; mein Dienstmädchen lief jetzt im Dorf umher, um ein Pferd geliehen zu bekommen; aber es war aussichtslos, ich wußte es, und immer mehr vom Schnee überhäuft, immer unbeweglicher werdend, stand ich zwecklos da. Am Tor erschien das Mädchen, allein, schwenkte die Laterne; natürlich, wer leiht jetzt sein Pferd her zu solcher Fahrt? Ich durchmaß noch einmal den Hof; ich fand keine Möglichkeit; zerstreut, gequält stieß ich mit dem Fuß an die brüchige Tür des schon seit Jahren unbenützten Schweinestalles. Sie öffnete sich und klappte in den Angeln auf und zu. Wärme und Geruch wie von Pferden kam hervor. Eine trübe Stallaterne schwankte drin an einem Seil. Ein Mann, zusammengekauert in dem niedrigen Verschlag, zeigte sein offenes blauäugiges Gesicht. »Soll ich anspannen?« fragte er, auf allen vieren hervorkriechend. Ich wußte nichts zu sagen und beugte mich nur, um zu sehen, was es noch in dem Stalle gab. Das Dienstmädchen stand neben mir. »Man weiß nicht, was für Dinge man im eigenen Hause vorrätig hat«, sagte es, und wir beide lachten. »Holla, Bruder, holla, Schwester!« rief der Pferdeknecht, und zwei Pferde, mächtige flankenstarke Tiere, schoben sich hintereinander, die Beine eng am Leib, die wohlgeformten Köpfe wie Kamele senkend, nur durch die Kraft der Wendungen ihres Rumpfes aus dem Türloch, das sie restlos ausfüllten. Aber gleich standen sie aufrecht, hochbeinig, mit dicht ausdampfendem Körper. »Hilf ihm«, sagte ich, und das willige Mädchen eilte, dem Knecht das Geschirr des Wagens zu reichen. Doch kaum war es bei ihm, umfaßt es der Knecht und schlägt sein Gesicht an ihres. Es schreit auf und flüchtet sich zu mir; rot eingedrückt sind zwei Zahnreihen in des Mädchens Wange. »Du Vieh«, schreie ich wütend, »willst du die Peitsche?«, besinne mich aber gleich, daß es ein Fremder ist; daß ich nicht weiß, woher er kommt, und daß er mir freiwillig aushilft, wo alle andern versagen. Als wisse er von meinen Gedanken, nimmt er meine Drohung nicht übel, sondern wendet sich nur einmal, immer mit den Pferden beschäftigt, nach mir um. »Steigt ein«, sagt er dann, und tatsächlich: alles ist bereit. Mit so schönem Gespann, das merke ich, bin ich noch nie gefahren, und ich steige fröhlich ein. »Kutschieren werde aber ich, du kennst nicht den Weg«, sage ich. »Gewiß«, sage er, »ich fahre gar nicht mit, ich bleibe bei Rosa.« »Nein«, schreit Rosa und läuft im richtigen Vorgefühl der Unabwendbarkeit ihres Schicksals ins Haus; ich höre die

Türkette klirren, die sie vorlegt; ich höre das Schloß einspringen; ich sehe, wie sie überdies im Flur und weiterjagend durch die Zimmer alle Lichter verlöscht, um sich unauffindbar zu machen. »Du fährst mit«, sagte ich zu dem Knecht, »oder ich verzichte auf die Fahrt, so dringend sie auch ist. Es fällt mir nicht ein, dir für die Fahrt das Mädchen als Kaufpreis hinzugeben.« – »Munter!« sagte er; klatscht in die Hände; der Wagen wird fortgerissen, wie Holz in die Strömung; noch höre ich, wie die Tür meines Hauses unter dem Ansturm des Knechts birst und splittert, dann sind mir Augen und Ohren von einem zu allen Sinnen gleichmäßig dringenden Sausen erfüllt. Aber auch das nur einen Augenblick, denn, als öffne sich unmittelbar vor meinem Hoftor der Hof meines Kranken, bin ich schon dort; ruhig stehen die Pferde; der Schneefall hat aufgehört; Mondlicht ringsum; die Eltern des Kranken eilen aus dem Haus; seine Schwester hinter ihnen; man hebt mich fast aus dem Wagen; den verwirrten Reden entnehme ich nichts; im Krankenzimmer ist die Luft kaum atembar; der vernachlässigte Herdofen raucht; ich werde das Fenster aufstoßen; zuerst aber will ich den Kranken sehen. Mager, ohne Fieber, nicht kalt, nicht warm, mit leeren Augen, ohne Hemd hebt sich der Junge unter dem Federbett, hängt sich an meinen Hals und flüstert mir ins Ohr: »Doktor, laß mich sterben.« Ich sehe mich um; niemand hat es gehört; die Eltern stehen stumm vorgebeugt und erwarten mein Urteil; die Schwester hat einen Stuhl für meine Handtasche gebracht. Ich öffne die Tasche und suche unter meinen Instrumenten; der Junge tastet immerfort aus dem Bett nach mir hin, um mich an seine Bitte zu erinnern; ich fasse eine Pinzette, prüfe sie im Kerzenlicht und lege sie wieder hin. ›Ja‹, denke ich lästernd, ›in solchen Fällen helfen die Götter, schicken das fehlende Pferd, fügen der Eile wegen noch ein zweites hinzu, spenden zum Übermaß noch den Pferdeknecht –.‹ Jetzt erst fällt mir wieder Rosa ein; was tue ich, wie rette ich sie, wie ziehe ich sie unter diesem Pferdeknecht hervor, zehn Meilen von ihr entfernt, unbeherrschbare Pferde vor meinem Wagen? Diese Pferde, die jetzt die Riemen irgendwie gelockert haben; die Fenster, ich weiß nicht wie, von außen aufstoßen? Jedes durch ein Fenster den Kopf stecken und, unbeirrt durch den Aufschrei der Familie, den Kranken betrachten. ›Ich fahre gleich wieder zurück‹, denke ich, als forderten mich die Pferde zur Reise auf, aber ich dulde es, daß die Schwester, die mich durch die Hitze betäubt glaubt, den Pelz mir abnimmt. Ein Glas Rum wird mir bereitgestellt, der Alte klopft mir auf die Schulter, die Hingabe seines Schatzes rechtfertigt diese Vertraulichkeit. Ich schüttle den Kopf; in dem engen Denkkreis des Alten würde mir übel; nur aus diesem Grunde lehne ich es ab zu trinken. Die Mutter steht am Bett und lockt mich hin; ich folge und lege, während ein Pferd laut zur Zimmerdecke wiehert, den Kopf an die Brust des Jungen, der unter meinem nassen Bart erschauert. Es bestätigt sich, was ich weiß: Der Junge ist gesund, ein wenig schlecht durchblutet, von der sorgenden Mutter mit Kaffee durchtränkt, aber gesund und am besten mit einem Stoß aus dem Bett zu treiben. Ich bin kein Weltverbesserer und lasse ihn liegen. Ich bin vom Bezirk angestellt und tue meine Pflicht bis zum Rand, bis dorthin, wo es fast zuviel wird. Schlecht bezahlt, bin ich doch freigebig und hilfsbereit gegenüber den Armen. Noch für Rosa muß ich sorgen, dann mag der Junge recht haben und auch ich will sterben. Was tue ich hier in diesem endlosen Winter! Mein Pferd ist verendet, und da ist niemand im Dorf, der mir seines leiht. Aus dem Schweinestall muß ich mein Gespann ziehen; wären es nicht zufällig Pferde, müßte ich mit Säuen fahren. So ist es. Und ich nicke der Familie zu. Sie wissen nichts davon, und wenn sie es wüßten, würden sie es nicht glauben. Rezepte schreiben ist leicht, aber im übrigen sich mit den Leuten verständigen, ist schwer. Nun, hier wäre also mein Besuch zu Ende, man hat mich wieder einmal unnötig bemüht, daran bin ich gewöhnt, mit Hilfe meiner Nachtglocke martert mich der ganze Bezirk, aber daß ich diesmal auch noch Rosa hingeben mußte, dieses schöne Mädchen, das jahrelang, von mir kaum beachtet, in meinem Hause lebte – dieses Opfer ist zu groß, und ich muß es mir mit Spitzfindigkeiten aushilfsweise in meinem Kopf irgendwie zurechtlegen, um nicht auf diese Familie loszufahren, die mir ja beim besten Willen Rosa nicht zurückgeben kann. Als ich aber meine Handtasche schließe und nach meinem Pelz winke, die Familie beisammensteht, der Vater schnuppernd über dem Rumglas in seiner Hand, die Mutter, von mir wahrscheinlich enttäuscht – ja, was erwartet denn das Volk? –, tränenvoll in die Lippen beißend und die Schwester ein schwer blutiges Handtuch schwenkend, bin ich irgendwie bereit, unter Umständen zuzugeben, daß der Junge doch vielleicht krank ist. Ich gehe zu ihm, er lächelt mir entgegen, als brächte ich ihm etwa die allerstärkste Suppe – ach, jetzt wiehern beide Pferde; der Lärm soll wohl, höhern Orts angeordnet, die Untersuchung erleichtern – und nun finde ich: ja, der Junge ist krank. In seiner rechten Seite, in der Hüftengegend hat sich eine handtellergroße Wunde aufgetan. Rosa, in vielen Schattierungen, dunkel in der Tiefe, hellwerdend zu den Rändern, zartkörnig, mit ungleichmäßig sich aufsammelndem Blut, offen wie ein Bergwerk obertags. So aus der Entfernung. In der Nähe zeigt sich noch eine Erschwerung. Wer kann das ansehen, ohne leise zu pfeifen? Würmer, an Stärke und Länge meinem kleinen Finger gleich, rosig aus eigenem und außerdem blutbespritzt, winden sich, im Innern der Wunde festgehalten, mit weißen Köpfchen, mit vielen Beinchen ans Licht. Armer Junge, dir ist nicht zu helfen. Ich habe deine große Wunde aufgefunden; an dieser Blume in deiner Seite gehst du zugrunde. Die Familie ist glücklich, sie sieht mich in Tätigkeit; die Schwester sagt's der Mutter, die Mutter dem Vater, der Vater einigen Gästen, die auf den Fußspitzen, mit ausgestreckten Armen balancierend, durch den Mondschein der offenen Tür hereinkommen. »Wirst du mich retten?« flüstert schluchzend der Junge, ganz geblendet durch das Leben in seiner Wunde. So sind die Leute in meiner Gegend. Immer das Unmögliche vom Arzt verlangen. Den alten Glauben haben sie verloren; der Pfarrer sitzt zu Hause und zerzupft die Meßgewänder, eines nach dem andern; aber der Arzt soll alles leisten mit seiner zarten chirurgischen Hand. Nun, wie es beliebt: ich habe mich nicht angeboten; verbraucht ihr mich zu heiligen Zwecken, lasse ich auch das mit mir geschehen; was will ich Besseres, alter Landarzt, meines Dienstmädchens beraubt! Und sie kommen, die Familie und die Dorfältesten, und entkleiden mich; ein Schulchor mit dem Lehrer an der Spitze steht vor dem Haus und singt eine äußerst einfache Melodie auf den Text:

Entkleidet ihn, dann wird er heilen,
Und heilt er nicht, so tötet ihn!
’s ist nur ein Arzt, ’s ist nur ein Arzt.

Dann bin ich entkleidet und sehe, die Finger im Barte, mit geneigtem Kopf die Leute ruhig an. Ich bin durchaus gefaßt und allen überlegen und bleibe es auch, trotzdem es mir nichts hilft, denn jetzt nehmen sie mich beim Kopf und bei den Füßen und tragen mich ins Bett. Zur Mauer, an die Seite der Wunde legen sie mich. Dann gehen alle aus der Stube; die Tür wird zugemacht; der Gesang verstummt; Wolken treten vor den Mond; warm liegt das Bettzeug um mich, schattenhaft schwanken die Pferdeköpfe in den Fensterlöchern. »Weißt du«, höre ich, mir ins Ohr gesagt, »mein Vertrauen zu dir ist sehr gering. Du bist ja auch nur irgendwo abgeschüttelt, kommst nicht auf eigenen Füßen. Statt zu helfen, engst du mir mein Sterbebett ein. Am liebsten kratzte ich dir die Augen aus.« – »Richtig«, sage ich, »es ist eine Schmach. Nun bin ich aber Arzt. Was soll ich tun? Glaube mir, es wird auch mir nicht leicht.« – »Mit dieser Entschuldigung soll ich mich begnügen? Ach, ich muß wohl. Immer muß ich mich begnügen. Mit einer schönen Wunde kam ich auf die Welt; das war meine ganze Ausstattung.« – »Junger Freund«, sage ich, »dein Fehler ist: du hast keinen Überblick. Ich, der ich schon in allen Krankenstuben, weit und breit, gewesen bin, sage dir: deine Wunde ist so übel nicht. Im spitzen Winkel mit zwei Hieben der Hacke geschaffen. Viele bieten ihre Seite an und hören kaum die Hacke im Forst, geschweige denn, daß sie ihnen näher kommt.« – »Ist es wirklich so, oder täuschest du mich im Fieber?« – »Es ist wirklich so, nimm das Ehrenwort eines

Amtsarztes mit hinüber.« Und er nahm's und wurde still. Aber jetzt war es Zeit, an meine Rettung zu denken. Noch standen treu die Pferde an ihren Plätzen. Kleider, Pelz und Tasche waren schnell zusammengerafft; mit dem Ankleiden wollte ich mich nicht aufhalten; beeilten sich die Pferde wie auf der Herfahrt, sprang ich ja gewissermaßen aus diesem Bett in meines. Gehorsam zog sich ein Pferd vom Fenster zurück; ich warf den Ballen in den Wagen, der Pelz flog zu weit, nur mit einem Ärmel hielt er sich an einem Haken fest. Gut genug. Ich schwang mich aufs Pferd. Die Riemen lose schleifend, ein Pferd kaum mit dem andern verbunden, den Wagen irrend hinterher, den Pelz als letzter im Schnee. »Munter!« sagte ich, aber munter ging's nicht; langsam wie alte Männer zogen wir durch die Schneewüste; lange klang hinter uns der neue, aber irrtümliche Gesang der Kinder:

Freuet euch, ihr Patienten,
Der Arzt ist euch ins Bett gelegt!

Niemals komme ich so nach Hause; meine blühende Praxis ist verloren; ein Nachfolger bestiehlt mich, aber ohne Nutzen, denn er kann mich nicht ersetzen; in meinem Hause wütet der ekle Pferdeknecht; Rosa ist sein Opfer; ich will es nicht ausdenken. Nackt, dem Froste dieses unglückseligsten Zeitalters ausgesetzt, mit irdischem Wagen, unirdischen Pferden, treibe ich alter Mann mich umher. Mein Pelz hängt hinten im Wagen, ich kann ihn aber nicht erreichen, und keiner aus dem beweglichen Gesindel der Patienten rührt den Finger. Betrogen! Betrogen! Einmal dem Fehlläuten der Nachtglocke gefolgt – es ist niemals gutzumachen.

Es ist, als wäre viel vernachlässigt worden in der Verteidigung unseres Vaterlandes. Wir haben uns bisher nicht darum gekümmert und sind unserer Arbeit nachgegangen; die Ereignisse der letzten Zeit machen uns aber Sorgen.

Ich habe eine Schusterwerkstatt auf dem Platz vor dem kaiserlichen Palast. Kaum öffne ich in der Morgendämmerung meinen Laden, sehe ich schon die Eingänge aller hier einlaufenden Gassen von Bewaffneten besetzt. Es sind aber nicht unsere Soldaten, sondern offenbar Nomaden aus dem Norden. Auf eine mir unbegreifliche Weise sind sie bis in die Hauptstadt gedrungen, die doch sehr weit von der Grenze entfernt ist. Jedenfalls sind sie also da; es scheint, daß jeden Morgen mehr werden.

Ihrer Natur entsprechend lagern sie unter freiem Himmel, denn Wohnhäuser verabscheuen sie. Sie beschäftigen sich mit dem Schärfen der Schwerter, dem Zuspitzen der Pfeile, mit Übungen zu Pferde. Aus diesem stillen, immer ängstlich rein gehaltenen Platz haben sie einen wahren Stall gemacht. Wir versuchen zwar manchmal aus unseren Geschäften hervorzulaufen und wenigstens den ärgsten Unrat wegzuschaffen, aber es geschieht immer seltener, denn die Anstrengung ist nutzlos und bringt uns überdies in Gefahr, unter die wilden Pferde zu kommen oder von den Peitschen verletzt zu werden.

Sprechen kann man mit den Nomaden nicht. Unsere Sprache kennen sie nicht, ja sie haben kaum eine eigene. Untereinander verständigen sie sich ähnlich wie Dohlen. Immer wieder hört man diesen Schrei der Dohlen. Unsere

Lebensweise, unsere Einrichtungen sind ihnen ebenso unbegreiflich wie gleichgültig. Infolgedessen zeigen sie sich auch gegen jede Zeichensprache ablehnend. Du magst dir die Kiefer verrenken und die Hände aus den Gelenken winden, sie haben dich doch nicht verstanden und werden dich nie verstehen. Oft machen sie Grimassen; dann dreht sich das Weiß ihrer Augen und Schaum schwillt aus ihrem Munde, doch wollen sie damit weder etwas sagen noch auch erschrecken; sie tun es, weil es so ihre Art ist. Was sie brauchen, nehmen sie. Man kann nicht sagen, daß sie Gewalt anwenden. Vor ihrem Zugriff tritt man beiseite und überläßt ihnen alles.

Auch von meinen Vorräten haben sie manches gute Stück genommen. Ich kann aber darüber nicht klagen, wenn ich zum Beispiel zusehe, wie es dem Fleischer gegenüber geht. Kaum bringt er seine Waren ein, ist ihm schon alles entrissen und wird von den Nomaden verschlungen. Auch ihre Pferde fressen Fleisch; oft liegt ein Reiter neben seinem Pferd und beide nähren sich vom gleichen Fleischstück, jeder an einem Ende. Der Fleischhauer ist ängstlich und wagt es nicht, mit den Fleischlieferungen aufzuhören. Wir verstehen das aber, schießen Geld zusammen und unterstützen ihn. Bekämen die Nomaden kein Fleisch, wer weiß, was ihnen zu tun einfiele; wer weiß allerdings, was ihnen einfallen wird, selbst wenn sie täglich Fleisch bekommen.

Letzthin dachte der Fleischer, er könne sich wenigstens die Mühe des Schlachtens sparen, und brachte am Morgen einen lebendigen Ochsen. Das darf er nicht mehr wiederholen. Ich lag wohl eine Stunde ganz hinten in meiner Werkstatt platt auf dem Boden und alle meine Kleider, Decken und Polster hatte ich über mir aufgehäuft, nur um das Gebrüll des Ochsen nicht zu hören, den von allen Seiten die Nomaden ansprangen, um mit den Zähnen Stücke aus seinem warmen Fleisch zu reißen. Schon lange war es still, ehe ich mich auszugehen getraute; wie Trinker um ein Weinfaß lagen sie müde um die Reste des Ochsen.

Gerade damals glaubte ich den Kaiser selbst in einem Fenster des Palastes gesehen zu haben; niemals sonst kommt er in diese äußeren Gemächer, immer nur lebt er in dem innersten Garten; diesmal aber stand er, so schien es mir wenigstens, an einem der Fenster und blickte mit gesenktem Kopf auf das Treiben vor seinem Schloß.

»Wie wird es werden?« fragen wir uns alle. »Wie lange werden wir diese Last und Qual ertragen? Der kaiserliche Palast hat die Nomaden angelockt, versteht es aber nicht, sie wieder zu vertreiben. Das Tor bleibt verschlossen; die Wache, früher immer festlich ein- und ausmarschierend, hält sich hinter vergitterten Fenstern. Uns Handwerkern und Geschäftsleuten ist die Rettung des Vaterlandes anvertraut; wir sind aber einer solchen Aufgabe nicht gewachsen; haben uns doch auch nie gerühmt, dessen fähig zu sein. Ein Mißverständnis ist es; und wir gehen daran zugrunde.«

Vor dem Gesetz

Vor dem Gesetz steht ein Türhüter. Zu diesem Türhüter kommt ein Mann vom Lande und bittet um Eintritt in das Gesetz. Aber der Türhüter sagt, daß er ihm jetzt den Eintritt nicht gewähren könne. Der Mann überlegt und fragt dann, ob er also später werde eintreten dürfen. »Es ist möglich«, sagt der Türhüter, »jetzt aber nicht.« Da das Tor zum Gesetz offensteht wie immer und der Türhüter beiseite tritt, bückt sich der Mann, um durch das Tor in das Innere zu sehn. Als der Türhüter das merkt, lacht er und sagt: »Wenn es dich so lockt, versuche es doch, trotz meines Verbotes hineinzugehn. Merke aber: Ich bin mächtig. Und ich bin nur der unterste Türhüter. Von Saal zu Saal stehn aber Türhüter, einer mächtiger als der andere. Schon den Anblick des dritten kann nicht einmal ich mehr ertragen.« Solche Schwierigkeiten hat der Mann vom Lande nicht erwartet; das Gesetz soll doch jedem und immer zugänglich sein, denkt er, aber als er jetzt den Türhüter in seinem Pelzmantel genauer ansieht, seine große Spitznase, den langen, dünnen, schwarzen tatarischen Bart, entschließt er sich, doch lieber zu warten, bis er die Erlaubnis zum Eintritt bekommt. Der Türhüter gibt ihm einen Schemel und läßt ihn seitwärts von der Tür sich niedersetzen. Dort sitzt er Tage und Jahre. Er macht viele Versuche, eingelassen zu werden, und ermüdet den Türhüter durch seine Bitten. Der Türhüter stellt öfters kleine Verhöre mit ihm an, fragt ihn über seine Heimat aus und nach vielem andern, es sind aber teilnahmslose Fragen, wie sie große Herren stellen, und zum Schlusse sagt er ihm immer wieder, daß er ihn noch nicht einlassen könne. Der Mann, der sich für seine Reise mit vielem ausgerüstet hat, verwendet alles, und sei es noch so wertvoll, um den Türhüter zu bestechen. Dieser nimmt zwar alles an, aber sagt dabei: »Ich nehme es nur an, damit du nicht glaubst, etwas versäumt zu haben.« Während der vielen Jahre beobachtet der Mann den Türhüter fast ununterbrochen. Er vergißt die andern Türhüter, und dieser erste scheint ihm das einzige Hindernis für den Eintritt in das Gesetz. Er verflucht den unglücklichen Zufall, in den ersten Jahren rücksichtslos und laut, später, als er alt wird, brummt er nur noch vor sich hin. Er wird kindisch, und da er in dem jahrelangen Studium des Türhüters auch die Flöhe in seinem Pelzkragen erkannt hat, bittet er auch die Flöhe, ihm zu helfen und den Türhüter umzustimmen. Schließlich wird sein Augenlicht schwach, und er weiß nicht, ob es um ihn wirklich dunkler wird, oder ob ihn nur seine Augen täuschen. Wohl aber erkennt er jetzt im Dunkel einen Glanz, der unverlöschlich aus der Türe des Gesetzes bricht. Nun lebt er nicht mehr lange. Vor seinem Tode sammeln sich in seinem Kopfe alle Erfahrungen der ganzen Zeit zu einer Frage, die er bisher an den Türhüter noch nicht gestellt hat. Er winkt ihm zu, da er seinen erstarrenden Körper nicht mehr aufrichten kann. Der Türhüter muß sich tief zu ihm hinunterneigen, denn der Größenunterschied hat sich sehr zuungunsten des Mannes verändert. »Was willst du denn jetzt noch wissen?« fragt der Türhüter, »du bist unersättlich.« – »Alle streben doch nach dem Gesetz«, sagt der Mann, »wieso kommt es, daß in den vielen Jahren niemand außer mir Einlaß verlangt hat?« Der Türhüter erkennt, daß der Mann schon an seinem Ende ist, und, um sein vergehendes Gehör noch zu erreichen, brüllt er ihn an: »Hier konnte niemand sonst Einlaß erhalten, denn dieser Eingang war nur für dich bestimmt. Ich gehe jetzt und schließe ihn.«

Das nächste Dorf

Mein Großvater pflegte zu sagen: »Das Leben ist erstaunlich kurz. Jetzt in Erinnerung drängt es sich mir so zusammen, daß ich zum Beispiel kaum begreife, wie ein junger Mensch sich entschließen kann, ins nächste Dorf zu reiten, ohne zu fürchten, daß – von unglücklichen Zufällen ganz abgesehen – schon die Zeit des gewöhnlichen, glücklich ablaufenden Lebens für einen solchen Ritt bei weitem nicht hinreicht.«

Eine kaiserliche Botschaft

Der Kaiser – so heißt es – hat dir, dem einzelnen, dem jämmerlichen Untertanen, dem winzig vor der kaiserlichen Sonne in die fernste Ferne geflüchteten Schatten, gerade dir hat der Kaiser von seinem Sterbebett aus eine Botschaft gesendet. Den Boten hat er beim Bett niederknien lassen und ihm die Botschaft ins Ohr geflüstert; so sehr war ihm an ihr gelegen, daß er sich sie noch ins Ohr wiedersagen ließ. Durch Kopfnicken hat er die Richtigkeit des Gesagten bestätigt. Und vor der ganzen Zuschauerschaft seines Todes – alle hindernden Wände werden niedergebrochen, und auf den weit und hoch sich schwingenden Freitreppen stehen im Ring die Großen des Reichs –, vor allen diesen hat er den Boten abgefertigt. Der Bote hat sich gleich auf den Weg gemacht; ein kräftiger, ein unermüdlicher Mann; einmal diesen, einmal den andern Arm vorstreckend, schafft er sich Bahn durch die Menge; findet er Widerstand, zeigt er auf die Brust, wo das Zeichen der Sonne ist; er kommt auch leicht vorwärts, wie kein anderer. Aber die Menge ist so groß; ihre Wohnstätten nehmen kein Ende. Öffnete sich freies Feld, wie würde er fliegen, und bald wohl hörtest du das herrliche Schlagen seiner Fäuste an deiner Tür. Aber statt dessen, wie nutzlos müht er sich ab; immer noch zwängt er sich durch die Gemächer des innersten Palastes; niemals wird er sie überwinden; und gelänge ihm dies, nichts wäre gewonnen; die Treppen hinab müßte er sich kämpfen; und gelänge ihm dies, nichts wäre gewonnen; die Höfe wären zu durchmessen; und nach den Höfen der zweite umschließende Palast; und wieder Treppen und Höfe; und wieder ein Palast; und so weiter durch Jahrtausende; und stürzte er endlich aus dem äußersten Tor – aber niemals, niemals kann es geschehen –, liegt erst die Residenzstadt vor ihm, die Mitte der Welt, hochgeschüttet voll ihres Bodensatzes. Niemand dringt hier durch und gar mit der Botschaft eines Toten. – Du aber sitzt an deinem Fenster und erträumst sie dir, wenn der Abend kommt.

Die Sorge des Hausvaters

Die einen sagen, das Wort Odradek stamme aus dem Slawischen und sie suchen auf Grund dessen die Bildung des Wortes nachzuweisen. Andere wieder meinen, es stamme aus dem Deutschen, vom Slawischen sei es nur beeinflußt. Die Unsicherheit beider Deutungen aber läßt wohl mit Recht darauf schließen, daß keine zutrifft, zumal man auch mit keiner von ihnen einen Sinn des Wortes finden kann.

Natürlich würde sich niemand mit solchen Studien beschäftigen, wenn es nicht wirklich ein Wesen gäbe, das Odradek heißt. Es sieht zunächst aus wie eine flache, sternartige Zwirnspule, und tatsächlich scheint es auch mit Zwirn bezogen; allerdings dürften es nur abgerissene, alte, aneinandergeknotete, aber auch ineinanderverfitzte Zwirnstücke von verschiedenster Art und Farbe sein. Es ist aber nicht nur eine Spule, sondern aus der Mitte des Sternes kommt ein kleines Querstäbchen hervor und an dieses Stäbchen fügt sich dann im rechten Winkel noch eines. Mit Hilfe dieses letzteren Stäbchens auf der einen Seite, und einer der Ausstrahlungen des Sternes auf der anderen Seite, kann das Ganze wie auf zwei Beinen aufrecht stehen.

Man wäre versucht zu glauben, dieses Gebilde hätte früher irgendeine zweckmäßige Form gehabt und jetzt sei es nur zerbrochen. Dies scheint aber nicht der Fall zu sein; wenigstens findet sich kein Anzeichen dafür; nirgends sind Ansätze oder Bruchstellen zu sehen, die auf etwas Derartiges hinweisen würden; das Ganze erscheint zwar sinnlos, aber in seiner Art abgeschlossen. Näheres läßt sich übrigens nicht darüber sagen, da Odradek außerordentlich beweglich und nicht zu fangen ist.

Er hält sich abwechselnd auf dem Dachboden, im Treppenhaus, auf den Gängen, im Flur auf. Manchmal ist er monatelang nicht zu sehen; da ist er wohl in andere Häuser übersiedelt; doch kehrt er dann unweigerlich wieder in unser Haus zurück. Manchmal, wenn man aus der Tür tritt und er lehnt gerade unten am Treppengeländer, hat man Lust, ihn anzusprechen. Natürlich stellt man an ihn keine schwierigen Fragen, sondern behandelt ihn – schon seine Winzigkeit verführt dazu – wie ein Kind. »Wie heißt du denn?« fragt man ihn. »Odradek«, sagt er. »Und wo wohnst du?« – »Unbestimmter Wohnsitz«, sagt er und lacht; es ist aber nur ein Lachen, wie man es ohne Lungen hervorbringen kann. Es klingt etwa so, wie das Rascheln in gefallenen Blättern. Damit ist die Unterhaltung meist zu Ende. Übrigens sind selbst diese Antworten nicht immer zu erhalten; oft ist er lange stumm, wie das Holz, das er zu sein scheint.

Vergeblich frage ich mich, was mit ihm geschehen wird. Kann er denn sterben? Alles, was stirbt, hat vorher eine Art Ziel, eine Art Tätigkeit gehabt, und daran hat es sich zerrieben; das trifft bei Odradek nicht zu. Sollte er also einstmals etwa noch vor den Füßen meiner Kinder und Kindeskinder mit nachschleifendem Zwirnsfaden die Treppe hinunterkollern? Er schadet ja offenbar niemandem; aber die Vorstellung, daß er mich auch noch überleben sollte, ist mir eine fast schmerzliche.

Ein Brudermord

Es ist erwiesen, daß der Mord auf folgende Weise erfolgte:

Schmar, der Mörder, stellte sich gegen neun Uhr abends in der mondklaren Nacht an jener Straßenecke auf, wo Wese, das Opfer, aus der Gasse, in welcher sein Büro lag, in jene Gasse einbiegen mußte, in der er wohnte.

Kalte, jeden durchschauernde Nachtluft. Aber Schmar hatte nur ein dünnes blaues Kleid angezogen; das Röckchen war überdies aufgeknöpft. Er fühlte keine Kälte; auch war er immerfort in Bewegung. Seine Mordwaffe, halb Bajonett, halb Küchenmesser, hielt er ganz bloßgelegt immer fest im Griff. Betrachtete das Messer gegen das Mondlicht; die

Schneide blitzte auf; nicht genug für Schmar; er hieb mit ihr gegen die Backsteine des Pflasters, daß es Funken gab; bereute es vielleicht; und um den Schaden gutzumachen, strich er mit ihr violinbogenartig über seine Stiefelsohle, während er, auf einem Bein stehend, vorgebeugt, gleichzeitig dem Klang des Messers an seinem Stiefel, gleichzeitig in die schicksalsvolle Seitengasse lauschte.

Warum duldete das alles der Private Pallas, der in der Nähe aus seinem Fenster im zweiten Stockwerk alles beobachtete? Ergründe die Menschennatur! Mit hochgeschlagenem Kragen, den Schlafrock um den weiten Leib gegürtet, kopfschüttelnd, blickte er hinab.

Und fünf Häuser weiter, ihm schräg gegenüber, sah Frau Wese, den Fuchspelz über ihrem Nachthemd, nach ihrem Manne aus, der heute ungewöhnlich lange zögerte.

Endlich ertönte die Türglocke von Weses Büro, zu laut für eine Türglocke, über die Stadt hin, zum Himmel auf, und Wese, der fleißige Nachtarbeiter, tritt dort, in dieser Gasse noch unsichtbar, nur durch das Glockenzeichen angekündigt, aus dem Haus; gleich zählt das Pflaster seine ruhigen Schritte.

Pallas beugt sich weit hervor; er darf nichts versäumen. Frau Wese schließt, beruhigt durch die Glocke, klirrend ihr Fenster. Schmar aber kniet nieder; da er augenblicklich keine anderen Blößen hat, drückt er nur Gesicht und Hände gegen die Steine; wo alles friert, glüht Schmar.

Gerade an der Grenze, welche die Gassen scheidet, bleibt Wese stehen, nur mit dem Stock stützt er sich in die jenseitige Gasse. Eine Laune. Der Nachthimmel hat ihn angelockt, das Dunkelblaue und das Goldene. Unwissend blickt er es an, unwissend streicht er das Haar unter dem gelüpften Hut;

nichts rückt dort oben zusammen, um ihm die allernächste Zukunft anzuzeigen; alles bleibt an seinem unsinnigen, unerforschlichen Platz. An und für sich sehr vernünftig, daß Wese weitergeht, aber er geht ins Messer des Schmar.

»Wese!« schreit Schmar, auf den Fußspitzen stehend, den Arm aufgereckt, das Messer scharf gesenkt. »Wese! Vergebens wartet Julia!« Und rechts in den Hals und links in den Hals und drittens tief in den Bauch sticht Schmar. Wasserratten, aufgeschlitzt, geben einen ähnlichen Laut von sich wie Wese.

»Getan«, sagt Schmar und wirft das Messer, den überflüssigen blutigen Ballast, gegen die nächste Hausfront. »Seligkeit des Mordes! Erleichterung, Beflügelung durch das Fließen des fremden Blutes! Wese, alter Nachtschatten, Freund, Bierbankgenosse, versickerst im dunklen Straßengrund. Warum bist du nicht einfach eine mit Blut gefüllte Blase, daß ich mich auf dich setzte und du verschwändest ganz und gar. Nicht alles wird erfüllt, nicht alle Blütenträume reiften, dein schwerer Rest liegt hier, schon unzugänglich jedem Tritt. Was soll die stumme Frage, die du damit stellst?«

Pallas, alles Gift durcheinanderwürgend in seinem Leib, steht in seiner zweiflügelig aufspringenden Haustür. »Schmar! Schmar! Alles bemerkt, nichts übersehen.« Pallas und Schmar prüfen einander. Pallas befriedigt's, Schmar kommt zu keinem Ende.

Frau Wese mit einer Volksmenge zu ihren beiden Seiten eilt mit vor Schrecken ganz gealtertem Gesicht herbei. Der Pelz öffnet sich, sie stürzt über Wese, der nachthemdbekleidete Körper gehört ihm, der über dem Ehepaar sich wie der Rasen eines Grabes schließende Pelz gehört der Menge.

Schmar, mit Mühe die letzte Übelkeit verbeißend, den

Mund an die Schulter des Schutzmannes gedrückt, der leichtfüßig ihn davonführt.

Ein Traum

Josef K. träumte:

Es war ein schöner Tag und K. wollte spazierengehen. Kaum aber hatte er zwei Schritte gemacht, war er schon auf dem Friedhof. Es waren dort sehr künstliche, unpraktische gewundene Wege, aber er glitt über einen solchen Weg wie auf einem reißenden Wasser in unerschütterlich schwebender Haltung. Schon von der Ferne faßte er einen frisch aufgeworfenen Grabhügel ins Auge, bei dem er haltmachen wollte. Dieser Grabhügel übte fast eine Verlockung auf ihn aus und er glaubte, gar nicht eilig genug hinkommen zu können. Manchmal aber sah er den Grabhügel kaum, er wurde ihm verdeckt durch Fahnen, deren Tücher sich wanden und mit großer Kraft aneinanderschlugen; man sah die Fahnenträger nicht, aber es war, als herrsche dort viel Jubel.

Während er den Blick noch in die Ferne gerichtet hatte, sah er plötzlich den gleichen Grabhügel neben sich am Weg, ja fast schon hinter sich. Er sprang eilig ins Gras. Da der Weg unter seinem abspringenden Fuß weiterraste, schwankte er und fiel gerade vor dem Grabhügel ins Knie. Zwei Männer standen hinter dem Grab und hielten zwischen sich einen Grabstein in der Luft; kaum war K. erschienen, stießen sie den Stein in die Erde und er stand wie festgemauert. Sofort trat aus einem Gebüsch ein dritter Mann hervor, den K. gleich als einen Künstler erkannte. Er war nur mit Hosen und einem schlecht zugeknöpften Hemd bekleidet; auf dem Kopf hatte er eine Samtkappe; in der Hand hielt er einen gewöhnlichen Bleistift, mit dem er schon beim Näherkommen Figuren in der Luft beschrieb.

Mit diesem Bleistift setzte er nun oben auf dem Stein an; der Stein war sehr hoch, er mußte sich gar nicht bücken, wohl aber mußte er sich vorbeugen, denn der Grabhügel, auf den er nicht treten wollte, trennte ihn von dem Stein. Er stand also auf den Fußspitzen und stützte sich mit der linken Hand auf die Fläche des Steines. Durch eine besonders geschickte Hantierung gelang es ihm, mit dem gewöhnlichen Bleistift Goldbuchstaben zu erzielen; er schrieb: ›Hier ruht –‹ Jeder Buchstabe erschien rein und schön, tief geritzt und in vollkommenem Gold. Als er die zwei Worte geschrieben hatte, sah er nach K. zurück; K., der sehr begierig auf das Fortschreiten der Inschrift war, kümmerte sich kaum um den Mann, sondern blickte nur auf den Stein. Tatsächlich setzte der Mann wieder zum Weiterschreiben an, aber er konnte nicht, es bestand irgendein Hindernis, er ließ den Bleistift sinken und drehte sich wieder nach K. um. Nun sah auch K. den Künstler an und merkte, daß dieser in großer Verlegenheit war, aber die Ursache dessen nicht sagen konnte. Alle seine frühere Lebhaftigkeit war verschwunden. Auch K. geriet dadurch in Verlegenheit; sie wechselten hilflose Blicke; es lag ein häßliches Mißverständnis vor, das keiner auflösen konnte. Zur Unzeit begann nun auch eine kleine Glocke von der Grabkapelle zu läuten, aber der Künstler fuchtelte mit der erhobenen Hand, und sie hörte auf. Nach einem Weilchen begann sie wieder; diesmal ganz leise und, ohne besondere Aufforderung, gleich abbrechend; es war, als wolle sie nur ihren Klang prüfen. K. war untröstlich über die Lage des Künstlers, er begann zu weinen und schluchzte lange in die vorgehaltenen Hände. Der Künstler wartete, bis K. sich beruhigt hatte, und entschloß sich dann, da er keinen andern Ausweg fand, dennoch zum Weiterschreiben. Der erste kleine Strich, den er machte, war für K. eine Erlösung, der Künstler brachte ihn aber offenbar nur mit dem äußersten Widerstreben zustande; die Schrift war auch nicht mehr so schön, vor allem schien es an Gold zu fehlen, blaß und unsicher zog sich der Strich hin, nur sehr groß wurde der Buchstabe. Es war ein J, fast war es schon beendet, da stampfte der Künstler wütend mit dem Fuß in den Grabhügel hinein, daß die Erde ringsum in die Höhe flog. Endlich verstand K.; ihn abzubitten war keine Zeit mehr; mit allen Fingern grub er in die Erde, die fast keinen Widerstand leistete; alles schien vorbereitet; nur zum Schein war eine dünne Erdkruste aufgerichtet; gleich hinter ihr öffnete sich mit abschüssigen Wänden ein großes Loch, in das K., von einer sanften Strömung auf den Rücken gedreht, versank. Während er aber unten, den Kopf im Genick noch aufgerichtet, schon von der undurchdringlichen Tiefe aufgenommen wurde, jagte oben sein Name mit mächtigen Zieraten über den Stein.

Entzückt von diesem Anblick erwachte er.

Ein Bericht für eine Akademie

Hohe Herren von der Akademie!
Sie erweisen mir die Ehre, mich aufzufordern, der Akademie einen Bericht über mein äffisches Vorleben einzureichen.

In diesem Sinne kann ich leider der Aufforderung nicht nachkommen. Nahezu fünf Jahre trennen mich vom Affentum, eine Zeit, kurz vielleicht am Kalender gemessen, unendlich lang aber durchzugaloppieren, so wie ich es getan habe, streckenweise begleitet von vortrefflichen Menschen, Ratschlägen, Beifall und Orchestralmusik, aber im Grunde allein, denn alle Begleitung hielt sich, um im Bilde zu bleiben, weit von der Barriere. Diese Leistung wäre unmöglich gewesen, wenn ich eigensinnig hätte an meinem Ursprung, an den Erinnerungen der Jugend festhalten wollen. Gerade Verzicht auf jeden Eigensinn war das oberste Gebot, das ich mir auferlegt hatte; ich, freier Affe, fügte mich diesem Joch. Dadurch verschlossen sich mir aber ihrerseits die Erinnerungen immer mehr. War mir zuerst die Rückkehr, wenn die Menschen gewollt hätten, freigestellt durch das ganze Tor, das der Himmel über der Erde bildet, wurde es gleichzeitig mit meiner vorwärtsgepeitschten Entwicklung immer niedriger und enger; wohler und eingeschlossener fühlte ich mich in der Menschenwelt; der Sturm, der mir aus meiner Vergangenheit nachblies, sänftigte sich; heute ist es nur ein Luftzug, der mir die Fersen kühlt; und das Loch in der Ferne, durch das er kommt und durch das ich einstmals kam, ist so klein geworden, daß ich, wenn überhaupt die Kräfte und der Wille hinreichen würden, um bis dorthin zurückzulaufen, das Fell vom Leib mir schinden müßte, um durchzukommen. Offen gesprochen, so gerne ich auch Bilder wähle für diese Dinge, offen gesprochen: Ihr Affentum, meine Herren, soferne Sie etwas Derartiges hinter sich haben, kann Ihnen nicht ferner sein als mir das meine. An der Ferse aber kitzelt es jeden, der hier auf Erden geht: den kleinen Schimpansen wie den großen Achilles. In eingeschränktestem Sinn aber kann ich doch vielleicht Ihre Anfrage beantworten und ich tue es sogar mit großer Freude. Das erste, was ich lernte, war: den Handschlag geben; Handschlag bezeigt Offenheit; mag nun heute, wo ich auf dem Höhepunkte meiner Laufbahn stehe, zu jenem ersten Handschlag auch das offene Wort hinzukommen. Es wird für die Akademie nichts wesentlich Neues beibringen und weit hinter dem zurückbleiben, was man von mir verlangt hat und was ich beim besten Willen nicht sagen kann – immerhin, es soll die Richtlinie zeigen, auf welcher ein gewesener Affe in die Menschenwelt eingedrungen ist und sich dort festgesetzt hat. Doch dürfte ich selbst das Geringfügige, was folgt, gewiß nicht sagen, wenn ich meiner nicht völlig sicher wäre und meine Stellung auf allen großen Varietébühnen der zivilisierten Welt sich nicht bis zur Unerschütterlichkeit gefestigt hätte:

Ich stamme von der Goldküste. Darüber, wie ich eingefangen wurde, bin ich auf fremde Berichte angewiesen. Eine Jagdexpedition der Firma Hagenbeck – mit dem Führer habe ich übrigens seither schon manche gute Flasche Rotwein geleert – lag im Ufergebüsch auf dem Anstand, als ich am Abend inmitten eines Rudels zur Tränke lief. Man schoß; ich war der einzige, der getroffen wurde; ich bekam zwei Schüsse.

Einen in die Wange; der war leicht; hinterließ aber eine

große ausrasierte rote Narbe, die mir den widerlichen, ganz und gar unzutreffenden, förmlich von einem Affen erfundenen Namen Rotpeter eingetragen hat, so als unterschiede ich mich von dem unlängst krepierten, hie und da bekannten, dressierten Affentier Peter nur durch den roten Fleck auf der Wange. Dies nebenbei.

Der zweite Schuß traf mich unterhalb der Hüfte. Er war schwer, er hat es verschuldet, daß ich noch heute ein wenig hinke. Letzthin las ich in einem Aufsatz irgendeines der zehntausend Windhunde, die sich in den Zeitungen über mich auslassen: meine Affennatur sei noch nicht ganz unterdrückt; Beweis dessen sei, daß ich, wenn Besucher kommen, mit Vorliebe die Hosen ausziehe, um die Einlaufstelle des Schusses zu zeigen. Dem Kerl sollte jedes Fingerchen seiner schreibenden Hand einzeln weggeknallt werden. Ich, ich darf meine Hosen ausziehen, vor wem es mir beliebt; man wird dort nichts finden als einen wohlgepflegten Pelz und eine Narbe nach einem – wählen wir hier zu einem bestimmten Zwecke ein bestimmtes Wort, das aber nicht mißverstanden werden wolle –, die Narbe nach einem frevelhaften Schuß. Alles liegt offen zutage; nichts ist zu verbergen; kommt es auf Wahrheit an, wirft jeder Großgesinnte die allerfeinsten Manieren ab. Würde dagegen jener Schreiber die Hosen ausziehen, wenn Besuch kommt, so hätte dies allerdings ein anderes Ansehen, und ich will es als Zeichen der Vernunft gelten lassen, daß er es nicht tut. Aber dann mag er mir auch mit seinem Zartsinn vom Halse bleiben!

Nach jenen Schüssen erwachte ich – und hier beginnt allmählich meine eigene Erinnerung – in einem Käfig im Zwischendeck des Hagenbeckschen Dampfers. Es war kein vierwandiger Gitterkäfig; vielmehr waren nur drei Wände an einer Kiste festgemacht; die Kiste also bildete die vierte Wand. Das Ganze war zu niedrig zum Aufrechtstehen und zu schmal zum Niedersitzen. Ich hockte deshalb mit eingebogenen, ewig zitternden Knien, und zwar, da ich zunächst wahrscheinlich niemanden sehen und immer nur im Dunkel sein wollte, zur Kiste gewendet, während sich mir hinten die Gitterstäbe ins Fleisch einschnitten. Man hält eine solche Verwahrung wilder Tiere in der allerersten Zeit für vorteilhaft, und ich kann heute nach meiner Erfahrung nicht leugnen, daß dies im menschlichen Sinn tatsächlich der Fall ist.

Daran dachte ich aber damals nicht. Ich war zum erstenmal in meinem Leben ohne Ausweg; zumindest geradeaus ging es nicht; geradeaus vor mir war die Kiste, Brett fest an Brett gefügt. Zwar war zwischen den Brettern eine durchlaufende Lücke, die ich, als ich sie zuerst entdeckte, mit dem glückseligen Heulen des Unverstandes begrüßte, aber diese Lücke reichte bei weitem nicht einmal zum Durchstecken des Schwanzes aus und war mit aller Affenkraft nicht zu verbreitern.

Ich soll, wie man mir später sagte, ungewöhnlich wenig Lärm gemacht haben, woraus man schloß, daß ich entweder bald eingehen müsse oder daß ich, falls es mir gelingt, die erste kritische Zeit zu überleben, sehr dressurfähig sein werde. Ich überlebte diese Zeit. Dumpfes Schluchzen, schmerzhaftes Flöhesuchen, müdes Lecken einer Kokosnuß, Beklopfen der Kistenwand mit dem Schädel, Zungenblecken, wenn mir jemand nahe kam – das waren die ersten Beschäftigungen in dem neuen Leben. In alledem aber doch nur das eine Gefühl: kein Ausweg. Ich kann natürlich das damals affenmäßig Gefühlte heute nur mit Menschenworten nachzeichnen und verzeichne es infolgedessen, aber wenn ich auch die alte Affenwahrheit nicht mehr erreichen kann, wenigstens in der Richtung meiner Schilderung liegt sie, daran ist kein Zweifel.

Ich hatte doch so viele Auswege bisher gehabt und nun keinen mehr. Ich war festgerannt. Hätte man mich angenagelt, meine Freizügigkeit wäre dadurch nicht kleiner geworden. Warum das? Kratz dir das Fleisch zwischen den Fußzehen auf, du wirst den Grund nicht finden. Drück dich hinten gegen die Gitterstange, bis sie dich fast zweiteilt, du wirst den Grund nicht finden. Ich hatte keinen Ausweg, mußte mir ihn aber verschaffen, denn ohne ihn konnte ich nicht leben. Immer an dieser Kistenwand – ich wäre unweigerlich verreckt. Aber Affen gehören bei Hagenbeck an die Kistenwand – nun, so hörte ich auf, Affe zu sein. Ein klarer, schöner Gedankengang, den ich irgendwie mit dem Bauch ausgeheckt haben muß, denn Affen denken mit dem Bauch.

Ich habe Angst, daß man nicht genau versteht, was ich unter Ausweg verstehe. Ich gebrauche das Wort in seinem gewöhnlichsten und vollsten Sinn. Ich sage absichtlich nicht Freiheit. Ich meine nicht dieses große Gefühl der Freiheit nach allen Seiten. Als Affe kannte ich es vielleicht und ich habe Menschen kennengelernt, die sich danach sehnen. Was mich aber anlangt, verlangte ich Freiheit weder damals noch heute. Nebenbei: mit Freiheit betrügt man sich unter Menschen allzuoft. Und so wie die Freiheit zu den erhabensten Gefühlen zählt, so auch die entsprechende Täuschung zu den erhabensten. Oft habe ich in den Varietés vor meinem Auftreten irgendein Künstlerpaar oben an der Decke an Trapezen hantieren sehen. Sie schwangen sich, sie schaukelten, sie sprangen, sie schwebten einander in die Arme, einer trug den anderen an den Haaren mit dem Gebiß. ›Auch das ist Menschenfreiheit‹, dachte ich, ›selbstherrliche Bewegung.‹ Du Verspottung der heiligen Natur! Kein Bau würde standhalten vor dem Gelächter des Affentums bei diesem Anblick.

Nein, Freiheit wollte ich nicht. Nur einen Ausweg: rechts, links, wohin immer; ich stellte keine anderen Forderungen; sollte der Ausweg auch nur eine Täuschung sein; die Forderung war klein, die Täuschung würde nicht größer sein. Weiterkommen, weiterkommen! Nur nicht mit aufgehobenen Armen stillestehen, angedrückt an eine Kistenwand.

Heute sehe ich klar: Ohne größte innere Ruhe hätte ich nie entkommen können. Und tatsächlich verdanke ich vielleicht alles, was ich geworden bin, der Ruhe, die mich nach den ersten Tagen dort im Schiff überkam. Die Ruhe wiederum aber verdanke ich wohl den Leuten vom Schiff.

Es sind gute Menschen, trotz allem. Gerne erinnere ich mich noch heute an den Klang ihrer schweren Schritte, der damals in meinem Halbschlaf widerhallte. Sie hatten die Gewohnheit, alles äußerst langsam in Angriff zu nehmen. Wollte sich einer die Augen reiben, so hob er die Hand wie ein Hängegewicht. Ihre Scherze waren grob, aber herzlich. Ihr Lachen war immer mit einem gefährlich klingenden, aber nichts bedeutenden Husten gemischt. Immer hatten sie im Mund etwas zum Ausspeien und wohin sie ausspien, war ihnen gleichgültig. Immer klagten sie, daß meine Flöhe auf sie überspringen; aber doch waren sie mir deshalb niemals ernstlich böse; sie wußten eben, daß in meinem Fell Flöhe gedeihen und daß Flöhe Springer sind; damit fanden sie sich ab. Wenn sie dienstfrei waren, setzten sich manchmal einige im Halbkreis um mich nieder; sprachen kaum, sondern gurrten einander nur zu; rauchten, auf Kisten ausgestreckt, die Pfeife; schlugen sich aufs Knie, sobald ich die geringste Bewegung machte; und hie und da nahm einer einen Stecken und kitzelte mich dort, wo es mir angenehm war. Sollte ich heute eingeladen werden, eine Fahrt auf diesem Schiffe mitzumachen, ich würde die Einladung gewiß ablehnen, aber ebenso gewiß ist, daß es nicht nur häßliche Erinnerungen sind, denen ich dort im Zwischendeck nachhängen könnte.

Die Ruhe, die ich mir im Kreise dieser Leute erwarb, hielt mich vor allem von jedem Fluchtversuch ab. Von heute aus gesehen scheint es mir, als hätte ich zumindest geahnt, daß ich einen Ausweg finden müsse, wenn ich leben wolle, daß dieser Ausweg aber nicht durch Flucht zu erreichen sei. Ich weiß nicht mehr, ob Flucht möglich war, aber ich glaube es; einem Affen sollte Flucht immer möglich sein. Mit meinen heutigen Zähnen muß ich schon beim gewöhnlichen Nüsseknacken vorsichtig sein, damals aber hätte es mir wohl im Lauf der Zeit gelingen müssen, das Türschloß durchzubeißen. Ich tat es nicht. Was wäre damit auch gewonnen gewesen? Man hätte mich, kaum war der Kopf hinausgesteckt, wieder eingefangen und in einen noch schlimmeren Käfig gesperrt; oder ich hätte mich unbemerkt zu anderen Tieren, etwa zu den Riesenschlangen mir gegenüber, flüchten können und mich in ihren Umarmungen ausgehaucht; oder es wäre mir gar gelungen, mich bis aufs Deck zu stehlen und über Bord zu springen, dann hätte ich ein Weilchen auf dem Weltmeer geschaukelt und wäre ersoffen. Verzweiflungstaten. Ich rechnete nicht so menschlich, aber unter dem Einfluß meiner Umgebung verhielt ich mich so, wie wenn ich gerechnet hätte.

Ich rechnete nicht, wohl aber beobachtete ich in aller Ruhe. Ich sah diese Menschen auf und ab gehen, immer die gleichen Gesichter, die gleichen Bewegungen, oft schien es mir, als wäre es nur einer. Dieser Mensch oder diese Menschen gingen also unbehelligt. Ein hohes Ziel dämmerte mir auf. Niemand versprach mir, daß, wenn ich so wie sie werden würde, das Gitter aufgezogen werde. Solche Versprechungen für scheinbar unmögliche Erfüllungen werden nicht gegeben. Löst man aber die Erfüllungen ein, erscheinen nachträglich auch die Versprechungen genau dort, wo man sie früher vergeblich gesucht hat. Nun war an diesen Menschen an sich nichts, was mich sehr verlockte. Wäre ich ein Anhänger jener erwähnten Freiheit, ich hätte gewiß das Weltmeer dem Ausweg vorgezogen, der sich mir im trüben Blick dieser Menschen zeigte. Jedenfalls aber beobachtete ich sie schon lange vorher, ehe ich an solche Dinge dachte, ja die angehäuften Beobachtungen drängten mich erst in die bestimmte Richtung.

Es war so leicht, die Leute nachzuahmen. Spucken konnte ich schon in den ersten Tagen. Wir spuckten einander dann gegenseitig ins Gesicht; der Unterschied war nur, daß ich mein Gesicht nachher rein leckte, sie ihres nicht. Die Pfeife rauchte ich bald wie ein Alter; drückte ich dann auch noch den Daumen in den Pfeifenkopf, jauchzte das ganze Zwischendeck; nur den Unterschied zwischen der leeren und der gestopften Pfeife verstand ich lange nicht.

Die meiste Mühe machte mir die Schnapsflasche. Der Geruch peinigte mich; ich zwang mich mit allen Kräften; aber es vergingen Wochen, ehe ich mich überwand. Diese inneren Kämpfe nahmen die Leute merkwürdigerweise ernster als irgend etwas sonst an mir. Ich unterscheide die Leute auch in meiner Erinnerung nicht, aber da war einer, der kam immer wieder, allein oder mit Kameraden, bei Tag, bei Nacht, zu den verschiedensten Stunden; stellte sich mit der Flasche vor mich hin und gab mir Unterricht. Er begriff mich nicht, er wollte das Rätsel meines Seins lösen. Er entkorkte langsam die Flasche und blickte mich dann an, um zu prüfen, ob ich verstanden habe; ich gestehe, ich sah ihm immer mit wilder, mit überstürzter Aufmerksamkeit zu; einen solchen Menschenschüler findet kein Menschenlehrer auf dem ganzen Erdenrund; nachdem die Flasche entkorkt war, hob er sie zum Mund; ich mit meinen Blicken ihm nach bis in die Gurgel; er nickte, zufrieden mit mir, und setzt die Flasche an die Lippen; ich, entzückt von allmählicher Erkenntnis, kratze mich quietschend der Länge und Breite nach, wo es sich trifft; er freut sich, setzt die Flasche an und macht einen Schluck; ich, ungeduldig und verzweifelt, ihm nachzueifern, verunreinige mich in meinem Käfig, was wieder ihm große Genugtuung macht; und nun weit die Flasche von sich streckend und im Schwung sie wieder hinaufführend, trinkt er sie, übertrieben lehrhaft zurückgebeugt, mit einem Zuge leer. Ich, ermattet von allzu großem Verlangen, kann nicht mehr folgen und hänge schwach am Gitter, während er den theoretischen Unterricht damit beendet, daß er sich den Bauch streicht und grinst.

Nun erst beginnt die praktische Übung. Bin ich nicht schon allzu erschöpft durch das Theoretische? Wohl, allzu erschöpft. Das gehört zu meinem Schicksal. Trotzdem greife ich, so gut ich kann, nach der hingereichten Flasche; entkorke sie zitternd; mit dem Gelingen stellen sich allmählich neue Kräfte ein; ich hebe die Flasche, vom Original schon kaum zu unterscheiden; setze sie an und – und werfe sie mit Abscheu, mit Abscheu, trotzdem sie leer ist und nur noch der Geruch sie füllt, werfe sie mit Abscheu auf den Boden. Zur Trauer meines Lehrers, zur größeren Trauer meiner selbst; weder ihn noch mich versöhne ich dadurch, daß ich auch nach dem Wegwerfen der Flasche nicht vergesse, ausgezeichnet meinen Bauch zu streichen und dabei zu grinsen.

Allzuoft nur verlief so der Unterricht. Und zur Ehre meines Lehrers: er war mir nicht böse; wohl hielt er mir manchmal die brennende Pfeife ans Fell, bis es irgendwo, wo ich nur schwer hinreichte, zu glimmen anfing, aber dann löschte er es selbst wieder mit seiner riesigen guten Hand; er war mir nicht böse, er sah ein, daß wir auf der gleichen Seite gegen die Affennatur kämpften und daß ich den schwereren Teil hatte.

Was für ein Sieg dann allerdings für ihn wie für mich, als ich eines Abends vor großem Zuschauerkreis – vielleicht war ein Fest, ein Grammophon spielte, ein Offizier erging sich zwischen den Leuten –, als ich an diesem Abend, gerade unbeachtet, eine vor meinem Käfig versehentlich stehengelassene Schnapsflasche ergriff, unter steigender Aufmerksamkeit der Gesellschaft sie schulgerecht entkorkte, an den Mund setzte und ohne Zögern, ohne Mundverziehen, als Trinker vom Fach, mit rund gewälzten Augen, schwappender Kehle, wirklich und wahrhaftig leer trank; nicht mehr als Verzweifelter, sondern als Künstler die Flasche hinwarf; zwar vergaß den Bauch zu streichen; dafür aber, weil ich nicht anders konnte, weil es mich drängte, weil mir die Sinne rauschten, kurz und gut »Hallo!« ausrief, in Menschenlaut ausbrach, mit diesem Ruf in die Menschengemeinschaft sprang und ihr Echo: »Hört nur, er spricht!« wie einen Kuß auf meinem ganzen schweißtriefenden Körper fühlte.

Ich wiederhole: Es verlockte mich nicht, die Menschen nachzuahmen; ich ahmte nach, weil ich einen Ausweg suchte, aus keinem anderen Grund. Auch war mit jenem Sieg noch wenig getan. Die Stimme versagte mir sofort wieder; stellte sich erst nach Monaten ein; der Widerwille gegen die Schnapsflasche kam sogar noch verstärkter. Aber meine Richtung allerdings war mir ein für allemal gegeben.

Als ich in Hamburg dem ersten Dresseur übergeben wurde, erkannte ich bald die zwei Möglichkeiten, die mir offenstanden: Zoologischer Garten oder Varieté. Ich zögerte nicht. Ich sagte mir: Setze alle Kraft an, um ins Varieté zu kommen; das ist der Ausweg; Zoologischer Garten ist nur ein neuer Gitterkäfig; kommst du in ihn, bist du verloren.

Und ich lernte, meine Herren. Ach, man lernt, wenn man muß; man lernt, wenn man einen Ausweg will; man lernt rücksichtslos. Man beaufsichtigt sich selbst mit der Peitsche; man zerfleischt sich beim geringsten Widerstand. Die Affennatur raste, sich überkugelnd, aus mir hinaus und weg, so daß mein erster Lehrer selbst davon fast äffisch wurde, bald den Unterricht aufgeben und in eine Heilanstalt gebracht werden mußte. Glücklicherweise kam er bald wieder hervor.

Aber ich verbrauchte viele Lehrer, ja sogar einige Lehrer gleichzeitig. Als ich meiner Fähigkeiten schon sicherer geworden war, die Öffentlichkeit meinen Fortschritten folgte, meine Zukunft zu leuchten begann, nahm ich selbst Lehrer auf, ließ sie in fünf aufeinanderfolgenden Zimmern niedersetzen und lernte bei allen zugleich, indem ich ununterbrochen aus einem Zimmer ins andere sprang.

Diese Fortschritte! Dieses Eindringen der Wissensstrahlen von allen Seiten ins erwachende Hirn! Ich leugne nicht: es beglückte mich. Ich gestehe aber auch ein: ich überschätzte es nicht, schon damals nicht, wieviel weniger heute. Durch eine Anstrengung, die sich bisher auf der Erde nicht wiederholt hat, habe ich die Durchschnittsbildung eines Europäers erreicht. Das wäre an sich vielleicht gar nichts, ist aber insofern doch etwas, als es mir aus dem Käfig half und mir diesen besonderen Ausweg, diesen Menschenausweg verschaffte. Es gibt eine ausgezeichnete deutsche Redensart: sich in die Büsche schlagen; das habe ich getan, ich habe mich in die Büsche geschlagen. Ich hatte keinen anderen Weg, immer vorausgesetzt, daß nicht die Freiheit zu wählen war.

Überblicke ich meine Entwicklung und ihr bisheriges Ziel, so klage ich weder, noch bin ich zufrieden. Die Hände in den Hosentaschen, die Weinflasche auf dem Tisch, liege ich halb, halb sitze ich im Schaukelstuhl und schaue aus dem Fenster. Kommt Besuch, empfange ich ihn, wie es sich gebührt. Mein Impresario sitzt im Vorzimmer; läute ich, kommt er und hört, was ich zu sagen habe. Am Abend ist fast immer Vorstellung, und ich habe wohl kaum mehr zu steigernde Erfolge. Komme ich spätnachts von Banketten, aus wissenschaftlichen Gesellschaften, aus gemütlichem Beisammensein nach Hause, erwartet mich eine kleine halbdressierte Schimpansin und ich lasse es mir nach Affenart bei ihr wohlgehen. Bei Tag will ich sie nicht sehen; sie hat nämlich den Irrsinn des verwirrten dressierten Tieres im

Blick; das erkenne nur ich, und ich kann es nicht ertragen.

Im ganzen habe ich jedenfalls erreicht, was ich erreichen wollte. Man sage nicht, es wäre der Mühe nicht wert gewesen. Im übrigen will ich keines Menschen Urteil, ich will nur Kenntnisse verbreiten, ich berichte nur, auch Ihnen, hohe Herren von der Akademie, habe ich nur berichtet.

In der Strafkolonie

»Es ist ein eigentümlicher Apparat«, sagte der Offizier zu dem Forschungsreisenden und überblickte mit einem gewissermaßen bewundernden Blick den ihm doch wohlbekannten Apparat. Der Reisende schien nur aus Höflichkeit der Einladung des Kommandanten gefolgt zu sein, der ihn aufgefordert hatte, der Exekution eines Soldaten beizuwohnen, der wegen Ungehorsam und Beleidigung des Vorgesetzten verurteilt worden war. Das Interesse für diese Exekution war wohl auch in der Strafkolonie nicht sehr groß. Wenigstens war hier in dem tiefen, sandigen, von kahlen Abhängen ringsum abgeschlossenen kleinen Tal außer dem Offizier und dem Reisenden nur der Verurteilte, ein stumpfsinniger, breitmäuliger Mensch mit verwahrlostem Haar und Gesicht, und ein Soldat zugegen, der die schwere Kette hielt, in welche die kleinen Ketten ausliefen, mit denen der Verurteilte an den Fuß- und Handknöcheln sowie am Hals gefesselt war und die auch untereinander durch Verbindungsketten zusammenhingen. Übrigens sah der Verurteilte so hündisch ergeben aus, daß es den Anschein hatte, als könnte man ihn frei auf den Abhängen herumlaufen lassen und müsse bei Beginn der Exekution nur pfeifen, damit er käme.

Der Reisende hatte wenig Sinn für den Apparat und ging hinter dem Verurteilten fast sichtbar unbeteiligt auf und ab, während der Offizier die letzten Vorbereitungen besorgte, bald unter den tief in die Erde eingebauten Apparat kroch, bald auf eine Leiter stieg, um die oberen Teile zu untersuchen. Das waren Arbeiten, die man eigentlich einem Maschinisten hätte überlassen können, aber der Offizier führte sie mit einem großen Eifer aus, sei es, daß er ein besonderer Anhänger dieses Apparates war, sei es, daß man aus anderen Gründen die Arbeit sonst niemandem anvertrauen konnte. »Jetzt ist alles fertig!« rief er endlich und stieg von der Leiter hinunter. Er war ungemein ermattet, atmete mit weit offenem Mund und hatte zwei zarte Damentaschentücher hinter den Uniformkragen gezwängt. »Diese Uniformen sind doch für die Tropen zu schwer«, sagte der Reisende, statt sich, wie es der Offizier erwartet hatte, nach dem Apparat zu erkundigen. »Gewiß«, sagte der Offizier und wusch sich die von Öl und Fett beschmutzten Hände in einem bereitstehenden Wasserkübel, »aber sie bedeuten die Heimat; wir wollen nicht die Heimat verlieren. – Nun sehen Sie aber diesen Apparat«, fügte er gleich hinzu, trocknete die Hände mit einem Tuch und zeigte gleichzeitig auf den Apparat. »Bis jetzt war noch Händearbeit nötig, von jetzt aber arbeitet der Apparat ganz allein.« Der Reisende nickte und folgte dem Offizier. Dieser suchte sich für alle Zwischenfälle zu sichern und sagte dann: »Es kommen natürlich Störungen vor; ich hoffe zwar, es wird heute keine eintreten, immerhin muß man mit ihnen rechnen. Der Apparat soll ja zwölf Stunden ununterbrochen im Gang sein. Wenn aber auch Störungen vorkommen, so sind es doch nur ganz kleine, und sie werden sofort behoben sein.«

»Wollen Sie sich nicht setzen?« fragte er schließlich, zog

aus einem Haufen von Rohrstühlen einen hervor und bot ihn dem Reisenden an; dieser konnte nicht ablehnen. Er saß nun am Rande einer Grube, in die er einen flüchtigen Blick warf. Sie war nicht sehr tief. Zur einen Seite der Grube war die ausgegrabene Erde zu einem Wall aufgehäuft, zur anderen Seite stand der Apparat. »Ich weiß nicht«, sagte der Offizier, »ob Ihnen der Kommandant den Apparat schon erklärt hat.« Der Reisende machte eine ungewisse Handbewegung; der Offizier verlangte nichts Besseres, denn nun konnte er selbst den Apparat erklären. »Dieser Apparat«, sagte er und faßte eine Kurbelstange, auf die er sich stützte, »ist eine Erfindung unseres früheren Kommandanten. Ich habe gleich bei den allerersten Versuchen mitgearbeitet und war auch bei allen Arbeiten bis zur Vollendung beteiligt. Das Verdienst der Erfindung allerdings gebührt ihm ganz allein. Haben Sie von unserem früheren Kommandanten gehört? Nicht? Nun, ich behaupte nicht zuviel, wenn ich sage, daß die Einrichtung der ganzen Strafkolonie sein Werk ist. Wir, seine Freunde, wußten schon bei seinem Tod, daß die Einrichtung der Kolonie so in sich geschlossen ist, daß sein Nachfolger, und habe er tausend neue Pläne im Kopf, wenigstens während vieler Jahre nichts von dem Alten wird ändern können. Unsere Voraussage ist auch eingetroffen; der neue Kommandant hat es erkennen müssen. Schade, daß Sie den früheren Kommandanten nicht gekannt haben! – Aber«, unterbrach sich der Offizier, »ich schwätze, und sein Apparat steht hier vor uns. Er besteht, wie Sie sehen, aus drei Teilen. Es haben sich im Laufe der Zeit für jeden dieser Teile gewissermaßen volkstümliche Bezeichnungen ausgebildet. Der untere heißt das Bett, der obere heißt der Zeich-

ner, und hier der mittlere, schwebende Teil heißt die Egge.«
»Die Egge?« fragte der Reisende. Er hatte nicht ganz aufmerksam zugehört, die Sonne verfing sich allzu stark in dem schattenlosen Tal, man konnte schwer seine Gedanken sammeln. Um so bewundernswerter erschien ihm der Offizier, der im engen, parademäßigen, mit Epauletten beschwerten, mit Schnüren behängten Waffenrock so eifrig eine Sache erklärte und außerdem, während er sprach, mit einem Schraubendreher noch hier und da an einer Schraube sich zu schaffen machte. In ähnlicher Verfassung wie der Reisende schien der Soldat zu sein. Er hatte um beide Handgelenke die Kette des Verurteilten gewickelt, stützte sich mit einer Hand auf sein Gewehr, ließ den Kopf im Genick herunterhängen und kümmerte sich um nichts. Der Reisende wunderte sich nicht darüber, denn der Offizier sprach französisch, und Französisch verstand gewiß weder der Soldat noch der Verurteilte. Um so auffallender war allerdings, daß der Verurteilte sich dennoch bemühte, den Erklärungen des Offiziers zu folgen. Mit einer Art schläfriger Beharrlichkeit richtete er die Blicke immer dorthin, wohin der Offizier gerade zeigte, und als dieser jetzt vom Reisenden mit einer Frage unterbrochen wurde, sah auch er, ebenso wie der Offizier, den Reisenden an.

»Ja, die Egge«, sagte der Offizier, »der Name paßt. Die Nadeln sind eggenartig angeordnet, auch wird das Ganze wie eine Egge geführt, wenn auch bloß auf einem Platz und viel kunstgemäßer. Sie werden es übrigens gleich verstehen. Hier auf das Bett wird der Verurteilte gelegt. – Ich will nämlich den Apparat zuerst beschreiben und dann erst die Prozedur selbst ausführen lassen. Sie werden ihr dann besser folgen können. Auch ist ein Zahnrad im Zeichner zu stark abgeschliffen; es kreischt sehr, wenn es im Gang ist; man kann sich dann kaum verständigen; Ersatzteile sind hier leider nur schwer zu beschaffen. – Also hier ist das Bett, wie ich sagte. Es ist ganz und gar mit einer Watteschicht bedeckt; den Zweck dessen werden Sie noch erfahren. Auf diese Watte wird der Verurteilte bäuchlings gelegt, natürlich nackt; hier sind für die Hände, hier für die Füße, hier für den Hals Riemen, um ihn festzuschnallen. Hier am Kopfende des Bettes, wo der Mann, wie ich gesagt habe, zuerst mit dem Gesicht aufliegt, ist dieser kleine Filzstumpf, der leicht so reguliert werden kann, daß er dem Mann gerade in den Mund dringt. Er hat den Zweck, am Schreien und am Zerbeißen der Zunge zu hindern. Natürlich muß der Mann den Filz aufnehmen, da ihm sonst durch den Halsriemen das Genick gebrochen wird.« – »Das ist Watte?« fragte der Reisende und beugte sich vor. »Ja, gewiß«, sagte der Offizier lächelnd, »befühlen Sie es selbst.« Er faßte die Hand des Reisenden und führte sie über das Bett hin. »Es ist eine besonders präparierte Watte, darum sieht sie so unkenntlich aus; ich werde auf ihren Zweck noch zu sprechen kommen.« Der Reisende war schon ein wenig für den Apparat gewonnen; die Hand zum Schutz gegen die Sonne über den Augen, sah er an dem Apparat in die Höhe. Es war ein großer Aufbau. Das Bett und der Zeichner hatten gleichen Umfang und sahen wie zwei dunkle Truhen aus. Der Zeichner war etwa zwei Meter über dem Bett angebracht; beide waren in den Ecken durch vier Messingstangen verbunden, die in der Sonne fast Strahlen warfen. Zwischen den Truhen schwebte an einem Stahlband die Egge.

Der Offizier hatte die frühere Gleichgültigkeit des Reisenden kaum bemerkt, wohl aber hatte er für sein jetzt beginnendes Interesse Sinn; er setzte deshalb in seinen Erklärungen aus, um dem Reisenden zur ungestörten Betrachtung Zeit zu lassen. Der Verurteilte ahmte den Reisenden nach; da er die Hand nicht über die Augen legen konnte, blinzelte er mit freien Augen zur Höhe.

»Nun liegt also der Mann«, sagte der Reisende, lehnte sich im Sessel zurück und kreuzte die Beine.

»Ja«, sagte der Offizier, schob ein wenig die Mütze zurück und fuhr sich mit der Hand über das heiße Gesicht, »nun hören Sie! Sowohl das Bett als auch der Zeichner haben ihre eigene elektrische Batterie; das Bett braucht sie für sich selbst, der Zeichner für die Egge. Sobald der Mann festgeschnallt ist, wird das Bett in Bewegung gesetzt. Es zittert in winzigen, sehr schnellen Zuckungen gleichzeitig seitlich wie auch auf und ab. Sie werden ähnliche Apparate in Heilanstalten gesehen haben; nur sind bei unserem Bett alle Bewegungen genau berechnet; sie müssen nämlich peinlich auf die Bewegungen der Egge abgestimmt sein. Dieser Egge aber ist die eigentliche Ausführung des Urteils überlassen.«

»Wie lautet das Urteil?« fragte der Reisende. »Sie wissen auch das nicht?« sagte der Offizier erstaunt und biß sich auf die Lippen: »Verzeihen Sie, wenn vielleicht meine Erklärungen ungeordnet sind; ich bitte Sie sehr um Entschuldigung. Die Erklärungen pflegte früher nämlich der Kommandant zu geben; der neue Kommandant aber hat sich dieser Ehrenpflicht entzogen; daß er jedoch einen so hohen Besuch« – der Reisende suchte die Ehrung mit beiden Händen abzuwehren, aber der Offizier bestand auf dem Ausdruck –, »einen so hohen Besuch nicht einmal von der Form unseres Urteils in Kenntnis setzt, ist wieder eine Neuerung, die –«, er hatte einen Fluch auf den Lippen, faßte sich aber und sagte nur: »Ich wurde nicht davon verständigt, mich trifft nicht die Schuld. Übrigens bin ich allerdings am besten befähigt, unsere Urteilsarten zu erklären, denn ich trage hier« – er schlug auf seine Brusttasche – »die betreffenden Handzeichnungen des früheren Kommandanten.«

»Handzeichnungen des Kommandanten selbst?« fragte der Reisende: »Hat er denn alles in sich vereinigt? War er Soldat, Richter, Konstrukteur, Chemiker, Zeichner?«

»Jawohl«, sagte der Offizier kopfnickend, mit starrem, nachdenklichem Blick. Dann sah er prüfend seine Hände an; sie schienen ihm nicht rein genug, um die Zeichnungen anzufassen; er ging daher zum Kübel und wusch sie nochmals. Dann zog er eine kleine Ledermappe hervor und sagte: »Unser Urteil klingt nicht streng. Dem Verurteilten wird das Gebot, das er übertreten hat, mit der Egge auf den Leib geschrieben. Diesem Verurteilten zum Beispiel« – der Offizier zeigte auf den Mann – »wird auf den Leib geschrieben werden: Ehre deinen Vorgesetzten!«

Der Reisende sah flüchtig auf den Mann hin; er hielt, als der Offizier auf ihn gezeigt hatte, den Kopf gesenkt und schien alle Kraft des Gehörs anzuspannen, um etwas zu erfahren. Aber die Bewegungen seiner wulstig aneinandergedrückten Lippen zeigten offenbar, daß er nichts verstehen konnte. Der Reisende hatte verschiedenes fragen wollen, fragte aber im Anblick des Mannes nur: »Kennt er sein Urteil?« – »Nein«, sagte der Offizier und wollte gleich in seinen Erklärungen fortfahren, aber der Reisende unterbrach ihn: »Er kennt sein eigenes Urteil nicht?« – »Nein«, sagte der Offizier wieder, stockte dann einen Augenblick, als verlange er vom Reisenden eine nähere Begründung seiner Frage, und sagte dann: »Es wäre nutzlos, es ihm zu verkünden. Er erfährt es ja auf seinem Leib.« Der Reisende wollte schon verstummen, da fühlte er, wie der Verurteilte seinen Blick auf ihn richtete; er schien zu fragen, ob er den geschilderten Vorgang billigen könne. Darum beugte sich der Reisende, der sich bereits zurückgelehnt hatte, wieder vor und fragte noch: »Aber daß er überhaupt verurteilt wurde, das weiß er doch?« – »Auch nicht«, sagte der Offizier und lächelte den Reisenden an, als erwarte er nun von ihm noch einige sonderbare Eröffnungen. »Nein«, sagte der Reisende und strich sich über die Stirn hin, »dann weiß also der Mann auch jetzt noch nicht, wie seine Verteidigung aufgenommen wurde?« – »Er hat keine Gelegenheit gehabt, sich zu verteidigen«, sagte der Offizier und sah abseits, als rede er zu sich selbst und wolle den Reisenden durch Erzählung dieser ihm selbstverständlichen Dinge nicht beschämen. »Er muß doch Gelegenheit gehabt haben, sich zu verteidigen«, sagte der Reisende und stand vom Sessel auf.

Der Offizier erkannte, daß er in Gefahr war, in der Erklärung des Apparates für lange Zeit aufgehalten zu werden; er ging daher zum Reisenden, hing sich in seinen Arm, zeigte mit der Hand auf den Verurteilten, der sich jetzt, da die Aufmerksamkeit so offenbar auf ihn gerichtet war, stramm aufstellte – auch zog der Soldat die Kette an –, und sagte: »Die Sache verhält sich folgendermaßen. Ich bin hier in der Strafkolonie zum Richter bestellt. Trotz meiner Jugend. Denn ich stand auch dem früheren Kommandanten in allen Strafsachen zur Seite und kenne auch den Apparat am besten. Der Grundsatz, nach dem ich entscheide, ist: Die Schuld ist immer zweifellos. Andere Gerichte können diesen Grundsatz nicht befolgen, denn sie sind vielköpfig und haben auch noch höhere Gerichte über sich. Das ist hier nicht der Fall, oder war es wenigstens nicht beim früheren Kommandanten. Der neue hat allerdings schon Lust gezeigt, in mein Gericht sich einzumischen, es ist mir aber bisher gelungen, ihn abzuwehren, und wird mir auch weiter gelingen. – Sie wollten diesen Fall erklärt haben; er ist so einfach wie alle. Ein Hauptmann hat heute morgen die Anzeige erstattet, daß dieser Mann, der ihm als Diener zugeteilt ist und vor seiner Türe schläft, den Dienst verschlafen hat. Er hat nämlich die Pflicht, bei jedem Stundenschlag aufzustehen und vor der Tür des Hauptmanns zu salutieren. Gewiß keine schwere Pflicht und eine notwendige, denn er soll sowohl zur Bewachung als auch zur Bedienung frisch bleiben. Der Hauptmann wollte in der gestrigen Nacht nachsehen, ob der Diener seine Pflicht erfülle. Er öffnete Schlag zwei Uhr die Tür und fand ihn zusammengekrümmt schlafen. Er holte die Reitpeitsche und schlug ihm über das Gesicht. Statt nun aufzustehen und um Verzeihung zu bitten, faßte der Mann seinen Herrn bei den Beinen, schüttelte ihn und rief: ›Wirf die Peitsche weg, oder ich fresse dich.‹ – Das ist der Sachverhalt. Der Hauptmann kam vor einer Stunde zu mir, ich schrieb seine Angaben auf und anschließend gleich das Urteil. Dann ließ ich dem Mann die Ketten anlegen. Das alles war sehr einfach. Hätte ich den Mann zuerst vorgerufen und ausgefragt, so wäre nur Verwirrung entstanden. Er hätte gelogen, hätte, wenn es mir gelungen wäre, die Lügen zu widerlegen, diese durch neue Lügen ersetzt und so fort. Jetzt aber halte ich ihn und lasse ihn nicht mehr. – Ist nun alles erklärt? Aber die Zeit vergeht, die Exekution sollte schon beginnen, und ich bin mit der Erklärung des Apparates noch nicht fertig.« Er nötigte den Reisenden auf den Sessel nieder, trat wieder zu dem Apparat und begann: »Wie Sie sehen, entspricht die Egge der Form des Menschen; hier ist die Egge für den Oberkörper, hier sind die Eggen für die Beine. Für den Kopf ist nur dieser kleine Stichel bestimmt. Ist Ihnen das klar?« Er beugte sich freundlich zu dem Reisenden vor, bereit zu den umfassendsten Erklärungen.

Der Reisende sah mit gerunzelter Stirn die Egge an. Die Mitteilungen über das Gerichtsverfahren hatte ihn nicht befriedigt. Immerhin mußte er sich sagen, daß es sich hier um eine Strafkolonie handelte, daß hier besondere Maßregeln notwendig waren und daß man bis zum letzten militärisch vorgehen mußte. Außerdem aber setzte er einige Hoffnung auf den neuen Kommandanten, der offenbar, allerdings langsam, ein neues Verfahren einzuführen beabsichtigte, das dem beschränkten Kopf dieses Offiziers nicht eingehen konnte. Aus diesem Gedankengang heraus fragte der Reisende: »Wird der Kommandant der Exekution beiwohnen?« – »Es ist nicht gewiß«, sagte der Offizier, durch die unvermittelte Frage peinlich berührt, und seine freundliche Miene verzerrte sich: »Gerade deshalb müssen wir uns beeilen. Ich werde sogar, so leid es mir tut, meine Erklärungen abkürzen müssen. Aber ich könnte ja morgen, wenn der Apparat wieder gereinigt ist – daß er so sehr beschmutzt wird, ist sein einziger Fehler –, die näheren Erklärungen nachtragen. Jetzt also das Notwendigste. – Wenn der Mann auf dem Bett liegt und dieses ins Zittern gebracht ist, wird die Egge auf den Körper gesenkt. Sie stellt sich von selbst so ein, daß sie nur knapp mit den Spitzen den Körper berührt; ist die Einstellung vollzogen, strafft sich sofort dieses Stahlseil zu einer Stange. Und nun beginnt das Spiel. Ein Nichteingeweihter merkt äußerlich keinen Unterschied in den Strafen. Die Egge scheint gleichförmig zu arbeiten. Zitternd sticht sie ihre Spitzen in den Körper ein, der überdies vom Bett aus zittert. Um es nun jedem zu ermöglichen, die Ausführung des Urteils zu überprüfen, wurde die Egge aus Glas gemacht. Es hat einige technische Schwierigkeiten verursacht, die Nadeln darin zu befestigen, es ist aber nach vielen Versuchen gelungen. Wir haben eben keine Mühe gescheut. Und nun kann jeder durch das Glas sehen, wie sich die Inschrift im Körper vollzieht. Wollen Sie nicht näher kommen und sich die Nadeln ansehen?«

Der Reisende erhob sich langsam, ging hin und beugte sich über die Egge. »Sie sehen«, sagte der Offizier, »zweierlei Nadeln in vielfacher Anordnung. Jede lange hat eine kurze neben sich. Die lange schreibt nämlich, und die kurze spritzt Wasser aus, um das Blut abzuwaschen und die Schrift immer klar zu erhalten. Das Blutwasser wird dann hier in kleine Rinnen geleitet und fließt endlich in die Hauptrinne, deren Abflußrohr in die Grube führt.« Der Offizier zeigte mit dem Finger genau den Weg, den das Blutwasser nehmen mußte. Als er es, um es möglichst anschaulich zu machen, an der Mündung des Abflußrohres mit beiden Händen förmlich auffing, erhob der Reisende den Kopf und wollte, mit der Hand rückwärts tastend, zu seinem Sessel zurückgehen. Da sah er zu seinem Schrecken, daß auch der Verurteilte gleich ihm der Einladung des Offiziers, sich die Einrichtung der Egge aus der Nähe anzusehen, gefolgt war. Er hatte den verschlafenen Soldaten an der Kette ein wenig vorgezerrt und sich auch über das Glas gebeugt. Man sah, wie er mit unsicheren Augen auch das suchte, was die zwei Herren eben beobachtet hatten, wie es ihm aber, da ihm die Erklärung fehlte, nicht gelingen wollte. Er beugte sich hierhin und dorthin. Immer wieder lief er mit den Augen das Glas ab. Der Reisende wollte ihn zurücktreiben, denn, was er tat, war wahrscheinlich strafbar. Aber der Offizier hielt den Reisenden mit einer Hand fest, nahm mit der anderen eine Erdscholle vom Wall und warf sie nach dem Soldaten. Dieser hob mit einem Ruck die Augen, sah, was der Verurteilte gewagt hatte, ließ das Gewehr fallen, stemmte die Füße mit den Absätzen in den Boden, riß den Verurteilten zurück, daß er gleich niederfiel, und sah dann auf ihn hinunter, wie er sich wand und mit seinen Ketten klirrte. »Stell ihn auf!« schrie der Offizier, denn er merkte, daß der Reisende durch den Verurteilten allzusehr abgelenkt wurde. Der Reisende beugte sich sogar über die Egge hinweg, ohne sich um sie zu kümmern, und wollte nur feststellen, was mit dem Verurteilten geschehe. »Behandle ihn sorgfältig!« schrie der Offizier wieder. Er umlief den Apparat, faßte selbst den Verurteilten unter den Achseln und stellte ihn, der öfters mit den Füßen ausglitt, mit Hilfe des Soldaten auf.

»Nun weiß ich schon alles«, sagte der Reisende, als der Offizier wieder zu ihm zurückkehrte. »Bis auf das Wichtigste«, sagte dieser, ergriff den Reisenden am Arm und zeigte in die Höhe: »Dort im Zeichner ist das Räderwerk, welches die Bewegung der Egge bestimmt, und dieses Räderwerk wird nach der Zeichnung, auf welche das Urteil lautet, angeordnet. Ich verwende noch die Zeichnungen des früheren Kommandanten. Hier sind sie« – er zog einige Blätter aus der Ledermappe –, »ich kann sie Ihnen aber leider nicht in die Hand geben, sie sind das Teuerste, was ich habe. Setzen Sie sich, ich zeige sie Ihnen aus dieser Entfernung, dann werden Sie alles gut sehen können.« Er zeigte das erste Blatt. Der Reisende hätte gerne etwas Anerkennendes gesagt, aber er sah nur labyrinthartige, einander vielfach kreuzende Linien, die so dicht das Papier bedeckten, daß man nur mit Mühe die weißen Zwischenräume erkannte. »Lesen Sie«, sagte der Offizier. »Ich kann nicht«, sagte der Reisende. »Es ist doch deutlich«, sagte der Offizier. »Es ist sehr kunstvoll«, sagte der Reisende ausweichend, »aber ich kann es nicht entziffern.« – »Ja«, sagte der Offizier, lachte und steckte die Mappe wieder ein, »es ist keine Schönschrift für Schulkinder. Man muß lange darin lesen. Auch Sie würden es schließlich gewiß erkennen. Es darf natürlich keine einfache Schrift sein; sie soll ja nicht sofort töten, sondern durchschnittlich erst in einem Zeitraum von zwölf Stunden; für die sechste Stunde ist der Wendepunkt berechnet. Es müssen also viele, viele Zieraten die eigentliche Schrift umgeben; die wirkliche Schrift umzieht den Leib nur in einem schmalen Gürtel; der übrige Körper ist für Verzierungen bestimmt. Können Sie jetzt die Arbeit der Egge und des ganzen Apparates würdigen? – Sehen Sie doch!« Er sprang auf die Leiter, drehte ein Rad, rief hinunter: »Achtung, treten Sie zur Seite!«, und alles kam in Gang. Hätte das Rad nicht gekreischt, es wäre herrlich gewesen. Als sei der Offizier von diesem störenden

Rad überrascht, drohte er ihm mit der Faust, breitete dann, sich entschuldigend, zum Reisenden hin die Arme aus und kletterte eilig hinunter, um den Gang des Apparates von unten zu beobachten. Noch war etwas nicht in Ordnung, das nur er merkte; er kletterte wieder hinauf, griff mit beiden Händen in das Innere des Zeichners, glitt dann, um rascher hinunterzukommen, statt die Leiter zu benutzen, an der einen Stange hinunter und schrie nun, um sich im Lärm verständlich zu machen, mit äußerster Anspannung dem Reisenden ins Ohr: »Begreifen Sie den Vorgang? Die Egge fängt zu schreiben an; ist sie mit der ersten Anlage der Schrift auf dem Rücken des Mannes fertig, rollt die Watteschicht und wälzt den Körper langsam auf die Seite, um der Egge neuen Raum zu bieten. Inzwischen legen sich die wundbeschriebenen Stellen auf die Watte, welche infolge der besonderen Präparierung sofort die Blutung stillt und zu neuer Vertiefung der Schrift vorbereitet. Hier die Zacken am Rande der Egge reißen dann beim weiteren Umwälzen des Körpers die Watte von den Wunden, schleudern sie in die Grube, und die Egge hat wieder Arbeit. So schreibt sie immer tiefer die zwölf Stunden lang. Die ersten sechs Stunden lebt der Verurteilte fast wie früher, er leidet nur Schmerzen. Nach zwei Stunden wird der Filz entfernt, denn der Mann hat keine Kraft zum Schreien mehr. Hier in diesen elektrisch geheizten Napf am Kopfende wird warmer Reisbrei gelegt, aus dem der Mann, wenn er Lust hat, nehmen kann, was er mit der Zunge erhascht. Keiner versäumt die Gelegenheit. Ich weiß keinen, und meine Erfahrung ist groß. Erst um die sechste Stunde verliert er das Vergnügen am Essen. Ich knie dann gewöhnlich hier nieder und beobachte diese Erscheinung. Der Mann schluckt den letzten Bissen selten, er dreht ihn nur im Mund und speit ihn in die Grube. Ich muß mich dann bücken, sonst fährt er mir ins Gesicht. Wie still wird dann aber der Mann um die sechste Stunde! Verstand geht dem Blödesten auf. Um die Augen beginnt es. Von hier aus verbreitet es sich. Ein Anblick, der einen verführen könnte, sich mit unter die Egge zu legen. Es geschieht ja weiter nichts, der Mann fängt bloß an, die Schrift zu entziffern, er spitzt den Mund, als horche er. Sie haben gesehen, es ist nicht leicht, die Schrift mit den Augen zu entziffern; unser Mann entziffert sie aber mit seinen Wunden. Es ist allerdings viel Arbeit; er braucht sechs Stunden zu ihrer Vollendung. Dann aber spießt ihn die Egge vollständig auf und wirft ihn in die Grube, wo er auf das Blutwasser und die Watte niederklatscht. Dann ist das Gericht zu Ende, und wir, ich und der Soldat, scharren ihn ein.«

Der Reisende hatte das Ohr zum Offizier geneigt und sah, die Hände in den Rocktaschen, der Arbeit der Maschine zu. Auch der Verurteilte sah ihr zu, aber ohne Verständnis. Er bückte sich ein wenig und verfolgte die schwankenden Nadeln, als ihm der Soldat, auf ein Zeichen des Offiziers, mit einem Messer hinten Hemd und Hose durchschnitt, so daß sie von dem Verurteilten abfielen; er wollte nach dem fallenden Zeug greifen, um seine Blöße zu bedecken, aber der Soldat hob ihn in die Höhe und schüttelte die letzten Fetzen von ihm ab. Der Offizier stellte die Maschine ein, und in der jetzt eintretenden Stille wurde der Verurteilte unter die Egge gelegt. Die Ketten wurden gelöst und statt dessen die Riemen befestigt; es schien für den Verurteilten im ersten Augenblick fast eine Erleichterung zu bedeuten. Und nun senkte sich die Egge noch ein Stück tiefer, denn es war ein magerer Mann. Als ihn die Spitzen berührten, ging ein Schauer über seine Haut; er streckte, während der Soldat mit seiner rechten Hand beschäftigt war, die linke aus, ohne zu wissen wohin; es war aber die Richtung, wo der Reisende stand. Der Offizier sah ununterbrochen den Reisenden von der Seite an, als suche er von seinem Gesicht den Eindruck abzulesen, den die Exekution, die er ihm nun wenigstens oberflächlich erklärt hatte, auf ihn mache.

Der Riemen, der für das Handgelenk bestimmt war, riß; wahrscheinlich hatte ihn der Soldat zu stark angezogen. Der Offizier sollte helfen, der Soldat zeigte ihm das abgerissene Riemenstück. Der Offizier ging auch zu ihm hinüber und sagte, das Gesicht dem Reisenden zugewendet: »Die Maschine ist sehr zusammengesetzt, es muß hie und da etwas reißen oder brechen; dadurch darf man sich aber im Gesamturteil nicht beirren lassen. Für den Riemen ist übrigens sofort Ersatz geschafft; ich werde eine Kette verwenden; die Zartheit der Schwingungen wird dadurch für den rechten Arm allerdings beeinträchtigt.« Und während er die Ketten anlegte, sagte er noch: »Die Mittel zur Erhaltung der Maschine sind jetzt sehr eingeschränkt. Unter dem früheren Kommandanten war eine mir frei zugängliche Kassa nur für diesen Zweck bestimmt. Es gab hier ein Magazin, in dem alle möglichen Ersatzstücke aufbewahrt wurden. Ich gestehe, ich trieb damit fast Verschwendung, ich meine früher, nicht jetzt, wie der neue Kommandant behauptet, dem alles nur zum Vorwand dient, alte Einrichtungen zu bekämpfen. Jetzt hat er die Maschinenkassa in eigener Verwaltung, und schicke ich um einen neuen Riemen, wird der zerrissene als

Beweisstück verlangt, der neue kommt erst in zehn Tagen, ist dann aber von schlechterer Sorte und taugt nicht viel. Wie ich aber in der Zwischenzeit ohne Riemen die Maschine betreiben soll, darum kümmert sich niemand.«

Der Reisende überlegte: Es ist immer bedenklich, in fremde Verhältnisse entscheidend einzugreifen. Er war weder Bürger der Strafkolonie, noch Bürger des Staates, dem sie angehörte. Wenn er die Exekution verurteilen oder gar hintertreiben wollte, konnte man ihm sagen: Du bist ein Fremder, sei still. Darauf hätte er nichts erwidern, sondern nur hinzufügen können, daß er sich in diesem Falle selbst nicht begreife, denn er reise nur mit der Absicht, zu sehen, und keineswegs etwa, um fremde Gerichtsverfassungen zu ändern. Nun lagen aber hier die Dinge allerdings sehr verführerisch. Die Ungerechtigkeit des Verfahrens und die Unmenschlichkeit der Exekution war zweifellos. Niemand konnte irgendeine Eigennützigkeit des Reisenden annehmen, denn der Verurteilte war ihm fremd, kein Landsmann und ein zum Mitleid gar nicht auffordernder Mensch. Der Reisende selbst hatte Empfehlungen hoher Ämter, war hier mit großer Höflichkeit empfangen worden, und daß er zu dieser Exekution eingeladen worden war, schien sogar darauf hinzudeuten, daß man sein Urteil über dieses Gericht verlangte. Dies war aber um so wahrscheinlicher, als der Kommandant, wie er jetzt überdeutlich gehört hatte, kein Anhänger dieses Verfahrens war und sich gegenüber dem Offizier fast feindselig verhielt.

Da hörte der Reisende einen Wutschrei des Offiziers. Er hatte gerade, nicht ohne Mühe, dem Verurteilten den Filzstumpf in den Mund geschoben, als der Verurteilte in einem unwiderstehlichen Brechreiz die Augen schloß und sich erbrach. Eilig riß ihn der Offizier vom Stumpf in die Höhe und wollte den Kopf zur Grube hindrehen; aber es war zu spät, der Unrat floß schon an der Maschine hinab. »Alles Schuld des Kommandanten!« schrie der Offizier und rüttelte besinnungslos vorn an den Messingstangen. »Die Maschine wird mir verunreinigt wie ein Stall.« Er zeigte mit zitternden Händen dem Reisenden, was geschehen war. »Habe ich nicht stundenlang dem Kommandanten begreiflich zu machen gesucht, daß einen Tag vor der Exekution kein Essen mehr verabfolgt werden soll. Aber die neue milde Richtung ist anderer Meinung. Die Damen des Kommandanten stopfen dem Mann, ehe er abgeführt wird, den Hals mit Zuckersachen voll. Sein ganzes Leben hat er sich von stinkenden Fischen genährt und muß jetzt Zuckersachen essen! Aber es wäre ja möglich, ich würde nichts einwenden, aber warum schafft man nicht einen neuen Filz an, wie ich ihn seit einem Vierteljahr erbitte. Wie kann man ohne Ekel diesen Filz in den Mund nehmen, an dem mehr als hundert Männer im Sterben gesaugt und gebissen haben?«

Der Verurteilte hatte den Kopf niedergelegt und sah friedlich aus, der Soldat war damit beschäftigt, mit dem Hemd des Verurteilten die Maschine zu putzen. Der Offizier ging zum Reisenden, der in irgendeiner Ahnung einen Schritt zurücktrat, aber der Offizier faßte ihn bei der Hand und zog ihn zur Seite. »Ich will einige Worte im Vertrauen mit Ihnen sprechen«, sagte er, »ich darf doch?« – »Gewiß«, sagte der Reisende und hörte mit gesenkten Augen zu.

»Dieses Verfahren und diese Hinrichtung, die Sie jetzt zu bewundern Gelegenheit haben, hat gegenwärtig in unserer

Kolonie keinen offenen Anhänger mehr. Ich bin ihr einziger Vertreter, gleichzeitig der einzige Vertreter des Erbes des alten Kommandanten. An einen weiteren Ausbau des Verfahrens kann ich nicht mehr denken, ich verbrauche alle meine Kräfte, um zu erhalten, was vorhanden ist. Als der alte Kommandant lebte, war die Kolonie von seinen Anhängern voll; die Überzeugungskraft des alten Kommandanten habe ich zum Teil, aber seine Macht fehlt mir ganz; infolgedessen haben sich die Anhänger verkrochen, es gibt noch viele, aber keiner gesteht es ein. Wenn Sie heute, also an einem Hinrichtungstag, ins Teehaus gehen und herumhorchen, werden Sie vielleicht nur zweideutige Äußerungen hören. Das sind lauter Anhänger, aber unter dem gegenwärtigen Kommandanten und bei seinen gegenwärtigen Anschauungen für mich ganz unbrauchbar. Und nun frage ich Sie: Soll wegen dieses Kommandanten und seiner Frauen, die ihn beeinflussen, ein solches Lebenswerk« – er zeigte auf die Maschine – »zugrunde gehen? Darf man das zulassen? Selbst wenn man nur als Fremder ein paar Tage auf unserer Insel ist? Es ist aber keine Zeit zu verlieren, man bereitet etwas gegen meine Gerichtsbarkeit vor; es finden schon Beratungen in der Kommandantur statt, zu denen ich nicht zugezogen werde; sogar Ihr heutiger Besuch scheint mir für die ganze Lage bezeichnend; man ist feig und schickt Sie, einen Fremden, vor. – Wie war die Exekution anders in früherer Zeit! Schon einen Tag vor der Hinrichtung war das ganze Tal von Menschen überfüllt; alle kamen nur um zu sehen; früh am Morgen erschien der Kommandant mit seinen Damen; Fanfaren weckten den ganzen Lagerplatz; ich erstattete die Meldung, daß alles vorbereitet sei; die Gesellschaft – kein hoher Beamte durfte fehlen – ordnete sich um die Maschine; dieser Haufen Rohrsessel ist ein armseliges Überbleibsel aus jener Zeit. Die Maschine glänzte frisch geputzt, fast zu jeder Exekution nahm ich neue Ersatzstücke. Vor Hunderten Augen – alle Zuschauer standen auf den Fußspitzen bis dort zu den Anhöhen – wurde der Verurteilte vom Kommandanten selbst unter die Egge gelegt. Was heute ein gemeiner Soldat tun darf, war damals meine, des Gerichtspräsidenten, Arbeit und ehrte mich. Und nun begann die Exekution! Kein Mißton störte die Arbeit der Maschine. Manche sahen nun gar nicht mehr zu, sondern lagen mit geschlossenen Augen im Sand; alle wußten: Jetzt geschieht Gerechtigkeit. In der Stille hörte man nur das Seufzen des Verurteilten, gedämpft durch den Filz. Heute gelingt es der Maschine nicht mehr, dem Verurteilten ein stärkeres Seufzen auszupressen, als der Filz noch ersticken kann; damals aber tropften die schreibenden Nadeln eine beizende Flüssigkeit aus, die heute nicht mehr verwendet werden darf. Nun, und dann kam die sechste Stunde! Es war unmöglich, allen die Bitte, aus der Nähe zuschauen zu dürfen, zu gewähren. Der Kommandant in seiner Einsicht ordnete an, daß vor allem die Kinder berücksichtigt werden sollten; ich allerdings durfte kraft meines Berufes immer dabeistehen, oft hockte ich dort, zwei kleine Kinder rechts und links in meinen Armen. Wie nahmen wir alle den Ausdruck der Verklärung von dem gemarterten Gesicht, wie hielten wir unsere Wangen in den Schein dieser endlich erreichten und schon vergehenden Gerechtigkeit! Was für Zeiten, mein Kamerad!« Der Offizier hatte offenbar vergessen, wer vor ihm stand; er hatte den Reisenden umarmt und den Kopf auf seine Schulter gelegt. Der Reisende war in großer Verlegenheit, ungeduldig sah er über den Offizier hinweg. Der Soldat hatte die Reinigungsarbeit beendet und jetzt noch aus einer Büchse Reisbrei in den Napf geschüttet. Kaum merkte dies der Verurteilte, der sich schon vollständig erholt zu haben schien, als er mit der Zunge nach dem Brei zu schnappen begann. Der Soldat stieß ihn immer wieder weg, denn der Brei war wohl für eine spätere Zeit bestimmt, aber ungehörig war es jedenfalls auch, daß der Soldat mit seinen schmutzigen Händen hineingriff und vor dem gierigen Verurteilten davon aß.

Der Offizier faßte sich schnell. »Ich wollte Sie nicht etwa rühren«, sagte er, »ich weiß, es ist unmöglich, jene Zeiten heute begreiflich zu machen. Im übrigen arbeitet die Maschine noch und wirkt für sich. Sie wirkt für sich, auch wenn sie allein in diesem Tal steht. Und die Leiche fällt zum Schluß noch immer in dem unbegreiflich sanften Flug in die Grube, auch wenn nicht, wie damals, Hunderte wie Fliegen um die Grube sich versammeln. Damals mußten wir ein starkes Geländer um die Grube anbringen, es ist längst weggerissen.«

Der Reisende wollte sein Gesicht dem Offizier entziehen und blickte ziellos herum. Der Offizier glaubte, er betrachte die Öde des Tales; er ergriff deshalb seine Hände, drehte sich um ihn, um seine Blicke zu erfassen, und fragte: »Merken Sie die Schande?«

Aber der Reisende schwieg. Der Offizier ließ für ein Weilchen von ihm ab; mit auseinandergestellten Beinen, die Hände in den Hüften, stand er still und blickte zu Boden. Dann lächelte er dem Reisenden aufmunternd zu und sagte: »Ich war gestern in Ihrer Nähe, als der Kommandant Sie einlud. Ich hörte die Einladung. Ich kenne den Kommandanten. Ich verstand sofort, was er mit der Einladung bezweckte. Trotzdem seine Macht groß genug wäre, um gegen mich einzuschreiten, wagt er es noch nicht, wohl aber will er mich Ihrem, dem Urteil eines angesehenen Fremden aussetzen. Seine Berechnung ist sorgfältig; Sie sind den zweiten Tag auf der Insel, Sie kannten den alten Kommandanten und seinen Gedankenkreis nicht, Sie sind in europäischen Anschauungen befangen, vielleicht sind Sie ein grundsätzlicher Gegner der Todesstrafe im allgemeinen und einer derartigen maschinellen Hinrichtungsart im besonderen, Sie sehen überdies, wie die Hinrichtung ohne öffentliche Anteilnahme, traurig, auf einer bereits etwas beschädigten Maschine vor sich geht – wäre es nun, alles dieses zusammengenommen (so denkt der Kommandant), nicht sehr leicht möglich, daß Sie mein Verfahren nicht für richtig halten? Und wenn Sie es nicht für richtig halten, werden Sie dies (ich rede noch immer im Sinne des Kommandanten) nicht verschweigen, denn Sie vertrauen doch gewiß Ihren vielerprobten Überzeugungen. Sie haben allerdings viele Eigentümlichkeiten vieler Völker gesehen und achten gelernt, Sie werden daher wahrscheinlich sich nicht mit ganzer Kraft, wie Sie es vielleicht in Ihrer Heimat tun würden, gegen das Verfahren aussprechen. Aber dessen bedarf der Kommandant gar nicht. Ein flüchtiges, ein bloß unvorsichtiges Wort genügt. Es muß gar nicht Ihrer Überzeugung entsprechen, wenn es nur scheinbar seinem Wunsche entgegenkommt. Daß er Sie mit aller Schlauheit ausfragen wird, dessen bin ich gewiß. Und seine Damen werden im Kreis herumsitzen und die Ohren spitzen; Sie werden etwa sagen: ›Bei uns ist das

Gerichtsverfahren ein anderes‹, oder ›Bei uns wird der Angeklagte vor dem Urteil verhört‹, oder ›Bei uns gibt es auch andere Strafen als Todesstrafen‹, oder ›Bei uns gab es Folterungen nur im Mittelalter.‹ Das alles sind Bemerkungen, die ebenso richtig sind, als sie Ihnen selbstverständlich erscheinen, unschuldige Bemerkungen, die mein Verfahren nicht antasten. Aber wie wird sie der Kommandant aufnehmen? Ich sehe ihn, den guten Kommandanten, wie er sofort den Stuhl beiseite schiebt und auf den Balkon eilt, ich sehe seine Damen, wie sie ihm nachströmen, ich höre seine Stimme – die Damen nennen sie eine Donnerstimme –, nun, und er spricht: ›Ein großer Forscher des Abendlandes, dazu bestimmt, das Gerichtsverfahren in allen Ländern zu überprüfen, hat eben gesagt, daß unser Verfahren nach altem Brauch ein unmenschliches ist. Nach diesem Urteil einer solchen Persönlichkeit ist es mir natürlich nicht mehr möglich, dieses Verfahren zu dulden. Mit dem heutigen Tage also ordne ich an – und so weiter.‹ Sie wollen eingreifen, Sie haben nicht das gesagt, was er verkündet, Sie haben mein Verfahren nicht unmenschlich genannt, im Gegenteil, Ihrer tiefen Einsicht entsprechend, halten Sie es für das menschlichste und menschenwürdigste, Sie bewundern auch diese Maschinerie – aber es ist zu spät; Sie kommen gar nicht auf den Balkon, der schon voll Damen ist; Sie wollen sich bemerkbar machen; Sie wollen schreien; aber eine Damenhand hält Ihnen den Mund zu – und ich und das Werk des alten Kommandanten sind verloren.«

Der Reisende mußte ein Lächeln unterdrücken; so leicht war also die Aufgabe, die er für so schwer gehalten hatte. Er sagte ausweichend: »Sie überschätzen meinen Einfluß; der

Kommandant hat mein Empfehlungsschreiben gelesen, er weiß, daß ich kein Kenner der gerichtlichen Verfahren bin. Wenn ich eine Meinung aussprechen würde, so wäre es die Meinung eines Privatmannes, um nichts bedeutender als die Meinung eines beliebigen anderen, und jedenfalls viel bedeutungsloser als die Meinung des Kommandanten, der in dieser Strafkolonie, wie ich zu wissen glaube, sehr ausgedehnte Rechte hat. Ist seine Meinung über dieses Verfahren eine so bestimmte, wie Sie glauben, dann, fürchte ich, ist allerdings das Ende dieses Verfahrens gekommen, ohne daß es meiner bescheidenen Mithilfe bedürfte.«

Begriff es schon der Offizier? Nein, er begriff noch nicht. Er schüttelte lebhaft den Kopf, sah kurz nach dem Verurteilten und dem Soldaten zurück, die zusammenzuckten und vom Reis abließen, ging ganz nahe an den Reisenden heran, blickte ihm nicht ins Gesicht, sondern irgendwohin auf seinen Rock und sagte leiser als früher: »Sie kennen den Kommandanten nicht; Sie stehen ihm und uns allen – verzeihen Sie den Ausdruck – gewissermaßen harmlos gegenüber; Ihr Einfluß, glauben Sie mir, kann nicht hoch genug eingeschätzt werden. Ich war ja glückselig, als ich hörte, daß Sie allein der Exekution beiwohnen sollten. Diese Anordnung des Kommandanten sollte mich treffen, nun aber wende ich sie zu meinen Gunsten. Unabgelenkt von falschen Einflüsterungen und verächtlichen Blicken – wie sie bei größerer Teilnahme an der Exekution nicht hätten vermieden werden können – haben Sie meine Erklärungen angehört, die Maschine gesehen und sind nun im Begriffe, die Exekution zu besichtigen. Ihr Urteil steht gewiß schon fest; sollten noch kleine Unsicherheiten bestehen, so wird sie der

Anblick der Exekution beseitigen. Und nun stelle ich an Sie die Bitte: Helfen Sie mir gegenüber dem Kommandanten!«

Der Reisende ließ ihn nicht weiterreden. »Wie könnte ich denn das«, rief er aus. »Das ist ganz unmöglich. Ich kann Ihnen ebensowenig nützen, als ich Ihnen schaden kann.«

»Sie können es«, sagte der Offizier. Mit einiger Befürchtung sah der Reisende, daß der Offizier die Fäuste ballte. »Sie können es«, wiederholte der Offizier noch dringender. »Ich habe einen Plan, der gelingen muß. Sie glauben, Ihr Einfluß genüge nicht. Ich weiß, daß er genügt. Aber zugestanden, daß Sie recht haben, ist es denn nicht notwendig, zur Erhaltung dieses Verfahrens alles, selbst das möglicherweise Unzureichende zu versuchen? Hören Sie also meinen Plan. Zu seiner Ausführung ist es vor allem nötig, daß Sie heute in der Kolonie mit Ihrem Urteil über das Verfahren möglichst zurückhalten. Wenn man Sie nicht geradezu fragt, dürfen Sie sich keinesfalls äußern; Ihre Äußerungen aber müssen kurz und unbestimmt sein; man soll merken, daß es Ihnen schwer wird, darüber zu sprechen, daß Sie verbittert sind, daß Sie, falls Sie offen reden sollten, geradezu in Verwünschungen ausbrechen müßten. Ich verlange nicht, daß Sie lügen sollen; keineswegs; Sie sollen nur kurz antworten, etwa: ›Ja, ich habe die Exekution gesehen‹, oder ›Ja, ich habe alle Erklärungen gehört.‹ Nur das, nichts weiter. Für die Verbitterung, die man Ihnen anmerken soll, ist ja genügend Anlaß, wenn auch nicht im Sinne des Kommandanten. Er natürlich wird es vollständig mißverstehen und in seinem Sinne deuten. Darauf gründet sich mein Plan. Morgen findet in der Kommandantur unter dem Vorsitz des Kommandanten eine große Sitzung aller höheren Verwaltungsbeamten statt. Der Kommandant hat es natürlich verstanden, aus solchen Sitzungen eine Schaustellung zu machen. Es wurde eine Galerie gebaut, die mit Zuschauern immer besetzt ist. Ich bin gezwungen, an den Beratungen teilzunehmen, aber der Widerwille schüttelt mich. Nun werden Sie gewiß auf jeden Fall zu der Sitzung eingeladen werden; wenn Sie sich heute meinem Plane gemäß verhalten, wird die Einladung zu einer dringenden Bitte werden. Sollten Sie aber aus irgendeinem unerfindlichen Grunde doch nicht eingeladen werden, so müßten Sie allerdings die Einladung verlangen; daß Sie sie dann erhalten, ist zweifellos. Nun sitzen Sie also morgen mit den Damen in der Loge des Kommandanten. Er versichert sich öfters durch Blicke nach oben, daß Sie da sind. Nach verschiedenen gleichgültigen, lächerlichen, nur für die Zuhörer berechneten Verhandlungsgegenständen – meistens sind es Hafenbauten, immer wieder Hafenbauten! – kommt auch das Gerichtsverfahren zur Sprache. Sollte es von seiten des Kommandanten nicht oder nicht bald genug geschehen, so werde ich dafür sorgen, daß es geschieht. Ich werde aufstehen und die Meldung von der heutigen Exekution erstatten. Ganz kurz, nur diese Meldung. Eine solche Meldung ist zwar nicht üblich, aber ich tue es doch. Der Kommandant dankt mir, wie immer, mit freundlichem Lächeln, und nun, er kann sich nicht zurückhalten, erfaßt er die gute Gelegenheit. ›Es wurde eben‹, so oder ähnlich wird er sprechen, ›die Meldung von der Exekution erstattet. Ich möchte dieser Meldung nur hinzufügen, daß gerade dieser Exekution der große Forscher beigewohnt hat, von dessen unsere Kolonie so außerordentlich ehrenden Besuch Sie alle wissen. Auch unsere heutige Sitzung ist durch seine Anwesenheit in ihrer Bedeutung erhöht. Wollen wir nun nicht an diesen großen Forscher die Frage richten, wie er die Exekution nach altem Brauch und das Verfahren, das ihr vorausgeht, beurteilt?‹ Natürlich überall Beifallklatschen, allgemeine Zustimmung, ich bin der Lauteste. Der Kommandant verbeugt sich vor Ihnen und sagt: ›Dann stelle ich im Namen aller die Frage.‹ Und nun treten Sie an die Brüstung. Legen Sie die Hände für alle sichtbar hin, sonst fassen sie die Damen und spielen mit den Fingern. – Und jetzt kommt endlich Ihr Wort. Ich weiß nicht, wie ich die Spannung der Stunden bis dahin ertragen werde. In Ihrer Rede müssen Sie sich keine Schranken setzen, machen Sie mit der Wahrheit Lärm, beugen Sie sich über die Brüstung, brüllen Sie, aber ja, brüllen Sie dem Kommandanten Ihre Meinung, Ihre unerschütterliche Meinung zu. Aber vielleicht wollen Sie das nicht, es entspricht nicht Ihrem Charakter, in Ihrer Heimat verhält man sich vielleicht in solchen Lagen anders, auch das ist richtig, auch das genügt vollkommen, stehen Sie gar nicht auf, sagen Sie nur ein paar Worte, flüstern Sie sie, daß sie gerade noch die Beamten unter Ihnen hören, es genügt, Sie müssen gar nicht selbst von der mangelnden Teilnahme an der Exekution, von dem kreischenden Rad, dem zerrissenen Riemen, dem widerlichen Filz reden, nein, alles Weitere übernehme ich, und, glauben Sie, wenn meine Rede ihn nicht aus dem Saale jagt, so wird sie ihn auf die Knie zwingen, daß er bekennen muß: Alter Kommandant, vor dir beuge ich mich. – Das ist mein Plan; wollen Sie mir zu seiner Ausführung helfen? Aber natürlich wollen Sie, mehr als das, Sie müssen.« Und der Offizier faßte den Reisenden an beiden Armen und sah ihm schwer atmend ins

Gesicht. Die letzten Sätze hatte er so geschrien, daß selbst der Soldat und der Verurteilte aufmerksam geworden waren; trotzdem sie nichts verstehen konnten, hielten sie doch im Essen inne und sahen kauend zum Reisenden hinüber.

Die Antwort, die er zu geben hatte, war für den Reisenden von allem Anfang an zweifellos; er hatte in seinem Leben zu viel erfahren, als daß er hier hätte schwanken können; er war im Grunde ehrlich und hatte keine Furcht. Trotzdem zögerte er jetzt im Anblick des Soldaten und des Verurteilten einen Atemzug lang. Schließlich aber sagte er, wie er mußte: »Nein.« Der Offizier blinzelte mehrmals mit den Augen, ließ aber keinen Blick von ihm. »Wollen Sie eine Erklärung?« fragte der Reisende. Der Offizier nickte stumm. »Ich bin ein Gegner dieses Verfahrens«, sagte nun der Reisende, »noch ehe Sie mich ins Vertrauen zogen – dieses Vertrauen werde ich natürlich unter keinen Umständen mißbrauchen –, habe ich schon überlegt, ob ich berechtigt wäre, gegen dieses Verfahren einzuschreiten und ob mein Einschreiten auch nur eine kleine Aussicht auf Erfolg haben könnte. An wen ich mich dabei zuerst wenden müßte, war mir klar: an den Kommandanten natürlich. Sie haben es mir noch klarer gemacht, ohne aber etwa meinen Entschluß erst befestigt zu haben, im Gegenteil, Ihre ehrliche Überzeugung geht mir nahe, wenn sie mich auch nicht beirren kann.«

Der Offizier blieb stumm, wendete sich der Maschine zu, faßte eine der Messingstangen und sah dann, ein wenig zurückgebeugt, zum Zeichner hinauf, als prüfe er, ob alles in Ordnung sei. Der Soldat und der Verurteilte schienen sich miteinander befreundet zu haben; der Verurteilte machte, so schwierig dies bei der festen Einschnallung durchzuführen war, dem Soldaten Zeichen; der Soldat beugte sich zu ihm; der Verurteilte flüsterte ihm etwas zu, und der Soldat nickte.

Der Reisende ging dem Offizier nach und sagte: »Sie wissen noch nicht, was ich tun will. Ich werde meine Ansicht über das Verfahren dem Kommandanten zwar sagen, aber nicht in einer Sitzung, sondern unter vier Augen; ich werde auch nicht so lange hier bleiben, daß ich irgendeiner Sitzung beigezogen werden könnte; ich fahre schon morgen früh weg oder schiffe mich wenigstens ein.« Es sah nicht aus, als ob der Offizier zugehört hätte. »Das Verfahren hat Sie also nicht überzeugt«, sagte er für sich und lächelte, wie ein Alter über den Unsinn eines Kindes lächelt und hinter dem Lächeln sein eigenes wirkliches Nachdenken behält.

»Dann ist es also Zeit«, sagte er schließlich und blickte plötzlich mit hellen Augen, die irgendeine Aufforderung, irgendeinen Aufruf zur Beteiligung enthielten, den Reisenden an.

»Wozu ist es Zeit?« fragte der Reisende unruhig, bekam aber keine Antwort.

»Du bist frei«, sagte der Offizier zum Verurteilten in dessen Sprache. Dieser glaubte es zuerst nicht. »Nun, frei bist du«, sagte der Offizier. Zum erstenmal bekam das Gesicht des Verurteilten wirkliches Leben. War es Wahrheit? War es nur eine Laune des Offiziers, die vorübergehen konnte? Hatte der fremde Reisende ihm Gnade erwirkt? Was war es? So schien sein Gesicht zu fragen. Aber nicht lange. Was immer es sein mochte, er wollte, wenn er durfte, wirklich frei sein und er begann sich zu rütteln, soweit es die Egge erlaubte.

»Du zerreißt mir die Riemen«, schrie der Offizier, »sei

ruhig! Wir öffnen sie schon.« Und er machte sich mit dem Soldaten, dem er ein Zeichen gab, an die Arbeit. Der Verurteilte lachte ohne Worte leise vor sich hin, bald wendete er das Gesicht links zum Offizier, bald rechts zum Soldaten, auch den Reisenden vergaß er nicht.

»Zieh ihn heraus«, befahl der Offizier dem Soldaten. Es mußte hierbei wegen der Egge einige Vorsicht angewendet werden. Der Verurteilte hatte schon infolge seiner Ungeduld einige kleine Rißwunden auf dem Rücken. Von jetzt ab kümmerte sich aber der Offizier kaum mehr um ihn. Er ging auf den Reisenden zu, zog wieder die kleine Ledermappe hervor, blätterte in ihr, fand schließlich das Blatt, das er suchte, und zeigte es dem Reisenden. »Lesen Sie«, sagte er. »Ich kann nicht«, sagte der Reisende, »ich sagte schon, ich kann diese Blätter nicht lesen.« – »Sehen Sie das Blatt doch genau an«, sagte der Offizier und trat neben den Reisenden, um mit ihm zu lesen. Als auch das nichts half, fuhr er mit dem kleinen Finger in großer Höhe, als dürfe das Blatt auf keinen Fall berührt werden, über das Papier hin, um auf diese Weise dem Reisenden das Lesen zu erleichtern. Der Reisende gab sich auch Mühe, um wenigstens darin dem Offizier gefällig sein zu können, aber es war ihm unmöglich. Nun begann der Offizier die Aufschrift zu buchstabieren und dann las er sie noch einmal im Zusammenhang. »›Sei gerecht!‹ – heißt es«, sagte er, »jetzt können Sie es doch lesen.« Der Reisende beugte sich so tief über das Papier, daß der Offizier aus Angst vor einer Berührung es weiter entfernte; nun sagte der Reisende zwar nichts mehr, aber es war klar, daß er es noch immer nicht hatte lesen können. »›Sei gerecht!‹ – heißt es«, sagte der Offizier nochmals. »Mag sein«, sagte der Reisende, »ich glaube es, daß es dort steht.« – »Nun gut«, sagte der Offizier, wenigstens teilweise befriedigt, und stieg mit dem Blatt auf die Leiter; er bettete das Blatt mit großer Vorsicht im Zeichner und ordnete das Räderwerk scheinbar gänzlich um; es war eine sehr mühselige Arbeit, es mußte sich auch um ganz kleine Räder handeln, manchmal verschwand der Kopf des Offiziers völlig im Zeichner, so genau mußte er das Räderwerk untersuchen.

Der Reisende verfolgte von unten diese Arbeit ununterbrochen, der Hals wurde ihm steif, und die Augen schmerzten ihn von dem mit Sonnenlicht überschütteten Himmel. Der Soldat und der Verurteilte waren nur miteinander beschäftigt. Das Hemd und die Hose des Verurteilten, die schon in der Grube lagen, wurden vom Soldaten mit der Bajonettspitze herausgezogen. Das Hemd war entsetzlich schmutzig, und der Verurteilte wusch es in dem Wasserkübel. Als er dann Hemd und Hose anzog, mußte der Soldat wie der Verurteilte laut lachen, denn die Kleidungsstücke waren doch hinten entzweigeschnitten. Vielleicht glaubte der Verurteilte, verpflichtet zu sein, den Soldaten zu unterhalten, er drehte sich in der zerschnittenen Kleidung im Kreise vor dem Soldaten, der auf dem Boden hockte und lachend auf seine Knie schlug. Immerhin bezwangen sie sich noch mit Rücksicht auf die Anwesenheit der Herren.

Als der Offizier oben endlich fertig geworden war, überblickte er noch einmal lächelnd das Ganze in allen seinen Teilen, schlug diesmal den Deckel des Zeichners zu, der bisher offen gewesen war, stieg hinunter, sah in die Grube und dann auf den Verurteilten, merkte befriedigt, daß dieser seine Kleidung herausgenommen hatte, ging dann zu dem

Wasserkübel, um die Hände zu waschen, erkannte zu spät den widerlichen Schmutz, war traurig darüber, daß er nun die Hände nicht waschen konnte, tauchte sie schließlich – dieser Ersatz genügte ihm nicht, aber er mußte sich fügen – in den Sand, stand dann auf und begann seinen Uniformrock aufzuknöpfen. Hierbei fielen ihm zunächst die zwei Damentaschentücher, die er hinter den Kragen gezwängt hatte, in die Hände. »Hier hast du deine Taschentücher«, sagte er und warf sie dem Verurteilten zu. Und zum Reisenden sagte er erklärend: »Geschenke der Damen.«

Trotz der offenbaren Eile, mit der er den Uniformrock auszog und sich dann vollständig entkleidete, behandelte er doch jedes Kleidungsstück sehr sorgfältig, über die Silberschnüre an seinem Waffenrock strich er sogar eigens mit den Fingern hin und schüttelte eine Troddel zurecht. Wenig paßte es allerdings zu dieser Sorgfalt, daß er, sobald er mit der Behandlung eines Stückes fertig war, es dann sofort mit einem unwilligen Ruck in die Grube warf. Das letzte, was ihm übrigblieb, war sein kurzer Degen mit dem Tragriemen. Er zog den Degen aus der Scheide, zerbrach ihn, faßte dann alles zusammen, die Degenstücke, die Scheide und den Riemen, und warf es so heftig weg, daß es unten in der Grube aneinanderklang.

Nun stand er nackt da. Der Reisende biß sich auf die Lippen und sagte nichts. Er wußte zwar, was geschehen würde, aber er hatte kein Recht, den Offizier an irgend etwas zu hindern. War das Gerichtsverfahren, an dem der Offizier hing, wirklich so nahe daran, behoben zu werden – möglicherweise infolge des Einschreitens des Reisenden, zu dem sich dieser seinerseits verpflichtet fühlte –, dann handelte der

Offizier vollständig richtig; der Reisende hätte an seiner Stelle nicht anders gehandelt.

Der Soldat und der Verurteilte verstanden zuerst nichts, sie sahen anfangs nicht einmal zu. Der Verurteilte war sehr erfreut darüber, die Taschentücher zurückerhalten zu haben, aber er durfte sich nicht lange an ihnen freuen, denn der Soldat nahm sie ihm mit einem raschen, nicht vorherzusehenden Griff. Nun versuchte wieder der Verurteilte, dem Soldaten die Tücher hinter dem Gürtel, hinter dem er sie verwahrt hatte, hervorzuziehen, aber der Soldat war wachsam. So stritten sie in halbem Scherz. Erst als der Offizier vollständig nackt war, wurden sie aufmerksam. Besonders der Verurteilte schien von der Ahnung irgendeines großen Umschwungs getroffen zu sein. Was ihm geschehen war, geschah nun dem Offizier. Vielleicht würde es so bis zum Äußersten gehen. Wahrscheinlich hatte der fremde Reisende den Befehl dazu gegeben. Das war also Rache. Ohne selbst bis zum Ende gelitten zu haben, wurde er doch bis zum Ende gerächt. Ein breites, lautloses Lachen erschien nun auf seinem Gesicht und verschwand nicht mehr.

Der Offizier aber hatte sich der Maschine zugewendet. Wenn es schon früher deutlich gewesen war, daß er die Maschine gut verstand, so konnte es jetzt einen fast bestürzt machen, wie er mit ihr umging und wie sie gehorchte. Er hatte die Hand der Egge nur genähert, und sie hob und senkte sich mehrmals, bis sie die richtige Lage erreicht hatte, um ihn zu empfangen; er faßte das Bett nur am Rande, und es fing schon zu zittern an; der Filzstumpf kam seinem Mund entgegen, man sah, wie der Offizier ihn eigentlich nicht haben wollte, aber das Zögern dauerte nur einen Augenblick, gleich fügte er sich und nahm ihn auf. Alles war bereit, nur die Riemen hingen noch an den Seiten hinunter, aber sie waren offenbar unnötig, der Offizier mußte nicht angeschnallt sein. Da bemerkte der Verurteilte die losen Riemen, seiner Meinung nach war die Exekution nicht vollkommen, wenn die Riemen nicht festgeschnallt waren, er winkte eifrig dem Soldaten, und sie liefen hin, den Offizier anzuschnallen. Dieser hatte schon den einen Fuß ausgestreckt, um in die Kurbel zu stoßen, die den Zeichner in Gang bringen sollte; da sah er, daß die zwei gekommen waren, er zog daher den Fuß zurück und ließ sich anschnallen. Nun konnte er allerdings die Kurbel nicht mehr erreichen; weder der Soldat noch der Verurteilte würden sie auffinden, und der Reisende war entschlossen, sich nicht zu rühren. Es war nicht nötig; kaum waren die Riemen angebracht, fing auch schon die Maschine zu arbeiten an; das Bett zitterte, die Nadeln tanzten auf der Haut, die Egge schwebte auf und ab. Der Reisende hatte schon eine Weile hingestarrt, ehe er sich erinnerte, daß ein Rad im Zeichner hätte kreischen sollen; aber alles war still, nicht das geringste Surren war zu hören.

Durch diese stille Arbeit entschwand die Maschine förmlich der Aufmerksamkeit. Der Reisende sah zu dem Soldaten und dem Verurteilten hinüber. Der Verurteilte war der Lebhaftere, alles an der Maschine interessierte ihn, bald beugte er sich nieder, bald streckte er sich, immerfort hatte er den Zeigefinger ausgestreckt, um dem Soldaten etwas zu zeigen. Dem Reisenden war es peinlich. Er war entschlossen, hier bis zum Ende zu bleiben, aber den Anblick der zwei hätte er nicht lange ertragen. »Geht nach Hause«, sagte er. Der Soldat wäre dazu vielleicht bereit gewesen, aber der

Verurteilte empfand den Befehl geradezu als Strafe. Er bat flehentlich mit gefalteten Händen, ihn hier zu lassen, und als der Reisende kopfschüttelnd nicht nachgeben wollte, kniete er sogar nieder. Der Reisende sah, daß Befehle hier nichts halfen, er wollte hinüber und die zwei vertreiben. Da hörte er oben im Zeichner ein Geräusch. Er sah hinauf. Störte also das eine Zahnrad doch? Aber es war etwas anderes. Langsam hob sich der Deckel des Zeichners und klappte dann vollständig auf. Die Zacken eines Zahnrades zeigten und hoben sich, bald erschien das ganze Rad, es war, als presse irgendeine große Macht den Zeichner zusammen, so daß für dieses Rad kein Platz mehr übrigblieb, das Rad drehte sich bis zum Rand des Zeichners, fiel hinunter, kollerte aufrecht ein Stück im Sand und blieb dann liegen. Aber schon stieg oben ein anderes auf, ihm folgten viele, große, kleine und kaum zu unterscheidende, mit allen geschah dasselbe, immer glaubte man, nun müsse der Zeichner jedenfalls schon entleert sein, da erschien eine neue, besonders zahlreiche Gruppe, stieg auf, fiel hinunter, kollerte im Sand und legte sich. Über diesem Vorgang vergaß der Verurteilte ganz den Befehl des Reisenden, die Zahnräder entzückten ihn völlig, er wollte immer eines fassen, trieb gleichzeitig den Soldaten an, ihm zu helfen, zog aber erschreckt die Hand zurück, denn es folgte gleich ein anderes Rad, das ihn, wenigstens im ersten Anrollen, erschreckte.

Der Reisende dagegen war sehr beunruhigt; die Maschine ging offenbar in Trümmer; ihr ruhiger Gang war eine Täuschung; er hatte das Gefühl, als müsse er sich jetzt des Offiziers annehmen, da dieser nicht mehr für sich selbst sorgen konnte. Aber während der Fall der Zahnräder seine ganze Aufmerksamkeit beanspruchte, hatte er versäumt, die übrige Maschine zu beaufsichtigen; als er jedoch jetzt, nachdem das letzte Zahnrad den Zeichner verlassen hatte, sich über die Egge beugte, hatte er eine neue, noch ärgere Überraschung. Die Egge schrieb nicht, sie stach nur, und das Bett wälzte den Körper nicht, sondern hob ihn nur zitternd in die Nadeln hinein. Der Reisende wollte eingreifen, möglicherweise das Ganze zum Stehen bringen, das war ja keine Folter, wie sie der Offizier erreichen wollte, das war unmittelbarer Mord. Er streckte die Hände aus. Da hob sich aber schon die Egge mit dem aufgespießten Körper zur Seite, wie sie es sonst erst in der zwölften Stunde tat. Das Blut floß in hundert Strömen, nicht mit Wasser vermischt, auch die Wasserröhrchen hatten diesmal versagt. Und nun versagte noch das letzte, der Körper löste sich von den langen Nadeln nicht, strömte sein Blut aus, hing aber über der Grube, ohne zu fallen. Die Egge wollte schon in ihre alte Lage zurückkehren, aber als merke sie selbst, daß sie von ihrer Last noch nicht befreit sei, blieb sie doch über der Grube. »Helft doch!« schrie der Reisende zum Soldaten und zum Verurteilten hinüber und faßte selbst die Füße des Offiziers. Er wollte sich hier gegen die Füße drücken, die zwei sollten auf der anderen Seite den Kopf des Offiziers fassen, und so sollte er langsam von den Nadeln gehoben werden. Aber nun konnten sich die zwei nicht entschließen zu kommen; der Verurteilte drehte sich geradezu um; der Reisende mußte zu ihnen hinübergehen und sie mit Gewalt zu dem Kopf des Offiziers drängen. Hierbei sah er fast gegen Willen das Gesicht der Leiche. Es war, wie es im Leben gewesen war; kein Zeichen der versprochenen Erlösung war zu entdecken; was alle anderen in der Maschine gefunden hatten, der Offizier fand es nicht; die Lippen waren fest zusammengedrückt, die Augen waren offen, hatten den Ausdruck des Lebens, der Blick war ruhig und überzeugt, durch die Stirn ging die Spitze des großen eisernen Stachels.

Als der Reisende, mit dem Soldaten und dem Verurteilten hinter sich, zu den ersten Häusern der Kolonie kam, zeigte der Soldat auf eins und sagte: »Hier ist das Teehaus.«

Im Erdgeschoß eines Hauses war ein tiefer, niedriger, höhlenartiger, an den Wänden und an der Decke verräucherter Raum. Gegen die Straße zu war er in seiner ganzen Breite offen. Trotzdem sich das Teehaus von den übrigen Häusern der Kolonie, die bis auf die Palastbauten der Kommandantur alle sehr verkommen waren, wenig unterschied, übte es auf den Reisenden doch den Eindruck einer historischen Erinnerung aus, und er fühlte die Macht der früheren Zeiten. Er trat näher heran, ging, gefolgt von seinen Begleitern, zwischen den unbesetzten Tischen hindurch, die vor dem Teehaus auf der Straße standen, und atmete die kühle, dumpfige Luft ein, die aus dem Innern kam. »Der Alte ist hier begraben«, sagte der Soldat, »ein Platz auf dem Friedhof ist ihm vom Geistlichen verweigert worden. Man war eine Zeitlang unentschlossen, wo man ihn begraben sollte, schließlich hat man ihn hier begraben. Davon hat Ihnen der Offizier gewiß nichts erzählt, denn dessen hat er sich natürlich am meisten geschämt. Er hat sogar einigemal in der Nacht versucht, den Alten auszugraben, er ist aber immer verjagt worden.« – »Wo ist das Grab?« fragte der Reisende, der dem Soldaten nicht glauben konnte. Gleich liefen beide, der Soldat wie der Verurteilte, vor ihm her und zeigten mit ausgestreckten Händen dorthin, wo sich das Grab befinden sollte. Sie führten den Reisenden bis zur Rückwand, wo an einigen Tischen Gäste saßen. Es waren wahrscheinlich Hafenarbeiter, starke Männer mit kurzen, glänzend schwarzen Vollbärten. Alle waren ohne Rock, ihre Hemden waren zerrissen, es war armes, gedemütigtes Volk. Als sich der Reisende näherte, erhoben sich einige, drückten sich an die Wand und sahen ihm entgegen. »Es ist ein Fremder«, flüsterte es um den Reisenden herum, »er will das Grab ansehen.« Sie schoben einen der Tische beiseite, unter dem sich wirklich ein Grabstein befand. Es war ein einfacher Stein, niedrig genug, um unter einem Tisch verborgen werden zu können. Er trug eine Aufschrift mit sehr kleinen Buchstaben, der Reisende mußte, um sie zu lesen, niederknien. Sie lautete: ›Hier ruht der alte Kommandant. Seine Anhänger, die jetzt keinen Namen tragen dürfen, haben ihm das Grab gegraben und den Stein gesetzt. Es besteht eine Prophezeiung, daß der Kommandant nach einer bestimmten Anzahl von Jahren auferstehen und aus diesem Hause seine Anhänger zur Wiedereroberung der Kolonie führen wird. Glaubet und wartet!‹ Als der Reisende das gelesen hatte und sich erhob, sah er rings um sich die Männer stehen und lächeln, als hätten sie mit ihm die Aufschrift gelesen, sie lächerlich gefunden und forderten ihn auf, sich ihrer Meinung anzuschließen. Der Reisende tat, als merke er das nicht, verteilte einige Münzen unter sie, wartete noch, bis der Tisch über das Grab geschoben war, verließ das Teehaus und ging zum Hafen.

Der Soldat und der Verurteilte hatten im Teehaus Bekannte gefunden, die sie zurückhielten. Sie mußten sich aber bald von ihnen losgerissen haben, denn der Reisende befand sich erst in der Mitte der langen Treppe, die zu den Booten führte, als sie ihm schon nachliefen. Sie wollten wahrscheinlich den Reisenden im letzten Augenblick zwingen, sie mitzunehmen. Während der Reisende unten mit einem Schiffer wegen der Überfahrt zum Dampfer unterhandelte, rasten die zwei die Treppe hinab, schweigend, denn zu schreien wagten sie nicht. Aber als sie unten ankamen, war der Reisende schon im Boot, und der Schiffer löste es gerade vom Ufer. Sie hätten noch ins Boot springen können, aber der Reisende hob ein schweres, geknotetes Tau vom Boden, drohte ihnen damit und hielt sie dadurch von dem Sprunge ab.

Ein Hungerkünstler

In den letzten Jahrzehnten ist das Interesse an Hungerkünstlern sehr zurückgegangen. Während es sich früher gut lohnte, große derartige Vorführungen in eigener Regie zu veranstalten, ist dies heute völlig unmöglich. Es waren andere Zeiten. Damals beschäftigte sich die ganze Stadt mit dem Hungerkünstler; von Hungertag zu Hungertag stieg die Teilnahme; jeder wollte den Hungerkünstler zumindest einmal täglich sehn; an den spätern Tagen gab es Abonnenten, welche tagelang vor dem kleinen Gitterkäfig saßen; auch in der Nacht fanden Besichtigungen statt, zur Erhöhung der Wirkung bei Fackelschein; an schönen Tagen wurde der Käfig ins Freie getragen, und nun waren es besonders die Kinder, denen der Hungerkünstler gezeigt wurde; während er für die Erwachsenen oft nur ein Spaß war, an dem sie der Mode halber teilnahmen, sahen die Kinder staunend, mit offenem Mund, der Sicherheit halber einander bei der Hand haltend, zu, wie er bleich, im schwarzen Trikot, mit mächtig vortretenden Rippen, sogar einen Sessel verschmähend, auf hingestreutem Stroh saß, einmal höflich nickend, angestrengt lächelnd Fragen beantwortete, auch durch das Gitter den Arm streckte, um seine Magerkeit befühlen zu lassen, dann aber wieder ganz in sich selbst versank, um niemanden sich kümmerte, nicht einmal um den für ihn so wichtigen Schlag der Uhr, die das einzige Möbelstück des Käfigs war, sondern nur vor sich hinsah mit fast geschlossenen Augen und hie und da aus einem winzigen Gläschen Wasser nippte, um sich die Lippen zu feuchten.

Außer den wechselnden Zuschauern waren auch ständige, vom Publikum gewählte Wächter da, merkwürdigerweise gewöhnlich Fleischhauer, welche, immer drei gleichzeitig, die Aufgabe hatten, Tag und Nacht den Hungerkünstler zu beobachten, damit er nicht etwa auf irgendeine heimliche Weise doch Nahrung zu sich nehme. Es war das aber lediglich eine Formalität, eingeführt zur Beruhigung der Massen, denn die Eingeweihten wußten wohl, daß der Hungerkünstler während der Hungerzeit niemals, unter keinen Umständen, selbst unter Zwang nicht, auch das geringste nur gegessen hätte; die Ehre seiner Kunst verbot dies. Freilich, nicht jeder Wächter konnte das begreifen, es fanden sich manchmal nächtliche Wachgruppen, welche die Bewachung sehr lax durchführten, absichtlich in eine ferne Ecke sich zusammensetzten und dort sich ins Kartenspiel vertieften, in der offenbaren Absicht, dem Hungerkünstler eine kleine Erfrischung zu gönnen, die er ihrer Meinung nach aus irgendwelchen geheimen Vorräten hervorholen konnte. Nichts war dem Hungerkünstler quälender als solche Wächter; sie machten ihn trübselig; sie machten ihm das Hungern entsetzlich schwer; manchmal überwand er seine Schwäche und sang während dieser Wachzeit, solange er es nur aushielt, um den Leuten zu zeigen, wie ungerecht sie ihn verdächtigten. Doch half das wenig; sie wunderten sich dann nur über seine Geschicklichkeit, selbst während des Singens zu essen. Viel lieber waren ihm die Wächter, welche sich eng zum Gitter setzten, mit der trüben Nachtbeleuchtung des

Saales sich nicht begnügten, sondern ihn mit den elektrischen Taschenlampen bestrahlten, die ihnen der Impresario zur Verfügung stellte. Das grelle Licht störte ihn gar nicht, schlafen konnte er ja überhaupt nicht, und ein wenig hindämmern konnte er immer, bei jeder Beleuchtung und zu jeder Stunde, auch im übervollen, lärmenden Saal. Er war sehr gerne bereit, mit solchen Wächtern die Nacht gänzlich ohne Schlaf zu verbringen; er war bereit, mit ihnen zu scherzen, ihnen Geschichten aus seinem Wanderleben zu erzählen, dann wieder ihre Erzählungen anzuhören, alles nur, um sie wach zu halten, um ihnen immer wieder zeigen zu können, daß er nichts Eßbares im Käfig hatte und daß er hungerte, wie keiner von ihnen es könnte. Am glücklichsten aber war er, wenn dann der Morgen kam und ihnen auf seine Rechnung ein überreiches Frühstück gebracht wurde, auf das sie sich warfen mit dem Appetit gesunder Männer nach einer mühevoll durchwachten Nacht. Es gab zwar sogar Leute, die in diesem Frühstück eine ungebührliche Beeinflussung der Wächter sehen wollten, aber das ging doch zu weit, und wenn man sie fragte, ob etwa sie nur um der Sache willen ohne Frühstück die Nachtwache übernehmen wollten, verzogen sie sich, aber bei ihren Verdächtigungen blieben sie dennoch.

Dieses allerdings gehörte schon zu den vom Hungern überhaupt nicht zu trennenden Verdächtigungen. Niemand war ja imstande, alle die Tage und Nächte beim Hungerkünstler ununterbrochen als Wächter zu verbringen, niemand also konnte aus eigener Anschauung wissen, ob wirklich ununterbrochen, fehlerlos gehungert worden war; nur der Hungerkünstler selbst konnte das wissen, nur er also gleichzeitig der von seinem Hungern vollkommen befriedigte Zuschauer sein. Er aber war wieder aus einem andern Grunde niemals befriedigt; vielleicht war er gar nicht vom Hungern so sehr abgemagert, daß manche zu ihrem Bedauern den Vorführungen fernbleiben mußten, weil sie seinen Anblick nicht ertrugen, sondern er war nur so abgemagert aus Unzufriedenheit mit sich selbst. Er allein nämlich wußte, auch kein Eingeweihter sonst wußte das, wie leicht das Hungern war. Es war die leichteste Sache von der Welt. Er verschwieg es auch nicht, aber man glaubte ihm nicht, hielt ihn günstigenfalls für bescheiden, meist aber für reklamesüchtig oder gar für einen Schwindler, dem das Hungern allerdings leicht war, weil er es sich leicht zu machen verstand, und der auch noch die Stirn hatte, es halb zu gestehn. Das alles mußte er hinnehmen, hatte sich auch im Laufe der Jahre daran gewöhnt, aber innerlich nagte diese Unbefriedigtheit immer an ihm, und noch niemals, nach keiner Hungerperiode – dieses Zeugnis mußte man ihm ausstellen – hatte er freiwillig den Käfig verlassen. Als Höchstzeit für das Hungern hatte der Impresario vierzig Tage festgesetzt, darüber hinaus ließ er niemals hungern, auch in den Weltstädten nicht, und zwar aus gutem Grund. Vierzig Tage etwa konnte man erfahrungsgemäß durch allmählich sich steigernde Reklame das Interesse einer Stadt immer mehr aufstacheln, dann aber versagte das Publikum, eine wesentliche Abnahme des Zuspruchs war festzustellen; es bestanden natürlich in dieser Hinsicht kleine Unterschiede zwischen den Städten und Ländern, als Regel aber galt, daß vierzig Tage die Höchstzeit war. Dann also am vierzigsten Tage wurde die Tür des mit Blumen umkränzten Käfigs geöffnet, eine begeisterte Zuschauerschaft erfüllte das Amphitheater, eine Militärkapelle spielte, zwei Ärzte betraten den Käfig, um die nötigen Messungen am Hungerkünstler vorzunehmen, durch ein Megaphon wurden die Resultate dem Saale verkündet, und schließlich kamen zwei junge Damen, glücklich darüber, daß gerade sie ausgelost worden waren, und wollten den Hungerkünstler aus dem Käfig ein paar Stufen hinabführen, wo auf einem kleinen Tischchen eine sorgfältig ausgewählte Krankenmahlzeit serviert war. Und in diesem Augenblick wehrte sich der Hungerkünstler immer. Zwar legte er noch freiwillig seine Knochenarme in die hilfsbereit ausgestreckten Hände der zu ihm hinabgebeugten Damen, aber aufstehen wollte er nicht. Warum gerade jetzt nach vierzig Tagen aufhören? Er hätte es noch lange, unbeschränkt lange ausgehalten; warum gerade jetzt aufhören, wo er im besten, ja noch nicht einmal im besten Hungern war? Warum wollte man ihn des Ruhmes berauben, weiter zu hungern, nicht nur der größte Hungerkünstler aller Zeiten zu werden, der er ja wahrscheinlich schon war, aber auch noch sich selbst zu übertreffen bis ins Unbegreifliche, denn für seine Fähigkeit zu hungern fühlte er keine Grenzen. Warum hatte diese Menge, die ihn so sehr zu bewundern vorgab, so wenig Geduld mit ihm; wenn er es aushielt, noch weiter zu hungern, warum wollte sie es nicht aushalten? Auch war er müde, saß gut im Stroh und sollte sich nun hoch und lang aufrichten und zu dem Essen gehn, das ihm schon allein in der Vorstellung Übelkeiten verursachte, deren Äußerung er nur mit Rücksicht auf die Damen mühselig unterdrückte. Und er blickte empor in die Augen der scheinbar so freundlichen, in Wirklichkeit so grausamen

Damen und schüttelte den auf dem schwachen Halse überschweren Kopf. Aber dann geschah, was immer geschah. Der Impresario kam, hob stumm – die Musik machte das Reden unmöglich – die Arme über dem Hungerkünstler, so, als lade er den Himmel ein, sich sein Werk hier auf dem Stroh einmal anzusehn, diesen bedauernswerten Märtyrer, welcher der Hungerkünstler allerdings war, nur in ganz anderem Sinn; faßte den Hungerkünstler um die dünne Taille, wobei er durch übertriebene Vorsicht glaubhaft machen wollte, mit einem wie gebrechlichen Ding er es hier zu tun habe; und übergab ihn – nicht ohne ihn im geheimen ein wenig zu schütteln, so daß der Hungerkünstler mit den Beinen und dem Oberkörper unbeherrscht hin und her schwankte – den inzwischen totenbleich gewordenen Damen. Nun duldete der Hungerkünstler alles; der Kopf lag auf der Brust, es war, als sei er hingerollt und halte sich dort unerklärlich; der Leib war ausgehöhlt; die Beine drückten sich im Selbsterhaltungstrieb fest in den Knien aneinander, scharrten aber doch den Boden, so, als sei es nicht der wirkliche, den wirklichen suchten sie erst; und die ganze, allerdings sehr kleine Last des Körpers lag auf einer der Damen, welche hilfesuchend, mit fliegendem Atem – so hatte sie sich dieses Ehrenamt nicht vorgestellt – zuerst den Hals möglichst streckte, um wenigstens das Gesicht vor der Berührung mit dem Hungerkünstler zu bewahren, dann aber, da ihr dies nicht gelang und ihre glücklichere Gefährtin ihr nicht zu Hilfe kam, sondern sich damit begnügte, zitternd die Hand des Hungerkünstlers, dieses kleine Knochenbündel, vor sich herzutragen, unter dem entzückten Gelächter des Saales in Weinen ausbrach und von einem längst bereitgestellten Diener abgelöst werden mußte. Dann kam das Essen, von dem der Impresario dem Hungerkünstler während eines ohnmachtähnlichen Halbschlafes ein wenig einflößte, unter lustigem Plaudern, das die Aufmerksamkeit vom Zustand des Hungerkünstlers ablenken sollte; dann wurde noch ein Trinkspruch auf das Publikum ausgebracht, welcher dem Impresario angeblich vom Hungerkünstler zugeflüstert worden war; das Orchester bekräftigte alles durch einen großen Tusch, man ging auseinander, und niemand hatte das Recht, mit dem Gesehenen unzufrieden zu sein, niemand, nur der Hungerkünstler, immer nur er.

So lebte er mit regelmäßigen kleinen Ruhepausen viele Jahre, in scheinbarem Glanz, von der Welt geehrt, bei alledem aber meist in trüber Laune, die immer noch trüber wurde dadurch, daß niemand sie ernst zu nehmen verstand. Womit sollte man ihn auch trösten? Was blieb ihm zu wünschen übrig? Und wenn sich einmal ein Gutmütiger fand, der ihn bedauerte und ihm erklären wollte, daß seine Traurigkeit wahrscheinlich von dem Hungern käme, konnte es, besonders bei vorgeschrittener Hungerzeit, geschehn, daß der Hungerkünstler mit einem Wutausbruch antwortete und zum Schrecken aller wie ein Tier an dem Gitter zu rütteln begann. Doch hatte für solche Zustände der Impresario ein Strafmittel, das er gern anwandte. Er entschuldigte den Hungerkünstler vor versammeltem Publikum, gab zu, daß nur die durch das Hungern hervorgerufene, für satte Menschen nicht ohne weiteres begreifliche Reizbarkeit das Benehmen des Hungerkünstlers verzeihlich machen könne; kam dann im Zusammenhang damit auch auf die ebenso zu erklärende Behauptung des Hungerkünstlers zu sprechen, er könnte noch viel länger hungern, als er hungere; lobte das hohe Streben, den guten Willen, die große Selbstverleugnung, die gewiß auch in dieser Behauptung enthalten seien; suchte dann aber die Behauptung einfach genug durch Vorzeigen von Photographien, die gleichzeitig verkauft wurden, zu widerlegen, denn auf den Bildern sah man den Hungerkünstler an einem vierzigsten Hungertag, im Bett, fast verlöscht vor Entkräftung. Diese dem Hungerkünstler zwar wohlbekannte, immer aber von neuem ihn entnervende Verdrehung der Wahrheit war ihm zuviel. Was die Folge der vorzeitigen Beendigung des Hungerns war, stellte man hier als die Ursache dar! Gegen diesen Unverstand, gegen diese Welt des Unverstandes zu kämpfen, war unmöglich. Noch hatte er immer wieder im gutem Glauben begierig am Gitter dem Impresario zugehört, beim Erscheinen der Photographien aber ließ er das Gitter jedesmal los, sank mit Seufzen ins Stroh zurück, und das beruhigte Publikum konnte wieder herankommen und ihn besichtigen.

Wenn die Zeugen solcher Szenen ein paar Jahre später daran zurückdachten, wurden sie sich oft selbst unverständlich. Denn inzwischen war jener erwähnte Umschwung eingetreten; fast plötzlich war das geschehen; es mochte tiefere Gründe haben, aber wem lag daran, sie aufzufinden; jedenfalls sah sich eines Tages der verwöhnte Hungerkünstler von der vergnügungssüchtigen Menge verlassen, die lieber zu anderen Schaustellungen strömte. Noch einmal jagte der Impresario mit ihm durch halb Europa, um zu sehn, ob sich nicht noch hie und da das alte Interesse wiederfände; alles vergeblich; wie in einem geheimen Einverständnis hatte sich überall geradezu eine Abneigung gegen das Schauhungern ausgebildet. Natürlich hatte das in Wirklichkeit nicht plötzlich so kommen können, und man erinnerte sich jetzt nachträglich an manche zu ihrer Zeit im Rausch der Erfolge nicht genügend beachtete, nicht genügend unterdrückte Vorboten, aber jetzt etwas dagegen zu unternehmen, war zu spät. Zwar war es sicher, daß einmal auch für das Hungern wieder die Zeit kommen werde, aber für die Lebenden war das kein Trost. Was sollte nun der Hungerkünstler tun? Der, welchen Tausende umjubelt hatten, konnte sich nicht in Schaubuden auf kleinen Jahrmärkten zeigen, und um einen andern Beruf zu ergreifen, war der Hungerkünstler nicht nur zu alt, sondern vor allem dem Hungern allzu fanatisch ergeben. So verabschiedete er denn den Impresario, den Genossen einer Laufbahn ohnegleichen, und ließ sich von einem großen Zirkus engagieren; um seine Empfindlichkeit zu schonen, sah er die Vertragsbedingungen gar nicht an.

Ein großer Zirkus mit seiner Unzahl von einander immer wieder ausgleichenden und ergänzenden Menschen und Tieren und Apparaten kann jeden und zu jeder Zeit gebrauchen, auch einen Hungerkünstler, bei entsprechend bescheidenen Ansprüchen natürlich, und außerdem war es ja in diesem besonderen Fall nicht nur der Hungerkünstler selbst, der engagiert wurde, sondern auch sein alter berühmter Name, ja man konnte bei der Eigenart dieser im zunehmenden Alter nicht abnehmenden Kunst nicht einmal sagen, daß ein ausgedienter, nicht mehr auf der Höhe seines Könnens stehender Künstler sich in einen ruhigen Zirkusposten flüchten wolle, im Gegenteil, der Hungerkünstler versicherte, daß er, was durchaus glaubwürdig war, ebensogut hungere wie früher, ja er behauptete sogar, er werde, wenn man ihm seinen Willen lasse, und dies versprach man ihm ohne weiteres, eigentlich erst jetzt die Welt in berechtigtes Erstaunen setzen, eine Behauptung allerdings, die mit Rücksicht auf die Zeitstimmung, welche der Hungerkünstler im Eifer leicht vergaß, bei den Fachleuten nur ein Lächeln hervorrief.

Im Grunde aber verlor auch der Hungerkünstler den Blick für die wirklichen Verhältnisse nicht und nahm es als selbstverständlich hin, daß man ihn mit seinem Käfig nicht etwa als Glanznummer mitten in die Manege stellte, sondern draußen an einem im übrigen recht gut zugänglichen Ort in der Nähe der Stallungen unterbrachte. Große, bunt bemalte Aufschriften umrahmten den Käfig und verkündeten, was dort zu sehen war. Wenn das Publikum in den Pausen der Vorstellung zu den Ställen drängte, um die Tiere zu besichtigen, war es fast unvermeidlich, daß es beim Hungerkünstler vorüberkam und ein wenig dort haltmachte, man wäre vielleicht länger bei ihm geblieben, wenn nicht in dem schmalen Gang die Nachdrängenden, welche diesen Aufenthalt auf dem Weg zu den ersehnten Ställen nicht verstanden, eine längere ruhige Betrachtung unmöglich gemacht hätten. Dies war auch der Grund, warum der Hungerkünstler vor diesen Besuchszeiten, die er als seinen Lebenszweck natürlich herbeiwünschte, doch auch wieder zitterte. In der ersten Zeit hatte er die Vorstellungspausen kaum erwarten können; entzückt hatte er der sich heranwälzenden Menge entgegengesehn, bis er sich nur zu bald – auch die hartnäckigste, fast bewußte Selbsttäuschung hielt den Erfahrungen nicht stand – davon überzeugte, daß es zumeist der Absicht nach, immer wieder, ausnahmslos, lauter Stallbesucher waren.

Und dieser Anblick von der Ferne blieb noch immer der schönste. Denn wenn sie bis zu ihm herangekommen waren, umtobte ihn sofort Geschrei und Schimpfen der ununterbrochen neu sich bildenden Parteien, jener, welche – sie wurde dem Hungerkünstler bald die peinlichere – ihn bequem ansehen wollte, nicht etwa aus Verständnis, sondern aus Laune und Trotz, und jener zweiten, die zunächst nur nach den Ställen verlangte. War der große Haufe vorüber, dann kamen die Nachzügler, und diese allerdings, denen es nicht mehr verwehrt war, stehenzubleiben, solange sie nur Lust hatten, eilten mit langen Schritten, fast ohne Seitenblick, vorüber, um rechtzeitig zu den Tieren zu kommen. Und es war kein allzu häufiger Glücksfall, daß ein Familienvater mit seinen Kindern kam, mit dem Finger auf den Hungerkünstler zeigte, ausführlich erklärte, um was es sich hier handelte, von früheren Jahren erzählte, wo er bei ähnlichen, aber unvergleichlich großartigeren Vorführungen gewesen war, und dann die Kinder, wegen ihrer ungenügenden Vorbereitung von Schule und Leben her, zwar immer noch verständnislos blieben – was war ihnen Hungern? –, aber doch in dem Glanz ihrer forschenden Augen etwas von neuen, kommenden, gnädigeren Zeiten verrieten. Vielleicht, so sagte sich der Hungerkünstler dann manchmal, würde alles doch ein wenig besser werden, wenn sein Standort nicht gar so nahe bei den Ställen wäre. Den Leuten wurde dadurch die Wahl zu leicht gemacht, nicht zu reden davon, daß ihn die Ausdünstungen der Ställe, die Unruhe der Tiere in der Nacht, das Vorübertragen der rohen Fleischstücke für die Raubtiere, die Schreie bei der Fütterung sehr verletzten und dauernd bedrückten. Aber bei der Direktion vorstellig zu werden, wagte er nicht; immerhin verdankte er ja den Tieren die Menge der Besucher, unter denen sich hie und da auch ein für ihn Bestimmter finden konnte, und wer wußte, wohin man ihn verstecken würde, wenn er an seine Existenz erinnern wollte und damit auch daran, daß er, genaugenommen, nur ein Hindernis auf dem Weg zu den Ställen war.

Ein kleines Hindernis allerdings, ein immer kleiner werdendes Hindernis. Man gewöhnte sich an die Sonderbarkeit, in den heutigen Zeiten Aufmerksamkeit für einen Hungerkünstler beanspruchen zu wollen, und mit dieser Gewöhnung war das Urteil über ihn gesprochen. Er mochte so gut hungern, als er nur konnte, und er tat es, aber nichts konnte ihn mehr retten, man ging an ihm vorüber. Versuche, jemandem die Hungerkunst zu erklären! Wer es nicht fühlt, dem kann man es nicht begreiflich machen. Die schönen Aufschriften wurden schmutzig und unleserlich, man riß sie herunter, niemandem fiel es ein, sie zu ersetzen; das Täfelchen mit der Ziffer der abgeleisteten Hungertage, das in der ersten Zeit sorgfältig täglich erneuert worden war, blieb schon längst immer das gleiche, denn nach den ersten Wochen war das Personal selbst dieser kleinen Arbeit überdrüssig geworden; und so hungerte zwar der Hungerkünstler weiter, wie er es früher einmal erträumt hatte, und es gelang ihm ohne Mühe ganz so, wie er es damals vorausgesagt hatte, aber niemand zählte die Tage, niemand, nicht einmal der Hungerkünstler selbst wußte, wie groß die Leistung schon war, und sein Herz wurde schwer. Und wenn einmal in der Zeit ein Müßiggänger stehenblieb, sich über die alte Ziffer lustig machte und von Schwindel sprach, so war das in diesem Sinne die dümmste Lüge, welche Gleichgültigkeit und eingeborene Bösartigkeit erfinden konnten, denn nicht der Hungerkünstler betrog, er arbeitete ehrlich, aber die Welt betrog ihn um seinen Lohn.

Doch vergingen wieder viele Tage, und auch das nahm ein Ende. Einmal fiel einem Aufseher der Käfig auf, und er fragte die Diener, warum man hier diesen gut brauchbaren Käfig mit dem verfaulten Stroh drinnen unbenützt stehenlasse; niemand wußte es, bis sich einer mit Hilfe der Ziffertafel an den Hungerkünstler erinnerte. Man rührte mit Stangen das Stroh auf und fand den Hungerkünstler darin. »Du hungerst noch immer?« fragte der Aufseher, »wann wirst du denn endlich aufhören?« – »Verzeiht mir alle«, flüsterte der Hungerkünstler; nur der Aufseher, der das Ohr ans Gitter hielt, verstand ihn. »Gewiß«, sagte der Aufseher und legte den Finger an die Stirn, um damit den Zustand des Hungerkünstlers dem Personal anzudeuten, »wir verzeihen dir.« – »Immerfort wollte ich, daß ihr mein Hungern bewundert«, sagte der Hungerkünstler. »Wir bewundern es auch«, sagte der Aufseher entgegenkommend. »Ihr solltet es aber nicht bewundern«, sagte der Hungerkünstler. »Nun, dann bewundern wir es also nicht«, sagte der Aufseher, »warum sollen wir es denn nicht bewundern?« – »Weil ich hungern muß, ich kann nicht anders«, sagte der Hungerkünstler. »Da sieh mal einer«, sagte der Aufseher, »warum kannst du denn nicht anders?« – »Weil ich«, sagte der Hungerkünstler, hob das Köpfchen ein wenig und sprach mit wie zum Kuß gespitzten Lippen gerade in das Ohr des Aufsehers hinein, damit nichts verloren ginge, »weil ich nicht die Speise finden konnte, die mir schmeckt. Hätte ich sie gefunden, glaube mir, ich hätte kein Aufsehen gemacht und mich vollgegessen wie du und alle.« Das waren die letzten Worte, aber noch in seinen gebrochenen Augen war die feste, wenn auch nicht mehr stolze Überzeugung, daß er weiterhungere.

»Nun macht aber Ordnung!« sagte der Aufseher, und man begrub den Hungerkünstler samt dem Stroh. In den Käfig aber gab man einen jungen Panther. Es war eine selbst dem stumpfsten Sinn fühlbare Erholung, in dem so lange öden Käfig dieses wilde Tier sich herumwerfen zu sehn. Ihm fehlte nichts. Die Nahrung, die ihm schmeckte, brachten ihm ohne langes Nachdenken die Wächter; nicht einmal die Freiheit schien er zu vermissen; dieser edle, mit allem Nötigen bis knapp zum Zerreißen ausgestattete Körper schien auch die Freiheit mit sich herumzutragen; irgendwo im Gebiß schien sie zu stecken; und die Freude am Leben kam mit derart starker Glut aus seinem Rachen, daß es für die Zuschauer nicht leicht war, ihr standzuhalten. Aber sie überwanden sich, umdrängten den Käfig und wollten sich gar nicht fortrühren.

Der Kübelreiter

Verbraucht alle Kohle; leer der Kübel; sinnlos die Schaufel; Kälte atmend der Ofen; das Zimmer vollgeblasen von Frost; vor dem Fenster Bäume starr im Reif; der Himmel, ein silberner Schild gegen den, der von ihm Hilfe will. Ich muß Kohle haben; ich darf doch nicht erfrieren; hinter mir der erbarmungslose Ofen, vor mir der Himmel ebenso, infolgedessen muß ich scharf zwischendurch reiten und in der Mitte beim Kohlenhändler Hilfe suchen. Gegen meine gewöhnlichen Bitten aber ist er schon abgestumpft; ich muß ihm ganz genau nachweisen, daß ich kein einziges Kohlenstäubchen mehr habe und daß er daher für mich geradezu die Sonne am Firmament bedeutet. Ich muß kommen wie der Bettler, der röchelnd vor Hunger an der Türschwelle verenden will und dem deshalb die Herrschaftsköchin den Bodensatz des letzten Kaffees einzuflößen sich entscheidet; ebenso muß mir der Händler, wütend, aber unter dem Strahl des Gebotes »Du sollst nicht töten!« eine Schaufel voll in den Kübel schleudern.

Meine Auffahrt schon muß es entscheiden; ich reite deshalb auf dem Kübel hin. Als Kübelreiter, die Hand oben am Griff, dem einfachsten Zaumzeug, drehe ich mich beschwerlich die Treppe hinab; unten aber steigt mein Kübel auf, prächtig, prächtig; Kamele, niedrig am Boden hingelagert, steigen, sich schüttelnd unter dem Stock des Führers, nicht schöner auf. Durch die festgefrorene Gasse geht es in ebenmäßigem Trab; oft werde ich bis zur Höhe der ersten Stockwerke gehoben; niemals sinke ich bis zur Haustüre hinab. Und außergewöhnlich hoch schwebe ich vor dem Kellergewölbe des Händlers, in dem er tief unten an seinem Tischchen kauert und schreibt; um die übergroße Hitze abzulassen, hat er die Tür geöffnet.

»Kohlenhändler!« rufe ich mit vor Kälte hohlgebrannter Stimme, in Rauchwolken des Atems gehüllt. »Bitte, Kohlenhändler, gib mir ein wenig Kohle. Mein Kübel ist schon so leer, daß ich auf ihm reiten kann. Sei so gut. Sobald ich kann, bezahle ich's.«

Der Händler legt die Hand ans Ohr. »Hör ich recht?« fragte er über die Schulter weg seine Frau, die auf der Ofenbank strickt. »Hör ich recht? Eine Kundschaft.«

»Ich höre gar nichts«, sagt die Frau, ruhig aus- und einatmend über den Stricknadeln, wohlig im Rücken gewärmt.

»O ja«, rufe ich, »ich bin es; eine alte Kundschaft; treu ergeben; nur augenblicklich mittellos.«

»Frau«, sagt der Händler, »es ist, es ist jemand; so sehr kann ich mich doch nicht täuschen; eine alte, eine sehr alte Kundschaft muß es sein, die mir so zum Herzen zu sprechen weiß.«

»Was hast du, Mann?« sagt die Frau und drückt, einen Augenblick ausruhend, die Handarbeit an die Brust, »niemand ist es, die Gasse ist leer, alle unsere Kundschaft ist versorgt; wir können für Tage das Geschäft sperren und ausruhn.«

»Aber ich sitze doch hier auf dem Kübel«, rufe ich und gefühllose Tränen der Kälte verschleiern mir die Augen, »bitte seht doch herauf; Ihr werdet mich gleich entdecken; um eine Schaufel voll bitte ich; und gebt Ihr zwei, macht Ihr mich überglücklich. Es ist doch schon alle übrige Kundschaft versorgt. Ach, hörte ich es doch schon in dem Kübel klappern!«

»Ich komme«, sagt der Händler, und kurzbeinig will er die Kellertreppe emporsteigen, aber die Frau ist schon bei ihm, hält ihn beim Arm fest und sagt: »Du bleibst. Läßt du von deinem Eigensinn nicht ab, so gehe ich hinauf. Erinnere dich an deinen schweren Husten heute nacht. Aber für ein Geschäft und sei es auch nur ein eingebildetes, vergißt du Frau und Kind und opferst deine Lungen. Ich gehe.« – »Dann nenn ihm aber alle Sorten, die wir auf Lager haben; die Preise rufe ich dir nach.« – »Gut«, sagt die Frau und steigt zur Gasse auf. Natürlich sieht sie mich gleich. »Frau Kohlenhändlerin«, rufe ich, »ergebenen Gruß; nur eine Schaufel Kohle; gleich hier in den Kübel; ich führe sie selbst nach Hause; eine Schaufel von der schlechtesten. Ich bezahle sie natürlich voll, aber nicht gleich, nicht gleich.« Was für ein Glockenklang sind die zwei Worte ›nicht gleich‹ und wie sinnverwirrend mischen sie sich mit dem Abendläuten, das eben vom nahen Kirchturm zu hören ist!

»Was will er also haben?« ruft der Händler. »Nichts«, ruft die Frau zurück, »es ist ja nichts; ich sehe nichts, ich höre nichts; nur sechs Uhr läutet es, und wir schließen. Ungeheuer ist die Kälte; morgen werden wir wahrscheinlich noch viel Arbeit haben.«

Sie sieht nichts und hört nichts; aber dennoch löst sie das Schürzenband und versucht mich mit der Schürze fortzuwehen. Leider gelingt es. Alle Vorzüge eines guten Reittiers hat mein Kübel; Widerstandskraft hat er nicht; zu leicht ist er; eine Frauenschürze jagt ihm die Beine vom Boden.

»Du Böse«, rufe ich noch zurück, während sie, zum Geschäft sich wendend, halb verächtlich, halb befriedigt mit der Hand in die Luft schlägt, »du Böse! Um eine Schaufel von der schlechtesten habe ich gebeten und du hast sie mir nicht gegeben.« Und damit steige ich in die Regionen der Eisgebirge und verliere mich auf Nimmerwiedersehen.

Der Schlag ans Hoftor

Es war im Sommer, ein heißer Tag. Ich kam auf dem Nachhauseweg mit meiner Schwester an einem Hoftor vorüber. Ich weiß nicht, schlug sie aus Mutwillen ans Tor oder aus Zerstreutheit oder drohte sie nur mit der Faust und schlug gar nicht. Hundert Schritte weiter an der nach links sich wendenden Landstraße begann das Dorf. Wir kannten es nicht, aber gleich nach dem ersten Haus kamen Leute hervor und winkten uns, freundschaftlich oder warnend, selbst erschrocken, gebückt vor Schrecken. Sie zeigten nach dem Hof, an dem wir vorübergekommen waren, und erinnerten uns an den Schlag ans Tor. Die Hofbesitzer werden uns verklagen, gleich werde die Untersuchung beginnen. Ich war sehr ruhig und beruhigte auch meine Schwester. Sie hatte den Schlag wahrscheinlich gar nicht getan, und hätte sie ihn getan, so wird deswegen nirgends auf der Welt ein Beweis geführt. Ich suchte das auch den Leuten um uns begreiflich zu machen, sie hörten mich an, enthielten sich aber eines Urteils. Später sagten sie, nicht nur meine Schwester, auch ich als Bruder werde angeklagt werden. Ich nickte lächelnd. Alle blickten wir zum Hofe zurück, wie man eine ferne Rauchwolke beobachtet und auf die Flamme wartet. Und wirklich, bald sahen wir Reiter ins weit offene Hoftor einreiten. Staub erhob sich, verhüllte alles, nur die Spitzen der hohen Lanzen blinkten. Und kaum war die Truppe im Hof verschwunden, schien sie gleich die Pferde gewendet zu haben und war auf dem Wege zu uns. Ich drängte meine Schwester fort, ich werde alles allein ins reine bringen. Sie weigerte sich, mich allein zu lassen. Ich sagte, sie solle sich aber wenigstens umkleiden, um in einem besseren Kleid vor die Herren zu treten. Endlich folgte sie und machte sich auf den langen Weg nach Hause. Schon waren die Reiter bei uns, noch von den Pferden herab fragten sie nach meiner Schwester. Sie ist augenblicklich nicht hier, wurde ängstlich geantwortet, werde aber später kommen. Die Antwort wurde fast gleichgültig aufgenommen; wichtig schien vor allem, daß sie mich gefunden hatten. Es waren hauptsächlich zwei Herren, der Richter, ein junger, lebhafter Mann, und sein stiller Gehilfe, der Aßmann genannt wurde. Ich wurde aufgefordert in die Bauernstube einzutreten. Langsam, den Kopf wiegend, an den Hosenträgern rückend, setzte ich mich unter den scharfen Blicken der Herren in Gang. Noch glaubte ich fast, ein Wort werde genügen, um mich, den Städter, sogar noch unter Ehren, aus diesem Bauernvolk zu befreien. Aber als ich die Schwelle der Stube überschritten hatte, sagte der Richter, der vorgesprungen war und mich schon erwartete: »Dieser Mann tut mir leid.« Es war aber über allem Zweifel, daß er damit nicht meinen gegenwärtigen Zustand meinte, sondern das, was mit mir geschehen würde. Die Stube sah einer Gefängniszelle ähnlicher als einer Bauernstube. Große Steinfliesen, dunkel, ganz kahle Wand, irgendwo eingemauert ein eiserner Ring, in der Mitte etwas, das halb Pritsche, halb Operationstisch war.

Könnte ich noch andere Luft schmecken als die des Gefängnisses? Das ist die große Frage oder vielmehr, sie wäre es, wenn ich noch Aussicht auf Entlassung hätte.

Eisenbahnreisende

Wir sind, mit dem irdisch befleckten Auge gesehn, in der Situation von Eisenbahnreisenden, die in einem langen Tunnel verunglückt sind, und zwar an einer Stelle, wo man das Licht des Anfangs nicht mehr sieht, das Licht des Endes aber nur so winzig, daß der Blick es immerfort suchen muß und immerfort verliert, wobei Anfang und Ende nicht einmal sicher sind. Rings um uns aber haben wir in der Verwirrung der Sinne oder in der Höchstempfindlichkeit der Sinne lauter Ungeheuer und ein je nach der Laune und Verwundung des Einzelnen entzückendes oder ermüdendes kaleidoskopisches Spiel.

Was soll ich tun? oder: Wozu soll ich es tun? sind keine Fragen dieser Gegenden.

Nachts

Versunken in die Nacht. So wie man manchmal den Kopf senkt, um nachzudenken, so ganz versunken sein in die Nacht. Ringsum schlafen die Menschen. Eine kleine Schauspielerei, eine unschuldige Selbsttäuschung, daß sie in Häusern schlafen, in festen Betten, unter festem Dach, ausgestreckt oder geduckt auf Matratzen, in Tüchern, unter Decken, in Wirklichkeit haben sie sich zusammengefunden wie damals einmal und wie später in wüster Gegend, ein Lager im Freien, eine unübersehbare Zahl Menschen, ein Heer, ein Volk, unter kaltem Himmel auf kalter Erde, hingeworfen wo man früher stand, die Stirn auf den Arm gedrückt, das Gesicht gegen den Boden hin, ruhig atmend. Und du wachst, bist einer der Wächter, findest den nächsten durch Schwenken des brennenden Holzes aus dem Reisighaufen neben dir. Warum wachst du? Einer muß wachen, heißt es. Einer muß dasein.

Die Abweisung

Unser Städtchen liegt nicht etwa an der Grenze, bei weitem nicht, zur Grenze ist es noch so weit, daß vielleicht noch niemand aus dem Städtchen dort gewesen ist, wüste Hochländer sind zu durchqueren, aber auch weite fruchtbare Länder. Man wird müde, wenn man sich nur einen Teil des Weges vorstellt, und mehr als einen Teil kann man sich gar nicht vorstellen. Auch große Städte liegen auf dem Weg, viel größer als unser Städtchen. Zehn solche Städtchen, nebeneinandergelegt, und von oben noch zehn solche Städtchen hineingezwängt, ergeben noch keine dieser riesigen und engen Städte. Verirrt man sich nicht auf dem Weg dorthin, so verirrt man sich in den Städten gewiß, und ihnen auszuweichen ist wegen ihrer Größe unmöglich.

Aber doch noch weiter als bis zur Grenze ist, wenn man solche Entfernungen überhaupt vergleichen kann – es ist so, als wenn man sagte, ein dreihundertjähriger Mann ist älter als ein zweihundertjähriger –, also noch viel weiter als bis zur Grenze ist es von unserem Städtchen zur Hauptstadt. Während wir von den Grenzkriegen hie und da doch Nachrichten bekommen, erfahren wir aus der Hauptstadt fast nichts, wir bürgerlichen Leute meine ich, denn die Regierungsbeamten haben allerdings eine sehr gute Verbindung mit der Hauptstadt, in zwei, drei Monaten können sie schon eine Nachricht von dort haben, wenigstens behaupten sie es.

Und nun ist es merkwürdig, und darüber wundere ich mich immer wieder von neuem, wie wir uns in unserem Städtchen allem ruhig fügen, was von der Hauptstadt aus angeordnet wird. Seit Jahrhunderten hat bei uns keine von den Bürgern selbst ausgehende politische Veränderung stattgefunden. In der Hauptstadt haben die hohen Herrscher einander abgelöst, ja sogar Dynastien sind ausgelöscht oder abgesetzt worden und neue haben begonnen, im vorigen Jahrhundert ist sogar die Hauptstadt selbst zerstört, eine neue weit von ihr gegründet, später auch diese zerstört und die alte wieder aufgebaut worden, auf unser Städtchen hat das eigentlich keinen Einfluß gehabt. Unsere Beamtenschaft war immer auf ihrem Posten, die höchsten Beamten kamen aus der Hauptstadt, die mittleren Beamten zumindest von auswärts, die niedrigsten aus unserer Mitte, und so blieb es, und so hat es uns genügt. Der höchste Beamte ist der Obersteuereinnehmer, er hat den Rang eines Obersten und wird auch so genannt. Heute ist er ein alter Mann, ich kenne ihn aber schon seit Jahren, denn schon in meiner Kindheit war er Oberst, er hat zuerst eine sehr schnelle Karriere gemacht, dann scheint sie aber gestockt zu haben, nun für unser Städtchen reicht sein Rang aus, einen höheren Rang wären wir bei uns gar nicht aufzunehmen fähig. Wann ich mir ihn vorzustellen suche, sehe ich ihn auf der Veranda seines Hauses auf dem Marktplatz sitzen, zurückgelehnt, die Pfeife im Mund. Über ihm weht vom Dach die Reichsfahne, an den Seiten der Veranda, die so groß ist, daß dort manchmal auch kleine militärische Übungen stattfinden, ist die Wäsche zum Trocknen aufgehängt. Seine Enkel, in schönen seidenen Kleidern, spielen um ihn herum, auf den Marktplatz hinunter dürfen sie nicht gehn, die andern Kinder sind ihrer unwürdig, aber doch lockt sie der Platz, und sie stecken wenigstens die Köpfe zwischen den Geländerstangen durch, und wenn die andern Kinder unten streiten, streiten sie von oben mit.

Dieser Oberst also beherrscht die Stadt. Ich glaube, er hat noch niemandem ein Dokument vorgezeigt, das ihn dazu berechtigt. Er hat wohl auch kein solches Dokument. Vielleicht ist er wirklich Obersteuereinnehmer. Aber ist das alles? Berechtigt ihn das, auch in allen Gebieten der Verwaltung zu herrschen? Sein Amt ist ja für den Staat sehr gewichtig, aber für die Bürger ist es doch nicht das Wichtigste. Bei uns hat man fast den Eindruck, als ob die Leute sagten: »Nun hast du uns alles genommen, was wir hatten, nimm bitte auch uns selbst noch dazu.« Denn tatsächlich hat er nicht etwa die Herrschaft an sich gerissen und ist auch kein Tyrann. Es hat sich seit alten Zeiten so entwickelt, daß der Obersteuereinnehmer der erste Beamte ist, und der Oberst fügt sich dieser Tradition nicht anders als wir.

Aber wiewohl er ohne allzuviel Unterscheidungen der Würde unter uns lebt, ist er doch etwas ganz anderes als die gewöhnlichen Bürger. Wenn eine Abordnung mit einer Bitte vor ihn kommt, steht er da wie die Mauer der Welt. Hinter ihm ist nichts mehr, man hört förmlich dort weiterhin noch ahnungsweise ein paar Stimmen flüstern, aber das ist wahrscheinlich Täuschung, er bedeutet doch den Abschluß des Ganzen, wenigstens für uns. Man muß ihn bei solchen Empfängen gesehen haben. Als Kind war ich einmal dabei, als eine Abordnung der Bürgerschaft ihn um eine Regierungsunterstützung bat, denn das ärmste Stadtviertel war gänzlich niedergebrannt. Mein Vater, der Hufschmied, ist in der Gemeinde angesehen, war Mitglied der Abordnung und hatte mich mitgenommen. Das ist nichts Außergewöhnliches, zu einem solchen Schauspiel drängt sich alles, man erkennt die eigentliche Abordnung kaum aus der Menge heraus; da solche Empfänge meist auf der Veranda stattfinden, gibt es auch Leute, die vom Marktplatz her auf Leitern hinaufklettern und über das Geländer hinweg an den Dingen oben teilnehmen. Damals war es so eingerichtet, daß etwa ein Viertel der Veranda ihm vorbehalten war, den übrigen Teil füllte die Menge. Einige Soldaten überwachten alles, auch umstanden sie in einem Halbkreis ihn selbst. Im Grunde hätte ein Soldat für alles genügt, so groß ist bei uns die Furcht vor ihnen. Ich weiß nicht genau, woher diese Soldaten kommen, jedenfalls von weit her, alle sind sie einander sehr ähnlich, sie würden nicht einmal eine Uniform brauchen. Es sind kleine, nicht starke, aber behende Leute, am auffallendsten ist an ihnen das starke Gebiß, das förmlich allzusehr ihren Mund füllt, und ein gewisses unruhig zukkendes Blitzen ihrer kleinen schmalen Augen. Durch dieses sind sie der Schrecken der Kinder, allerdings auch ihre Lust, denn immerfort möchten die Kinder vor diesem Gebiß und diesen Augen erschrecken wollen, um dann verzweifelt wegzulaufen. Dieser Schrecken aus der Kinderzeit verliert sich wahrscheinlich auch bei den Erwachsenen nicht, zumindest wirkt er nach. Es kommt dann freilich auch noch anderes hinzu. Die Soldaten sprechen einen uns ganz unverständlichen Dialekt, können sich an unsern kaum gewöhnen, dadurch ergibt sich bei ihnen eine gewisse Abgeschlossenheit, Unnahbarkeit, die überdies auch ihrem Charakter entspricht, so still, ernst und starr sind sie, sie tun nichts eigentlich Böses und sind doch in einem bösen Sinn fast unerträglich. Es kommt zum Beispiel ein Soldat in ein Geschäft, kauft eine Kleinigkeit, und bleibt dort nun an den Pult gelehnt stehn, hört den Gesprächen zu, versteht sie wahrscheinlich nicht, aber es hat doch den Anschein, als ob er sie verstünde, sagt selbst kein Wort, blickt nur starr auf den, welcher spricht, dann wieder auf die, welche zuhören, und hält die Hand auf dem Griff des langen Messers in seinem Gürtel. Das ist abscheulich, man verliert die Lust an der Unterhaltung, der Laden leert sich, und erst wenn er ganz leer ist, geht auch der Soldat. Wo also die Soldaten auftreten, wird auch unser lebhaftes Volk still. So war es auch damals. Wie bei allen feierlichen Gelegenheiten stand der Oberst aufrecht und hielt mit den nach vorn ausgestreckten Händen zwei lange Bambusstangen. Es ist eine alte Sitte, die etwa bedeutet: So stützt er das Gesetz, und so stützt es ihn. Nun weiß ja jeder, was ihn oben auf der Veranda erwartet, und doch pflegt man immer wieder von neuem zu erschrecken, auch damals wollte der zum Reden Bestimmte nicht anfangen, er stand schon dem Obersten gegenüber, aber dann verließ ihn der Mut und er drängte sich wieder unter verschiedenen Ausreden in die Menge zurück. Auch sonst fand sich kein Geeigneter, der bereit gewesen wäre zu sprechen – von den Ungeeigneten boten sich allerdings einige an –, es war eine große Verwirrung und man sandte Boten an verschiedene Bürger, bekannte Redner aus. Während dieser ganzen Zeit stand der Oberst unbeweglich da, nur im Atmen senkte sich auffallend die Brust. Nicht daß er etwa schwer geatmet hätte, er atmete nur äußerst deutlich, so wie zum Beispiel Frösche atmen, nur daß es bei ihnen immer so ist, hier aber war es außerordentlich. Ich schlich mich zwischen den Erwachsenen durch und beobachtete ihn durch die Lücke zwischen zwei Soldaten so lange, bis mich einer mit dem Knie wegstieß. Inzwischen hatte sich der ursprünglich zum Redner Bestimmte gesammelt, und von zwei Mitbürgern fest gestützt, hielt er die Ansprache. Rührend war, wie er bei dieser ernsten, das große Unglück schildernden Rede immer lächelte, ein allerdemütigstes Lächeln, das sich vergeblich anstrengte auch nur einen leichten Widerschein auf dem Gesicht des Obersten hervorzurufen. Schließlich formulierte er die Bitte, ich glaube, er bat nur um Steuerbefreiung für ein Jahr, vielleicht aber auch noch um billigeres Bauholz aus den kaiserlichen Wäldern. Dann verbeugte er sich tief und blieb in der Verbeugung ebenso wie alle andern außer dem Obersten, den Soldaten und einigen Beamten im Hintergrund. Lächerlich war es für das Kind, wie die auf den Leitern am Verandarand ein paar Sprossen hinunterstiegen, um während dieser entscheidenden Pause nicht gesehen zu werden, und nur neugierig knapp über dem Boden der Veranda von Zeit zu Zeit spionierten. Das dauerte eine Weile, dann trat ein Beamter, ein kleiner Mann, vor den Obersten, suchte sich auf den Fußspitzen zu ihm emporzuheben, erhielt von ihm, der noch immer bis auf das tiefe Atmen unbeweglich blieb, etwas ins Ohr geflüstert, klatschte in die Hände, worauf sich alle erhoben, und verkündete: »Die Bitte ist abgewiesen. Entfernt euch.« Ein unleugbares Gefühl der Erleichterung ging durch die Menge, alles drängte sich hinaus, auf den Obersten, der förmlich wieder ein Mensch wie wir alle geworden war, achtete kaum jemand besonders, ich sah nur, wie er tatsächlich erschöpft die Stangen losließ, die hinfielen, in einen von Beamten herbeigeschleppten Lehnstuhl sank und eilig die Tabakpfeife in den Mund schob.

Dieser ganze Vorfall ist nicht vereinzelt, so geht es allgemein zu. Es kommt zwar vor, daß hie und da kleine Bitten erfüllt werden, aber dann ist es so, als hätte das der Oberst auf eigene Verantwortung als mächtige Privatperson getan, es muß – gewiß nicht ausdrücklich, aber der Stimmung nach – förmlich vor der Regierung geheimgehalten werden. Nun sind ja in unserem Städtchen die Augen des Obersten, soweit wir es beurteilen können, auch die Augen der Regierung, aber doch wird hier ein Unterschied gemacht, in den vollständig nicht einzudringen ist. In wichtigen Angelegenheiten aber kann die Bürgerschaft einer Abweisung immer sicher sein. Und nun ist es eben so merkwürdig, daß man ohne diese Abweisung gewissermaßen nicht auskommen kann, und dabei ist dieses Hingehn und Abholen der Abweisung durchaus keine Formalität. Immer wieder frisch und ernst geht man hin und geht dann wieder von dort, allerdings nicht geradezu gekräftigt und beglückt, aber doch auch gar nicht enttäuscht und müde. Ich muß mich bei niemandem nach diesen Dingen erkundigen, ich fühle es in mir selbst wie alle. Und nicht einmal eine gewisse Neugierde, den Zusammenhängen dieser Dinge nachzuforschen.

Es gibt allerdings, so weit meine Beobachtungen reichen, eine gewisse Altersklasse, die nicht zufrieden ist, es sind etwa die jungen Leute zwischen siebzehn und zwanzig. Also ganz junge Burschen, die die Tragweite des unbedeutendsten, wie erst gar eines revolutionären Gedankens nicht von der Ferne ahnen können. Und gerade unter sie schleicht sich die Unzufriedenheit ein.

Kleine Fabel

»Ach«, sagte die Maus, »die Welt wird enger mit jedem Tag. Zuerst war sie so breit, daß ich Angst hatte, ich lief weiter und war glücklich, daß ich endlich rechts und links in der Ferne Mauern sah, aber diese langen Mauern eilen so schnell aufeinander zu, daß ich schon im letzten Zimmer bin, und dort im Winkel steht die Falle, in die ich laufe.« – »Du mußt nur die Laufrichtung ändern«, sagte die Katze und fraß sie.

Heimkehr

Ich bin zurückgekehrt, ich habe den Flur durchschritten und blicke mich um. Es ist meines Vaters alter Hof. Die Pfütze in der Mitte. Altes, unbrauchbares Gerät, ineinanderverfahren, verstellt den Weg zur Bodentreppe. Die Katze lauert auf dem Geländer. Ein zerrissenes Tuch, einmal im Spiel um eine Stange gewunden, hebt sich im Wind.

Ich bin angekommen. Wer wird mich empfangen? Wer wartet hinter der Tür der Küche? Rauch kommt aus dem Schornstein, der Kaffee zum Abendessen wird gekocht. Ist dir heimlich, fühlst du dich zu Hause? Ich weiß es nicht, ich bin sehr unsicher. Meines Vaters Haus ist es, aber kalt steht Stück neben Stück, als wäre jedes mit seinen eigenen Angelegenheiten beschäftigt, die ich teils vergessen habe, teils niemals kannte.

Was kann ich ihnen nützen, was bin ich ihnen, und sei ich auch des Vaters, des alten Landwirts Sohn. Und ich wage nicht, an der Küchentür zu klopfen, nur von der Ferne horche ich, nur von der Ferne horche ich stehend, nicht so, daß ich als Horcher überrascht werden könnte. Und weil ich von der Ferne horche, erhorche ich nichts, nur einen leichten Uhrenschlag höre ich oder glaube ihn vielleicht nur zu hören, herüber aus den Kindertagen. Was sonst in der Küche geschieht, ist das Geheimnis der dort Sitzenden, das sie vor mir wahren. Je länger man vor der Tür zögert, desto fremder wird man. Wie wäre es, wenn jetzt jemand die Tür öffnete und mich etwas fragte. Wäre ich dann nicht selbst wie einer, der sein Geheimnis wahren will.

Von den Gleichnissen

Viele beklagen sich, daß die Worte der Weisen immer wieder nur Gleichnisse seien, aber unverwendbar im täglichen Leben, und nur dieses allein haben wir. Wenn der Weise sagt: »Gehe hinüber«, so meint er nicht, daß man auf die andere Seite hinübergehen solle, was man immerhin noch leisten könnte, wenn das Ergebnis des Weges wert wäre, sondern er meint irgendein sagenhaftes Drüben, etwas, das wir nicht kennen, das auch von ihm nicht näher zu bezeichnen ist und das uns also hier gar nichts helfen kann. Alle diese Gleichnisse wollen eigentlich nur sagen, daß das Unfaßbare unfaßbar ist, und das haben wir gewußt. Aber das, womit wir uns jeden Tag abmühen, sind andere Dinge.

Darauf sagte einer: »Warum wehrt ihr euch? Würdet ihr den Gleichnissen folgen, dann wäret ihr selbst Gleichnisse geworden und damit schon der täglichen Mühe frei.«

Ein anderer sagte: »Ich wette, daß auch das ein Gleichnis ist.«

Der erste sagte: »Du hast gewonnen.«

Der zweite sagte: »Aber leider nur im Gleichnis.«

Der erste sagte: »Nein, in Wirklichkeit; im Gleichnis hast du verloren.«

Der Aufbruch

Ich befahl, mein Pferd aus dem Stall zu holen. Der Diener verstand mich nicht. Ich ging selbst in den Stall, sattelte mein Pferd und bestieg es. In der Ferne hörte ich eine Trompete blasen, ich fragte ihn, was das bedeutete. Er wußte nichts und hatte nichts gehört. Beim Tore hielt er mich auf und fragte: »Wohin reitet der Herr?« – »Ich weiß es nicht«, sagte ich, »nur weg von hier, nur weg von hier. Immerfort weg von hier, nur so kann ich mein Ziel erreichen.« – »Du kennst also dein Ziel«, fragte er. »Ja«, antwortete ich, »ich sagte es doch. Weg von hier – das ist mein Ziel.«

Fürsprecher

Es war sehr unsicher, ob ich Fürsprecher hatte, ich konnte nichts Genaues darüber erfahren, alle Gesichter waren abweisend, die meisten Leute, die mir entgegenkamen, und die ich wieder und wieder auf den Gängen traf, sahen wie alte dicke Frauen aus, sie hatten große, den ganzen Körper bedeckende, dunkelblau und weiß gestreifte Schürzen, strichen sich den Bauch und drehten sich schwerfällig hin und her. Ich konnte nicht einmal erfahren, ob wir in einem Gerichtsgebäude waren. Manches sprach dafür, vieles dagegen. Über alle Einzelheiten hinweg erinnerte mich am meisten an ein Gericht ein Dröhnen, das unaufhörlich aus der Ferne zu hören war, man konnte nicht sagen, aus welcher Richtung es kam, es erfüllte so sehr alle Räume, daß man annehmen konnte, es komme von überall oder, was noch richtiger schien, gerade der Ort, wo man zufällig stand, sei der eigentliche Ort dieses Dröhnens, aber gewiß war das eine Täuschung, denn es kam aus der Ferne. Diese Gänge, schmal, einfach überwölbt, in langsamen Wendungen geführt, mit sparsam geschmückten hohen Türen, schienen sogar für tiefe Stille geschaffen, es waren die Gänge eines Museums oder einer Bibliothek. Wenn es aber kein Gericht war, warum forschte ich dann hier nach einem Fürsprecher? Weil ich überall einen Fürsprecher suchte, überall ist er nötig, ja man braucht ihn weniger bei Gericht als anderswo, denn das Gericht spricht sein Urteil nach dem Gesetz, sollte man annehmen. Sollte man annehmen, daß es hierbei ungerecht oder leichtfertig vorgehe, wäre ja kein Leben möglich, man muß zum Gericht das Zutrauen haben, daß es der Majestät des Gesetzes freien Raum gibt, denn das ist seine einzige Aufgabe, im Gesetz selbst aber ist alles Anklage, Fürspruch und Urteil, das selbständige Sicheinmischen eines Menschen hier wäre Frevel. Anders aber verhält es sich mit dem Tatbestand eines Urteils, dieser gründet sich auf Erhebungen hier und dort, bei Verwandten und Fremden, bei Freunden und Feinden, in der Familie und in der Öffentlichkeit, in Stadt und Dorf, kurz überall. Hier ist es dringend nötig, Fürsprecher zu haben, Fürsprecher in Mengen, die besten Fürsprecher, einen eng neben dem andern, eine lebende Mauer, denn die Fürsprecher sind ihrer Natur nach schwer beweglich, die Ankläger aber, diese schlauen Füchse, diese flinken Wiesel, die unsichtbaren Mäuschen, schlüpfen durch die kleinsten Lücken, huschen zwischen den Beinen der Fürsprecher durch. Also Achtung! Deshalb bin ich ja hier, ich sammle Fürsprecher. Aber ich habe noch keinen gefunden, nur diese alten Frauen kommen und gehn, immer wieder; wäre ich nicht auf der Suche, es würde mich einschläfern. Ich bin nicht am richtigen Ort, leider kann ich mich dem Eindruck nicht verschließen, daß ich nicht am richtigen Ort bin. Ich müßte an einem Ort sein, wo vielerlei Menschen zusammenkommen, aus verschiedenen Gegenden, aus allen Ständen, aus allen Berufen, verschiedenen Alters, ich müßte die Möglichkeit haben, die Tauglichen, die Freundlichen, die, welche einen Blick für mich haben, vorsichtig auszuwählen aus einer Menge. Am besten wäre dazu vielleicht ein großer Jahrmarkt geeignet. Statt dessen treibe ich mich auf diesen Gängen umher, wo nur diese alten Frauen zu sehn sind, und auch von ihnen nicht viele, und immerfort die gleichen und selbst diese wenigen, trotz ihrer Langsamkeit, lassen sich von mir nicht stellen, entgleiten mir, schweben wie Regenwolken, sind von unbekannten Beschäftigungen ganz in Anspruch genommen. Warum eile ich denn blindlings in ein Haus, lese nicht die Aufschrift über dem Tor, bin gleich auf den Gängen, setze mich hier mit solcher Verbohrtheit fest, daß ich mich gar nicht erinnern kann, jemals vor dem Haus gewesen, jemals die Treppen hinaufgelaufen zu sein. Zurück aber darf ich nicht, diese Zeitversäumnis, dieses Eingestehn eines Irrwegs wäre mir unerträglich. Wie? In diesem kurzen, eiligen, von einem ungeduldigen Dröhnen begleiteten Leben eine Treppe hinunterlaufen? Das ist unmöglich. Die dir zugemessene Zeit ist so kurz, daß du, wenn du eine Sekunde verlierst, schon dein ganzes Leben verloren hast, denn es ist nicht länger, es ist immer nur so lang, wie die Zeit, die du verlierst. Hast du also einen Weg begonnen, setze ihn fort, unter allen Umständen, du kannst nur gewinnen, du läufst keine Gefahr, vielleicht wirst du am Ende abstürzen, hättest du aber schon nach den ersten Schritten dich zurückgewendet und wärest die Treppe hinuntergelaufen, wärst du gleich am Anfang abgestürzt und nicht vielleicht, sondern ganz gewiß. Findest du also nichts hier auf den Gängen, öffne die Türen, findest du nichts hinter diesen Türen, gibt es neue Stockwerke, findest du oben nichts, es ist keine Not, schwinge dich neue Treppen hinauf. Solange du nicht zu steigen aufhörst, hören die Stufen nicht auf, unter deinen steigenden Füßen wachsen sie aufwärts.

Gibs auf!

Es war sehr früh am Morgen, die Straßen rein und leer, ich ging zum Bahnhof. Als ich eine Turmuhr mit meiner Uhr verglich, sah ich, daß es schon viel später war, als ich geglaubt hatte, ich mußte mich sehr beeilen, der Schrecken über diese Entdeckung ließ mich im Weg unsicher werden, ich kannte mich in dieser Stadt noch nicht sehr gut aus, glücklicherweise war ein Schutzmann in der Nähe, ich lief zu ihm und fragte ihn atemlos nach dem Weg. Er lächelte und sagte: »Von mir willst du den Weg erfahren?« – »Ja«, sagte ich, »da ich ihn selbst nicht finden kann.« – »Gibs auf, gibs auf«, sagte er und wandte sich mit einem großen Schwunge ab, so wie Leute, die mit ihrem Lachen allein sein wollen.

Der Bau

Ich habe den Bau eingerichtet und er scheint wohlgelungen. Von außen ist eigentlich nur ein großes Loch sichtbar, dieses führt aber in Wirklichkeit nirgends hin, schon nach ein paar Schritten stößt man auf natürliches festes Gestein. Ich will mich nicht dessen rühmen, diese List mit Absicht ausgeführt zu haben, es war vielmehr der Rest eines der vielen vergeblichen Bauversuche, aber schließlich schien es mir vorteilhaft, dieses eine Loch unverschüttet zu lassen. Freilich, manche List ist so fein, daß sie sich selbst umbringt, das weiß ich besser als irgendwer sonst und es ist gewiß auch kühn, durch dieses Loch überhaupt auf die Möglichkeit aufmerksam zu machen, daß hier etwas Nachforschungswertes vorhanden ist. Doch verkennt mich, wer glaubt, daß ich feige bin und etwa nur aus Feigheit meinen Bau anlege. Wohl tausend Schritte von diesem Loch entfernt liegt, von einer abhebbaren Moosschicht verdeckt, der eigentliche Zugang zum Bau, er ist so gesichert, wie eben überhaupt auf der Welt etwas gesichert werden kann, gewiß, es kann jemand auf das Moos treten oder hineinstoßen, dann liegt mein Bau frei da und wer Lust hat – allerdings sind, wohlgemerkt, auch gewisse nicht allzu häufige Fähigkeiten dazu nötig –, kann eindringen und für immer alles zerstören. Das weiß ich wohl und mein Leben hat selbst jetzt auf einem Höhepunkt kaum eine völlig ruhige Stunde, dort an jener Stelle im dunkeln

Moos bin ich sterblich und in meinen Träumen schnuppert dort oft eine lüsterne Schnauze unaufhörlich herum. Ich hätte, wird man meinen, auch wirklich dieses Eingangsloch zuschütten können, oben in dünner Schicht und mit fester, weiter unten mit lockerer Erde, so daß es mir immer nur wenig Mühe gegeben hätte, mir immer wieder von neuem den Ausweg zu erarbeiten. Es ist aber doch nicht möglich, gerade die Vorsicht verlangt, daß ich eine sofortige Auslaufmöglichkeit habe, gerade die Vorsicht verlangt, wie leider so oft, das Risiko des Lebens. Das alles sind recht mühselige Rechnungen, und die Freude des scharfsinnigen Kopfes an sich selbst ist manchmal die alleinige Ursache dessen, daß man weiterrechnet. Ich muß die sofortige Auslaufmöglichkeit haben, kann ich denn trotz aller Wachsamkeit nicht von ganz unerwarteter Seite angegriffen werden? Ich lebe im Innersten meines Hauses in Frieden und inzwischen bohrt sich langsam und still der Gegner von irgendwoher an mich heran. Ich will nicht sagen, daß er besseren Spürsinn hat als ich; vielleicht weiß er ebensowenig von mir wie ich von ihm. Aber es gibt leidenschaftliche Räuber, die blindlings die Erde durchwühlen, und bei der ungeheuren Ausdehnung meines Baues haben selbst sie Hoffnung, irgendwo auf einen meiner Wege zu stoßen. Freilich, ich habe den Vorteil, in meinem Haus zu sein, alle Wege und Richtungen genau zu kennen. Der Räuber kann sehr leicht mein Opfer werden und ein süß schmeckendes. Aber ich werde alt, es gibt viele, die kräftiger sind als ich und meiner Gegner gibt es unzählige, es könnte geschehen, daß ich vor einem Feinde fliehe und dem anderen in die Fänge laufe. Ach, was könnte nicht alles geschehen! Jedenfalls aber muß ich die Zuversicht haben, daß irgendwo vielleicht ein leicht erreichbarer, völlig offener Ausgang ist, wo ich, um hinauszukommen, gar nicht mehr zu arbeiten habe, so daß ich nicht etwa, während ich dort verzweifelt grabe, sei es auch in leichter Aufschüttung, plötzlich – bewahre mich der Himmel! – die Zähne des Verfolgers in meinen Schenkeln spüre. Und es sind nicht nur die äußeren Feinde, die mich bedrohen. Es gibt auch solche im Innern der Erde. Ich habe sie noch nie gesehen, aber die Sagen erzählen von ihnen und ich glaube fest an sie. Es sind Wesen der inneren Erde; nicht einmal die Sage kann sie beschreiben. Selbst wer ihr Opfer geworden ist, hat sie kaum gesehen; sie kommen, man hört das Kratzen ihrer Krallen knapp unter sich in der Erde, die ihr Element ist, und schon ist man verloren. Hier gilt auch nicht, daß man in seinem Haus ist, vielmehr ist man in ihrem Haus. Vor ihnen rettet mich auch jener Ausweg nicht, wie er mich ja wahrscheinlich überhaupt nicht rettet, sondern verdirbt, aber eine Hoffnung ist er und ich kann ohne ihn nicht leben. Außer diesem großen Weg verbinden mich mit der Außenwelt noch ganz enge, ziemlich ungefährliche Wege, die mir gut atembare Luft verschaffen. Sie sind von den Waldmäusen angelegt. Ich habe es verstanden, sie in meinen Bau richtig einzubeziehen. Sie bieten mir auch die Möglichkeit weitreichender Witterung und geben mir so Schutz. Auch kommt durch sie allerlei kleines Volk zu mir, das ich verzehre, so daß ich eine gewisse, für einen bescheidenen Lebensunterhalt ausreichende Niederjagd haben kann, ohne überhaupt meinen Bau zu verlassen; das ist natürlich sehr wertvoll.

Das Schönste an meinem Bau ist aber seine Stille. Freilich, sie ist trügerisch. Plötzlich einmal kann sie unterbrochen werden und alles ist zu Ende. Vorläufig aber ist sie noch da. Stundenlang kann ich durch meine Gänge schleichen und höre nichts als manchmal das Rascheln irgendeines Kleintieres, das ich dann gleich auch zwischen meinen Zähnen zur Ruhe bringe, oder das Rieseln der Erde, das mir die Notwendigkeit irgendeiner Ausbesserung anzeigt; sonst ist es still. Die Waldluft weht herein, es ist gleichzeitig warm und kühl. Manchmal strecke ich mich aus und drehe mich in dem Gang rundum vor Behagen. Schön ist es für das nahende Alter, einen solchen Bau zu haben, sich unter Dach gebracht zu haben, wenn der Herbst beginnt. Alle hundert Meter habe ich die Gänge zu kleinen runden Plätzen erweitert, dort kann ich mich bequem zusammenrollen, mich an mir wärmen und ruhen. Dort schlafe ich den süßen Schlaf des Friedens, des beruhigten Verlangens, des erreichten Zieles des Hausbesitzes. Ich weiß nicht, ob es eine Gewohnheit aus alten Zeiten ist oder ob doch die Gefahren auch dieses Hauses stark genug sind, mich zu wecken: regelmäßig von Zeit zu Zeit schrecke ich auf aus tiefem Schlaf und lausche, lausche in die Stille, die hier unverändert herrscht bei Tag und Nacht, lächle beruhigt und sinke mit gelösten Gliedern in noch tieferen Schlaf. Arme Wanderer ohne Haus, auf Landstraßen, in Wäldern, bestenfalls verkrochen in einen Blätterhaufen oder in einem Rudel der Genossen, ausgeliefert allem Verderben des Himmels und der Erde! Ich liege hier auf einem allseits gesicherten Platz – mehr als fünfzig solcher Art gibt es in meinem Bau – und zwischen Hindämmern und bewußtlosem Schlaf vergehen mir die Stunden, die ich nach meinem Belieben dafür wähle.

Nicht ganz in der Mitte des Baues, wohlerwogen für den

Fall der äußersten Gefahr, nicht geradezu einer Verfolgung, aber einer Belagerung, liegt der Hauptplatz. Während alles andere vielleicht mehr eine Arbeit angestrengtesten Verstandes als des Körpers ist, ist dieser Burgplatz das Ergebnis allerschwerster Arbeit meines Körpers in allen seinen Teilen. Einigemal wollte ich in der Verzweiflung körperlicher Ermüdung von allem ablassen, wälzte mich auf den Rücken und fluchte dem Bau, schleppte mich hinaus und ließ den Bau offen daliegen. Ich konnte es ja tun, weil ich nicht mehr zu ihm zurückkehren wollte, bis ich dann nach Stunden oder Tagen reuig zurückkam, fast einen Gesang erhoben hätte über die Unverletztheit des Baues und in aufrichtiger Fröhlichkeit mit der Arbeit von neuem begann. Die Arbeit am Burgplatz erschwerte sich auch unnötig (unnötig will sagen, daß der Bau von der Leerarbeit keinen eigentlichen Nutzen hatte) dadurch, daß gerade an der Stelle, wo der Ort planmäßig sein sollte, die Erde recht locker und sandig war, die Erde mußte dort geradezu festgehämmert werden, um den großen schöngewölbten und gerundeten Platz zu bilden. Für eine solche Arbeit aber habe ich nur die Stirn. Mit der Stirn also bin ich tausend- und tausendmal tage- und nächtelang gegen die Erde angerannt, war glücklich, wenn ich sie mir blutig schlug, denn dies war ein Beweis der beginnenden Festigkeit der Wand, und habe mir auf diese Weise, wie man mir zugestehen wird, meinen Burgplatz wohl verdient.

Auf diesem Burgplatz sammle ich meine Vorräte, alles, was ich über meine augenblicklichen Bedürfnisse hinaus innerhalb des Baus erjage, und alles, was ich von meinen Jagden außer dem Hause mitbringe, häufe ich hier auf. Der

Platz ist so groß, daß ihn Vorräte für ein halbes Jahr nicht füllen. Infolgedessen kann ich sie wohl ausbreiten, zwischen ihnen herumgehen, mit ihnen spielen, mich an der Menge und an den verschiedenen Gerüchen freuen und immer einen genauen Überblick über das Vorhandene haben. Ich kann dann auch immer Neuordnungen vornehmen und, entsprechend der Jahreszeit, die nötigen Vorausberechnungen und Jagdpläne machen. Es gibt Zeiten, in denen ich so wohlversorgt bin, daß ich aus Gleichgültigkeit gegen das Essen überhaupt das Kleinzeug, das hier herumhuscht, gar nicht berühre, was allerdings aus anderen Gründen vielleicht unvorsichtig ist. Die häufige Beschäftigung mit Verteidigungsvorbereitungen bringt es mit sich, daß meine Ansichten hinsichtlich der Ausnutzung des Baus für solche Zwecke sich ändern oder entwickeln, in kleinem Rahmen allerdings. Es scheint mir dann manchmal gefährlich, die Verteidigung ganz auf dem Burgplatz zu basieren, die Mannigfaltigkeit des Baus gibt mir doch auch mannigfaltigere Möglichkeiten, und es scheint mir der Vorsicht entsprechender, die Vorräte ein wenig zu verteilen und auch manche kleine Plätze mit ihnen zu versorgen, dann bestimme ich etwa jeden dritten Platz zum Reservevorratsplatz oder jeden vierten Platz zu einem Haupt- und jeden zweiten zu einem Nebenvorratsplatz und dergleichen. Oder ich schalte manche Wege zu Täuschungszwecken überhaupt aus der Behäufung mit Vorräten aus, oder ich wähle ganz sprunghaft, je nach ihrer Lage zum Hauptausgang, nur wenige Plätze. Jeder solche neue Plan verlangt allerdings schwere Lastträgerarbeit, ich muß die neue Berechnung vornehmen und trage dann die Lasten hin und her. Freilich kann ich das in Ruhe ohne Übereilung machen und es ist nicht gar so schlimm, die guten Dinge im Maule zu tragen, sich auszuruhen, wo man will und, was einem gerade schmeckt, zu naschen. Schlimmer ist es, wenn es mir manchmal, gewöhnlich beim Aufschrecken aus dem Schlafe, scheint, daß die gegenwärtige Aufteilung ganz und gar verfehlt ist, große Gefahren herbeiführen kann und sofort eiligst ohne Rücksicht auf Schläfrigkeit und Müdigkeit richtiggestellt werden muß; dann eile ich, dann fliege ich, dann habe ich keine Zeit zu Berechnungen; der ich gerade einen neuen, ganz genauen Plan ausführen will, fasse willkürlich, was mir unter die Zähne kommt, schleppe, trage, seufze, stöhne, stolpere, und nur irgendeine beliebige Veränderung des gegenwärtigen, mir so übergefährlich scheinenden Zustandes will mir schon genügen. Bis allmählich mit völligem Erwachen die Ernüchterung kommt, ich die Übereilung kaum verstehe, tief den Frieden meines Hauses einatme, den ich selbst gestört habe, zu meinem Schlafplatz zurückkehre, in neugewonnener Müdigkeit sofort einschlafe und beim Erwachen als unwiderleglichen Beweis der schon fast traumhaft erscheinenden Nachtarbeit etwa noch eine Ratte an den Zähnen hängen habe. Dann gibt es wieder Zeiten, wo mir die Vereinigung aller Vorräte auf einen Platz das Allerbeste scheint. Was können mir die Vorräte auf den kleinen Plätzen helfen, wieviel läßt sich denn dort überhaupt unterbringen, und was immer man auch hinbringt, es verstellt den Weg und wird mich vielleicht einmal bei der Verteidigung, beim Laufen eher hindern. Außerdem ist es zwar dumm aber wahr, daß das Selbstbewußtsein darunter leidet, wenn man nicht alle Vorräte beisammen sieht und so mit einem einzigen Blick weiß, was man besitzt. Kann nicht auch bei diesen vielen Verteilungen vieles verlorengehen? Ich kann nicht immerfort durch meine Kreuz- und Quergänge galoppieren, um zu sehen, ob alles in richtigem Stande ist. Der Grundgedanke einer Verteilung der Vorräte ist ja richtig, aber eigentlich nur dann, wenn man mehrere Plätze von der Art meines Burgplatzes hat. Mehrere solche Plätze! Freilich! Aber wer kann das schaffen? Auch sind sie im Gesamtplan meines Baus jetzt nachträglich nicht mehr unterzubringen. Zugeben aber will ich, daß darin ein Fehler des Baus liegt, wie überhaupt dort immer ein Fehler ist, wo man von irgend etwas nur ein Exemplar besitzt. Und ich gestehe auch ein, daß in mir während des ganzen Baues dunkel im Bewußtsein, aber deutlich genug, wenn ich den guten Willen gehabt hätte, die Forderung nach mehreren Burgplätzen lebte, ich habe ihr nicht nachgegeben, ich fühlte mich zu schwach für die ungeheure Arbeit; ja, ich fühlte mich zu schwach, mir die Notwendigkeit der Arbeit zu vergegenwärtigen, irgendwie tröstete ich mich mit Gefühlen von nicht minderer Dunkelheit, nach denen das, was sonst nicht hinreichen würde, in meinem Fall einmal ausnahmsweise, gnadenweise, wahrscheinlich, weil der Vorsehung an der Erhaltung meiner Stirn, des Stampfhammers, besonders gelegen ist, hinreichen werde. Nun so habe ich nur einen Burgplatz, aber die dunklen Gefühle, daß der eine diesmal nicht hinreichen werde, haben sich verloren. Wie es auch sei, ich muß mich mit dem einen begnügen, die kleinen Plätze können ihn unmöglich ersetzen und so fange ich dann, wenn diese Anschauung in mir gereift ist, wieder an, alles aus den kleinen Plätzen zum Burgplatz zurückzuschleppen. Für einige Zeit ist es mir dann ein gewisser Trost, alle Plätze und Gänge frei zu haben, zu sehen, wie auf dem Burgplatz sich die Mengen des Fleisches häufen und weithin bis in die äußersten Gänge die Mischung der vielen Gerüche senden, von denen jeder in seiner Art mich entzückt und die ich aus der Ferne genau zu sondern imstande bin. Dann pflegen besonders friedliche Zeiten zu kommen, in denen ich meine Schlafplätze langsam, allmählich von den äußeren Kreisen nach innen verlege, immer tiefer in die Gerüche tauche, bis ich es nicht mehr ertrage und eines Nachts auf den Burgplatz stürze, mächtig unter den Vorräten aufräume und bis zur vollständigen Selbstbetäubung mit dem Besten, was ich liebe, mich fülle. Glückliche, aber gefährliche Zeiten; wer sie auszunützen verstünde, könnte mich leicht, ohne sich zu gefährden, vernichten. Auch hier wirkt das Fehlen eines zweiten oder dritten Burgplatzes schädigend mit, die große einmalige Gesamtanhäufung ist es, die mich verführt. Ich suche mich verschiedentlich dagegen zu schützen, die Verteilung auf die kleinen Plätze ist ja auch eine derartige Maßnahme, leider führt sie wie andere ähnliche Maßnahmen durch Entbehrung zu noch größerer Gier, die dann mit Überrennung des Verstandes die Verteidigungspläne zu ihren Zwecken willkürlich ändert.

Nach solchen Zeiten pflege ich, um mich zu sammeln, den Bau zu revidieren und, nachdem die nötigen Ausbesserungen vorgenommen sind, ihn öfters, wenn auch immer nur für kurze Zeit zu verlassen. Die Strafe, ihn lange zu entbehren, scheint mir selbst dann zu hart, aber die Notwendigkeit zeitweiliger Ausflüge sehe ich ein. Es hat immer eine gewisse Feierlichkeit, wenn ich mich dem Ausgang nähere.

In den Zeiten des häuslichen Lebens weiche ich ihm aus, vermeide sogar den Gang, der zu ihm führt, in seinen letzten Ausläufern zu begehen; es ist auch gar nicht leicht, dort herumzuwandern, denn ich habe dort ein volles kleines Zickzackwerk von Gängen angelegt; dort fing mein Bau an, ich durfte damals noch nicht hoffen, ihn je so beenden zu können, wie er in meinem Plane dastand, ich begann halb spielerisch an diesem Eckchen, und so tobte sich dort die erste Arbeitsfreude in einem Labyrinthbau aus, der mir damals die Krone aller Bauten schien, den ich aber heute wahrscheinlich richtiger als allzu kleinliche, des Gesamtbaues nicht recht würdige Bastelei beurteile, die zwar theoretisch vielleicht köstlich ist – hier ist der Eingang zu meinem Haus, sagte ich damals ironisch zu den unsichtbaren Feinden und sah sie schon sämtlich in dem Eingangslabyrinth ersticken –, in Wirklichkeit aber eine viel zu dünnwandige Spielerei darstellt, die einem ernsten Angriff oder einem verzweifelt um sein Leben kämpfenden Feind kaum widerstehen wird. Soll ich diesen Teil deshalb umbauen? Ich zögere die Entscheidung hinaus und es wird wohl schon so bleiben wie es ist. Abgesehen von der großen Arbeit, die ich mir damit zumuten würde, wäre es auch die gefährlichste, die man sich denken kann. Damals, als ich den Bau begann, konnte ich dort verhältnismäßig ruhig arbeiten, das Risiko war nicht viel größer als irgendwo sonst, heute aber hieße es fast mutwillig auf den ganzen Bau aufmerksam machen wollen, heute ist es nicht mehr möglich. Es freut mich fast, eine gewisse Empfindsamkeit für dieses Erstlingswerk ist ja auch vorhanden. Und wenn ein großer Angriff kommen sollte, welcher Grundriß des Eingangs könnte mich retten? Der

Eingang kann täuschen, ablenken, den Angreifer quälen, das tut auch dieser zur Not. Aber einem wirklich großen Angriff muß ich gleich mit allen Mitteln des Gesamtbaues und mit allen Kräften des Körpers und der Seele zu begegnen suchen – das ist ja selbstverständlich. So mag auch dieser Eingang schon bleiben. Der Bau hat so viele von der Natur ihm aufgezwungene Schwächen, mag er auch noch diesen von meinen Händen geschaffenen und wenn auch erst nachträglich, so doch genau erkannten Mangel behalten. Mit all dem ist freilich nicht gesagt, daß mich dieser Fehler nicht von Zeit zu Zeit oder vielleicht immer noch beunruhigt. Wenn ich bei meinen gewöhnlichen Spaziergängen diesem Teil des Baues ausweiche, so geschieht das hauptsächlich deshalb, weil mir sein Anblick unangenehm ist, weil ich nicht immer einen Mangel des Baues in Augenschein nehmen will, wenn dieser Mangel schon in meinem Bewußtsein mir allzusehr rumort. Mag der Fehler dort oben am Eingang unausrottbar bestehen, ich aber mag, so lange es sich vermeiden läßt, von seinem Anblick verschont bleiben. Gehe ich nur in der Richtung zum Ausgang, sei ich auch noch durch Gänge und Plätze von ihm getrennt, glaube ich schon in die Atmosphäre einer großen Gefahr zu geraten, mir ist manchmal, als verdünne sich mein Fell, als könnte ich bald mit bloßem kahlem Fleisch dastehen und in diesem Augenblick vom Geheul meiner Feinde begrüßt werden. Gewiß, solche Gefühle bringt schon an und für sich der Ausgang selbst hervor, das Aufhören des häuslichen Schutzes, aber es ist doch auch dieser Eingangsbau, der mich besonders quält. Manchmal träume ich, ich hätte ihn umgebaut, ganz und gar geändert, schnell, mit Riesenkräften in einer Nacht, von niemandem bemerkt, und nun sei er uneinnehmbar; der Schlaf, in dem mir das geschieht, ist der süßeste von allen, Tränen der Freude und Erlösung glitzern noch an meinem Bart, wenn ich erwache.

Die Pein dieses Labyrinths muß ich also auch körperlich überwinden, wenn ich ausgehe, und es ist mir ärgerlich und rührend zugleich, wenn ich mich manchmal in meinem eigenen Gebilde für einen Augenblick verirre und das Werk sich also noch immer anzustrengen scheint, mir, dessen Urteil schon längst feststeht, doch noch seine Existenzberechtigung zu beweisen. Dann aber bin ich unter der Moosdecke, der ich manchmal Zeit lasse – so lange rühre ich mich nicht aus dem Hause –, mit dem übrigen Waldboden zusammengewachsen, und nun ist nur noch ein Ruck des Kopfes nötig und ich bin in der Fremde. Diese kleine Bewegung wage ich lange nicht auszuführen, hätte ich nicht wieder das Eingangslabyrinth zu überwinden, gewiß würde ich heute davon ablassen und wieder zurückwandern. Wie? Dein Haus ist geschützt, in sich abgeschlossen. Du lebst in Frieden, warm, gut genährt, Herr, alleiniger Herr über eine Vielzahl von Gängen und Plätzen, und alles dieses willst du hoffentlich nicht opfern, aber doch gewissermaßen preisgeben, hast zwar die Zuversicht, es zurückzugewinnen, aber läßt dich doch darauf ein, ein hohes, ein allzu hohes Spiel zu spielen? Es gäbe vernünftige Gründe dafür? Nein, für etwas Derartiges kann es keine vernünftigen Gründe geben. Aber dann hebe ich doch vorsichtig die Falltüre und bin draußen, lasse sie vorsichtig sinken und jage, so schnell ich kann, weg von dem verräterischen Ort.

Aber im Freien bin ich eigentlich nicht, zwar drücke ich

mich nicht mehr durch die Gänge, sondern jage im offenen Wald, fühle in meinem Körper neue Kräfte, für die im Bau gewissermaßen kein Raum ist, nicht einmal auf dem Burgplatz, und wäre er zehnmal größer. Auch ist die Ernährung draußen eine bessere, die Jagd zwar schwieriger, der Erfolg seltener, aber das Ergebnis in jeder Hinsicht höher zu bewerten, das alles leugne ich nicht und verstehe es wahrzunehmen und zu genießen, zumindest so gut wie jeder andere, aber wahrscheinlich viel besser, denn ich jage nicht wie ein Landstreicher aus Leichtsinn oder Verzweiflung, sondern zweckvoll und ruhig. Auch bin ich nicht dem freien Leben bestimmt und ausgeliefert, sondern ich weiß, daß meine Zeit gemessen ist, daß ich nicht endloser hier jagen muß, sondern daß mich gewissermaßen, wenn ich will und des Lebens hier müde bin, jemand zu sich rufen wird, dessen Einladung ich nicht werde widerstehen können. Und so kann ich diese Zeit hier ganz auskosten und sorgenlos verbringen, vielmehr, ich könnte es und kann es doch nicht. Zuviel beschäftigt mich der Bau. Schnell bin ich vom Eingang fortgelaufen, bald aber komme ich zurück. Ich suche mir ein gutes Versteck und belauere den Eingang meines Hauses – diesmal von außen – tage- und nächtelang. Mag man es töricht nennen, es macht mir eine unsagbare Freude und es beruhigt mich. Mir ist dann, als stehe ich nicht vor meinem Haus, sondern vor mir selbst, während ich schlafe, und hätte das Glück, gleichzeitig tief zu schlafen und dabei mich scharf bewachen zu können. Ich bin gewissermaßen ausgezeichnet, die Gespenster der Nacht nicht nur in der Hilflosigkeit und Vertrauensseligkeit des Schlafes zu sehen, sondern ihnen gleichzeitig in Wirklichkeit bei voller Kraft des

Wachseins in ruhiger Urteilsfähigkeit zu begegnen. Und ich finde, daß es merkwürdigerweise nicht so schlimm mit mir steht, wie ich oft glaubte und wie ich wahrscheinlich wieder glauben werde, wenn ich in mein Haus hinabsteige. In dieser Hinsicht, wohl auch in anderer, aber in dieser besonders, sind diese Ausflüge wahrhaftig unentbehrlich. Gewiß, so sorgfältig ich den Eingang abseits liegend gewählt habe – der Verkehr, der sich dort vollzieht, ist doch, wenn man die Beobachtungen einer Woche zusammenfaßt, sehr groß, aber so ist es vielleicht überhaupt in allen bewohnbaren Gegenden, und wahrscheinlich ist es sogar besser, einem größeren Verkehr sich auszusetzen, der infolge seiner Größe sich selbst mit weiterreißt, als in völliger Einsamkeit dem ersten besten, langsam suchenden Eindringling ausgeliefert zu sein. Hier gibt es viele Feinde und noch mehr Helfershelfer der Feinde, aber sie bekämpfen sich auch gegenseitig und jagen in diesen Beschäftigungen am Bau vorbei. Niemanden habe ich in der ganzen Zeit geradezu am Eingang forschen sehen, zu meinem und zu seinem Glück, denn ich hätte mich, besinnungslos vor Sorge um den Bau, gewiß an seine Kehle geworfen. Freilich, es kam auch Volk, in dessen Nähe ich nicht zu bleiben wagte und vor denen ich, wenn ich sie nur in der Ferne ahnte, fliehen mußte, über ihr Verhalten zum Bau dürfte ich mich eigentlich mit Sicherheit nicht äußern, doch genügt es wohl zur Beruhigung, daß ich bald zurückkam, niemanden von ihnen mehr vorfand und den Eingang unverletzt. Es gab glückliche Zeiten, in denen ich mir fast sagte, daß die Gegnerschaft der Welt gegen mich vielleicht aufgehört oder sich beruhigt habe oder daß die Macht des Baues mich heraushebe aus dem bisherigen Vernichtungskampf.

Der Bau schützt vielleicht mehr, als ich jemals gedacht habe oder im Innern des Baues zu denken wage. Es ging so weit, daß ich manchmal den kindischen Wunsch bekam, überhaupt nicht mehr in den Bau zurückzukehren, sondern hier in der Nähe des Eingangs mich einzurichten, mein Leben in der Beobachtung des Eingangs zu verbringen und immerfort mir vor Augen zu halten und darin mein Glück zu finden, wie fest mich der Bau, wäre ich darin, zu sichern imstande wäre. Nun, es gibt ein schnelles Aufschrecken aus kindischen Träumen. Was ist es denn für eine Sicherung, die ich hier beobachte? Darf ich denn die Gefahr, in welcher ich im Bau bin, überhaupt nach den Erfahrungen beurteilen, die ich hier draußen mache? Haben denn meine Feinde überhaupt die richtige Witterung, wenn ich nicht im Bau bin? Einige Witterung von mir haben sie gewiß, aber die volle nicht. Und ist nicht oft der Bestand der vollen Witterung die Voraussetzung der normalen Gefahr? Es sind also nur Halb- und Zehntelversuche, die ich hier anstelle, geeignet, mich zu beruhigen und durch falsche Beruhigung aufs höchste zu gefährden. Nein, ich beobachte doch nicht, wie ich glaubte, meinen Schlaf, vielmehr bin ich es, der schläft, während der Verderber wacht. Vielleicht ist er unter denen, die achtlos am Eingang vorüberschlendern, sich immer nur vergewissern, nicht anders als ich, daß die Tür noch unverletzt ist und auf ihren Angriff wartet, und nur vorübergehen, weil sie wissen, daß der Hausherr nicht im Innern ist, oder weil sie vielleicht gar wissen, daß er unschuldig nebenan im Gebüsch lauert. Und ich verlasse meinen Beobachtungsplatz und bin satt des Lebens im Freien, mir ist, als könnte ich nicht mehr hier lernen, nicht jetzt und nicht später. Und ich habe Lust, Abschied zu nehmen von allem hier, hinabzusteigen in den Bau und niemals mehr zurückzukommen, die Dinge ihren Lauf nehmen zu lassen und sie durch unnütze Beobachtungen nicht aufzuhalten. Aber verwöhnt dadurch, daß ich so lange alles gesehen habe, was über dem Eingang vor sich ging, ist es mir jetzt sehr quälend, die an sich geradezu Aufsehen machende Prozedur des Hinabsteigens durchzuführen und nicht zu wissen, was im ganzen Umkreis hinter meinem Rücken und dann hinter der wiedereingefügten Falltür geschehen wird. Ich versuche es zunächst in stürmischen Nächten mit dem schnellen Hineinwerfen der Beute, das scheint zu gelingen, aber ob es wirklich gelungen ist, wird sich erst zeigen, wenn ich selbst hineingestiegen bin, es wird sich zeigen, aber nicht mehr mir, oder auch mir, aber zu spät. Ich lasse also ab davon und steige nicht ein. Ich grabe, natürlich in genügender Entfernung vom wirklichen Eingang einen Versuchsgraben, er ist nicht länger als ich selbst bin und auch von einer Moosdecke abgeschlossen. Ich krieche in den Graben, decke ihn hinter mir zu, warte sorgfältig, berechne kürzere und längere Zeiten zu verschiedenen Tagesstunden, werfe dann das Moos ab, komme hervor und registriere meine Beobachtungen. Ich mache die verschiedensten Erfahrungen guter und schlimmer Art, ein allgemeines Gesetz oder eine unfehlbare Methode des Hinabsteigens finde ich aber nicht. Ich bin infolgedessen noch nicht in den wirklichen Eingang hinabgestiegen und verzweifelt, es doch bald tun zu müssen. Ich bin nicht ganz fern von dem Entschluß, in die Ferne zu gehen, das alte, trostlose Leben wiederaufzunehmen, das gar keine Sicherheit hatte, das eine einzige ununterscheidbare Fülle von Gefahren war und infolgedessen die einzelne Gefahr nicht so genau sehen und fürchten ließ, wie es mich der Vergleich zwischen meinem sicheren Bau und dem sonstigen Leben immerfort lehrt. Gewiß, ein solcher Entschluß wäre eine völlige Narrheit, hervorgerufen nur durch allzu langes Leben in der sinnlosen Freiheit; noch gehört der Bau mir, ich habe nur einen Schritt zu tun und bin gesichert. Und ich reiße mich los von allen Zweifeln und laufe geradewegs bei hellem Tag auf die Tür zu, um sie nun ganz gewiß zu heben, aber ich kann es doch nicht, ich überlaufe sie und werfe mich mit Absicht in ein Dornengebüsch, um mich zu strafen, zu strafen für eine Schuld, die ich nicht kenne. Dann allerdings muß ich mir letzten Endes sagen, daß ich doch recht habe, und daß es wirklich unmöglich ist hinabzusteigen, ohne das Teuerste, was ich habe, allen ringsherum, auf dem Boden, auf den Bäumen, in den Lüften, wenigstens für ein Weilchen offen preiszugeben. Und die Gefahr ist keine eingebildete, sondern eine sehr wirkliche. Es muß ja kein eigentlicher Feind sein, dem ich die Lust errege, mir zu folgen, es kann recht gut irgendeine beliebige kleine Unschuld, irgendein widerliches kleines Wesen sein, welches aus Neugier mir nachgeht und damit, ohne es zu wissen, zur Führerin der Welt gegen mich wird, es muß auch das nicht sein, vielleicht ist es, und das ist nicht weniger schlimm als das andere, in mancher Hinsicht ist es das schlimmste – vielleicht ist es irgend jemand von meiner Art, ein Kenner und Schätzer von Bauten, irgendein Waldbruder, ein Liebhaber des Friedens, aber ein wüster Lump, der wohnen will, ohne zu bauen. Wenn er doch jetzt käme, wenn er doch mit seiner schmutzigen Gier den Eingang entdeckte, wenn er doch daran zu arbeiten begänne, das Moos zu heben, wenn es ihm doch gelänge, wenn er sich doch für mich hineinzwängte und schon darin so weit wäre, daß mir sein Hinterer für einen Augenblick gerade noch auftauchte, wenn das alles doch geschähe, damit ich endlich in einem Rasen hinter ihm her, frei von allen Bedenken, ihn anspringen könnte, ihn zerbeißen, zerfleischen, zerreißen und austrinken und seinen Kadaver gleich zur anderen Beute stopfen könnte, vor allem aber, das wäre die Hauptsache, endlich wieder in meinem Bau wäre, gern diesmal sogar das Labyrinth bewundern wollte, zunächst aber die Moosdecke über mich ziehen und ruhen wollte, ich glaube, den ganzen, noch übrigen Rest meines Lebens. Aber es kommt niemand und ich bleibe auf mich allein angewiesen. Ich verliere, immerfort nur mit der Schwierigkeit der Sache beschäftigt, viel von meiner Ängstlichkeit, ich weiche dem Eingang auch äußerlich nicht mehr aus, ihn in Kreisen zu umstreichen wird meine Lieblingsbeschäftigung, es ist schon fast so, als sei ich der Feind und spionierte die passende Gelegenheit aus, um mit Erfolg einzubrechen. Hätte ich doch irgend jemanden, dem ich vertrauen könnte, den ich auf meinen Beobachtungsposten stellen könnte, dann könnte ich wohl getrost hinabsteigen. Ich würde mit ihm, dem ich vertraue, vereinbaren, daß er die Situation bei meinem Hinabsteigen und eine lange Zeit hinterher genau beobachtet, im Falle von gefährlichen Anzeichen an die Moosdecke klopft, sonst aber nicht. Damit wäre über mir völlig reiner Tisch gemacht, es bliebe kein Rest, höchstens mein Vertrauensmann. – Denn wird er nicht eine Gegenleistung verlangen, wird er nicht wenigstens den Bau ansehen wollen? Schon dieses, jemanden freiwillig in meinen Bau zu lassen, wäre mir äußerst peinlich. Ich habe ihn für mich, nicht für Besucher gebaut, ich glaube, ich würde ihn nicht einlassen; selbst um den Preis, daß er es mir ermöglicht, in den Bau zu kommen, würde ich ihn nicht einlassen. Aber ich könnte ihn gar nicht einlassen, denn entweder müßte ich ihn allein hinablassen, und das ist doch außerhalb jeder Vorstellbarkeit, oder wir müßten gleichzeitig hinabsteigen, wodurch dann eben der Vorteil, den er mir bringen soll, hinter mir Beobachtungen anzustellen, verlorenginge. Und wie ist es mit dem Vertrauen? Kann ich dem, welchem ich Aug in Aug vertraue, noch ebenso vertrauen, wenn ich ihn nicht sehe und wenn die Moosdecke uns trennt? Es ist verhältnismäßig leicht, jemandem zu vertrauen, wenn man ihn gleichzeitig überwacht oder wenigstens überwachen kann, es ist vielleicht sogar möglich, jemandem aus der Ferne zu vertrauen, aber aus dem Innern des Baues, also einer anderen Welt heraus, jemandem außerhalb völlig zu vertrauen, ich glaube, das ist unmöglich. Aber solche Zweifel sind noch nicht einmal nötig, es genügt ja schon die Überlegung, daß während oder nach meinem Hinabsteigen alle die unzähligen Zufälle des Lebens den Vertrauensmann hindern können, seine Pflicht zu erfüllen, und was für unberechenbare Folgen kann seine kleinste Verhinderung für mich haben. Nein, faßt man alles zusammen, muß ich es gar nicht beklagen, daß ich allein bin und niemanden habe, dem ich vertrauen kann. Ich verliere dadurch gewiß keinen Vorteil und erspare mir wahrscheinlich Schaden. Vertrauen aber kann ich nur mir und dem Bau. Das hätte ich früher bedenken und für den Fall, der mich jetzt so beschäftigt, Vorsorge treffen sollen. Es wäre am Beginne des Baues wenigstens zum Teile möglich gewesen. Ich hätte den ersten Gang so anlegen müssen, daß er, in gehörigem Abstand voneinander, zwei Eingänge gehabt hätte, so daß ich durch den einen Eingang mit aller unvermeidlichen Umständlichkeit hinabgestiegen wäre, rasch den Anfangsgang bis zum zweiten Eingang durchlaufen, die Moosdecke dort, die zu dem Zweck entsprechend hätte eingerichtet sein müssen, ein wenig gelüftet und von dort aus die Lage einige Tage und Nächte zu überblicken versucht hätte. So allein wäre es richtig gewesen. Zwar verdoppeln zwei Eingänge die Gefahr, aber dieses Bedenken hätte hier schweigen müssen, zumal der eine Eingang, der nur als Beobachtungsplatz gedacht war, ganz eng hätte sein können. Und damit verliere ich mich in technische Überlegungen, ich fange wieder einmal meinen Traum eines ganz vollkommenen Baues zu träumen an, das beruhigt mich ein wenig, entzückt sehe ich mit geschlossenen Augen klare und weniger klare Baumöglichkeiten, um unbemerkt aus- und einschlüpfen zu können.

Wenn ich so daliege und daran denke, bewerte ich diese Möglichkeiten sehr hoch, aber doch nur als technische Errungenschaften, nicht als wirkliche Vorteile, denn dieses ungehinderte Aus- und Einschlüpfen, was soll es? Es deutet auf unruhigen Sinn, auf unsichere Selbsteinschätzung, auf unsaubere Gelüste, schlechte Eigenschaften, die noch viel schlechter werden angesichts des Baues, der doch dasteht und Frieden einzugießen vermag, wenn man sich ihm nur völlig öffnet. Nun bin ich freilich jetzt außerhalb seiner und suche eine Möglichkeit der Rückkehr; dafür wären die nötigen technischen Einrichtungen sehr erwünscht. Aber vielleicht doch nicht gar so sehr. Heißt es nicht in der augenblicklichen nervösen Angst den Bau sehr unterschätzen, wenn man ihn nur als eine Höhlung ansieht, in die man sich mit möglichster Sicherheit verkriechen will? Gewiß, er ist auch diese sichere Höhlung oder sollte es sein, und wenn ich mir vorstelle, ich sei mitten in einer Gefahr, dann will ich mit zusammengebissenen Zähnen und mit aller Kraft des Willens, daß der Bau nichts anderes sei als das für meine Lebensrettung bestimmte Loch und daß er diese klar gestellte Aufgabe mit möglichster Vollkommenheit erfülle, und jede andere Aufgabe bin ich bereit ihm zu erlassen. Nun verhält es sich aber so, daß er in Wirklichkeit – und für die hat man in der großen Not keinen Blick, und selbst in gefährdeten Zeiten muß man sich diesen Blick erst erwerben – zwar viel Sicherheit gibt, aber durchaus nicht genug, hören denn jemals die Sorgen völlig in ihm auf? Es sind andere, stolzere, inhaltsreichere, oft weit zurückgedrängte Sorgen, aber ihre verzehrende Wirkung ist vielleicht die gleiche wie jene der Sorgen, die das Leben draußen bereitet. Hätte ich den Bau nur zu meiner Lebenssicherung aufgeführt, wäre ich zwar nicht betrogen, aber das Verhältnis zwischen der ungeheuren Arbeit und der tatsächlichen Sicherung, wenigstens soweit ich sie zu empfinden imstande bin und soweit ich von ihr profitieren kann, wäre ein für mich nicht günstiges. Es ist sehr schmerzlich, sich das einzugestehen, aber es muß geschehen, gerade angesichts des Eingangs dort, der sich jetzt gegen mich, den Erbauer und Besitzer, abschließt, ja förmlich verkrampft. Aber der Bau ist eben nicht nur ein Rettungsloch. Wenn ich auf dem Burgplatz stehe, umgeben von den hohen Fleischvorräten, das Gesicht zugewandt den zehn Gängen, die von hier ausgehen, jeder besonders dem Gesamtplatz entsprechend gesenkt oder gehoben, gestreckt oder gerundet, sich erweiternd oder sich verengend und alle gleichmäßig still und leer, und bereit, jeder in seiner Art mich weiterzuführen zu den vielen Plätzen und auch diese alle still und leer – dann liegt mir der Gedanke an Sicherheit fern, dann weiß ich genau, daß hier meine Burg ist, die ich durch Kratzen und Beißen, Stampfen und Stoßen dem widerspenstigen Boden abgewonnen habe, meine Burg, die auf keine Weise jemandem anderen angehören kann und die so sehr mein ist, daß ich hier letzten Endes ruhig von meinem Feind auch die tödliche Verwundung annehmen kann, denn mein Blut versickert hier in meinem Boden und geht nicht verloren. Und was anderes als dies ist denn auch der Sinn der schönen Stunden, die ich, halb friedlich schlafend, halb fröhlich wachend, in den Gängen zu verbringen pflege, in diesen Gängen, die ganz genau für mich berechnet sind, für wohliges Strecken, kindliches Sichwälzen, träumerisches Daliegen, seliges Entschlafen. Und die kleinen Plätze, jeder mir wohlbekannt, jeder trotz völliger Gleichheit von mir mit geschlossenen Augen schon nach dem Schwung der Wände deutlich unterschieden, sie umfangen mich friedlich und warm, wie kein Nest seinen Vogel umfängt. Und alles, alles still und leer.

Wenn es aber so ist, warum zögere ich dann, warum fürchte ich den Eindringling mehr als die Möglichkeit, vielleicht niemals meinen Bau wiederzusehen. Nun, dieses letztere ist glücklicherweise eine Unmöglichkeit, es wäre gar nicht nötig, mir durch Überlegungen erst klarzumachen, was mir der Bau bedeutet; ich und der Bau gehören so zusammen, daß ich ruhig, ruhig bei aller meiner Angst, mich hier niederlassen könnte, gar nicht versuchen müßte, mich zu überwinden, auch den Eingang entgegen allen Bedenken zu öffnen, es würde durchaus genügen, wenn ich untätig wartete, denn nichts kann uns auf die Dauer trennen, und irgendwie komme ich schließlich ganz gewiß hinab. Aber freilich, wieviel Zeit kann bis dahin vergehen und wieviel kann in dieser Zeit sich ereignen, hier oben sowohl wie dort unten? Und es liegt doch nur an mir, diesen Zeitraum zu verkürzen und das Notwendige gleich zu tun.

Und nun, schon denkunfähig vor Müdigkeit, mit hängendem Kopf, unsicheren Beinen, halb schlafend, mehr tastend als gehend, nähere ich mich dem Eingang, hebe langsam das Moos, steige langsam hinab, lasse aus Zerstreutheit den Eingang überflüssig lange unbedeckt, erinnere mich dann an das Versäumte, steige wieder hinauf, um es nachzuholen, aber warum denn hinaufsteigen? Nur die Moosdecke soll ich zuziehen, gut, so steige ich wieder hinunter, und nun endlich ziehe ich die Moosdecke zu. Nur in diesem Zustand, ausschließlich in diesem Zustand, kann ich diese Sache ausführen. – Dann also liege ich unter dem Moos, oben auf der eingebrachten Beute, umflossen von Blut und Fleischsäften, und könnte den ersehnten Schlaf zu schlafen beginnen. Nichts stört mich, niemand ist mir gefolgt, über dem Moos scheint es, wenigstens bis jetzt, ruhig zu sein, und selbst wenn es nicht ruhig wäre, ich glaube, ich könnte mich jetzt nicht mit Beobachtungen aufhalten; ich habe den Ort gewechselt, aus der Oberwelt bin ich in meinen Bau gekommen und ich fühle die Wirkung dessen sofort. Es ist eine neue Welt, die neue Kräfte gibt, und was oben Müdigkeit ist, gilt hier nicht als solche. Ich bin von einer Reise zurückgekehrt, besinnungslos müde von den Strapazen, aber das

Wiedersehen der alten Wohnung, die Einrichtungsarbeit, die mich erwartet, die Notwendigkeit, schnell alle Räume wenigstens oberflächlich zu besichtigen, vor allem aber eiligst zum Burgplatz vorzudringen, das alles verwandelt meine Müdigkeit in Unruhe und Eifer, es ist, als hätte ich während des Augenblicks, da ich den Bau betrat, einen langen und tiefen Schlaf getan. Die erste Arbeit ist sehr mühselig und nimmt mich ganz in Anspruch: die Beute nämlich durch die engen und schwachwandigen Gänge des Labyrinths zu bringen. Ich drücke vorwärts mit allen Kräften und es geht auch, aber mir viel zu langsam; um es zu beschleunigen, reiße ich einen Teil der Fleischmassen zurück und dränge mich über sie hinweg, durch sie hindurch, nun habe ich bloß einen Teil vor mir, nun ist es leichter, ihn vorwärts zu bringen, aber ich bin derart mitten darin in der Fülle des Fleisches hier in den engen Gängen, durch die es mir, selbst wenn ich allein bin, nicht immer leicht wird durchzukommen, daß ich recht gut in meinen eigenen Vorräten ersticken könnte, manchmal kann ich mich schon nur durch Fressen und Trinken vor ihrem Andrang bewahren. Aber der Transport gelingt, ich beende ihn in nicht zu langer Zeit, das Labyrinth ist überwunden, aufatmend stehe ich in einem regelrechten Gang, treibe die Beute durch einen Verbindungsgang in einen für solche Fälle besonders vorgesehenen Hauptgang, der in starkem Gefälle zum Burgplatz hinabführt. Nun ist es keine Arbeit mehr, nun rollt und fließt das Ganze fast von selbst hinab. Endlich auf meinem Burgplatz! Endlich werde ich ruhen dürfen. Alles ist unverändert, kein größeres Unglück scheint geschehen zu sein, die kleinen Schäden, die ich auf den ersten Blick bemerke, werden bald verbessert sein, nur noch vorher die lange Wanderung durch die Gänge, aber das ist keine Mühe, das ist ein Plaudern mit Freunden, so wie ich es tat in alten Zeiten oder – ich bin noch gar nicht so alt, aber für vieles trübt sich die Erinnerung schon völlig – wie ich es tat oder wie ich hörte, daß es zu geschehen pflegt. Ich beginne jetzt mit dem zweiten Gang absichtlich langsam, nachdem ich den Burgplatz gesehen habe, habe ich endlose Zeit – immer innerhalb des Baues habe ich endlose Zeit –, denn alles, was ich dort tue, ist gut und wichtig und sättigt mich gewissermaßen. Ich beginne mit dem zweiten Gang und breche die Revision in der Mitte ab und gehe zum dritten Gang über und lasse mich von ihm zum Burgplatz zurückführen und muß nun allerdings wieder den zweiten Gang von neuem vornehmen und spiele so mit der Arbeit und vermehre sie und lache vor mich hin und freue mich und werde ganz wirr von der vielen Arbeit, aber lasse nicht von ihr ab. Euretwegen, ihr Gänge und Plätze und deine Fragen vor allem, Burgplatz, bin ich ja gekommen, habe mein Leben für nichts geachtet, nachdem ich lange Zeit die Dummheit hatte, seinetwegen zu zittern und die Rückkehr zu euch zu verzögern. Was kümmert mich die Gefahr, jetzt, da ich bei euch bin. Ihr gehört zu mir, ich zu euch, verbunden sind wir, was kann uns geschehen. Mag sich oben auch das Volk schon drängen und die Schnauze bereit sein, die das Moos durchstoßen wird. Und mit seiner Stummheit und Leere begrüßt nun auch mich der Bau und bekräftigt, was ich sage. – Nun aber überkommt mich doch eine gewisse Lässigkeit und auf einem Platz, der zu meinen Lieblingen gehört, rolle ich mich ein wenig zusammen, noch lange habe ich nicht alles besichtigt, aber ich will ja auch noch weiter besichtigen bis zum Ende, ich will hier nicht schlafen, nur der Lockung gebe ich nach, mich hier so einzurichten, wie wenn ich schlafen wollte, nachsehen will ich, ob das hier noch immer so gut gelingt wie früher. Es gelingt, aber mir gelingt es nicht mich loszureißen, ich bleibe hier in tiefem Schlaf.

Ich habe wohl sehr lange geschlafen. Erst aus dem letzten von selbst sich auflösenden Schlaf werde ich geweckt, der Schlaf muß nun schon sehr leicht sein, denn ein an sich kaum hörbares Zischen weckt mich. Ich verstehe es sofort, das Kleinzeug, viel zu wenig von mir beaufsichtigt, viel zu sehr von mir geschont, hat in meiner Abwesenheit irgendwo einen neuen Weg gebohrt, dieser Weg ist mit einem alten zusammengestoßen, die Luft verfängt sich dort und das ergibt das zischende Geräusch. Was für ein unaufhörlich tätiges Volk das ist und wie lästig sein Fleiß! Ich werde, genau horchend an den Wänden meines Ganges, durch Versuchsgrabungen den Ort der Störung erst feststellen müssen und dann erst das Geräusch beseitigen können. Übrigens kann der neue Graben, wenn er irgendwie den Verhältnissen des Baues entspricht, als neue Luftzuführung mir auch willkommen sein. Aber auf die Kleinen will ich nun viel besser achten als bisher, keines darf geschont werden.

Da ich große Übung in solchen Untersuchungen habe, wird es wohl nicht lange dauern und ich kann gleich damit beginnen, es liegen zwar noch andere Arbeiten vor, aber diese ist die dringendste, es soll still sein in meinen Gängen. Dieses Geräusch ist übrigens ein verhältnismäßig unschuldiges; ich habe es gar nicht gehört, als ich kam, obwohl es gewiß schon vorhanden war; ich mußte erst wieder völlig heimisch werden, um es zu hören, es ist gewissermaßen nur mit dem Ohr des Hausbesitzers hörbar. Und es ist nicht einmal ständig, wie sonst solche Geräusche zu sein pflegen, es macht große Pausen, das geht offenbar auf Anstauungen des Luftstroms zurück. Ich beginne die Untersuchung, aber es gelingt mir nicht, die Stelle, wo man eingreifen müßte, zu finden, ich mache zwar einige Grabungen, aber nur aufs Geratewohl; natürlich ergibt sich so nichts und die große Arbeit des Grabens und die noch größere des Zuschüttens und Ausgleichens ist vergeblich. Ich komme gar nicht dem Ort des Geräusches näher, immer unverändert dünn klingt es in regelmäßigen Pausen, einmal wie Zischen, einmal aber wie Pfeifen. Nun, ich könnte es auch vorläufig auf sich beruhen lassen, es ist zwar sehr störend, aber an der von mir angenommenen Herkunft des Geräusches kann kaum ein Zweifel sein, es wird sich also kaum verstärken, im Gegenteil, es kann auch geschehen, daß – bisher habe ich allerdings niemals so lange gewartet – solche Geräusche im Laufe der Zeit durch die weitere Arbeit der kleinen Bohrer von selbst verschwinden, und, abgesehen davon, oft bringt ein Zufall leicht auf die Spur der Störung, während systematisches Suchen lange versagen kann. So tröste ich mich und wollte lieber weiter durch die Gänge schweifen und die Plätze besuchen, von denen ich noch viele nicht einmal wiedergesehen habe, und dazwischen immer ein wenig mich auf dem Burgplatz tummeln, aber es läßt mich doch nicht, ich muß weiter suchen. Viel Zeit, viel Zeit, die besser verwendet werden könnte, kostet mich das kleine Volk. Bei solchen Gelegenheiten ist es gewöhnlich das technische Problem, das mich lockt, ich stelle mir zum Beispiel nach dem Geräusch, das mein Ohr in allen seinen Feinheiten zu unterscheiden die Eignung hat, ganz genau aufzeichenbar, die Veranlassung vor, und nun drängt es mich nachzuprüfen, ob die Wirklichkeit dem entspricht. Mit gutem Grund, denn solange hier eine Feststellung nicht erfolgt ist, kann ich mich auch nicht sicher fühlen, selbst wenn es sich nur darum handeln würde, zu wissen, wohin ein Sandkorn, das eine Wand herabfällt, rollen wird. Und gar ein solches Geräusch, das ist in dieser Hinsicht eine gar nicht unwichtige Angelegenheit. Aber wichtig oder unwichtig, wie sehr ich auch suche, ich finde nichts, oder vielmehr ich finde zuviel. Gerade auf meinem Lieblingsplatz mußte dies geschehen, denke ich, gehe recht weit von dort weg fast in die Mitte des Weges zum nächsten Platz, das Ganze ist eigentlich ein Scherz, so als wollte ich beweisen, daß nicht etwa gerade mein Lieblingsplatz allein mir diese Störung bereitet hat, sondern daß es Störungen auch anderwärts gibt, und ich fange lächelnd an zu horchen, höre aber bald zu lächeln auf, denn wahrhaftig, das gleiche Zischen gibt es auch hier. Es ist ja nichts, manchmal glaube ich, niemand außer mir würde es hören, ich höre es freilich jetzt mit dem durch die Übung geschärften Ohr immer deutlicher, obwohl es in Wirklichkeit überall ganz genau das gleiche Geräusch ist, wie ich mich durch Vergleichen überzeugen kann. Es wird auch nicht stärker, wie ich erkenne, wenn ich, ohne direkt an der Wand zu horchen, mitten im Gang lausche. Dann kann ich überhaupt nur mit Anstrengung, ja mit Versenkung hie und da den Hauch eines Lautes mehr erraten als hören. Aber gerade dieses Gleichbleiben an allen Orten stört mich am meisten, denn es läßt sich mit meiner ursprünglichen Annahme nicht in

Übereinstimmung bringen. Hätte ich den Grund des Geräusches richtig erraten, hätte es in größter Stärke von einem bestimmten Ort, der eben zu finden gewesen wäre, ausstrahlen und dann immer kleiner werden müssen. Wenn aber meine Erklärung nicht zutraf, was war es sonst? Es bestand noch die Möglichkeit, daß es zwei Geräuschzentren gab, daß ich bis jetzt nur weit von den Zentren gehorcht hatte und daß, wenn ich mich dem einen Zentrum näherte, zwar seine Geräusche zunahmen, aber infolge Abnehmens der Geräusche des anderen Zentrums das Gesamtergebnis für das Ohr immer ein annähernd gleiches blieb. Fast glaubte ich schon, wenn ich genau hinhorchte, Klangunterschiede, die der neuen Annahme entsprachen, wenn auch nur sehr undeutlich, zu erkennen. Jedenfalls mußte ich das Versuchsgebiet viel weiter ausdehnen, als ich es bisher getan hatte. Ich gehe deshalb den Gang abwärts bis zum Burgplatz und beginne dort zu horchen. – Sonderbar, das gleiche Geräusch auch hier. Nun, es ist ein Geräusch, erzeugt durch die Grabungen irgendwelcher nichtiger Tiere, die die Zeit meiner Abwesenheit in infamer Weise ausgenützt haben, jedenfalls liegt ihnen eine gegen mich gerichtete Absicht fern, sie sind nur mit ihrem Werk beschäftigt und, solange ihnen nicht ein Hindernis in den Weg kommt, halten sie die einmal genommene Richtung ein, das alles weiß ich, trotzdem ist es mir unbegreiflich und erregt mich und verwirrt mir den für die Arbeit sehr notwendigen Verstand, daß sie es gewagt haben, bis an den Burgplatz heranzugehen. Ich will in der Hinsicht nicht unterscheiden: war es die immerhin bedeutende Tiefe, in welcher der Burgplatz liegt, war es seine große Ausdehnung und die ihr entsprechende starke Luftbewegung, welche die Grabenden abschreckte, oder war einfach die Tatsache, daß es der Burgplatz war, durch irgendwelche Nachrichten bis an ihren stumpfen Sinn gedrungen? Grabungen hatte ich jedenfalls bisher in den Wänden des Burgplatzes nicht beobachtet. Tiere kamen zwar, angezogen von den kräftigen Ausdünstungen, in Mengen her, hier hatte ich meine feste Jagd, aber sie hatten sich irgendwo oben in meine Gänge durchgegraben und kamen dann, beklommen zwar, aber mächtig angezogen, die Gänge herabgelaufen. Nun aber bohrten sie also auch in den Gängen. Hätte ich doch wenigstens die wichtigsten Pläne meines Jünglings- und früheren Mannesalters ausgeführt oder vielmehr, hätte ich die Kraft gehabt, sie auszuführen, denn an dem Willen hat es nicht gefehlt. Einer dieser Lieblingspläne war es gewesen, den Burgplatz loszulösen von der ihn umgebenden Erde, das heißt, seine Wände nur in einer etwa meiner Höhe entsprechenden Dicke zu belassen, darüber hinaus aber rings um den Burgplatz bis auf ein kleines, von der Erde leider nicht loslösbares Fundament einen Hohlraum im Ausmaß der Wand zu schaffen. In diesem Hohlraum hatte ich mir immer, und wohl kaum mit Unrecht, den schönsten Aufenthaltsort vorgestellt, den es für mich geben konnte. Auf dieser Rundung hängen, hinauf sich ziehen, hinabzugleiten, sich überschlagen und wieder Boden unter den Füßen haben, und alle diese Spiele förmlich auf dem Körper des Burgplatzes spielen und doch nicht in seinem eigentlichen Raum; den Burgplatz meiden können, die Augen ausruhen lassen können von ihm, die Freude, ihn zu sehen, auf eine spätere Stunde verschieben und doch ihn nicht entbehren müssen, sondern ihn förmlich fest zwischen den Krallen halten, etwas was unmöglich ist, wenn man nur den einen gewöhnlichen offenen Zugang zu ihm hat; vor allem aber ihn bewachen können, für die Entbehrung seines Anblicks also derart entschädigt werden, daß man gewiß, wenn man zwischen dem Aufenthalt im Burgplatz oder im Hohlraum zu wählen hätte, den Hohlraum wählte für alle Zeit seines Lebens, nur immer dort auf- und abzuwandern und den Burgplatz zu schützen. Dann gäbe es keine Geräusche in den Wänden, keine frechen Grabungen bis an den Platz heran, dann wäre dort der Friede gewährleistet und ich wäre sein Wächter; nicht die Grabungen des kleinen Volkes hätte ich mit Widerwillen zu behorchen, sondern mit Entzücken etwas, was mir jetzt völlig entgeht: das Rauschen der Stille auf dem Burgplatz.

Aber alles dieses Schöne besteht nun eben nicht und ich muß an meine Arbeit, fast muß ich froh sein, daß sie nun auch in direkter Beziehung zum Burgplatz steht, denn das beflügelt mich. Ich brauche freilich, wie sich immer mehr herausstellt, alle meine Kräfte zu dieser Arbeit, die zuerst eine ganz geringfügige schien. Ich horche jetzt die Wände des Burgplatzes ab, und wo ich horche, hoch und tief, an den Wänden oder am Boden, an den Eingängen oder im Innern, überall, überall das gleiche Geräusch. Und wieviel Zeit, wieviel Anspannung erfordert dieses lange Horchen auf das pausenweise Geräusch. Einen kleinen Trost zur Selbsttäuschung kann man, wenn man will, darin finden, daß man hier auf dem Burgplatz, wenn man das Ohr vom Erdboden entfernt, zum Unterschied von den Gängen wegen der Größe des Platzes gar nichts hört. Nur zum Ausruhen, zum Selbstbesinnen mache ich häufig diese Versuche, horche angestrengt und bin glücklich, nichts zu hören. Aber im übrigen, was ist denn geschehen? Vor dieser Erscheinung versagen meine ersten Erklärungen völlig. Aber auch andere Erklärungen, die sich mir anbieten, muß ich ablehnen. Man könnte daran denken, daß das, was ich höre, eben das Kleinzeug selbst bei seiner Arbeit ist. Das würde aber allen Erfahrungen widersprechen; was ich nie gehört habe, obwohl es immer vorhanden war, kann ich doch nicht plötzlich zu hören anfangen. Meine Empfindlichkeit gegen Störungen ist vielleicht im Bau größer geworden mit den Jahren, aber das Gehör ist doch keineswegs schärfer geworden. Es ist eben das Wesen des Kleinzeugs, daß man es nicht hört. Hätte ich es denn sonst jemals geduldet? Auf die Gefahr hin zu verhungern, hätte ich es ausgerottet. Aber vielleicht, auch dieser Gedanke schleicht sich mir ein, handelt es sich hier um ein Tier, das ich noch nicht kenne. Möglich wäre es. Zwar beobachte ich schon lange und sorgfältig genug das Leben hier unten, aber die Welt ist mannigfaltig und an schlimmen Überraschungen fehlt es niemals. Aber es wäre ja nicht ein einzelnes Tier, es müßte eine große Herde sein, die plötzlich in mein Gebiet eingefallen wäre, eine große Herde kleiner Tiere, die zwar, da sie überhaupt hörbar sind, über dem Kleinzeug stehen, aber es doch nur wenig überragen, denn das Geräusch ihrer Arbeit ist an sich nur gering. Es könnten also unbekannte Tiere sein, eine Herde auf der Wanderschaft, die nur vorüberziehen, die mich stören, aber deren Zug bald ein Ende nehmen wird. So könnte ich also eigentlich warten und müßte schließlich keine überflüssige Arbeit tun. Aber wenn es fremde Tiere sind, warum bekomme ich sie nicht zu sehen? Nun habe ich schon viele Grabungen gemacht, um eines von ihnen zu fassen, aber ich finde keines. Es fällt mir ein, daß es vielleicht ganz winzige Tiere sind und viel kleiner als die, welche ich kenne, und daß nur das Geräusch, welches sie machen, ein größeres ist. Ich untersuche deshalb die ausgegrabene Erde, ich werfe die Klumpen in die Höhe, daß sie in allerkleinste Teilchen zerfallen, aber die Lärmmacher sind nicht darunter. Ich sehe langsam ein, daß ich durch solche kleine Zufallsgrabungen nichts erreichen kann, ich durchwühle damit nur die Wände meines Baues, scharre hier und dort in Eile, habe keine Zeit, die Löcher zuzuschütten, an vielen Stellen sind schon Erdhaufen, die den Weg und Ausblick verstellen. Freilich stört mich das alles nur nebenbei, ich kann jetzt weder wandern, noch umherschauen, noch ruhen, öfters bin ich schon für ein Weilchen in irgendeinem Loch bei der Arbeit eingeschlafen, die eine Pfote eingekrallt oben in der Erde, von der ich im letzten Halbschlaf ein Stück niederreißen wollte. Ich werde nun meine Methode ändern. Ich werde in Richtung zum Geräusch hin einen regelrechten großen Graben bauen und nicht früher zu graben aufhören, bis ich, unabhängig von allen Theorien, die wirkliche Ursache des Geräusches finde. Dann werde ich sie beseitigen, wenn es in meiner Kraft ist, wenn aber nicht, werde ich wenigstens Gewißheit haben. Diese Gewißheit wird mir entweder Beruhigung oder Verzweiflung bringen, aber wie es auch sein wird, dieses oder jenes; es wird zweifellos und berechtigt sein. Dieser Entschluß tut mir wohl. Alles, was ich bisher getan habe, kommt mir übereilt vor, in der Aufregung der Rückkehr, noch nicht frei von den Sorgen der Oberwelt, noch nicht völlig aufgenommen in den Frieden des Baues, überempfindlich dadurch gemacht, daß ich ihn so lange hatte entbehren müssen, habe ich mich durch eine zugegebenerweise sonderbare Erscheinung um jede Besinnung bringen lassen. Was ist denn? Ein leichtes Zischen, in langen Pausen nur hörbar, ein Nichts, an das man sich, ich will nicht sagen, gewöhnen könnte; nein, gewöhnen könnte man sich daran nicht, das man aber, ohne vorläufig geradezu etwas dagegen zu unternehmen, eine Zeitlang beobachten könnte, das heißt, alle paar Stunden gelegentlich hinhorchen und das Ergebnis geduldig registrieren, aber nicht, wie ich, das Ohr die Wände entlangschleifen und fast bei jedem Hörbarwerden des Geräusches die Erde aufreißen, nicht um eigentlich etwas zu finden, sondern um etwas der inneren Unruhe Entsprechendes zu tun. Das wird jetzt anders werden, hoffe ich. Und hoffe es auch wieder nicht – wie ich mit geschlossenen Augen, wütend über mich selbst, mir eingestehe –, denn die Unruhe zittert in mir noch genau so wie seit Stunden und wenn mich der Verstand nicht zurückhielte, würde ich wahrscheinlich am liebsten an irgendeiner Stelle, gleichgültig, ob dort etwas zu hören ist oder nicht, stumpfsinnig, trotzig, nur des Grabens wegen zu graben anfangen, schon fast ähnlich dem Kleinzeug, welches entweder ganz ohne Sinn gräbt oder nur, weil es die Erde frißt. Der neue vernünftige Plan lockt mich und lockt mich nicht. Es ist nichts gegen ihn einzuwenden, ich wenigstens weiß keinen Einwand, er muß, soweit ich es verstehe, zum Ziele führen. Und trotzdem glaube ich ihm im Grunde nicht, glaube ihm so wenig, daß ich nicht einmal die möglichen Schrecken seines Ergebnisses fürchte, nicht einmal an ein schreckliches Ergebnis glaube ich; ja, es scheint mir, ich hätte schon seit dem ersten Auftreten des Geräusches an ein solches konsequentes Graben gedacht, und nur weil ich kein Vertrauen dazu hatte, bisher damit nicht begonnen. Trotzdem werde ich natürlich den Graben beginnen, es bleibt mir keine andere Möglichkeit, aber ich werde nicht gleich beginnen, ich werde die Arbeit ein wenig aufschieben. Wenn der Verstand wieder zu Ehren kommen soll, soll es ganz geschehen, ich werde mich nicht in diese Arbeit stürzen. Jedenfalls werde ich vorher die Schäden gutmachen, die ich durch meine Wühlarbeit dem Bau verursacht habe; das wird nicht wenig Zeit kosten, aber es ist notwendig; wenn der neue Graben wirklich zu einem Ziele führen sollte, wird er wahrscheinlich lang werden, und wenn er zu keinem Ziele führen sollte, wird er endlos sein, jedenfalls bedeutet diese Arbeit ein längeres Fernbleiben vom Bau, kein so schlimmes wie jenes auf der Oberwelt, ich kann die Arbeit, wenn ich will, unterbrechen und zu Besuch nach Hause gehen, und selbst wenn ich das nicht tue, wird die Luft des Burgplatzes zu mir hinwehen und bei der Arbeit mich umgeben, aber eine Entfernung vom Bau und die Preisgabe an ein ungewisses Schicksal bedeutet es dennoch, deshalb will ich hinter mir den Bau in guter Ordnung zurücklassen, es soll nicht heißen, daß ich, der ich um seine Ruhe kämpfte, selbst sie gestört und sie nicht gleich wiederhergestellt habe. So beginne ich denn damit, die Erde in die Löcher zurückzuscharren, eine Arbeit, die ich genau kenne, die ich unzähligemal fast ohne das Bewußtsein einer Arbeit getan habe und die ich, besonders was das letzte Pressen und Glätten betrifft – es ist gewiß kein bloßes Selbstlob, es ist einfach Wahrheit –, unübertrefflich auszuführen imstande bin. Diesmal aber wird es mir schwer, ich bin zu zerstreut, immer wieder mitten in der Arbeit drücke ich das Ohr an die Wand und horche und lasse gleichgültig unter mir die kaum gehobene Erde wieder in den Hang zurückrieseln. Die letzten Verschönerungsarbeiten, die eine stärkere Aufmerksamkeit erfordern, kann ich kaum leisten. Häßliche Buckel, störende Risse bleiben, nicht zu reden davon, daß sich auch im ganzen der alte Schwung einer derart geflickten Wand nicht wieder einstellen will. Ich suche mich damit zu trösten, daß es nur eine vorläufige Arbeit ist. Wenn ich zurückkomme, der Friede wieder verschafft ist, werde ich alles endgültig verbessern, im Fluge wird sich das dann alles machen lassen. Ja, im Märchen geht alles im Fluge und zu den Märchen gehört auch dieser Trost. Besser wäre es, gleich jetzt vollkommene Arbeit zu tun, viel nützlicher, als sie immer wieder zu unterbrechen, sich auf Wanderschaft durch die Gänge zu begeben und neue Geräuschstellen festzustellen, was wahrhaftig sehr leicht ist, denn es erfordert nichts, als an einem beliebigen Ort stehenzubleiben und zu horchen. Und noch weitere unnütze Entdeckungen mache ich. Manchmal scheint es mir, als habe das Geräusch aufgehört, es macht ja lange Pausen, manchmal überhört man ein solches Zischen, allzusehr klopft das eigene Blut im Ohr, dann schließen sich zwei Pausen zu einer zusammen und ein Weilchen lang glaubt man, das Zischen sei für immer zu Ende. Man horcht nicht mehr weiter, man springt auf, das ganze Leben macht eine Umwälzung, es ist, als öffne sich die Quelle, aus welcher die Stille des Baues strömt. Man hütet sich, die Entdeckung gleich nachzuprüfen, man sucht jemanden, dem man sie vorher unangezweifelt anvertrauen könne, man galoppiert deshalb zum Burgplatz, man erinnert sich, da man mit allem, was man ist, zu neuem Leben erwacht ist, daß man schon lange nichts gegessen hat, man reißt irgend etwas von den unter der Erde halb verschütteten Vorräten hervor und schlingt daran noch, während man zu dem Ort der unglaublichen Entdeckung zurückläuft, man will sich zuerst nur nebenbei, nur flüchtig während des Essens von der Sache nochmals überzeugen, man horcht, aber das flüchtige Hinhorchen zeigt sofort, daß man sich schmählich geirrt hat, unerschüttert zischt es dort weit in der Ferne. Und man speit das Essen aus und möchte es in den Boden stampfen und man geht zu seiner Arbeit zurück, weiß gar nicht, zu welcher; irgendwo, wo es nötig zu sein scheint, und solcher Orte gibt es genug, fängt man mechanisch etwas zu tun an, so als sei nur der Aufseher gekommen und man müsse ihm eine Komödie vorspielen. Aber kaum hat man ein Weilchen derart gearbeitet, kann es geschehen, daß man eine neue Entdeckung macht. Das Geräusch scheint stärker geworden, nicht viel stärker natürlich, hier handelt es sich immer nur um feinste Unterschiede, aber ein wenig stärker doch, deutlich dem Ohr erkennbar. Und dieses Stärkerwerden scheint ein Näherkommen, noch viel deutlicher, als man das Stärkerwerden hört, sieht man förmlich den Schritt, mit dem es näher kommt. Man springt von der Wand zurück, man sucht mit einem Blick alle Möglichkeiten zu übersehen, welche diese Entdeckung zur Folge haben wird. Man hat das Gefühl, als hätte man den Bau niemals eigentlich zur Verteidigung gegen einen Angriff eingerichtet, die Absicht hatte man, aber entgegen aller Lebenserfahrung schien einem die Gefahr eines Angriffs und daher die Einrichtung der Verteidigung fernliegend – oder nicht fernliegend (wie wäre das möglich!), aber im Rang tief unter den Einrichtungen für ein friedliches Leben, denen man deshalb im Bau überall den Vorzug gab. Vieles hätte in jener Richtung eingerichtet werden können, ohne den Grundplan zu stören, es ist in einer unverständlichen Weise versäumt worden. Ich habe viel Glück gehabt in allen diesen Jahren, das Glück hat mich verwöhnt, unruhig war ich gewesen, aber Unruhe innerhalb des Glücks führt zu nichts.

Was jetzt zunächst zu tun wäre, wäre eigentlich, den Bau genau auf die Verteidigung und auf alle bei ihr vorstellbaren Möglichkeiten hin zu besichtigen, einen Verteidigungs- und einen zugehörigen Bauplan auszuarbeiten und dann mit der Arbeit gleich, frisch wie ein Junger, zu beginnen. Das wäre die notwendige Arbeit, für die es, nebenbei gesagt, natürlich viel zu spät ist, aber die notwendige Arbeit wäre es, und keineswegs die Grabung irgendeines großen Forschungsgrabens, der eigentlich nur den Zweck hat, verteidigungslos mich mit allen meinen Kräften auf das Aufsuchen der Gefahr zu verlegen, in der närrischen Befürchtung, sie könne nicht bald genug selbst herankommen. Ich verstehe plötzlich meinen früheren Plan nicht. Ich kann in dem ehemals verständigen nicht den geringsten Verstand finden, wieder lasse ich die Arbeit und lasse auch das Horchen, ich will jetzt keine weiteren Verstärkungen entdecken, ich habe genug der Entdeckungen, ich lasse alles, ich wäre schon zufrieden, wenn ich mir den inneren Widerstreit beruhigte. Wieder lasse ich mich von meinen Gängen wegführen, komme in immer entferntere, seit meiner Rückkehr noch nicht gesehene, von meinen Scharrpfoten noch völlig unberührte, deren Stille aufwacht bei meinem Kommen und sich über mich senkt. Ich gebe mich nicht hin, ich eile hindurch, ich weiß gar nicht, was ich suche, wahrscheinlich nur Zeitaufschub. Ich irre so weit ab, daß ich bis zum Labyrinth komme, es lockt mich, an der Moosdecke zu horchen, so ferne Dinge, für den Augenblick so ferne, haben mein Interesse. Ich dringe bis hinauf vor und horche. Tiefe Stille; wie schön es hier ist, niemand kümmert sich dort um meinen Bau, jeder hat seine Geschäfte, die keine Beziehung zu mir haben, wie habe ich es angestellt, das zu erreichen. Hier an der Moosdecke ist vielleicht jetzt die einzige Stelle an meinem Bau, wo ich stundenlang vergebens horchen kann. – Eine völlige Umkehrung der Verhältnisse im Bau, der bisherige Ort der Gefahr ist ein Ort des Friedens geworden, der Burgplatz aber ist hineingerissen worden in den Lärm der Welt und ihrer Gefahren. Noch schlimmer, auch hier ist in Wirklichkeit kein Frieden, hier hat sich nichts verändert, ob still, ob lärmend, die Gefahr lauert wie früher über dem Moos, aber ich bin unempfindlich gegen sie geworden, allzusehr in Anspruch genommen bin ich von dem Zischen in meinen Wänden. Bin ich davon in Anspruch genommen? Es wird stärker, es kommt näher, ich aber schlängle mich durch das Labyrinth und lagere mich hier oben unter dem Moos, es ist ja fast, als überließe ich dem Zischer schon das Haus, zufrieden, wenn ich nur hier oben ein wenig Ruhe habe. Dem Zischer? Habe ich etwa eine neue bestimmte Meinung über die Ursache des Geräusches? Das Geräusch stammt doch wohl von den Rinnen, welche das Kleinzeug gräbt? Ist das nicht meine bestimmte Meinung? Von ihr scheine ich doch noch nicht abgegangen zu sein. Und wenn es nicht direkt von den Rinnen stammt, so irgendwie indirekt. Und wenn es gar nicht mit ihnen zusammenhängen sollte, dann läßt sich von vornherein wohl gar nichts annehmen und man muß warten, bis man die Ursache vielleicht findet oder sie selbst sich zeigt. Mit Annahmen spielen könnte man freilich auch noch jetzt, es ließe sich zum Beispiel sagen, daß irgendwo in der Ferne ein Wassereinbruch stattgefunden hat und das, was mir Pfeifen und Zischen scheint, wäre dann eigentlich ein Rauschen. Aber abgesehen davon, daß ich in dieser Hinsicht gar keine Erfahrungen habe – das Grundwasser, das ich zuerst gefunden habe, habe ich gleich abgeleitet und es ist nicht wiedergekommen in diesem sandigen Boden –, abgesehen davon ist es eben ein Zischen und in ein Rauschen nicht umzudeuten. Aber was helfen alle Mahnungen zur Ruhe, die Einbildungskraft will nicht stillstehen und ich halte tatsächlich dabei zu glauben – es ist zwecklos, sich das selbst abzuleugnen –, das Zischen stamme von einem Tier, und zwar nicht von vielen und kleinen, sondern von einem einzigen großen. Es spricht manches dagegen. Daß das Geräusch überall zu hören ist und immer in gleicher Stärke, und überdies regelmäßig bei Tag und Nacht. Gewiß, zuerst müßte man eher dazu neigen, viele kleine Tiere anzunehmen, da ich sie aber bei meinen Grabungen hätte finden müssen und nichts gefunden habe, bleibt nur die Annahme der Existenz des großen Tieres, zumal das, was der Annahme zu widersprechen scheint, bloß Dinge sind, welche das Tier nicht unmöglich, sondern nur über alle Vorstellbarkeit hinaus gefährlich machen. Nur deshalb habe ich mich gegen die Annahme gewehrt. Ich lasse von dieser Selbsttäuschung ab. Schon lange spiele ich mit dem Gedanken, daß es deshalb selbst auf große Entfernung hin zu hören ist, weil es rasend arbeitet, es gräbt sich so schnell durch die Erde, wie ein Spaziergänger im freien Gange geht, die Erde zittert bei seinem Graben, auch wenn es schon vorüber ist, dieses Nachzittern und das Geräusch der Arbeit selbst vereinigen sich in der großen Entfernung und ich, der ich nur das letzte Verebben des Geräusches höre, höre es überall gleich. Dabei wirkt mit, daß das Tier nicht auf mich zugeht, darum ändert sich das Geräusch nicht, es liegt vielmehr ein Plan vor, dessen Sinn ich nicht durchschaue, ich nehme nur an, daß das Tier, wobei ich gar nicht behaupten will, daß es von mir weiß, mich einkreist, wohl einige Kreise hat es schon um meinen Bau gezogen, seit ich es beobachte. – Viel zu denken gibt mir die Art des Geräusches, das Zischen oder Pfeifen. Wenn ich in meiner Art in der Erde kratze und scharre, ist es doch ganz anders anzuhören. Ich kann mir das Zischen nur so erklären, daß das Hauptwerkzeug des Tieres nicht seine Krallen sind, mit denen es vielleicht nur nachhilft, sondern seine Schnauze oder sein Rüssel, die allerdings, abgesehen von ihrer ungeheuren Kraft, wohl auch irgendwelche Schärfen haben. Wahrscheinlich bohrt es mit einem einzigen mächtigen Stoß den Rüssel in die Erde und reißt ein großes Stück heraus, während dieser Zeit höre ich nichts, das ist die Pause, dann aber zieht es wieder Luft ein zum neuen Stoß. Dieses Einziehen der Luft, das ein die Erde erschütternder Lärm sein muß, nicht nur wegen der Kraft des Tieres, sondern auch wegen seiner Eile, seines Arbeitseifers, diesen Lärm höre ich dann als leises Zischen. Gänzlich unverständlich bleibt mir allerdings seine Fähigkeit, unaufhörlich zu arbeiten; vielleicht enthalten die kleinen Pausen auch die Gelegenheit für ein winziges Ausruhen, aber zu einem wirklichen großen Ausruhen ist es scheinbar noch nicht gekommen, Tag und Nacht gräbt es immer in gleicher Kraft und Frische, seinen eiligst auszuführenden Plan vor Augen, den zu verwirklichen es alle Fähigkeiten besitzt. Nun, einen solchen Gegner habe ich nicht erwarten können. Aber abgesehen von seinen Eigentümlichkeiten ereignet sich jetzt doch nur etwas, was ich eigentlich immer zu befürchten gehabt hätte, etwas, wogegen ich immer Vorbereitungen hätte treffen sollen: Es kommt jemand heran! Wie kam es nur, daß so lange Zeit alles still und glücklich verlief? Wer hat die Wege der Feinde gelenkt, daß sie den großen Bogen machten um meinen Besitz? Warum wurde ich so lange beschützt, um jetzt so geschreckt zu werden? Was waren alle kleinen Gefahren, mit deren Durchdenken ich die Zeit hinbrachte gegen diese eine! Hoffte ich als Besitzer des Baues die Übermacht zu haben gegen jeden, der käme? Eben als Besitzer dieses großen empfindlichen Werkes bin ich wohlverstanden gegenüber jedem ernsteren Angriff wehrlos. Das Glück seines Besitzes hat mich verwöhnt, die Empfindlichkeit des Baues hat mich empfindlich gemacht, seine Verletzungen schmerzen mich, als wären es die meinen. Eben dieses hätte ich voraussehen müssen, nicht nur an meine eigene Verteidigung denken – und wie leichthin und ergebnislos habe ich selbst das getan –, sondern an die Verteidigung des Baues. Es müßte vor allem Vorsorge dafür getroffen sein, daß einzelne Teile des Baues, und möglichst viele einzelne Teile, wenn sie von jemandem angegriffen werden, durch Erdverschüttungen, die in kürzester Zeit erzielbar sein müßten, von den weniger gefährdeten Teilen getrennt werden, und zwar durch solche Erdmassen, und derart wirkungsvoll getrennt werden könnten, daß der Angreifer gar nicht ahnte, daß dahinter erst der eigentliche Bau ist. Noch mehr, diese Erdverschüttungen müßten geeignet sein, nicht nur den Bau zu verbergen, sondern auch den Angreifer zu begraben. Nicht den kleinsten Anlauf zu etwas Derartigem habe ich gemacht, nichts, gar nichts ist in dieser Richtung geschehen, leichtsinnig wie ein Kind bin ich gewesen, meine Mannesjahre habe ich mit kindlichen Spielen verbracht, selbst mit den Gedanken an die Gefahren habe ich nur gespielt, an die wirklichen Gefahren wirklich zu denken, habe ich versäumt. Und an Mahnungen hat es nicht gefehlt.

Etwas, was an das Jetzige heranreichen würde, ist allerdings nicht geschehen, aber doch immerhin etwas Ähnliches in den Anfangszeiten des Baues. Der Hauptunterschied war eben, daß es die Anfangszeiten des Baues waren... Ich arbeitete damals, förmlich als kleiner Lehrling, noch am ersten Gang, das Labyrinth war erst in grobem Umriß entworfen, einen kleinen Platz hatte ich schon ausgehöhlt, aber er war im Ausmaß und in der Wandbehandlung ganz mißlungen; kurz, alles war derartig am Anfang, daß es überhaupt nur als Versuch gelten konnte, als etwas, das man, wenn einmal die Geduld reißt, ohne großes Bedauern plötzlich liegenlassen könnte. Da geschah es, daß ich einmal in der Arbeitspause – ich habe in meinem Leben immer zu viel Arbeitspausen gemacht – zwischen meinen Erdhaufen lag und plötzlich ein Geräusch in der Ferne hörte. Jung wie ich war, wurde ich dadurch mehr neugierig als ängstlich. Ich ließ die Arbeit und verlegte mich aufs Horchen, immerhin horchte ich und lief nicht oben unter das Moos, um mich dort zu strecken und nicht horchen zu müssen. Wenigstens horchte ich. Ich konnte recht wohl unterscheiden, daß es sich um ein Graben handelte, ähnlich dem meinen, etwas schwächer klang es wohl, aber wieviel davon der Entfernung zuzusprechen war, konnte man nicht wissen. Ich war gespannt, aber sonst kühl und ruhig. Vielleicht bin ich in einem fremden Bau, dachte ich, und der Besitzer gräbt sich jetzt an mich heran. Hätte sich die Richtigkeit dieser Annahme herausgestellt, wäre ich, da ich niemals eroberungssüchtig oder angriffslustig gewesen bin, weggezogen, um anderswo zu bauen. Aber freilich, ich war noch jung und hatte noch keinen Bau, ich konnte noch kühl und ruhig sein. Auch der weitere Verlauf der Sache brachte mir keine wesentliche Aufregung, nur zu deuten war er nicht leicht. Wenn der, welcher dort grub, wirklich zu mir hinstrebte, weil er mich graben gehört hatte, so war es, wenn er, wie es jetzt tatsächlich geschah, die Richtung änderte, nicht festzustellen, ob er dies tat, weil ich durch meine Arbeitspause ihm jeden Anhaltspunkt für seinen Weg nahm, oder vielmehr, weil er selbst seine Absicht änderte. Vielleicht aber hatte ich mich überhaupt getäuscht und er hatte sich niemals geradezu gegen mich gerichtet, jedenfalls verstärkte sich das Geräusch noch eine Zeitlang, so als nähere er sich, ich Junger wäre damals vielleicht gar nicht damit unzufrieden gewesen, den Graber plötzlich aus der Erde hervortreten zu sehen, es geschah aber nichts dergleichen, von einem bestimmten Punkte an begann sich das Graben abzuschwächen, es wurde leiser und leiser, so als schwenke der Graber allmählich von seiner ersten Richtung ab, und auf einmal brach er ganz ab, als habe er sich jetzt zu einer völlig entgegengesetzten Richtung entschlossen und rücke geradewegs von mir weg in die Ferne. Lange horchte ich ihm noch in die

Stille nach, ehe ich wieder zu arbeiten begann. Nun, diese Mahnung war deutlich genug, aber bald vergaß ich sie, und auf meine Baupläne hat sie kaum einen Einfluß gehabt.

Zwischen damals und heute liegt mein Mannesalter; ist es aber nicht so, als läge gar nichts dazwischen? Noch immer mache ich eine große Arbeitspause und horche an der Wand und der Graber hat neuerlich seine Absicht geändert, er hat kehrtgemacht, er kommt zurück von seiner Reise, er glaubt, er hätte mir inzwischen genug Zeit gelassen, mich für seinen Empfang einzurichten. Aber auf meiner Seite ist alles weniger eingerichtet, als es damals war, der große Bau steht da, wehrlos, und ich bin kein kleiner Lehrling mehr, sondern ein alter Baumeister, und was ich an Kräften noch habe, versagt mir, wenn es zur Entscheidung kommt, aber wie alt ich auch bin, es scheint mir, daß ich recht gern noch älter wäre, als ich bin, so alt, daß ich mich gar nicht mehr erheben könnte von meinem Ruhelager unter dem Moos. Denn in Wirklichkeit ertrage ich es hier doch nicht, erhebe mich und jage, als hätte ich mich hier statt mit Ruhe mit neuen Sorgen erfüllt, wieder hinunter ins Haus. – Wie standen die Dinge zuletzt? Das Zischen war schwächer geworden? Nein, es war stärker geworden. Ich horche an zehn beliebigen Stellen und merke die Täuschung deutlich, das Zischen ist gleich geblieben, nichts hat sich geändert. Dort drüben gehen keine Veränderungen vor sich, dort ist man ruhig und über die Zeit erhaben, hier aber rüttelt jeder Augenblick am Horcher. Und ich gehe wieder den langen Weg zum Burgplatz zurück, alles ringsherum scheint mir erregt, scheint mich anzusehen, scheint dann auch gleich wieder wegzusehen, um mich nicht zu stören, und strengt sich doch wieder an, von meinen Mienen die rettenden Entschlüsse abzulesen. Ich schüttle den Kopf, ich habe noch keine. Auch zum Burgplatz gehe ich nicht, um dort irgendeinen Plan auszuführen. Ich komme an der Stelle vorüber, wo ich den Forschungsgraben hatte anlegen wollen, ich prüfe sie nochmals, es wäre eine gute Stelle gewesen, der Graben hätte in der Richtung geführt, in welcher die meisten kleinen Luftzuführungen liegen, die mir die Arbeit sehr erleichtert hätten, vielleicht hätte ich gar nicht sehr weit graben müssen, hätte mich gar nicht herangraben müssen an den Ursprung des Geräusches, vielleicht hätte das Horchen an den Zuführungen genügt. Aber keine Überlegung ist stark genug, um mich zu dieser Grabungsarbeit aufzumuntern. Dieser Graben soll mir Gewißheit bringen? Ich bin so weit, daß ich Gewißheit gar nicht haben will. Auf dem Burgplatz wähle ich ein schönes Stück enthäuteten roten Fleisches aus und verkrieche mich damit in einen der Erdhaufen, dort wird jedenfalls Stille sein, soweit es hier überhaupt eigentliche Stille noch gibt. Ich lecke und nasche am Fleisch, denke abwechselnd einmal an das fremde Tier, das in der Ferne seinen Weg zieht, und dann wieder daran, daß ich, solange ich noch die Möglichkeit habe, ausgiebigst meine Vorräte genießen sollte. Dieses letztere ist wahrscheinlich der einzige ausführbare Plan, den ich habe. Im übrigen suche ich den Plan des Tieres zu enträtseln. Ist es auf Wanderschaft oder arbeitet es an seinem eigenen Bau? Ist es auf Wanderschaft, dann wäre vielleicht eine Verständigung mit ihm möglich. Wenn es wirklich bis zu mir durchbricht, gebe ich ihm einiges von meinen Vorräten und es wird weiterziehen. Wohl, es wird weiterziehen. In meinen Erdhaufen kann ich natürlich von allem träumen, auch von Verständigung, obwohl ich genau weiß, daß es etwas Derartiges nicht gibt, und daß wir in dem Augenblick, wenn wir einander sehen, ja wenn wir einander nur in der Nähe ahnen, gleich besinnungslos, keiner früher, keiner später, mit einem neuen anderen Hunger, auch wenn wir sonst völlig satt sind, Krallen und Zähne gegeneinander auftun werden. Und wie immer so auch hier mit vollem Recht, denn wer, wenn er auch auf Wanderschaft ist, würde angesichts des Baues seine Reise- und Zukunftspläne nicht ändern? Aber vielleicht gräbt das Tier in seinem eigenen Bau, dann kann ich von einer Verständigung nicht einmal träumen. Selbst wenn es ein so sonderbares Tier wäre, daß sein Bau eine Nachbarschaft vertragen würde, mein Bau verträgt sie nicht, zumindest eine hörbare Nachbarschaft verträgt er nicht. Nun scheint das Tier freilich sehr weit entfernt, wenn es sich nur noch ein wenig weiter zurückziehen würde, würde wohl auch das Geräusch verschwinden, vielleicht könnte dann noch alles gut werden wie in den alten Zeiten, es wäre dann nur eine böse, aber wohltätige Erfahrung, sie würde mich zu den verschiedensten Verbesserungen anregen; wenn ich Ruhe habe und die Gefahr nicht unmittelbar drängt, bin ich noch zu allerlei ansehnlicher Arbeit sehr wohl fähig, vielleicht verzichtet das Tier angesichts der ungeheuren Möglichkeiten, die es bei seiner Arbeitskraft zu haben scheint, auf die Ausdehnung seines Baues in der Richtung gegen den meinen und entschädigt sich auf einer anderen Seite dafür. Auch das läßt sich natürlich nicht durch Verhandlungen erreichen, sondern nur durch den eigenen Verstand des Tieres oder durch einen Zwang, der von meiner Seite ausgeübt würde. In beider Hinsicht wird entscheidend sein, ob und was das Tier von mir weiß. Je mehr ich darüber nachdenke, desto unwahrscheinlicher scheint es mir, daß das Tier mich überhaupt gehört hat, es ist möglich, wenn auch mir unvorstellbar, daß es sonst irgendwelche Nachrichten über mich hat, aber gehört hat es mich wohl nicht. Solange ich nichts von ihm wußte, kann es mich überhaupt nicht gehört haben, denn da verhielt ich mich still, es gibt nichts Stilleres als das Wiedersehen mit dem Bau, dann, als ich die Versuchsgrabungen machte, hätte es mich wohl hören können, obwohl meine Art zu graben sehr wenig Lärm macht; wenn es mich aber gehört hätte, hätte doch auch ich etwas davon bemerken müssen, es hätte doch wenigstens in der Arbeit öfters innehalten müssen und horchen. – Aber alles blieb unverändert. – –

Aus den Romanen

Amerika

Der Heizer

Als der sechzehnjährige Karl Roßmann, der von seinen armen Eltern nach Amerika geschickt worden war, weil ihn ein Dienstmädchen verführt und ein Kind von ihm bekommen hatte, in dem schon langsam gewordenen Schiff in den Hafen von New York einfuhr, erblickte er die schon längst beobachtete Statue der Freiheitsgöttin wie in einem plötzlich stärker gewordenen Sonnenlicht. Ihr Arm mit dem Schwert ragte wie neuerdings empor, und um ihre Gestalt wehten die freien Lüfte.

›So hoch!‹ sagte er sich und wurde, wie er so gar nicht an das Weggehen dachte, von der immer mehr anschwellenden Menge der Gepäckträger, die an ihm vorüberzogen, allmählich bis an das Bordgeländer geschoben.

Ein junger Mann, mit dem er während der Fahrt flüchtig bekannt geworden war, sagte im Vorübergehen: »Ja, haben Sie denn noch keine Lust, auszusteigen?« – »Ich bin doch fertig«, sagte Karl, ihn anlachend, und hob aus Übermut, und weil er ein starker Junge war, seinen Koffer auf die Achsel. Aber wie er über seinen Bekannten hinsah, der ein wenig seinen Stock schwenkend sich schon mit den andern entfernte, merkte er bestürzt, daß er seinen eigenen Regenschirm unten im Schiff vergessen hatte. Er bat schnell den

Bekannten, der nicht sehr beglückt schien, um die Freundlichkeit, bei seinem Koffer einen Augenblick zu warten, überblickte noch die Situation, um sich bei der Rückkehr zurechtzufinden, und eilte davon. Unten fand er zu seinem Bedauern einen Gang, der seinen Weg sehr verkürzt hätte, zum erstenmal versperrt, was wahrscheinlich mit der Ausschiffung sämtlicher Passagiere zusammenhing, und mußte Treppen, die einander immer wieder folgten, durch fortwährend abbiegende Korridore, durch ein leeres Zimmer mit einem verlassenen Schreibtisch mühselig suchen, bis er sich tatsächlich, da er diesen Weg nur ein- oder zweimal und immer in größerer Gesellschaft gegangen war, ganz und gar verirrt hatte. In seiner Ratlosigkeit und da er keinen Menschen traf und nur immerfort über sich das Scharren der tausend Menschenfüße hörte und von der Ferne, wie einen Hauch, das letzte Arbeiten der schon eingestellten Maschinen merkte, fing er, ohne zu überlegen, an eine beliebige kleine Tür zu schlagen an, bei der er in seinem Herumirren stockte.

»Es ist ja offen«, rief es von innen, und Karl öffnete mit ehrlichem Aufatmen die Tür. »Warum schlagen Sie so verrückt auf die Tür?« fragte ein riesiger Mann, kaum daß er nach Karl hinsah. Durch irgendeine Oberlichtluke fiel ein trübes, oben im Schiff längst abgebrauchtes Licht in die klägliche Kabine, in welcher ein Bett, ein Schrank, ein Sessel und der Mann knapp nebeneinander, wie eingelagert, standen. »Ich habe mich verirrt«, sagte Karl, »ich habe es während der Fahrt gar nicht so bemerkt, aber es ist ein schrecklich großes Schiff.« – »Ja, da haben Sie recht«, sagte der Mann mit einigem Stolz und hörte nicht auf, an dem

Schloß eines kleinen Koffers zu hantieren, den er mit beiden Händen immer wieder zudrückte, um das Einschnappen des Riegels zu behorchen. »Aber kommen Sie doch herein!« sagte der Mann weiter. »Sie werden doch nicht draußen stehn!« – »Störe ich nicht?« fragte Karl. »Ach, wie werden Sie denn stören!« – »Sind Sie ein Deutscher?« suchte sich Karl noch zu versichern, da er viel von den Gefahren gehört hatte, welche besonders von Irländern den Neuankömmlingen in Amerika drohen. »Bin ich, bin ich«, sagte der Mann. Karl zögerte noch. Da faßte unversehens der Mann die Türklinke und schob mit der Türe, die er rasch schloß, Karl zu sich herein. »Ich kann es nicht leiden, wenn man mir vom Gang hereinschaut«, sagte der Mann, der wieder an seinem Koffer arbeitete, »da läuft jeder vorbei und schaut herein, das soll der Zehnte aushalten!« – »Aber der Gang ist doch ganz leer«, sagte Karl, der unbehaglich an den Bettpfosten gequetscht dastand. »Ja, jetzt«, sagte der Mann. ›Es handelt sich doch um jetzt‹, dachte Karl, ›mit dem Mann ist schwer zu reden.‹ – »Legen Sie sich doch aufs Bett, da haben Sie mehr Platz«, sagte der Mann. Karl kroch, so gut es ging, hinein und lachte dabei laut über den ersten vergeblichen Versuch, sich hinüberzuschwingen. Kaum war er aber im Bett, rief er: »Gottes willen, ich habe ja ganz meinen Koffer vergessen!« – »Wo ist er denn?« – »Oben auf dem Deck, ein Bekannter gibt acht auf ihn. Wie heißt er nur?« Und er zog aus seiner Geheimtasche, die ihm seine Mutter für die Reise im Rockfutter angelegt hatte, eine Visitkarte. »Butterbaum. – Franz Butterbaum.« – »Haben Sie den Koffer sehr nötig?« – »Natürlich.« – »Ja, warum haben Sie ihn dann einem fremden Menschen gegeben?« – »Ich hatte meinen Regenschirm unten vergessen und bin gelaufen, um ihn zu holen, wollte aber den Koffer nicht mitschleppen. Dann habe ich mich auch hier noch verirrt.« – »Sie sind allein? Ohne Begleitung?« – »Ja, allein.« – ›Ich sollte mich vielleicht an diesen Mann halten‹, ging es Karl durch den Kopf, ›wo finde ich gleich einen besseren Freund.‹ – »Und jetzt haben Sie auch noch den Koffer verloren. Vom Regenschirm rede ich gar nicht.« Und der Mann setzte sich auf den Sessel, als habe Karls Sache jetzt einiges Interesse für ihn gewonnen. »Ich glaube aber, der Koffer ist noch nicht verloren.« – »Glauben macht selig«, sagte der Mann und kratzte sich kräftig in seinem dunklen, kurzen, dichten Haar, »auf dem Schiff wechseln mit den Hafenplätzen auch die Sitten. In Hamburg hätte Ihr Butterbaum den Koffer vielleicht bewacht, hier ist höchstwahrscheinlich von beiden keine Spur mehr.« – »Da muß ich aber doch gleich hinaufschaun«, sagte Karl und sah sich um, wie er hinauskommen könnte. »Bleiben Sie nur«, sagte der Mann und stieß ihn mit einer Hand gegen die Brust, geradezu rauh, ins Bett zurück. »Warum denn?« fragte Karl ärgerlich. »Weil es keinen Sinn hat«, sagte der Mann, »in einem kleinen Weilchen gehe ich auch, dann gehen wir zusammen. Entweder ist der Koffer gestohlen, dann ist keine Hilfe, oder der Mann hat ihn stehengelassen, dann werden wir ihn, bis das Schiff ganz entleert ist, desto besser finden. Ebenso auch Ihren Regenschirm.« – »Kennen Sie sich auf dem Schiff aus?« fragte Karl mißtrauisch, und es schien ihm, als hätte der sonst überzeugende Gedanke, daß auf dem leeren Schiff seine Sachen am besten zu finden sein würden, einen verborgenen Haken. »Ich bin doch Schiffsheizer«, sagte der Mann. »Sie sind Schiffsheizer!« rief Karl freudig, als überstiege das alle Erwartungen, und sah, den Ellbogen aufgestützt, den Mann näher an. »Gerade vor der Kammer, wo ich mit dem Slowaken geschlafen habe, war eine Luke angebracht, durch die man in den Maschinenraum sehen konnte.« – »Ja, dort habe ich gearbeitet«, sagte der Heizer.

»Ich habe mich immer so für Technik interessiert«, sagte Karl, der in einem bestimmten Gedankengang blieb, »und ich wäre sicher später Ingenieur geworden, wenn ich nicht nach Amerika hätte fahren müssen.« – »Warum haben Sie denn fahren müssen?« – »Ach was!« sagte Karl und warf die ganze Geschichte mit der Hand weg. Dabei sah er lächelnd den Heizer an, als bitte er ihn selbst für das Nichteingestandene um seine Nachsicht. »Es wird schon einen Grund haben«, sagte der Heizer, und man wußte nicht recht, ob er damit die Erzählung dieses Grundes fordern oder abwehren wollte. »Jetzt könnte ich auch Heizer werden«, sagte Karl, »meinen Eltern ist es jetzt ganz gleichgültig, was ich werde.« – »Meine Stelle wird frei«, sagte der Heizer, gab im Vollbewußtsein dessen die Hände in die Hosentaschen und warf die Beine, die in faltigen, lederartigen, eisengrauen Hosen staken, aufs Bett hin, um sie zu strecken. Karl mußte mehr an die Wand rücken. »Sie verlassen das Schiff?« – »Jawohl, wir marschieren heute ab.« – »Warum denn? Gefällt es Ihnen nicht?« – »Ja, das sind die Verhältnisse, es entscheidet nicht immer, ob es einem gefällt oder nicht. Übrigens haben Sie recht, es gefällt mir auch nicht. Sie denken wahrscheinlich nicht ernstlich daran, Heizer zu werden, aber gerade dann kann man es am leichtesten werden. Ich also rate Ihnen entschieden ab. Wenn Sie in Europa studieren wollten, warum wollen Sie es denn hier nicht? Die amerikanischen Universitäten sind ja unvergleichlich besser als die europäischen.« – »Es ist ja möglich«, sagte Karl, »aber ich habe ja fast kein Geld zum Studieren. Ich habe zwar von irgend jemandem gelesen, der bei Tag in einem Geschäft gearbeitet und in der Nacht studiert hat, bis er Doktor und ich glaube Bürgermeister wurde, aber dazu gehört doch eine große Ausdauer, nicht? Ich fürchte, die fehlt mir. Außerdem war ich kein besonders guter Schüler, der Abschied von der Schule ist mir wirklich nicht schwer geworden. Und die Schulen hier sind vielleicht noch strenger. Englisch kann ich fast gar nicht. Überhaupt ist man hier gegen Fremde so eingenommen, glaube ich.« – »Haben Sie das auch schon erfahren? Na, dann ist's gut. Dann sind Sie mein Mann. Sehen Sie, wir sind doch auf einem deutschen Schiff, es gehört der Hamburg-Amerika-Linie, warum sind wir nicht lauter Deutsche hier? Warum ist der Obermaschinist ein Rumäne? Er heißt Schubal. Das ist doch nicht zu glauben. Und dieser Lumpenhund schindet uns Deutsche auf einem deutschen Schiff! Glauben Sie nicht« – ihm ging die Luft aus, er fackelte mit der Hand –, »daß ich klage, um zu klagen. Ich weiß, daß Sie keinen Einfluß haben und selbst ein armes Bürschchen sind. Aber es ist zu arg!« Und er schlug auf den Tisch mehrmals mit der Faust und ließ kein Auge von ihr, während er schlug. »Ich habe doch schon auf so vielen Schiffen gedient« – und er nannte zwanzig Namen hintereinander, als sei es ein Wort, Karl wurde ganz wirr – »und habe mich ausgezeichnet, bin belobt worden, war ein Arbeiter nach dem Geschmack meiner Kapitäne, sogar auf dem gleichen Handelssegler war ich einige Jahre« – er erhob sich, als sei das der Höchstpunkt seines Lebens –, »und hier auf diesem Kasten, wo alles nach der Schnur eingerichtet ist, wo kein Witz gefordert wird, hier taug ich nichts, hier stehe ich dem Schubal immer im Wege, bin ein Faulpelz, verdiene hinausgeworfen zu werden, und bekomme meinen Lohn aus Gnade. Verstehen Sie das? Ich nicht.« – »Das dürfen Sie sich nicht gefallen lassen«, sagte Karl aufgeregt. Er hatte fast das Gefühl davon verloren, daß er auf dem unsicheren Boden eines Schiffes, an der Küste eines unbekannten Erdteils war, so heimisch war ihm hier auf dem Bett des Heizers zumute. »Waren Sie schon beim Kapitän? Haben Sie schon bei ihm Ihr Recht gesucht?« – »Ach gehen Sie, gehen Sie lieber weg. Ich will Sie nicht hier haben. Sie hören nicht zu, was ich sage, und geben mir Ratschläge. Wie soll ich denn zum Kapitän gehen?« Und müde setzte sich der Heizer wieder und legte das Gesicht in beide Hände.

›Einen besseren Rat kann ich ihm nicht geben‹, sagte sich Karl. Und er fand überhaupt, daß er lieber seinen Koffer hätte holen sollen, statt hier Ratschläge zu geben, die doch nur für dumm gehalten wurden. Als ihm der Vater den Koffer für immer übergeben hatte, hatte er im Scherz gefragt: »Wie lange wirst du ihn haben?« und jetzt war dieser treue Koffer vielleicht schon im Ernst verloren. Der einzige Trost war noch, daß der Vater von seiner jetzigen Lage kaum erfahren konnte, selbst wenn er nachforschen sollte. Nur daß er bis New York mitgekommen war, konnte die Schiffsgesellschaft gerade noch sagen. Leid tat es aber Karl, daß er die Sachen im Koffer noch kaum verwendet hatte, trotzdem er es beispielsweise längst nötig gehabt hätte, das Hemd zu wechseln. Da hatte er also am unrichtigen Ort gespart; jetzt, wo er es gerade am Beginn seiner Laufbahn nötig haben würde, rein gekleidet aufzutreten, würde er im schmutzigen Hemd erscheinen müssen. Sonst wäre der Verlust des Koffers nicht gar so arg gewesen, denn der Anzug, den er anhatte, war sogar besser als jener im Koffer, der eigentlich nur ein Notanzug war, den die Mutter noch knapp vor der Abreise hatte flicken müssen. Jetzt erinnerte er sich auch, daß im Koffer noch ein Stück Veroneser Salami war, die ihm die Mutter als Extragabe eingepackt hatte, von der er jedoch nur den kleinsten Teil hatte aufessen können, da er während der Fahrt ganz ohne Appetit gewesen war und die Suppe, die im Zwischendeck zur Verteilung kam, ihm reichlich genügt hatte, jetzt hätte er aber die Wurst gern bei der Hand gehabt, um sie dem Heizer zu verehren. Denn solche Leute sind leicht gewonnen, wenn man ihnen irgendeine Kleinigkeit zusteckt, das wußte Karl von seinem Vater her, welcher durch Zigarrenverteilung alle die niedrigeren Angestellten gewann, mit denen er geschäftlich zu tun hatte. Jetzt besaß Karl an Verschenkbarem nur noch sein Geld, und das wollte er, wenn er schon vielleicht den Koffer verloren haben sollte, vorläufig nicht anrühren. Wieder kehrten seine Gedanken zum Koffer zurück, und er konnte jetzt wirklich nicht einsehen, warum er den Koffer während der Fahrt so aufmerksam bewacht hatte, daß ihm die Wache fast den Schlaf gekostet hatte, wenn er jetzt diesen gleichen Koffer so leicht sich hatte wegnehmen lassen. Er erinnerte sich an die fünf Nächte, während deren er einen kleinen Slowaken, der zwei Schlafstellen links von ihm gelegen war, unausgesetzt im Verdacht gehabt hatte, daß er es auf seinen Koffer abgesehen habe. Dieser Slowake hatte nur darauf gelauert, daß Karl endlich, von Schwäche befallen, für einen Augenblick einnickte, damit er den Koffer mit einer langen Stange, mit der er immer während des Tages spielte oder übte, zu sich hinüberziehen könne. Bei Tage sah dieser Slowake unschuldig genug aus, aber kaum war die Nacht gekommen, erhob er sich von Zeit zu Zeit von seinem Lager und sah traurig zu Karls Koffer hinüber. Karl konnte dies ganz deutlich erkennen, denn immer hatte hie und da jemand mit der Unruhe des Auswanderers ein Lichtchen angezündet, trotzdem dies nach der Schiffsordnung verboten war, und versuchte, unverständliche Prospekte der Auswanderungsagenturen zu entziffern. War ein solches Licht in der Nähe, dann konnte Karl ein wenig eindämmern, war es aber in der Ferne oder war dunkel, dann mußte er die Augen offenhalten. Diese Anstrengung hatte ihn recht erschöpft, und nun war sie vielleicht ganz nutzlos gewesen. Dieser Butterbaum, wenn er ihn einmal irgendwo treffen sollte!

In diesem Augenblick ertönten draußen in weiter Ferne in die bisherige vollkommene Ruhe hinein kleine kurze Schläge, wie von Kinderfüßen, sie kamen näher mit verstärktem Klang, und nun war es ein ruhiger Marsch von Männern. Sie gingen offenbar, wie es in dem schmalen Gang natürlich war, in einer Reihe, man hörte Klirren wie von Waffen. Karl, der schon nahe daran gewesen war, sich im Bett zu einem von allen Sorgen um Koffer und Slowaken befreiten Schlafe auszustrecken, schreckte auf und stieß den Heizer an, um ihn endlich aufmerksam zu machen, denn der Zug schien mit seiner Spitze die Tür gerade erreicht zu haben. »Das ist die Schiffskapelle«, sagte der Heizer, »die haben oben gespielt und gehen jetzt einpacken. Jetzt ist alles fertig und wir können gehen. Kommen Sie!« Er faßte Karl bei der Hand, nahm noch im letzten Augenblick ein eingerahmtes Muttergottesbild von der Wand über dem Bett, stopfte es in seine Brusttasche, ergriff seinen Koffer und verließ mit Karl eilig die Kabine.

»Jetzt gehe ich ins Büro und werde den Herren meine Meinung sagen. Es ist kein Passagier mehr da, man muß keine Rücksicht nehmen.« Dieses wiederholte der Heizer verschiedenartig und wollte im Gehen mit Seitwärtsstoßen des Fußes eine den Weg kreuzende Ratte niedertreten, stieß sie aber bloß schneller in das Loch hinein, das sie noch rechtzeitig erreicht hatte. Er war überhaupt langsam in seinen Bewegungen, denn wenn er auch lange Beine hatte, so waren sie doch zu schwer.

Sie kamen durch eine Abteilung der Küche, wo einige Mädchen in schmutzigen Schürzen – sie begossen sie absichtlich – Geschirr in großen Bottichen reinigten. Der Heizer rief eine gewisse Line zu sich, legte den Arm um ihre Hüfte und führte sie, die sich immerzu kokett gegen seinen Arm drückte, ein Stückchen mit. »Es gibt jetzt Auszahlung, willst du mitkommen?« fragte er. »Warum soll ich mich bemühn, bring mir das Geld lieber her«, antwortete sie, schlüpfte unter seinem Arm durch und lief davon. »Wo hast du denn den schönen Knaben aufgegabelt?« rief sie noch, wollte aber keine Antwort mehr. Man hörte das Lachen aller Mädchen, die ihre Arbeit unterbrochen hatten.

Sie aber gingen weiter und kamen an eine Tür, die oben einen kleinen Vorgiebel hatte, der von kleinen, vergoldeten Karyatiden getragen war. Für eine Schiffseinrichtung sah das recht verschwenderisch aus. Karl war, wie er merkte, niemals in diese Gegend gekommen, die wahrscheinlich während der Fahrt den Passagieren der ersten und zweiten Klasse vorbehalten gewesen war, während man jetzt vor der großen Schiffsreinigung die Trennungstüren ausgehoben hatte. Sie waren auch tatsächlich schon einigen Männern begegnet, die Besen an der Schulter trugen und den Heizer gegrüßt hatten. Karl staunte über den großen Betrieb, in seinem Zwischendeck hatte er davon freilich wenig erfahren. Längs der Gänge zogen sich auch Drähte elektrischer Leitungen, und eine kleine Glocke hörte man immerfort.

Der Heizer klopfte respektvoll an der Türe an und forderte, als man »Herein!« rief, Karl mit einer Handbewegung auf, ohne Furcht einzutreten. Dieser trat auch ein, aber blieb an der Tür stehen. Vor den drei Fenstern des Zimmers sah er die Wellen des Meeres, und bei Betrachtung ihrer fröhlichen Bewegung schlug ihm das Herz, als hätte er nicht fünf lange Tage das Meer ununterbrochen gesehen. Große Schiffe kreuzten gegenseitig ihre Wege und gaben dem Wellengang nur so weit nach, als es ihre Schwere erlaubte. Wenn man die Augen klein machte, schienen diese Schiffe vor lauter Schwere zu schwanken. Auf ihren Masten trugen sie schmale, aber lange Flaggen, die zwar durch die Fahrt gestrafft wurden, trotzdem aber noch hin und her zappelten. Wahrscheinlich von Kriegsschiffen her erklangen Salutschüsse, die Kanonenrohre eines solchen nicht allzuweit vorüberfahrenden Schiffes, strahlend mit dem Reflex ihres Stahlmantels, waren wie gehätschelt von der sicheren, glatten und doch nicht waagrechten Fahrt. Die kleinen Schiffchen und Boote konnte man, wenigstens von der Tür aus, nur in der Ferne beobachten, wie sie in Mengen in die Öffnungen zwischen den großen Schiffen einliefen. Hinter alledem aber stand New York und sah Karl mit hunderttausend Fenstern seiner Wolkenkratzer an. Ja, in diesem Zimmer wußte man, wo man war.

An einem runden Tisch saßen drei Herren, der eine ein Schiffsoffizier in blauer Schiffsuniform, die zwei anderen, Beamte der Hafenbehörde, in schwarzen amerikanischen Uniformen. Auf dem Tisch lagen, hochaufgeschichtet, verschiedene Dokumente, welche der Offizier zuerst mit der Feder in der Hand überflog, um sie dann den beiden anderen zu reichen, die bald lasen, bald exzerpierten, bald in ihre Aktentaschen einlegten, wenn nicht gerade der eine, der fast ununterbrochen ein kleines Geräusch mit den Zähnen vollführte, seinem Kollegen etwas in ein Protokoll diktierte.

Am Fenster saß an einem Schreibtisch, den Rücken der Tür zugewendet, ein kleinerer Herr, der mit großen Folianten hantierte, die auf einem starken Bücherbrett in Kopfhöhe vor ihm aneinandergereiht waren. Neben ihm stand eine offene, wenigstens auf den ersten Blick leere Kassa.

Das zweite Fenster war leer und gab den besten Ausblick. In der Nähe des dritten aber standen zwei Herren in halblautem Gespräch. Der eine lehnte neben dem Fenster, trug auch die Schiffsuniform und spielte mit dem Griff des Degens. Derjenige, mit dem er sprach, war dem Fenster zugewendet und enthüllte hie und da durch eine Bewegung einen Teil der Ordensreihe auf der Brust des andern. Er war in Zivil und hatte ein dünnes Bambusstöckchen, das, da er beide Hände an den Hüften festhielt, auch wie ein Degen abstand.

Karl hatte nicht viel Zeit, alles anzusehen, denn bald trat ein Diener auf sie zu und fragte den Heizer mit einem Blick, als gehöre er nicht hierher, was er denn wolle. Der Heizer antwortete, so leise, als er gefragt wurde, er wolle mit dem Herrn Oberkassier reden. Der Diener lehnte für seinen Teil mit einer Handbewegung diese Bitte ab, ging aber dennoch auf den Fußspitzen, dem runden Tisch in großem Bogen ausweichend, zu dem Herrn mit den Folianten. Dieser Herr – das sah man deutlich – erstarrte geradezu unter den Worten des Dieners, kehrte sich aber endlich nach dem Manne um, der ihn zu sprechen wünschte, und fuchtelte dann, streng abwehrend, gegen den Heizer und der Sicherheit halber auch gegen den Diener hin. Der Diener kehrte darauf zum Heizer zurück und sagte in einem Tone, als vertraue er ihm etwas an: »Scheren Sie sich sofort aus dem Zimmer!«

Der Heizer sah nach dieser Antwort zu Karl hinunter, als sei dieser sein Herz, dem er stumm seinen Jammer klage. Ohne weitere Besinnung machte sich Karl los, lief quer durchs Zimmer, daß er sogar leicht an den Sessel des Offiziers streifte, der Diener lief gebeugt mit zum Umfangen bereiten Armen, als jage er ein Ungeziefer, aber Karl war der erste beim Tisch des Oberkassiers, wo er sich festhielt, für den Fall, daß der Diener versuchen sollte, ihn fortzuziehen.

Natürlich wurde gleich das Zimmer lebendig. Der Schiffsoffizier am Tisch war aufgesprungen, die Herren von der Hafenbehörde sahen ruhig, aber aufmerksam zu, die beiden Herren am Fenster waren nebeneinandergetreten, der Diener, welcher glaubte, er sei dort, wo schon die hohen Herren Interesse zeigten, nicht mehr am Platze, trat zurück. Der Heizer an der Türe wartete gespannt auf den Augenblick, bis seine Hilfe nötig würde. Der Oberkassier endlich machte in seinem Lehnsessel eine große Rechtswendung.

Karl kramte aus seiner Geheimtasche, die er den Blicken dieser Leute zu zeigen keine Bedenken hatte, seinen Reisepaß hervor, den er statt weiterer Vorstellung geöffnet auf den Tisch legte. Der Oberkassier schien diesen Paß für nebensächlich zu halten, denn er schnippte ihn mit zwei Fingern beiseite, worauf Karl, als sei diese Formalität zur Zufriedenheit erledigt, den Paß wieder einsteckte.

»Ich erlaube mir zu sagen«, begann er dann, »daß meiner Meinung nach dem Herrn Heizer Unrecht geschehen ist. Es ist hier ein gewisser Schubal, der ihm aufsitzt. Er selbst hat schon auf vielen Schiffen, die er Ihnen alle nennen kann, zur vollständigen Zufriedenheit gedient, ist fleißig, meint es mit seiner Arbeit gut, und es ist wirklich nicht einzusehen, warum er gerade auf diesem Schiff, wo doch der Dienst nicht so übermäßig schwer ist, wie zum Beispiel auf Handelsseglern, schlecht entsprechen sollte. Es kann daher nur Verleumdung sein, die ihn in seinem Vorwärtskommen hindert und ihn um die Anerkennung bringt, die ihm sonst ganz bestimmt nicht fehlen würde. Ich habe nur das Allgemeine über diese Sache gesagt, seine besonderen Beschwerden wird er Ihnen selbst vorbringen.« Karl hatte sich mit dieser Rede an alle Herren gewendet, weil ja tatsächlich auch alle zuhörten und es viel wahrscheinlicher schien, daß sich unter allen zusammen ein Gerechter vorfand, als daß dieser Gerechte gerade der Oberkassier sein sollte. Aus Schlauheit hatte außerdem Karl verschwiegen, daß er den Heizer erst so kurze Zeit kannte. Im übrigen hätte er noch viel besser gesprochen, wenn er nicht durch das rote Gesicht des Herrn mit dem Bambusstöckchen beirrt worden wäre, das er von seinem jetzigen Standort zum erstenmal sah.

»Es ist alles Wort für Wort richtig«, sagte der Heizer, ehe ihn noch jemand gefragt, ja ehe man noch überhaupt auf ihn hingesehen hatte. Diese Übereiltheit des Heizers wäre ein großer Fehler gewesen, wenn nicht der Herr mit den Orden, der, wie es jetzt Karl aufleuchtete, jedenfalls der Kapitän war, offenbar mit sich bereits übereingekommen wäre, den Heizer anzuhören. Er streckte nämlich die Hand aus und rief dem Heizer zu: »Kommen Sie her!« mit einer Stimme, fest, um mit einem Hammer darauf zu schlagen. Jetzt hing alles vom Benehmen des Heizers ab, denn was die Gerechtigkeit seiner Sache anlangte, an der zweifelte Karl nicht.

Glücklicherweise zeigte sich bei dieser Gelegenheit, daß der Heizer schon viel in der Welt herumgekommen war. Musterhaft ruhig nahm er aus seinem Köfferchen mit dem ersten Griff ein Bündelchen Papiere sowie ein Notizbuch, ging damit, als verstünde sich das von selbst, unter vollständiger Vernachlässigung des Oberkassiers, zum Kapitän und breitete auf dem Fensterbrett seine Beweismittel aus. Dem Oberkassier blieb nichts übrig, als sich selbst hinzubemühn. »Der Mann ist ein bekannter Querulant«, sagte er zur Erklärung, »er ist mehr in der Kassa als im Maschinenraum. Er hat Schubal, diesen ruhigen Menschen, ganz zur Verzweiflung gebracht. Hören Sie einmal!« wandte er sich an den Heizer. »Sie treiben Ihre Zudringlichkeit doch schon wirklich zu weit. Wie oft hat man sie schon aus den Auszahlungsräumen hinausgeworfen, wie Sie es mit Ihren ganz, vollständig und ausnahmslos unberechtigten Forderungen verdienen! Wie oft sind Sie von dort in die Hauptkassa gelaufen gekommen! Wie oft hat man Ihnen im guten gesagt, daß Schubal Ihr unmittelbarer Vorgesetzter ist, mit dem allein Sie sich als ein Untergebener abzufinden haben! Und jetzt kommen Sie gar noch her, wenn der Herr Kapitän da ist, schämen sich nicht, sogar ihn zu belästigen, sondern entblöden sich nicht einmal, als eingelernten Stimmführer Ihrer abgeschmackten Beschuldigungen diesen Kleinen mitzubringen, den ich überhaupt zum erstenmal auf dem Schiffe sehe!«

Karl hielt sich mit Gewalt zurück, vorzuspringen. Aber schon war auch der Kapitän da, welcher sagte: »Hören wir den Mann doch einmal an. Der Schubal wird mir sowieso mit der Zeit viel zu selbständig, womit ich aber nichts zu Ihren Gunsten gesagt haben will.« Das letztere galt dem Heizer, es war nur natürlich, daß er sich nicht sofort für ihn einsetzen konnte, aber alles schien auf dem richtigen Wege. Der Heizer begann seine Erklärungen und überwand sich gleich am Anfang, indem er Schubal mit »Herr« titulierte. Wie freute sich Karl am verlassenen Schreibtisch des Oberkassiers, wo er eine Briefwaage immer wieder niederdrückte vor lauter Vergnügen. – Herr Schubal ist ungerecht! Herr Schubal bevorzugt die Ausländer! Herr Schubal verwies den Heizer aus dem Maschinenraum und ließ ihn Klosette reinigen, was doch gewiß nicht des Heizers Sache war! – Einmal wurde sogar die Tüchtigkeit des Herrn Schubal angezweifelt, die eher scheinbar als wirklich vorhanden sein sollte. Bei dieser Stelle starrte Karl mit aller Kraft den Kapitän an, zutunlich, als sei er sein Kollege, nur damit er sich durch die etwas ungeschickte Ausdrucksweise des Heizers nicht zu dessen Ungunsten beeinflussen lasse. Immerhin erfuhr man aus den vielen Reden nichts Eigentliches, und wenn auch der Kapitän noch immer vor sich hinsah, in den Augen die Entschlossenheit, den Heizer diesmal bis zu Ende anzuhören, so wurden doch die anderen Herren ungeduldig, und die Stimme des Heizers regierte bald nicht mehr unumschränkt in dem Raume, was manches befürchten ließ. Als erster setzte der Herr in Zivil sein Bambusstöckchen in Tätigkeit und klopfte, wenn auch nur leise, auf das Parkett. Die anderen Herren sahen natürlich hie und da hin, die Herren von der Hafenbehörde, die offenbar pressiert waren, griffen wieder zu den Akten und begannen, wenn auch noch etwas geistesabwesend, sie durchzusehen, der Schiffsoffizier rückte seinen Tisch wieder näher, und der Oberkassier, der gewonnenes Spiel zu haben glaubte, seufzte aus Ironie tief auf. Von der allgemein eintretenden Zerstreuung schien nur der Diener bewahrt, der von den Leiden des unter die Großen gestellten armen Mannes einen Teil mitfühlte und Karl ernst zunickte, als wolle er damit etwas erklären.

Inzwischen ging vor den Fenstern das Hafenleben weiter, ein flaches Lastschiff mit einem Berg von Fässern, die wunderbar verstaut sein mußten, daß sie nicht ins Rollen kamen, zog vorüber und erzeugte in dem Zimmer fast Dunkelheit; kleine Motorboote, die Karl jetzt, wenn er Zeit gehabt hätte, genau hätte ansehen können, rauschten nach den Zuckungen der Hände eines am Steuer aufrecht stehenden Mannes schnurgerade dahin! Eigentümliche Schwimmkörper tauchten hie und da selbständig aus dem ruhelosen Wasser, wurden gleich wieder überschwemmt und versanken vor dem erstaunten Blick; Boote der Ozeandampfer wurden von heiß arbeitenden Matrosen vorwärts gerudert und waren voll von Passagieren, die darin, so wie man sie hineingezwängt hatte, still und erwartungsvoll saßen, wenn es auch manche nicht unterlassen konnten, die Köpfe nach den wechselnden Szenen zu drehen. Eine Bewegung ohne Ende, eine Unruhe, übertragen von dem unruhigen Element auf die hilflosen Menschen und ihre Werke!

Aber alles mahnte zur Eile, zur Deutlichkeit, zu ganz genauer Darstellung; aber was tat der Heizer? Er redete sich allerdings in Schweiß, die Papiere auf dem Fenster konnte er längt mit seinen zitternden Händen nicht mehr halten; aus allen Himmelsrichtungen strömten ihm Klagen über Schubal zu, von denen seiner Meinung nach jede einzelne genügt hätte, diesen Schubal vollständig zu begraben, aber was er dem Kapitän vorzeigen konnte, war nur ein trauriges Durcheinanderstrudeln aller insgesamt. Längst schon pfiff der Herr mit dem Bambusstöckchen schwach zur Decke hinauf, die Herren von der Hafenbehörde hielten schon den Offizier an ihrem Tisch und machten keine Miene, ihn je wieder loszulassen, der Oberkassier wurde sichtlich nur durch die Ruhe des Kapitäns vor dem Dreinfahren zurückgehalten, der Diener erwartete in Habtachtstellung jeden Augenblick einen auf den Heizer bezüglichen Befehl seines Kapitäns.

Da konnte Karl nicht mehr untätig bleiben. Er ging also langsam zu der Gruppe hin und überlegte im Gehen nur desto schneller, wie er die Sache möglichst geschickt angreifen könnte. Es war wirklich höchste Zeit, noch ein kleines Weilchen nur, und sie konnten ganz gut beide aus dem Büro fliegen. Der Kapitän mochte ja ein guter Mann sein und überdies gerade jetzt, wie es Karl schien, irgendeinen besonderen Grund haben, sich als gerechter Vorgesetzter zu zeigen, aber schließlich war er kein Instrument, das man in Grund und Boden spielen konnte – und gerade so behandelte ihn der

Heizer, allerdings aus seinem grenzenlos empörten Innern heraus.

Karl sagte also zum Heizer: »Sie müssen das einfacher erzählen, klarer, der Herr Kapitän kann es nicht würdigen, so wie Sie es ihm erzählen. Kennt er denn alle Maschinisten und Laufburschen beim Namen oder gar beim Taufnamen, daß er, wenn Sie nur einen solchen Namen aussprechen, gleich wissen kann, um wen es sich handelt? Ordnen Sie doch Ihre Beschwerden, sagen Sie die wichtigsten zuerst und absteigend die anderen, vielleicht wird es dann überhaupt nicht mehr nötig sein, die meisten auch nur zu erwähnen. Mir haben Sie es doch immer so klar dargestellt!« – ›Wenn man in Amerika Koffer stehlen kann, kann man auch hie und da lügen‹, dachte er zur Entschuldigung.

Wenn es aber nur geholfen hätte! Ob es nicht auch schon zu spät war? Der Heizer unterbrach sich zwar sofort, als er die bekannte Stimme hörte, aber mit seinen Augen, die ganz von Tränen der beleidigten Mannesehre, der schrecklichen Erinnerungen, der äußersten gegenwärtigen Not verdeckt waren, konnte er Karl schon nicht einmal mehr gut erkennen. Wie sollte er auch jetzt – Karl sah das schweigend vor dem jetzt Schweigenden wohl ein –, wie sollte er auch jetzt plötzlich seine Redeweise ändern, da es ihm doch schien, als hätte er alles, was zu sagen war, ohne die geringste Anerkennung schon vorgebracht und als habe er andererseits noch gar nichts gesagt und könne doch den Herren jetzt nicht zumuten, noch alles anzuhören. Und in einem solchen Zeitpunkt kommt noch Karl, sein einziger Anhänger, daher, will ihm gute Lehren geben, zeigt ihm aber statt dessen, daß alles, alles verloren ist.

›Wäre ich früher gekommen, statt aus dem Fenster zu schauen!‹ sagte sich Karl, senkte vor dem Heizer das Gesicht und schlug die Hände an die Hosennaht, zum Zeichen des Endes jeder Hoffnung.

Aber der Heizer mißverstand das, witterte wohl in Karl irgendwelche geheimen Vorwürfe gegen sich, und in der guten Absicht, sie ihm auszureden, fing er zur Krönung seiner Taten mit Karl jetzt zu streiten an. Jetzt, wo doch die Herren am runden Tisch längst empört über den nutzlosen Lärm waren, der ihre wichtigen Arbeiten störte, wo der Hauptkassier allmählich die Geduld des Kapitäns unverständlich fand und zum sofortigen Ausbruch neigte, wo der Diener, ganz wieder in der Sphäre seiner Herren, den Heizer mit wildem Blicke maß, und wo endlich der Herr mit dem Bambusstöckchen, zu welchem sogar der Kapitän hie und da freundlich hinübersah, schon gänzlich abgestumpft gegen den Heizer, ja von ihm angewidert, ein kleines Notizbuch hervorzog und, offenbar mit ganz anderen Angelegenheiten beschäftigt, die Augen zwischen dem Notizbuch und Karl hin- und herwandern ließ.

»Ich weiß ja«, sagte Karl, der Mühe hatte, den jetzt gegen ihn gekehrten Schwall des Heizers abzuwehren, trotzdem aber quer durch allen Streit noch ein Freundeslächeln für ihn übrig hatte, »Sie haben recht, recht, ich habe ja nie daran gezweifelt.« Er hätte ihm gern aus Furcht vor Schlägen die herumfahrenden Hände gehalten, noch lieber allerdings ihn in einen Winkel gedrängt, um ihm ein paar leise, beruhigende Worte zuzuflüstern, die niemand sonst hätte hören müssen. Aber der Heizer war außer Rand und Band. Karl begann jetzt schon sogar aus dem Gedanken eine Art Trost zu schöpfen, daß der Heizer im Notfall mit der Kraft seiner Verzweiflung alle anwesenden sieben Männer bezwingen könne. Allerdings lag auf dem Schreibtisch, wie ein Blick dorthin lehrte, ein Aufsatz mit viel zu vielen Druckknöpfen der elektrischen Leitung; und eine Hand, einfach auf sie niedergedrückt, konnte das ganze Schiff mit allen seinen von feindlichen Menschen gefüllten Gängen rebellisch machen.

Da trat der doch so uninteressierte Herr mit dem Bambusstöckchen auf Karl zu und fragte, nicht überlaut, aber deutlich über allem Geschrei des Heizers: »Wie heißen Sie denn eigentlich?« In diesem Augenblick, als hätte jemand hinter der Tür auf diese Äußerung des Herrn gewartet, klopfte es. Der Diener sah zum Kapitän hinüber, dieser nickte. Daher ging der Diener zur Tür und öffnete sie. Draußen stand in einem alten Kaiserrock ein Mann von mittleren Proportionen, seinem Ansehen nach nicht eigentlich zur Arbeit an den Maschinen geeignet, und war doch – Schubal. Wenn es Karl nicht an allen Augen erkannt hätte, die eine gewisse Befriedigung ausdrückten, von der nicht einmal der Kapitän frei war, er hätte es zu seinem Schrecken am Heizer sehen müssen, der die Fäuste an den gestrafften Armen so ballte, als sei diese Ballung das Wichtigste an ihm, dem er alles, was er an Leben habe, zu opfern bereit sei. Da steckte jetzt alle seine Kraft, auch die, welche ihn überhaupt aufrechterhielt.

Und da war also der Feind, frei und frisch im Festanzug, unter dem Arm ein Geschäftsbuch, wahrscheinlich die Lohnlisten und Arbeitsausweise des Heizers, und sah mit dem ungescheuten Zugeständnis, daß er die Stimmung jedes einzelnen vor allem feststellen wolle, in alle Augen der Reihe nach. Die sieben waren auch schon alle seine Freunde, denn wenn auch der Kapitän früher gewisse Einwände gegen ihn gehabt oder vielleicht nur vorgeschützt hatte, nach dem Leid, das ihm der Heizer angetan hatte, schien ihm wahrscheinlich an Schubal auch das geringste nicht mehr auszusetzen. Gegen einen Mann wie den Heizer konnte man nicht streng genug verfahren, und wenn dem Schubal etwas vorzuwerfen war, so war es der Umstand, daß er die Widerspenstigkeit des Heizers im Laufe der Zeit nicht so weit hatte brechen können, daß es dieser heute noch gewagt hatte, vor dem Kapitän zu erscheinen.

Nun konnte man ja vielleicht noch annehmen, die Gegenüberstellung des Heizers und Schubals werde die ihr vor einem höheren Forum zukommende Wirkung auch vor den Menschen nicht verfehlen, denn wenn sich auch Schubal gut verstellen konnte, er mußte es doch durchaus nicht bis zum Ende aushalten können. Ein kurzes Aufblitzen seiner Schlechtigkeit sollte genügen, um sie den Herren sichtbar zu machen, dafür wollte Karl schon sorgen. Er kannte doch schon beiläufig den Scharfsinn, die Schwächen, die Launen der einzelnen Herren, und unter diesem Gesichtspunkt war die bisher hier verbrachte Zeit nicht verloren. Wenn nur der Heizer besser auf dem Platz gewesen wäre, aber der schien vollständig kampfunfähig. Wenn man ihm den Schubal hingehalten hätte, hätte er wohl dessen gehaßten Schädel mit den Fäusten aufklopfen können. Aber schon die paar Schritte zu ihm hinzugehen, war er wohl kaum imstande. Warum hatte denn Karl das so leicht Vorauszusehende nicht vorausgesehen, daß Schubal endlich kommen müsse, wenn nicht aus eigenem Antrieb, so vom Kapitän gerufen? Warum hatte er auf dem Herweg mit dem Heizer nicht einen genauen Kriegsplan besprochen, statt, wie sie es in Wirklichkeit getan hatten, heillos unvorbereitet einfach dort einzutreten, wo eine Tür war? Konnte der Heizer überhaupt noch reden, ja und nein sagen, wie es bei dem Kreuzverhör, das allerdings nur im günstigsten Fall bevorstand, nötig sein würde? Er stand da, die Beine auseinandergestellt, die Knie unsicher, den Kopf etwas gehoben, und die Luft verkehrte durch den offenen Mund, als gäbe es innen keine Lungen mehr, die sie verarbeiteten.

Karl allerdings fühlte sich so kräftig und bei Verstand, wie er es vielleicht zu Hause niemals gewesen war. Wenn ihn doch seine Eltern sehen könnten, wie er in fremdem Land vor angesehenen Persönlichkeiten das Gute verfocht und, wenn er es auch noch nicht zum Siege gebracht hatte, so doch zur letzten Eroberung sich vollkommen bereitstellte! Würden sie ihre Meinung über ihn revidieren? Ihn zwischen sich niedersetzen und loben? Ihm einmal, einmal in die ihnen so ergebenen Augen sehn? Unsichere Fragen und ungeeignetster Augenblick, sie zu stellen!

»Ich komme, weil ich glaube, daß mich der Heizer irgendwelcher Unredlichkeiten beschuldigt. Ein Mädchen aus der Küche sagte mir, sie hätte ihn auf dem Wege hierher gesehen. Herr Kapitän und Sie alle meine Herren, ich bin bereit, jede Beschuldigung an der Hand meiner Schriften, nötigenfalls durch Aussagen unvoreingenommener und unbeeinflußter Zeugen, die vor der Türe stehen, zu widerlegen.« So sprach Schubal. Das war allerdings die klare Rede eines Mannes, und nach der Veränderung in den Mienen der Zuhörer hätte man glauben können, sie hörten zum erstenmal nach langer Zeit wieder menschliche Laute. Sie bemerkten freilich nicht, daß selbst diese schöne Rede Löcher hatte. Warum war das erste sachliche Wort, das ihm einfiel, »Unredlichkeiten«? Hätte vielleicht die Beschuldigung hier einsetzen müssen, statt bei seinen nationalen Voreingenommenheiten? Ein Mädchen aus der Küche hatte den Heizer auf dem Weg ins Büro gesehen, und Schubal hatte sofort begriffen? War es nicht das Schuldbewußtsein, das ihm den Verstand schärfte? Und Zeugen hatte er gleich mitgebracht, und nannte sie noch außerdem unvoreingenommen und unbeeinflußt? Gaunerei, nichts als Gaunerei! Und die Herren duldeten das und anerkannten es noch als richtiges Benehmen? Warum hatte er zweifellos sehr viel Zeit zwischen der Meldung des Küchenmädchens und seiner Ankunft hier verstreichen lassen? Doch zu keinem anderen Zwecke, als damit der Heizer die Herren so ermüde, daß sie allmählich ihre klare Urteilskraft verlören, welche Schubal vor allem zu fürchten hatte. Hatte er, der sicher schon lange hinter der Tür gestanden, nicht erst im Augenblick geklopft, als er infolge der nebensächlichen Frage jenes Herrn hoffen durfte, der Heizer sei erledigt?

Alles war klar und wurde ja auch von Schubal wider Willen so dargeboten, aber den Herren mußte man es anders, noch handgreiflicher zeigen. Sie brauchten Aufrüttelung. Also, Karl, rasch, nütze wenigstens die Zeit aus, ehe die Zeugen auftreten und alles überschwemmen!

Eben aber winkte der Kapitän dem Schubal ab, der daraufhin sofort – denn seine Angelegenheit schien für ein Weilchen aufgeschoben zu sein – beiseite trat und mit dem Diener, der sich ihm gleich angeschlossen hatte, eine leise

Unterhaltung begann, bei der es an Seitenblicken nach dem Heizer und Karl sowie an den überzeugtesten Handbewegungen nicht fehlte. Schubal schien so seine nächste Rede einzuüben.

»Wollten Sie nicht den jungen Menschen etwas fragen, Herr Jakob?« sagte der Kapitän unter allgemeiner Stille zu dem Herrn mit dem Bambusstöckchen.

»Allerdings«, sagte dieser, mit einer kleinen Neigung für die Aufmerksamkeit dankend. Und fragte dann Karl nochmals: »Wie heißen Sie eigentlich?«

Karl, welcher glaubte, es sei im Interesse der großen Hauptsache gelegen, wenn dieser Zwischenfall des hartnäckigen Fragers bald erledigt würde, antwortete kurz, ohne, wie es seine Gewohnheit war, durch Vorweisung des Passes sich vorzustellen, den er erst hätte suchen müssen: »Karl Roßmann.«

»Aber«, sagte der mit Jakob Angesprochene und trat zuerst fast ungläubig lächelnd zurück. Auch der Kapitän, der Oberkassier, der Schiffsoffizier, ja sogar der Diener zeigten deutlich ein übermäßiges Erstaunen wegen Karls Namen. Nur die Herren von der Hafenbehörde und Schubal hielten sich gleichmütig.

»Aber«, wiederholte Herr Jakob und trat mit etwas steifen Schritten auf Karl zu, »dann bin ich ja dein Onkel Jakob, und du bist mein lieber Neffe. Ahnte ich es doch die ganze Zeit über!« sagte er zum Kapitän hin, ehe er Karl umarmte und küßte, der alles stumm geschehen ließ.

»Wie heißen Sie?« fragte Karl, nachdem er sich losgelassen fühlte, zwar sehr höflich, aber gänzlich ungerührt, und strengte sich an, die Folgen abzusehen, welche dieses neue

Ereignis für den Heizer haben dürfte. Vorläufig deutete nichts darauf hin, daß Schubal aus dieser Sache Nutzen ziehen könnte.

»Begreifen Sie doch, junger Mann, Ihr Glück«, sagte der Kapitän, der durch Karls Frage die Würde der Person des Herrn Jakob verletzt glaubte, der sich zum Fenster gestellt hatte, offenbar, um sein aufgeregtes Gesicht, das er überdies mit einem Taschentuch betupfte, den andern nicht zeigen zu müssen. »Es ist der Senator Edward Jakob, der sich Ihnen als Ihr Onkel zu erkennen gegeben hat. Es erwartet Sie nunmehr, doch wohl ganz gegen Ihre bisherigen Erwartungen, eine glänzende Laufbahn. Versuchen Sie das einzusehen, so gut es im ersten Augenblick geht, und fassen Sie sich!«

»Ich habe allerdings einen Onkel Jakob in Amerika«, sagte Karl zum Kapitän gewendet, »aber wenn ich recht verstanden habe, ist Jakob bloß der Zuname des Herrn Senators.«

»So ist es«, sagte der Kapitän würdevoll.

»Nun, mein Onkel Jakob, welcher der Bruder meiner Mutter ist, heißt aber mit dem Taufnamen Jakob, während sein Zuname natürlich gleich jenem meiner Mutter lauten müßte, welche eine geborene Bendelmayer ist.«

»Meine Herren!« rief der Senator, der von seinem Erholungsposten vom Fenster munter zurückkehrte, mit Bezug auf Karls Erklärung aus. Alle mit Ausnahme des Hafenbeamten brachen in Lachen aus, manche wie in Rührung, manche undurchdringlich. ›So lächerlich war das, was ich gesagt habe, doch keineswegs‹, dachte Karl.

»Meine Herren«, wiederholte der Senator, »Sie nehmen gegen meinen und gegen Ihren Willen an einer kleinen Familienszene teil, und ich kann deshalb nicht umhin, Ihnen eine Erläuterung zu geben, da, wie ich glaube, nur der Herr Kapitän« – diese Erwähnung hatte eine gegenseitige Verbeugung zur Folge – »vollständig unterrichtet ist.«

›Jetzt muß ich aber wirklich auf jedes Wort achtgeben‹, sagte sich Karl und freute sich, als er bei einem Seitwärtsschauen bemerkte, daß in die Figur des Heizers das Leben zurückzukehren begann.

»Ich lebe seit allen den langen Jahren meines amerikanischen Aufenthaltes – das Wort Aufenthalt paßt hier allerdings schlecht für den amerikanischen Bürger, der ich mit ganzer Seele bin –, seit allen den langen Jahren lebe ich also von meinen europäischen Verwandten vollständig getrennt, aus Gründen, die erstens nicht hierhergehören und die zweitens zu erzählen mich wirklich zu sehr hernehmen würde. Ich fürchte mich sogar vor dem Augenblick, wo ich vielleicht gezwungen sein werde, sie meinem lieben Neffen zu erzählen, wobei sich leider ein offenes Wort über seine Eltern und ihren Anhang nicht vermeiden lassen wird.«

›Es ist mein Onkel, kein Zweifel‹, sagte sich Karl und lauschte, ›wahrscheinlich hat er seinen Namen ändern lassen.‹

»Mein lieber Neffe ist nun von seinen Eltern – sagen wir nur das Wort, das die Sache auch wirklich bezeichnet – einfach beiseite geschafft worden, wie man eine Katze vor die Tür wirft, wenn sie ärgert. Ich will durchaus nicht beschönigen, was mein Neffe gemacht hat, daß er so gestraft wurde, aber sein Verschulden ist ein solches, daß sein einfaches Nennen schon genug Entschuldigung enthält.«

›Das läßt sich hören‹, dachte Karl, ›aber ich will nicht, daß er alles erzählt. Übrigens kann er es ja auch nicht wissen. Woher denn?‹

»Er wurde nämlich«, fuhr der Onkel fort und stützte sich mit kleinen Neigungen auf das vor ihm eingestemmte Bambusstöckchen, wodurch es ihm tatsächlich gelang, der Sache die unnötige Feierlichkeit zu nehmen, die sie sonst unbedingt gehabt hätte, »er wurde nämlich von einem Dienstmädchen, Johanna Brummer, einer etwa fünfunddreißigjährigen Person, verführt. Ich will mit dem Worte ›verführt‹ meinen Neffen durchaus nicht kränken, aber es ist doch schwer, ein anderes, gleich passendes Wort zu finden.«

Karl, der schon ziemlich nahe zum Onkel getreten war, drehte sich um, um den Eindruck der Erzählung von den Gesichtern der Anwesenden abzulesen. Keiner lachte, alle hörten geduldig und ernsthaft zu. Schließlich lacht man auch nicht über den Neffen eines Senators bei der ersten Gelegenheit, die sich darbietet. Eher hätte man schon sagen können, daß der Heizer, wenn auch nur ganz wenig, Karl anlächelte, was aber erstens als neues Lebenszeichen erfreulich und zweitens entschuldbar war, da ja Karl in der Kabine aus dieser Sache, die jetzt so publik wurde, ein besonderes Geheimnis hatte machen wollen.

»Nun hat diese Brummer«, setzte der Onkel fort, »von meinem Neffen ein Kind bekommen, einen gesunden Jungen, welcher in der Taufe den Namen Jakob erhielt, zweifellos in Gedanken an meine Wenigkeit, welche, selbst in den sicher nur ganz nebensächlichen Erwähnungen meines Neffen, auf das Mädchen einen großen Eindruck gemacht haben muß. Glücklicherweise, sage ich. Denn da die Eltern zur Vermeidung der Alimentenzahlung oder sonstigen bis an sie selbst heranreichenden Skandals – ich kenne, wie ich betonen muß, weder die dortigen Gesetze noch die sonstigen Verhältnisse der Eltern –, da sie also zur Vermeidung der Alimentenzahlung und des Skandals ihren Sohn, meinen lieben Neffen, nach Amerika haben transportieren lassen, mit unverantwortlich ungenügender Ausrüstung, wie man sieht, so wäre der Junge, ohne die gerade noch in Amerika lebendigen Zeichen und Wunder, auf sich allein angewiesen, wohl schon gleich in einem Gäßchen im Hafen von New York verkommen, wenn nicht jenes Dienstmädchen in einem an mich gerichteten Brief, der nach langen Irrfahrten vorgestern in meinen Besitz kam, mir die ganze Geschichte samt Personenbeschreibung meines Neffen und vernünftigerweise auch Namensnennung des Schiffes mitgeteilt hätte. Wenn ich es darauf angelegt hätte, Sie, meine Herren, zu unterhalten, könnte ich wohl einige Stellen jenes Briefes« – er zog zwei riesige engbeschriebene Briefbogen aus der Tasche und schwenkte sie – »hier vorlesen. Er würde sicher Wirkung machen, da er mit einer etwas einfachen, wenn auch immer gutgemeinten Schlauheit und mit viel Liebe zu dem Vater des Kindes geschrieben ist. Aber ich will weder Sie mehr unterhalten, als es zur Aufklärung nötig ist, noch vielleicht gar zum Empfang möglicherweise noch bestehende Gefühle meines Neffen verletzen, der den Brief, wenn er mag, in der Stille seines ihn schon erwartenden Zimmers zur Belehrung lesen kann.«

Karl hatte aber keine Gefühle für jenes Mädchen. Im Gedränge einer immer mehr zurücktretenden Vergangenheit saß sie in ihrer Küche neben dem Küchenschrank, auf dessen Platte sie ihren Ellbogen stützte. Sie sah ihn an, wenn er hin und wieder in die Küche kam, um ein Glas zum Wassertrinken für seinen Vater zu holen oder einen Auftrag seiner Mutter auszurichten. Manchmal schrieb sie in der vertrackten Stellung seitlich vom Küchenschrank einen Brief und holte sich die Eingebungen von Karls Gesicht. Manchmal hielt sie die Augen mit der Hand verdeckt, dann drang keine Anrede zu ihr. Manchmal kniete sie in ihrem engen Zimmerchen neben der Küche und betete zu einem hölzernen Kreuz; Karl beobachtete sie dann nur mit Scheu im Vorübergehen durch die Spalte der ein wenig geöffneten Tür. Manchmal jagte sie in der Küche herum und fuhr, wie eine Hexe lachend, zurück, wenn Karl ihr in den Weg kam. Manchmal schloß sie die Küchentüre, wenn Karl eingetreten war, und behielt die Klinke so lange in der Hand, bis er wegzugehen verlangte. Manchmal holte sie Sachen, die er gar nicht haben wollte, und drückte sie ihm schweigend in die Hände. Einmal aber sagte sie »Karl« und führte ihn, der noch über die unerwartete Ansprache staunte, unter Grimassen seufzend in ihr Zimmerchen, das sie zusperrte. Würgend umarmte sie seinen Hals, und während sie ihn bat, sie zu entkleiden, entkleidete sie in Wirklichkeit ihn und legte ihn in ihr Bett, als wolle sie ihn von jetzt niemandem mehr lassen und ihn streicheln und pflegen bis zum Ende der Welt. »Karl, o du mein Karl!« rief sie, als sähe sie ihn und bestätigte sich seinen Besitz, während er nicht das geringste sah und sich unbehaglich in dem vielen warmen Bettzeug fühlte, das sie eigens für ihn aufgehäuft zu haben schien. Dann legte sie sich auch zu ihm und wollte irgendwelche Geheimnisse von ihm erfahren, aber er konnte ihr keine sagen, und sie ärgerte sich im Scherz oder Ernst, schüttelte ihn, horchte sein Herz ab, bot ihre Brust zum gleichen Abhorchen hin, wozu sie Karl aber nicht bringen konnte, drückte ihren nackten Bauch an seinen Leib, suchte mit der Hand, so widerlich, daß Karl Kopf und Hals aus den Kissen herausschüttelte, zwischen seinen Beinen, stieß dann den Bauch einige Male gegen ihn – ihm war, als sei sie ein Teil seiner selbst, und vielleicht aus diesem Grunde hatte ihn eine entsetzliche Hilfsbedürftigkeit ergriffen. Weinend kam er endlich nach vielen Wiedersehenswünschen ihrerseits in sein Bett. Das war alles gewesen, und doch verstand es der Onkel, daraus eine große Geschichte zu machen. Und die Köchin hatte also auch an ihn gedacht und den Onkel von seiner Ankunft verständigt. Das war schön von ihr gehandelt, und er würde es ihr wohl noch einmal vergelten.

»Und jetzt«, rief der Senator, »will ich von dir offen hören, ob ich dein Onkel bin oder nicht.« – »Du bist mein Onkel«, sagte Karl und küßte ihm die Hand und wurde dafür auf die Stirne geküßt. »Ich bin sehr froh, daß ich dich getroffen habe, aber du irrst, wenn du glaubst, daß meine Eltern nur Schlechtes von dir reden. Aber auch abgesehen davon sind in deiner Rede einige Fehler enthalten gewesen, das heißt, ich meine, es hat sich in Wirklichkeit nicht alles so zugetragen. Du kannst aber auch wirklich von hier aus die Dinge nicht so gut beurteilen, und ich glaube außerdem, daß es keinen besonderen Schaden bringen wird, wenn die Herren in Einzelheiten einer Sache, an der ihnen doch wirklich nicht viel liegen kann, ein wenig unrichtig informiert worden sind.« – »Wohl gesprochen«, sagte der Senator, führte Karl vor den sichtlich teilnehmenden Kapitän und fragte: »Habe ich nicht einen prächtigen Neffen?«

»Ich bin glücklich«, sagte der Kapitän mit einer Verbeugung, wie sie nur militärisch geschulte Leute zustande bringen, »Ihren Neffen, Herr Senator, kennengelernt zu haben. Es ist eine besondere Ehre für mein Schiff, daß es den Ort eines solchen Zusammentreffens abgeben konnte. Aber die Fahrt im Zwischendeck war wohl sehr arg, ja, wer kann denn wissen, wer da mitgeführt wird. Nun, wir tun alles mögliche, den Leuten im Zwischendeck die Fahrt möglichst zu erleichtern, viel mehr zum Beispiel als die amerikanischen Linien, aber eine solche Fahrt zu einem Vergnügen zu machen, ist uns allerdings noch immer nicht gelungen.«

»Es hat mir nicht geschadet«, sagte Karl.

»Es hat ihm nicht geschadet!« wiederholte laut lachend der Senator.

»Nur meinen Koffer fürchte ich verloren zu –«, und damit erinnerte er sich an alles, was geschehen war und was noch zu tun übrigblieb, sah sich um und erblickte alle Anwesenden stumm vor Achtung und Staunen auf ihren früheren Plätzen, die Augen auf ihn gerichtet. Nur den Hafenbeamten sah man, soweit ihre strengen, selbstzufriedenen Gesichter einen Einblick gestatteten, das Bedauern an, zu so ungelegener Zeit gekommen zu sein, und die Taschenuhr, die sie jetzt vor sich liegen hatten, war ihnen wahrscheinlich wichtiger als alles, was im Zimmer vorging und vielleicht noch geschehen konnte.

Der erste, welcher nach dem Kapitän seine Anteilnahme ausdrückte, war merkwürdigerweise der Heizer. »Ich gratuliere Ihnen herzlich«, sagte er und schüttelte Karl die Hand, womit er auch etwas wie Anerkennung ausdrücken wollte. Als er sich dann mit der gleichen Ansprache auch an den Senator wenden wollte, trat dieser zurück, als überschreite der Heizer damit seine Rechte; der Heizer ließ auch sofort ab.

Die übrigen aber sahen jetzt ein, was zu tun war, und bildeten gleich um Karl und den Senator einen Wirrwarr. So geschah es, daß Karl sogar eine Gratulation Schubals erhielt, annahm und für sie dankte. Als letzte traten in der wieder entstandenen Ruhe die Hafenbeamten hinzu und sagten zwei englische Worte, was einen lächerlichen Eindruck machte.

Der Senator war ganz in der Laune, um das Vergnügen vollständig auszukosten, nebensächlichere Momente sich und den anderen in Erinnerung zu bringen, was natürlich von allen nicht nur geduldet, sondern mit Interesse hingenommen wurde. So machte er darauf aufmerksam, daß er sich die in dem Brief der Köchin erwähnten hervorstechendsten Erkennungszeichen Karls in sein Notizbuch zu möglicherweise notwendigem augenblicklichem Gebrauch eingetragen hatte. Nun hatte er während des unerträglichen Geschwätzes des Heizers zu keinem anderen Zweck, als um sich abzulenken, das Notizbuch herausgezogen und die natürlich nicht gerade detektivisch richtigen Beobachtungen der Köchin mit Karls Aussehen zum Spiel in Verbindung zu bringen gesucht. »Und so findet man seinen Neffen!« schloß er in einem Ton, als wolle er noch einmal Gratulationen bekommen.

»Was wird jetzt mit dem Heizer geschehen?« fragte Karl vorbei an der letzten Erzählung des Onkels. Er glaubte in seiner neuen Stellung alles, was er dachte, auch aussprechen zu können.

»Dem Heizer wird geschehen, was er verdient«, sagte der Senator, »und was der Herr Kapitän für gut erachtet. Ich glaube, wir haben von dem Heizer genug und übergenug, wozu mir jeder der anwesenden Herren sicher zustimmen wird.« – »Darauf kommt es doch nicht an, bei einer Sache der Gerechtigkeit«, sagte Karl. Er stand zwischen dem Onkel und dem Kapitän und glaubte, vielleicht durch diese Stellung beeinflußt, die Entscheidung in der Hand zu haben.

Und trotzdem schien der Heizer nichts mehr für sich zu hoffen. Die Hände hielt er halb in dem Hosengürtel, der durch seine aufgeregten Bewegungen mit dem Streifen eines gemusterten Hemdes zum Vorschein gekommen war. Das kümmerte ihn nicht im geringsten; er hatte sein ganzes Leid geklagt, nun sollte man auch noch die paar Fetzen sehen, die er am Leibe hatte, und dann sollte man ihn forttragen. Er dachte sich aus, der Diener und Schubal, als die zwei hier im Range Tiefsten, sollten ihm diese letzte Güte erweisen. Schubal würde dann Ruhe haben und nicht mehr in Verzweiflung kommen, wie sich der Oberkassier ausgedrückt hatte. Der Kapitän würde lauter Rumänen anstellen können, es würde überall Rumänisch gesprochen werden, und vielleicht würde dann wirklich alles besser gehen. Kein Heizer würde mehr in der Hauptkassa schwätzen, nur sein letztes Geschwätz würde man in ziemlich freundlicher Erinnerung behalten, da es, wie der Senator ausdrücklich erklärt hatte, die mittelbare Veranlassung zur Erkennung des Neffen gegeben hatte. Dieser Neffe hatte ihm übrigens vorher öfters zu nützen gesucht und daher für seinen Dienst bei der Wiedererkennung längst vorher einen mehr als genügenden Dank abgestattet; dem Heizer fiel gar nicht ein, jetzt noch etwas von ihm zu verlangen. Im übrigen, mochte er auch der Neffe des Senators sein, ein Kapitän war er noch lange nicht, aber aus dem Munde des Kapitäns würde schließlich das böse Wort fallen. – So wie es seiner Meinung entsprach, versuchte auch der Heizer, nicht zu Karl hinzusehen, aber leider blieb in diesem Zimmer der Feinde kein anderer Ruheort für seine Augen.

»Mißverstehe die Sachlage nicht«, sagte der Senator zu Karl, »es handelt sich vielleicht um eine Sache der Gerechtigkeit, aber gleichzeitig um eine Sache der Disziplin. Beides und ganz besonders das letztere unterliegt hier der Beurteilung des Herrn Kapitäns.«

»So ist es«, murmelte der Heizer. Wer es merkte und verstand, lächelte befremdet.

»Wir aber haben überdies den Herrn Kapitän in seinen Amtsgeschäften, die sich sicher gerade bei der Ankunft in New York unglaublich häufen, so sehr schon behindert, daß es höchste Zeit für uns ist, das Schiff zu verlassen, um nicht zum Überfluß auch noch durch irgendwelche höchst unnötige Einmischung diese geringfügige Zänkerei zweier Maschinisten zu einem Ereignis zu machen. Ich begreife deine Handlungsweise, lieber Neffe, übrigens vollkommen, aber gerade das gibt mir das Recht, dich eilends von hier fortzuführen.«

»Ich werde sofort ein Boot für Sie flottmachen lassen«, sagte der Kapitän, ohne zum Erstaunen Karls auch nur den kleinsten Einwand gegen die Worte des Onkels vorzubringen, die doch zweifellos als eine Selbstdemütigung des Onkels angesehen werden konnten. Der Oberkassier eilte überstürzt zum Schreibtisch und telefonierte den Befehl des Kapitäns an den Bootsmeister.

›Die Zeit drängt schon‹, sagte sich Karl, ›aber ohne alle zu beleidigen, kann ich nichts tun. Ich kann doch jetzt den Onkel nicht verlassen, nachdem er mich kaum wiedergefunden hat. Der Kapitän ist zwar höflich, aber das ist auch alles. Bei der Disziplin hört seine Höflichkeit auf, und der Onkel hat ihm sicher aus der Seele gesprochen. Mit Schubal will ich nicht reden, es tut mir sogar leid, daß ich ihm die Hand gereicht habe. Und alle anderen Leute hier sind Spreu.‹

Und er ging langsam in solchen Gedanken zum Heizer, zog dessen rechte Hand aus dem Gürtel und hielt sie spielend in der seinen.

»Warum sagst du denn nichts?« fragte er. »Warum läßt du dir alles gefallen?«

Der Heizer legte nur die Stirn in Falten, als suche er den Ausdruck für das, was er zu sagen habe. Im übrigen sah er auf Karls und seine Hand hinab.

»Dir ist ja unrecht geschehen wie keinem auf dem Schiff, das weiß ich genau.« Und Karl zog seine Finger hin und her zwischen den Fingern des Heizers, der mit glänzenden Augen ringsumher schaute, als widerfahre ihm eine Wonne, die ihm aber niemand verübeln möge.

»Du mußt dich aber zur Wehr setzen, ja und nein sagen, sonst haben doch die Leute keine Ahnung von der Wahrheit. Du mußt mir versprechen, daß du mir folgen wirst, denn ich selbst, das fürchte ich mit vielem Grund, werde dir gar nicht mehr helfen können.« Und nun weinte Karl, während er die Hand des Heizers küßte, und nahm die rissige, fast leblose Hand und drückte sie an seine Wangen, wie einen Schatz, auf den man verzichten muß. – Da war aber auch schon der Onkel Senator an seiner Seite und zog ihn, wenn auch nur mit dem leichtesten Zwange, fort.

»Der Heizer scheint dich bezaubert zu haben«, sagte er und sah verständnisinnig über Karls Kopf zum Kapitän hin. »Du hast dich verlassen gefühlt, da hast du den Heizer gefunden und bist ihm jetzt dankbar, das ist ja ganz löblich. Treibe das aber, schon mir zuliebe, nicht zu weit und lerne deine Stellung begreifen.«

Vor der Tür entstand ein Lärmen, man hörte Rufe, und es war sogar, als werde jemand brutal gegen die Türe gestoßen. Ein Matrose trat ein, etwas verwildert, und hatte eine Mädchenschürze umgebunden. »Es sind Leute draußen«, rief er und stieß einmal mit dem Ellbogen herum, als sei er noch im Gedränge. Endlich fand er seine Besinnung und wollte vor dem Kapitän salutieren, da bemerkte er die Mädchenschürze, riß sie herunter, warf sie zu Boden und rief: »Das ist ja ekelhaft, da haben sie mir eine Mädchenschürze umgebunden.« Dann aber klappte er die Hacken zusammen und salutierte. Jemand versuchte zu lachen, aber der Kapitän sagte streng: »Das nenne ich eine gute Laune. Wer ist denn draußen?«

»Es sind meine Zeugen«, sagte Schubal vortretend, »ich bitte ergebenst um Entschuldigung für ihr unpassendes Benehmen. Wenn die Leute die Seefahrt hinter sich haben, sind sie manchmal wie toll.«

»Rufen Sie sie sofort herein!« befahl der Kapitän, und gleich sich zum Senator umwendend, sagte er verbindlich, aber rasch: »Haben Sie jetzt die Güte, verehrter Herr Senator, mit Ihrem Herrn Neffen diesem Matrosen zu folgen, der Sie ins Boot bringen wird. Ich muß wohl nicht erst sagen, welches Vergnügen und welche Ehre mir das persönliche Bekanntwerden mit Ihnen, Herr Senator, bereitet hat. Ich wünsche mir nur, bald Gelegenheit zu haben, mit Ihnen, Herr Senator, unser unterbrochenes Gespräch über die amerikanischen Flottenverhältnisse wieder einmal aufnehmen zu können und dann vielleicht neuerdings auf so angenehme Weise, wie heute, unterbrochen zu werden.«

»Vorläufig genügt mir dieser eine Neffe«, sagte der Onkel lachend. »Und nun nehmen Sie meinen besten Dank für Ihre Liebenswürdigkeit und leben Sie wohl. Es wäre übrigens gar nicht so unmöglich, daß wir« – er drückte Karl herzlich an sich – »bei unserer nächsten Europareise vielleicht für längere Zeit mit Ihnen zusammenkommen könnten.«

»Es würde mich herzlich freuen«, sagte der Kapitän. Die beiden Herren schüttelten einander die Hände, Karl konnte nur noch stumm und flüchtig seine Hand dem Kapitän reichen, denn dieser war bereits von den vielleicht fünfzehn Leuten in Anspruch genommen, welche unter Führung Schubals zwar etwas betroffen, aber doch sehr laut einzogen. Der Matrose bat den Senator, vorausgehen zu dürfen, und teilte dann die Menge für ihn und Karl, die leicht zwischen den sich verbeugenden Leuten durchkamen. Es schien, daß diese im übrigen gutmütigen Leute den Streit Schubals mit dem Heizer als einen Spaß auffaßten, dessen Lächerlichkeit nicht einmal vor dem Kapitän aufhöre. Karl bemerkte unter ihnen auch das Küchenmädchen Line, welche, ihm lustig zuzwinkernd, die vom Matrosen hingeworfene Schürze umband, denn es war die ihre.

Weiter dem Matrosen folgend, verließen sie das Büro und bogen in einen kleinen Gang ein, der sie nach ein paar Schritten zu einem Türchen brachte, von dem aus eine kurze

Treppe in das Boot hinabführte, welches für sie vorbereitet war. Die Matrosen im Boot, in das ihr Führer gleich mit einem einzigen Satz hinuntersprang, erhoben sich und salutierten. Der Senator gab Karl gerade eine Ermahnung zu vorsichtigem Hinuntersteigen, als Karl noch auf der obersten Stufe in heftiges Weinen ausbrach. Der Senator legte die rechte Hand unter Karls Kinn, hielt ihn fest an sich gepreßt und streichelte ihn mit der linken Hand. So gingen sie langsam Stufe für Stufe hinab und traten eng verbunden ins Boot, wo der Senator für Karl gerade sich gegenüber einen guten Platz aussuchte. Auf ein Zeichen des Senators stießen die Matrosen vom Schiffe ab und waren gleich in voller Arbeit. Kaum waren sie ein paar Meter vom Schiffe entfernt, machte Karl die unerwartete Entdeckung, daß sie sich gerade auf jener Seite des Schiffes befanden, wohin die Fenster der Hauptkassa gingen. Alle drei Fenster waren mit Zeugen Schubals besetzt, welche freundschaftlich grüßten und winkten, sogar der Onkel dankte, und ein Matrose machte das Kunststück, ohne eigentlich das gleichmäßige Rudern zu unterbrechen, eine Kußhand hinaufzuschicken. Es war wirklich, als gäbe es keinen Heizer mehr. Karl faßte den Onkel, mit dessen Knien sich die seinen fast berührten, genauer ins Auge, und es kamen ihm Zweifel, ob dieser Mann ihm jemals den Heizer werde ersetzen können. Auch wich der Onkel seinem Blicke aus und sah auf die Wellen hin, von denen ihr Boot umschwankt wurde.

Der Prozeß

Erstes Kapitel

Verhaftung
Gespräch mit Frau Grubach
Dann Fräulein Bürstner

Jemand mußte Josef K. verleumdet haben, denn ohne daß er etwas Böses getan hätte, wurde er eines Morgens verhaftet. Die Köchin der Frau Grubach, seiner Zimmervermieterin, die ihm jeden Tag gegen acht Uhr früh das Frühstück brachte, kam diesmal nicht. Das war noch niemals geschehen. K. wartete noch ein Weilchen, sah von seinem Kopfkissen aus die alte Frau, die ihm gegenüber wohnte und die ihn mit einer an ihr ganz ungewöhnlichen Neugierde beobachtete, dann aber, gleichzeitig befremdet und hungrig, läutete er. Sofort klopfte es und ein Mann, den er in dieser Wohnung noch niemals gesehen hatte, trat ein. Er war schlank und doch fest gebaut, er trug ein anliegendes schwarzes Kleid, das, ähnlich den Reiseanzügen, mit verschiedenen Falten, Taschen, Schnallen, Knöpfen und einem Gürtel versehen war und infolgedessen, ohne daß man sich darüber klar wurde, wozu es dienen sollte, besonders praktisch erschien. »Wer sind Sie?« fragte K. und saß gleich halb aufrecht im Bett. Der Mann aber ging über die Frage hinweg, als müsse man seine Erscheinung hinnehmen, und sagte bloß seinerseits: »Sie haben geläutet?« – »Anna soll mir das Frühstück bringen«, sagte K. und versuchte, zunächst stillschweigend, durch Aufmerksamkeit und Überlegung festzustellen, wer der Mann eigentlich war. Aber dieser setzte sich nicht allzulange seinen Blicken aus, sondern wandte sich zur Tür, die er ein wenig öffnete, um jemandem, der offenbar knapp hinter der Tür stand, zu sagen: »Er will, daß Anna ihm das Frühstück bringt.« Ein kleines Gelächter im Nebenzimmer folgte, es war nach dem Klang nicht sicher, ob nicht mehrere Personen beteiligt waren. Obwohl der fremde Mann dadurch nichts erfahren haben konnte, was er nicht schon früher gewußt hätte, sagte er nun doch zu K. im Tone einer Meldung: »Es ist unmöglich.« – »Das wäre neu«, sagte K., sprang aus dem Bett und zog rasch seine Hosen an. »Ich will doch sehen, was für Leute im Nebenzimmer sind und wie Frau Grubach diese Störung mir gegenüber verantworten wird.« Es fiel ihm zwar gleich ein, daß er das nicht hätte laut sagen müssen und daß er dadurch gewissermaßen ein Beaufsichtigungsrecht des Fremden anerkannte, aber es schien ihm jetzt nicht wichtig. Immerhin faßte es der Fremde so auf, denn er sagte: »Wollen Sie nicht lieber hierbleiben?« – »Ich will weder hierbleiben noch von Ihnen angesprochen werden, solange Sie sich mir nicht vorstellen.« – »Es war gut gemeint«, sagte der Fremde und öffnete nun freiwillig die Tür. Im Nebenzimmer, in das K. langsamer eintrat, als er wollte, sah es auf den ersten Blick fast genauso aus wie am Abend vorher. Es war das Wohnzimmer der Frau Grubach, vielleicht war in diesem mit Möbeln, Dekken, Porzellan und Photographien überfüllten Zimmer heute ein wenig mehr Raum als sonst, man erkannte das nicht gleich, um so weniger, als die Hauptveränderung in der Anwesenheit eines Mannes bestand, der beim offenen Fenster mit einem Buch saß, von dem er jetzt aufblickte, »Sie hätten in Ihrem Zimmer bleiben sollen! Hat es Ihnen denn Franz nicht gesagt?« – »Ja, was wollen Sie denn?« sagte K. und sah von der neuen Bekanntschaft zu dem mit Franz Benannten, der in der Tür stehengeblieben war, und dann wieder zurück. Durch das offene Fenster erblickte man wieder die alte Frau, die mit wahrhaft greisenhafter Neugierde zu dem jetzt gegenüberliegenden Fenster getreten war, um auch weiterhin alles zu sehen. »Ich will doch Frau Grubach«, sagte K., machte eine Bewegung, als reiße er sich von den zwei Männern los, die aber weit von ihm entfernt standen, und wollte weitergehen. »Nein«, sagte der Mann beim Fenster, warf das Buch auf ein Tischchen und stand auf. »Sie dürfen nicht weggehen, Sie sind ja verhaftet.« – »Es sieht so aus«, sagte K. »Und warum denn?« fragte er dann. »Wir sind nicht dazu bestellt, Ihnen das zu sagen. Gehen Sie in Ihr Zimmer und warten Sie. Das Verfahren ist nun einmal eingeleitet, und Sie werden alles zur richtigen Zeit erfahren. Ich gehe über meinen Auftrag hinaus, wenn ich Ihnen so freundschaftlich zurede. Aber ich hoffe, es hört es niemand sonst als Franz, und der ist selbst gegen alle Vorschrift freundlich zu Ihnen. Wenn Sie auch weiterhin so viel Glück haben wie bei der Bestimmung Ihrer Wächter, dann können Sie zuversichtlich sein.« K. wollte sich setzen, aber nun sah er, daß im ganzen Zimmer keine Sitzgelegenheit war, außer dem Sessel beim Fenster. »Sie werden noch einsehen, wie wahr das alles ist«, sagte Franz und ging gleichzeitig mit dem andern Mann auf ihn zu. Besonders der letztere überragte K. bedeutend und klopfte ihm öfters auf die Schulter. Beide prüften K.s Nachthemd und sagten, daß er jetzt ein viel schlechteres Hemd werde anziehen müssen, daß sie aber dieses Hemd wie auch seine übrige Wäsche aufbewahren und, wenn seine Sache günstig ausfallen sollte, ihm wieder zurückgeben würden. »Es ist besser, Sie geben die Sachen uns als ins Depot«, sagten sie, »denn im Depot kommen öfters Unterschleife vor, und außerdem verkauft man dort alle Sachen nach einer gewissen Zeit, ohne Rücksicht, ob das betreffende Verfahren zu Ende ist oder nicht. Und wie lange dauern doch derartige Prozesse, besonders in letzter Zeit! Sie bekämen dann schließlich allerdings vom Depot den Erlös, aber dieser Erlös ist erstens an sich schon gering, denn beim Verkauf entscheidet nicht die Höhe des Angebotes, sondern die Höhe der Bestechung, und weiter verringern sich solche Erlöse erfahrungsgemäß, wenn sie von Hand zu Hand und von Jahr zu Jahr weitergegeben werden.« K. achtete auf diese Reden kaum, das Verfügungsrecht über seine Sachen, das er vielleicht noch besaß, schätzte er nicht hoch ein, viel wichtiger war es ihm, Klarheit über seine Lage zu bekommen; in Gegenwart dieser Leute konnte er aber nicht einmal nachdenken, immer wieder stieß der Bauch des zweiten Wächters – es konnten ja nur Wächter sein – förmlich freundschaftlich an ihn, sah er aber auf, dann erblickte er ein zu diesem dicken Körper gar nicht passendes trockenes, knochiges Gesicht mit starker, seitlich gedrehter Nase, das sich über ihn hinweg mit dem anderen Wächter verständigte. Was waren denn das für Menschen? Wovon sprachen sie? Welcher Behörde gehörten sie an? K. lebte doch in einem

Rechtsstaat, überall herrschte Friede, alle Gesetze bestanden aufrecht, wer wagte, ihn in seiner Wohnung zu überfallen? Er neigte stets dazu, alles möglichst leicht zu nehmen, das Schlimmste erst beim Eintritt des Schlimmsten zu glauben, keine Vorsorge für die Zukunft zu treffen, selbst wenn alles drohte. Hier schien ihm das aber nicht richtig, man konnte zwar das Ganze als Spaß ansehen, als einen groben Spaß, den ihm aus unbekannten Gründen, vielleicht weil heute sein dreißigster Geburtstag war, die Kollegen in der Bank veranstaltet hatten, es war natürlich möglich, vielleicht brauchte er nur auf irgendeine Weise den Wächtern ins Gesicht zu lachen, und sie würden mitlachen, vielleicht waren es Dienstmänner von der Straßenecke, sie sahen ihnen nicht unähnlich – trotzdem war er diesmal, förmlich schon seit dem ersten Anblick des Wächters Franz, entschlossen, nicht den geringsten Vorteil, den er vielleicht gegenüber diesen Leuten besaß, aus der Hand zu geben. Darin, daß man später sagen würde, er habe keinen Spaß verstanden, sah K. eine ganz geringe Gefahr, wohl aber erinnerte er sich – ohne daß es sonst seine Gewohnheit gewesen wäre, aus Erfahrungen zu lernen – an einige, an sich unbedeutende Fälle, in denen er zum Unterschied von seinen Freunden mit Bewußtsein, ohne das geringste Gefühl für die möglichen Folgen, sich unvorsichtig benommen hatte und dafür durch das Ergebnis bestraft worden war. Es sollte nicht wieder geschehen, zumindest nicht diesmal; war es eine Komödie, so wollte er mitspielen.

Noch war er frei. »Erlauben Sie«, sagte er und ging eilig zwischen den Wächtern durch in sein Zimmer. »Er scheint vernünftig zu sein«, hörte er hinter sich sagen. In seinem

Zimmer riß er gleich die Schubladen des Schreibtischs auf, es lag dort alles in großer Ordnung, aber gerade die Legitimationspapiere, die er suchte, konnte er in der Aufregung nicht gleich finden. Schließlich fand er seine Radfahrlegitimation und wollte schon mit ihr zu den Wächtern gehen, dann aber schien ihm das Papier zu geringfügig und er suchte weiter, bis er den Geburtsschein fand. Als er wieder in das Nebenzimmer zurückkam, öffnete sich gerade die gegenüberliegende Tür und Frau Grubach wollte dort eintreten. Man sah sie nur einen Augenblick, denn kaum hatte sie K. erkannt, als sie offenbar verlegen wurde, um Verzeihung bat, verschwand und äußerst vorsichtig die Tür schloß. »Kommen Sie doch herein«, hatte K. gerade noch sagen können. Nun aber stand er mit seinen Papieren in der Mitte des Zimmers, sah noch auf die Tür hin, die sich nicht wieder öffnete, und wurde erst durch einen Anruf der Wächter aufgeschreckt, die bei dem Tischchen am offenen Fenster saßen und, wie K. jetzt erkannte, sein Frühstück verzehrten. »Warum ist sie nicht eingetreten?« fragte er. »Sie darf nicht«, sagte der große Wächter. »Sie sind doch verhaftet.« – »Wie kann ich denn verhaftet sein? Und gar auf diese Weise?« – »Nun fangen Sie also wieder an«, sagte der Wächter und tauchte ein Butterbrot ins Honigfäßchen. »Solche Fragen beantworten wir nicht.« – »Sie werden sie beantworten müssen«, sagte K. »Hier sind meine Legitimationspapiere, zeigen Sie mir jetzt die Ihrigen und vor allem den Verhaftbefehl.« – »Du lieber Himmel!« sagte der Wächter. »Daß Sie sich in Ihre Lage nicht fügen können und daß Sie es darauf angelegt zu haben scheinen, uns, die wir Ihnen jetzt wahrscheinlich von allen Ihren Mitmenschen am nächsten stehen, nutzlos zu reizen!« – »Es ist so, glauben Sie es doch«, sagte Franz, führte die Kaffeetasse, die er in der Hand hielt, nicht zum Mund, sondern sah K. mit einem langen, wahrscheinlich bedeutungsvollen, aber unverständlichen Blick an. K. ließ sich, ohne es zu wollen, in ein Zwiegespräch der Blicke mit Franz ein, schlug dann aber doch auf seine Papiere und sagte: »Hier sind meine Legitimationspapiere.« – »Was kümmern uns denn die?« rief nun schon der große Wächter. »Sie führen sich ärger auf als ein Kind. Was wollen Sie denn? Wollen Sie Ihren großen, verfluchten Prozeß dadurch zu einem raschen Ende bringen, daß Sie mit uns, den Wächtern, über Legitimation und Verhaftbefehl diskutieren? Wir sind niedrige Angestellte, die sich in einem Legitimationspapier kaum auskennen und die mit Ihrer Sache nichts anderes zu tun haben, als daß sie zehn Stunden täglich bei Ihnen Wache halten und dafür bezahlt werden. Das ist alles, was wir sind, trotzdem aber sind wir fähig, einzusehen, daß die hohen Behörden, in deren Dienst wir stehen, ehe sie eine solche Verhaftung verfügen, sich sehr genau über die Gründe der Verhaftung und die Person des Verhafteten unterrichten. Es gibt darin keinen Irrtum. Unsere Behörde, soweit ich sie kenne, und ich kenne nur die niedrigsten Grade, sucht doch nicht etwa die Schuld in der Bevölkerung, sondern wird, wie es im Gesetz heißt, von der Schuld angezogen und muß uns Wächter ausschicken. Das ist Gesetz. Wo gäbe es da einen Irrtum?« – »Dieses Gesetz kenne ich nicht«, sagte K. »Desto schlimmer für Sie«, sagte der Wächter. »Es besteht wohl auch nur in Ihren Köpfen«, sagte K., er wollte sich irgendwie in die Gedanken der Wächter einschleichen, sie zu seinen Gunsten wenden oder sich dort einbürgern. Aber der Wächter sagte nur abweisend: »Sie werden es zu fühlen bekommen.« Franz mischte sich ein und sagte: »Sieh, Willem, er gibt zu, er kenne das Gesetz nicht, und behauptet gleichzeitig, schuldlos zu sein.« – »Du hast ganz recht, aber ihm kann man nichts begreiflich machen«, sagte der andere. K. antwortete nichts mehr; muß ich, dachte er, durch das Geschwätz dieser niedrigsten Organe – sie geben selbst zu, es zu sein – mich noch mehr verwirren lassen? Sie reden doch jedenfalls von Dingen, die sie gar nicht verstehen. Ihre Sicherheit ist nur durch ihre Dummheit möglich. Ein paar Worte, die ich mit einem mir ebenbürtigen Menschen sprechen werde, werden alles unvergleichlich klarer machen als die längsten Reden mit diesen.

Er ging einige Male in dem freien Raum des Zimmers auf und ab, drüben sah er die alte Frau, die einen noch viel älteren Greis zum Fenster gezerrt hatte, den sie umschlungen hielt. K. mußte dieser Schaustellung ein Ende machen: »Führen Sie mich zu Ihrem Vorgesetzten«, sagte er. »Wenn er es wünscht; nicht früher«, sagte der Wächter, der Willem genannt worden war. »Und nun rate ich Ihnen«, fügte er hinzu, »in Ihr Zimmer zu gehen, sich ruhig zu verhalten und darauf zu warten, was über Sie verfügt werden wird. Wir raten Ihnen, zerstreuen Sie sich nicht durch nutzlose Gedanken, sondern sammeln Sie sich, es werden große Anforderungen an Sie gestellt werden. Sie haben uns nicht so behandelt, wie es unser Entgegenkommen verdient hätte, Sie haben vergessen, daß wir, mögen wir auch sein was immer, zumindest jetzt Ihnen gegenüber freie Männer sind, das ist kein kleines Übergewicht. Trotzdem sind wir bereit, falls Sie Geld haben, Ihnen ein kleines Frühstück aus dem Kaffeehaus drüben zu bringen.«

Ohne auf dieses Angebot zu antworten, stand K. ein Weilchen lang still. Vielleicht würden ihn die beiden, wenn er die Tür des folgenden Zimmers oder gar die Tür des Vorzimmers öffnete, gar nicht zu hindern wagen, vielleicht wäre es die einfachste Lösung des Ganzen, daß er es auf die Spitze trieb. Aber vielleicht würden sie ihn doch packen, und war er einmal niedergeworfen, so war auch alle Überlegenheit verloren, die er jetzt ihnen gegenüber in gewisser Hinsicht doch wahrte. Deshalb zog er die Sicherheit der Lösung vor, wie sie der natürliche Verlauf bringen mußte, und ging in sein Zimmer zurück, ohne daß von seiner Seite oder von Seite der Wächter ein weiteres Wort gefallen wäre.

Er warf sich auf sein Bett und nahm vom Waschtisch einen schönen Apfel, den er sich gestern abend für das Frühstück vorbereitet hatte. Jetzt war er sein einziges Frühstück und jedenfalls, wie er sich beim ersten großen Bissen versicherte, viel besser, als das Frühstück aus dem schmutzigen Nachtcafé gewesen wäre, das er durch die Gnade der Wächter hätte bekommen können. Er fühlte sich wohl und zuversichtlich, in der Bank versäumte er zwar heute vormittag seinen Dienst, aber das war bei der verhältnismäßig hohen Stellung, die er dort einnahm, leicht entschuldigt. Sollte er die wirkliche Entschuldigung anführen? Er gedachte es zu tun. Würde man ihm nicht glauben, was in diesem Fall begreiflich war, so konnte er Frau Grubach als Zeugin führen oder auch die beiden Alten von drüben, die wohl jetzt auf dem Marsch zum gegenüberliegenden Fenster waren. Es wunderte K., wenigstens aus dem Gedankengang der Wächter wunderte es ihn, daß sie ihn in das Zimmer getrieben und ihn hier allein gelassen hatten, wo er doch zehnfache Möglichkeit hatte, sich umzubringen. Gleichzeitig allerdings fragte er sich, diesmal aus seinem Gedankengang, was für einen Grund er haben könnte, es zu tun. Etwa weil die zwei nebenan saßen und sein Frühstück abgefangen hatten? Es wäre so sinnlos gewesen, sich umzubringen, daß er, selbst wenn er es hätte tun wollen, infolge der Sinnlosigkeit dazu nicht imstande gewesen wäre. Wäre die geistige Beschränktheit der Wächter nicht so auffallend gewesen, so hätte man annehmen können, daß auch sie, infolge der gleichen Überzeugung, keine Gefahr darin gesehen hätten, ihn allein zu lassen. Sie mochten jetzt, wenn sie wollten, zusehen, wie er zu einem Wandschränkchen ging, in dem er einen guten Schnaps aufbewahrte, wie er ein Gläschen zuerst zum Ersatz des Frühstücks leerte und wie er ein zweites Gläschen dazu bestimmte, sich Mut zu machen, das letztere nur aus Vorsicht für den unwahrscheinlichen Fall, daß es nötig sein sollte.

Da erschreckte ihn ein Zuruf aus dem Nebenzimmer derartig, daß er mit den Zähnen ans Glas schlug. »Der Aufseher ruft Sie!« hieß es. Es war nur das Schreien, das ihn erschreckte, dieses kurze, abgehackte, militärische Schreien, das er dem Wächter Franz gar nicht zugetraut hätte. Der Befehl selbst war ihm sehr willkommen. »Endlich!« rief er zurück, versperrte den Wandschrank und eilte sofort ins Nebenzimmer. Dort standen die zwei Wächter und jagten ihn, als wäre das selbstverständlich, wieder in sein Zimmer zurück. »Was fällt Euch ein?« riefen sie. »Im Hemd wollt Ihr vor den Aufseher? Er läßt Euch durchprügeln und uns mit!« – »Laßt mich, zum Teufel!« rief K., der schon bis zum Kleiderkasten zurückgedrängt war. »Wenn man mich im

Bett überfällt, kann man nicht erwarten, mich im Festanzug zu finden.« – »Es hilft nichts«, sagten die Wächter, die immer, wenn K. schrie, ganz ruhig, ja fast traurig wurden und ihn dadurch verwirrten oder gewissermaßen zur Besinnung brachten. »Lächerliche Zeremonien!« brummte er noch, hob aber schon einen Rock vom Stuhl und hielt ihn ein Weilchen mit beiden Händen, als unterbreite er ihn dem Urteil der Wächter. Sie schüttelten die Köpfe. »Es muß ein schwarzer Rock sein«, sagten sie. K. warf daraufhin den Rock zu Boden und sagte – er wußte selbst nicht, in welchem Sinne er es sagte –: »Es ist doch noch nicht die Hauptverhandlung.« Die Wächter lächelten, blieben aber bei ihrem: »Es muß ein schwarzer Rock sein.«

»Wenn ich dadurch die Sache beschleunige, soll es mir recht sein«, sagte K., öffnete den Kleiderkasten, suchte lange unter den vielen Kleidern, wählte sein bestes schwarzes Kleid, ein Jackettkleid, das durch seine Taille unter den Bekannten fast Aufsehen gemacht hatte, zog nun auch ein anderes Hemd hervor und begann, sich sorgfältig anzuziehen. Im geheimen glaubte er, eine Beschleunigung des Ganzen damit erreicht zu haben, daß die Wächter vergessen hatten, ihn zum Bad zu zwingen. Er beobachtete sie, ob sie sich vielleicht daran doch erinnern würden, aber das fiel ihnen natürlich gar nicht ein, dagegen vergaß Willem nicht, Franz mit der Meldung, daß sich K. anziehe, zum Aufseher zu schicken.

Als er vollständig angezogen war, mußte er knapp vor Willem durch das leere Nebenzimmer in das folgende Zimmer gehen, dessen Tür mit beiden Flügeln bereits geöffnet war. Dieses Zimmer wurde, wie K. genau wußte, seit kurzer

Zeit von einem Fräulein Bürstner, einer Schreibmaschinistin, bewohnt, die sehr früh in die Arbeit zu gehen pflegte, spät nach Hause kam und mit der K. nicht viel mehr als die Grußworte gewechselt hatte. Jetzt war das Nachttischchen von ihrem Bett als Verhandlungstisch in die Mitte des Zimmers gerückt, und der Aufseher saß hinter ihm. Er hatte die Beine übereinandergeschlagen und einen Arm auf die Rückenlehne des Stuhles gelegt.

In einer Ecke des Zimmers standen drei junge Leute und sahen die Fotografien des Fräulein Bürstner an, die in einer an der Wand aufgehängten Matte steckten. An der Klinke des offenen Fensters hing eine weiße Bluse. Im gegenüberliegenden Fenster lagen wieder die zwei Alten, doch hatte sich ihre Gesellschaft vergrößert, denn hinter ihnen, sie weit überragend, stand ein Mann mit einem auf der Brust offenen Hemd, der seinen rötlichen Spitzbart mit den Fingern drückte und drehte. »Josef K.?« fragte der Aufseher, vielleicht nur um K.s zerstreute Blicke auf sich zu lenken. K. nickte. »Sie sind durch die Vorgänge des heutigen Morgens wohl sehr überrascht?« fragte der Aufseher und verschob dabei mit beiden Händen die wenigen Gegenstände, die auf dem Nachttischchen lagen, die Kerze mit Zündhölzern, ein Buch und ein Nadelkissen, als seien es Gegenstände, die er zur Verhandlung benötigte. »Gewiß«, sagte K., und das Wohlgefühl, endlich einem vernünftigen Menschen gegenüberzustehen und über seine Angelegenheit mit ihm sprechen zu können, ergriff ihn. »Gewiß, ich bin überrascht, aber ich bin keineswegs sehr überrascht.« – »Nicht sehr überrascht?« fragte der Aufseher und stellte nun die Kerze in die Mitte des Tischchens, während er die anderen Sachen um sie gruppierte. »Sie mißverstehen mich vielleicht«, beeilte sich K. zu bemerken. »Ich meine« – hier unterbrach sich K. und sah sich nach einem Sessel um. »Ich kann mich doch setzen?« fragte er. »Es ist nicht üblich, antwortete der Aufseher. »Ich meine«, sagte nun K. ohne weitere Pause, »ich bin allerdings sehr überrascht, aber man ist, wenn man dreißig Jahre auf der Welt ist und sich allein hat durchschlagen müssen, wie es mir beschieden war, gegen Überraschungen abgehärtet und nimmt sie nicht zu schwer. Besonders die heutige nicht.« – »Warum besonders die heutige nicht?« – »Ich will nicht sagen, daß ich das Ganze für einen Spaß ansehe, dafür scheinen mir die Veranstaltungen, die gemacht wurden, doch zu umfangreich. Es müßten alle Mitglieder der Pension daran beteiligt sein und auch Sie alle, das ginge über die Grenzen eines Spaßes. Ich will also nicht sagen, daß es ein Spaß ist.« – »Ganz richtig«, sagte der Aufseher und sah nach, wieviel Zündhölzchen in der Zündhölzchenschachtel waren. »Andererseits aber«, fuhr K. fort und wandte sich hierbei an alle und hätte gern sogar die drei bei den Photographien sich zugewendet, »andererseits aber kann die Sache auch nicht viel Wichtigkeit haben. Ich folgere das daraus, daß ich angeklagt bin, aber nicht die geringste Schuld auffinden kann, wegen deren man mich anklagen könnte. Aber auch das ist nebensächlich, die Hauptfrage ist, von wem bin ich angeklagt? Welche Behörde führt das Verfahren? Sind Sie Beamte? Keiner hat eine Uniform, wenn man nicht Ihr Kleid« – hier wandte er sich an Franz – »eine Uniform nennen will, aber es ist doch eher ein Reiseanzug. In diesen Fragen verlange ich Klarheit, und ich bin überzeugt, daß wir nach dieser Klarstellung voneinander den herzlichsten Abschied werden nehmen können.« Der Aufseher schlug die Zündhölzchenschachtel auf den Tisch nieder. »Sie befinden sich in einem großen Irrtum«, sagte er. »Diese Herren hier und ich sind für Ihre Angelegenheit vollständig nebensächlich, ja wir wissen sogar von ihr fast nichts. Wir könnten die regelrechtesten Uniformen tragen, und Ihre Sache würde um nichts schlechter stehen. Ich kann Ihnen auch durchaus nicht sagen, daß Sie angeklagt sind, oder vielmehr, ich weiß nicht, ob Sie es sind. Sie sind verhaftet, das ist richtig, mehr weiß ich nicht. Vielleicht haben die Wächter etwas anderes geschwätzt, dann ist es eben nur Geschwätz gewesen. Wenn ich nun aber auch Ihre Fragen nicht beantworte, so kann ich Ihnen doch raten, denken Sie weniger an uns und an das, was mit Ihnen geschehen wird, denken Sie lieber mehr an sich. Und machen Sie keinen solchen Lärm mit dem Gefühl Ihrer Unschuld, es stört den nicht gerade schlechten Eindruck, den Sie im übrigen machen. Auch sollten Sie überhaupt im Reden zurückhaltender sein, fast alles, was Sie vorhin gesagt haben, hätte man auch, wenn Sie nur ein paar Worte gesagt hätten, Ihrem Verhalten entnehmen können, außerdem war es nichts für Sie übermäßig Günstiges.«

K. starrte den Aufseher an. Schulmäßige Lehren bekam er hier von einem vielleicht jüngeren Menschen? Für seine Offenheit wurde er mit einer Rüge bestraft? Und über den Grund seiner Verhaftung und über deren Auftraggeber erfuhr er nichts? Er geriet in eine gewisse Aufregung, ging auf und ab, woran ihn niemand hinderte, schob seine Manschetten zurück, befühlte die Brust, strich sein Haar zurecht, kam an den drei Herren vorüber, sagte: »Es ist ja sinnlos«, worauf sich diese zu ihm umdrehten und ihn entgegenkommend, aber ernst ansahen, und machte endlich wieder vor dem Tisch des Aufsehers halt. »Der Staatsanwalt Hasterer ist mein guter Freund«, sagte er, »kann ich ihm telefonieren?« – »Gewiß«, sagte der Aufseher, »aber ich weiß nicht, welchen Sinn das haben sollte, es müßte denn sein, daß Sie irgendeine private Angelegenheit mit ihm zu besprechen haben.« – »Welchen Sinn?« rief K., mehr bestürzt als geärgert. »Wer sind Sie denn? Sie wollen einen Sinn und führen dieses Sinnloseste auf, das es gibt? Ist es nicht zum Steinerweichen? Die Herren haben mich zuerst überfallen, und jetzt sitzen oder stehen sie hier herum und lassen mich vor Ihnen die Hohe Schule reiten. Welchen Sinn es hätte, an einen Staatsanwalt zu telefonieren, wenn ich angeblich verhaftet bin? Gut, ich werde nicht telefonieren.« – »Aber doch«, sagte der Aufseher und streckte die Hand zum Vorzimmer aus, wo das Telefon war, »bitte, telefonieren Sie doch.« – »Nein, ich will nicht mehr«, sagte K. und ging zum Fenster. Drüben war noch die Gesellschaft beim Fenster und schien nur jetzt dadurch, daß K. ans Fenster herangetreten war, in der Ruhe des Zuschauens ein wenig gestört. Die Alten wollten sich erheben, aber der Mann hinter ihnen beruhigte sie. »Dort sind auch solche Zuschauer«, rief K. ganz laut dem Aufseher zu und zeigte mit dem Zeigefinger hinaus. »Weg von dort«, rief er dann hinüber. Die drei wichen auch sofort ein paar Schritte zurück, die beiden Alten sogar noch hinter den Mann, der sie mit seinem breiten Körper deckte und, nach seinen Mundbewegungen zu schließen, irgend etwas auf die Entfernung hin Unverständliches sagte. Ganz aber verschwanden sie nicht, sondern schienen auf den Augenblick zu warten, in dem sie sich unbemerkt wieder dem Fenster nähern könnten. »Zudringliche, rücksichtslose Leute!« sagte K., als er sich ins Zimmer zurückwendete. Der Aufseher stimmte ihm möglicherweise zu, wie K. mit einem Seitenblick zu erkennen glaubte. Aber es war ebensogut möglich, daß er gar nicht zugehört hatte, denn er hatte eine Hand fest auf den Tisch gedrückt und schien die Finger ihrer Länge nach zu vergleichen. Die zwei Wächter saßen auf einem mit einer Schmuckdecke verhüllten Koffer und rieben ihre Knie. Die drei jungen Leute hatten die Hände in die Hüften gelegt und sahen ziellos herum. Es war still wie in irgendeinem vergessenen Büro. »Nun, meine Herren«, rief K., es schien ihm einen Augenblick lang, als trage er alle auf seinen Schultern, »Ihrem Aussehen nach zu schließen, dürfte meine Angelegenheit beendet sein. Ich bin der Ansicht, daß es am besten ist, über die Berechtigung und Nichtberechtigung Ihres Vorgehens nicht mehr nachzudenken und der Sache durch einen gegenseitigen Händedruck einen versöhnlichen Abschluß zu geben. Wenn auch Sie meiner Ansicht sind, dann bitte –«, und er trat an den Tisch des Aufsehers hin und reichte ihm die Hand. Der Aufseher hob die Augen, nagte an den Lippen und sah auf K.s ausgestreckte Hand; noch immer glaubte K., der Aufseher werde einschlagen. Dieser aber stand auf, nahm einen harten, runden Hut, der auf Fräulein Bürstners Bett lag, und setzte sich ihn vorsichtig mit beiden Händen auf, wie man es bei der Anprobe neuer Hüte tut. »Wie einfach Ihnen alles scheint!« sagte er dabei zu K. »Wir sollten der Sache einen versöhnlichen Abschluß geben, meinten Sie? Nein, nein, das geht wirklich nicht. Womit ich andererseits durchaus nicht sagen will, daß Sie verzweifeln sollen. Nein, warum denn? Sie sind nur verhaftet, nichts weiter. Das hatte ich Ihnen mitzuteilen, habe es getan und habe auch gesehen, wie Sie es aufgenommen haben. Damit ist es für heute genug und wir können uns verabschieden, allerdings nur vorläufig. Sie werden wohl jetzt in die Bank wollen?« – »In die Bank?« fragte K. »Ich dachte, ich wäre verhaftet.« K. fragte mit einem gewissen Trotz, denn obwohl sein Handschlag nicht angenommen worden war, fühlte er sich, insbesondere seitdem der Aufseher aufgestanden war, immer unabhängiger von allen diesen Leuten. Er spielte mit ihnen. Er hatte die Absicht, falls sie weggehen sollten, bis zum Haustor nachzulaufen und ihnen seine Verhaftung anzubieten. Darum wiederholte er auch: »Wie kann ich denn in die Bank gehen, da ich verhaftet bin?« – »Ach so«, sagte der Aufseher, der schon bei der Tür war. »Sie haben mich mißverstanden. Sie sind verhaftet, gewiß, aber das soll Sie nicht hindern, Ihren Beruf zu erfüllen. Sie sollen auch in Ihrer gewöhnlichen Lebensweise nicht gehindert sein.« – »Dann ist das Verhaftetsein nicht sehr schlimm«, sagte K. und ging nahe an den Aufseher heran. »Ich meinte es niemals anders«, sagte dieser. »Es scheint aber dann nicht einmal die Mitteilung der Verhaftung sehr notwendig gewesen zu sein«, sagte K. und ging noch näher. Auch die anderen hatten sich genähert. Alle waren jetzt auf einem engen Raum bei der Tür versammelt. »Es war meine Pflicht«, sagte der Aufseher. »Eine dumme Pflicht«, sagte K. unnachgiebig. »Mag sein«, antwortete der Aufseher, »aber wir wollen mit solchen Reden nicht unsere Zeit verlieren. Ich hatte angenommen, daß Sie in die Bank gehen wollen. Da Sie auf alle Worte aufpassen, füge ich hinzu: Ich zwinge Sie nicht, in die Bank zu gehen, ich hatte nur angenommen, daß Sie es wollen. Und um Ihnen das zu erleichtern und Ihre Ankunft in der Bank möglichst unauffällig zu machen, habe ich diese drei Herren, Ihre Kollegen, hier zu Ihrer Verfügung gestellt.« – »Wie?« rief K. und staunte die drei an. Diese so uncharakteristischen, blutarmen, jungen Leute, die er immer noch nur als Gruppe bei den Photographien in der Erinnerung hatte, waren tatsächlich Beamte aus seiner Bank, nicht Kollegen, das war zuviel gesagt und bewies eine Lücke in der Allwissenheit des Aufsehers, aber untergeordnete Beamte aus der Bank waren es allerdings. Wie hatte K. das übersehen können? Wie hatte er doch hingenommen sein müssen von dem Aufseher und den Wächtern, um diese drei nicht zu erkennen! Den steifen, die Hände schwingenden Rabensteiner, den blonden Kullich mit den tiefliegenden Augen und Kaminer mit dem unausstehlichen, durch eine chronische Muskelzerrung bewirkten Lächeln. »Guten Morgen«, sagte K. nach einem Weilchen und reichte den sich korrekt verbeugenden Herren die Hand. »Ich habe Sie gar nicht erkannt. Nun werden wir also an die Arbeit gehen, nicht?« Die Herren nickten lachend und eifrig, als hätten sie die ganze Zeit über darauf gewartet, nur als K. seinen Hut vermißte, der in seinem Zimmer liegengeblieben war, liefen sie sämtlich hintereinander, ihn holen, was immerhin auf eine gewisse Verlegenheit schließen ließ. K. stand still und sah ihnen durch die zwei offenen Türen nach, der letzte war natürlich der gleichgültige Rabensteiner, der bloß einen eleganten Trab angeschlagen hatte. Kaminer überreichte den Hut, und K. mußte sich, wie dies übrigens auch öfters in der Bank nötig war, ausdrücklich sagen, daß Kaminers Lächeln nicht Absicht war, ja daß er überhaupt absichtlich nicht lächeln konnte. Im Vorzimmer öffnete dann Frau Grubach, die gar nicht sehr schuldbewußt aussah, der ganzen Gesellschaft die Wohnungstür, und K. sah, wie so oft, auf ihr Schürzenband nieder, das so unnötig tief in ihren mächtigen Leib einschnitt. Unten entschloß sich K., die Uhr in der Hand, ein Automobil zu nehmen, um die schon halbstündige Verspätung nicht unnötig zu vergrößern. Kaminer lief zur Ecke, um den Wagen zu holen, die zwei anderen versuchten offensichtlich, K. zu zerstreuen, als plötzlich Kullich auf das gegenüberliegende Haustor zeigte, in dem eben der große Mann mit dem blonden Spitzbart erschien und, im ersten Augenblick ein wenig verlegen darüber, daß er sich jetzt in seiner ganzen Größe zeigte, zur Wand zurücktrat und sich anlehnte. Die Alten waren wohl noch auf der Treppe. K. ärgerte sich über Kullich, daß dieser auf den Mann aufmerksam machte, den er selbst schon früher gesehen, ja den er sogar erwartet hatte. »Schauen Sie nicht hin!« stieß er hervor, ohne zu bemerken, wie auffallend eine solche Redeweise gegenüber selbständigen Männern war. Es war aber auch keine Erklärung nötig, denn gerade kam das Automobil, man setzte sich und fuhr los. Da erinnerte sich K., daß er das Weggehen des Aufsehers und der Wächter gar nicht bemerkt hatte, der Aufseher hatte ihm die drei Beamten verdeckt und nun wieder die Beamten den Aufseher. Viel Geistesgegenwart bewies das nicht, und K. nahm sich vor, sich in dieser Hinsicht genauer zu beobachten. Doch drehte er sich noch unwillkürlich um und beugte sich über das Hinterdeck des Automobils vor, um möglicherweise den Aufseher und die Wächter noch zu sehen. Aber gleich wendete er sich wieder zurück und lehnte sich bequem in die Wagenecke, ohne auch nur den Versuch gemacht zu haben, jemanden zu suchen. Obwohl es nicht den Anschein hatte, hätte er gerade jetzt Zuspruch nötig gehabt, aber nun schienen die Herren ermüdet. Rabensteiner sah rechts aus dem Wagen, Kullich links, und nur Kaminer stand mit seinem Grinsen zur Verfügung, über das einen Spaß zu machen leider die Menschlichkeit verbot.

In diesem Frühjahr pflegte K. die Abende in der Weise zu verbringen, daß er nach der Arbeit, wenn dies noch möglich war – er saß meistens bis neun Uhr im Büro –, einen kleinen Spaziergang allein oder mit Beamten machte und dann in eine Bierstube ging, wo er an einem Stammtisch mit meist älteren Herren gewöhnlich bis elf Uhr beisammensaß. Es gab aber auch Ausnahmen von dieser Einteilung, wenn K. zum Beispiel vom Bankdirektor, der seine Arbeitskraft und Vertrauenswürdigkeit sehr schätzte, zu einer Autofahrt oder zu einem Abendessen in seiner Villa eingeladen wurde. Außerdem ging K. einmal in der Woche zu einem Mädchen namens Elsa, die während der Nacht bis in den späten Morgen als Kellnerin in einer Weinstube bediente und während des Tages nur vom Bett aus Besuche empfing.

An diesem Abend aber – der Tag war unter angestrengter Arbeit und vielen ehrenden und freundschaftlichen Geburtstagswünschen schnell verlaufen – wollte K. sofort nach Hause gehen. In allen kleinen Pausen der Tagesarbeit hatte er daran gedacht; ohne genau zu wissen, was er meinte, schien es ihm, als ob durch die Vorfälle des Morgens eine große Unordnung in der ganzen Wohnung der Frau Grubach verursacht worden sei und daß gerade er nötig sei, um die Ordnung wiederherzustellen. War aber einmal diese Ordnung hergestellt, dann war jede Spur jener Vorfälle ausgelöscht und alles nahm seinen alten Gang wieder auf. Insbesondere von den drei Beamten war nichts zu befürchten, sie waren wieder in die große Beamtenschaft der Bank versenkt, es war keine Veränderung an ihnen zu bemerken. K. hatte sie öfters einzeln und gemeinsam in sein Büro gerufen, zu keinem andern Zweck, als um sie zu beobachten; immer hatte er sie befriedigt entlassen können.

Als er um halb zehn Uhr abends vor dem Hause, in dem er wohnte, ankam, traf er im Haustor einen jungen Burschen, der dort breitbeinig stand und eine Pfeife rauchte. »Wer sind Sie?« fragte K. sofort und brachte sein Gesicht nahe an den Burschen, man sah nicht viel im Halbdunkel des Flurs. »Ich bin der Sohn des Hausmeisters, gnädiger Herr«, antwortete der Bursche, nahm die Pfeife aus dem Mund und trat zur Seite. »Der Sohn des Hausmeisters?« fragte K. und klopfte mit seinem Stock ungeduldig den Boden. »Wünscht der gnädige Herr etwas? Soll ich den Vater holen?« – »Nein, nein«, sagte K., in seiner Stimme lag etwas Verzeihendes, als habe der Bursche etwas Böses ausgeführt, er aber verzeihe ihm. »Es ist gut«, sagte er dann und ging weiter, aber ehe er die Treppe hinaufstieg, drehte er sich noch einmal um.

Er hätte geradewegs in sein Zimmer gehen können, aber da er mit Frau Grubach sprechen wollte, klopfte er gleich an ihre Tür an. Sie saß mit einem Strickstrumpf am Tisch, auf dem noch ein Haufen alter Strümpfe lag. K. entschuldigte sich zerstreut, daß er so spät komme, aber Frau Grubach war sehr freundlich und wollte keine Entschuldigung hören, für ihn sei sie immer zu sprechen, er wisse sehr gut, daß er ihr bester und liebster Mieter sei. K. sah sich im Zimmer um, es war wieder vollkommen in seinem alten Zustand, das Frühstücksgeschirr, das früh auf dem Tischchen beim Fenster gestanden hatte, war auch schon weggeräumt. ›Frauenhände bringen doch im stillen viel fertig‹, dachte er, er hätte das Geschirr vielleicht auf der Stelle zerschlagen, aber gewiß nicht hinaustragen können. Er sah Frau Grubach mit einer gewissen Dankbarkeit an. »Warum arbeiten Sie noch so spät?« fragte er. Sie saßen nun beide am Tisch, und K. vergrub von Zeit zu Zeit seine Hand in die Strümpfe. »Es gibt viel Arbeit«, sagte sie, »während des Tages gehöre ich den Mietern; wenn ich meine Sachen in Ordnung bringen will, bleiben mir nur die Abende.« – »Ich habe Ihnen heute wohl noch eine außergewöhnliche Arbeit gemacht?« – »Wieso denn?« fragte sie, etwas eifriger werdend, die Arbeit ruhte in ihrem Schoße. »Ich meine die Männer, die heute früh hier waren.« – »Ach so«, sagte sie und kehrte wieder in ihre Ruhe zurück, »das hat mir keine besondere Arbeit gemacht.« K. sah schweigend zu, wie sie den Strickstrumpf wieder vornahm. ›Sie scheint sich zu wundern, daß ich davon spreche‹, dachte er. ›Sie scheint es nicht für richtig zu halten, daß ich davon spreche. Desto wichtiger ist es, daß ich es tue. Nur mit einer alten Frau kann ich davon sprechen.‹ – »Doch, Arbeit hat es gewiß gemacht«, sagte er dann, »aber es wird nicht wieder vorkommen.« – »Nein, das kann nicht wieder vorkommen«, sagte sie bekräftigend und lächelte K. fast wehmütig an. »Meinen Sie das ernstlich?« fragte K. »Ja«, sagte sie leiser, »aber vor allem dürfen Sie es nicht zu schwer nehmen. Was geschieht nicht alles in der Welt! Da Sie so vertraulich mit mir reden, Herr K., kann ich Ihnen ja eingestehen, daß ich ein wenig hinter der Tür gehorcht habe und daß mir auch die beiden Wächter einiges erzählt haben. Es handelt sich ja um Ihr Glück, und das liegt mir wirklich am Herzen, mehr als mir vielleicht zusteht, denn ich bin ja bloß die Vermieterin. Nun, ich habe also einiges gehört, aber ich kann nicht sagen, daß es etwas besonders Schlimmes war. Nein. Sie sind zwar verhaftet, aber nicht so, wie ein Dieb verhaftet wird. Wenn man wie ein Dieb verhaftet wird, so ist es schlimm, aber diese Verhaftung –. Es kommt mir wie etwas Gelehrtes vor, entschuldigen Sie, wenn ich etwas Dummes sage, es kommt mir wie etwas Gelehrtes vor, das ich zwar nicht verstehe, das man aber auch nicht verstehen muß.«

»Es ist gar nichts Dummes, was Sie gesagt haben, Frau Grubach, wenigstens bin auch ich zum Teil Ihrer Meinung, nur urteile ich über das Ganze noch schärfer als Sie und halte es einfach nicht einmal für etwas Gelehrtes, sondern überhaupt für nichts. Ich wurde überrumpelt, das war es. Wäre ich gleich nach dem Erwachen, ohne mich durch das Ausbleiben der Anna beirren zu lassen, aufgestanden und ohne Rücksicht auf irgend jemand, der mir in den Weg getreten wäre, zu Ihnen gegangen, hätte ich diesmal ausnahmsweise etwa in der Küche gefrühstückt, hätte mir von Ihnen die Kleidungsstücke aus meinem Zimmer bringen lassen, kurz, hätte ich vernünftig gehandelt, so wäre nichts weiter geschehen, es wäre alles, was werden wollte, erstickt worden. Man ist aber so wenig vorbereitet. In der Bank zum Beispiel bin ich vorbereitet, dort könnte mir etwas Derartiges unmöglich geschehen, ich habe dort einen eigenen Diener, das allgemeine Telefon und das Bürotelefon stehen vor mir auf dem Tisch, immerfort kommen Leute, Parteien und

Beamte, außerdem aber und vor allem bin ich dort immerfort im Zusammenhang der Arbeit, daher geistesgegenwärtig, es würde mir geradezu ein Vergnügen machen, dort einer solchen Sache gegenübergestellt zu werden. Nun, es ist vorüber und ich wollte eigentlich auch gar nicht mehr darüber sprechen, nur Ihr Urteil, das Urteil einer vernünftigen Frau, wollte ich hören und bin sehr froh, daß wir darin übereinstimmen. Nun müssen Sie mir die Hand reichen, eine solche Übereinstimmung muß durch Handschlag bekräftigt werden.«

Ob sie mir die Hand reichen wird? Der Aufseher hat mir die Hand nicht gereicht, dachte er und sah die Frau anders als früher, prüfend an. Sie stand auf, weil auch er aufgestanden war, sie war ein wenig befangen, weil ihr nicht alles, was K. gesagt hatte, verständlich gewesen war. Infolge dieser Befangenheit sagte sie aber etwas, was sie gar nicht wollte und was auch gar nicht am Platze war: »Nehmen Sie es doch nicht so schwer, Herr K.«, sagte sie, hatte Tränen in der Stimme und vergaß natürlich auch den Handschlag. »Ich wüßte nicht, daß ich es schwer nehme«, sagte K., plötzlich ermüdet und das Wertlose aller Zustimmungen dieser Frau einsehend.

Bei der Tür fragte er noch: »Ist Fräulein Bürstner zu Hause?« – »Nein«, sagte Frau Grubach und lächelte bei dieser trockenen Auskunft mit einer verspäteten vernünftigen Teilnahme. »Sie ist im Theater. Wollten Sie etwas von ihr? Soll ich ihr etwas ausrichten?« – »Ach, ich wollte nur ein paar Worte mit ihr reden.« – »Ich weiß leider nicht, wann sie kommt; wenn sie im Theater ist, kommt sie gewöhnlich spät.« – »Das ist ja ganz gleichgültig«, sagte K. und drehte schon den gesenkten Kopf der Tür zu, um wegzugehen, »ich wollte mich nur bei ihr entschuldigen, daß ich heute ihr Zimmer in Anspruch genommen habe.« – »Das ist nicht nötig, Herr K., Sie sind zu rücksichtsvoll, das Fräulein weiß ja von gar nichts, sie war seit dem frühen Morgen noch nicht zu Hause, es ist auch schon alles in Ordnung gebracht, sehen Sie selbst.« Und sie öffnete die Tür zu Fräulein Bürstners Zimmer. »Danke, ich glaube es«, sagte K., ging dann aber doch zu der offenen Tür. Der Mond schien still in das dunkle Zimmer. Soviel man sehen konnte, war wirklich alles an seinem Platz, auch die Bluse hing nicht mehr an der Fensterklinke. Auffallend hoch schienen die Polster im Bett, sie lagen zum Teil im Mondlicht. »Das Fräulein kommt oft spät nach Hause«, sagte K. und sah Frau Grubach an, als trage sie die Verantwortung dafür. »Wie eben junge Leute sind!« sagte Frau Grubach entschuldigend. »Gewiß, gewiß«, sagte K., »es kann aber zu weit gehen.« – »Das kann es«, sagte Frau Grubach, »wie sehr haben Sie recht, Herr K. Vielleicht sogar in diesem Fall. Ich will Fräulein Bürstner gewiß nicht verleumden, sie ist ein gutes, liebes Mädchen, freundlich, ordentlich, pünktlich, arbeitsam, ich schätze das alles sehr, aber eines ist wahr, sie sollte stolzer, zurückhaltender sein. Ich habe sie in diesem Monat schon zweimal in entlegenen Straßen und immer mit einem andern Herrn gesehen. Es ist mir sehr peinlich, ich erzähle es, beim wahrhaftigen Gott, nur Ihnen, Herr K., aber es wird sich nicht vermeiden lassen, daß ich auch mit dem Fräulein selbst darüber spreche. Es ist übrigens nicht das einzige, was sie mir verdächtig macht.« – »Sie sind auf ganz falschem Weg«, sagte K. wütend und fast unfähig, es zu verbergen, »übrigens haben Sie offenbar auch meine Bemerkung über das Fräulein mißverstanden, so war es nicht gemeint. Ich warne Sie sogar aufrichtig, dem Fräulein irgend etwas zu sagen, Sie sind durchaus im Irrtum, ich kenne das Fräulein sehr gut, es ist nichts davon wahr, was Sie sagten. Übrigens, vielleicht gehe ich zu weit, ich will Sie nicht hindern, sagen Sie ihr, was Sie wollen. Gute Nacht.« – »Herr K.«, sagte Frau Grubach bittend und eilte K. bis zu seiner Tür nach, die er schon geöffnet hatte, »ich will ja noch gar nicht mit dem Fräulein reden, natürlich will ich sie vorher noch weiter beobachten, nur Ihnen habe ich anvertraut, was ich wußte. Schließlich muß es doch im Sinne jedes Mieters sein, wenn man die Pension rein zu erhalten sucht, und nichts anderes ist mein Bestreben dabei.« – »Die Reinheit!« rief K. noch durch die Spalte der Tür. »Wenn Sie die Pension rein erhalten wollen, müssen Sie zuerst mir kündigen.« Dann schlug er die Tür zu, ein leises Klopfen beachtete er nicht mehr.

Dagegen beschloß er, da er gar keine Lust zum Schlafen hatte, noch wach zu bleiben und bei dieser Gelegenheit auch festzustellen, wann Fräulein Bürstner kommen würde. Vielleicht wäre es dann auch möglich, so unpassend es sein mochte, noch ein paar Worte mit ihr zu reden. Als er im Fenster lag und die müden Augen drückte, dachte er einen Augenblick sogar daran, Frau Grubach zu bestrafen und Fräulein Bürstner zu überreden, gemeinsam mit ihm zu kündigen. Sofort aber erschien ihm das entsetzlich übertrieben, und er hatte sogar den Verdacht gegen sich, daß er darauf ausging, die Wohnung wegen der Vorfälle am Morgen zu wechseln. Nichts wäre unsinniger und vor allem zweckloser und verächtlicher gewesen.

Als er des Hinausschauens auf die leere Straße überdrüssig geworden war, legte er sich auf das Kanapee, nachdem er die Tür zum Vorzimmer ein wenig geöffnet hatte, um jeden, der die Wohnung betrat, gleich vom Kanapee aus sehen zu können. Etwa bis elf Uhr lag er ruhig, eine Zigarre rauchend, auf dem Kanapee. Von da ab hielt er es aber nicht mehr dort aus, sondern ging ein wenig ins Vorzimmer, als könne er dadurch die Ankunft des Fräulein Bürstner beschleunigen. Er hatte kein besonderes Verlangen nach ihr, er konnte sich nicht einmal genau erinnern, wie sie aussah, aber nun wollte er mit ihr reden und es reizte ihn, daß sie durch ihr spätes Kommen auch noch in den Abschluß dieses Tages Unruhe und Unordnung brachte. Sie war auch schuld daran, daß er heute nicht zu Abend gegessen und daß er den für heute beabsichtigten Besuch bei Elsa unterlassen hatte. Beides konnte er allerdings noch dadurch nachholen, daß er jetzt in das Weinlokal ging, in dem Elsa bedienstet war. Er wollte es auch noch später nach der Unterredung mit Fräulein Bürstner tun.

Es war halb zwölf vorüber, als jemand im Treppenhaus zu hören war. K., der, seinen Gedanken hingegeben, im Vorzimmer so, als wäre es sein eigenes Zimmer, laut auf und ab ging, flüchtete hinter seine Tür. Es war Fräulein Bürstner, die gekommen war. Fröstelnd zog sie, während sie die Tür versperrte, einen seidenen Schal um ihre schmalen Schultern zusammen. Im nächsten Augenblick mußte sie in ihr Zimmer gehen, in das K. gewiß um Mitternacht nicht eindringen durfte; er mußte sie also jetzt ansprechen, hatte aber unglücklicherweise versäumt, das elektrische Licht in seinem Zimmer anzudrehen, so daß sein Vortreten aus dem dunklen Zimmer den Anschein eines Überfalls hatte und wenigstens sehr erschrecken mußte. In seiner Hilflosigkeit und da keine Zeit zu verlieren war, flüsterte er durch den Türspalt: »Fräulein Bürstner.« Es klang wie eine Bitte, nicht wie ein Anruf. »Ist jemand hier?« fragte Fräulein Bürstner und sah sich mit großen Augen um. »Ich bin es«, sagte K. und trat vor. »Ach, Herr K.!« sagte Fräulein Bürstner lächelnd. »Guten Abend«, und sie reichte ihm die Hand. »Ich wollte ein paar Worte mit Ihnen sprechen, wollen Sie mir das jetzt erlauben?« – »Jetzt?« fragte Fräulein Bürstner. »Muß es jetzt sein? Es ist ein wenig sonderbar, nicht?« – »Ich warte seit neun Uhr auf Sie.« – »Nun ja, ich war im Theater, ich wußte doch nichts von Ihnen.« – »Der Anlaß für das, was ich Ihnen sagen will, hat sich erst heute ergeben.« – »So, nun ich habe ja nichts Grundsätzliches dagegen, außer daß ich zum Hinfallen müde bin. Also kommen Sie auf ein paar Minuten in mein Zimmer. Hier könnten wir uns auf keinen Fall unterhalten, wir wecken ja alle und das wäre mir unseretwegen noch unangenehmer als der Leute wegen. Warten Sie hier, bis ich in meinem Zimmer angezündet habe, und drehen Sie dann hier das Licht ab.« K. tat so, wartete dann aber noch, bis Fräulein Bürstner ihn aus ihrem Zimmer nochmals leise aufforderte zu kommen. »Setzen Sie sich«, sagte sie und zeigte auf die Ottomane, sie selbst blieb aufrecht am Bettpfosten trotz der Müdigkeit, von der sie gesprochen hatte; nicht einmal ihren kleinen, aber mit einer Überfülle von Blumen geschmückten Hut legte sie ab. »Was wollten Sie also? Ich bin wirklich neugierig.« Sie kreuzte leicht die Beine. »Sie werden vielleicht sagen«, begann K., »daß die Sache nicht so dringend war, um jetzt besprochen zu werden, aber –« – »Einleitungen überhöre ich immer«, sagte Fräulein Bürstner. »Das erleichtert meine

Aufgabe«, sagte K. »Ihr Zimmer ist heute früh, gewissermaßen durch meine Schuld, ein wenig in Unordnung gebracht worden, es geschah durch fremde Leute gegen meinen Willen und doch, wie gesagt, durch meine Schuld; dafür wollte ich um Entschuldigung bitten.« – »Mein Zimmer?« fragte Fräulein Bürstner und sah statt des Zimmers K. prüfend an. »Es ist so«, sagte K., und nun sahen beide einander zum erstenmal in die Augen, »die Art und Weise, in der es geschah, ist an sich keines Wortes wert.« – »Aber doch das eigentlich Interessante«, sagte Fräulein Bürstner. »Nein«, sagte K. »Nun«, sagte Fräulein Bürstner, »ich will mich nicht in Geheimnisse drängen, bestehen Sie darauf, daß es uninteressant ist, so will ich auch nichts dagegen einwenden. Die Entschuldigung, um die Sie bitten, gebe ich Ihnen gern, besonders da ich keine Spur einer Unordnung finden kann.« Sie machte, die flachen Hände tief an die Hüften gelegt, einen Rundgang durch das Zimmer. Bei der Matte mit den Fotografien blieb sie stehen. »Sehen Sie doch!« rief sie. »Meine Fotografien sind wirklich durcheinandergeworfen. Das ist aber häßlich. Es ist also jemand unberechtigterweise in meinem Zimmer gewesen.« K. nickte und verfluchte im stillen den Beamten Kaminer, der seine öde, sinnlose Lebhaftigkeit niemals zähmen konnte. »Es ist sonderbar«, sagte Fräulein Bürstner, »daß ich gezwungen bin, Ihnen etwas zu verbieten, was Sie sich selbst verbieten müßten, nämlich in meiner Abwesenheit mein Zimmer zu betreten.« – »Ich erklärte Ihnen doch, Fräulein«, sagte K. und ging auch zu den Photographien, »daß nicht ich es war, der sich an Ihren Photographien vergangen hat; aber da Sie mir nicht glauben, so muß ich also eingestehen, daß die Untersuchungskommission drei Bankbeamte mitgebracht hat, von denen der eine, den ich bei nächster Gelegenheit aus der Bank hinausbefördern werde, die Fotografien wahrscheinlich in die Hand genommen hat. Ja, es war eine Untersuchungskommission hier«, fügte K. hinzu, da ihn das Fräulein mit einem fragenden Blick ansah. »Ihretwegen?« fragte das Fräulein. »Ja«, antwortete K. »Nein!« rief das Fräulein und lachte. »Doch«, sagte K., »glauben Sie denn, daß ich schuldlos bin?« – »Nun, schuldlos ...« sagte das Fräulein, »ich will nicht gleich ein vielleicht folgenschweres Urteil aussprechen, auch kenne ich Sie doch nicht, es muß doch schon ein schweres Verbrechen sein, dem man gleich eine Untersuchungskommission auf den Leib schickt. Da Sie aber doch frei sind – ich schließe wenigstens aus Ihrer Ruhe, daß Sie nicht aus dem Gefängnis entlaufen sind –, so können Sie doch kein solches Verbrechen begangen haben.« – »Ja«, sagte K., »aber die Untersuchungskommission kann doch eingesehen haben, daß ich unschuldig bin oder doch nicht so schuldig, wie angenommen wurde.« – »Gewiß, das kann sein«, sagte Fräulein Bürstner sehr aufmerksam. »Sehen Sie«, sagte K., »Sie haben nicht viel Erfahrung in Gerichtssachen.« – »Nein, das habe ich nicht«, sagte Fräulein Bürstner, »und habe es auch schon oft bedauert, denn ich möchte alles wissen, und gerade Gerichtssachen interessieren mich ungemein. Das Gericht hat eine eigentümliche Anziehungskraft, nicht? Aber ich werde in dieser Richtung meine Kenntnisse sicher vervollständigen, denn ich trete nächsten Monat als Kanzleikraft in ein Advokatenbüro ein.« – »Das ist sehr gut«, sagte K., »Sie werden mir dann in meinem Prozeß ein wenig helfen können.« – »Das könnte sein«, sagte Fräulein Bürstner, »warum denn nicht? Ich verwende gern meine Kenntnisse.« – »Ich meine es auch im Ernst«, sagte K., »oder zumindest in dem halben Ernst, in dem Sie es meinen. Um einen Advokaten heranzuziehen, dazu ist die Sache doch zu kleinlich, aber einen Ratgeber könnte ich gut brauchen.« – »Ja, aber wenn ich Ratgeber sein soll, müßte ich wissen, worum es sich handelt«, sagte Fräulein Bürstner. »Das ist eben der Haken«, sagte K., »das weiß ich selbst nicht.« – »Dann haben Sie sich also einen Spaß aus mir gemacht«, sagte Fräulein Bürstner übermäßig enttäuscht, »es war höchst unnötig, sich diese späte Nachtzeit dazu auszusuchen.« Und sie ging von den Photographien weg, wo sie so lange vereinigt gestanden hatten. »Aber nein, Fräulein«, sagte K., »ich mache keinen Spaß. Daß Sie mir nicht glauben wollen! Was ich weiß, habe ich Ihnen schon gesagt. Sogar mehr als ich weiß, denn es war gar keine Untersuchungskommission, ich nenne es so, weil ich keinen anderen Namen dafür weiß. Es wurde gar nichts untersucht, ich wurde nur verhaftet, aber von einer Kommission.« Fräulein Bürstner saß auf der Ottomane und lachte wieder. »Wie war es denn?« fragte sie. »Schrecklich«, sagte K., aber er dachte jetzt gar nicht daran, sondern war ganz vom Anblick des Fräulein Bürstner ergriffen, die das Gesicht auf eine Hand stützte – der Ellbogen ruhte auf dem Kissen der Ottomane –, während die andere Hand langsam die Hüfte strich. »Das ist zu allgemein«, sagte Fräulein Bürstner. »Was ist zu allgemein?« fragte K. Dann erinnerte er sich und fragte: »Soll ich Ihnen zeigen, wie es gewesen ist?« Er wollte Bewegung machen und doch nicht weggehen. »Ich bin schon müde«, sagte Fräulein Bürstner. »Sie kamen so spät«, sagte K. »Nun endet es damit, daß ich Vorwürfe bekomme, es ist auch berechtigt, denn ich hätte Sie nicht mehr hereinlassen sollen. Notwendig war es ja auch nicht, wie es sich gezeigt hat.« – »Es war notwendig, das werden Sie erst jetzt sehn«, sagte K. »Darf ich das Nachttischchen von Ihrem Bett herrücken?« – »Was fällt Ihnen ein?« sagte Fräulein Bürstner. »Das dürfen Sie natürlich nicht!« – »Dann kann ich es Ihnen nicht zeigen«, sagte K. aufgeregt, als füge man ihm dadurch einen unermeßlichen Schaden zu. »Ja, wenn Sie es zur Darstellung brauchen, dann rücken Sie das Tischchen nur ruhig fort«, sagte Fräulein Bürstner und fügte nach einem Weilchen mit schwächerer Stimme hinzu: »Ich bin so müde, daß ich mehr erlaube, als gut ist.« K. stellte das Tischchen in die Mitte des Zimmers und setzte sich dahinter. »Sie müssen sich die Verteilung der Personen richtig vorstellen, es ist sehr interessant. Ich bin der Aufseher, dort auf dem Koffer sitzen zwei Wächter, bei den Fotografien stehen drei junge Leute. An der Fensterklinke hängt, was ich nur nebenbei erwähne, eine weiße Bluse. Und jetzt fängt es an. Ja, ich vergesse mich. Die wichtigste Person, also ich, stehe hier vor dem Tischchen. Der Aufseher sitzt äußert bequem, die Beine übereinandergelegt, den Arm hier über die Lehne hinunterhängend, ein Lümmel sondergleichen. Und jetzt fängt es also wirklich an. Der Aufseher ruft, als ob er mich wecken müßte, er schreit geradezu, ich muß leider, wenn ich es Ihnen begreiflich machen will, auch schreien, es ist übrigens nur mein Name, den er so schreit.« Fräulein Bürstner, die lachend zuhörte, legte den Zeigefinger an den Mund, um K. am Schreien zu hindern, aber es war zu spät. K. war zu sehr in der Rolle, er rief langsam: »Josef K.!«, übrigens nicht so laut, wie er gedroht hatte, aber doch so, daß sich der Ruf, nachdem er plötzlich ausgestoßen war, erst allmählich im Zimmer zu verbreiten schien.

Da klopfte es an die Tür des Nebenzimmers einigemal, stark, kurz und regelmäßig. Fräulein Bürstner erbleichte und legte die Hand aufs Herz. K. erschrak deshalb besonders stark, weil er noch ein Weilchen ganz unfähig gewesen war, an etwas anderes zu denken als an die Vorfälle des Morgens und an das Mädchen, dem er sie vorführte. Kaum hatte er sich gefaßt, sprang er zu Fräulein Bürstner und nahm ihre Hand. »Fürchten Sie nichts«, flüsterte er, »ich werde alles in Ordnung bringen. Wer kann es aber sein? Hier nebenan ist doch nur das Wohnzimmer, in dem niemand schläft.« – »Doch«, flüsterte Fräulein Bürstner an K.s Ohr, »seit gestern schläft hier ein Neffe von Frau Grubach, ein Hauptmann. Es ist gerade kein anderes Zimmer frei. Auch ich habe es vergessen. Daß Sie so schreien mußten! Ich bin unglücklich darüber.« – »Dafür ist gar kein Grund«, sagte K. und küßte, als sie jetzt auf das Kissen zurücksank, ihre Stirn. »Weg, weg«, sagte sie und richtete sich eilig wieder auf, »gehen Sie doch, gehen Sie doch, was wollen Sie, er horcht doch an der Tür, er hört doch alles. Wie Sie mich quälen!« – »Ich gehe nicht früher«, sagte K., »als Sie ein wenig beruhigt sind. Kommen Sie in die andere Ecke des Zimmers, dort kann er uns nicht hören.« Sie ließ sich dorthin führen. »Sie überlegen nicht«, sagte er, »daß es sich zwar um eine Unannehmlichkeit für Sie handelt, aber durchaus nicht um eine Gefahr. Sie wissen, wie mich Frau Grubach, die in dieser Sache doch entscheidet, besonders da der Hauptmann ihr Neffe ist, geradezu verehrt und alles, was ich sage, unbedingt glaubt. Sie ist auch im übrigen von mir abhängig, denn sie hat eine größere Summe von mir geliehen. Jeden Ihrer Vorschläge über eine Erklärung für unser Beisammen nehme ich an, wenn es nur ein wenig zweckentsprechend ist, und verbürge mich, Frau Grubach dazu zu bringen, die Erklärung nicht nur vor der Öffentlichkeit, sondern wirklich und aufrichtig zu glauben. Mich müssen Sie dabei in keiner Weise schonen. Wollen Sie verbreitet haben, daß ich Sie überfallen habe, so wird Frau Grubach in diesem Sinne unterrichtet werden und wird es glauben, ohne das Vertrauen zu mir zu verlieren, so sehr hängt sie an mir.« Fräulein Bürstner sah, still und ein wenig zusammengesunken, vor sich auf den Boden. »Warum sollte Frau Grubach nicht glauben, daß ich Sie überfallen habe?« fügte K. hinzu. Vor sich sah er ihr Haar, geteiltes, niedrig gebauschtes, fest zusammengehaltenes, rötliches Haar. Er glaubte, sie werde ihm den Blick zuwenden, aber sie sagte in unveränderter Haltung: »Verzeihen Sie, ich bin durch das plötzliche Klopfen so erschreckt worden, nicht so sehr durch die Folgen, die die Anwesenheit des Hauptmannes haben könnte. Es war so still nach Ihrem Schrei, und da klopfte es, deshalb bin ich so erschrocken, ich saß auch in der Nähe der Tür, es klopfte fast neben mir. Für Ihre Vorschläge danke ich, aber ich nehme sie nicht an. Ich kann für alles, was in meinem Zimmer geschieht, die Verantwortung tragen, und zwar gegenüber jedem. Ich wundere mich, daß Sie nicht merken, was für eine Beleidigung für mich in Ihren Vorschlägen liegt, neben den guten Absichten natürlich, die ich gewiß anerkenne. Aber nun gehen Sie, lassen Sie mich allein, ich habe es jetzt noch nötiger als früher. Aus den wenigen Minuten, um die Sie gebeten haben, ist nun eine halbe Stunde und mehr geworden.« K. faßte sie bei der Hand und dann beim Handgelenk: »Sie sind mir aber nicht böse?« sagte er. Sie streifte seine Hand ab und antwortete: »Nein, nein, ich bin niemals und niemandem böse.« Er faßte wieder nach ihrem Handgelenk, sie duldete es jetzt und führte ihn so zur Tür. Er war fest entschlossen wegzugehen. Aber vor der Tür, als hätte er nicht erwartet, hier eine Tür zu finden, stockte er, diesen Augenblick benützte Fräulein Bürstner, sich loszumachen, die Tür zu öffnen, ins Vorzimmer zu schlüpfen und von dort aus K. leise zu sagen: »Nun kommen Sie doch, bitte. Sehen Sie« – sie zeigte auf die Tür des Hauptmanns, unter der ein Lichtschein hervorkam –, »er hat angezündet und unterhält sich über uns.« – »Ich komme schon«, sagte K., lief vor, faßte sie, küßte sie auf den Mund und dann über das ganze Gesicht, wie ein durstiges Tier mit der Zunge über das endlich gefundene Quellwasser hinjagt. Schließlich küßte er sie auf den Hals, wo die Gurgel ist, und dort ließ er die Lippen lange liegen. Ein Geräusch aus dem Zimmer des Hauptmanns ließ ihn aufschauen. »Jetzt werde ich gehen«, sagte er, er wollte Fräulein Bürstner beim Taufnamen nennen, wußte ihn aber nicht. Sie nickte müde, überließ ihm, schon halb abgewendet, die Hand zum Küssen, als wisse sie nichts davon, und ging gebückt in ihr Zimmer. Kurz darauf lag K. in seinem Bett. Er schlief sehr bald ein, vor dem Einschlafen dachte er noch ein Weilchen über sein Verhalten nach, er war damit zufrieden, wunderte sich aber, daß er nicht noch zufriedener war; wegen des Hauptmanns machte er sich für Fräulein Bürstner ernstliche Sorgen.

Das Schloß

Das erste Kapitel

Es war spätabends, als K. ankam. Das Dorf lag in tiefem Schnee. Vom Schloßberg war nichts zu sehen, Nebel und Finsternis umgaben ihn, auch nicht der schwächste Lichtschein deutete das große Schloß an. Lange stand K. auf der Holzbrücke, die von der Landstraße zum Dorf führte, und blickte in die scheinbare Leere empor.

Dann ging er, ein Nachtlager suchen; im Wirtshaus war man noch wach, der Wirt hatte zwar kein Zimmer zu vermieten, aber er wollte, von dem späten Gast äußerst überrascht und verwirrt, K. in der Wirtsstube auf einem Strohsack schlafen lassen. K. war damit einverstanden. Einige Bauern waren noch beim Bier, aber er wollte sich mit niemandem unterhalten, holte selbst den Strohsack vom Dachboden und legte sich in der Nähe des Ofens hin. Warm war es, die Bauern waren still, ein wenig prüfte er sie noch mit den müden Augen, dann schlief er ein. Aber kurze Zeit darauf wurde er schon geweckt. Ein junger Mann, städtisch angezogen, mit schauspielerhaftem Gesicht, die Augen schmal, die Augenbrauen stark, stand mit dem Wirt neben ihm. Die Bauern waren auch noch da, einige hatten ihre Sessel herumgedreht, um besser zu sehen und zu hören. Der junge Mensch entschuldigte sich sehr höflich, K. geweckt zu haben, stellte sich als Sohn des Schloßkastellans vor und sagte dann: »Dieses Dorf ist Besitz des Schlosses, wer hier wohnt oder übernachtet, wohnt oder übernachtet gewissermaßen im Schloß. Niemand darf das ohne gräfliche Erlaubnis. Sie aber haben eine solche Erlaubnis nicht oder haben sie wenigstens nicht vorgezeigt.«

K. hatte sich halb aufgerichtet, hatte die Haare zurechtgestrichen, blickte die Leute von unten her an und sagte: »In welches Dorf habe ich mich verirrt? Ist denn hier ein Schloß?«

»Allerdings«, sagte der junge Mann langsam, während hier und dort einer den Kopf über K. schüttelte, »das Schloß des Herrn Grafen Westwest.«

»Und man muß die Erlaubnis zum Übernachten haben?« fragte K., als wolle er sich davon überzeugen, ob er die früheren Mitteilungen nicht vielleicht geträumt hätte.

»Die Erlaubnis muß man haben«, war die Antwort, und es lag darin ein großer Spott für K., als der junge Mann mit ausgestrecktem Arm den Wirt und die Gäste fragte: »Oder muß man etwa die Erlaubnis nicht haben?«

»Dann werde ich mir also die Erlaubnis holen müssen«, sagte K. gähnend und schob die Decke von sich, als wolle er aufstehen.

»Ja von wem denn?« fragte der junge Mann.

»Vom Herrn Grafen«, sagte K., »es wird nichts anderes übrigbleiben.«

»Jetzt um Mitternacht die Erlaubnis vom Herrn Grafen holen?« rief der junge Mann und trat einen Schritt zurück.

»Ist das nicht möglich?« fragte K. gleichmütig. »Warum haben Sie mich also geweckt?«

Nun geriet aber der junge Mann außer sich: »Landstreichermanieren!« rief er. »Ich verlange Respekt vor der gräflichen Behörde! Ich habe Sie deshalb geweckt, um Ihnen mitzuteilen, daß Sie sofort das gräfliche Gebiet verlassen müssen.«

»Genug der Komödie«, sagte K. auffallend leise, legte sich nieder und zog die Decke über sich. »Sie gehen, junger Mann, ein wenig zu weit, und ich werde morgen noch auf Ihr Benehmen zurückkommen. Der Wirt und die Herren dort sind Zeugen, soweit ich überhaupt Zeugen brauche. Sonst aber lassen Sie es sich gesagt sein, daß ich der Landvermesser bin, den der Graf hat kommen lassen. Meine Gehilfen mit den Apparaten kommen morgen im Wagen nach. Ich wollte mir den Marsch durch den Schnee nicht entgehen lassen, bin aber leider einigemal vom Weg abgeirrt und deshalb erst so spät angekommen. Daß es jetzt zu spät war, im Schloß mich zu melden, wußte ich schon aus eigenem, noch vor Ihrer Belehrung. Deshalb habe ich mich auch mit diesem Nachtlager hier begnügt, das zu stören Sie die – gelinde gesagt – Unhöflichkeit hatten. Damit sind meine Erklärungen beendet. Gute Nacht, meine Herren.« Und K. drehte sich zum Ofen hin. »Landvermesser?« hörte er noch hinter seinem Rücken zögernd fragen, dann war allgemeine Stille. Aber der junge Mann faßte sich bald und sagte zum Wirt in einem Ton, der genug gedämpft war, um als Rücksichtnahme auf K.s Schlaf zu gelten, und laut genug, um ihm verständlich zu sein: »Ich werde telefonisch anfragen.« Wie, auch ein Telefon war in diesem Dorfwirtshaus? Man war vorzüglich eingerichtet. Im einzelnen überraschte es K., im ganzen hatte er es freilich erwartet. Es zeigte sich, daß das Telefon fast über seinem Kopf angebracht war, in seiner Verschlafenheit hatte er es übersehen. Wenn nun der junge Mann telefonieren mußte, dann konnte er beim besten Willen K.s Schlaf nicht schonen, es handelte sich nur darum, ob K. ihn telefonieren lassen sollte, er beschloß, es zuzulassen. Dann hatte es aber freilich auch keinen Sinn, den Schlafenden zu spielen, und er kehrte deshalb in die Rückenlage zurück. Er sah die Bauern scheu zusammenrücken und sich besprechen, die Ankunft eines Landvermessers war nichts Geringes. Die Tür der Küche hatte sich geöffnet, türfüllend stand dort die mächtige Gestalt der Wirtin, auf den Fußspitzen näherte sich ihr der Wirt, um ihr zu berichten. Und nun begann das Telefongespräch. Der Kastellan schlief, aber ein Unterkastellan, einer der Unterkastellane, ein Herr Fritz, war da. Der junge Mann, der sich als Schwarzer vorstellte, erzählte, wie er K. gefunden, einen Mann in den Dreißigern, recht zerlumpt, auf einem Strohsack ruhig schlafend, mit einem winzigen Rucksack als Kopfkissen, einen Knotenstock in Reichweite. Nun sei er ihm natürlich verdächtig gewesen, und da der Wirt offenbar seine Pflicht vernachlässigt hatte, sei es seine, Schwarzers, Pflicht gewesen, der Sache auf den Grund zu gehen. Das Gewecktwerden, das Verhör, die pflichtgemäße Androhung der Verweisung aus der Grafschaft habe K. sehr ungnädig aufgenommen, wie es sich schließlich gezeigt habe, vielleicht mit Recht, denn er behaupte, ein vom Herrn Grafen bestellter Landvermesser zu sein. Natürlich sei es zumindest formale Pflicht, die Behauptung nachzuprüfen, und Schwarzer bitte deshalb Herrn Fritz, sich in der Zentralkanzlei zu erkundigen, ob ein Landvermesser dieser Art wirklich erwartet werde, und die Antwort gleich zu telefonieren.

Dann war es still, Fritz erkundigte sich drüben, und hier wartete man auf die Antwort. K. blieb wie bisher, drehte sich nicht einmal um, schien gar nicht neugierig, sah vor sich hin. Die Erzählung Schwarzers in ihrer Mischung von Bosheit und Vorsicht gab ihm eine Vorstellung von der gewissermaßen diplomatischen Bildung, über die im Schloß selbst kleine Leute wie Schwarzer leicht verfügten. Und auch an Fleiß ließen sie es dort nicht fehlen; die Zentralkanzlei hatte Nachtdienst. Und gab offenbar sehr schnell Antwort, denn schon klingelte Fritz. Dieser Bericht schien allerdings sehr kurz, denn sofort warf Schwarzer wütend den Hörer hin. »Ich habe es ja gesagt!« schrie er. »Keine Spur von Landvermesser, ein gemeiner, lügnerischer Landstreicher, wahrscheinlich aber Ärgeres.« Einen Augenblick dachte K., alle, Schwarzer, Bauern, Wirt und Wirtin, würden sich auf ihn stürzen. Um wenigstens dem ersten Ansturm auszuweichen, verkroch er sich ganz unter die Decke. Da läutete das Telefon nochmals, und, wie es K. schien, besonders stark. Er steckte langsam den Kopf wieder hervor. Obwohl es unwahrscheinlich war, daß es wieder K. betraf, stockten alle, und Schwarzer kehrte zum Apparat zurück. Er hörte dort eine längere Erklärung ab und sagte dann leise: »Ein Irrtum also? Das ist mir recht unangenehm. Der Bürochef selbst hat telefoniert? Sonderbar, sonderbar. Wie soll ich es dem Herrn Landvermesser erklären?«

K. horchte auf. Das Schloß hatte ihn also zum Landvermesser ernannt. Das war einerseits ungünstig für ihn, denn es zeigte, daß man im Schloß alles Nötige über ihn wußte, die Kräfteverhältnisse abgewogen hatte und den Kampf lächelnd aufnahm. Es war aber andererseits auch günstig, denn es bewies, seiner Meinung nach, daß man ihn unterschätzte und daß er mehr Freiheit haben würde, als er hätte von vornherein hoffen dürfen. Und wenn man glaubte, durch diese geistig gewiß überlegene Anerkennung seiner Landvermesserschaft ihn dauernd in Schrecken halten zu können, so täuschte man sich; es überschauerte ihn leicht, das war aber alles.

Dem sich schüchtern nähernden Schwarzer winkte K. ab; ins Zimmer des Wirtes zu übersiedeln, wozu man ihn drängte, weigerte er sich, nahm nur vom Wirt einen Schlaftrunk an, von der Wirtin ein Waschbecken mit Seife und Handtuch und mußte gar nicht erst verlangen, daß der Saal geleert wurde, denn alles drängte mit abgewendeten Gesichtern hinaus, um nicht etwa morgen von ihm erkannt zu werden. Die Lampe wurde ausgelöscht, und er hatte endlich Ruhe. Er schlief tief, kaum ein-, zweimal von vorüberhuschenden Ratten flüchtig gestört, bis zum Morgen.

Nach dem Frühstück, das, wie überhaupt K.s ganze Verpflegung, nach Angabe des Wirts vom Schloß bezahlt werden sollte, wollte er gleich ins Dorf gehen. Aber da der Wirt, mit dem er bisher in Erinnerung an sein gestriges Benehmen nur das Notwendigste gesprochen hatte, mit stummer Bitte sich immerfort um ihn herumdrehte, erbarmte er sich seiner und ließ ihn für ein Weilchen bei sich niedersetzen.

»Ich kenne den Grafen noch nicht«, sagte K., »er soll gute Arbeit gut bezahlen, ist das wahr? Wenn man, wie ich, so weit von Frau und Kind reist, dann will man auch etwas heimbringen.«

»In dieser Hinsicht muß sich der Herr keine Sorge machen, über schlechte Bezahlung hört man keine Klage.« – »Nun«, sagte K., »ich gehöre ja nicht zu den Schüchternen und kann auch einem Grafen meine Meinung sagen, aber in Frieden mit den Herren fertig zu werden ist natürlich weit besser.«

Der Wirt saß K. gegenüber am Rand der Fensterbank, bequemer wagte er sich nicht zu setzen und sah K. die ganze Zeit über mit großen, braunen, ängstlichen Augen an. Zuerst hatte er sich an K. herangedrängt, und nun schien es, als wolle er am liebsten weglaufen. Fürchtete er, über den Grafen ausgefragt zu werden? Fürchtete er die Unzuverlässigkeit des »Herrn« für den er K. hielt? K. mußte ihn ablenken. Er blickte auf die Uhr und sagte: »Nun werden bald meine Gehilfen kommen, wirst du sie hier unterbringen können?«

»Gewiß, Herr«, sagte er, »werden sie aber nicht mit dir im Schlosse wohnen?«

Verzichtete er so leicht und gern auf die Gäste und auf K. besonders, den er unbedingt ins Schloß verwies?

»Das ist noch nicht sicher«, sagte K., »erst muß ich erfahren, was für eine Arbeit man für mich hat. Sollte ich zum Beispiel hier unten arbeiten, dann wird es auch vernünftiger sein, hier unten zu wohnen. Auch fürchte ich, daß mir das Leben oben im Schlosse nicht zusagen würde. Ich will immer frei sein.«

»Du kennst das Schloß nicht«, sagte der Wirt leise.

»Freilich«, sagte K., »man soll nicht verfrüht urteilen. Vorläufig weiß ich ja vom Schloß nichts weiter, als daß man es dort versteht, sich den richtigen Landvermesser auszusuchen. Vielleicht gibt es dort noch andere Vorzüge.« Und er stand auf, um den unruhig seine Lippen beißenden Wirt von sich zu befreien. Leicht war das Vertrauen dieses Mannes nicht zu gewinnen.

Im Fortgehen fiel K. an der Wand ein dunkles Porträt in einem dunklen Rahmen auf. Schon von seinem Lager aus hatte er es bemerkt, hatte aber in der Entfernung die Einzelheiten nicht unterschieden und geglaubt, das eigentliche Bild sei aus dem Rahmen fortgenommen und nur ein schwarzer Rückendeckel sei zu sehen. Aber es war doch ein Bild, wie sich jetzt zeigte, das Brustbild eines etwa fünfzigjährigen Mannes. Den Kopf hielt er so tief auf die Brust gesenkt, daß man kaum etwas von den Augen sah, entscheidend für die Senkung schien die hohe, lastende Stirn und die starke, hinabgekrümmte Nase. Der Vollbart, infolge der Kopfhaltung am Kinn eingedrückt, stand weiter unten ab. Die linke Hand lag gespreizt in den vollen Haaren, konnte aber den Kopf nicht mehr heben. »Wer ist das?« fragte K. »Der Graf?« K. stand vor dem Bild und blickte sich gar nicht nach dem Wirt um. »Nein«, sagte der Wirt, »der Kastellan.« – »Einen schönen Kastellan haben Sie im Schloß, das ist wahr«, sagte K., »schade, daß er einen so mißratenen Sohn hat.« – »Nein«, sagte der Wirt, zog K. ein wenig zu sich herunter und flüsterte ihm ins Ohr: »Schwarzer hat gestern übertrieben, sein Vater ist nur ein Unterkastellan und sogar einer der letzten.« In diesem Augenblick kam der Wirt K. wie ein Kind vor. »Der Lump!« sagte K. lachend, aber der Wirt lachte nicht mit, sondern sagte: »Auch sein Vater ist mächtig.« – »Geh!« sagte K. »Du hältst jeden für mächtig. Mich etwa auch?« – »Dich«, sagte er schüchtern, aber ernsthaft, »halte ich nicht für mächtig.« – »Du verstehst also doch recht gut zu beobachten«, sagte K., »mächtig bin ich nämlich, im Vertrauen gesagt, wirklich nicht. Und habe infolgedessen vor den Mächtigen wahrscheinlich nicht weniger Respekt als du, nur bin ich nicht so aufrichtig wie du und will es nicht immer eingestehen.« Und K. klopfte dem Wirt, um ihn zu trösten und sich geneigter zu machen, leicht auf die Wange. Nun lächelte er doch ein wenig. Er war wirklich ein Junge mit seinem weichen, fast bartlosen Gesicht. Wie war er zu seiner breiten, ältlichen Frau gekommen, die man nebenan hinter einem Guckfenster, weit die Ellenbogen vom Leib, in der Küche hantieren sah? K. wollte aber jetzt nicht mehr weiter in ihn dringen, das endlich bewirkte Lächeln nicht verjagen. Er gab ihm also nur noch einen Wink, ihm die Tür zu öffnen, und trat in den schönen Wintermorgen hinaus.

Nun sah er oben das Schloß deutlich umrissen in der klaren Luft und noch verdeutlicht durch den alle Formen nachbildenden, in dünner Schicht überall liegenden Schnee. Übrigens schien oben auf dem Berg viel weniger Schnee zu sein als hier im Dorf, wo sich K. nicht weniger mühsam vorwärts brachte als gestern auf der Landstraße. Hier reichte der Schnee bis zu den Fenstern der Hütten und lastete gleich wieder auf dem niedrigen Dach, aber oben auf dem Berg ragte alles frei und leicht empor, wenigstens schien es so von hier aus.

Im ganzen entsprach das Schloß, wie es sich hier von der Ferne zeigte, K.s Erwartungen. Es war weder eine alte Ritterburg noch ein neuer Prunkbau, sondern eine ausgedehnte Anlage, die aus wenigen zweistöckigen, aber aus vielen eng aneinanderstehenden niedrigen Bauten bestand; hätte man nicht gewußt, daß es ein Schloß sei, hätte man es für ein

Städtchen halten können. Nur einen Turm sah K., ob er zu einem Wohngebäude oder einer Kirche gehörte, war nicht zu erkennen. Schwärme von Krähen umkreisten ihn.

Die Augen auf das Schloß gerichtet, ging K. weiter, nichts sonst kümmerte ihn. Aber im Näherkommen enttäuschte ihn das Schloß, es war doch nur ein recht elendes Städtchen, aus Dorfhäusern zusammengetragen, ausgezeichnet nur dadurch, daß vielleicht alles aus Stein gebaut war; aber der Anstrich war längst abgefallen, und der Stein schien abzubröckeln. Flüchtig erinnerte sich K. an sein Heimatstädtchen; es stand diesem angeblichen Schlosse kaum nach. Wäre es K. nur auf die Besichtigung angekommen, dann wäre es schade um die lange Wanderschaft gewesen und er hätte vernünftiger gehandelt, wieder einmal die alte Heimat zu besuchen, wo er schon so lange nicht gewesen war. Und er verglich in Gedanken den Kirchturm der Heimat mit dem Turm dort oben. Jener Turm, bestimmt, ohne Zögern geradewegs nach oben sich verjüngend, breitdachig, abschließend mit roten Ziegeln, ein irdisches Gebäude – was können wir anderes bauen? –, aber mit höherem Ziel als die niedrige Häusermenge und mit klarerem Ausdruck, als ihn der trübe Werktag hat. Der Turm hier oben – es war der einzig sichtbare –, der Turm eines Wohnhauses, wie es sich jetzt zeigte, vielleicht des Hauptschlosses, war ein einförmiger Rundbau, zum Teil gnädig von Efeu verdeckt, mit kleinen Fenstern, die jetzt in der Sonne aufstrahlten – etwas Irrsinniges hatte das –, und einem söllerartigen Abschluß, dessen Mauerzinnen unsicher, unregelmäßig, brüchig, wie von ängstlicher oder nachlässiger Kinderhand gezeichnet, sich in den blauen Himmel zackten. Es war, wie wenn ein trübseliger Hausbewohner, der gerechterweise im entlegensten Zimmer des Hauses sich hätte eingesperrt halten sollen, das Dach durchbrochen und sich erhoben hätte, um sich der Welt zu zeigen.

Wieder stand K. still, als hätte er im Stillestehen mehr Kraft des Urteils. Aber er wurde gestört. Hinter der Dorfkirche, bei der er stehengeblieben war – es war eigentlich nur eine Kapelle, scheunenartig erweitert, um die Gemeinde aufnehmen zu können –, war die Schule. Ein niedriges, langes Gebäude, merkwürdig den Charakter des Provisorischen und des sehr Alten vereinigend, lag es hinter einem umgitterten Garten, der jetzt ein Schneefeld war. Eben kamen die Kinder mit dem Lehrer heraus. In einem dichten Haufen umgaben sie den Lehrer, alle Augen blickten auf ihn, unaufhörlich schwatzten sie von allen Seiten, K. verstand ihr schnelles Sprechen gar nicht. Der Lehrer, ein junger, kleiner, schmalschulteriger Mensch, aber ohne daß es lächerlich wurde, sehr aufrecht, hatte K. schon von der Ferne ins Auge gefaßt, allerdings war außer seiner Gruppe K. der einzige Mensch weit und breit. K., als Fremder, grüßte zuerst, gar einen so befehlshaberischen kleinen Mann. »Guten Tag, Herr Lehrer«, sagte er. Mit einem Schlag verstummten die Kinder, diese plötzliche Stille als Vorbereitung für seine Worte mochte wohl dem Lehrer gefallen. »Ihr sehet das Schloß an?« fragte er sanftmütiger, als K. erwartet hatte, aber in einem Tone, als billige er nicht das, was K. tue. »Ja«, sagte K., »ich bin hier fremd, erst seit gestern abend im Ort.« – »Das Schloß gefällt Euch nicht?« fragte der Lehrer schnell. »Wie?« fragte K. zurück, ein wenig verblüfft, und wiederholte in milderer Form die Frage: »Ob mir das

Schloß gefällt? Warum nehmt Ihr an, daß es mir nicht gefällt?« – »Keinem Fremden gefällt es«, sagte der Lehrer. Um hier nichts Unwillkommenes zu sagen, wendete K. das Gespräch und fragte: »Sie kennen wohl den Grafen?« – »Nein«, sagte der Lehrer und wollte sich abwenden. K. gab aber nicht nach und fragte nochmals: »Wie? Sie kennen den Grafen nicht?« – »Wie sollte ich ihn kennen?« sagte der Lehrer leise und fügte laut auf französisch hinzu: »Nehmen Sie Rücksicht auf die Anwesenheit unschuldiger Kinder.« K. holte daraus das Recht zu fragen: »Könnte ich Sie, Herr Lehrer, einmal besuchen? Ich bleibe längere Zeit hier und fühle mich schon jetzt ein wenig verlassen; zu den Bauern gehöre ich nicht und ins Schloß wohl auch nicht.« – »Zwischen den Bauern und dem Schloß ist kein großer Unterschied«, sagte der Lehrer. »Mag sein«, sagte K., »das ändert an meiner Lage nichts. Könnte ich Sie einmal besuchen?« – »Ich wohne in der Schwanengasse beim Fleischhauer.« Das war nun zwar mehr eine Adressenangabe als eine Einladung, dennoch sagte K.: »Gut, ich werde kommen.« Der Lehrer nickte und zog mit dem gleich wieder losschreienden Kinderhaufen weiter. Sie verschwanden bald in einem jäh abfallenden Gäßchen.

K. aber war zerstreut, durch das Gespräch verärgert. Zum erstenmal seit seinem Kommen fühlte er wirkliche Müdigkeit. Der weite Weg hierher schien ihn ursprünglich gar nicht angegriffen zu haben, wie war er durch die Tage gewandert, ruhig, Schritt für Schritt! – Jetzt aber zeigten sich doch die Folgen der übergroßen Anstrengung, zur Unzeit freilich. Es zog ihn unwiderstehlich hin, neue Bekanntschaften zu suchen, aber jede neue Bekanntschaft verstärkte seine Müdigkeit. Wenn er sich in seinem heutigen Zustand zwang, seinen Spaziergang wenigstens bis zum Eingang des Schlosses auszudehnen, war übergenug getan.

So ging er wieder vorwärts, aber es war ein langer Weg. Die Straße nämlich, die Hauptstraße des Dorfes, führte nicht zum Schloßberg, sie führte nur nahe heran, dann aber, wie absichtlich, bog sie ab, und wenn sie sich auch vom Schloß nicht entfernte, so kam sie ihm doch auch nicht näher. Immer erwartete K., daß nun endlich die Straße zum Schloß einlenken müsse, und nur, weil er es erwartete, ging er weiter; offenbar infolge seiner Müdigkeit zögerte er, die Straße zu verlassen, auch staunte er über die Länge des Dorfes, das kein Ende nahm, immer wieder die kleinen Häuschen und vereisten Fensterscheiben und Schnee und Menschenleere – endlich riß er sich los von dieser festhaltenden Straße, ein schmales Gäßchen nahm ihn auf, noch tieferer Schnee, das Herausziehen der einsinkenden Füße war eine schwere Arbeit, Schweiß brach ihm aus, plötzlich stand er still und konnte nicht mehr weiter.

Nun, er war ja nicht verlassen, rechts und links standen Bauernhütten. Er machte einen Schneeball und warf ihn gegen ein Fenster. Gleich öffnete sich die Türe – die erste sich öffnende Türe während des ganzen Dorfweges – und ein alter Bauer, in brauner Pelzjoppe, den Kopf seitwärts geneigt, freundlich und schwach, stand dort. »Darf ich ein wenig zu Euch kommen?« fragte K., »ich bin sehr müde.« Er hörte gar nicht, was der Alte sagte, dankbar nahm er es an, daß ihm ein Brett entgegengeschoben wurde, das ihn gleich aus dem Schnee rettete, und mit ein paar Schritten stand er in der Stube.

Eine große Stube im Dämmerlicht. Der von draußen Kommende sah zuerst gar nichts. K. taumelte gegen einen Waschtrog, eine Frauenhand hielt ihn zurück. Aus einer Ecke kam viel Kindergeschrei. Aus einer anderen Ecke wälzte sich Rauch und machte aus dem Halblicht Finsternis. K. stand wie in Wolken. »Er ist ja betrunken«, sagte jemand. »Wer seid Ihr?« rief eine herrische Stimme und wohl zu dem Alten gewendet: »Warum hast du ihn hereingelassen? Kann man alles hereinlassen, was auf den Gassen herumschleicht?« – »Ich bin der gräfliche Landvermesser«, sagte K. und suchte sich so vor den noch immer Unsichtbaren zu verantworten. »Ach, es ist der Landvermesser«, sagte eine weibliche Stimme, und nun folgte eine vollkommene Stille. »Ihr kennt mich?« fragte K. »Gewiß«, sagte noch kurz die gleiche Stimme. Daß man K. kannte, schien ihn nicht zu empfehlen.

Endlich verflüchtigte sich ein wenig der Rauch, und K. konnte sich langsam zurechtfinden. Es schien ein allgemeiner Waschtag zu sein. In der Nähe der Türe wurde Wäsche gewaschen. Der Rauch war aber aus der anderen Ecke gekommen, wo in einem Holzschaff, so groß, wie K. noch nie eines gesehen hatte – es hatte etwa den Umfang von zwei Betten –, in dampfendem Wasser zwei Männer badeten. Aber noch überraschender, ohne daß man genau wußte, worin das Überraschende bestand, war die rechte Ecke. Aus einer großen Lücke, der einzigen in der Stubenrückwand, kam dort, wohl vom Hof her, bleiches Schneelicht und gab dem Kleid einer Frau, die tief in der Ecke in einem hohen Lehnstuhl müde fast lag, einen Schein wie von Seide. Sie trug einen Säugling an der Brust. Um sie herum spielten ein paar

Kinder, Bauernkinder, wie zu sehen war, sie aber schien nicht zu ihnen zu gehören, freilich, Krankheit und Müdigkeit macht auch Bauern fein.

»Setzt Euch!« sagte der eine der Männer, ein Vollbärtiger, überdies mit einem Schnauzbart, unter dem er den Mund schnaufend immer offenhielt, zeigte, komisch anzusehen, mit der Hand über den Rand des Kübels auf eine Truhe hin und bespritzte dabei K. mit warmem Wasser das ganze Gesicht. Auf der Truhe saß schon, vor sich hin dämmernd, der Alte, der K. eingelassen hatte. K. war dankbar, sich endlich setzen zu dürfen. Nun kümmerte sich niemand mehr um ihn. Die Frau beim Waschtrog, blond, in jugendlicher Fülle, sang leise bei der Arbeit, die Männer im Bad stampften und drehten sich, die Kinder wollten sich ihnen nähern, wurden aber durch mächtige Wasserspritzer, die auch K. nicht verschonten, immer wieder zurückgetrieben, die Frau im Lehnstuhl lag wie leblos, nicht einmal auf das Kind an ihrer Brust blickte sie hinab, sondern unbestimmt in die Höhe.

K. hatte sie wohl lange angesehen, dieses sich nicht verändernde schöne, traurige Bild, dann aber mußte er eingeschlafen sein, denn als er, von einer lauten Stimme gerufen, aufschreckte, lag sein Kopf an der Schulter des Alten neben ihm. Die Männer hatten ihr Bad beendet, in dem sich jetzt die Kinder, von der blonden Frau beaufsichtigt, herumtrieben, und standen angezogen vor K. Es zeigte sich, daß der schreierische Vollbärtige der Geringere von den zweien war. Der andere nämlich, nicht größer als der Vollbärtige und mit viel geringerem Bart, war ein stiller, langsam denkender Mann von breiter Gestalt, auch das Gesicht breit, den Kopf hielt er gesenkt. »Herr Landvermesser«, sagte er, »hier könnt Ihr nicht bleiben. Verzeiht die Unhöflichkeit.« – »Ich wollte auch nicht bleiben«, sagte K., »nur ein wenig mich ausruhen. Das ist geschehen, und nun gehe ich.« – »Ihr wundert Euch wahrscheinlich über die geringe Gastfreundlichkeit«, sagte der Mann, »aber Gastfreundlichkeit ist bei uns nicht Sitte, wir brauchen keine Gäste.« Ein wenig erfrischt vom Schlaf, ein wenig hellhöriger als früher, freute sich K. über die offenen Worte. Er bewegte sich freier, stützte seinen Stock einmal hier, einmal dort auf, näherte sich der Frau im Lehnstuhl, war übrigens auch der körperlich Größte im Zimmer.

»Gewiß«, sagte K., »wozu brauchtet Ihr Gäste. Aber hier und da braucht man doch einen, zum Beispiel mich, den Landvermesser.« – »Das weiß ich nicht«, sagte der Mann langsam, »hat man Euch gerufen, so braucht man Euch wahrscheinlich, das ist wohl eine Ausnahme, wir aber, wir kleinen Leute, halten uns an die Regel, das könnt Ihr uns nicht verdenken.« – »Nein, nein«, sagte K., »ich habe Euch nur zu danken, Euch und allen hier.« Und unerwartet für jedermann kehrte sich K. förmlich in einem Sprunge um und stand vor der Frau. Aus müden, blauen Augen blickte sie K. an, ein seidenes, durchsichtiges Kopftuch reichte ihr bis in die Mitte der Stirn hinab, der Säugling schlief an ihrer Brust. »Wer bist du?« fragte K. Wegwerfend – es war undeutlich, ob die Verächtlichkeit K. oder ihrer eigenen Antwort galt – sagte sie: »Ein Mädchen aus dem Schloß.«

Das alles hatte nur einen Augenblick gedauert, schon hatte K. rechts und links einen der Männer und wurde, als gäbe es kein anderes Verständigungsmittel, schweigend, aber mit aller Kraft zur Tür gezogen. Der Alte freute sich über irgend etwas dabei und klatschte in die Hände. Auch die Wäscherin lachte bei den plötzlich wie toll lärmenden Kindern.

K. aber stand bald auf der Gasse, die Männer beaufsichtigten ihn von der Schwelle aus. Es fiel wieder Schnee; trotzdem schien es ein wenig heller zu sein. Der Vollbärtige rief ungeduldig: »Wohin wollt Ihr gehen? Hier führt es zum Schloß, hier zum Dorf!« Ihm antwortete K. nicht, aber zu dem anderen, der ihm trotz seiner Überlegenheit der Umgänglichere schien, sagte er: »Wer seid Ihr? Wem habe ich für den Aufenthalt zu danken?« – »Ich bin der Gerbermeister Lasemann«, war die Antwort, »zu danken habt Ihr aber niemandem.« – »Gut«, sagte K., »vielleicht werden wir noch zusammenkommen.« – »Ich glaube nicht«, sagte der Mann. In diesem Augenblick rief der Vollbärtige mit erhobener Hand: »Guten Tag, Artur, guten Tag, Jeremias!« K. wandte sich um, es zeigten sich in diesem Dorf also doch noch Menschen auf der Gasse! Aus der Richtung vom Schlosse her kamen zwei junge Männer von mittlerer Größe, beide sehr schlank, in engen Kleidern, auch im Gesicht einander sehr ähnlich. Die Gesichtsfarbe war ein dunkles Braun, von dem ein Spitzbart in seiner besonderen Schwärze dennoch abstach. Sie gingen bei diesen Straßenverhältnissen erstaunlich schnell, warfen im Takt die schlanken Beine. »Was habt ihr?« rief der Vollbärtige. Man konnte sich nur rufend mit ihnen verständigen, so schnell gingen sie und hielten nicht ein. »Geschäfte!« riefen sie lachend zurück. »Wo?« – »Im Wirtshaus.« – »Dorthin gehe auch ich!« schrie K. auf einmal mehr als alle anderen, er hatte großes Verlangen, von den zweien mitgenommen zu werden; ihre Bekanntschaft schien ihm zwar nicht sehr ergiebig, aber gute, aufmunternde Wegbegleiter waren sie offenbar. Sie hörten K.s Worte, nickten jedoch nur und waren schon vorüber.

K. stand noch immer im Schnee, hatte wenig Lust, den Fuß aus dem Schnee zu heben, um ihn ein Stückchen weiter in die Tiefe zu senken; der Gerbermeister und sein Genosse, zufrieden damit, K. endgültig hinausgeschafft zu haben, schoben sich langsam, immer nach K. zurückblickend, durch die nur wenig geöffnete Tür ins Haus, und K. war mit dem ihn einhüllenden Schnee allein. »Gelegenheit zu einer kleinen Verzweiflung«, fiel ihm ein, »wenn ich nur zufällig, nicht absichtlich hier stünde.«

Da öffnete sich in der Hütte linker Hand ein winziges Fenster; geschlossen hatte es tiefblau ausgesehen, vielleicht im Widerschein des Schnees, und war so winzig, daß, als es jetzt geöffnet war, nicht das ganze Gesicht des Hinausschauenden zu sehen war, sondern nur die Augen, alte, braune Augen. »Dort steht er«, hörte K. eine zittrige Frauenstimme sagen. »Es ist der Landvermesser«, sagte eine Männerstimme. Dann trat der Mann zum Fenster und fragte nicht unfreundlich, aber doch so, als sei ihm daran gelegen, daß auf der Straße vor seinem Haus alles in Ordnung sei: »Auf wen wartet Ihr?« – »Auf einen Schlitten, der mich mitnimmt«, sagte K. »Hier kommt kein Schlitten«, sagte der Mann, »hier ist kein Verkehr.« – »Es ist doch die Straße, die zum Schloß führt«, wendete K. ein. »Trotzdem, trotzdem«, sagte der Mann mit einer gewissen Unerbittlichkeit, »hier ist kein Verkehr.« Dann schwiegen beide. Aber der Mann überlegte offenbar etwas, denn das Fenster, aus dem Rauch strömte, hielt er noch immer offen. »Ein schlechter Weg«, sagte K., um ihm nachzuhelfen.

Er aber sagte nur: »Ja, freilich.«

Nach einem Weilchen sagte er aber doch: »Wenn Ihr wollt, fahre ich Euch mit meinem Schlitten.« – »Tut das, bitte«, sagte K. erfreut, »wieviel verlangt Ihr dafür?« – »Nichts«, sagte der Mann. K. wunderte sich sehr. »Ihr seid doch der Landvermesser«, sagte der Mann erklärend, »und gehört zum Schloß. Wohin wollt Ihr denn fahren?« – »Ins Schloß«, sagte K. schnell. »Dann fahre ich nicht«, sagte der Mann sofort. »Ich gehöre doch zum Schloß«, sagte K., des Mannes eigene Worte wiederholend. »Mag sein«, sagte der Mann abweisend. »Dann fahrt mich also zum Wirtshaus«, sagte K. »Gut«, sagte der Mann, »ich komme gleich mit dem Schlitten.« Das Ganze machte nicht den Eindruck besonderer Freundlichkeit, sondern eher den einer Art sehr eigensüchtigen, ängstlichen, fast pedantischen Bestrebens, K. von dem Platz vor dem Hause wegzuschaffen.

Das Hoftor öffnete sich, und ein kleiner Schlitten für leichte Lasten, ganz flach, ohne irgendwelchen Sitz, von einem schwachen Pferdchen gezogen, kam hervor, dahinter der Mann, gebückt, schwach, hinkend, mit magerem, rotem, verschnupftem Gesicht, das besonders klein erschien durch einen fest um den Kopf gewickelten Wollschal. Der Mann war sichtlich krank, und nur, um K. wegbefördern zu können, war er doch hervorgekommen. K. erwähnte etwas Derartiges, aber der Mann winkte ab. Nur daß er der Fuhrmann Gerstäcker war, erfuhr K., und daß er diesen unbequemen Schlitten genommen habe, weil er gerade bereitstand und das Hervorziehen eines anderen zuviel Zeit gebraucht hätte. »Setzt Euch«, sagte er und zeigte mit der Peitsche hinten auf den Schlitten. »Ich werde mich neben Euch setzen«, sagte K.

»Ich werde gehen«, sagte Gerstäcker. »Warum denn?« fragte K. »Ich werde gehen«, wiederholte Gerstäcker und bekam einen Hustenanfall, der ihn so schüttelte, daß er die Beine in den Schnee stemmen und mit den Händen den Schlittenrand halten mußte. K. sagte nichts weiter, setzte sich hinten auf den Schlitten, der Husten beruhigte sich langsam und sie fuhren.

Das Schloß dort oben, merkwürdig dunkel schon, das K. heute noch zu erreichen gehofft hatte, entfernte sich wieder. Als sollte ihm aber doch noch zum vorläufigen Abschied ein Zeichen gegeben werden, erklang dort ein Glockenton, fröhlich beschwingt, eine Glocke, die wenigstens einen Augenblick lang das Herz erbeben ließ, so, als drohe ihm – denn auch schmerzlich war der Klang – die Erfüllung dessen, wonach er sich unsicher sehnte. Aber bald verstummte diese große Glocke und wurde von einem schwachen, eintönigen Glöckchen abgelöst, vielleicht noch oben, vielleicht aber schon im Dorfe. Dieses Geklingel paßte freilich besser zu der langsamen Fahrt und dem jämmerlichen, aber unerbittlichen Fuhrmann.

»Du«, rief K. plötzlich – sie waren schon in der Nähe der Kirche, der Weg ins Wirtshaus nicht mehr weit, K. durfte schon etwas wagen –, »ich wundere mich sehr, daß du auf deine eigene Verantwortung mich herumzufahren wagst, darfst du denn das?« Gerstäcker kümmerte sich nicht darum und schritt ruhig weiter neben dem Pferdchen. »He!« rief K., ballte etwas Schnee vom Schlitten zusammen und traf Gerstäcker damit voll ins Ohr. Nun blieb dieser stehen und drehte sich um; als ihn K. aber nun so nahe bei sich sah – der Schlitten hatte sich noch ein wenig weitergeschoben –, diese gebückte, gewissermaßen mißhandelte Gestalt, das rote müde, schmale Gesicht mit irgendwie verschiedenen Wangen, die eine flach, die andere eingefallen, den offenen, aufhorchenden Mund, in dem nur ein paar vereinzelte Zähne waren, mußte er das, was er früher aus Bosheit gesagt hatte, jetzt aus Mitleid wiederholen, ob Gerstäcker nicht dafür, daß er K. transportierte, gestraft werden könne. »Was willst du?« frage Gerstäcker verständnislos, erwartete aber auch keine weitere Erklärung, rief dem Pferdchen zu, und sie fuhren wieder.

Brief an den Vater

Liebster Vater,
Du hast mich letzthin einmal gefragt, warum ich behaupte, ich hätte Furcht vor Dir. Ich wußte Dir, wie gewöhnlich, nichts zu antworten, zum Teil eben aus der Furcht, die ich vor Dir habe, zum Teil deshalb, weil zur Begründung dieser Furcht zu viele Einzelheiten gehören, als daß ich sie im Reden halbwegs zusammenhalten könnte. Und wenn ich hier versuche, Dir schriftlich zu antworten, so wird es doch nur sehr unvollständig sein, weil auch im Schreiben die Furcht und ihre Folgen mich Dir gegenüber behindern und weil die Größe des Stoffs über mein Gedächtnis und meinen Verstand weit hinausgeht.

Dir hat sich die Sache immer sehr einfach dargestellt, wenigstens soweit Du vor mir und, ohne Auswahl, vor vielen andern davon gesprochen hast. Es schien Dir etwa so zu sein: Du hast Dein ganzes Leben lang schwer gearbeitet, alles für Deine Kinder, vor allem für mich geopfert, ich habe infolgedessen »in Saus und Braus« gelebt, habe vollständige Freiheit gehabt zu lernen was ich wollte, habe keinen Anlaß zu Nahrungssorgen, also zu Sorgen überhaupt gehabt; Du hast dafür keine Dankbarkeit verlangt, Du kennst »die Dankbarkeit der Kinder«, aber doch wenigstens irgendein Entgegenkommen, Zeichen eines Mitgefühls; statt dessen habe ich mich seit jeher vor Dir verkrochen, in mein Zimmer, zu Büchern, zu verrückten Freunden, zu überspannten Ideen; offen gesprochen habe ich mit Dir niemals, in den Tempel bin ich nicht zu Dir gekommen, in Franzensbad habe ich Dich nie besucht, auch sonst nie Familiensinn gehabt, um das Geschäft und Deine sonstigen Angelegenheiten habe ich mich nicht gekümmert, die Fabrik habe ich Dir aufgehalst und Dich dann verlassen, Ottla habe ich in ihrem Eigensinn unterstützt und während ich für Dich keinen Finger rühre (nicht einmal eine Theaterkarte bringe ich Dir), tue ich für Freunde alles. Faßt Du Dein Urteil über mich zusammen, so ergibt sich, daß Du mir zwar etwas geradezu Unanständiges oder Böses nicht vorwirfst (mit Ausnahme vielleicht meiner letzten Heiratsabsicht), aber Kälte, Fremdheit, Undankbarkeit. Und zwar wirfst Du es mir so vor, als wäre es meine Schuld, als hätte ich etwa mit einer Steuerdrehung das Ganze anders einrichten können, während Du nicht die geringste Schuld daran hast, es wäre denn die, daß Du zu gut zu mir gewesen bist.

Diese Deine übliche Darstellung halte ich nur so weit für richtig, daß auch ich glaube, Du seist gänzlich schuldlos an unserer Entfremdung. Aber ebenso gänzlich schuldlos bin auch ich. Könnte ich Dich dazu bringen, daß Du das anerkennst, dann wäre – nicht etwa ein neues Leben möglich, dazu sind wir beide viel zu alt, aber doch eine Art Friede, kein Aufhören, aber doch ein Mildern Deiner unaufhörlichen Vorwürfe.

Irgendeine Ahnung dessen, was ich sagen will, hast Du merkwürdigerweise. So hast Du mir zum Beispiel vor kurzem gesagt: »Ich habe Dich immer gern gehabt, wenn ich auch äußerlich nicht so zu Dir war, wie andere Väter zu sein pflegen, eben deshalb weil ich mich nicht verstellen kann wie andere.« Nun habe ich, Vater, im ganzen niemals an Deiner Güte mir gegenüber gezweifelt, aber diese Bemerkung halte ich für unrichtig. Du kannst Dich nicht verstellen, das ist richtig, aber nur aus diesem Grunde behaupten wollen, daß die andern Väter sich verstellen, ist entweder bloße, nicht weiter diskutierbare Rechthaberei oder aber – und das ist es meiner Meinung nach wirklich – der verhüllte Ausdruck dafür, daß zwischen uns etwas nicht in Ordnung ist und daß Du es mitverursacht hast, aber ohne Schuld. Meinst Du das wirklich, dann sind wir einig.

Ich sage ja natürlich nicht, daß ich das, was ich bin, nur durch Deine Einwirkung geworden bin. Das wäre sehr übertrieben (und ich neige sogar zu dieser Übertreibung). Es ist sehr leicht möglich, daß ich, selbst wenn ich ganz frei von Deinem Einfluß aufgewachsen wäre, doch kein Mensch nach Deinem Herzen hätte werden können. Ich wäre wahrscheinlich doch ein schwächlicher, ängstlicher, zögernder, unruhiger Mensch geworden, weder Robert Kafka noch Karl Hermann, aber doch ganz anders, als ich wirklich bin, und wir hätten uns ausgezeichnet miteinander vertragen können. Ich wäre glücklich gewesen, Dich als Freund, als Chef, als Onkel, als Großvater, ja selbst (wenn auch schon zögernder) als Schwiegervater zu haben. Nur eben als Vater warst Du zu stark für mich, besonders da meine Brüder klein starben, die Schwestern erst lange nachher kamen, ich also den ersten Stoß ganz allein aushalten mußte, dazu war ich viel zu schwach.

Vergleich uns beide: ich, um es sehr abgekürzt auszudrücken, ein Löwy mit einem gewissen Kafkaschen Fond, der aber eben nicht durch den Kafkaschen Lebens-, Geschäfts-, Eroberungswillen in Bewegung gesetzt wird, sondern durch einen Löwy'schen Stachel, der geheimer, scheuer, in anderer Richtung wirkt und oft überhaupt aussetzt. Du dagegen ein wirklicher Kafka an Stärke, Gesundheit, Appetit, Stimmkraft, Redebegabung, Selbstzufriedenheit, Weltüberlegenheit, Ausdauer, Geistesgegenwart, Menschenkenntnis, einer gewissen Großzügigkeit, natürlich auch mit allen zu diesen Vorzügen gehörigen Fehlern und Schwächen, in welche Dich Dein Temperament und manchmal Dein Jähzorn hineinhetzen. Nicht ganzer Kafka bist Du vielleicht in Deiner allgemeinen Weltansicht, soweit ich Dich mit Onkel Philipp, Ludwig, Heinrich vergleichen kann. Das ist merkwürdig, ich sehe hier auch nicht ganz klar. Sie waren doch alle fröhlicher, frischer, ungezwungener, leichtlebiger, weniger streng als Du. (Darin habe ich übrigens viel von Dir geerbt und das Erbe viel zu gut verwaltet, ohne allerdings die nötigen Gegengewichte in meinem Wesen zu haben, wie Du sie hast.) Doch hast auch andererseits Du in dieser Hinsicht verschiedene Zeiten durchgemacht, warst vielleicht fröhlicher, ehe Dich Deine Kinder, besonders ich, enttäuschten und zu Hause bedrückten (kamen Fremde, warst Du ja anders) und bist auch jetzt vielleicht wieder fröhlicher geworden, da Dir die Enkel und der Schwiegersohn wieder etwas von jener Wärme geben, die Dir die Kinder, bis auf Valli vielleicht, nicht geben konnten. Jedenfalls waren wir so verschieden und in dieser Verschiedenheit einander so gefährlich, daß, wenn man es hätte etwa im voraus ausrechnen wollen, wie ich, das langsam sich entwickelnde Kind, und Du, der fertige Mann, sich zueinander verhalten werden, man hätte annehmen können, daß Du mich einfach niederstampfen wirst, daß nichts von mir übrigbleibt. Das ist nun nicht geschehen, das Lebendige läßt sich nicht ausrechnen, aber vielleicht ist Ärgeres geschehen. Wobei ich Dich aber immerfort bitte, nicht zu vergessen, daß ich niemals im entferntesten an eine Schuld Deinerseits glaube. Du wirktest so auf mich, wie Du wirken mußtest, nur sollst Du aufhören, es für eine besondere Bosheit meinerseits zu halten, daß ich dieser Wirkung erlegen bin.

Ich war ein ängstliches Kind; trotzdem war ich gewiß auch störrisch, wie Kinder sind; gewiß verwöhnte mich die Mutter auch, aber ich kann nicht glauben, daß ich besonders schwer lenkbar war, ich kann nicht glauben, daß ein freundliches Wort, ein stilles Bei-der-Hand-Nehmen, ein guter Blick mir nicht alles hätten abfordern können, was man wollte. Nun bist Du ja im Grunde ein gütiger und weicher Mensch (das Folgende wird dem nicht widersprechen, ich rede ja nur von der Erscheinung, in der Du auf das Kind wirktest), aber nicht jedes Kind hat die Ausdauer und Unerschrockenheit, so lange zu suchen, bis es zu der Güte kommt. Du kannst ein Kind nur so behandeln, wie Du eben selbst geschaffen bist, mit Kraft, Lärm und Jähzorn, und in diesem Falle schien Dir das auch noch überdies deshalb sehr gut geeignet, weil Du einen kräftigen mutigen Jungen in mir aufziehen wolltest.

Deine Erziehungsmittel in den allerersten Jahren kann ich heute natürlich nicht unmittelbar beschreiben, aber ich kann sie mir etwa vorstellen durch Rückschluß aus den späteren Jahren und aus Deiner Behandlung des Felix. Hierbei kommt verschärfend in Betracht, daß Du damals jünger, daher frischer, wilder, ursprünglicher, noch unbekümmerter warst als heute und daß Du außerdem ganz an das Geschäft gebunden warst, kaum einmal des Tages Dich mir zeigen konntest und deshalb einen um so tieferen Eindruck auf mich machtest, der sich kaum je zur Gewöhnung verflachte.

Direkt erinnere ich mich nur an einen Vorfall aus den ersten Jahren. Du erinnerst Dich vielleicht auch daran. Ich winselte einmal in der Nacht immerfort um Wasser, gewiß nicht aus Durst, sondern wahrscheinlich teils um zu ärgern, teils um mich zu unterhalten. Nachdem einige starke Drohungen nicht geholfen hatten, nahmst Du mich aus dem Bett, trugst mich auf die Pawlatsche und ließest mich dort allein vor der geschlossenen Tür ein Weilchen im Hemd stehn. Ich will nicht sagen, daß das unrichtig war, vielleicht war damals die Nachtruhe auf andere Weise wirklich nicht zu verschaffen, ich will aber damit Deine Erziehungsmittel und ihre Wirkung auf mich charakterisieren. Ich war damals nachher wohl schon folgsam, aber ich hatte einen inneren Schaden davon. Das für mich Selbstverständliche des sinnlosen Ums-Wasser-Bittens und das außerordentlich Schreckliche des Hinausgetragenwerdens konnte ich meiner Natur nach niemals in die richtige Verbindung bringen. Noch nach Jahren litt ich unter der quälenden Vorstellung, daß der riesige Mann, mein Vater, die letzte Instanz, fast ohne Grund kommen und mich in der Nacht aus dem Bett auf die Pawlatsche tragen konnte und daß ich also ein solches Nichts für ihn war.

Das war damals ein kleiner Anfang nur, aber dieses mich oft beherrschende Gefühl der Nichtigkeit (ein in anderer Hinsicht allerdings auch edles und fruchtbares Gefühl) stammt vielfach von Deinem Einfluß. Ich hätte ein wenig Aufmunterung, ein wenig Freundlichkeit, ein wenig Offenhalten meines Wegs gebraucht, statt dessen verstelltest Du mir ihn, in der guten Absicht freilich, daß ich einen anderen Weg gehen sollte. Aber dazu taugte ich nicht. Du muntertest mich zum Beispiel auf, wenn ich gut salutierte und marschierte, aber ich war kein künftiger Soldat, oder Du muntertest mich auf, wenn ich kräftig essen oder sogar Bier dazu trinken konnte, oder wenn ich unverstandene Lieder nachsingen oder Deine Lieblingsredensarten Dir nachplappern konnte, aber nichts davon gehörte zu meiner Zukunft. Und es ist bezeichnend, daß Du selbst heute mich nur dann eigentlich in etwas aufmunterst, wenn Du selbst in Mitleidenschaft gezogen bist, wenn es sich um Dein Selbstgefühl handelt, das ich verletze (zum Beispiel durch meine Heiratsabsicht) oder das in mir verletzt wird (wenn zum Beispiel Pepa mich beschimpft). Dann werde ich aufgemuntert, an meinen Wert erinnert, auf die Partien hingewiesen, die ich zu machen berechtigt wäre und Pepa wird vollständig verurteilt. Aber abgesehen davon, daß ich für Aufmunterung in meinem jetzigen Alter schon fast unzugänglich bin, was würde sie mir auch helfen, wenn sie nur dann eintritt, wo es nicht in erster Reihe um mich geht.

Damals und damals überall hätte ich die Aufmunterung gebraucht. Ich war ja schon niedergedrückt durch Deine bloße Körperlichkeit. Ich erinnere mich zum Beispiel daran, wie wir uns öfters zusammen in einer Kabine auszogen. Ich mager, schwach, schmal, Du stark, groß, breit. Schon in der Kabine kam ich mir jämmerlich vor, und zwar nicht nur vor Dir, sondern vor der ganzen Welt, denn Du warst für mich das Maß aller Dinge. Traten wir dann aber aus der Kabine vor die Leute hinaus, ich an Deiner Hand, ein kleines Gerippe, unsicher, bloßfüßig auf den Planken, in Angst vor dem Wasser, unfähig Deine Schwimmbewegungen nachzumachen, die Du mir in guter Absicht, aber tatsächlich zu meiner tiefen Beschämung immerfort vormachtest, dann war ich sehr verzweifelt und alle meine schlimmen Erfahrungen auf allen Gebieten stimmten in solchen Augenblikken großartig zusammen. Am wohlsten war mir noch, wenn Du Dich manchmal zuerst auszogst und ich allein in der Kabine bleiben und die Schande des öffentlichen Auftretens so lange hinauszögern konnte, bis Du endlich nachschauen kamst und mich aus der Kabine triebst. Dankbar war ich Dir dafür, daß Du meine Not nicht zu bemerken schienest, auch war ich stolz auf den Körper meines Vaters. Übrigens besteht zwischen uns dieser Unterschied heute noch ähnlich.

Dem entsprach weiter Deine geistige Oberherrschaft. Du hattest Dich allein durch eigene Kraft so hoch hinaufgearbeitet, infolgedessen hattest Du unbeschränktes Vertrauen zu Deiner Meinung. Das war für mich als Kind nicht einmal so blendend wie später für den heranwachsenden jungen Menschen. In Deinem Lehnstuhl regiertest Du die Welt. Deine Meinung war richtig, jede andere war verrückt, überspannt, meschugge, nicht normal. Dabei war Dein Selbstvertrauen so groß, daß Du gar nicht konsequent sein mußtest und doch nicht aufhörtest recht zu haben. Es konnte auch vorkommen, daß Du in einer Sache gar keine Meinung hattest und infolgedessen alle Meinungen, die hinsichtlich der Sache überhaupt möglich waren, ohne Ausnahme falsch sein mußten. Du konntest zum Beispiel auf die Tschechen schimpfen, dann auf die Deutschen, dann auf die Juden, und zwar nicht nur in Auswahl, sondern in jeder Hinsicht, und schließlich blieb niemand mehr übrig außer Dir. Du bekamst für mich das Rätselhafte, das alle Tyrannen haben, deren Recht auf ihrer Person, nicht auf dem Denken begründet ist. Wenigstens schien es mir so.

Nun behieltest Du ja mir gegenüber tatsächlich erstaunlich oft recht, im Gespräch war das selbstverständlich, denn zum Gespräch kam es kaum, aber auch in Wirklichkeit. Doch war auch das nichts besonders Unbegreifliches: Ich stand ja in allem meinem Denken unter Deinem schweren Druck, auch in dem Denken, das nicht mit dem Deinen übereinstimmte, und besonders in diesem. Alle diese von Dir scheinbar unabhängigen Gedanken waren von Anfang an belastet mit Deinem absprechenden Urteil; bis zur vollständigen und dauernden Ausführung des Gedankens das zu ertragen war fast unmöglich. Ich rede hier nicht von irgendwelchen hohen Gedanken, sondern von jedem kleinen Unternehmen der Kinderzeit. Man mußte nur über irgendeine Sache glücklich sein, von ihr erfüllt sein, nach Hause kommen und es aussprechen und die Antwort war ein ironisches Seufzen, ein Kopfschütteln, ein Fingerklopfen auf den Tisch: »Hab auch schon etwas Schöneres gesehn« oder »Mir gesagt Deine Sorgen« oder »Ich hab keinen so geruhten Kopf« oder »Kauf Dir was dafür!« oder »Auch ein Ereignis!« Natürlich konnte man nicht für jede Kinderkleinigkeit Begeisterung von Dir verlangen, wenn Du in Sorge und Plage lebtest. Darum handelte es sich auch nicht. Es handelte sich vielmehr darum, daß Du solche Enttäuschungen dem Kinde immer und grundsätzlich bereiten mußtest kraft Deines gegensätzlichen Wesens, weiter daß dieser Gegensatz durch Anhäufung des Materials sich unaufhörlich verstärkte, so daß er sich schließlich auch gewohnheitsmäßig geltend machte, wenn Du einmal der gleichen Meinung warst wie ich, und daß endlich diese Enttäuschungen des Kindes nicht Enttäuschungen des gewöhnlichen Lebens waren, sondern, da es ja um Deine für alles maßgebende Person ging, im Kern trafen. Der Mut, die Entschlossenheit, die Zuversicht, die Freude an dem und jenem hielten nicht bis zum Ende aus, wenn Du dagegen warst oder schon wenn Deine Gegnerschaft bloß angenommen werden konnte; und angenommen konnte sie wohl bei fast allem werden, was ich tat.

Das bezog sich auf Gedanken so gut wie auf Menschen. Es genügte, daß ich an einem Menschen ein wenig Interesse hatte – es geschah ja infolge meines Wesens nicht sehr oft –, daß Du schon ohne jede Rücksicht auf mein Gefühl und ohne Achtung vor meinem Urteil mit Beschimpfung, Verleumdung, Entwürdigung dreinfuhrst. Unschuldige, kindliche Menschen wie zum Beispiel der jiddische Schauspieler Löwy mußten das büßen. Ohne ihn zu kennen, verglichst Du ihn in einer schrecklichen Weise, die ich schon vergessen habe, mit Ungeziefer, und wie so oft für Leute, die mir lieb waren, hattest Du automatisch das Sprichwort von den Hunden und Flöhen bei der Hand. An den Schauspieler erinnere ich mich hier besonders, weil ich Deine Aussprüche über ihn damals mir mit der Bemerkung notierte: »So spricht mein Vater über meinen Freund (den er gar nicht kennt) nur deshalb, weil er mein Freund ist. Das werde ich ihm immer entgegenhalten können, wenn er mir Mangel an kindlicher Liebe und Dankbarkeit vorwerfen wird.« Unverständlich war mir immer Deine vollständige Empfindungslosigkeit dafür, was für Leid und Schande Du mit Deinen

Worten und Urteilen mir zufügen konntest, es war, als hättest Du keine Ahnung von Deiner Macht. Auch ich habe Dich sicher oft mit Worten gekränkt, aber dann wußte ich es immer, es schmerzte mich, aber ich konnte mich nicht beherrschen, das Wort nicht zurückhalten, ich bereute es schon, während ich es sagte. Du aber schlugst mit Deinen Worten ohneweiters los, niemand tat Dir leid, nicht währenddessen, nicht nachher, man war gegen Dich vollständig wehrlos.

Aber so war Deine ganze Erziehung. Du hast, glaube ich, ein Erziehungstalent; einem Menschen Deiner Art hättest Du durch Erziehung gewiß nützen können; er hätte die Vernünftigkeit dessen, was Du ihm sagtest, eingesehn, sich um nichts Weiteres gekümmert und die Sachen ruhig so ausgeführt. Für mich als Kind war aber alles, was Du mir zuriefst, geradezu Himmelsgebot, ich vergaß es nie, es blieb mir das wichtigste Mittel zur Beurteilung der Welt, vor allem zur Beurteilung Deiner selbst, und da versagtest Du vollständig. Da ich als Kind hauptsächlich beim Essen mit Dir beisammen war, war Dein Unterricht zum großen Teil Unterricht im richtigen Benehmen bei Tisch. Was auf den Tisch kam, mußte aufgegessen, über die Güte des Essens durfte nicht gesprochen werden – Du aber fandest das Essen oft ungenießbar; nanntest es »das Fressen«; das »Vieh« (die Köchin) hatte es verdorben. Weil Du entsprechend Deinem kräftigen Hunger und Deiner besonderen Vorliebe alles schnell, heiß und in großen Bissen gegessen hast, mußte sich das Kind beeilen, düstere Stille war bei Tisch, unterbrochen von Ermahnungen: »zuerst iß, dann sprich« oder »schneller, schneller, schneller« oder »siehst Du, ich habe schon längst aufgegessen«. Knochen durfte man nicht zerbeißen, Du ja. Essig durfte man nicht schlürfen, Du ja. Die Hauptsache war, daß man das Brot gerade schnitt; daß Du das aber mit einem von Sauce triefenden Messer tatest, war gleichgültig. Man mußte achtgeben, daß keine Speisereste auf den Boden fielen, unter Dir lag schließlich am meisten. Bei Tisch durfte man sich nur mit Essen beschäftigen, Du aber putztest und schnittest Dir die Nägel, spitztest Bleistifte, reinigtest mit dem Zahnstocher die Ohren. Bitte, Vater, verstehe mich recht, das wären an sich vollständig unbedeutende Einzelheiten gewesen, niederdrückend wurden sie für mich erst dadurch, daß Du, der für mich so ungeheuer maßgebende Mensch, Dich selbst an die Gebote nicht hieltest, die Du mir auferlegtest. Dadurch wurde die Welt für mich in drei Teile geteilt, in einen, wo ich, der Sklave, lebte, unter Gesetzen, die nur für mich erfunden waren und denen ich überdies, ich wußte nicht warum, niemals völlig entsprechen konnte, dann in eine zweite Welt, die unendlich von meiner entfernt war, in der Du lebtest, beschäftigt mit der Regierung, mit dem Ausgeben der Befehle und mit dem Ärger wegen deren Nichtbefolgung, und schließlich in eine dritte Welt, wo die übrigen Leute glücklich und frei von Befehlen und Gehorchen lebten. Ich war immerfort in Schande, entweder befolgte ich Deine Befehle, das war Schande, denn sie galten ja nur für mich; oder ich war trotzig, das war auch Schande, denn wie durfte ich Dir gegenüber trotzig sein, oder ich konnte nicht folgen, weil ich zum Beispiel nicht Deine Kraft, nicht Deinen Appetit, nicht Deine Geschicklichkeit hatte, trotzdem Du es als etwas Selbstverständliches von mir verlangtest; das war allerdings die größte Schande. In dieser

Weise bewegten sich nicht die Überlegungen, aber das Gefühl des Kindes.

Meine damalige Lage wird vielleicht deutlicher, wenn ich sie mit der von Felix vergleiche. Auch ihn behandelst Du ja ähnlich, ja wendest sogar ein besonders fürchterliches Erziehungsmittel gegen ihn an, indem Du, wenn er beim Essen etwas Deiner Meinung nach Unreines macht, Dich nicht damit begnügst, wie damals zu mir zu sagen: »Du bist ein großes Schwein«, sondern noch hinzufügst: »ein echter Hermann« oder »genau, wie Dein Vater«. Nun schadet das aber vielleicht – mehr als »vielleicht« kann man nicht sagen – dem Felix wirklich nicht wesentlich, denn für ihn bist Du eben nur ein allerdings besonders bedeutender Großvater, aber doch nicht alles, wie Du es für mich gewesen bist, außerdem ist Felix ein ruhiger, schon jetzt gewissermaßen männlicher Charakter, der sich durch eine Donnerstimme vielleicht verblüffen, aber nicht für die Dauer bestimmen läßt, vor allem aber ist er doch nur verhältnismäßig selten mit Dir beisammen, steht ja auch unter anderen Einflüssen, Du bist ihm mehr etwas liebes Kurioses, aus dem er auswählen kann, was er sich nehmen will. Mir warst Du nichts Kurioses, ich konnte nicht auswählen, ich mußte alles nehmen.

Und zwar ohne etwas dagegen vorbringen zu können, denn es ist Dir von vornherein nicht möglich, ruhig über eine Sache zu sprechen, mit der Du nicht einverstanden bist oder die bloß nicht von Dir ausgeht; Dein herrisches Temperament läßt das nicht zu. In den letzten Jahren erklärst Du das durch Deine Herznervosität, ich wüßte nicht, daß Du jemals wesentlich anders gewesen bist, höchstens ist Dir die Herznervosität ein Mittel zur strengeren Ausübung der Herrschaft, da der Gedanke daran die letzte Widerrede im anderen ersticken muß. Das ist natürlich kein Vorwurf, nur Feststellung einer Tatsache. Etwa bei Ottla: »Man kann ja mit ihr gar nicht sprechen, sie springt einem gleich ins Gesicht«, pflegst Du zu sagen, aber in Wirklichkeit springt sie ursprünglich gar nicht; Du verwechselst die Sache mit der Person; die Sache springt Dir ins Gesicht, und Du entscheidest sie sofort ohne Anhören der Person; was nachher noch vorgebracht wird, kann Dich nur weiter reizen, niemals überzeugen. Dann hört man von Dir nur noch: »Mach, was Du willst; von mir aus bist Du frei; Du bist großjährig; ich habe Dir keine Ratschläge zu geben«, und alles das mit dem fürchterlichen heiseren Unterton des Zornes und der vollständigen Verurteilung, vor dem ich heute nur deshalb weniger zittere als in der Kinderzeit, weil das ausschließliche Schuldgefühl des Kindes zum Teil ersetzt ist durch den Einblick in unser beider Hilflosigkeit.

Die Unmöglichkeit des ruhigen Verkehrs hatte noch eine weitere eigentlich sehr natürliche Folge: Ich verlernte das Reden. Ich wäre ja wohl auch sonst kein großer Redner geworden, aber die gewöhnlich fließende menschliche Sprache hätte ich doch beherrscht. Du hast mir aber schon früh das Wort verboten, Deine Drohung »Kein Wort der Widerrede!« und die dazu erhobene Hand begleiten mich schon seit jeher. Ich bekam vor Dir – Du bist, sobald es um Deine Dinge geht, ein ausgezeichneter Redner – eine stockende, stotternde Art des Sprechens, auch das war Dir noch zuviel, schließlich schwieg ich, zuerst vielleicht aus Trotz, dann, weil ich vor Dir weder denken noch reden konnte. Und weil

Du mein eigentlicher Erzieher warst, wirkte das überall in meinem Leben nach. Es ist überhaupt ein merkwürdiger Irrtum, wenn Du glaubst, ich hätte mich Dir nie gefügt. »Immer alles contra« ist wirklich nicht mein Lebensgrundsatz Dir gegenüber gewesen, wie Du glaubst und mir vorwirfst. Im Gegenteil: Hätte ich Dir weniger gefolgt, Du wärest sicher viel zufriedener mit mir. Vielmehr haben alle Deine Erziehungsmaßnahmen genau getroffen; keinem Griff bin ich ausgewichen; so wie ich bin, bin ich (von den Grundlagen und der Einwirkung des Lebens natürlich abgesehen) das Ergebnis Deiner Erziehung und meiner Folgsamkeit. Daß dieses Ergebnis Dir trotzdem peinlich ist, ja daß Du Dich unbewußt weigerst, es als Dein Erziehungsergebnis anzuerkennen, liegt eben daran, daß Deine Hand und mein Material einander so fremd gewesen sind. Du sagtest »Kein Wort der Widerrede!« und wolltest damit die Dir unangenehmen Gegenkräfte in mir zum Schweigen bringen, diese Einwirkung war aber für mich zu stark, ich war zu folgsam, ich verstummte gänzlich, verkroch mich vor Dir und wagte mich erst zu regen, wenn ich so weit von Dir entfernt war, daß Deine Macht, wenigstens direkt, nicht mehr hinreichte. Du aber standst davor, und alles schien Dir wieder »contra« zu sein, während es nur selbstverständliche Folge Deiner Stärke und meiner Schwäche war.

Deine äußerst wirkungsvollen, wenigstens mir gegenüber niemals versagenden rednerischen Mittel bei der Erziehung waren: Schimpfen, Drohen, Ironie, böses Lachen und – merkwürdigerweise – Selbstbeklagung.

Daß Du mich direkt und mit ausdrücklichen Schimpfwörtern beschimpft hättest, kann ich mich nicht erinnern.

Es war auch nicht nötig, Du hattest so viele andere Mittel, auch flogen im Gespräch zu Hause und besonders im Geschäft die Schimpfwörter rings um mich in solchen Mengen auf andere nieder, daß ich als kleiner Junge manchmal davon fast betäubt war und keinen Grund hatte, sie nicht auch auf mich zu beziehen, denn die Leute, die Du beschimpftest, waren gewiß nicht schlechter als ich, und Du warst gewiß mit ihnen nicht unzufriedener als mit mir. Und auch hier war wieder Deine rätselhafte Unschuld und Unangreifbarkeit, Du schimpftest, ohne Dir irgendwelche Bedenken deshalb zu machen, ja Du verurteiltest das Schimpfen bei anderen und verbotest es.

Das Schimpfen verstärktest Du mit Drohen, und das galt nun auch schon mir. Schrecklich war mir zum Beispiel dieses: »Ich zerreiße Dich wie einen Fisch«, trotzdem ich ja wußte, daß dem nichts Schlimmeres nachfolgte (als kleines Kind wußte ich das allerdings nicht), aber es entsprach fast meinen Vorstellungen von Deiner Macht, daß Du auch das imstande gewesen wärest. Schrecklich war es auch, wenn Du schreiend um den Tisch herumliefst, um einen zu fassen, offenbar gar nicht fassen wolltest, aber doch so tatest und die Mutter einen schließlich scheinbar rettete. Wieder hatte man einmal, so schien es dem Kind, das Leben durch Deine Gnade behalten und trug es als Dein unverdientes Geschenk weiter. Hierher gehören auch die Drohungen wegen der Folgen des Ungehorsams. Wenn ich etwas zu tun anfing, was Dir nicht gefiel, und Du drohtest mir mit dem Mißerfolg, so war die Ehrfurcht vor Deiner Meinung so groß, daß damit der Mißerfolg, wenn auch vielleicht erst für eine spätere Zeit, unaufhaltsam war. Ich verlor das Vertrauen zu eigenem

Tun. Ich war unbeständig, zweifelhaft. Je älter ich wurde, desto größer war das Material, das Du mir zum Beweis meiner Wertlosigkeit entgegenhalten konntest; allmählich bekamst Du in gewisser Hinsicht wirklich recht. Wieder hüte ich mich zu behaupten, daß ich nur durch Dich so wurde; Du verstärktest nur, was war, aber Du verstärktest es sehr, weil Du eben mir gegenüber sehr mächtig warst und alle Macht dazu verwendetest.

Ein besonderes Vertrauen hattest Du zur Erziehung durch Ironie, sie entsprach auch am besten Deiner Überlegenheit über mich. Eine Ermahnung hatte bei Dir gewöhnlich diese Form: »Kannst Du das nicht so und so machen? Das ist Dir wohl schon zuviel? Dazu hast Du natürlich keine Zeit« und ähnlich. Dabei jede solche Frage begleitet von bösem Lachen und bösem Gesicht. Man wurde gewissermaßen schon bestraft, ehe man noch wußte, daß man etwas Schlechtes getan hatte. Aufreizend waren auch jene Zurechtweisungen, wo man als dritte Person behandelt, also nicht einmal des bösen Ansprechens gewürdigt wurde; wo Du also etwa formell zur Mutter sprachst, aber eigentlich zu mir, der dabeisaß, zum Beispiel: »Das kann man vom Herrn Sohn natürlich nicht haben« und dergleichen. (Das bekam dann sein Gegenspiel darin, daß ich zum Beispiel nicht wagte und später aus Gewohnheit gar nicht mehr daran dachte, Dich direkt zu fragen, wenn die Mutter dabei war. Es war dem Kind viel ungefährlicher, die neben Dir sitzende Mutter nach Dir auszufragen, man fragte dann die Mutter: »Wie geht es dem Vater?« und sicherte sich so vor Überraschungen.) Es gab natürlich auch Fälle, wo man mit der ärgsten Ironie sehr einverstanden war, nämlich wenn sie einen anderen betraf, zum

Beispiel die Elli, mit der ich jahrelang böse war. Es war für mich ein Fest der Bosheit und Schadenfreude, wenn es von ihr fast bei jedem Essen etwa hieß: »Zehn Meter weit vom Tisch muß sie sitzen, die breite Mad«, und wenn Du dann böse auf Deinem Sessel, ohne die leiseste Spur von Freundlichkeit oder Laune, sondern als erbitterter Feind übertrieben ihr nachzumachen suchtest, wie äußerst widerlich für Deinen Geschmack sie dasaß. Wie oft hat sich das und ähnliches wiederholen müssen, wie wenig hast Du im Tatsächlichen dadurch erreicht. Ich glaube, es lag daran, daß der Aufwand von Zorn und Bösesein zur Sache selbst in keinem richtigen Verhältnis zu sein schien, man hatte nicht das Gefühl, daß der Zorn durch diese Kleinigkeit des Weit-vom-Tische-Sitzens erzeugt sei, sondern daß er in seiner ganzen Größe von vornherein vorhanden war und nur zufällig gerade diese Sache als Anlaß zum Losbrechen genommen habe. Da man überzeugt war, daß sich ein Anlaß jedenfalls finden würde, nahm man sich nicht besonders zusammen, auch stumpfte man unter der fortwährenden Drohung ab; daß man nicht geprügelt wurde, dessen war man ja allmählich fast sicher. Man wurde ein mürrisches, unaufmerksames, ungehorsames Kind, immer auf eine Flucht, meist eine innere, bedacht. So littest Du, so litten wir. Du hattest von Deinem Standpunkt ganz recht, wenn Du mit zusammengebissenen Zähnen und dem gurgelnden Lachen, welches dem Kind zum erstenmal höllische Vorstellungen vermittelt hatte, bitter zu sagen pflegtest (wie erst letzthin wegen eines Konstantinopler Briefes): »Das ist eine Gesellschaft!«

Ganz unverträglich mit dieser Stellung zu Deinen Kindern schien es zu sein, wenn Du, was ja sehr oft geschah, öffentlich Dich beklagtest. Ich gestehe, daß ich als Kind (später wohl) dafür gar kein Gefühl hatte und nicht verstand, wie Du überhaupt erwarten konntest, Mitgefühl zu finden. Du warst so riesenhaft in jeder Hinsicht; was konnte Dir an unserem Mitleid liegen oder gar an unserer Hilfe? Die mußtest Du doch eigentlich verachten, wie uns selbst so oft. Ich glaubte daher den Klagen nicht und suchte irgendeine geheime Absicht hinter ihnen. Erst später begriff ich, daß Du wirklich durch die Kinder sehr littest, damals aber, wo die Klagen noch unter anderen Umständen einen kindlichen, offenen, bedenkenlosen, zu jeder Hilfe bereiten Sinn hätten antreffen können, mußten sie mir wieder nur überdeutliche Erziehungs- und Demütigungsmittel sein, als solche an sich nicht sehr stark, aber mit der schädlichen Nebenwirkung, daß das Kind sich gewöhnte, gerade Dinge nicht sehr ernst zu nehmen, die es ernst hätte nehmen sollen.

Es gab glücklicherweise davon allerdings auch Ausnahmen, meistens wenn Du schweigend littest und Liebe und Güte mit ihrer Kraft alles Entgegenstehende überwand und unmittelbar ergriff. Selten war das allerdings, aber es war wunderbar. Etwa wenn ich Dich früher in heißen Sommern mittags nach dem Essen im Geschäft müde ein wenig schlafen sah, den Ellbogen auf dem Pult, oder wenn Du sonntags abgehetzt zu uns in die Sommerfrische kamst; oder wenn Du bei einer schweren Krankheit der Mutter zitternd vom Weinen Dich am Bücherkasten festhieltest; oder wenn Du während meiner letzten Krankheit leise zu mir in Ottlas Zimmer kamst, auf der Schwelle bliebst, nur den Hals strecktest, um mich im Bett zu sehn, und aus Rücksicht nur mit der Hand grüßtest. Zu solchen Zeiten legte man sich hin und weinte vor Glück und weint jetzt wieder, während man es schreibt.

Du hast auch eine besonders schöne, sehr selten zu sehende Art eines stillen, zufriedenen, gutheißenden Lächelns, das den, dem es gilt, ganz glücklich machen kann. Ich kann mich nicht erinnern, daß es in meiner Kindheit ausdrücklich mir zuteil geworden wäre, aber es dürfte wohl geschehen sein, denn warum solltest Du es mir damals verweigert haben, da ich Dir noch unschuldig schien und Deine große Hoffnung war. Übrigens haben auch solche freundliche Eindrücke auf die Dauer nichts anderes erzielt, als mein Schuldbewußtsein vergrößert und die Welt mir noch unverständlicher gemacht.

Lieber hielt ich mich ans Tatsächliche und Fortwährende. Um mich Dir gegenüber nur ein wenig zu behaupten, zum Teil auch aus einer Art Rache, fing ich bald an, kleine Lächerlichkeiten, die ich an Dir bemerkte, zu beobachten, zu sammeln, zu übertreiben. Wie Du zum Beispiel leicht Dich von meist nur scheinbar höherstehenden Personen blenden ließest und davon immerfort erzählen konntest, etwa von irgendeinem kaiserlichen Rat oder dergleichen (andererseits tat mir etwas Derartiges auch weh, daß Du, mein Vater, solche nichtige Bestätigungen Deines Wertes zu brauchen glaubtest und mit ihnen großtatest). Oder ich beobachtete Deine Vorliebe für unanständige, möglichst laut herausgebrachte Redensarten, über die Du lachtest, als hättest Du etwas besonders Vortreffliches gesagt, während es eben nur eine platte, kleine Unanständigkeit war (gleichzeitig war es allerdings auch wieder eine mich beschämende Äußerung

Deiner Lebenskraft). Solcher verschiedener Beobachtungen gab es natürlich eine Menge; ich war glücklich über sie, es gab für mich Anlaß zu Getuschel und Spaß, Du bemerktest es manchmal, ärgertest Dich darüber, hieltest es für Bosheit, Respektlosigkeit, aber glaube mir, es war nichts anderes für mich als ein übrigens untaugliches Mittel zur Selbsterhaltung, es waren Scherze, wie man sie über Götter und Könige verbreitet, Scherze, die mit dem tiefsten Respekt nicht nur sich verbinden lassen, sondern sogar zu ihm gehören.

Auch Du hast übrigens, entsprechend Deiner ähnlichen Lage mir gegenüber, eine Art Gegenwehr versucht. Du pflegtest darauf hinzuweisen, wie übertrieben gut es mir ging und wie gut ich eigentlich behandelt worden bin. Das ist richtig, ich glaube aber nicht, daß es mir unter den einmal vorhandenen Umständen im wesentlichen genützt hat.

Es ist wahr, daß die Mutter grenzenlos gut zu mir war, aber alles das stand für mich in Beziehung zu Dir, also in keiner guten Beziehung. Die Mutter hatte unbewußt die Rolle eines Treibers in der Jagd. Wenn schon Deine Erziehung in irgendeinem unwahrscheinlichen Fall mich durch Erzeugung von Trotz, Abneigung oder gar Haß auf eigene Füße hätte stellen können, so glich das die Mutter durch Gutsein, durch vernünftige Rede (sie war im Wirrwarr der Kindheit das Urbild der Vernunft), durch Fürbitte wieder aus, und ich war wieder in Deinen Kreis zurückgetrieben, aus dem ich sonst vielleicht, Dir und mir zum Vorteil, ausgebrochen wäre. Oder es war so, daß es zu keiner eigentlichen Versöhnung kam, daß die Mutter mich vor Dir bloß im geheimen schützte, mir im geheimen etwas gab, etwas erlaubte, dann war ich wieder vor Dir das lichtscheue Wesen, der Betrüger, der Schuldbewußte, der wegen seiner Nichtigkeit selbst zu dem, was er für sein Recht hielt, nur auf Schleichwegen kommen konnte. Natürlich gewöhnte ich mich dann, auf diesen Wegen auch das zu suchen, worauf ich, selbst meiner Meinung nach, kein Recht hatte. Das war wieder Vergrößerung des Schuldbewußtseins.

Es ist auch wahr, daß Du mich kaum einmal wirklich geschlagen hast. Aber das Schreien, das Rotwerden Deines Gesichts, das eilige Losmachen der Hosenträger, ihr Bereitliegen auf der Stuhllehne, war für mich fast ärger. Es ist, wie wenn einer gehängt werden soll. Wird er wirklich gehenkt, dann ist er tot und es ist alles vorüber. Wenn er aber alle Vorbereitungen zum Gehenktwerden miterleben muß und erst wenn ihm die Schlinge vor dem Gesicht hängt, von seiner Begnadigung erfährt, so kann er sein Leben lang daran zu leiden haben. Überdies sammelte sich aus diesen vielen Malen, wo ich Deiner deutlich gezeigten Meinung nach Prügel verdient hätte, ihnen aber aus Deiner Gnade noch knapp entgangen war, wieder nur ein großes Schuldbewußtsein an. Von allen Seiten her kam ich in Deine Schuld.

Seit jeher machtest Du mir zum Vorwurf (und zwar mir allein oder vor anderen, für das Demütigende des letzteren hattest Du kein Gefühl, die Angelegenheiten Deiner Kinder waren immer öffentliche), daß ich dank Deiner Arbeit ohne alle Entbehrungen in Ruhe, Wärme, Fülle lebte. Ich denke da an Bemerkungen, die in meinem Gehirn förmlich Furchen gezogen haben müssen, wie: »Schon mit sieben Jahren mußte ich mit dem Karren durch die Dörfer fahren.« – »Wir mußten alle in einer Stube schlafen.« – »Wir waren glücklich, wenn wir Erdäpfel hatten.« – »Jahrelang hatte ich wegen ungenügender Winterkleidung offene Wunden an den Beinen.« – »Als kleiner Junge mußte ich schon nach Pisek ins Geschäft.« – »Von zu Hause bekam ich gar nichts, nicht einmal beim Militär, ich schickte noch Geld nach Hause.« – »Aber trotzdem, trotzdem – der Vater war mir immer der Vater. Wer weiß das heute! Was wissen die Kinder! Das hat niemand gelitten! Versteht das heute ein Kind?« Solche Erzählungen hätten unter anderen Verhältnissen ein ausgezeichnetes Erziehungsmittel sein können, sie hätten zum Überstehen der gleichen Plagen und Entbehrungen, die der Vater durchgemacht hatte, aufmuntern und kräftigen können. Aber das wolltest Du doch gar nicht, die Lage war ja eben durch das Ergebnis Deiner Mühe eine andere geworden, Gelegenheit, sich in der Weise auszuzeichnen, wie Du es getan hattest, gab es nicht. Eine solche Gelegenheit hätte man erst durch Gewalt und Umsturz schaffen müssen (vorausgesetzt, daß man die Entschlußfähigkeit und Kraft dazu gehabt hätte und die Mutter nicht ihrerseits mit anderen Mitteln dagegen gearbeitet hätte). Aber das alles wolltest Du doch gar nicht, das bezeichnetest Du als Undankbarkeit, Überspanntheit, Ungehorsam, Verrat, Verrücktheit. Während Du also von einer Seite durch Beispiel, Erzählung und Beschämung dazu locktest, verbotest Du es auf der anderen Seite allerstrengstens. Sonst hättest Du zum Beispiel, von den Nebenumständen abgesehen, von Ottlas Zürauer Abenteuer eigentlich entzückt sein müssen. Sie wollte auf das Land, von dem Du gekommen warst, sie wollte Arbeit und Entbehrungen haben, wie Du sie gehabt hattest, sie wollte nicht Deine Arbeitserfolge genießen, wie auch Du von Deinem Vater unabhängig gewesen bist. Waren das so schreckliche Absichten? So fern Deinem Beispiel und Deiner Lehre? Gut, die Absichten Ottlas mißlangen schließlich im Ergebnis, wurden vielleicht etwas lächerlich, mit zuviel Lärm ausgeführt, sie nahm nicht genug Rücksicht auf ihre Eltern. War das aber ausschließlich ihre Schuld, nicht auch die Schuld der Verhältnisse und vor allem dessen, daß Du ihr so entfremdet warst? War sie Dir etwa (wie Du Dir später selbst einreden wolltest) im Geschäft weniger entfremdet, als nachher in Zürau? Und hättest Du nicht ganz gewiß die Macht gehabt (vorausgesetzt, daß Du Dich dazu hättest überwinden können), durch Aufmunterung, Rat und Aufsicht, vielleicht sogar nur durch Duldung aus diesem Abenteuer etwas sehr Gutes zu machen?

Anschließend an solche Erfahrungen pflegtest Du in bitterem Scherz zu sagen, daß es uns zu gut ging. Aber dieser Scherz ist in gewissem Sinn keiner. Das, was Du Dir erkämpfen mußtest, bekamen wir aus Deiner Hand, aber den Kampf um das äußere Leben, der Dir sofort zugänglich war und der natürlich auch uns nicht erspart bleibt, den müssen wir uns erst spät, mit Kinderkraft im Mannesalter erkämpfen. Ich sage nicht, daß unsere Lage deshalb unbedingt ungünstiger ist, als es Deine war, sie ist jener vielmehr wahrscheinlich gleichwertig – (wobei allerdings die Grundanlagen nicht verglichen sind), nur darin sind wir im Nachteil, daß wir mit unserer Not uns nicht rühmen und niemanden mit ihr demütigen können, wie Du es mit Deiner Not getan hast. Ich leugne auch nicht, daß es möglich gewesen wäre, daß ich die Früchte Deiner großen und erfolgreichen Arbeit wirklich richtig hätte genießen, verwerten und mit ihnen zu Deiner Freude hätte weiterarbeiten können, dem aber stand eben unsere Entfremdung entgegen. Ich konnte, was Du gabst, genießen, aber nur in Beschämung, Müdigkeit, Schwäche, Schuldbewußtsein. Deshalb konnte ich Dir für alles nur bettlerhaft dankbar sein, durch die Tat nicht.

Das nächste äußere Ergebnis dieser ganzen Erziehung war, daß ich alles floh, was nur von der Ferne an Dich erinnerte. Zuerst das Geschäft. An und für sich besonders in der Kinderzeit, solange es ein Gassengeschäft war, hätte es mich sehr freuen müssen, es war so lebendig, abends beleuchtet, man sah, man hörte viel, konnte hie und da helfen, sich auszeichnen, vor allem aber Dich bewundern in Deinen großartigen kaufmännischen Talenten, wie Du verkauftest, Leute behandeltest, Späße machtest, unermüdlich warst, in Zweifelsfällen sofort die Entscheidung wußtest und so weiter; noch wie Du einpacktest oder eine Kiste aufmachtest, war ein sehenswertes Schauspiel und das Ganze alles in allem gewiß nicht die schlechteste Kinderschule. Aber da Du allmählich von allen Seiten mich erschrecktest und Geschäft und Du sich mir deckten, war mir auch das Geschäft nicht mehr behaglich. Dinge, die mir dort zuerst selbstverständlich gewesen waren, quälten, beschämten mich, besonders Deine Behandlung des Personals. Ich weiß nicht, vielleicht ist sie in den meisten Geschäften so gewesen (in der ›Assecurazioni Generali‹, zum Beispiel, war sie zu meiner Zeit wirklich ähnlich, ich erklärte dort dem Direktor, nicht ganz wahrheitsgemäß, aber auch nicht ganz erlogen, meine Kündigung damit, daß ich das Schimpfen, das übrigens mich direkt gar nicht betroffen hatte, nicht ertragen könne; ich war darin zu schmerzhaft empfindlich schon von Hause her), aber die anderen Geschäfte kümmerten mich in der Kinderzeit nicht. Dich aber hörte und sah ich im Geschäft schreien, schimpfen und wüten, wie es meiner damaligen Meinung nach in der ganzen Welt nicht wieder vorkam. Und nicht nur schimpfen, auch sonstige Tyrannei. Wie Du zum Beispiel Waren, die Du mit anderen nicht verwechselt haben wolltest, mit einem Ruck vom Pult hinunterwarfst – nur die Besinnungslosigkeit Deines Zorns entschuldigte Dich ein wenig – und der Kommis sie aufheben mußte. Oder Deine ständige Redensart hinsichtlich eines lungenkranken Kommis: »Er soll krepieren, der kranke Hund.« Du nanntest die Angestellten »bezahlte Feinde«, das waren sie auch, aber noch ehe sie es geworden waren, schienst Du mir ihr »zahlender Feind« zu sein. Dort bekam ich auch die große Lehre, daß Du ungerecht sein konntest; an mir selbst hätte ich es nicht so bald bemerkt, da hatte sich ja zuviel Schuldgefühl angesammelt, das Dir recht gab; aber dort waren nach meiner, später natürlich ein wenig, aber nicht allzusehr korrigierten Kindermeinung fremde Leute, die doch für uns arbeiteten und dafür in fortwährender Angst vor Dir leben mußten. Natürlich übertrieb ich da, und zwar deshalb, weil ich ohne weiteres annahm, Du wirktest auf die Leute ebenso schrecklich wie auf mich. Wenn das so gewesen wäre, hätten sie wirklich nicht leben können; da sie aber erwachsene Leute mit meist ausgezeichneten Nerven waren, schüttelten sie das Schimpfen ohne Mühe von sich ab und es schadete Dir schließlich viel mehr als ihnen. Mir aber machte es das Geschäft unleidlich, es erinnerte mich allzusehr an mein Verhältnis zu Dir: Du warst, ganz abgesehen vom Unternehmerinteresse und abgesehen von Deiner Herrschsucht schon als Geschäftsmann allen, die jemals bei Dir gelernt haben, so sehr überlegen, daß Dich keine ihrer Leistungen befriedigen konnte, ähnlich ewig unbefriedigt mußtest Du auch von mir sein. Deshalb gehörte ich notwendig zur Partei des Personals, übrigens auch deshalb, weil ich schon aus Ängstlichkeit nicht begriff, wie man einen Fremden so beschimpfen konnte, und darum aus Ängstlichkeit das meiner Meinung nach fürchterlich aufgebrachte Personal irgendwie mit Dir, mit unserer Familie schon um meiner eigenen Sicherheit willen aussöhnen wollte. Dazu genügte nicht mehr gewöhnliches, anständiges Benehmen gegenüber dem Personal, nicht einmal mehr bescheidenes Benehmen, vielmehr mußte ich demütig sein, nicht nur zuerst grüßen, sondern womöglich auch noch den Gegengruß abwehren. Und hätte ich, die unbedeutende Person, ihnen unten die Füße geleckt, es wäre noch immer kein Ausgleich dafür gewesen, wie Du, der Herr, oben auf sie loshacktest. Dieses Verhältnis, in das ich hier zu Mitmenschen trat, wirkte über das Geschäft hinaus und in die Zukunft weiter (etwas Ähnliches, aber nicht so gefährlich und tiefgreifend wie bei mir, ist zum Beispiel auch Ottlas Vorliebe für den Verkehr mit armen Leuten, das Dich so ärgernde Zusammensitzen mit den Dienstmädchen und dergleichen). Schließlich fürchtete ich mich fast vor dem Geschäft, und jedenfalls war es schon längst nicht mehr meine Sache, ehe ich noch ins Gymnasium kam und dadurch noch weiter davon fortgeführt wurde. Auch schien es mir für meine Fähigkeiten ganz unerschwinglich, da es, wie Du sagtest, selbst die Deinigen verbrauchte. Du suchtest dann (für mich ist das heute rührend und beschämend) aus meiner Dich doch sehr schmerzenden Abneigung gegen das Geschäft, gegen Dein Werk, doch noch ein wenig Süßigkeit für

Dich zu ziehen, indem Du behauptetest, mir fehle der Geschäftssinn, ich habe höhere Ideen im Kopf und dergleichen. Die Mutter freute sich natürlich über diese Erklärung, die Du Dir abzwangst, und auch ich in meiner Eitelkeit und Not ließ mich davon beeinflussen. Wären es aber wirklich nur oder hauptsächlich die »höheren Ideen« gewesen, die mich vom Geschäft (das ich jetzt, aber erst jetzt, ehrlich und tatsächlich hasse) abbrachten, sie hätten sich anders äußern müssen, als daß sie mich ruhig und ängstlich durchs Gymnasium und durch das Jusstudium schwimmen ließen, bis ich beim Beamtenschreibtisch endgültig landete.

Wollte ich vor Dir fliehn, mußte ich auch vor der Familie fliehn, selbst vor der Mutter. Man konnte bei ihr zwar immer Schutz finden, doch nur in Beziehung zu Dir. Zu sehr liebte sie Dich und war Dir zu sehr treu ergeben, als daß sie in dem Kampf des Kindes eine selbständige geistige Macht für die Dauer hätte sein können. Ein richtiger Instinkt des Kindes übrigens, denn die Mutter wurde Dir mit den Jahren immer noch enger verbunden; während sie immer, was sie selbst betraf, ihre Selbständigkeit in kleinsten Grenzen schön und zart und ohne Dich jemals wesentlich zu kränken, bewahrte, nahm sie doch mit den Jahren immer vollständiger, mehr im Gefühl als im Verstand, Deine Urteile und Verurteilungen hinsichtlich der Kinder blindlings über, besonders in dem allerdings schweren Fall der Ottla. Freilich muß man immer im Gedächtnis behalten, wie quälend und bis zum letzten aufreibend die Stellung der Mutter in der Familie war. Sie hat sich im Geschäft, im Haushalt geplagt, alle Krankheiten der Familie doppelt mitgelitten, aber die Krönung alles dessen war das, was sie in ihrer Zwischenstellung zwischen uns und Dir gelitten hat. Du bist immer liebend und rücksichtsvoll zu ihr gewesen, aber in dieser Hinsicht hast Du sie ganz genau so wenig geschont, wie wir sie geschont haben. Rücksichtslos haben wir auf sie eingehämmert, Du von Deiner Seite, wir von unserer. Es war eine Ablenkung, man dachte an nichts Böses, man dachte nur an den Kampf, den Du mit uns, den wir mit Dir führten, und auf der Mutter tobten wir uns aus. Es war auch kein guter Beitrag zur Kindererziehung, wie Du sie – ohne jede Schuld Deinerseits natürlich – unseretwegen quältest. Es rechtfertigte sogar scheinbar unser sonst nicht zu rechtfertigendes Benehmen ihr gegenüber. Was hat sie von uns Deinetwegen und von Dir unseretwegen gelitten, ganz ungerechnet jene Fälle, wo Du recht hattest, weil sie uns verzog, wenn auch selbst dieses ›Verziehn‹ manchmal nur eine stille, unbewußte Gegendemonstration gegen Dein System gewesen sein mag. Natürlich hätte die Mutter das alles nicht ertragen können, wenn sie nicht aus der Liebe zu uns allen und aus dem Glück dieser Liebe die Kraft zum Ertragen genommen hätte.

Die Schwestern gingen nur zum Teil mit mir. Am glücklichsten in ihrer Stellung zu Dir war Valli. Am nächsten der Mutter stehend, fügte sie sich Dir auch ähnlich, ohne viel Mühe und Schaden. Du nahmst sie aber auch, eben in Erinnerung an die Mutter, freundlicher hin, trotzdem wenig Kafka'sches Material in ihr war. Aber vielleicht war Dir gerade das recht; wo nichts Kafka'sches war, konntest selbst Du nichts Derartiges verlangen; Du hattest auch nicht, wie bei uns anderen, das Gefühl, daß hier etwas verlorenging, das mit Gewalt gerettet werden müßte. Übrigens magst Du das Kafka'sche, soweit es sich in Frauen geäußert hat, niemals besonders geliebt haben. Das Verhältnis Vallis zu Dir wäre sogar vielleicht noch freundlicher geworden, wenn wir anderen es nicht ein wenig gestört hätten.

Die Elli ist das einzige Beispiel für das fast vollständige Gelingen eines Durchbruches aus Deinem Kreis. Von ihr hätte ich es in ihrer Kindheit am wenigsten erwartet. Sie war doch ein so schwerfälliges, müdes, furchtsames, verdrossenes, schuldbewußtes, überdemütiges, boshaftes, faules, genäschiges, geiziges Kind, ich konnte sie kaum ansehn, gar nicht ansprechen, so sehr erinnerte sie mich an mich selbst, so sehr ähnlich stand sie unter dem gleichen Bann der Erziehung. Besonders ihr Geiz war mir abscheulich, da ich ihn womöglich noch stärker hatte. Geiz ist ja eines der verläßlichsten Anzeichen tiefen Unglücklichseins; ich war so unsicher aller Dinge, daß ich tatsächlich nur das besaß, was ich schon in den Händen oder im Mund hielt oder was wenigstens auf dem Wege dorthin war, und gerade das nahm sie, die in ähnlicher Lage war, mir am liebsten fort. Aber das alles änderte sich, als sie in jungen Jahren – das ist das Wichtigste – von zu Hause wegging, heiratete, Kinder bekam, sie wurde fröhlich, unbekümmert, mutig, freigebig, uneigennützig, hoffnungsvoll. Fast unglaublich ist es, wie Du eigentlich diese Veränderung gar nicht bemerkt und jedenfalls nicht nach Verdienst bewertet hast, so geblendet bist Du von dem Groll, den Du gegen Elli seit jeher hattest und im Grunde unverändert hast, nur daß dieser Groll jetzt viel weniger aktuell geworden ist, da Elli nicht mehr bei uns wohnt und außerdem Deine Liebe zu Felix und die Zuneigung zu Karl ihn unwichtiger gemacht haben. Nur Gerti muß ihn manchmal noch entgelten.

Von Ottla wage ich kaum zu schreiben; ich weiß, ich setze damit die ganze erhoffte Wirkung des Briefes aufs Spiel. Unter gewöhnlichen Umständen, also wenn sie nicht etwa in besondere Not oder Gefahr käme, hast Du für sie nur Haß; Du hast mir ja selbst zugestanden, daß sie Deiner Meinung nach mit Absicht Dir immerfort Leid und Ärger macht, und während Du ihretwegen leidest, ist sie befriedigt und freut sich. Also eine Art Teufel. Was für eine ungeheure Entfremdung, noch größer als zwischen Dir und mir, muß zwischen Dir und ihr eingetreten sein, damit eine so ungeheure Verkennung möglich wird. Sie ist so weit von Dir, daß Du sie kaum mehr siehst, sondern ein Gespenst an die Stelle setzt, wo Du sie vermutest. Ich gebe zu, daß Du es mit ihr besonders schwer hattest. Ich durchschaue ja den sehr komplizierten Fall nicht ganz, aber jedenfalls war hier etwas wie eine Art Löwy, ausgestattet mit den besten Kafka'schen Waffen. Zwischen uns war es kein eigentlicher Kampf; ich war bald erledigt; was übrigblieb war Flucht, Verbitterung, Trauer, innerer Kampf. Ihr zwei waret aber immer in Kampfstellung, immer frisch, immer bei Kräften. Ein ebenso großartiger wie trostloser Anblick. Zu allererst seid ihr Euch ja gewiß sehr nahe gewesen, denn noch heute ist von uns vier Ottla vielleicht die reinste Darstellung der Ehe zwischen Dir und der Mutter und der Kräfte, die sich da verbanden. Ich weiß nicht, was Euch um das Glück der Eintracht zwischen Vater und Kind gebracht hat, es liegt mir nur nahe zu glauben, daß die Entwicklung ähnlich war wie bei mir. Auf Deiner Seite die Tyrannei Deines Wesens, auf ihrer Seite Löwy'scher Trotz, Empfindlichkeit, Gerechtigkeitsgefühl, Unruhe, und alles das gestützt durch das Bewußtsein Kafka'scher Kraft. Wohl habe auch ich sie beeinflußt, aber kaum aus eigenem Antrieb, sondern durch die bloße Tatsache meines Daseins. Übrigens kam sie doch als letzte in schon fertige Machtverhältnisse hinein und konnte sich aus dem vielen bereitliegenden Material ihr Urteil selbst bilden. Ich kann mir sogar denken, daß sie in ihrem Wesen eine Zeitlang geschwankt hat, ob sie sich Dir an die Brust werfen soll oder den Gegnern, offenbar hast Du damals etwas versäumt und sie zurückgestoßen, Ihr wäret aber, wenn es eben möglich gewesen wäre, ein prachtvolles Paar an Eintracht geworden. Ich hätte dadurch zwar einen Verbündeten verloren, aber der Anblick von Euch beiden hätte mich reich entschädigt, auch wärest ja Du durch das unabsehbare Glück, wenigstens in einem Kind volle Befriedigung zu finden, sehr zu meinen Gunsten verwandelt worden. Das alles ist heute allerdings nur ein Traum. Ottla hat keine Verbindung mit dem Vater, muß ihren Weg allein suchen, wie ich, und um das Mehr an Zuversicht, Selbstvertrauen, Gesundheit, Bedenkenlosigkeit, das sie im Vergleich mit mir hat, ist sie in Deinen Augen böser und verräterischer als ich. Ich verstehe das; von Dir aus gesehen kann sie nicht anders sein. Ja sie selbst ist imstande, mit Deinen Augen sich anzusehn, Dein Leid mitzufühlen und darüber – nicht verzweifelt zu sein, Verzweiflung ist meine Sache – aber sehr traurig zu sein. Du siehst uns zwar, in scheinbarem Widerspruch hierzu, oft beisammen, wir flüstern, lachen, hie und da hörst Du Dich erwähnen. Du hast den Eindruck von frechen Verschwörern. Merkwürdige Verschwörer. Du bist allerdings ein Hauptthema unserer Gespräche wie unseres Denkens seit jeher, aber wahrhaftig nicht, um etwas gegen Dich auszudenken, sitzen wir beisammen, sondern um mit aller Anstrengung, mit Spaß, mit Ernst, mit Liebe, Trotz, Zorn, Widerwille, Ergebung, Schuldbewußtsein, mit allen Kräften des Kopfes und Herzens diesen schrecklichen Prozeß, der zwischen uns und Dir schwebt, in allen Einzelheiten, von allen Seiten, bei allen Anlässen, von fern und nah gemeinsam durchzusprechen, diesen Prozeß, in dem Du immerfort Richter zu sein behauptest, während Du, wenigstens zum größten Teil (hier lasse ich die Tür allen Irrtümern offen, die mir natürlich begegnen können) ebenso schwache und verblendete Partei bist wie wir.

Ein im Zusammenhang des Ganzen lehrreiches Beispiel Deiner erzieherischen Wirkung war Irma. Einerseits war sie doch eine Fremde, kam schon erwachsen in Dein Geschäft, hatte mit Dir hauptsächlich als ihrem Chef zu tun, war also nur zum Teil und in einem schon widerstandsfähigen Alter Deinem Einfluß ausgesetzt; andererseits aber war sie doch auch eine Blutsverwandte, verehrte in Dir den Bruder ihres Vaters, und Du hattest über sie viel mehr als die bloße Macht eines Chefs. Und trotzdem ist sie, die in ihrem schwachen Körper so tüchtig, klug, fleißig, bescheiden, vertrauenswürdig, uneigennützig, treu war, die Dich als Onkel liebte und als Chef bewunderte, die in anderen Posten vorher und nachher sich bewährte, Dir keine sehr gute Beamtin gewesen. Sie war eben, natürlich auch von uns hingedrängt, Dir gegenüber nahe der Kinderstellung, und so groß war noch ihr gegenüber die umbiegende Macht Deines Wesens, daß sich bei ihr (allerdings nur Dir gegenüber und, hoffentlich, ohne das tiefere Leid des Kindes) Vergeßlichkeit, Nachlässigkeit, Galgenhumor, vielleicht sogar ein wenig Trotz, soweit sie dessen überhaupt fähig war, entwickelten, wobei ich gar nicht in Rechnung stelle, daß sie kränklich gewesen ist, auch sonst nicht sehr glücklich war und eine trostlose Häuslichkeit auf ihr lastete. Das für mich Beziehungsreiche Deines Verhältnisses zu ihr hast Du in einem für uns klassisch gewordenen, fast gotteslästerlichen, aber gerade für die Unschuld in Deiner Menschenbehandlung sehr beweisenden Satz zusammengefaßt: »Die Gottselige hat mir viel Schweinerei hinterlassen.«

Ich könnte noch weitere Kreise Deines Einflusses und des Kampfes gegen ihn beschreiben, doch käme ich hier schon ins Unsichere und müßte konstruieren, außerdem wirst Du ja, je weiter Du von Geschäft und Familie Dich entfernst, seit jeher desto freundlicher, nachgiebiger, höflicher, rücksichtsvoller, teilnehmender (ich meine: auch äußerlich), ebenso wie ja zum Beispiel auch ein Selbstherrscher, wenn er einmal außerhalb der Grenzen seines Landes ist, keinen Grund hat, noch immer tyrannisch zu sein, und sich gutmütig auch mit den niedrigsten Leuten einlassen kann. Tatsächlich standest Du zum Beispiel auf den Gruppenbildern aus Franzensbad immer so groß und fröhlich zwischen den kleinen mürrischen Leuten wie ein König auf Reisen. Davon hätten allerdings auch die Kinder ihren Vorteil haben können, nur hätten sie schon, was unmöglich war, in der Kinderzeit fähig sein müssen, das zu erkennen, und ich zum Beispiel hätte nicht immerfort gewissermaßen im innersten, strengsten, zuschnürenden Ring Deines Einflusses wohnen dürfen, wie ich es ja wirklich getan habe.

Ich verlor dadurch nicht nur den Familiensinn, wie Du sagst, im Gegenteil, eher hatte ich noch Sinn für die Familie, allerdings hauptsächlich negativ für die (natürlich nie zu beendigende) innere Ablösung von Dir. Die Beziehungen zu den Menschen außerhalb der Familie litten aber durch Deinen Einfluß womöglich noch mehr. Du bist durchaus im Irrtum, wenn Du glaubst, für die anderen Menschen tue ich aus Liebe und Treue alles, für Dich und die Familie aus Kälte und Verrat nichts. Ich wiederhole zum zehntenmal: Ich wäre wahrscheinlich auch sonst ein menschenscheuer, ängstlicher Mensch geworden, aber von da ist noch ein langer, dunkler Weg dorthin, wohin ich wirklich gekommen bin. (Bisher habe ich in diesem Brief verhältnismäßig weniges absichtlich verschwiegen, jetzt und später werde ich aber einiges verschweigen müssen, was – vor Dir und mir – einzugestehen, mir noch zu schwer ist. Ich sage das deshalb, damit Du, wenn das Gesamtbild hie und da etwas undeutlich werden sollte, nicht glaubst, daß Mangel an Beweisen daran schuld ist, es sind vielmehr Beweise da, die das Bild unerträglich kraß machen könnten. Es ist nicht leicht, darin eine Mitte zu finden.) Hier genügt es übrigens, an Früheres zu erinnern: Ich hatte vor Dir das Selbstvertrauen verloren, dafür ein grenzenloses Schuldbewußtsein eingetauscht. (In Erinnerung an diese Grenzenlosigkeit schrieb ich von jemandem einmal richtig: »Er fürchtet, die Scham werde ihn noch überleben.«) Ich konnte mich nicht plötzlich verwandeln, wenn ich mit anderen Menschen zusammenkam, ich kam vielmehr ihnen gegenüber noch in tieferes Schuldbewußtsein, denn ich mußte ja, wie ich schon sagte, das an ihnen gutmachen, was Du unter meiner Mitverantwortung im Geschäft an ihnen verschuldet hattest. Außerdem hattest Du ja gegen jeden, mit dem ich verkehrte, offen oder im geheimen etwas einzuwenden, auch das mußte ich ihm abbitten. Das Mißtrauen, das Du mir in Geschäft und Familie gegen die meisten Menschen beizubringen suchtest (nenne mir einen in der Kinderzeit irgendwie für mich bedeutenden Menschen, den Du nicht wenigstens einmal bis in den Grund hinunterkritisiert hättest) und das Dich merkwürdigerweise gar nicht besonders beschwerte (Du warst eben stark genug, es zu ertragen, außerdem war es in Wirklichkeit vielleicht nur ein Emblem des Herrschers) – dieses Mißtrauen, das sich mir Kleinem für die eigenen Augen nirgends bestätigte, da ich überall nur unerreichbar ausgezeichnete Menschen sah, wurde in mir zu Mißtrauen zu mir selbst und zur fortwährenden Angst vor allem andern. Dort konnte ich mich also im allgemeinen vor Dir gewiß nicht retten. Daß Du Dich darüber täuschtest, lag vielleicht daran, daß Du ja von meinem Menschenverkehr eigentlich gar nichts erfuhrst, und mißtrauisch und eifersüchtig (leugne ich denn, daß Du mich liebhast?) annahmst, daß ich mich für den Entgang an Familienleben anderswo entschädigen müsse, da es doch unmöglich wäre, daß ich draußen ebenso lebe. Übrigens hatte ich in dieser Hinsicht gerade in meiner Kinderzeit noch einen gewissen Trost eben im Mißtrauen zu meinem Urteil; ich sagte mir: »Du übertreibst doch, fühlst, wie das die Jugend immer tut, Kleinigkeiten zu sehr als große Ausnahmen.« Diesen Trost habe ich aber später bei steigender Weltübersicht fast verloren.

Ebensowenig Rettung vor Dir fand ich im Judentum. Hier wäre ja an sich Rettung denkbar gewesen, aber noch mehr, es wäre denkbar gewesen, daß wir uns beide im Judentum gefunden hätten oder daß wir gar von dort einig ausgegangen wären. Aber was war das für Judentum, das ich von Dir bekam! Ich habe im Laufe der Jahre etwa auf dreierlei Art mich dazu gestellt.

Als Kind machte ich mir, in Übereinstimmung mit Dir, Vorwürfe deshalb, weil ich nicht genügend in den Tempel ging, nicht fastete und so weiter. Ich glaubte nicht mir, sondern Dir ein Unrecht damit zu tun und Schuldbewußtsein, das ja immer bereit war, durchlief mich.

Später, als junger Mensch, verstand ich nicht, wie Du mit dem Nichts von Judentum, über das Du verfügtest, mir Vorwürfe deshalb machen konntest, daß ich (schon aus Pietät, wie Du Dich ausdrücktest) nicht ein ähnliches Nichts auszuführen mich anstrenge. Es war ja wirklich, soweit ich sehen konnte, ein Nichts, ein Spaß, nicht einmal ein Spaß. Du gingst an vier Tagen im Jahr in den Tempel, warst dort den Gleichgültigen zumindest näher als jenen, die es ernst nahmen, erledigtest geduldig die Gebete als Formalität, setztest mich manchmal dadurch in Erstaunen, daß Du mir im Gebetbuch die Stelle zeigen konntest, die gerade rezitiert wurde, im übrigen durfte ich, wenn ich nur (das war die Hauptsache) im Tempel war, mich herumdrücken, wo ich wollte. Ich durchgähnte und durchduselte also dort die vielen Stunden (so gelangweilt habe ich mich später, glaube ich, nur noch in der Tanzstunde) und suchte mich möglichst an den paar kleinen Abwechslungen zu freuen, die es dort gab, etwa wenn die Bundeslade aufgemacht wurde, was mich immer an die Schießbuden erinnerte, wo auch, wenn man in ein Schwarzes traf, eine Kastentür sich aufmachte, nur daß dort aber immer etwas Interessantes herauskam und hier nur immer wieder die alten Puppen ohne Köpfe. Übrigens habe ich dort auch viel Furcht gehabt, nicht nur, wie selbstverständlich, vor den vielen Leuten, mit denen man in nähere Berührung kam, sondern auch deshalb, weil Du einmal nebenbei erwähntest, daß auch ich zur Thora aufgerufen werden könne. Davor zitterte ich jahrelang. Sonst aber wurde ich in meiner Langeweile nicht wesentlich gestört, höchstens durch die Barmizwe, die aber nur lächerliches Auswendiglernen verlangte, also nur zu einer lächerlichen Prüfungsleistung führte, und dann, was Dich betrifft, durch kleine, wenig bedeutende Vorfälle, etwa wenn Du zur Thora gerufen wurdest und dieses für mein Gefühl ausschließlich gesellschaftliche Ereignis gut überstandest oder wenn Du bei der Seelengedächtnisfeier im Tempel bliebst und ich weggeschickt wurde, was mir durch lange Zeit, offenbar wegen des Weggeschicktwerdens und mangels jeder tieferen Teilnahme, das kaum bewußt werdende Gefühl hervorrief, daß es sich hier um etwas Unanständiges handle. – So war es im Tempel, zu Hause war es womöglich noch ärmlicher und beschränkte sich auf den ersten Sederabend, der immer mehr zu einer Komödie mit Lachkrämpfen wurde, allerdings unter dem Einfluß der größer werdenden Kinder. (Warum mußtest Du Dich diesem Einfluß fügen? Weil Du ihn hervorgerufen hast.) Das war also das Glaubensmaterial, das mir überliefert wurde, dazu kam höchstens noch die ausgestreckte Hand, die auf »die Söhne des Millionärs Fuchs« hinwies, die an hohen Feiertagen mit ihrem Vater im Tempel waren. Wie man mit diesem Material etwas Besseres tun könnte, als es möglichst schnell loszuwerden, verstand ich nicht; gerade dieses Loswerden schien mir die pietätvollste Handlung zu sein.

Noch später sah ich es aber doch wieder anders an und begriff, warum Du glauben durftest, daß ich Dich auch in dieser Hinsicht böswillig verrate. Du hattest aus der kleinen ghettoartigen Dorfgemeinde wirklich noch etwas Judentum mitgebracht, es war nicht viel und verlor sich noch ein wenig in der Stadt und beim Militär, immerhin reichten noch die Eindrücke und Erinnerungen der Jugend knapp zu einer Art jüdischen Lebens aus, besonders da Du ja nicht viel derartige Hilfe brauchtest, sondern von einem sehr kräftigen Stamm warst und für Deine Person von religiösen Bedenken, wenn sie nicht mit gesellschaftlichen Bedenken sich sehr mischten, kaum erschüttert werden konntest. Im Grund bestand der Dein Leben führende Glaube darin, daß Du an die unbedingte Richtigkeit der Meinungen einer bestimmten jüdischen Gesellschaftsklasse glaubtest und eigentlich also, da diese Meinungen zu Deinem Wesen gehörten, Dir selbst glaubtest. Auch darin lag noch genug Judentum, aber zum Weiter-überliefert-werden war es gegenüber dem Kind zu wenig, es vertropfte zur Gänze, während Du es weitergabst. Zum Teil waren es unüberlieferbare Jugendeindrücke, zum Teil Dein gefürchtetes Wesen. Es war auch unmöglich, einem vor lauter Ängstlichkeit überscharf beobachtenden Kind begreiflich zu machen, daß die paar Nichtigkeiten, die Du im Namen des Judentums mit einer ihrer Nichtigkeit entsprechenden Gleichgültigkeit ausführtest, einen höheren Sinn haben konnten. Für Dich hatten sie Sinn als kleine Andenken aus früheren Zeiten, und deshalb wolltest Du sie mir vermitteln, konntest dies aber, da sie ja auch für Dich keinen Selbstwert mehr hatten, nur durch Überredung oder Drohung tun; das konnte einerseits nicht gelingen und mußte andererseits Dich, da Du Deine schwache Position hier gar nicht erkanntest, sehr zornig gegen mich wegen meiner scheinbaren Verstocktheit machen.

Das Ganze ist ja keine vereinzelte Erscheinung, ähnlich verhielt es sich bei einem großen Teil dieser jüdischen Übergangsgeneration, welche vom verhältnismäßig noch frommen Land in die Städte auswanderte; das ergab sich von selbst, nur fügte es eben unserem Verhältnis, das ja an Schärfen keinen Mangel hatte, noch eine genug schmerzliche hinzu. Dagegen sollst Du zwar auch in diesem Punkt, ebenso wie ich, an Deine Schuldlosigkeit glauben, diese Schuldlosigkeit aber durch Dein Wesen und durch die Zeitverhältnisse erklären, nicht aber bloß durch die äußeren Umstände, also nicht etwa sagen, Du hättest zu viel andere Arbeit und Sorgen gehabt, als daß Du Dich auch noch mit solchen Dingen hättest abgeben können. Auf diese Weise pflegst Du aus Deiner zweifellosen Schuldlosigkeit einen ungerechten Vorwurf gegen andere zu drehen. Das ist dann überall und auch hier sehr leicht zu widerlegen. Es hätte sich doch nicht etwa um irgendeinen Unterricht gehandelt, den Du Deinen Kindern hättest geben sollen, sondern um ein beispielhaftes Leben; wäre Dein Judentum stärker gewesen, wäre auch Dein Beispiel zwingender gewesen, das ist ja selbstverständlich und wieder gar kein Vorwurf, sondern nur eine Abwehr Deiner Vorwürfe. Du hast letzthin Franklins Jugenderinnerungen gelesen. Ich habe sie Dir wirklich absichtlich zum Lesen gegeben, aber nicht, wie Du ironisch bemerktest, wegen einer kleinen Stelle über Vegetarianismus, sondern wegen des Verhältnisses zwischen dem Verfasser und seinem Vater, wie es dort beschrieben ist, und des Verhältnisses zwischen dem Verfasser und seinem Sohn, wie es sich von selbst in diesen für den Sohn geschriebenen Erinnerungen ausdrückt. Ich will hier nicht Einzelheiten hervorheben.

Eine gewisse nachträgliche Bestätigung dieser Auffassung von Deinem Judentum bekam ich auch durch Dein Verhalten in den letzten Jahren, als es Dir schien, daß ich mich mit jüdischen Dingen mehr beschäftige. Da Du von vornherein gegen jede meiner Beschäftigungen und besonders gegen die Art meiner Interessennahme eine Abneigung hast, so hattest Du sie auch hier. Aber darüber hinaus hätte man doch erwarten können, daß Du hier eine kleine Ausnahme machst. Es war doch Judentum von Deinem Judentum, das sich hier regte, und damit also auch die Möglichkeit der Anknüpfung neuer Beziehungen zwischen uns. Ich leugne nicht, daß mir diese Dinge, wenn Du für sie Interesse gezeigt hättest, gerade dadurch hätten verdächtig werden können. Es fällt mir ja nicht ein, behaupten zu wollen, daß ich in dieser Hinsicht irgendwie besser bin als Du. Aber zu der Probe darauf kam es gar nicht. Durch meine Vermittlung wurde Dir das Judentum abscheulich, jüdische Schriften unlesbar, sie ›ekelten Dich an‹. – Das konnte bedeuten, daß Du darauf bestandest, nur gerade das Judentum, wie Du es mir in meiner Kinderzeit gezeigt hattest, sei das einzig Richtige, darüber hinaus gebe es nichts. Aber daß Du darauf bestehen solltest, war doch kaum denkbar. Dann aber konnte der ›Ekel‹ (abgesehen davon, daß er sich zunächst nicht gegen das Judentum, sondern gegen meine Person richtete) nur bedeuten, daß Du unbewußt die Schwäche Deines Judentums und meiner jüdischen Erziehung anerkanntest, auf keine Weise daran erinnert werden wolltest und auf alle Erinnerungen mit offenem Hasse antwortest. Übrigens war Deine negative Hochschätzung meines neuen Judentums sehr übertrieben; erstens trug es ja Deinen Fluch in sich, und zweitens war für seine Entwicklung das grundsätzliche Verhältnis zu den Mitmenschen entscheidend, in meinem Fall also tödlich.

Richtiger trafst Du mit Deiner Abneigung mein Schreiben und was, Dir unbekannt, damit zusammenhing. Hier war ich tatsächlich ein Stück selbständig von Dir weggekommen, wenn es auch ein wenig an den Wurm erinnerte, der, hinten von einem Fuß niedergetreten, sich mit dem Vorderteil losreißt und zur Seite schleppt. Einigermaßen in Sicherheit war ich, es gab ein Aufatmen; die Abneigung, die Du natürlich auch gleich gegen mein Schreiben hattest, war mir hier ausnahmsweise willkommen. Meine Eitelkeit, mein Ehrgeiz litten zwar unter Deiner für uns berühmt gewordenen Begrüßung meiner Bücher: »Legs auf den Nachttisch!« (meistens spieltest Du ja Karten, wenn ein Buch kam), aber im Grunde war mir dabei doch wohl, nicht nur aus aufbegehrender Bosheit, nicht nur aus Freude über eine neue Bestätigung meiner Auffassung unseres Verhältnisses, sondern ganz ursprünglich, weil jene Formel mir klang wie etwa: »Jetzt bist Du frei!« Natürlich war es eine Täuschung, ich war nicht oder allergünstigsten Falles noch nicht frei. Mein Schreiben handelte von Dir, ich klagte dort ja nur, was ich an Deiner Brust nicht klagen konnte. Es war ein absichtlich in die Länge gezogener Abschied von Dir, nur daß er zwar von Dir erzwungen war, aber in der von mir bestimmten Richtung verlief. Aber wie wenig war das alles! Es ist ja überhaupt nur deshalb der Rede wert, weil es sich in meinem Leben ereignet hat, anderswo wäre es gar nicht zu merken, und dann noch deshalb, weil es mir in der Kindheit als Ahnung, später als Hoffnung, noch später oft als Verzweiflung mein Leben beherrschte und mir – wenn man will, doch wieder in Deiner Gestalt – meine paar kleinen Entscheidungen diktierte.

Zum Beispiel die Berufswahl. Gewiß, Du gabst mir hier völlige Freiheit in Deiner großzügigen und in diesem Sinn sogar geduldigen Art. Allerdings folgtest Du hiebei auch der für Dich maßgebenden allgemeinen Söhnebehandlung des jüdischen Mittelstandes oder zumindest den Werturteilen dieses Standes. Schließlich wirkte hiebei auch eines Deiner Mißverständnisse hinsichtlich meiner Person mit. Du hältst mich nämlich seit jeher aus Vaterstolz, aus Unkenntnis meines eigentlichen Daseins, aus Rückschlüssen aus meiner Schwächlichkeit für besonders fleißig. Als Kind habe ich Deiner Meinung nach immerfort gelernt und später immerfort geschrieben. Das stimmt nun nicht im entferntesten. Eher kann man mit viel weniger Übertreibung sagen, daß ich wenig gelernt und nichts erlernt habe; daß etwas in den vielen Jahren bei einem mittleren Gedächtnis, bei nicht allerschlechtester Auffassungskraft hängengeblieben ist, ist ja nicht sehr merkwürdig, aber jedenfalls ist das Gesamtergebnis an Wissen, und besonders an Fundierung des Wissens, äußerst kläglich im Vergleich zu dem Aufwand an Zeit und Geld inmitten eines äußerlich sorglosen, ruhigen Lebens, besonders auch im Vergleich zu fast allen Leuten, die ich kenne. Es ist kläglich, aber für mich verständlich. Ich hatte, seitdem ich denken kann, solche tiefste Sorgen der geistigen Existenzbehauptung, daß mir alles andere gleichgültig war. Jüdische Gymnasiasten bei uns sind leicht merkwürdig, man findet da das Unwahrscheinlichste, aber meine kalte, kaum verhüllte, unzerstörbare, kindlich hilflose, bis ins Lächerliche gehende, tierisch selbstzufriedene Gleichgültigkeit eines für sich genug, aber kalt phantastischen Kindes habe ich sonst nirgends wieder gefunden, allerdings war sie hier auch der einzige Schutz gegen die Nervenzerstörung durch Angst und Schuldbewußtsein. Mich beschäftigte nur die Sorge um mich, diese aber in verschiedenster Weise. Etwa als Sorge um meine Gesundheit; es fing leicht an, hier und dort ergab sich eine kleine Befürchtung wegen der Verdauung, des Haarausfalls, einer Rückgratsverkrümmung und so weiter, das steigerte sich in unzählbaren Abstufungen, schließlich endete es mit einer wirklichen Krankheit. Aber da ich keines Dinges sicher war, von jedem Augenblick eine neue Bestätigung meines Daseins brauchte, nichts in meinem eigentlichen, unzweifelhaften, alleinigen, nur durch mich eindeutig bestimmten Besitz war, in Wahrheit ein enterbter Sohn, wurde mir natürlich auch das Nächste, der eigene Körper unsicher; ich wuchs lang in die Höhe, wußte damit aber nichts anzufangen, die Last war zu schwer, der Rücken wurde krumm; ich wagte mich kaum zu bewegen oder gar zu turnen, ich blieb schwach; staunte alles, worüber ich noch verfügte, als Wunder an, etwa meine gute Verdauung; das genügte, um sie zu verlieren, und damit war der Weg zu aller Hypochondrie frei, bis dann unter der übermenschlichen Anstrengung des Heiraten-Wollens (darüber spreche ich noch) das Blut aus der Lunge kam, woran ja die Wohnung im Schönbornpalais – die ich aber nur deshalb brauchte, weil ich sie für mein Schreiben zu brauchen glaubte, so daß auch das auf dieses Blatt gehört – genug Anteil haben kann. Also das alles stammte nicht von übergroßer Arbeit, wie Du Dir es immer vorstellst. Es gab Jahre, in denen ich bei voller Gesundheit mehr Zeit auf dem Kanapee verfaulenzt habe, als Du in Deinem ganzen Leben, alle Krankheiten eingerechnet. Wenn ich höchstbeschäftigt von Dir fortlief, war es meist, um mich in meinem Zimmer hinzulegen. Meine Gesamtarbeitsleistung sowohl im Büro (wo allerdings Faulheit nicht sehr auffällt und überdies durch meine Ängstlichkeit in Grenzen gehalten war) als auch zu Hause ist winzig; hättest Du darüber einen Überblick, würde es Dich entsetzen. Wahrscheinlich bin ich in meiner Anlage gar nicht faul, aber es gab für mich nichts zu tun. Dort, wo ich lebte, war ich verworfen, abgeurteilt, niedergekämpft, und anderswohin mich zu flüchten strengte mich zwar äußerst an, aber das war keine Arbeit, denn es handelte sich um Unmögliches, das für meine Kräfte bis auf kleine Ausnahmen unerreichbar war.

In diesem Zustand bekam ich also die Freiheit der Berufswahl. War ich aber überhaupt noch fähig, eine solche Freiheit eigentlich zu gebrauchen? Traute ich mir es denn noch zu, einen wirklichen Beruf erreichen zu können? Meine Selbstbewertung war von Dir viel abhängiger als von irgend etwas sonst, etwa von einem äußeren Erfolg. Der war die Stärkung eines Augenblicks, sonst nichts, aber auf der anderen Seite zog Dein Gewicht immer viel stärker hinunter. Niemals würde ich durch die erste Volksschulklasse kommen, dachte ich, aber es gelang, ich bekam sogar eine Prämie; aber die Aufnahmeprüfung ins Gymnasium würde ich gewiß nicht bestehn, aber es gelang; aber nun falle ich in der ersten Gymnasialklasse bestimmt durch, nein, ich fiel nicht durch und es gelang immer weiter und weiter. Daraus ergab sich aber keine Zuversicht, im Gegenteil, immer war ich überzeugt – und in Deiner abweisenden Miene hatte ich förmlich den Beweis dafür – daß, je mehr mir gelingt, desto schlimmer es schließlich wird ausgehn müssen. Oft sah ich im Geist die schreckliche Versammlung der Professoren (das Gymnasium ist nur das einheitlichste Beispiel, überall um mich war es aber ähnlich), wie sie, wenn ich die Prima überstanden hatte, also in der Sekunda, wenn ich diese überstanden hatte, also in der Tertia und so weiter zusammenkommen würden, um diesen einzigartigen, himmelschreienden Fall zu untersuchen, wie es mir, dem Unfähigsten und jedenfalls Unwissendsten gelungen war, mich bis hinauf in diese Klasse zu schleichen, die mich, da nun die allgemeine Aufmerksamkeit auf mich gelenkt war, natürlich sofort ausspeien würde, zum Jubel aller von diesem Alpdruck befreiten Gerechten. – Mit solchen Vorstellungen zu leben ist für ein Kind nicht leicht. Was kümmerte mich unter diesen Umständen der Unterricht. Wer war imstande, aus mir einen Funken von Anteilnahme herauszuschlagen? Mich interessierte der Unterricht – und nicht nur der Unterricht, sondern alles ringsherum in diesem entscheidenden Alter – etwa so wie einen Bankdefraudanten, der noch in Stellung ist und vor der Entdeckung zittert, das kleine laufende Bankgeschäft interessiert, das er noch immer als Beamter zu erledigen hat. So klein, so fern war alles neben der Hauptsache. Es ging dann weiter bis zur Matura, durch die ich wirklich schon zum Teil nur durch Schwindel kam, und dann stockte es, jetzt war ich frei. Hatte ich schon trotz dem Zwang des Gymnasiums mich nur um mich gekümmert, wie erst jetzt, da ich frei war. Also eigentliche Freiheit der Berufswahl gab es für mich nicht, ich wußte: Alles wird mir gegenüber der Hauptsache genauso gleichgültig sein, wie alle Lehrgegenstände im Gymnasium, es handelt sich also darum, einen Beruf zu finden, der mir, ohne meine Eitelkeit allzusehr zu verletzen, diese Gleichgültigkeit am ehesten erlaubt. Also war Jus das Selbstverständliche. Kleine gegenteilige Versuche der Eitelkeit, der unsinnigen Hoffnung, wie vierzehntägiges Chemiestudium, halbjähriges Deutschstudium, verstärkten nur jene Grundüberzeugung. Ich studierte also Jus. Das bedeutete, daß ich mich in den paar Monaten vor den Prüfungen unter reichlicher Mitnahme der Nerven geistig förmlich von Holzmehl nährte, das mir überdies schon von Tausenden Mäulern vorgekaut war. Aber in gewissem Sinn schmeckte mir das gerade, wie in gewissem Sinn früher auch das Gymnasium und später der Beamtenberuf, denn das alles entsprach vollkommen meiner Lage. Jedenfalls zeigte ich hier erstaunliche Voraussicht, schon als kleines Kind hatte ich hinsichtlich der Studien und des Berufes genug klare Vorahnungen. Von hier aus erwartete ich keine Rettung, hier hatte ich schon längst verzichtet.

Gar keine Voraussicht zeigte ich aber hinsichtlich der Bedeutung und Möglichkeit einer Ehe für mich; dieser bisher größte Schrecken meines Lebens ist fast vollständig unerwartet über mich gekommen. Das Kind hatte sich so langsam entwickelt, diese Dinge lagen ihm äußerlich gar zu abseits; hie und da ergab sich die Notwendigkeit, daran zu denken; daß sich hier aber eine dauernde, entscheidende und sogar die erbittertste Prüfung vorbereite, war nicht zu erkennen. In Wirklichkeit aber wurden die Heiratsversuche der großartigste und hoffnungsreichste Rettungsversuch, entsprechend großartig war dann allerdings auch das Mißlingen.

Ich fürchte, weil mir in dieser Gegend alles mißlingt, daß es mir auch nicht gelingen wird, Dir diese Heiratsversuche verständlich zu machen. Und doch hängt das Gelingen des ganzen Briefes davon ab, denn in diesen Versuchen war einerseits alles versammelt, was ich an positiven Kräften zur Verfügung hatte, andererseits sammelten sich hier auch geradezu mit Wut alle negativen Kräfte, die ich als Mitergebnis Deiner Erziehung beschrieben habe, also die Schwäche, der Mangel an Selbstvertrauen, das Schuldbewußtsein, und zogen förmlich einen Kordon zwischen mir und der Heirat. Die Erklärung wird mir auch deshalb schwer werden, weil ich hier alles in so vielen Tagen und Nächten immer wieder durchdacht und durchgraben habe, daß selbst mich jetzt der Anblick schon verwirrt. Erleichtert wird mir die Erklärung nur durch Dein meiner Meinung nach vollständiges Mißverstehn der Sache; ein so vollständiges Mißverstehn ein wenig zu verbessern, scheint nicht übermäßig schwer.

Zunächst stellst Du das Mißlingen der Heiraten in die Reihe meiner sonstigen Mißerfolge; dagegen hätte ich an sich nichts, vorausgesetzt, daß Du meine bisherige Erklärung des Mißerfolgs annimmst. Es steht tatsächlich in dieser Reihe, nur die Bedeutung der Sache unterschätzt Du und unterschätzt sie derartig, daß wir, wenn wir miteinander davon reden, eigentlich von ganz Verschiedenem sprechen. Ich wage zu sagen, daß Dir in Deinem ganzen Leben nichts geschehen ist, was für Dich eine solche Bedeutung gehabt hätte wie für mich die Heiratsversuche. Damit meine ich nicht, daß Du an sich nichts so Bedeutendes erlebt hättest, im Gegenteil, Dein Leben war viel reicher und sorgenvoller und gedrängter als meines, aber eben deshalb ist Dir nichts Derartiges geschehen. Es ist so, wie wenn einer fünf niedrige Treppenstufen hinaufzusteigen hat und ein zweiter nur eine Treppenstufe, die aber, wenigstens für ihn, so hoch ist, wie jene fünf zusammen; der erste wird nicht nur die fünf bewältigen, sondern noch Hunderte und Tausende weitere, er wird ein großes und sehr anstrengendes Leben geführt haben, aber keine der Stufen, die er erstiegen hat, wird für ihn eine solche Bedeutung gehabt haben, wie für den zweiten jene eine, erste, hohe, für alle seine Kräfte unmöglich zu ersteigende Stufe, zu der er nicht hinauf- und über die er natürlich auch nicht hinauskommt.

Heiraten, eine Familie gründen, alle Kinder, welche kommen, hinnehmen, in dieser unsicheren Welt erhalten und gar noch ein wenig führen, ist meiner Überzeugung nach das Äußerste, das einem Menschen überhaupt gelingen kann. Daß es scheinbar so vielen leicht gelingt, ist kein Gegenbeweis, denn erstens gelingt es tatsächlich nicht vielen, und zweitens ›tun‹ es diese Nichtvielen meistens nicht, sondern es ›geschieht‹ bloß mit ihnen; das ist zwar nicht jenes Äußerste, aber doch noch sehr groß und sehr ehrenvoll (besonders da sich ›tun‹ und ›geschehn‹ nicht rein voneinander scheiden lassen). Und schließlich handelt es sich auch gar nicht um dieses Äußerste, sondern nur um irgendeine ferne, aber anständige Annäherung; es ist doch nicht notwendig, mitten in die Sonne hineinzufliegen, aber doch bis zu einem reinen Plätzchen auf der Erde hinzukriechen, wo manchmal die Sonne hinscheint und man sich ein wenig wärmen kann.

Wie war ich nun auf dieses vorbereitet? Möglichst schlecht. Das geht schon aus dem Bisherigen hervor. Soweit es aber dafür eine direkte Vorbereitung des Einzelnen und eine direkte Schaffung der allgemeinen Grundbedingungen gibt, hast Du äußerlich nicht viel eingegriffen. Es ist auch nicht anders möglich, hier entscheiden die allgemeinen geschlechtlichen Standes-, Volks- und Zeitsitten. Immerhin hast Du auch da eingegriffen, nicht viel, denn die Voraussetzung solchen Eingreifens kann nur starkes gegenseitiges Vertrauen sein, und daran fehlte es uns beiden schon längst zur entscheidenden Zeit, und nicht sehr glücklich, weil ja unsere Bedürfnisse ganz verschieden waren; was mich packt, muß Dich noch kaum berühren und umgekehrt, was bei Dir Unschuld ist, kann bei mir Schuld sein und umgekehrt, was bei Dir folgenlos bleibt, kann mein Sargdeckel sein.

Ich erinnere mich, ich ging einmal abends mit Dir und der Mutter spazieren, es war auf dem Josephsplatz in der Nähe der heutigen Länderbank, und fing dumm großtuerisch, überlegen, stolz, kühl (das war unwahr), kalt (das war echt) und stotternd, wie ich eben meistens mit Dir sprach, von den interessanten Sachen zu reden an, machte Euch Vorwürfe, daß ich unbelehrt gelassen worden bin, daß sich erst die Mitschüler meiner hatten annehmen müssen, daß ich in der Nähe großer Gefahren gewesen bin (hier log ich meiner Art nach unverschämt, um mich mutig zu zeigen, denn infolge meiner Ängstlichkeit hatte ich keine genauere Vorstellung von den ›großen Gefahren‹), deutete aber zum Schluß an, daß ich jetzt schon glücklicherweise alles wisse, keinen Rat mehr brauche und alles in Ordnung sei. Hauptsächlich hatte ich davon jedenfalls zu reden angefangen, weil es mir Lust machte, davon wenigstens zu reden, dann auch aus Neugierde und schließlich auch, um mich irgendwie für irgend etwas an Euch zu rächen. Du nahmst es entsprechend Deinem Wesen sehr einfach, Du sagtest nur etwa, Du könntest mir einen Rat geben, wie ich ohne Gefahr diese Dinge werde betreiben können. Vielleicht hatte ich gerade eine solche Antwort hervorlocken wollen, die entsprach ja der Lüsternheit des mit Fleisch und allen guten Dingen überfütterten, körperlich untätigen, mit sich ewig beschäftigten Kindes, aber doch war meine äußerliche Scham dadurch so verletzt, oder ich glaubte, sie müsse so verletzt sein, daß ich gegen meinen Willen nicht mehr mit Dir darüber sprechen konnte und hochmütig frech das Gespräch abbrach.

Es ist nicht leicht, Deine damalige Antwort zu beurteilen, einerseits hat sie doch etwas niederwerfend Offenes, gewissermaßen Urzeitliches, andererseits ist sie allerdings, was die Lehre selbst betrifft, sehr neuzeitlich bedenkenlos. Ich weiß nicht, wie alt ich damals war, viel älter als sechzehn Jahre gewiß nicht. Für einen solchen Jungen war es aber doch eine sehr merkwürdige Antwort, und der Abstand zwischen uns beiden zeigt sich auch darin, daß das eigentlich die erste direkte, lebenumfassende Lehre war, die ich von Dir bekam. Ihr eigentlicher Sinn aber, der sich schon damals in mich einsenkte, mir aber erst viel später halb zu Bewußtsein kam, war folgender: Das, wozu Du mir rietest, war doch das Deiner Meinung nach und gar erst meiner damaligen Meinung nach Schmutzigste, was es gab. Daß Du dafür sorgen wolltest, daß ich körperlich von dem Schmutz nichts nach Hause bringe, war nebensächlich, dadurch schütztest Du ja nur Dich, Dein Haus. Die Hauptsache war vielmehr, daß Du außerhalb Deines Rates bliebst, ein Ehemann, ein reiner Mann, erhaben über diese Dinge; das verschärfte sich damals für mich wahrscheinlich noch dadurch, daß mir auch die Ehe schamlos vorkam und es mir daher unmöglich war, das, was ich Allgemeines über die Ehe gehört hatte, auf meine Eltern anzuwenden. Dadurch wurdest Du noch reiner, kamst noch höher. Der Gedanke, daß Du etwa vor der Ehe auch Dir einen ähnlichen Rat hättest geben können, war mir völlig undenkbar. So war also fast kein Restchen irdischen Schmutzes an Dir. Und eben Du stießest mich, so als wäre ich dazu bestimmt, mit ein paar offenen Worten in diesen Schmutz hinunter. Bestand die Welt also nur aus mir und Dir, eine Vorstellung, die mir sehr nahelag, dann endete also mit Dir diese Reinheit der Welt, und mit mir begann kraft Deines Rates der Schmutz. An sich war es ja unverständlich, daß Du mich so verurteiltest, nur alte Schuld und tiefste Verachtung Deinerseits konnten mir das erklären. Und damit war ich also wieder in meinem innersten Wesen angefaßt, und zwar sehr hart.

Hier wird vielleicht auch unser beider Schuldlosigkeit am deutlichsten. A gibt dem B einen offenen, seiner Lebensauffassung entsprechenden, nicht sehr schönen, aber doch auch heute in der Stadt durchaus üblichen, Gesundheitsschädigungen vielleicht verhindernden Rat. Dieser Rat ist für B moralisch nicht sehr stärkend, aber warum sollte er sich aus dem Schaden nicht im Laufe der Jahre herausarbeiten können, übrigens muß er ja dem Rat gar nicht folgen, und jedenfalls liegt in dem Rat allein kein Anlaß dafür, daß über B etwa seine ganze Zunkunftswelt zusammenbricht. Und doch geschieht etwas in dieser Art, aber eben nur deshalb, weil A Du bist und B ich bin.

Diese beiderseitige Schuldlosigkeit kann ich auch deshalb besonders gut überblicken, weil sich ein ähnlicher Zusammenstoß zwischen uns unter ganz anderen Verhältnissen etwa zwanzig Jahre später wieder ereignet hat, als Tatsache grauenhaft, an und für sich allerdings viel unschädlicher, denn wo war da etwas an mir Sechsunddreißigjährigem, dem noch geschadet werden konnte. Ich meine damit eine kleine Aussprache an einem der paar aufgeregten Tage nach Mitteilung meiner letzten Heiratsabsicht. Du sagtest zu mir etwa: »Sie hat wahrscheinlich irgendeine ausgesuchte Bluse angezogen, wie das die Prager Jüdinnen verstehn, und daraufhin hast Du Dich natürlich entschlossen, sie zu heiraten. Und zwar möglichst rasch, in einer Woche, morgen, heute. Ich begreife Dich nicht, Du bist doch ein erwachsener Mensch, bist in der Stadt, und weißt Dir keinen andern Rat, als gleich eine Beliebige zu heiraten. Gibt es da keine anderen Möglichkeiten? Wenn Du Dich davor fürchtest, werde ich selbst mit Dir hingehn.« Du sprachst ausführlicher und deutlicher, aber ich kann mich an die Einzelheiten nicht mehr erinnern, vielleicht wurde mir auch ein wenig nebelhaft vor den Augen, fast interessierte mich mehr die Mutter, wie sie, zwar vollständig mit Dir einverstanden, immerhin etwas vom Tisch nahm und damit aus dem Zimmer ging.

Tiefer gedemütigt hast Du mich mit Worten wohl kaum und deutlicher mir Deine Verachtung nie gezeigt. Als Du vor zwanzig Jahren ähnlich zu mir gesprochen hattest, hätte man darin mit Deinen Augen sogar etwas Respekt für den frühreifen Stadtjungen sehen können, der Deiner Meinung nach schon so ohne Umwege ins Leben eingeführt werden konnte. Heute könnte diese Rücksicht die Verachtung nur noch steigern, denn der Junge, der damals einen Anlauf nahm, ist in ihm steckengeblieben und scheint Dir heute um keine Erfahrung reicher, sondern nur um zwanzig Jahre jämmerlicher. Meine Entscheidung für ein Mädchen bedeutete Dir gar nichts. Du hattest meine Entscheidungskraft (unbewußt) immer niedergehalten und glaubtest jetzt (unbewußt) zu wissen, was sie wert war. Von meinen Rettungsversuchen in anderen Richtungen wußtest Du nichts, daher konntest Du auch von den Gedankengängen, die mich zu diesem Heiratsversuch geführt hatten, nichts wissen, mußtest sie zu erraten suchen und rietst entsprechend dem Gesamturteil, das Du über mich hattest, auf das Abscheulichste, Plumpste, Lächerlichste. Und zögertest keinen Augenblick, mir das auf ebensolche Weise zu sagen. Die Schande, die Du damit mir antatest, war Dir nichts im Vergleich zu der Schande, die ich Deiner Meinung nach Deinem Namen durch die Heirat machen würde.

Nun kannst Du ja hinsichtlich meiner Heiratsversuche manches mir antworten und hast es auch getan: Du könntest nicht viel Respekt vor meiner Entscheidung haben, wenn ich die Verlobung mit F. zweimal aufgelöst und zweimal wieder aufgenommen habe, wenn ich Dich und die Mutter nutzlos zu der Verlobung nach Berlin geschleppt habe und dergleichen. Das alles ist wahr, aber wie kam es dazu?

Der Grundgedanke beider Heiratsversuche war ganz korrekt: einen Hausstand gründen, selbständig werden. Ein Gedanke, der Dir ja sympathisch ist, nur daß es dann in Wirklichkeit so ausfällt wie das Kinderspiel, wo einer die Hand des anderen hält und sogar preßt und dabei ruft: »Ach geh doch, geh doch, warum gehst Du nicht?« Was sich allerdings in unserem Fall dadurch kompliziert hat, daß Du das ›geh doch!‹ seit jeher ehrlich gemeint hast, da Du ebenso seit jeher, ohne es zu wissen, nur kraft Deines Wesens mich gehalten oder richtiger niedergehalten hast.

Beide Mädchen waren zwar durch den Zufall, aber außerordentlich gut gewählt. Wieder ein Zeichen Deines vollständigen Mißverstehns, daß Du glauben kannst, ich, der Ängstliche, Zögernde, Verdächtigende entschließe mich mit einem Ruck für eine Heirat, etwa aus Entzücken über eine Bluse. Beide Ehen wären vielmehr Vernunftehen geworden, soweit damit gesagt ist, daß Tag und Nacht, das erste Mal Jahre, das zweite Mal Monate, alle meine Denkkraft an den Plan gewendet worden ist.

Keines der Mädchen hat mich enttäuscht, nur ich sie beide. Mein Urteil über sie ist heute genau das gleiche wie damals, als ich sie heiraten wollte.

Es ist auch nicht so, daß ich beim zweiten Heiratsversuch die Erfahrungen des ersten Versuches mißachtet hätte, also leichtsinnig gewesen wäre. Die Fälle waren eben ganz verschieden, gerade die früheren Erfahrungen konnten mir im zweiten Fall, der überhaupt viel aussichtsreicher war, Hoffnung geben. Von Einzelheiten will ich hier nicht reden.

Warum also habe ich nicht geheiratet? Es gab einzelne Hindernisse wie überall, aber im Nehmen solcher Hindernisse besteht ja das Leben. Das wesentliche, vom einzelnen Fall leider unabhängige Hindernis war aber, daß ich offenbar geistig unfähig bin zu heiraten. Das äußert sich darin, daß ich von dem Augenblick an, in dem ich mich entschließe zu heiraten, nicht mehr schlafen kann, der Kopf glüht bei Tag und Nacht, es ist kein Leben mehr, ich schwanke verzweifelt herum. Es sind das nicht eigentlich Sorgen, die das verursachen, zwar laufen auch entsprechend meiner Schwerblütigkeit und Pedanterie unzählige Sorgen mit, aber sie sind nicht das Entscheidende, sie vollenden zwar wie Würmer die Arbeit am Leichnam, aber entscheidend getroffen bin ich von anderem. Es ist der allgemeine Druck der Angst, der Schwäche, der Selbstmißachtung.

Ich will es näher zu erklären versuchen: Hier beim Heiratsversuch trifft in meinen Beziehungen zu Dir zweierlei scheinbar Entgegengesetztes so stark wie nirgends sonst zusammen. Die Heirat ist gewiß die Bürgschaft für die schärfste Selbstbefreiung und Unabhängigkeit. Ich hätte eine Familie, das Höchste, was man meiner Meinung nach erreichen kann, also auch das Höchste, das Du erreicht hast, ich wäre Dir ebenbürtig, alle alte und ewig neue Schande und Tyrannei wäre bloß noch Geschichte. Das wäre allerdings märchenhaft, aber darin liegt eben schon das Fragwürdige. Es ist zu viel, so viel kann nicht erreicht werden. Es ist so, wie wenn einer gefangen wäre und er hätte nicht nur die Absicht zu fliehen, was vielleicht erreichbar wäre, sondern auch noch, und zwar gleichzeitig, die Absicht, das Gefängnis in ein Lustschloß für sich umzubauen. Wenn er aber flieht, kann er nicht umbauen, und wenn er umbaut, kann er nicht fliehen. Wenn ich in dem besonderen Unglücksverhältnis, in welchem ich zu Dir stehe, selbständig werden will, muß ich etwas tun, was möglichst gar keine Beziehung zu Dir hat; das Heiraten ist zwar das Größte und gibt die ehrenvollste Selbständigkeit, aber es ist auch gleichzeitig in engster Beziehung zu Dir. Hier hinauskommen zu wollen, hat deshalb etwas von Wahnsinn, und jeder Versuch wird fast damit gestraft.

Gerade diese enge Beziehung lockt mich ja teilweise auch zum Heiraten. Ich denke mir diese Ebenbürtigkeit, die dann zwischen uns entstehen würde und die Du verstehen könntest wie keine andere, eben deshalb so schön, weil ich dann ein freier, dankbarer, schuldloser, aufrechter Sohn sein, Du ein unbedrückter, untyrannischer, mitfühlender, zufriedener Vater sein könntest. Aber zu dem Zweck müßte eben alles Geschehene ungeschehen gemacht, das heißt wir selbst ausgestrichen werden.

So wie wir aber sind, ist mir das Heiraten dadurch verschlossen, daß es gerade Dein eigenstes Gebiet ist. Manchmal stelle ich mir die Erdkarte ausgespannt und Dich quer über sie hin ausgestreckt vor. Und es ist mir dann, als kämen für mein Leben nur die Gegenden in Betracht, die Du entweder nicht bedeckst oder die nicht in Deiner Reichweite liegen. Und das sind entsprechend der Vorstellung, die ich von Deiner Größe habe, nicht viele und nicht sehr trostreiche Gegenden, und besonders die Ehe ist nicht darunter.

Schon dieser Vergleich beweist, daß ich keineswegs sagen will, Du hättest mich durch Dein Beispiel aus der Ehe, so etwa wie aus dem Geschäft, verjagt. Im Gegenteil, trotz aller fernen Ähnlichkeit. Ich hatte in Euerer Ehe eine in vielem mustergültige Ehe vor mir, mustergültig in Treue, gegenseitiger Hilfe, Kinderzahl, und selbst als dann die Kinder groß wurden und immer mehr den Frieden störten, blieb die Ehe als solche davon unberührt. Gerade an diesem Beispiel bildete sich vielleicht auch mein hoher Begriff von der Ehe; daß das Verlangen nach der Ehe ohnmächtig war, hatte eben andere Gründe. Sie lagen in Deinem Verhältnis zu den Kindern, von dem ja der ganze Brief handelt.

Es gibt eine Meinung, nach der die Angst vor der Ehe manchmal davon herrührt, daß man fürchtet, die Kinder würden einem später das heimzahlen, was man selbst an den eigenen Eltern gesündigt hat. Das hat, glaube ich, in meinem Fall keine sehr große Bedeutung, denn mein Schuldbewußtsein stammt ja eigentlich von Dir und ist auch zu sehr von seiner Einzigartigkeit durchdrungen, ja dieses Gefühl der Einzigartigkeit gehört zu seinem quälenden Wesen, eine Wiederholung ist unausdenkbar. Immerhin muß ich sagen, daß mir ein solcher stummer, dumpfer, trockener, verfallener Sohn unerträglich wäre, ich würde wohl, wenn keine andere Möglichkeit wäre, vor ihm fliehen, auswandern, wie Du es erst wegen meiner Heirat machen wolltest. Also mit beeinflußt mag ich bei meiner Heiratsunfähigkeit auch davon sein.

Viel wichtiger aber ist dabei die Angst um mich. Das ist so zu verstehen: Ich habe schon angedeutet, daß ich im Schreiben und in dem, was damit zusammenhängt, kleine Selbständigkeitsversuche, Fluchtversuche mit allerkleinstem Erfolg gemacht, sie werden kaum weiterführen, vieles bestätigt mir das. Trotzdem ist es meine Pflicht, oder vielmehr es besteht mein Leben darin, über ihnen zu wachen, keine Gefahr, die ich abwehren kann, ja keine Möglichkeit einer solchen Gefahr an sie herankommen zu lassen. Die Ehe ist die Möglichkeit einer solchen Gefahr, allerdings auch die Möglichkeit der größten Förderung, mir aber genügt, daß es die Möglichkeit einer Gefahr ist. Was würde ich dann anfangen, wenn es doch eine Gefahr wäre! Wie könnte ich in der Ehe weiterleben in dem vielleicht unbeweisbaren, aber jedenfalls unwiderleglichen Gefühl dieser Gefahr! Demgegenüber kann ich zwar schwanken, aber der schließliche Ausgang ist gewiß, ich muß verzichten. Der Vergleich von dem Sperling in der Hand und der Taube auf dem Dach paßt hier nur sehr entfernt. In der Hand habe ich nichts, auf dem Dach ist alles und doch muß ich – so entscheiden es die Kampfverhältnisse und die Lebensnot – das Nichts wählen. Ähnlich habe ich ja auch bei der Berufswahl wählen müssen.

Das wichtigste Ehehindernis aber ist die schon unausrottbare Überzeugung, daß zur Familienerhaltung und gar zu ihrer Führung alles das notwendig gehört, was ich an Dir erkannt habe, und zwar alles zusammen, Gutes und Schlechtes, so wie es organisch in Dir vereinigt ist, also Stärke und Verhöhnung des anderen, Gesundheit und eine gewisse Maßlosigkeit, Redebegabung und Unzulänglichkeit, Selbstvertrauen und Unzufriedenheit mit jedem anderen, Weltüberlegenheit und Tyrannei, Menschenkenntnis und Mißtrauen gegenüber den meisten, dann auch Vorzüge ohne jeden Nachteil wie Fleiß, Ausdauer, Geistesgegenwart, Unerschrockenheit. Von alledem hatte ich vergleichsweise fast nichts oder nur sehr wenig und damit wollte ich zu heiraten wagen, während ich doch sah, daß selbst Du in der Ehe schwer zu kämpfen hattest und gegenüber den Kindern sogar versagtest? Diese Frage stellte ich mir natürlich nicht ausdrücklich und beantworte sie nicht ausdrücklich, sonst hätte sich ja das gewöhnliche Denken der Sache bemächtigt und mir andere Männer gezeigt, welche anders sind als Du (um in der Nähe einen von Dir sehr verschiedenen zu nennen: Onkel Richard) und doch geheiratet haben und wenigstens darunter nicht zusammengebrochen sind, was schon sehr viel ist und mir reichlich genügt hätte. Aber diese Frage stellte ich eben nicht, sondern erlebte sie von Kindheit an. Ich prüfte mich ja nicht erst gegenüber der Ehe, sondern gegenüber jeder Kleinigkeit; gegenüber jeder Kleinigkeit überzeugtest Du mich durch Dein Beispiel und durch Deine Erziehung, so wie ich es zu beschreiben versucht habe, von meiner Unfähigkeit, und was bei jeder Kleinigkeit stimmte und Dir recht gab, mußte natürlich ungeheuerlich stimmen vor dem Größten, also vor der Ehe. Bis zu den Heiratsversuchen bin ich aufgewachsen etwa wie ein Geschäftsmann, der zwar mit Sorgen und schlimmen Ahnungen, aber ohne genaue Buchführung in den Tag hineinlebt. Er hat ein paar kleine Gewinne, die er infolge ihrer Seltenheit in seiner Vorstellung immerfort hätschelt und übertreibt, und sonst nur tägliche Verluste. Alles wird eingetragen, aber niemals bilanziert. Jetzt kommt der Zwang zur Bilanz, das heißt der Heiratsversuch. Und es ist bei den großen Summen, mit denen hier zu rechnen ist, so, als ob niemals auch nur der kleinste Gewinn gewesen wäre, alles eine einzige große Schuld. Und jetzt heirate, ohne wahnsinnig zu werden!

So endet mein bisheriges Leben mit Dir, und welche Aussichten trägt es in sich für die Zukunft.

Du könntest, wenn Du meine Begründung der Furcht, die ich vor Dir habe, überblickst, antworten: »Du behauptest, ich mache es mir leicht, wenn ich mein Verhältnis zu Dir einfach durch Dein Verschulden erkläre, ich aber glaube, daß Du trotz äußerlicher Anstrengung es Dir zumindest nicht schwerer, aber viel einträglicher machst. Zuerst lehnst auch Du jede Schuld und Verantwortung von Dir ab, darin ist also unser Verfahren das gleiche. Während ich aber dann so offen, wie ich es auch meine, die alleinige Schuld Dir zuschreibe, willst Du gleichzeitig ›übergescheit‹ und ›überzärtlich‹ sein und auch mich von jeder Schuld freisprechen. Natürlich gelingt Dir das letztere nur scheinbar (mehr willst Du ja auch nicht), und es ergibt sich zwischen den Zeilen trotz aller ›Redensarten‹ von Wesen und Natur und Gegensatz und Hilflosigkeit, daß eigentlich ich der Angreifer gewesen bin, während alles, was Du getrieben hast, nur Selbstwehr war. Jetzt hättest Du also schon durch Deine Unaufrichtigkeit genug erreicht, denn Du hast dreierlei bewiesen, erstens daß Du unschuldig bist, zweitens daß ich schuldig bin und drittens daß Du aus lauter Großartigkeit bereit bist, nicht nur mir zu verzeihn, sondern, was mehr und weniger ist, auch noch zu beweisen und es selbst glauben zu wollen, daß ich, allerdings entgegen der Wahrheit, auch unschuldig bin. Das könnte Dir jetzt schon genügen, aber es genügt Dir noch nicht. Du hast es Dir nämlich in den Kopf gesetzt, ganz und gar von mir leben zu wollen. Ich gebe zu, daß wir miteinander kämpfen, aber es gibt zweierlei Kampf. Den ritterlichen Kampf, wo sich die Kräfte selbständiger Gegner messen, jeder bleibt für sich, verliert für sich, siegt für sich. Und den Kampf des Ungeziefers, welches nicht nur sticht, sondern gleich auch zu seiner Lebenserhaltung das Blut saugt. Das ist ja der eigentliche Berufssoldat und das bist Du. Lebensuntüchtig bist Du; um es Dir aber darin bequem, sorgenlos und ohne Selbstvorwürfe einrichten zu können, beweist Du, daß ich alle Deine Lebenstüchtigkeit Dir genommen und in meine Taschen gesteckt habe. Was kümmert es Dich jetzt, wenn Du lebensuntüchtig bist, ich habe ja die Verantwortung, Du aber streckst Dich ruhig aus und läßt Dich, körperlich und geistig, von mir durchs Leben schleifen. Ein Beispiel: Als Du letzthin heiraten wolltest, wolltest Du, das gibst Du ja in diesem Brief zu, gleichzeitig nicht heiraten, wolltest aber, um Dich nicht anstrengen zu müssen, daß ich Dir zum Nichtheiraten verhelfe, indem ich wegen der ›Schande‹, die die Verbindung meinem Namen machen würde, Dir diese Heirat verbiete. Das fiel mir nun aber gar nicht ein. Erstens wollte ich Dir hier wie auch sonst nie ›in Deinem Glück hinderlich sein‹, und zweitens will ich niemals einen derartigen Vorwurf von meinem Kind zu hören bekommen. Hat mir aber die Selbstüberwindung, mit der ich Dir die Heirat freistellte, etwas geholfen? Nicht das geringste. Meine Abneigung gegen die Heirat hätte sie nicht verhindert, im Gegenteil, es wäre an sich noch ein Anreiz mehr für Dich gewesen, das Mädchen zu heiraten, denn der ›Fluchtversuch‹, wie Du Dich ausdrückst, wäre ja dadurch vollkommen geworden. Und meine Erlaubnis zur Heirat hat Deine Vorwürfe nicht verhindert, denn Du beweist ja, daß ich auf jeden Fall an Deinem Nichtheiraten schuld bin. Im Grunde aber hast Du hier und in allem anderen für mich nichts anderes bewiesen, als daß alle meine Vorwürfe berechtigt waren und daß unter ihnen noch ein besonders berechtigter Vorwurf gefehlt hat, nämlich der Vorwurf der Unaufrichtigkeit, der Liebedienerei, des Schmarotzertums. Wenn ich nicht sehr irre, schmarotzest Du an mir auch noch mit diesem Brief als solchem.«

Darauf antworte ich, daß zunächst dieser ganze Einwurf, der sich zum Teil auch gegen Dich kehren läßt, nicht von Dir stammt, sondern eben von mir. So groß ist ja nicht einmal Dein Mißtrauen gegen andere wie mein Selbstmißtrauen, zu dem Du mich erzogen hast. Eine gewisse Berechtigung des Einwurfes, der ja auch noch an sich zur Charakterisierung unseres Verhältnisses Neues beiträgt, leugne ich nicht. So können natürlich die Dinge in Wirklichkeit nicht aneinanderpassen, wie die Beweise in meinem Brief, das Leben ist mehr als ein Geduldspiel; aber mit der Korrektur, die sich durch diesen Einwurf ergibt, einer Korrektur, die ich im einzelnen weder ausführen kann noch will, ist meiner Meinung nach doch etwas der Wahrheit so sehr Angenähertes erreicht, daß es uns beide ein wenig beruhigen und Leben und Sterben leichter machen kann.

Franz

Die Briefe an Oskar Pollak

[Prag, 4. Februar 1902]

Als ich Samstag mit Dir ging, da ist es mir klargeworden, was wir brauchen. Doch schreibe ich Dir erst heute, denn solche Dinge müssen liegen und sich ausstrecken. Wenn wir miteinander reden: Die Worte sind hart, man geht über sie wie über schlechtes Pflaster. Die feinsten Dinge bekommen plumpe Füße und wir können nicht dafür. Wir sind einander fast im Wege, ich stoße mich an Dir und Du – ich wage nicht, und Du –. Wenn wir zu Dingen kommen, die nicht gerade Straßensteine oder »Kunstwart« sind, sehn wir plötzlich, daß wir Maskenkleider mit Gesichtslarven haben, mit eckigen Gesten agieren (ich vor allem, ja), und dann werden wir plötzlich traurig und müde. Warst Du schon mit jemandem so müde wie mit mir? Du wirst oft erst recht krank. Dann kommt mein Mitleid und ich kann nichts tun und nichts sagen und es kommen krampfhafte, läppische Worte heraus, die Du beim nächsten besten bekommst und besser bekommst, dann schweige ich und Du schweigst und Du wirst müde und ich werde müde und alles ist ein dummer Katzenjammer und es lohnt nicht, die Hand zu rühren. Aber keiner will es dem andern sagen aus Scham oder Furcht oder – Du siehst, wir fürchten einander, oder ich –.

Ich verstehe es ja, wenn man jahrelang vor einer häßlichen

Mauer steht und sie so gar nicht abbröckeln will, dann wird man müde. Ja aber sie fürchtet für sich, für den Garten (wenn einer), Du aber wirst ärgerlich, gähnst, bekommst Kopfschmerzen, kennst Dich nicht aus.

Du mußt doch gemerkt haben, immer wenn wir nach längerer Zeit einander sehn, sind wir enttäuscht, verdrießlich, bis wir uns an die Verdrießlichkeit gewöhnt haben. Wir müssen dann Worte vorhalten, damit man das Gähnen nicht sieht.

———

Ich habe Angst bekommen, daß Du den ganzen Brief nicht verstehst, was will er? Ohne Schnörkel und Schleier und Warzen: Wenn wir miteinander reden, sind wir behindert durch Dinge, die wir sagen wollen und nicht so sagen können, sondern so herausbringen, daß wir einander mißverstehn, gar überhören, gar auslachen (ich sage: Der Honig ist süß, aber ich sage es leise oder dumm oder schlecht stilisiert und Du sagst: Heute ist schönes Wetter. Das ist schon eine schlechte Gesprächswendung), da wir das fortwährend versuchen und es niemals gelingt, so werden wir müde, unzufrieden, hartmäulig. Wenn wir es zu schreiben versuchten, würden wir leichter sein, als wenn wir miteinander reden – wir könnten ganz ohne Scham von Straßensteinen und »Kunstwart« reden, denn das Bessere wäre in Sicherheit. Das will der Brief. Ist das ein Einfall der Eifersucht?

Ich konnte nicht wissen, daß Du auch die letzte Seite lesen wirst, und so habe ich dieses Eigentümliche hergekritzelt, obwohl es nicht zum Brief gehört.

Wir reden drei Jahre miteinander, da unterscheidet man bei manchen Dingen nicht mehr das Mein und Dein. Ich könnte oft nicht sagen, was aus mir oder aus Dir ist, und Dir wird es vielleicht auch so gehn. Nun bin ich wunderbar froh, daß Du mit dem Mädchen umgehst. Deinetwegen, mir ist sie gleichgültig. Aber Du sprichst oft mit ihr, nicht nur des Sprechens wegen. Da kann es geschehn, Du gehst mit ihr irgendwo da oder dort oder in Rostok und ich sitze am Schreibtisch zu Hause. Du sprichst mit ihr und mitten im Satz springt einer auf und macht eine Verbeugung. Das bin ich mit meinen unbehauenen Worten und viereckigen Mienen. Das dauert einen Augenblick, und schon sprichst Du weiter. Ich sitze am Schreibtisch zu Hause und gähne. Mir ist es schon so gegangen. Kämen wir da nicht voneinander los? Ist das nicht seltsam? Sind wir Feinde? Ich habe Dich sehr lieb.

[Liboch, Ankunftsstempel: 12. VIII. 1902]

Wenn einer durch die Welt fliegt mit Siebenmeilenstiefeln, von böhmischen zu thüringischen Wäldern, da kostets rechte Mühe, ihn zu fassen oder auch nur sein Mantelzipfelchen zu betupfen. Darob mag er nicht böse sein. So ist es jetzt auch für Ilmenau zu spät. Aber in Weimar – ist am Ende auch dabei eine Absicht? – wird Dich ein Brief erwarten, vollgestopft mit seltsamen Dingen, die gar durch das lange Liegen am besagten Ort kräftiger und feiner werden. Wir wollens hoffen,

Dein Franz

[Prag, Ankunftsstempel: 24. VIII. 1902]

Ich saß an meinem schönen Schreibtisch. Du kennst ihn nicht. Wie solltest Du auch. Das ist nämlich ein gutbürgerlich gesinnter Schreibtisch, der erziehen soll. Der hat dort, wo gewöhnlich die Knie des Schreibers sind, zwei erschreckliche Holzspitzen. Und nun gib acht. Wenn man sich ruhig setzt, vorsichtig, und etwas gut Bürgerliches schreibt, dann ist einem wohl. Aber wehe, wenn man sich aufregt und der Körper nur ein wenig bebt, dann hat man unausweichlich die Spitzen in den Knien, und wie das schmerzt. Ich könnte Dir die dunkelblauen Flecken zeigen. Und was will das nun bedeuten: »Schreibe nichts Aufgeregtes und laß Deinen Körper nicht zittern dabei.«

Ich saß also an meinem schönen Schreibtisch und schrieb den zweiten Brief an Dich. Du weißt, ein Brief ist wie ein Leithammel, gleich zieht er zwanzig Schafbriefe nach.

Hu, flog da die Tür auf. Wer kam herein, ohne anzuklopfen. Ein unhöflicher Patron. Ah, ein viellieber Gast. Deine Karte. Es ist eigentümlich mit dieser ersten Karte, die ich hier bekam. Unzähligemal habe ich sie gelesen, bis ich Dein ganzes a-b-c kannte, und erst, als ich mehr herauslas, als darin stand, dann war es Zeit aufzuhören und meinen Brief zu zerreißen. Ritz-ratz machte er und war tot. Eines las ich freilich, was breit darinnen stand und gar nicht schön zu lesen war: Mit dem bösen verfluchten Kritikus im Leib fährst Du durchs Land und das soll man niemals tun.

Aber ganz und gar verkehrt und falsch scheint mir das, was Du vom Goethe-Nationalmuseum schreibst. Mit Einbildungen und Schulgedanken bist Du hineingegangen, hast gleich am Namen zu mäkeln angefangen. Freilich der Name ›Museum‹ ist gut, aber ›National‹ scheint mir noch besser, aber beileibe nicht als Geschmacklosigkeit oder Entheiligung oder dergleichen, wie Du schreibst, sondern als feinste wunderfeinste Ironie. Denn was Du vom Arbeitszimmer, Deinem Allerheiligsten, schreibst, ist wieder nichts anderes als eine Einbildung und ein Schulgedanke und ein klein wenig Germanistik, in der Hölle soll sie braten.

Das war, beim Teufel, eine Leichtigkeit, das Arbeitszimmer in Ordnung zu halten und es dann zu einem »Museum« für die »Nation« zu arrangieren. Jeder Zimmermann und Tapezierer – wenn es ein rechter war, der Goethes Stiefelknecht zu schätzen wußte – konnte das, und alles Lobes war es wert.

Weißt Du aber, was das Allerheiligste ist, das wir überhaupt von Goethe haben können, als Andenken ... die Fußspuren seiner einsamen Gänge durch das Land ... die wären es. Und nun kommt ein Witz, ein ganz vortrefflicher, bei dem der liebe Herrgott bitterlich weint und die Hölle ganz höllische Lachkrämpfe bekommt – das Allerheiligste eines Fremden können wir niemals haben, nur das eigene – das ist ein Witz, ein ganz vortrefflicher. In ganz winzigen Stücklein habe ich Dir ihn schon einmal angebissen – in den Chotekschen Anlagen, Du hast weder geweint noch gelacht, Du bist eben weder der liebe Herrgott noch der böse Teufel.

Nur der böse Kritikus (Verhunzung Thüringens) lebt in Dir und das ist ein untergeordneter Teufel, den man aber doch loswerden sollte. Und so will ich Dir zu Nutz und Frommen die absonderliche Geschichte erzählen, wie weyland ..., den Gott selig habe, von Franz Kafka überwunden wurde.

Lief mir der immer nach, wo ich lag und stand. Wenn ich auf der Weinbergsmauer lag und übers Land sah und vielleicht etwas Liebes schaute oder hörte dort weit hinter den Bergen, so kannst Du sicher sein, daß sich plötzlich jemand mit ziemlichem Geräusch hinter der Mauer erhob, feierlich mäh mäh sagte und gravitätisch seine treffende Absicht zum Ausdruck brachte, daß die schöne Landschaft entschieden einer Behandlung bedürftig sei. Er explizierte den Plan einer gründlichen Monographie oder einer lieblichen Idylle ausführlich und bewies ihn wirklich schlagend. Ich konnte ihm nichts entgegensetzen als mich und das war wenig genug.

———

... Du kannst Dir nicht denken, wie mich das alles jetzt quält. Galgenlustigkeit und Landluft ist alles, was ich Dir geschrieben habe, und greller Tag, der in die Augen sticht, ist das, was ich Dir schreibe. Der Onkel aus Madrid (Eisenbahndirektor) war hier, seinetwegen war ich auch in Prag. Kurz vor seiner Ankunft hatte ich den wunderlichen, leider sehr wunderlichen Einfall, ihn zu bitten, nein nicht zu bitten, zu fragen, ob er mir nicht zu helfen wüßte aus diesen Dingen, ob er mich nicht irgendwohin führen könnte, wo ich schon endlich frisch Hand anlegen könnte. Nun gut, ich fing vorsichtig an. Es ist unnötig, Dir das ausführlich zu erzählen. Er fing salbungsvoll zu sprechen an, obwohl er sonst ein ganz lieber Mensch ist, tröstete mich, gut, gut. Streusand drauf. Ich schwieg sofort, ohne es eigentlich zu wollen, und ich habe in den zwei Tagen, die ich seinethalben in Prag bin, obwohl ich die ganzen Tage bei ihm bin, nicht mehr davon gesprochen. Heute abend fährt er weg. Ich fahre noch auf eine Woche nach Liboch, dann auf eine Woche nach Triesch, dann nach Prag wieder und dann nach München, studieren, ja studieren. Warum schneidest Du Grimassen? Ja, ja, ich werde studieren. Warum schreibe ich Dir eigentlich das alles. Ich wußte ja vielleicht, daß das hoffnungslos war, wozu hätte man seine eigenen Füße. Warum schrieb ich Dirs; damit du weißt, wie ich zu dem Leben stehe, das da draußen über die Steine stolpert, wie die arme Postkutsche, die von Liboch nach Dauba humpelt. Du mußt eben Mitleid und Geduld haben mit

Deinem Franz

Da ich sonst niemandem geschrieben habe, so wäre es mir unangenehm, wenn Du zu jemandem von meinen endlosen Briefen reden würdest. Du tust es nicht. – Wenn Du mir antworten willst, was gar lieb wäre, so kannst Du das noch eine Woche unter der alten Adresse, Liboch-Windischbauer, später Prag, Zeltnergasse Nr. 3.

[Herbst 1902]

Es ist eine wunderliche Zeit, die ich hier verbringe, das wirst du schon bemerkt haben und ich habe so eine wunderliche Zeit gebraucht, eine Zeit, in der ich stundenlang auf einer Weinbergmauer liege und in die Regenwolken starre, die nicht wegwollen von hier oder in die weiten Felder, die noch weiter werden, wenn man einen Regenbogen in den Augen hat, oder wo ich im Garten sitze und den Kindern (besonders eine kleine blonde Sechsjährige, die Frauen sagen, sie sei herzig) Märlein erzähle oder Sandburgen baue oder Verstecken spiele oder Tische schnitze, die – Gott sei mein Zeuge – niemals gut geraten. Wunderliche Zeit, nicht?

Oder wo ich durch die Felder gehe, die jetzt ganz braun und wehmütig dastehen mit den verlassenen Pflügen und die doch ganz silbrig aufleuchten, wenn dann trotz allem die späte Sonne kommt und meinen langen Schatten (ja meinen langen Schatten, vielleicht komm ich noch durch ihn ins Himmelreich) auf die Furchen wirft. Hast Du schon gemerkt, wie Spätsommerschatten auf durchwühlter dunkler Erde tanzen, wie körperhaft sie tanzen. Hast Du schon gemerkt, wie sich die Erde entgegenhebt der fressenden Kuh, wie zutraulich sie sich entgegenhebt? Hast Du schon gemerkt, wie schwere fette Ackererde unter den allzu feinen Fingern zerbröckelt, wie feierlich sie zerbröckelt?

[Prag, Stempel: 20. XII. 1902]

Prag läßt nicht los. Uns beide nicht. Dieses Mütterchen hat Krallen. Da muß man sich fügen oder –. An zwei Seiten müßten wir es anzünden, am Vyšehrad und am Hradschin, dann wäre es möglich, daß wir loskommen. Vielleicht überlegst Du es Dir bis zum Karneval.

Du hast schon viel gelesen, aber die vertrackte Geschichte vom schamhaften Langen und vom Unredlichen in seinem Herzen kennst Du nicht. Denn sie ist neu und sie ist schwer zu erzählen.

Der schamhafte Lange war in einem alten Dorf verkrochen zwischen niedrigen Häuschen und engen Gäßchen. So schmal waren die Gäßchen, daß, wenn zwei zusammen gingen, sie sich freundnachbarlich aneinander reiben mußten, und so niedrig waren die Stuben, daß, wenn der schamhafte Lange von seinem Hockstuhl sich aufreckte, er mit seinem großen eckigen Schädel geradewegs durch die Decke fuhr und ohne sonderliche Absicht auf die Strohdächer niederschauen mußte.

Der Unredliche in seinem Herzen, der wohnte in einer großen Stadt, die betrank sich Abend für Abend und war rasend Abend für Abend. Dieses ist nämlich der Städte Glück. Und wie die Stadt war, so war auch der Unredliche in seinem Herzen. Dieses ist nämlich der Unredlichen Glück.

Vor Weihnachten einmal saß der Lange geduckt beim Fenster. In der Stube hatten seine Beine keinen Platz; so hatte er sie bequem aus dem Fenster gestreckt, dort baumelten sie vergnüglich. Mit seinen ungeschickten magern Spinnenfingern strickte er wollene Strümpfe für die Bauern. Die grauen Augen hatte er fast auf die Stricknadeln gespießt, denn es war schon dunkel.

Jemand klopfte fein an die Plankentür. Das war der Unredliche in seinem Herzen. Der Lange riß das Maul auf. Der Gast lächelte. Und schon begann sich der Lange zu schämen. Seiner Länge schämte er sich und seiner wollenen Strümpfe und seiner Stube. – Aber bei alledem wurde er nicht rot, sondern blieb zitronengelb wie zuvor. Und mit Schwierigkeit und Scham setzte er seine Knochenbeine in Gang und streckte schämig dem Gast die Hand entgegen. Die langte durch die ganze Stube. Dann stotterte er etwas Freundliches in die wollenen Strümpfe hinein.

Der Unredliche in seinem Herzen setzte sich auf einen Mehlsack und lächelte. Auch der Lange lächelte und seine Augen krabbelten verlegen an den glänzenden Westenknöpfen des Gastes. Der drehte die Augenlider in die Höhe und die Worte gingen aus seinem Mund. Das waren feine Herren mit Lackschuhen und englischen Halsbinden und glänzenden Knöpfen, und wenn man sie heimlich fragte: »Weißt du, was Blut aus Blut ist?« so antwortete einer anzüglich: »Ja, ich habe englische Halsbinden.« Und kaum waren die Herrchen aus dem Munde draußen, stellten sie sich auf die Stiefelspitzen und waren groß, dann tänzelten sie zum Langen hin, kletterten zwickend und beißend an ihm hinauf und stopften sich ihm mühselig in die Ohren.

Da begann der Lange unruhig zu werden, die Nase schnupperte in der Stubenluft. Gott, was war die Luft so stickig, muffig, ungelüftet!

Der Fremde hörte nicht auf. Er erzählte von sich, von Westenknöpfen, von der Stadt, von seinen Gefühlen –, bunt. Und während er erzählte, stach er nebenbei seinen spitzen Spazierstock dem Langen in den Bauch. Der zitterte und grinste – da hörte der Unredliche in seinem Herzen auf, er war zufrieden und lächelte, der Lange grinste und führte den Gast manierlich bis zur Plankentür, dort reichten sie sich die Hände.

Der Lange war wieder allein. Er weinte. Mit den Strümpfen wischte er sich die großen Tränen ab. Sein Herz schmerzte ihn und er konnte es niemandem sagen. Aber kranke Fragen krochen ihm von den Beinen zur Seele hinauf.

Warum ist er zu mir gekommen? Weil ich lang bin? Nein, weil ich …?

Weine ich aus Mitleid mit mir oder mit ihm?

Hab ich ihn am Ende lieb oder haß ich ihn?

Schickt ihn mein Gott oder mein Teufel? So drosselten den schamhaften Langen die Fragezeichen.

Wieder nahm er die Strümpfe vor. Fast bohrte er sich die Stricknadeln in die Augen. Denn es war noch dunkler.

Also überleg es Dir bis zum Karneval.

Dein Franz

6. 9. [1903?]

Es wäre vielleicht klug gewesen, wenn ich mit diesem Brief gewartet hätte, bis ich Dich sähe und wüßte, was die zwei Monate aus Dir gemacht haben, denn mich – glaube ich – bringen diese Monate im Sommer am meisten merklich von der Stelle. Und dann habe ich in diesem Sommer auch nicht ein Kärtchen von Dir bekommen, und dann habe ich auch das letzte halbe Jahr kein Wort mit dir gesprochen, das der Mühe wert gewesen wäre. Es ist also wohl möglich, daß ich den Brief da an einen Fremden schicke, der sich über Zudringlichkeit ärgert, oder an einen Toten, der ihn nicht lesen kann, oder an einen Klugen, der über ihn lacht. Aber ich muß den Brief schreiben, darum warte ich nicht erst, bis ich etwa sähe, daß ich den Brief nicht schreiben darf.

Denn ich will von Dir etwas, und will es nicht aus Freundschaft oder aus Vertrauen, wie man vielleicht denken könnte, nein, nur aus Eigennutz, nur aus Eigennutz.

Es ist möglich, daß Du merktest, daß ich in diesen Sommer mit blauen Hoffnungen ging, es ist möglich, daß Du auch von ferne merktest, was ich wollte von diesem Sommer, ich sage es: das, was ich in mir zu haben glaube (ich glaube es nicht immer), in einem Zug zu heben. Du konntest es nur von ferne merken und ich hätte Dir die Hände küssen müssen dafür, daß Du mit mir gingst, denn mir wäre es unheimlich gewesen, neben einem zu gehn, dessen Mund böse verkniffen ist. Aber er war nicht böse.

Die Lippen nun hat mir der Sommer ein wenig auseinandergezwängt – ich bin gesünder geworden – (heute ist mir nicht ganz wohl), ich bin stärker geworden, ich war viel unter Menschen, ich kann mit Frauen reden – es ist nötig, daß ich das alles hier sage –, aber von den Wunderdingen hat mir der Sommer nichts gebracht. Jetzt aber reißt mir etwas die Lippen ganz auseinander, oder ist es sanft, nein, es reißt, und jemand, der hinter dem Baum steht, sagt mir leise: »Du wirst nichts tun ohne andere«, ich aber schreibe jetzt mit Bedeutung und zierlichem Satzbau: »Einsiedelei ist widerlich, man lege seine Eier ehrlich vor aller Welt, die Sonne wird sie ausbrüten; man beiße lieber ins Leben statt in seine Zunge; man ehre den Maulwurf und seine Art, aber man mache ihn nicht zu seinem Heiligen.« Da sagt mir jemand, der nicht mehr hinter dem Baume ist: »Ist das am Ende wahr und ein Wunderding des Sommers?«

(Hört nur, hört eine kluge Einleitung eines listigen Briefes. Warum ist sie klug? Ein Armer, der bisher nicht gebettelt hatte, schreibt einen Bettelbrief, in dessen breiter Einleitung er mit seufzenden Worten den so mühseligen Weg beschreibt, der zu der Erkenntnis führte, daß Nichtbetteln ein Laster sei.)

Du, verstehst Du das Gefühl, das man haben muß, wenn man allein eine gelbe Postkutsche voll schlafender Menschen durch eine weite Nacht ziehn muß? Man ist traurig, man hat ein paar Tränen im Augenwinkel, schleppt sich langsam von einem weißen Meilenstein zum andern, hat einen krummen Rücken und muß immer die Landstraße entlangschauen, auf der doch nichts ist als Nacht. Zum Kuckuck, wie wollte man die Kerle aufwecken in der Kutsche, wenn man ein Posthorn hätte.

Du, jetzt kannst Du mir zuhören, wenn Du nicht müde bist.

Ich werde Dir ein Bündel vorbereiten, in dem wird alles sein, was ich bis jetzt geschrieben habe, aus mir oder aus andern. Es wird nichts fehlen als die Kindersachen (Du siehst, das Unglück sitzt mir von früh an auf dem Buckel), dann das, was ich nicht mehr habe, dann das, was ich auch für den Zusammenhang für wertlos halte, dann die Pläne, denn die sind Länder für den, der sie hat, und Sand für die andern, und endlich das, was ich auch Dir nicht zeigen kann, denn man schauert zusammen, wenn man ganz nackt dasteht und ein anderer einen betastet, auch wenn man darum auf den Knien gebeten hat. Übrigens, ich habe das letzte halbe Jahr fast gar nichts geschrieben. Das also, was übrigbleibt, ich weiß nicht, wieviel es ist, werde ich Dir geben, wenn Du mir ein Ja schreibst oder sagst auf dieses hin, was ich von Dir will.

Das ist nämlich etwas Besonderes, und wenn ich auch sehr ungeschickt im Schreiben solcher Dinge bin (sehr unwissend), vielleicht weißt Du es schon. Ich will von Dir keine Antwort darauf haben, ob es eine Freude wäre, hier zu warten oder ob man leichten Herzens Scheiterhaufen anzünden könnte, ja ich will nicht einmal wissen, wie Du zu mir stehst, denn auch das müßte ich Dir abzwingen, also ich will etwas Leichteres und Schwereres, ich will, daß Du die Blätter liest, sei es auch gleichgültig und widerwillig. Denn es ist auch Gleichgültiges und Widerwilliges darunter. Denn – darum will ich es – mein Liebstes und Härtestes ist nur kühl, trotz der Sonne, und ich weiß, daß zwei fremde Augen alles wärmer und regsamer machen werden, wenn sie darauf schauen. Ich schreibe nur wärmer und regsamer, denn das ist gottsicher, da geschrieben steht: »Herrlich ist selbständig Gefühl, aber antwortend Gefühl macht wirkender.«

Nun warum soviel Aufhebens, nicht – ich nehme ein Stück (denn ich kann mehr, als ich Dir gebe, und ich werde – ja) ein Stück von meinem Herzen, packe es sauber ein in ein paar Bogen beschriebenen Papiers und gebe es Dir.

[9. November 1903]

Lieber Oskar!
Ich bin vielleicht froh, daß Du weggefahren bist, so froh wie die Menschen sein müßten, wenn jemand auf den Mond kletterte, um sie von dort aus anzusehen, denn dieses Bewußtsein, von einer solchen Höhe und Ferne aus betrachtet zu werden, gäbe den Menschen eine wenn auch winzige Sicherheit dafür, daß ihre Bewegungen und Worte und Wünsche nicht allzu komisch und sinnlos wären, solange man auf den Sternwarten kein Lachen vom Monde her hört.

———

…Verlassen sind wir doch wie verirrte Kinder im Walde. Wenn Du vor mir stehst und mich ansiehst, was weißt Du von den Schmerzen, die in mir sind und was weiß ich von den Deinen. Und wenn ich mich vor Dir niederwerfen würde und weinen und erzählen, was wüßtest Du von mir mehr als von der Hölle, wenn Dir jemand erzählt, sie ist heiß und fürchterlich. Schon darum sollten wir Menschen voreinander so ehrfürchtig, so nachdenklich, so liebend stehn wie vor dem Eingang zur Hölle.

…Wenn man so wie Du auf eine Zeit lang stirbt, hat man den Vorteil, alle Verhältnisse, die, wenn man in ihnen steht, notwendig verschwommen sein müssen, plötzlich klar in einem gütigen und bösen Licht zu sehn. Aber auch dem Überlebenden geht es so merkwürdig.

Unter allen den jungen Leuten habe ich eigentlich nur mit Dir gesprochen, und wenn ich schon mit andern sprach, so war es nur nebenbei oder Deinetwegen oder durch Dich oder in Beziehung auf Dich. Du warst, neben vielem andern, auch etwas wie ein Fenster für mich, durch das ich auf die Gassen sehen konnte. Allein konnte ich das nicht, denn trotz meiner Länge reiche ich noch nicht bis zum Fensterbrett.

Jetzt wird das natürlich anders. Ich rede jetzt auch mit andern, ungeschickter, aber beziehungsloser, und ich sehe, eigentlich ganz unvorbereitet, wie Du hier gestanden bist. Es gibt hier in dieser Stadt, die Dir fremd ist, einige recht kluge Leute, denen Du etwas Verehrungswürdiges warst. Ganz in Wahrheit. Und ich bin so eitel, daß es mich freut.

Ich weiß nicht, warum das so war, ob darum, weil Du verschlossen warst oder verschlossen schienest oder willig aufnahmst oder ahnen ließest oder wirklich wirktest, jedenfalls glauben einige, Du seist ihnen weggefahren, obwohl Du am Ende nur dem Mädchen weggefahren bist.

Dein Brief ist halb traurig und halb froh. Du bist eben nicht zum Jungen gefahren, sondern zu den Feldern und zum Wald. Aber Du siehst sie, während wir zur Not ihr Frühjahr und ihren Sommer sehn, aber von ihrem Herbst und ihrem Winter wissen wir nur gerade so viel wie von Gott in uns.

Heute ist Sonntag, da kommen immer die Handelsangestellten den Wenzelsplatz hinunter über den Graben und schreien nach Sonntagsruhe. Ich glaube, ihre roten Nelken und ihre dummen und jüdischen Gesichter und ihr Schrein ist etwas sehr Sinnvolles, es ist fast so, wie wenn ein Kind zum Himmel wollte und heult und bellt, weil man ihm den Schemel nicht reichen will. Aber es will gar nicht zum Himmel. Die andern aber, die auf dem Graben gehn und dazu lächeln, weil sie selbst ihren Sonntag nicht zu nutzen verstehn, die möchte ich ohrfeigen, wenn ich dazu den Mut hätte und nicht selbst lächelte. Du aber auf Deinem Schloß darfst lachen, denn dort ist der Himmel der Erde nahe, wie Du schreibst.

Ich lese Fechner, Eckehart. Manches Buch wirkt wie ein Schlüssel zu fremden Sälen des eigenen Schlosses.

Die Dinge, die ich Dir vorlesen wollte und die ich Dir schicken werde, sind Stücke aus einem Buch, »Das Kind und die Stadt«, das ich selbst nur in Stücken habe. Will ich sie Dir schicken, so muß ich sie überschreiben, und das braucht Zeit. So werde ich Dir immer ein paar Blättchen mit jedem Briefe schicken (wenn ich nicht sähe, daß die Sache sichtbar vorwärts geht, verginge mir bald die Lust daran), Du magst sie dann im Zusammenhang lesen, das erste Stück kommt mit dem nächsten Brief.

Übrigens ist schon eine Zeitlang nichts geschrieben worden. Es geht mir damit so: Gott will nicht, daß ich schreibe, ich aber, ich muß. So ist es ein ewiges Auf und Ab, schließlich ist doch Gott der Stärkere und es ist mehr Unglück dabei, als Du Dir denken kannst. So viele Kräfte sind in mir an einen Pflock gebunden, aus dem vielleicht ein grüner Baum wird, während sie freigemacht mir und dem Staat nützlich sein könnten. Aber durch Klagen schüttelt man keine Mühlsteine vom Halse, besonders wenn man sie liebhat.

Hier sind noch einige Verse. Lies sie in guten Stunden

Kühl und hart ist der heutige Tag.
Die Wolken erstarren.
Die Winde sind zerrende Taue.
Die Menschen erstarren.
Die Schritte klingen metallen
Auf erzenen Steinen,
Und die Augen schauen
Weite weiße Seen.

In dem alten Städtchen stehn
Kleine helle Weihnachtshäuschen,
Ihre bunten Scheiben sehn

Auf das schneeverwehte Plätzchen.
Auf dem Mondlichtplatze geht
Still ein Mann im Schnee fürbaß,
Seinen großen Schatten weht
Der Wind die Häuschen hinauf.

Menschen, die über dunkle Brücken gehn,
vorüber an Heiligen
mit matten Lichtlein.
Wolken, die über grauen Himmel ziehn
vorüber an Kirchen
mit verdämmernden Türmen.
Einer, der an der Quaderbrüstung lehnt
und in das Abendwasser schaut,
die Hände auf alten Steinen.

Dein Franz

[1903]

Lieber Oskar!

... Kühle Morgennachschrift zu einer schmerzlichen Abendverrücktheit. Ich sehe nichts Unnatürliches darin, daß Du dem Weib nicht geholfen hast, das hätten vielleicht unverfälschte Menschen auch nicht getan. Aber unnatürlich ist, daß Du das durchgrübelst und Dich noch an diesem Durchgrübeln und an diesem Gegensatz freust, Dich noch an Deinem Zerhacken freust. So spießt Du Dich an jedem kurzen Gefühlchen für lange Zeit auf, so daß man endlich nur eine Stunde lebt, da man noch hundert Jahre über die Stunde nachdenken muß. Freilich, vielleicht leb ich dann überhaupt nicht. Irgendwo hab ich einmal die Frechheit aufgeschrieben, daß ich rasch lebe, mit diesem Beweis: »Ich sehe einem Mädchen in die Augen und es war eine sehr lange Liebesgeschichte mit Donner und Küssen und Blitz«, dann war ich eitel genug, aufzuschreiben: »Ich lebe rasch«. So wie ein Kind mit Bilderbüchern hinter einem verhängten Fenster. Manchmal erhascht es etwas von der Gasse durch eine Ritze und schon ist es wieder in seinen kostbaren Bilderbüchern. – Bei Vergleichen bin ich gnädig gegen mich.

[Prag, Stempel: 21. XII. 1903]

Nein, geschrieben will ich Dir noch haben, ehe Du selbst kommst. Wenn man einander schreibt, ist man wie durch ein Seil verbunden, hört man dann auf, ist das Seil zerrissen, auch wenn es nur ein Bindfaden war, da will ich es also rasch und vorläufig zusammenknüpfen.

Gestern abend hat mich nämlich dieses Bild gepackt. Nur dadurch, daß die Menschen alle Kräfte spannen und einander liebend helfen, erhalten sie sich in einer leidlichen Höhe über einer höllischen Tiefe, nach der sie wollen. Untereinander sind sie durch Seile verbunden, und bös ist es schon, wenn sich um einen die Seile lockern und er ein Stück tiefer sinkt als die andern in den leeren Raum, und gräßlich ist es, wenn die Seile um einen reißen und er jetzt fällt. Darum soll man sich an die andern halten. Ich habe die Vermutung, daß die Mädchen uns oben halten, weil sie so leicht sind, darum müssen wir die Mädchen liebhaben und darum sollen sie uns liebhaben.

Genug, genug, mit einem guten Grund fürchte ich mich, einen Brief an Dich anzufangen, denn er dehnt sich dann immer so und findet kein gutes Ende. Darum habe ich Dir auch von München nicht mehr geschrieben, obwohl ich so viel zu schreiben hatte. Aber außerdem kann ich in der Fremde gar nicht schreiben. Alle Worte sind mir dann wild zerstreut und ich kann sie nicht in Sätze einfangen und dann drückt alles Neue so, daß man ihm gar nicht wehren und daß man es nicht übersehn kann.

Jetzt kommst Du ja selbst. Ich will doch nicht den ganzen Sonntagnachmittag an dem Schreibtisch versitzen – ich sitze hier schon seit zwei Uhr, und jetzt ist es fünf –, wenn ich so bald mit Dir reden kann. Ich freue mich so. Du wirst eine kalte Luft mitbringen, die wird allen dumpfen Köpfen guttun. Ich freue mich so. Auf Wiedersehn.

Dein Franz

[10. Januar 1904]

Abends, halb elf.
Ich schiebe den Marc Aurel zur Seite, ich schiebe ihn schwer zur Seite. Ich glaube, ich könnte jetzt ohne ihn nicht leben, denn schon zwei, drei Sprüche, im Marc Aurel gelesen, machen gefaßter und straffer, wenn auch das ganze Buch nur von einem erzählt, der mit klugem Wort und hartem Hammer und weitem Ausblick sich zu einem beherrschten, ehernen, aufrechten Menschen machen möchte. Aber man muß gegen einen Menschen ungläubig werden, wenn man immerfort hört, wie er zu sich redet: »Sei doch ruhig, sei doch

gleichgültig, gib die Leidenschaften dem Wind, sei doch standfest, sei doch ein guter Kaiser!« Gut ist es, wenn man sich vor sich selbst mit Worten zuschütten kann, aber noch besser ist es, wenn man sich mit Worten ausschmücken und behängen kann, bis man ein Mensch wird, wie man es im Herzen wünscht.

Du machst Dir in Deinem letzten Brief ungerechte Vorwürfe. Mit tut es gut, wenn mir einer eine kühle Hand reicht, aber wenn er sich einhängt, ist es mir schon peinlich und unverständlich. Du meinst, weil es zu selten geschehen ist? Nein, nein, das ist nicht wahr. Weißt Du, was an manchen Leuten Besonderes ist? Sie sind nichts, aber sie können es nicht zeigen, nicht einmal ihren Augen können sie es zeigen, das ist das Besondere an ihnen. Alle diese Menschen sind Brüder jenes Mannes, der in der Stadt herumging, sich auf nichts verstand, keine vernünftiges Wort herausbrachte, nicht tanzen konnte, nicht lachen konnte, aber immer krampfhaft mit beiden Händen eine verschlossene Schachtel trug. Fragte ihn nun ein Teilnehmender: »Was tragen Sie so vorsichtig in der Schachtel?«, da senkte dann der Mann den Kopf und sagte unsicher: »Ich verstehe mich zwar auf nichts, das ist wahr, ich kann zwar auch kein vernünftiges Wort herausbringen, ich kann auch nicht tanzen, auch lachen kann ich nicht, aber was in dieser, wohlgemerkt verschlossenen Schachtel ist, das kann ich nicht sagen, nein, nein, das sage ich nicht.« Wie natürlich, verliefen sich nach diesen Antworten alle Teilnehmenden, aber doch blieb in manchen von ihnen eine gewisse Neugier, eine gewisse Spannung, die immer fragte: »Was ist denn in der verschlossenen Schachtel?«, und um der Schachtel willen kamen sie hin und wieder zu dem Mann zurück, der aber nichts verriet. Nun, Neugierde, derartige Neugierde wird nicht alt und Spannung lockert sich, niemand hält es aus, nicht endlich zu lächeln, wenn eine unscheinbare, verschlossene Schachtel mit ewiger unverständlicher Ängstlichkeit gehütet wird. Und dann, einen halbwegs gutartigen Geschmack haben wir ja dem armen Mann gelassen, vielleicht lächelt er selbst endlich, wenn auch ein wenig verzerrt. – Was an Stelle der Neugier jetzt kommt, ist gleichgültiges fernstehendes Mitleid, ärger als Gleichgültigkeit und Fernstehn. Die Teilnehmenden, die kleiner an Zahl sind als früher, fragen jetzt: »Was tragen Sie denn so vorsichtig in der Schachtel? Einen Schatz vielleicht, he, oder eine Verkündigung, nicht? Na, machen Sie nur auf, wir brauchen beides, übrigens lassen Sie es nur zu, wir glauben es Ihnen auch ohnedem.« Da schreit es plötzlich einer besonders grell, der Mann schaut erschrocken, er war es selbst. Nach seinem Tode fand man in der Schachtel zwei Milchzähne.

Franz

[27. Januar 1904]

Lieber Oskar!
Du hast mir einen lieben Brief geschrieben, der entweder bald oder überhaupt nicht beantwortet werden wollte, und jetzt sind vierzehn Tage seitdem vorüber, ohne daß ich Dir geschrieben habe, das wäre an sich unverzeihlich, aber ich hatte Gründe. Fürs erste wollte ich nur gut Überlegtes Dir schreiben, weil mir die Antwort auf diesen Brief wichtiger

schien als jeder andere frühere Brief an Dich – (geschah leider nicht); und fürs zweite habe ich Hebbels Tagebücher (an 1800 Seiten) in einem Zuge gelesen, während ich früher immer nur kleine Stückchen herausgebissen hatte, die mir ganz geschmacklos vorkamen. Dennoch fing ich es im Zusammenhange an, ganz spielerisch anfangs, bis mir aber endlich so zu Mute wurde wie einem Höhlenmenschen, der zuerst im Scherz und in langer Weile einen Block vor den Eingang seiner Höhle wälzt, dann aber, als der Block die Höhle dunkel macht und von der Luft absperrt, dumpf erschrickt und mit merkwürdigem Eifer den Stein wegzuschieben sucht. Der aber ist jetzt zehnmal schwerer geworden und der Mensch muß in Angst alle Kräfte spannen, ehe wieder Licht und Luft kommt. Ich konnte eben keine Feder in die Hand nehmen während dieser Tage, denn wenn man so sein Leben überblickt, das sich ohne Lücke wieder und wieder höher türmt, so hoch, daß man es kaum mit seinen Fernrohren erreicht, da kann das Gewissen nicht zur Ruhe kommen. Aber es tut gut, wenn das Gewissen breite Wunden bekommt, denn dadurch wird es empfindlicher für jeden Biß. Ich glaube, man sollte überhaupt nur solche Bücher lesen, die einen beißen und stechen. Wenn das Buch, das wir lesen, uns nicht mit einem Faustschlag auf den Schädel weckt, wozu lesen wir dann das Buch? Damit es uns glücklich macht, wie Du schreibst; mein Gott, glücklich wären wir eben auch, wenn wir keine Bücher hätten, und solche Bücher, die uns glücklich machen, könnten wir zur Not selber schreiben. Wir brauchen aber die Bücher, die auf uns wirken wie ein Unglück, das uns sehr schmerzt, wie der Tod eines, den wir lieber hatten als uns, wie wenn wir in Wälder verstoßen würden, von allen Menschen weg, wie ein Selbstmord, ein Buch muß die Axt sein für das gefrorene Meer in uns. Das glaube ich.

Aber Du bist ja glücklich, Dein Brief glänzt förmlich, ich glaube, Du warst früher nur infolge des schlechten Umganges unglücklich, es war ganz natürlich, im Schatten kann man sich nicht sonnen. Aber daß ich an Deinem Glück schuld bin, das glaubst Du nicht. Höchstens so: Ein Weiser, dessen Weisheit sich vor ihm selbst versteckte, kam mit einem Narren zusammen und redete ein Weilchen mit ihm, über scheinbar fernliegende Sachen. Ob nun das Gespräch zu Ende war und der Narr nach Hause gehen wollte – er wohnte in einem Taubenschlag –, fällt ihm da der andere um den Hals, küßt ihn und schreit: danke, danke, danke. Warum? Die Narrheit des Narren war so groß gewesen, daß sich dem Weisen seine Weisheit zeigte. –

Es ist mir, als hätte ich Dir ein Unrecht getan und müßte Dich um Verzeihung bitten. Aber ich weiß von keinem Unrecht.

Dein Franz

Aus den Tagebüchern

Endlich nach fünf Monaten meines Lebens, in denen ich nichts schreiben konnte, womit ich zufrieden gewesen wäre, und die mir keine Macht ersetzen wird, obwohl alle dazu verpflichtet wären, komme ich auf den Einfall, wieder einmal mich anzusprechen. Darauf antwortete ich noch immer, wenn ich mich wirklich fragte, hier war immer noch etwas aus mir herauszuschlagen, aus diesem Strohhaufen, der ich seit fünf Monaten bin und dessen Schicksal es zu sein scheint, im Sommer angezündet zu werden und zu verbrennen, rascher, als der Zuschauer mit den Augen blinzelt. Wollte das doch nur mit mir geschehn! Und zehnfach sollte mir das geschehn, denn ich bereue nicht einmal die unglückselige Zeit. Mein Zustand ist nicht Unglück, aber er ist auch nicht Glück, nicht Gleichgültigkeit, nicht Schwäche, nicht Ermüdung, nicht anderes Interesse, also was ist es denn? Daß ich das nicht weiß, hängt wohl mit meiner Unfähigkeit zu schreiben zusammen. Und diese glaube ich zu verstehn, ohne ihren Grund zu kennen. Alle Dinge nämlich, die mir einfallen, fallen mir nicht von der Wurzel aus ein, sondern erst irgendwo gegen ihre Mitte. Versuche sie dann jemand zu halten, versuche jemand ein Gras und sich an ihm zu halten, das erst in der Mitte des Stengels zu wachsen anfängt. Das können wohl einzelne, zum Beispiel japanische Gaukler, die auf einer Leiter klettern, die nicht auf dem Boden aufliegt, sondern auf den emporgehaltenen Sohlen eines halb Liegenden, und die nicht an der Wand lehnt, sondern nur in die Luft hinaufgeht. Ich kann es nicht, abgesehen davon, daß meiner Leiter nicht einmal jene Sohlen zur Verfügung stehn. Es ist das natürlich nicht alles, und eine solche Anfrage bringt mich noch nicht zum Reden. Aber jeden Tag soll zumindest eine Zeile gegen mich gerichtet werden, wie man die Fernrohre jetzt gegen den Kometen richtet. Und wenn ich dann einmal vor jenem Satze erscheinen würde, hergelockt von jenem Satze, so wie ich zum Beispiel letzte Weihnachten gewesen bin und wo ich so weit war, daß ich mich nur noch gerade fassen konnte, und wo ich wirklich auf der letzten Stufe meiner Leiter schien, die aber ruhig auf dem Boden stand und an der Wand. Aber was für ein Boden, was für eine Wand! Und doch fiel jene Leiter nicht, so drückten sie meine Füße an den Boden, so hoben sie meine Füße an die Wand.

15. November, zehn Uhr. Ich werde mich nicht müde werden lasen. Ich werde in meine Novelle hineinspringen und wenn es mir das Gesicht zerschneiden sollte.

15. Dezember. Meinen Folgerungen aus meinem gegenwärtigen, nun schon fast ein Jahr dauernden Zustand glaube ich einfach nicht, dazu ist mein Zustand zu ernst. Ich weiß ja nicht einmal, ob ich sagen kann, daß es kein neuer Zustand ist. Meine eigentliche Meinung allerdings ist: dieser Zustand ist neu, ähnliche hatte ich, einen solchen aber noch nicht. Ich bin ja wie aus Stein, wie mein eigenes Grabdenkmal bin ich, da ist keine Lücke für Zweifel oder für Glauben, für Liebe oder Widerwillen, für Mut oder Angst im besonderen oder

allgemeinen, nur eine vage Hoffnung lebt, aber nicht besser als die Inschriften auf den Grabdenkmälern. Kein Wort fast, das ich schreibe, paßt zum andern, ich höre, wie sich die Konsonanten blechern aneinanderreihen, und die Vokale singen dazu wie Ausstellungsneger. Meine Zweifel stehn um jedes Wort im Kreis herum, ich sehe sie früher als das Wort, aber was denn! Ich sehe das Wort überhaupt nicht, das erfinde ich. Das wäre ja noch das größte Unglück nicht, nur müßte ich dann Worte erfinden können, welche imstande sind, den Leichengeruch in einer Richtung zu blasen, daß er mir und dem Leser nicht gleich ins Gesicht kommt. Wenn ich mich zum Schreibtisch setze, ist mir nicht wohler als einem, der mitten im Verkehr der Place de l'Opera fällt und beide Beine bricht. Alle Wagen streben trotz ihres Lärmens schweigend von allen Seiten nach allen Seiten, aber bessere Ordnung als die Schutzleute macht der Schmerz jenes Mannes, der ihm die Augen schließt und den Platz und die Gassen verödet, ohne daß die Wagen umkehren müßten. Das viele Leben schmerzt ihn, denn er ist ja ein Verkehrshindernis, aber die Leere ist nicht weniger arg, denn sie macht seinen eigentlichen Schmerz los.

16. Dezember. Ich werde das Tagebuch nicht mehr verlassen. Hier muß ich mich festhalten, denn nur hier kann ich es. Gerne möchte ich das Glücksgefühl erklären, das ich von Zeit zu Zeit wie eben jetzt in mir habe. Es ist wirklich etwas Moussierendes, das mich mit leichtem, angenehmem Zukken ganz und gar erfüllt und das mir Fähigkeiten einredet, von deren Nichtvorhandensein ich mich jeden Augenblick, auch jetzt, mit aller Sicherheit überzeugen kann.

17. Dezember. Zeno sagte auf eine dringliche Frage hin, ob denn nichts ruhe: Ja, der fliegende Pfeil ruht.

Daß ich so viel weggelegt und weggestrichen habe, ja fast alles, was ich in diesem Jahre überhaupt geschrieben habe, das hindert mich jedenfalls auch sehr am Schreiben. Es ist ja ein Berg, es ist fünfmal soviel, als ich überhaupt je geschrieben habe, und schon durch seine Masse zieht es alles, was ich schreibe, mir unter der Feder weg zu sich hin.

22. Dezember. Heute wage ich es nicht einmal, mir Vorwürfe zu machen. In diesen leeren Tagen hineingerufen hätte das einen ekelhaften Widerhall.

24. Dezember. Jetzt habe ich meinen Schreibtisch genauer angeschaut und eingesehn, daß auf ihm nichts Gutes gemacht werden kann. Es liegt hier so vieles herum und bildet eine Unordnung ohne Gleichmäßigkeit und ohne jede Verträglichkeit der ungeordneten Dinge, die sonst jede Unordnung erträglich macht. Sei auf dem grünen Tuch eine Unordnung, wie sie will, das durfte auch im Parterre der alten Theater sein. Daß aber aus den Stehplätzen …

[Fortsetzung am nächsten Tag]

25. Dezember. … aus dem offenen Fach unter dem Tischaufsatz hervor Broschüren alter Zeitungen, Kataloge, Ansichtskarten, Briefe, alle zum Teil zerrissen, zum Teil geöffnet, in Form einer Freitreppe hervorkommen, dieser unwürdige Zustand verdirbt alles. Einzelne verhältnismäßig riesige Dinge des Parterres treten in möglichster Aktivität auf, als

wäre es im Theater erlaubt, daß im Zuschauerraum der Kaufmann seine Geschäftsbücher ordnet, der Zimmermann hämmert, der Offizier den Säbel schwenkt, der Geistliche dem Herzen zuredet, der Gelehrte dem Verstand, der Politiker dem Bürgersinn, daß die Liebenden sich nicht zurückhalten usw. Nur auf meinem Schreibtisch steht der Rasierspiegel aufrecht, wie man ihn zum Rasieren braucht, die Kleiderbürste liegt mit ihrer Borstenfläche auf dem Tisch, das Portemonnaie liegt offen für den Fall, daß ich zahlen will, aus dem Schlüsselbund ragt ein Schlüssel fertig zur Arbeit vor, und die Krawatte schlingt sich noch teilweise um den ausgezogenen Kragen. Das nächst höhere, durch die kleinen geschlossenen Seitenschubladen schon eingeengte, offene Fach des Aufsatzes ist nichts als eine Rumpelkammer, so, als würde der niedrige Balkon des Zuschauerraumes, im Grunde die sichtbarste Stelle des Theaters, für die gemeinsten Leute reserviert, für alte Lebemänner, bei denen der Schmutz allmählich von innen nach außen kommt, rohe Kerle, welche die Füße über das Balkongeländer hinunterhängen lassen. Familien mit so vielen Kindern, daß man nur kurz hinschaut, ohne sie zählen zu können, richten hier den Schmutz armer Kinderstuben ein (es rinnt ja schon ins Parterre), im dunklen Hintergrund sitzen unheilbare Kranke, man sieht sie glücklicherweise nur, wenn man hineinleuchtet usw. In diesem Fach liegen alte Papiere, die ich längst weggeworfen hätte, wenn ich einen Papierkorb hätte, Bleistifte mit abgebrochenen Spitzen, eine leere Zündholzschachtel, ein Briefbeschwerer aus Karlsbad, ein Lineal mit einer Kante, deren Holprigkeit für eine Landstraße zu arg wäre, viele Kragenknöpfe, stumpfe Rasiermessereinlagen (für die ist kein Platz auf der Welt), Krawattenzwicker und noch ein schwerer eiserner Briefbeschwerer. In dem Fach darüber –

Elend, elend und doch gut gemeint. Es ist ja Mitternacht, aber das ist, da ich sehr gut ausgeschlafen bin, nur insofern Entschuldigung, als ich bei Tag überhaupt nichts geschrieben hätte. Die angezündete Glühlampe, die stille Wohnung, das Dunkel draußen, die letzten Augenblicke des Wachseins, sie geben mir das Recht, zu schreiben, und sei es auch das Elendste. Und dieses Recht benutze ich eilig. Das bin ich also.

28. Dezember. Wenn ich mich ein paar Stunden menschlich benommen habe, wie heute mit Max und später bei Baum, bin ich vor dem Schlafengehen schon hochmütig.

1911

12. Januar. Ich habe vieles in diesen Tagen über mich nicht aufgeschrieben, teils aus Faulheit (ich schlafe jetzt so viel und fest bei Tag, ich habe während des Schlafes ein größeres Gewicht), teils aber auch aus Angst, meine Selbsterkenntnis zu verraten. Diese Angst ist berechtigt, denn endgültig durch Aufschreiben fixiert dürfte eine Selbsterkenntnis nur dann werden, wenn dies in größter Vollständigkeit bis in alle nebensächlichen Konsequenzen hinein sowie mit gänzlicher Wahrhaftigkeit geschehen könnte. Denn geschieht dies nicht – und ich bin dessen jedenfalls nicht fähig –, dann ersetzt das Aufgeschriebene nach eigener Absicht und mit der Übermacht des Fixierten das bloß allgemein Gefühlte nur in

der Weise, daß das richtige Gefühl schwindet, während die Wertlosigkeit des Notierten zu spät erkannt wird.

19. Februar. Die besondere Art meiner Inspiration, in der ich Glücklichster und Unglücklichster jetzt um zwei Uhr nachts schlafen gehe (sie wird vielleicht, wenn ich nur den Gedanken daran ertrage, bleiben, denn sie ist höher als alle früheren), ist die, daß ich alles kann, nicht nur auf eine bestimmte Arbeit hin. Wenn ich wahllos einen Satz hinschreibe, zum Beispiel: »Er schaute aus dem Fenster«, so ist er schon vollkommen.

15. August. Die Zeit, die jetzt verlaufen ist und in der ich kein Wort geschrieben habe, ist für mich deshalb so wichtig gewesen, weil ich auf den Schwimmschulen in Prag, Königssaal und Czernoschitz aufgehört habe, für meinen Körper mich zu schämen. Wie spät hole ich jetzt mit achtundzwanzig Jahren meine Erziehung nach, einen verspäteten Start würde man das bei einem Wettlaufen nennen. Und der Schaden eines solchen Unglücks besteht nicht vielleicht darin, daß man nicht siegt; dieses letzte ist ja nur der noch sichtbare, klare gesunde Kern des weiterhin verschwimmenden grenzenlos werdenden Unglücks, das einen, der man doch den Kreis umlaufen sollte, in das Innere des Kreises treibt. Übrigens habe ich auch vieles andere in dieser zum kleinen Teil auch glücklichen Zeit an mir bemerkt und werde es in den nächsten Tagen aufzuschreiben versuchen.

24. August. Mit Bekannten an einem Kaffeehaustisch im Freien sitzen und eine Frau am Nebentisch ansehn, die ge-

rade gekommen ist, schwer unter großen Brüsten atmet und mit erhitztem, bräunlich glänzendem Gesicht sich setzt. Sie neigt den Kopf zurück, ein starker Bartanflug wird sichtbar, sie dreht die Augen nach oben, fast so, wie sie vielleicht manchmal ihren Mann ansieht, der jetzt neben ihr eine illustrierte Zeitung liest. Wenn man ihm doch die Überzeugung beibringen könnte, daß man neben seiner Frau im Kaffeehaus höchstens eine Zeitung, aber niemals eine Zeitschrift lesen darf. Ein Augenblick bringt ihr ihre Körperfülle zum Bewußtsein und sie rückt ein wenig vom Tisch weg.

26. August. Morgen soll ich nach Italien fahren. Jetzt abends konnte der Vater vor Aufregung nicht einschlafen, da er ganz von der Sorge um das Geschäft und von seiner dadurch aufgeweckten Krankheit ergriffen war. Auf das Herz ein nasses Tuch, Brechreiz, Luftmangel, seufzendes Hin- und Hergehn. Die Mutter in ihrer Angst findet neuen Trost. Immer sei er doch so energisch gewesen, über alles sei er hinweggekommen, und jetzt –. Ich sage, daß der Jammer mit dem Geschäft doch nur ein Vierteljahr noch dauern könne, dann müsse doch alles gut werden. Er geht seufzend und den Kopf schüttelnd auf und ab. Es ist klar, daß, von ihm aus gesehn, seine Sorgen durch uns nicht abgenommen und nicht einmal erleichtert werden, aber selbst von uns aus gesehn nicht, selbst in unserm besten Willen steckt noch etwas von der so traurigen Überzeugung, daß er für seine Familie sorgen muß... Durch sein häufiges Gähnen oder sein übrigens nicht unappetitliches In-die-Nase-Greifen erzeugt der Vater eine kleine, kaum zum Bewußtsein kommende Beruhigung über einen Zustand, trotzdem er dies, wenn er gesund ist, im

allgemeinen nicht macht. Die Ottla hat es mir bestätigt. – Die arme Mutter will morgen zum Hausherrn bitten gehn.

27. September. Gestern auf dem Wenzelsplatz zwei Mädchen begegnet, zu lange den Blick auf einer gehalten, während gerade die andere, wie sich zu spät zeigte, einen häuslich weichen, braunen, faltigen, weiten, vorn ein wenig offenen Mantel trug, zarten Hals und zarte Nase hatte, das Haar war in einer schon vergessenen Weise schön. – Alter Mann mit locker hängenden Hosen auf dem Belvedere. Er pfeift; wenn ich ihn anschaue, hört er auf; schaue ich weg, fängt er wieder an; endlich pfeift er, auch wenn ich ihn anschaue. – Der schöne große Knopf, schön angebracht unten auf dem Ärmel eines Mädchenkleides. Das Kleid auch schön getragen, über amerikanischen Stiefeln schwebend. Wie selten gelingt mir etwas Schönes, und diesem unbeachteten Knopf und seiner unwissenden Schneiderin gelingt's. – Die Erzählerin auf dem Weg zum Belvedere, deren lebhafte Augen unabhängig von den augenblicklichen Worten zufrieden ihre Geschichte bis an ihr Ende überblickten. – Mächtige halbe Halswendung eines starken Mädchens.

2. Oktober. Schlaflose Nacht. Schon die dritte in einer Reihe. Ich schlafe gut ein, nach einer Stunde aber wache ich auf, als hätte ich den Kopf in ein falsches Loch gelegt. Ich bin vollständig wach, habe das Gefühl, gar nicht oder nur unter einer dünnen Haut geschlafen zu haben, habe die Arbeit des Einschlafens von neuem vor mir und fühle mich vom Schlaf zurückgewiesen. Und von jetzt an bleibt es die ganze Nacht bis gegen fünf so, daß ich zwar schlafe, daß aber bald starke

Träume mich gleichzeitig wach halten. Neben mir schlafe ich förmlich, während ich selbst mit Träumen mich herumschlagen muß. Gegen fünf ist die letzte Spur von Schlaf verbraucht, ich träume nur, was anstrengender ist als Wachen. Kurz, ich verbringe die ganze Nacht in dem Zustand, in dem sich ein gesunder Mensch ein Weilchen lang vor dem eigentlichen Einschlafen befindet. Wenn ich erwache, sind alle Träume um mich versammelt, aber ich hüte mich, sie zu durchdenken. Gegen früh seufze ich in den Polstern, weil für diese Nacht alle Hoffnung vorüber ist. Ich denke an jene Nächte, an deren Ende ich aus dem tiefen Schlaf gehoben wurde und erwachte, als wäre ich in einer Nuß eingesperrt gewesen.

Ich glaube, diese Schlaflosigkeit kommt nur daher, daß ich schreibe. Denn so wenig und so schlecht ich schreibe, ich werde doch durch diese kleinen Erschütterungen empfindlich, spüre besonders gegen Abend und noch mehr am Morgen das Wehen, die nahe Möglichkeit großer, mich aufreißender Zustände, die mich zu allem fähig machen könnten, und bekomme dann in dem allgemeinen Lärm, der in mir ist und dem zu befehlen ich nicht Zeit habe, keine Ruhe. Schließlich ist dieser Lärm nur eine bedrückte, zurückgehaltene Harmonie, die freigelassen mich ganz erfüllen, ja sogar noch in die Weite spannen und dann noch erfüllen würde. Jetzt aber verursacht mir dieser Zustand neben schwachen Hoffnungen nur Schaden, da mein Wesen nicht genug Fassungskraft hat, die gegenwärtige Mischung zu ertragen, bei Tag hilft mir die sichtbare Welt, in der Nacht zerschneidet es mich ungehindert.

3. Oktober. Die gleiche Nacht, nur noch schwerer eingeschlafen. Beim Einschlafen ein vertikal gehender Schmerz im Kopf über der Nasenwurzel, wie von einer zu scharf gepreßten Stirnfalte. Um möglichst schwer zu sein, was ich für das Einschlafen für gut halte, hatte ich die Arme gekreuzt und die Hände auf die Schultern gelegt, so daß ich dalag wie ein bepackter Soldat. Wieder war es die Kraft meiner Träume, die schon ins Wachsein vor dem Einschlafen strahlen, die mich nicht schlafen ließ. Das Bewußtsein meiner dichterischen Fähigkeiten ist am Abend und am Morgen unüberblickbar. Ich fühle mich gelockert bis auf den Boden meines Wesens und kann aus mir heben, was ich nur will.

5. Oktober. Zum erstenmal seit einigen Tagen wieder Unruhe, selbst vor diesem Schreiben. Wut über meine Schwester, die ins Zimmer kommt und sich mit einem Buch zum Tisch setzt. Abwarten der nächsten kleinen Gelegenheit zum Losgehn dieser Wut. Endlich nimmt sie eine Visitkarte vom Behälter und stochert mit ihr zwischen den Zähnen herum. Mit abfahrender Wut, von der mir nur ein scharfer Dampf im Kopf zurückbleibt, und beginnender Erleichterung und Zuversicht fange ich zu schreiben an.

9. Oktober. Sollte ich das vierzigste Lebensjahr erreichen, so werde ich wahrscheinlich ein altes Mädchen mit vorstehenden, etwas von der Oberlippe entblößten Oberzähnen heiraten. Die oberen Mittelzähne des Fräulein K., die in Paris und London war, sind gegeneinander verschoben, wie Beine, die man in den Knien flüchtig kreuzt. Vierzig Jahre alt werde ich aber kaum werden, dagegen spricht zum Beispiel die Span-

nung, die sich mir über die linke Schädelhälfte öfters legt, die sich wie ein innerer Aussatz anfühlt und die auf mich, wenn ich von den Unannehmlichkeiten absehe und nur betrachten will, den gleichen Eindruck macht wie der Anblick der Schädelquerschnitte in den Schullehrbüchern oder wie eine fast schmerzlose Sektion bei lebendem Leibe, wo das Messer, ein wenig kühlend, vorsichtig, oft stehenbleibend und zurückkehrend, manchmal ruhig liegend, blätterdünne Hüllen ganz nahe an arbeitenden Hirnpartien noch weiter teilt.

24. Oktober. Die Mutter arbeitet den ganzen Tag, ist lustig und traurig, wie es kommt, ohne mit eigenen Zuständen im geringsten in Anspruch zu nehmen, ihre Stimme ist hell, zu laut für das gewöhnliche Sprechen, aber wohltätig, wenn man traurig ist und nach einiger Zeit plötzlich sie hört. Seit längerer Zeit klage ich schon, daß ich zwar immer krank bin, niemals aber eine besondere Krankheit habe, die mich zwingen würde, mich ins Bett zu legen. Dieser Wunsch geht sicher zum größten Teil darauf zurück, daß ich weiß, wie die Mutter trösten kann, wenn sie zum Beispiel aus dem beleuchteten Wohnzimmer in die Dämmerung des Krankenzimmers kommt, oder am Abend, wenn der Tag einförmig in die Nacht überzugehn anfängt, aus dem Geschäft zurückkehrt und mit ihren Sorgen und raschen Anordnungen den schon so späten Tag noch einmal anfangen läßt und den Kranken aufmuntert, ihr dabei zu helfen. Das würde ich mir wieder wünschen, weil ich dann schwach wäre, daher von allem überzeugt, was die Mutter täte, und mit der deutlicheren Genußfähigkeit des Alters kindliche Freuden haben könnte. Gestern fiel mir ein, daß ich die Mutter nur deshalb

nicht immer so geliebt habe, wie sie es verdiente und wie ich es könnte, weil mich die deutsche Sprache daran gehindert hat. Die jüdische Mutter ist keine ›Mutter‹, die Mutterbezeichnung macht sie ein wenig komisch (nicht sich selbst, weil wir in Deutschland sind), wir geben einer jüdischen Frau den Namen deutsche Mutter, vergessen aber den Widerspruch, der desto schwerer sich ins Gefühl einsenkt. ›Mutter‹ ist für den Juden besonders deutsch, es enthält unbewußt neben dem christlichen Glanz auch christliche Kälte, die mit Mutter benannte jüdische Frau wird daher nicht nur komisch, sondern fremd. Mama wäre ein besserer Name, wenn man nur hinter ihm nicht ›Mutter‹ sich vorstellte. Ich glaube, daß nur noch Erinnerungen an das Getto die jüdische Familie erhalten, denn auch das Wort Vater meint bei weitem den jüdischen Vater nicht.

28. Oktober. Ich träumte heute von einem windhundartigen Esel, der in seinen Bewegungen sehr zurückhaltend war. Ich beobachtete ihn genau, weil ich mir der Seltenheit der Erscheinung bewußt war, behielt aber nur die Erinnerung daran zurück, daß mir seine schmalen Menschenfüße wegen ihrer Länge und Gleichförmigkeit nicht gefallen wollten. Ich bot ihm frische, dunkelgrüne Zypressenbüschel an, die ich eben von einer alten Züricher Dame (das Ganze spielte sich in Zürich ab) bekommen hatte, er wollte sie nicht, schnupperte nur leicht an ihnen; als ich sie aber dann auf einem Tisch liegen ließ, fraß er mir sie so vollständig auf, daß nur ein kaum zu erkennender kastanienähnlicher Kern übrigblieb. Später war die Rede davon, daß dieser Esel noch nie auf vieren gegangen sei, sondern sich immer menschlich

aufrecht halte und seine silbrig glänzende Brust und das Bäuchlein zeige. Das war aber eigentlich nicht richtig.

Außerdem träumte ich von einem Engländer, den ich in einer Versammlung, ähnlich jener der Heilsarmee in Zürich, kennenlernte. Es waren dort Sitze wie in der Schule, unter der Schreibplatte war nämlich noch ein offenes Fach; als ich einmal hineingriff, um etwas zu ordnen, wunderte ich mich, wie leicht man auf der Reise Freundschaften schließt. Damit war offenbar der Engländer gemeint, der kurz darauf zu mir trat. Er hatte helle, lose Kleider, die in sehr gutem Zustand waren, nur hinten an den Oberarmen war statt des Kleiderstoffes, oder wenigstens über ihm festgenäht, ein grauer, faltiger, ein wenig hängender, streifig zerrissener, wie von Spinnen punktierter Stoff, der sowohl an die Ledereinlagen in Reithosen als auch an den Ärmelschutz der Näherinnen, Ladenmädchen, Kontoristinnen erinnerte. Sein Gesicht war gleichfalls mit einem grauen Stoff bedeckt, der sehr geschickte Ausschnitte für Mund, Augen, wahrscheinlich auch für die Nase hatte. Dieser Stoff war aber neu, gerauht, eher flanellartig, sehr schmiegsam und weich, von ausgezeichnetem englischem Fabrikat. Mir gefiel das alles so, daß ich begierig war, mit dem Mann bekannt zu werden. Er wollte mich auch in seine Wohnung einladen, da ich aber schon übermorgen wegfahren mußte, zerschlug sich das. Ehe er die Versammlung verließ, zog er sich noch einige offenbar sehr praktische Kleidungsstücke an, die ihn, nachdem er sie zugeknöpft hatte, ganz unauffallend machten. Trotzdem er mich nicht zu sich einladen konnte, forderte er mich doch auf, mit ihm auf die Gasse zu gehn. Ich folgte ihm, wir blieben gegenüber dem Versammlungslokal an einer Trottoirkante stehn, ich unten, er oben, und fanden wiederum nach einigem Gespräch, daß aus der Einladung nichts werden konnte.

31. Oktober. Um es nicht zu vergessen, für den Fall, daß mich mein Vater wieder einmal einen schlechten Sohn nennen sollte, schreibe ich mir auf, daß er vor einigen Verwandten ohne besonderen Anlaß, sei es nun, um mich einfach zu drücken, sei es, um mich vermeintlich zu retten, Max einen »meschuggenen Ritoch« nannte und daß er gestern, als Löwy in meinem Zimmer war, mit ironischem Körperschütteln und Mundverziehn von fremden Leuten sprach, die da in die Wohnung gelassen werden, was an einem fremden Menschen interessieren könne, wozu man so nutzlose Beziehungen anknüpfe usw. – Ich hätte es doch nicht aufschreiben sollen, denn ich habe mich geradezu in Haß gegen meinen Vater hineingeschrieben, zu dem er doch heute keinen Anlaß gegeben hat und der, wenigstens wegen Löwy, unverhältnismäßig groß ist, im Vergleich zu dem, was ich als Äußerung meines Vaters niedergeschrieben habe, und der sich daran noch steigert, daß ich an das eigentlich Böse im gestrigen Benehmen des Vaters mich nicht erinnern kann.

2. November. Heute früh zum erstenmal seit langer Zeit wieder die Freude an der Vorstellung eines in meinem Herzen gedrehten Messers.

3. November. Löwy. Mein Vater über ihn: »Wer sich mit Hunden zu Bett legt, steht mit Wanzen auf.« Ich konnte mich nicht halten und sagte etwas Ungeordnetes. Darauf der

Vater besonders ruhig (allerdings nach einer großen Pause, die anders ausgefüllt war): »Du weißt, daß ich mich nicht aufregen darf und geschont werden muß. Komm mir also noch mit solchen Sachen. Ich habe der Aufregungen gerade genug, vollständig genug. Also laß mich mit solchen Reden.« Ich sage: »Ich strenge mich an, mich zurückzuhalten und fühle beim Vater wie immer in solchen äußersten Augenblicken das Dasein einer Weisheit, von der ich nur einen Atemzug erfassen kann.«

5. November. Gestern geschlafen, nach Bar Kochba von sieben ab mit Löwy, Brief seines Vaters vorgelesen. Abend bei Baum. Ich will schreiben, mit einem ständigen Zittern auf der Stirn. Ich sitze in meinem Zimmer im Hauptquartier des Lärms der ganzen Wohnung. Alle Türen höre ich schlagen, durch ihren Lärm bleiben mir nur die Schritte der zwischen ihnen Laufenden erspart, noch das Zuklappen der Herdtüre in der Küche höre ich. Der Vater durchbricht die Türen meines Zimmers und zieht im nachschleppenden Schlafrock durch, aus dem Ofen im Nebenzimmer wird die Asche gekratzt, Valli fragt ins Unbestimmte, durch das Vorzimmer, wie durch eine Pariser Gasse rufend, ob denn des Vaters Hut schon geputzt ist, ein Zischen, das mir befreundet sein will, erhebt das Geschrei einer antwortenden Stimme. Die Wohnungstür wird aufgeklinkt und lärmt wie aus katarrhalischem Hals, öffnet sich dann weiterhin mit dem kurzen Singen einer Frauenstimme und schließt sich mit einem dumpfen männlichen Ruck, der sich am rücksichtslosesten anhört. Der Vater ist weg, jetzt beginnt der zartere, zerstreutere, hoffnungslosere Lärm, von den Stimmen der zwei

Kanarienvögel angeführt. Schon früher dachte ich daran, bei den Kanarienvögeln fällt es mir aber von neuem ein, ob ich nicht die Türe bis zu einer kleinen Spalte öffnen, schlangengleich ins Nebenzimmer kriechen und so auf dem Boden meine Schwestern und ihr Fräulein um Ruhe bitten sollte.

Die Bitterheit, die ich gestern abend fühlte, als Max bei Baum meine kleine Automobilgeschichte vorlas. Ich war gegen alle abgeschlossen, und gegen die Geschichte hielt ich förmlich das Kinn an die Brust gedrückt. Die ungeordneten Sätze dieser Geschichte mit Lücken, daß man beide Hände dazwischenstecken könnte; ein Satz klingt hoch, ein Satz klingt tief, wie es kommt; ein Satz reibt sich am andern wie die Zunge an einem hohlen oder falschen Zahn; ein Satz kommt mit einem so rohen Anfang anmarschiert, daß die ganze Geschichte in ein verdrießliches Staunen gerät; eine verschlafene Nachahmung von Max (Vorwürfe gedämpft – angefeuert) schaukelt hinein, manchmal sieht es aus wie ein Tanzkurs in seiner ersten Viertelstunde. Ich erkläre es mir damit, daß ich zuwenig Zeit und Ruhe habe, um die Möglichkeiten meines Talentes in ihrer Gänze aus mir zu heben. Es kommen daher immer nur abreißende Anfänge zutage, abreißende Anfänge zum Beispiel die ganze Automobilgeschichte durch. Würde ich einmal ein größeres Ganzes schreiben können, wohlgebildet vom Anfang bis zum Ende, dann könnte sich auch die Geschichte niemals endgültig von mir loslösen, und ich dürfte ruhig und mit offenen Augen, als Blutsverwandter einer gesunden Geschichte, ihrer Vorlesung zuhören, so aber läuft jedes Stückchen der Geschichte heimatlos herum und treibt mich in die entgegengesetzte

Richtung. – Dabei kann ich noch froh sein, wenn diese Erklärung richtig ist.

11. November. Samstag. Gestern den ganzen Nachmittag bei Max. Die Reihenfolge der Aufsätze für die *Schönheit häßlicher Bilder* festgesetzt. Ohne gutes Gefühl. Gerade dann aber liebt mich Max am meisten, oder scheint es mir nur, weil ich mir meines geringen Verdienstes so deutlich dann bewußt bin. Nein, er liebt mich wirklich mehr. Er will in das Buch auch mein Brescia aufnehmen. Alles Gute in mir wehrt sich dagegen. Ich sollte heute mit ihm nach Brünn. Alles Schlechte und Schwache in mir hat mich zurückgehalten. Denn daß ich morgen wirklich etwas Gutes schreiben sollte, kann ich nicht glauben.

Die von ihren Arbeitsschürzen besonders hinten fest umspannten Mädchen. Eine bei ›Löwy & Winterberg‹ heute vormittag, bei der die Lappen der nur auf dem Hintern geschlossenen Schürze sich nicht wie gewöhnlich aneinanderfügten, sondern übereinander hinweggingen, so daß sie eingewickelt war wie ein Wickelkind. Sinnlicher Eindruck dessen, wie ich ihn auch unbewußt immer von Wickelkindern hatte, die so in ihre Windeln und Betten gepreßt und mit Bändern zugeschnürt sind, ganz wie zur Befriedigung einer Lust.

Edison hat in einem amerikanischen Interview über seine Reise durch Böhmen erzählt, seiner Meinung nach beruhe die verhältnismäßig höhere Entwicklung Böhmens (in den Vorstädten sind breite Gassen, Gärtchen vor den Häusern, bei der Fahrt durchs Land sieht man Fabriken bauen) darauf, daß die Auswanderung der Tschechen nach Amerika so groß ist und daß die einzelweise von dort Zurückkehrenden neues Streben von dort mitbringen.

Sobald ich irgendwie erkenne, daß ich Übelstände, zu deren Beseitigung ich eigentlich bestimmt wäre (zum Beispiel das äußerst zufriedene, von mir aus gesehen trostlose Leben meiner verheirateten Schwester), auf sich beruhen lasse, verliere ich auf einen Augenblick das Gefühl meiner Armmuskeln.

Ich werde versuchen, allmählich alles Zweifellose an mir zusammenzustellen, später das Glaubwürdige, dann das Mögliche usw. Zweifellos ist in mir die Gier nach Büchern. Nicht eigentlich sie zu besitzen oder zu lesen, vielmehr sie zu sehn, mich in der Auslage eines Buchhändlers von ihrem Bestand zu überzeugen. Sind irgendwo mehrere Exemplare des gleichen Buches, freut mich jedes einzelne. Es ist, als ob diese Gier vom Magen ausginge, als wäre sie ein irregeleiteter Appetit. Bücher, die ich besitze, freuen mich weniger, dagegen Bücher meiner Schwestern freuen mich schon. Das Verlangen, sie zu besitzen, ist ein unvergleichlich kleineres, es fehlt fast.

14. November. Dienstag. Gestern bei Max, der von seiner Brünner Vorlesung zurückkam.

Nachmittag beim Einschlafen. Als hätte sich die feste Schädeldecke, die den schmerzlosen Schädel umfaßt, tiefer ins Innere gezogen und einen Teil des Gehirns draußen gelassen im freien Spiel der Lichter und Muskeln.

Erwachen an einem kalten Herbstmorgen mit gelblichem Licht. Durch das fast geschlossene Fenster dringen und noch vor den Scheiben, ehe man fällt, schweben, die Arme ausgebreitet, mit gewölbtem Bauch, rückwärtsgebogenen Beinen, wie die Figuren auf dem Vorderbug der Schiffe in alter Zeit.

15. November. Gestern abend schon mit einem Vorgefühl die Decke vom Bett gezogen, mich gelegt und wieder aller meiner Fähigkeiten bewußt geworden, als hielte ich sie in der Hand; sie spannten mir die Brust, sie entflammten mir den Kopf, ein Weilchen wiederholte ich, um mich darüber zu trösten, daß ich nicht aufstand, um zu arbeiten: »Das kann nicht gesund sein, das kann nicht gesund sein«, und wollte den Schlaf mit fast sichtbarer Absicht mir über den Kopf ziehn. Immer dachte ich an eine Mütze mit Schirm, die ich, um mich zu schützen, mit starker Hand mir in die Stirne drücke. Wieviel habe ich gestern verloren, wie drückte sich das Blut im engen Kopf, fähig zu allem, und nur gehalten von Kräften, die für mein bloßes Leben unentbehrlich sind und hier verschwendet werden.

Sicher ist, daß alles, was ich im voraus selbst im guten Gefühl Wort für Wort oder sogar nur beiläufig, aber in ausdrücklichen Worten, erfunden habe, auf dem Schreibtisch beim Versuch des Niederschreibens trocken, verkehrt, unbeweglich, der ganzen Umgebung hinderlich, ängstlich, vor allem aber lückenhaft erscheint, trotzdem von der ursprünglichen Erfindung nichts vergessen worden ist. Es liegt natürlich zum großen Teil daran, daß ich frei vom Papier nur in der

Zeit der Erhebung, die ich mehr fürchte als ersehne, wie sehr ich sie auch ersehne, Gutes erfinde, daß dann aber die Fülle so groß ist, daß ich verzichten muß, blindlings also nehme, nur dem Zufall nach, aus der Strömung heraus, griffweise, so daß diese Erwerbung beim überlegten Niederschreiben nichts ist im Vergleich zur Fülle, in der sie lebte, unfähig, diese Fülle herbeizubringen, und daher schlecht und störend ist, weil sie nutzlos lockt.

16. November. Heute mittag vor dem Einschlafen, ich schlief aber gar nicht ein, lag auf mir der Oberkörper einer Frau aus Wachs. Ihr Gesicht war über dem meinen zurückgebogen, ihr linker Unterarm drückte meine Brust.

Drei Nächte nicht geschlafen, bei dem kleinsten Versuche, etwas zu machen, gleich auf dem Grunde meiner Kraft.

Aus einem alten Notizbuch: »Jetzt abend, nachdem ich von sechs Uhr früh an gelernt habe, bemerkte ich, wie meine linke Hand die rechte schon ein Weilchen lang aus Mitleid bei den Fingern umfaßt hielt.«

21. November. Mein gewesenes Kinderfräulein, die im Gesicht schwarzgelbe, mit kantigem Nasenrand und einer mir damals so lieben Warze irgendwo auf der Wange, war heute zum zweitenmal in kurzer Zeit bei uns, um mich zu sehn. Das erstemal war ich nicht zu Hause, diesmal wollte ich in Ruhe gelassen sein und schlafen und ließ mich verleugnen. Warum hat sie mich so schlecht erzogen, ich war doch folgsam, sie sagt es jetzt selbst im Vorzimmer zur Köchin und

zum Fräulein, ich war von ruhiger Gemütsart und brav. Warum hat sie das nicht für mich ausgenützt und mir eine bessere Zukunft vorbereitet? Sie ist eine Ehefrau oder Witwe, hat Kinder, hat eine lebhafte Sprache, die mich nicht schlafen läßt, denkt, daß ich ein großer gesunder Herr im schönen Alter von achtundzwanzig Jahren bin, gern an meine Jugend zurückdenke und überhaupt etwas mit mir anzufangen weiß. Nun liege ich aber hier auf dem Kanapee, mit einem Fußtritt aus der Welt geworfen, passe auf den Schlaf auf, der nicht kommen will, und wenn er kommt, mich nur streifen wird, die Gelenke habe ich wund vor Müdigkeit, mein dürrer Körper zittert sich zugrunde in Aufregungen, deren er sich nicht klar bewußt werden darf, im Kopf zuckt es zum Erstaunen. Und da stehen die drei Frauen vor meiner Tür, eine lobt mich, wie ich war, zwei, wie ich bin. Die Köchin sagt, ich werde gleich, sie meint: ohne jeden Umweg, in den Himmel kommen. So wird es sein.

22. November. Sicher ist, daß ein Haupthindernis meines Fortschritts mein körperlicher Zustand bildet. Mit einem solchen Körper läßt sich nichts erreichen. Ich werde mich an sein fortwährendes Versagen gewöhnen müssen. Von den letzten wilddurchträumten, aber kaum weilchenweise durchschlafenen Nächten bin ich heute früh so ohne Zusammenhang gewesen, fühlte nichts anderes als meine Stirn, sah einen halbwegs erträglichen Zustand erst weit über dem gegenwärtigen und hätte mich einmal gerne vor lauter Todesbereitschaft mit den Akten in der Hand auf den Zementplatten des Korridors zusammengerollt. Mein Körper ist zu lang für seine Schwäche, er hat nicht das geringste Fett zur

Erzeugung einer segensreichen Wärme, zur Bewahrung inneren Feuers, kein Fett, von dem sich einmal der Geist über seine Tagesnotdurft hinaus ohne Schädigung des Ganzen nähren könnte. Wie soll das schwache Herz, das mich in der letzten Zeit öfters gestochen hat, das Blut über die ganze Länge dieser Beine hin stoßen können. Bis zum Knie wäre genug Arbeit, dann aber wird es nur noch mit Greisenkraft in die kalten Unterschenkel gespült. Nun ist es aber schon wieder oben nötig, man wartet darauf, während es sich unten verzettelt. Durch die Länge des Körpers ist alles auseinandergezogen. Was kann er da leisten, da er doch vielleicht, selbst wenn er zusammengedrängt wäre, zu wenig Kraft hätte für das, was ich erreichen will.

24. November. Ehrenhaftigkeit schlechter Gedanken. Gestern abend fühlte ich mich besonders elend. Mein Magen war wieder verdorben, ich hatte mit Mühe geschrieben, der Vorlesung Löwys im Kaffeehaus (das zuerst still war und von uns geschont werden mußte, das sich dann aber belebte und uns nicht in Ruhe ließ) hatte ich mit Anstrengung zugehört, meine traurige nächste Zukunft erschien mir nicht wert, in sie einzutreten, verlassen ging ich durch die Ferdinandstraße. Da kamen mir an der Mündung des Bergsteins wieder die Gedanken an die spätere Zukunft. Wie wollte ich sie mit diesem aus einer Rumpelkammer gezogenen Körper ertragen? Auch im Talmud heißt es: Ein Mann ohne Weib ist kein Mensch. Gegenüber solchen Gedanken blieb mir an diesem Abend keine andere Hilfe, als daß ich mir sagte: »Jetzt kommt ihr, schlechte Gedanken, jetzt, weil ich schwach bin und verdorbenen Magen habe. Gerade jetzt wollt ihr

euch durchdenken lassen. Nur darauf, was euch wohltut, habt ihr es abgesehn. Schämt euch. Kommt ein andersmal, wenn ich kräftiger bin. Nützt meinen Zustand nicht so aus.« Und tatsächlich, ohne andere Beweise auch nur abzuwarten, wichen sie zurück, zerstreuten sich langsam und störten mich nicht mehr auf meinem weitern, natürlich nicht übermäßig glücklichen Spaziergang. Sie vergaßen aber offenbar, daß sie, wenn sie alle meine schlechten Zustände respektieren wollten, selten an die Reihe kommen werden.

3. Dezember. Das Unglück des Junggesellen ist für die Umwelt, ob scheinbar oder wirklich, so leicht zu erraten, daß er jedenfalls, wenn er aus Freude am Geheimnis Junggeselle geworden ist, seinen Entschluß verfluchen wird. Er geht zwar umher mit zugeknüpftem Rock, die Hände in den hohen Rocktaschen, die Ellbogen spitz, den Hut tief im Gesicht, ein falsches, schon eingeborenes Lächeln soll den Mund schützen, wie der Zwicker die Augen, die Hosen sind schmäler, als es an magern Beinen schön ist. Aber jeder weiß, wie es um ihn steht, kann ihm aufzählen, was er leidet. Kühle weht ihn aus seinem Innern an, in das er mit der noch traurigen andern Hälfte seines Doppelgesichts hineinschaut. Er übersiedelt förmlich unaufhörlich, aber mit erwartender Gesetzmäßigkeit. Je weiter er von den Lebenden wegrückt, für die er doch, und das ist der ärgste Spott, arbeiten muß wie ein bewußter Sklave, der sein Bewußtsein nicht äußern darf, ein desto kleinerer Raum wird für ihn als genügend befunden. Während die andern, und seien sie ihr Leben lang auf dem Krankenbett gelegen, dennoch vom Tode niedergeschlagen werden müssen, denn wenn sie auch

aus eigener Schwäche längst selbst gefallen wären, so halten sie sich doch an ihre liebenden starken gesunden Bluts- und Eheverwandten, er, dieser Junggeselle bescheidet sich aus scheinbar eigenem Willen schon mitten im Leben auf einen immer kleineren Raum, und stirbt er, ist ihm der Sarg gerade recht.

Wie ich letzthin meinen Schwestern die Selbstbiographie Mörikes vorlas, schon gut anfing, aber noch besser fortsetzte und schließlich, die Fingerspitzen aufeinandergelegt, mit meiner ruhig bleibenden Stimme innere Hindernisse bezwang, einen immer mehr sich ausbreitenden Ausblick meiner Stimme verschaffte und schließlich das ganze Zimmer rings um mich nichts anderes aufnehmen durfte als meine Stimme. Bis dann meine aus dem Geschäft zurückkehrenden Eltern läuteten.

Vor dem Einschlafen das Gewicht der Fäuste an den leichten Armen auf meinem Leib gespürt.

16. Dezember. In Übergangszeiten, wie es für mich die letzte Woche und zumindest noch dieser Augenblick ist, erfaßt mich oft ein trauriges, aber ruhiges Erstaunen über meine Gefühllosigkeit. Ich bin von allen Dingen durch einen hohlen Raum getrennt, an dessen Begrenzung ich mich nicht einmal dränge.

Meinem Verlangen, eine Selbstbiographie zu schreiben, würde ich jedenfalls in dem Augenblick, der mich vom Bureau befreite, sofort nachkommen. Eine solche einschneidende Änderung müßte ich beim Beginn des Schreibens als vorläufiges Ziel vor mir haben, um die Masse der Geschehnisse lenken zu können. Eine andere erhebende Änderung aber als diese, die selbst so schrecklich unwahrscheinlich ist, kann ich nicht absehn. Dann aber wäre das Schreiben der Selbstbiographie eine große Freude, da es so leicht vor sich ginge wie die Niederschrift von Träumen und doch ein ganz anderes, großes, mich für immer beeinflussendes Ergebnis hätte, das auch dem Verständnis und Gefühl eines jeden andern zugänglich wäre.

18. Dezember. Ich bin unpünktlich, weil ich die Schmerzen des Wartens nicht fühle. Ich warte wie ein Rind. Fühle ich nämlich einen wenn auch sehr unsichern Zweck meiner augenblicklichen Existenz, bin ich in meiner Schwäche so eitel, daß ich um dieses einmal vorgesetzten Zweckes halber alles gern ertrage. Wenn ich verliebt wäre, was könnte ich da tun. Wie lange wartete ich vor Jahren unter den Lauben auf dem Ring, bis die M. vorüberkam, und wenn sie auch nur mit ihrem Liebhaber vorüberging. Ich habe, teils aus Nachlässigkeit, teils aus Unkenntnis der Schmerzen des Wartens, die Zeit verabredeter Zusammenkünfte versäumt, teils aber auch um neue komplizierte Zwecke des erneuten unsichern Aufsuchens jener Personen, mit denen ich mich verabredet hatte, also auch die Möglichkeit langen unsichern Wartens zu erreichen. Schon daraus, daß ich als Kind eine große nervöse Angst vor dem Warten hatte, könnte man schließen, daß ich zu etwas Besserem bestimmt gewesen bin, daß ich aber meine Zukunft geahnt habe.

19. Dezember. Heute sprach ich beim Frühstück mit der Mutter zufällig über Kinder und Heiraten, nur ein paar Worte, aber ich bemerkte dabei zum erstenmal deutlich, wie unwahr und kindlich die Vorstellung ist, die sich meine Mutter von mir macht. Sie hält mich für einen gesunden jungen Mann, der ein wenig an der Einbildung leidet, krank zu sein. Diese Einbildung wird mit der Zeit von selbst schwinden, eine Heirat allerdings und Kinderzeugung würden sie am gründlichsten beseitigen. Dann würde auch das Interesse an der Literatur auf jenes Maß zurückgehn, das vielleicht den Gebildeten nötig ist. Das Interesse an meinem Beruf oder an der Fabrik oder an dem, was mir gerade in die Hände kommt, wird in selbstverständlicher ungestörter Größe einsetzen. Zu dauernder Verzweiflung an meiner Zukunft ist daher nicht der geringste, mit keiner Ahnung zu berührende Grund; zu zeitweiliger Verzweiflung, die aber auch nicht tief geht, ist dann Veranlassung, wenn ich wieder einmal den Magen verdorben zu haben glaube oder wenn ich, weil ich zu viel schreibe, nicht schlafen kann. Lösungsmöglichkeiten gibt es Tausende. Die wahrscheinlichste ist, daß ich mich plötzlich in ein Mädchen verliebe und von ihr nicht mehr werde ablassen wollen. Dann werde ich sehn, wie gut man es mit mir meint und wie man mich nicht hindern wird. Wenn ich aber Junggeselle werde wie der Onkel in Madrid, wird es auch kein Unglück sein, weil ich in meiner Gescheitheit mich schon einzurichten wissen werde.

23. Dezember. Ein Vorteil des Tagebuchführers besteht darin, daß man sich mit beruhigender Klarheit der Wandlungen bewußt wird, denen man unaufhörlich unterliegt, die

man auch im allgemeinen natürlich glaubt, ahnt und zugesteht, die man aber unbewußt immer dann leugnet, wenn es darauf ankommt, sich aus einem solchen Zugeständnis Hoffnung oder Ruhe zu holen. Im Tagebuch findet man Beweise dafür, daß man selbst in Zuständen, die heute unerträglich scheinen, gelebt, herumgeschaut und Beobachtungen aufgeschrieben hat, daß also diese Rechte sich bewegt hat wie heute, wo wir zwar durch die Möglichkeit des Überblickes über den damaligen Zustand klüger sind, darum aber desto mehr die Unerschrockenheit unseres damaligen, in lauter Unwissenheit sich dennoch erhaltenden Strebens anerkennen müssen.

24. Dezember. Sonntag. Gestern war es lustig bei Baum. Ich war dort mit Weltsch. Max ist in Breslau. Ich fühlte mich frei, konnte jede Bewegung bis zu ihrem Ende ausführen, ich antwortete und hörte zu, wie es sich gehörte, machte am meisten Lärm, und sagte ich einmal eine Dummheit, so wurde sie nicht Hauptsache, sondern war gleich fortgeschwemmt. Ebenso war der Nachhauseweg mit Weltsch im Regen; trotz Pfützen, Wind und Kälte verging er uns so rasch, als wären wir gefahren. Und beiden tat es leid, Abschied zu nehmen.

Als Kind hatte ich Angst und wenn nicht Angst, so Unbehagen, wenn mein Vater, wie er es als Geschäftsmann öfters tat, vom Letzten oder vom Ultimo sprach. Da ich nicht neugierig war, und wenn ich auch einmal fragte, infolge langsamen Denkens die Antwort nicht rasch genug verarbeiten konnte, und weil oft eine einmal aufgetauchte schwache tätige Neugierde schon durch Frage und Antwort befriedigt war, ohne auch noch einen Sinn zu verlangen, so blieb mir der Ausdruck ›der Letzte‹ ein peinliches Geheimnis, dem infolge bessern Aufhorchens der Ausdruck ›Ultimo‹ zur Seite trat, wenn auch nie in so starker Bedeutung. Schlimm war es auch, daß der so lange befürchtete Letzte niemals rein überwunden werden konnte, denn war er einmal ohne besondere Anzeichen, ja ohne besondere Aufmerksamkeit vorübergegangen – denn daß er immer nach beiläufig dreißig Tagen kam, merkte ich erst viel später –, und war der Erste also glücklich angekommen, fing man, allerdings nicht mit besonderem Entsetzen, was aber ohne Überprüfung zu dem andern Unverständlichen gelegt wurde, wieder vom Letzten zu reden an.

25. Dezember. Ich heiße hebräisch Amschel, wie der Großvater meiner Mutter von der Mutterseite, der als ein sehr frommer und gelehrter Mann mit langem weißen Bart meiner Mutter erinnerlich ist, die sechs Jahre alt war, als er starb. Sie erinnert sich, wie sie die Zehen der Leiche festhalten und dabei Verzeihung möglicher dem Großvater gegenüber begangener Verfehlungen erbitten mußte. Sie erinnert sich auch an die vielen, die Wände füllenden Bücher des Großvaters. Er badete jeden Tag im Fluß, auch im Winter, dann hackte er sich zum Baden ein Loch ins Eis. Die Mutter meiner Mutter starb frühzeitig an Typhus. Von diesem Tode angefangen wurde die Großmutter trübsinnig, weigerte sich zu essen, sprach mit niemandem, einmal, ein Jahr nach dem Tode ihrer Tochter, ging sie spazieren und kehrte nicht mehr zurück, ihre Leiche zog man aus der Elbe. Ein noch gelehr-

terer Mann als der Großvater war der Urgroßvater meiner Mutter, bei Christen und Juden stand er in gleichem Ansehen, bei einer Feuersbrunst geschah infolge seiner Frömmigkeit das Wunder, daß das Feuer sein Haus übersprang und verschonte, während die Häuser in der Runde verbrannten. Er hatte vier Söhne, einer trat zum Christentum über und wurde Arzt. Alle außer dem Großvater der Mutter starben bald. Dieser hatte einen Sohn, die Mutter kannte ihn als verrückten Onkel Nathan, und eine Tochter, eben die Mutter meiner Mutter.

26. Dezember. Unangenehm ist es zuzuhören, wenn der Vater, mit unaufhörlichen Seitenhieben auf die glückliche Lage der Zeitgenossen und vor allem seiner Kinder, von den Leiden erzählt, die er in seiner Jugend auszustehen hatte. Niemand leugnet es, daß er jahrelang infolge ungenügender Winterkleidung offene Wunden an den Beinen hatte, daß er häufig gehungert hat, daß er schon mit zehn Jahren ein Wägelchen auch im Winter und sehr früh am Morgen durch die Dörfer schieben mußte – nur erlauben, was er nicht verstehen will, diese richtigen Tatsachen im Vergleich mit der weiteren richtigen Tatsache, daß ich das alles nicht erlitten habe, nicht den geringsten Schluß darauf, daß ich glücklicher gewesen bin als er, daß er sich – wegen dieser Wunden an den Beinen überheben darf, daß er von allem Anfang an annimmt und behauptet, daß ich seine damaligen Leiden nicht würdigen kann und daß ich ihm schließlich gerade deshalb, weil ich nicht die gleichen Leiden hatte, grenzenlos dankbar sein muß. Wie gern würde ich zuhören, wenn er ununterbrochen von seiner Jugend und seinen Eltern erzählen

würde, aber alles dies im Tone der Prahlerei und des Zankens anzuhören, ist quälend. Immer wieder schlägt er die Hände zusammen: »Wer weiß das heute! Was wissen die Kinder! Das hat niemand gelitten! Versteht das heute ein Kind!« Heute wurde mit der Tante Julie, die uns besuchte, wieder ähnlich gesprochen. Sie hat auch das riesige Gesicht aller Verwandten von Vaters Seite. Die Augen sind um eine kleine störende Nuance falsch gebettet oder gefärbt. Sie wurde mit zehn Jahren als Köchin vermietet. Da mußte sie bei großer Kälte in einem nassen Röckchen um etwas laufen, die Haut an den Beinen sprang ihr, das Röckchen gefror und trocknete erst abends im Bett.

27. Dezember. Ein unglücklicher Mensch, der kein Kind haben soll, ist in sein Unglück schrecklich eingeschlossen. Nirgends eine Hoffnung auf Erneuerung, auf eine Hilfe durch glücklichere Sterne. Er muß mit dem Unglück behaftet seinen Weg machen, wenn sein Kreis beendet ist, sich zufriedengeben und nicht weiterhin anknüpfen, um zu versuchen, ob dieses Unglück, das er erlitten hat, auf einem längern Wege, unter andern Körper- und Zeitumständen sich verlieren oder gar ein Gutes hervorbringen könnte.

Dieses Gefühl des Falschen, das ich beim Schreiben habe, ließe sich unter dem Bilde darstellen, daß einer vor zwei Bodenlöchern auf eine Erscheinung wartet, die nur aus dem zur rechten Seite herauskommen darf. Während aber gerade dieses unter einem matt sichtbaren Verschluß bleibt, steigt aus dem linken eine Erscheinung nach der andern, sucht den Blick auf sich zu ziehn und erreicht dies schließlich mühelos durch ihren wachsenden Umfang, der endlich sogar die richtige Öffnung, sosehr man abwehrt, verdeckt. Nun ist man aber, wenn man diesen Platz nicht verlassen will – und das will man um keinen Preis –, auf die Erscheinungen angewiesen, die einem aber infolge ihrer Flüchtigkeit – ihre Kraft verbraucht sich im bloßen Erscheinen – nicht genügen können, die man aber, wenn sie aus Schwäche stocken, aufwärts und in alle Richtungen vertreibt, um nur andere heraufzubringen, da der dauernde Anblick einer unerträglich ist und da auch die Hoffnung bleibt, daß nach Erschöpfung der falschen Erscheinungen endlich die wahren emporkommen werden. Wie wenig kräftig ist das obere Bild. Zwischen tatsächliches Gefühl und vergleichende Beschreibung ist wie ein Brett eine zusammenhanglose Voraussetzung eingelegt.

1912

3. Januar. In mir kann ganz gut eine Konzentration auf das Schreiben hin erkannt werden. Als es in meinem Organismus klargeworden war, daß das Schreiben die ergiebigste Richtung meines Wesens sei, drängte sich alles hin und ließ alle Fähigkeiten leer stehn, die sich auf die Freuden des Geschlechtes, des Essens, des Trinkens, des philosophischen Nachdenkens, der Musik zuallererst, richteten. Ich magerte nach allen diesen Richtungen ab. Das war notwendig, weil meine Kräfte in ihrer Gesamtheit so gering waren, daß sie nur gesammelt dem Zweck des Schreibens halbwegs dienen konnten. Ich habe diesen Zweck natürlich nicht selbständig

und bewußt gefunden, er fand sich selbst und wird jetzt nur noch durch das Bureau, aber hier von Grund aus, gehindert. Jedenfalls darf ich aber dem nicht nachweinen, daß ich keine Geliebte ertragen kann, daß ich von Liebe fast genauso viel wie von Musik verstehe und mit den oberflächlichsten angeflogenen Wirkungen mich begnügen muß, daß ich zum Silvester Schwarzwurzeln mit Spinat genachtmahlt und ein Viertel Ceres dazu getrunken habe und daß ich Sonntag bei Maxens Vorlesung seiner philosophischen Arbeit nicht teilnehmen konnte; der Ausgleich alles dessen liegt klar zutage. Ich habe also nur die Bureauarbeit aus dieser Gemeinschaft hinauszuwerfen, um, da meine Entwicklung nun vollzogen ist und ich, soweit ich sehen kann, nichts mehr aufzuopfern habe, mein wirkliches Leben anzufangen, in welchem mein Gesicht endlich mit dem Fortschreiten meiner Arbeiten in natürlicher Weise wird altern können.

5. Januar. Wenn man sich am Abend endgültig entschlossen zu haben scheint, zu Hause zu bleiben, den Hausrock angezogen hat, nach dem Nachtmahl beim beleuchteten Tische sitzt und jene Arbeit oder jenes Spiel vorgenommen hat, nach dessen Beendigung man gewohnheitsmäßig schlafen geht, wenn draußen ein unfreundliches Wetter ist, das das Zuhausebleiben selbstverständlich macht, wenn man jetzt auch schon so lange bei Tisch stillgehalten hat, daß das Weggehn nicht nur väterlichen Ärger, sondern allgemeines Staunen hervorrufen müßte, wenn nun auch schon das Treppenhaus dunkel und das Haustor gesperrt ist und wenn man nun trotz alledem in einem plötzlichen Unbehagen aufsteht, den Rock wechselt, sofort straßenmäßig angezogen er-

scheint, weggehn zu müssen erklärt, es nach kurzem Abschied auch tut, je nach der Schnelligkeit, mit der man die Wohnungstür zuschlägt und damit die allgemeine Besprechung des Fortgehens abschneidet, mehr oder weniger Ärger zu hinterlassen glaubt, wenn man sich auf der Gasse wiederfindet, mit Gliedern, die diese schon unerwartete Freiheit, die man ihnen verschafft hat, mit besonderer Beweglichkeit belohnen, wenn man durch diesen einen Entschluß alle Entschlußfähigkeit in sich aufgeregt fühlt, wenn man mit größerer als der gewöhnlichen Bedeutung erkennt, daß man mehr Kraft als Bedürfnis hat, die schnellste Veränderung leicht zu bewirken und zu ertragen, daß man mit sich allein gelassen in Verstand und Ruhe und in deren Genusse wächst, dann ist man für diesen Abend so gänzlich aus seiner Familie ausgetreten, wie man es durchdringender durch die entferntesten Reisen nicht erreichen könnte, und man hat ein Erlebnis gehabt, das man wegen seiner für Europa äußersten Einsamkeit nur russisch nennen kann. Verstärkt wird es noch, wenn man zu dieser späten Abendzeit einen Freund aufsucht, um nachzusehn, wie es ihm geht.

25. Februar. Das Tagebuch von heute an festhalten! Regelmäßig schreiben! Sich nicht aufgeben! Wenn auch keine Erlösung kommt, so will ich doch jeden Augenblick ihrer würdig sein. Diesen Abend verbrachte ich in vollständiger Gleichgültigkeit am Familientisch, die rechte Hand an der Sessellehne der neben mir Karten spielenden Schwester, die linke schwach im Schoß. Von Zeit zu Zeit suchte ich meines Unglücks mir bewußt zu werden, es gelang mir kaum.

2. März. Wer bestätigt mir die Wahrheit oder Wahrscheinlichkeit dessen, daß ich nur infolge meiner literarischen Bestimmung sonst interesselos und infolgedessen herzlos bin.

8. März. Vorgestern Vorwürfe wegen der Fabrik bekommen. Eine Stunde dann auf dem Kanapee über Aus-dem-Fenster-Springen nachgedacht.

Einige alte Papiere durchgelesen. Es gehört alle Kraft dazu, das auszuhalten. Das Unglück, das man ertragen muß, wenn man in einer Arbeit, die immer nur im ganzen Zug gelingen kann, sich unterbricht, und das ist mir bisher immer geschehn, dieses Unglück muß man beim Durchlesen, wenn auch nicht in der alten Stärke, so gedrängter durchmachen.

6. Juni. Donnerstag. Fronleichnam. Wie von zwei Pferden im Lauf das eine den Kopf für sich und aus dem Lauf heraus senkt und gegen sich mit der ganzen Mähne schüttelt, dann ihn aufrichtet und jetzt erst, scheinbar gesünder, den Lauf wiederaufnimmt, den es eigentlich nicht unterbrochen hat.

Jetzt lese ich in Flauberts Briefen: »Mein Roman ist der Felsen, an dem ich hänge, und ich weiß nichts von dem, was in der Welt vorgeht.« – Ähnlich wie ich es für mich am 9. Mai eingetragen habe.

Gewichtlos, knochenlos, körperlos zwei Stunden lang durch die Gassen gegangen und überlegt, was ich nachmittags beim Schreiben überstanden habe.

7. Juni. Arg. Heute nichts geschrieben. Morgen keine Zeit.

Montag, 6. Juli. Ein wenig angefangen. Bin ein wenig verschlafen. Auch verlassen unter diesen ganz fremden Menschen.

9. Juli. So lange nichts geschrieben. Morgen anfangen. Ich komme sonst wieder in eine sich ausdehnende unaufhaltsame Unzufriedenheit; ich bin schon eigentlich drin. Die Nervositäten fangen an. Aber wenn ich etwas kann, dann kann ich es ohne abergläubische Vorsichtsmaßregeln.

Die Erfindung des Teufels. Wenn wir vom Teufel besessen sind, dann kann es nicht einer sein, denn sonst lebten wir, wenigstens auf der Erde, ruhig, wie mit Gott, einheitlich, ohne Widerspruch, ohne Überlegung, unseres Hintermannes immer gewiß. Sein Gesicht würde uns nicht erschrecken, denn als Teuflische wären wir bei einiger Empfindlichkeit für diesen Anblick klug genug, lieber eine Hand zu opfern, mit der wir sein Gesicht bedeckt hielten. Wenn uns nur ein einziger Teufel hätte, mit ruhigem ungestörtem Überblick über unser ganzes Wesen und mit augenblicklicher Verfügungsfreiheit, dann hätte er auch genügend Kraft, uns ein menschliches Leben lang so hoch über dem Geist Gottes in uns zu halten und noch zu schwingen, daß wir auch keinen Schimmer von ihm zu sehen bekämen, also auch von dort nicht beunruhigt würden. Nur die Menge der Teufel kann unser irdisches Unglück ausmachen. Warum rotten sie einander nicht aus bis auf einen, oder warum unterordnen sie sich nicht einem großen Teufel? Beides wäre im Sinne des teuflischen Prinzips, uns möglichst vollkommen zu betrügen. Was nützt denn, solange die Einheitlichkeit fehlt, die peinliche Sorgfalt, die sämtliche Teufel für uns haben? Es ist nur selbstverständlich, daß den Teufeln an dem Ausfallen eines Menschenhaares mehr gelegen sein muß als Gott, denn dem Teufel geht das Haar wirklich verloren, Gott nicht. Nur kommen wir dadurch, solange die vielen Teufel in uns sind, noch immer zu keinem Wohlbefinden.

11. August. Nichts, nichts. Um wieviel Zeit mich die Herausgabe des kleinen Buches bringt und wieviel schädliches, lächerliches Selbstbewußtsein beim Lesen alter Dinge im Hinblick auf das Veröffentlichen entsteht. Nur das hält mich vom Schreiben ab. Und doch habe ich in Wirklichkeit nichts erreicht, die Störung ist der beste Beweis dafür. Jedenfalls werde ich mich jetzt nach Herausgabe des Buches noch viel mehr von Zeitschriften und Kritiken zurückhalten müssen, wenn ich mich nicht damit zufriedengeben will, nur mit den Fingerspitzen im Wahren zu stecken. Wie schwer beweglich ich auch geworden bin! Früher, wenn ich nur ein der augenblicklichen Richtung entgegengesetztes Wort sagte, flog ich auch schon nach der andern Seite, jetzt schaue ich mich bloß an und bleibe wie ich bin.

14. August. Brief an Rowohlt.

Sehr geehrter Herr Rowohlt!
Hier lege ich die kleine Prosa vor, die Sie zu sehen wünschten; sie ergibt wohl schon ein kleines Buch. Während ich sie für diesen Zweck zusammenstellte, hatte ich manchmal die

Wahl zwischen der Beruhigung meines Verantwortungsgefühls und der Gier, unter Ihren schönen Büchern auch ein Buch zu haben. Gewiß habe ich mich nicht immer ganz rein entschieden. Jetzt aber wäre ich natürlich glücklich, wenn Ihnen die Sachen auch nur so weit gefielen, daß Sie sie druckten. Schließlich ist auch bei größter Übung und größtem Verständnis das Schlechte in den Sachen nicht auf den ersten Blick zu sehn. Die verbreitetste Individualität der Schriftsteller besteht ja darin, daß jeder auf ganz besondere Weise sein Schlechtes versteckt.

Ihr ergebener

15. August. Nutzloser Tag. Verschlafen, verlegen. Marienfeier auf dem Altstädter Ring. Der Mann mit einer Stimme wie aus einem Erdloch. Viel an – was für eine Verlegenheit vor dem Aufschreiben von Namen – F. B. gedacht. Gestern ›Polnische Wirtschaft.‹ – Jetzt hat O. Gedichte von Goethe aufgesagt. Sie wählt mit einem wahren Gefühl aus. *Trost in Tränen. An Lotte. An Werther. An den Mond.*

Alte Tagebücher wieder gelesen, statt diese Dinge von mir abzuhalten. Ich lebe so unvernünftig wie nur möglich. An allem aber ist die Herausgabe der einunddreißig Seiten schuld. Noch mehr schuld allerdings meine Schwäche, die es erlaubt, daß Derartiges auf mich Einfluß hat. Statt mich zu schütteln, sitze ich da und denke nach, wie ich das alles möglichst beleidigend ausdrücken könnte. Aber meine schreckliche Ruhe stört mir die Erfindungskraft. Ich bin neugierig darauf, wie ich mich aus diesem Zustand herausfinden werde. Stoßen lasse ich mich nicht, des rechten Wegs bin ich mir auch nicht bewußt, wie wird es also werden? Bin ich als große Masse in meinen schmalen Wegen endgültig festgerannt? – Dann könnte ich doch wenigstens den Kopf drehn. – Das tue ich doch.

16. August. Nichts, weder im Bureau noch zu Hause. Ein paar Seiten im Weimarer Tagebuch geschrieben.

Abends das Wimmern meiner armen Mutter wegen meines Nichtessens.

20. August. Die kleinen Jungen, beide in blauen Blusen, einer in heller, der andere kleinere in dunklerer, tragen über den Universitätsplatz vor meinem Fenster, der zum Teil wild mit Gras bewachsen ist, mit vollen Armen jeder ein Bündel trockenen Heus. Sie schleppen sich damit einen Abhang hinauf. Annehmlichkeit des Ganzen für die Augen.

Heute früh der leere Leiterwagen und das magere große Pferd davor. Beide, wie sie die letzte Anstrengung machten, einen Abhang hinaufzukommen, ungewöhnlich in die Länge gezogen. Für den Beschauer schief aufgestellt. Das Pferd, ein wenig die Vorderbeine gehoben, den Hals seitwärts und aufwärts gestreckt. Darüber die Peitsche des Kutschers.

Wenn Rowohlt es zurückschickte und ich alles wieder einsperren und ungeschehen machen könnte, so daß ich bloß so unglücklich wäre wie früher.

Fräulein F. B. Als ich am 13. August zu Brod kam, saß sie bei Tische und kam mir doch wie ein Dienstmädchen vor. Ich war auch gar nicht neugierig darauf, wer sie war, sondern fand mich sofort mit ihr ab. Knochiges leeres Gesicht, das seine Leere offen trug. Freier Hals. Überworfene Bluse. Sah ganz häuslich angezogen aus, trotzdem sie es, wie sich später zeigte, gar nicht war. (Ich entfremde ihr ein wenig dadurch, daß ich ihr so nahe an den Leib gehe. Allerdings in was für einem Zustand bin ich jetzt, allem Guten in der Gesamtheit entfremdet, und glaube es überdies noch nicht. Wenn mich heute bei Max die literarischen Nachrichten nicht zu sehr zerstreuen, werde ich noch die Geschichte von dem Blenkelt zu schreiben versuchen. Sie muß nicht lang sein, aber treffen muß sie mich.) Fast zerbrochene Nase, blondes, etwas steifes, reizloses Haar, starkes Kinn. Während ich mich setzte, sah ich sie zum erstenmal genauer an, als ich saß, hatte ich schon ein unerschütterliches Urteil. Wie sich...

30. August. Ich werde schwer aufzuschütteln sein und bin doch unruhig. Als ich heute nachmittag im Bett lag und jemand einen Schlüssel im Schloß rasch umdrehte, hatte ich einen Augenblick lang Schlösser auf dem ganzen Körper wie auf einem Kostümball, und in kurzen Zwischenräumen wurde einmal hier, einmal dort ein Schloß geöffnet oder zugesperrt.

23. September. Diese Geschichte *Das Urteil* habe ich in der Nacht vom 22. bis 23. von zehn Uhr abends bis sechs Uhr früh in einem Zug geschrieben. Die vom Sitzen steif gewordenen Beine konnte ich kaum unter dem Schreibtisch hervorziehn. Die fürchterliche Anstrengung und Freude, wie

sich die Geschichte vor mir entwickelte, wie ich in einem Gewässer vorwärts kam. Mehrmals in dieser Nacht trug ich mein Gewicht auf dem Rücken. Wie alles gesagt werden kann, wie für alle, für die fremdesten Einfälle ein großes Feuer bereitet ist, in dem sie vergehn und auferstehn. Wie es vor dem Fenster blau wurde. Ein Wagen fuhr. Zwei Männer über die Brücke gingen. Um zwei Uhr schaute ich zum letzten Male auf die Uhr. Wie das Dienstmädchen zum ersten Male durchs Vorzimmer ging, schrieb ich den letzten Satz nieder. Auslöschen der Lampe und Tageshelle. Die leichten Herzschmerzen. Die in der Mitte der Nacht vergehende Müdigkeit. Das zitternde Eintreten ins Zimmer der Schwestern. Vorlesung. Vorher das Sichstrecken vor dem Dienstmädchen und Sagen: »Ich habe bis jetzt geschrieben.« Das Aussehn des unberührten Bettes, als sei es jetzt hereingetragen worden. Die bestätigte Überzeugung, daß ich mich mit meinem Romanschreiben in schändlichen Niederungen des Schreibens befinde. *Nur so* kann geschrieben werden, nur in einem solchen Zusammenhang, mit solcher vollständigen Öffnung des Leibes und der Seele. Vormittag im Bett. Die immer klaren Augen. Viele während des Schreibens mitgeführte Gefühle, zum Beispiel die Freude, daß ich etwas Schönes für Maxens *Arkadia* haben werde, Gedanken an Freud natürlich, an einer Stelle an *Arnold Beer*, an einer andern an Wassermann, an einer an Werfels *Riesin*, natürlich auch an meine *Die städtische Welt*.

11. Februar. Anläßlich der Korrektur des *Urteils* schreibe ich alle Beziehungen auf, die mir in der Geschichte klargeworden sind, soweit ich sie gegenwärtig habe. Es ist dies notwendig, denn die Geschichte ist wie eine regelrechte Geburt mit Schmutz und Schleim bedeckt aus mir herausgekommen, und nur ich habe die Hand, die bis zum Körper dringen kann und Lust dazu hat: Der Freund ist die Verbindung zwischen Vater und Sohn, er ist ihre größte Gemeinsamkeit. Allein bei seinem Fenster sitzend, wühlt Georg in diesem Gemeinsamen mit Wollust, glaubt den Vater in sich zu haben und hält alles, bis auf eine flüchtige traurige Nachdenklichkeit für friedlich. Die Entwicklung der Geschichte zeigt nun, wie aus dem Gemeinsamen, dem Freund, der Vater hervorsteigt und sich als Gegensatz Georg gegenüber aufstellt, verstärkt durch andere kleinere Gemeinsamkeiten, nämlich durch die Liebe, Anhänglichkeit der Mutter, durch die treue Erinnerung an sie und durch die Kundschaft, die ja der Vater doch ursprünglich für das Geschäft erworben hat. Georg hat nichts; die Braut, die in der Geschichte nur durch die Beziehung zum Freund, also zum Gemeinsamen lebt, und die, da eben noch nicht Hochzeit war, in den Blutkreis, der sich um Vater und Sohn zieht, nicht eintreten kann, wird vom Vater leicht vertrieben. Das Gemeinsame ist alles um den Vater aufgetürmt, Georg fühlt es nur als Fremdes, Selbständig-Gewordenes, von ihm niemals genug Beschütztes, russischen Revolutionen Ausgesetztes, und nur weil er selbst nichts mehr hat als den Blick auf den Vater, wirkt das Urteil, das ihm den Vater gänzlich verschließt, so stark auf

ihn. Georg hat so viel Buchstaben wie Franz. In Bendemann ist ›mann‹ nur eine für alle noch unbekannten Möglichkeiten der Geschichte vorgenommene Verstärkung von ›Bende‹. Bende aber hat ebenso viele Buchstaben wie Kafka und der Vokal *e* wiederholt sich an den gleichen Stellen wie der Vokal *a* in Kafka.

Frieda hat ebensoviel Buchstaben wie F. und den gleichen Anfangsbuchstaben, Brandenfeld hat den gleichen Anfangsbuchstaben wie B. und durch das Wort ›Feld‹ auch in der Bedeutung eine gewisse Beziehung. Vielleicht ist sogar der Gedanke an Berlin nicht ohne Einfluß gewesen und die Erinnerung an die Mark Brandenburg hat vielleicht eingewirkt.

12. Februar. Ich habe bei der Beschreibung des Freundes in der Fremde viel an Steuer gedacht. Als ich nun zufällig, etwa ein Vierteljahr nach dieser Geschichte, mit ihm zusammenkam, erzählte er mir, daß er sich vor etwa einem Vierteljahr verlobt habe. Nachdem ich die Geschichte gestern bei Weltsch vorgelesen hatte, ging der alte Weltsch hinaus und lobte, als er nach einem Weilchen zurückkam, besonders die bildliche Darstellung in der Geschichte. Mit ausgestreckter Hand sagte er: »Ich sehe diesen Vater vor mir«, und dabei sah er ausschließlich auf den leeren Sessel, in dem er während der Vorlesung gesessen war.

Die Schwester sagte: »Es ist unsere Wohnung.« Ich staunte darüber, wie sie die Örtlichkeit mißverstand und sagte: »Da müßte ja der Vater auf dem Klosett wohnen.«

2. Mai. Mein dummes Lachen, als ich heute der Mutter sagte, daß ich Pfingsten nach Berlin fahre. »Warum lachst

du?« sagte die Mutter (unter einigen andern Bemerkungen, darunter »Drum prüfe, wer sich ewig bindet«, die ich aber alle abwehrte, mit Bemerkungen wie »Es ist nichts« usw). »Aus Verlegenheit«, sagte ich und war froh, einmal etwas Wahres in dieser Sache gesagt zu haben.

4. Mai. Immerfort die Vorstellung eines breiten Selchermessers, das eiligst und mit mechanischer Regelmäßigkeit von der Seite her in mich hineinfährt und ganz dünne Querschnitte losschneidet, die bei der schnellen Arbeit fast eingerollt davonfliegen.

An einem frühen Morgen, die Gassen waren noch leer weit und breit, öffnete ein Mann, er war bloßfüßig und nur mit Nachthemd und Hose bekleidet, das Tor eines großen Mietshauses in der Hauptstraße. Er hielt beide Türflügel fest und atmete tief. »Du Jammer, du verfluchter Jammer«, sagte er und sah scheinbar ruhig zuerst die Straße entlang, dann über einzelne Häuser hin.

Verzweiflung also auch von hier aus. Nirgends Aufnahme.

24. Mai. Spaziergang mit Pick.

Übermut, weil ich den *Heizer* für so gut hielt. Abends las ich ihn den Eltern vor, einen besseren Kritiker als mich während des Vorlesens vor dem höchst widerwillig zuhörenden Vater gibt es nicht. Viele flache Stellen vor offenbar unzugänglichen Tiefen.

21. Juni. Die ungeheure Welt, die ich im Kopfe habe. Aber wie mich befreien und sie befreien, ohne zu zerreißen. Und tausendmal lieber zerreißen, als in mir sie zurückhalten oder begraben. Dazu bin ich ja hier, das ist mir ganz klar.

21. Juli. Nicht verzweifeln, auch darüber nicht, daß du nicht verzweifelst. Wenn schon alles zu Ende scheint, kommen doch noch neue Kräfte angerückt, das bedeutet eben, daß du lebst. Kommen sie nicht, dann ist hier alles zu Ende, aber endgültig.

Ich kann nicht schlafen. Nur Träume, kein Schlaf. Heute habe ich im Traum ein neues Verkehrsmittel für einen abschüssigen Park erfunden. Man nimmt einen Ast, der nicht sehr stark sein muß, stemmt ihn schief gegen den Boden, das eine Ende behält man in der Hand, setzt sich möglichst leicht darauf, wie im Damensattel, der ganze Zweig rast dann natürlich den Abhang hinab, da man auf dem Ast sitzt, wird man mitgenommen und schaukelt behaglich in voller Fahrt auf dem elastischen Holz. Es findet sich dann auch eine Möglichkeit, den Zweig zum Aufwärtsfahren zu verwenden. Der Hauptvorteil liegt, abgesehen von der Einfachheit der ganzen Vorrichtung, darin, daß der Zweig, dünn und beweglich wie er ist, er kann ja gesenkt und gehoben werden, nach Bedarf, überall durchkommt, wo selbst ein Mensch allein schwer durchkäme.

Durch das Parterrefenster eines Hauses an einem um den Hals gelegten Strick hineingezogen und ohne Rücksicht, wie von einem, der nicht achtgibt, blutend und zerfetzt durch alle Zimmerdecken, Möbel, Mauern und Dachböden hinaufgerissen werden, bis oben auf dem Dach die leere Schlinge erscheint, die auch meine Reste erst beim Durchbrechen der Dachziegel verloren hat.

Besondere Methode des Denkens. Gefühlsmäßig durchdrungen. Alles fühlt sich als Gedank, selbst im Unbestimmtesten. (Dostojewski.)

Dieser Flaschenzug im Innern. Ein Häkchen rückt vorwärts, irgendwo im Verborgenen, man weiß es kaum im ersten Augenblick, und schon ist der ganze Apparat in Bewegung. Einer unfaßbaren Macht unterworfen, so wie die Uhr der Zeit unterworfen scheint, knackt es hier und dort und alle Ketten rasseln eine nach der andern ihr vorgeschriebenes Stück herab.

Zusammenstellung alles dessen, was für und gegen meine Heirat spricht:

1. Unfähigkeit, allein das Leben zu ertragen, nicht etwa Unfähigkeit, zu leben, ganz im Gegenteil, es ist sogar unwahrscheinlich, daß ich es verstehe, mit jemandem zu leben, aber unfähig bin ich, den Ansturm meines eigenen Lebens, die Anforderungen meiner eigenen Person, den Angriff der Zeit und des Alters, den vagen Andrang der Schreiblust, die Schlaflosigkeit, die Nähe des Irreseins – alles dies allein zu ertragen, bin ich unfähig. Vielleicht, füge ich natürlich hinzu. Die Verbindung mit F. wird meiner Existenz mehr Widerstandskraft geben.

2. Alles gibt mir gleich zu denken. Jeder Witz im Witz-

blatt, die Erinnerung an Flaubert und Grillparzer, der Anblick der Nachthemden auf den für die Nacht vorbereiteten Betten meiner Eltern, Maxens Ehe. Gestern sagte meine Schwester: »Alle Verheirateten (unserer Bekanntschaft) sind glücklich, ich begreife es nicht«, auch dieser Ausspruch gab mir zu denken, ich bekam wieder Angst.

3. Ich muß viel allein sein. Was ich geleistet habe, ist nur ein Erfolg des Alleinseins.

4. Alles, was sich nicht auf Literatur bezieht, hasse ich, es langweilt mich, Gespräche zu führen (selbst wenn sie sich auf Literatur beziehen), es langweilt mich, Besuche zu machen, Leiden und Freuden meiner Verwandten langweilen mich in die Seele hinein. Gespräche nehmen allem, was ich denke, die Wichtigkeit, den Ernst, die Wahrheit.

5. Die Angst vor der Verbindung, dem Hinüberfließen. Dann bin ich nie mehr allein.

6. Ich bin vor meinen Schwestern, besonders früher war es so, oft ein ganz anderer Mensch gewesen als vor andern Leuten. Furchtlos, bloßgestellt, mächtig, überraschend, ergriffen wie sonst nur beim Schreiben. Wenn ich es durch Vermittlung meiner Frau vor allen sein könnte! Wäre es dann aber nicht dem Schreiben entzogen? Nur das nicht, nur das nicht!

7. Allein könnte ich vielleicht einmal meinen Posten wirklich aufgeben. Verheiratet wird es nie möglich sein.

13. August. Vielleicht ist nun alles zu Ende und mein gestriger Brief der letzte. Es wäre unbedingt das Richtige. Was ich leiden werde, was sie leiden wird – es ist nicht zu vergleichen mit dem gemeinsamen Leid, das entstehen würde. Ich werde

mich langsam sammeln, sie wird heiraten, es ist der einzige Ausweg unter Lebendigen. Wir zwei können nicht für uns zwei einen Weg in einen Felsen schlagen, es ist genug, daß wir ein Jahr lang daran geweint und uns abgequält haben. Sie wird es aus meinen letzten Briefen einsehn. Wenn nicht, dann werde ich sie gewiß heiraten, denn ich bin zu schwach, ihrer Meinung über unser gemeinsames Glück zu widerstehn und außerstande, etwas, was sie für möglich hält, nicht zu verwirklichen, soweit es an mir liegt.

Gestern abend auf dem Belvedere unter den Sternen.

14. August. Es ist das Gegenteil eingetroffen. Es kamen drei Briefe. Dem letzten konnte ich nicht widerstehn. Ich habe sie lieb, so weit ich dessen fähig bin, aber die Liebe liegt zum Ersticken begraben unter Angst und Selbstvorwürfen.

Folgerungen aus dem *Urteil* für meinen Fall. Ich verdanke die Geschichte auf Umwegen ihr. Georg geht aber an der Braut zugrunde.

Der Coitus als Bestrafung des Glückes des Beisammenseins. Möglichst asketisch leben, asketischer als ein Junggeselle, das ist die einzige Möglichkeit für mich, die Ehe zu ertragen. Aber sie?

Und trotz allem, wären wir, ich und F., vollständig gleichberechtigt, hätten wir gleiche Aussichten und Möglichkeiten, ich würde nicht heiraten. Aber diese Sackgasse, in die ich ihr Schicksal langsam geschoben habe, macht es mir zur unausweichlichen, wenn auch durchaus nicht etwa unübersehbaren Pflicht. Irgendein geheimes Gesetz der menschlichen Beziehungen wirkt hier.

Der Brief an die Eltern machte mir große Schwierigkeiten, besonders deshalb, weil ein unter besonders ungünstigen Umständen abgefaßtes Konzept sich lange nicht abändern lassen wollte. Heute ist es mir doch beiläufig gelungen, wenigstens steht keine Unwahrheit darin, und es bleibt doch auch für Eltern lesbar und begreiflich.

15. August. Qualen im Bett gegen Morgen. Einzige Lösung im Sprung aus dem Fenster gesehn. Die Mutter kam zum Bett und fragte, ob ich den Brief abgeschickt habe und ob es mein alter Text gewesen sei. Ich sagte, es wäre der alte Text, nur noch verschärfter. Sie sagte, sie verstehe mich nicht. Ich antwortete, sie verstehe mich allerdings nicht und nicht etwa nur in dieser Sache. Später fragte sie mich, ob ich dem Onkel Alfred schreiben werde, er verdiene es, daß ich ihm schreibe. Ich fragte, wodurch er es verdiene. Er hat telegraphiert, er hat geschrieben, er meint es so gut mit dir. »Das sind nur Äußerlichkeiten«, sagte ich, »er ist mir ganz fremd, er mißversteht mich vollständig, er weiß nicht, was ich will und brauche, ich habe nichts mit ihm zu tun.« – »Also keiner versteht dich«, sagte die Mutter, »ich bin dir wahrscheinlich auch fremd und der Vater auch. Wir alle wollen also nur dein Schlechtes.« – »Gewiß, ihr seid mir alle fremd, nur die Blutnähe besteht, aber sie äußert sich nicht. Mein Schlechtes wollt ihr gewiß nicht.«

Durch dieses und durch einige andere Selbstbeobachtungen bin ich dazu geführt worden, daß in meiner immer größer werdenden innern Bestimmtheit und Überzeugtheit Möglichkeiten liegen, in einer Ehe trotz allem bestehen zu können, ja sie sogar zu einer für meine Bestimmung vorteilhaften Entwicklung zu führen. Es ist das allerdings ein Glaube, den ich gewissermaßen schon auf der Fensterkante fasse.

Ich werde mich bis zur Besinnungslosigkeit von allen absperren. Mit allen mich verfeinden, mit niemandem reden.

21. August. Ich habe heute Kierkegaard *Buch des Richters* bekommen. Wie ich es ahnte, ist sein Fall trotz wesentlicher Unterschiede dem meinen sehr ähnlich, zumindest liegt er auf der gleichen Seite der Welt. Er bestätigt mich wie ein Freund. Ich entwerfe folgenden Brief an den Vater, den ich morgen, wenn ich die Kraft habe, wegschicken will.

»Sie zögern mit der Beantwortung meiner Bitte, das ist ganz verständlich, jeder Vater würde es jedem Bewerber gegenüber tun, das veranlaßt diesen Brief also ganz und gar nicht, äußersten Falls vergrößert es meine Hoffnung auf ruhige Würdigung dieses Briefes. Diesen Brief aber schreibe ich aus Furcht, daß Ihr Zögern oder Ihre Überlegung mehr allgemeine Gründe hat, als daß es, wie es allein notwendig wäre, von jener einzigen Stelle meines ersten Briefes ausgeht, die mich verraten konnte. Es ist dies die Stelle, die von der Unerträglichkeit meines Postens handelt. Sie werden vielleicht über dieses Wort hinweggehn, aber das sollen Sie nicht, Sie sollen vielmehr ganz genau danach fragen, dann müßte ich Ihnen genau und kurz folgendes antworten. Mein Posten ist mir unerträglich, weil er meinem einzigen Verlangen und meinem einzigen Beruf, das ist der Literatur, widerspricht. Da ich nichts anderes bin als Literatur und nichts anderes sein kann und will, so kann mich mein Posten niemals zu sich reißen, wohl aber kann er mich gänzlich zerrütten. Davon bin ich nicht weit entfernt. Nervöse Zustände schlimmster Art beherrschen mich, ohne auszusetzen, und dieses Jahr der Sorgen und Quälereien um meine und Ihrer Tochter Zukunft hat meine Widerstandslosigkeit vollständig erwiesen. Sie könnten fragen, warum ich diesen Posten nicht aufgebe und mich – Vermögen besitze ich nicht – nicht von literarischen Arbeiten zu erhalten suche. Darauf kann ich nur die erbärmliche Antwort geben, daß ich nicht die Kraft dazu habe und, soweit ich meine Lage überblicke, eher in diesem Posten zugrunde gehen, aber allerdings rasch zugrunde gehen werde. Und nun stellen Sie mich Ihrer Tochter gegenüber, diesem gesunden, lustigen, natürlichen, kräftigen Mädchen. Sooft ich es ihr auch in etwa fünfhundert Briefen wiederholte und sooft sie mich mit einem allerdings nicht überzeugend begründeten ›Nein‹ beruhigte – es bleibt doch wahr, sie muß mit mir unglücklich werden, soweit ich es absehen kann. Ich bin nicht nur durch meine äußerlichen Verhältnisse, sondern noch viel mehr durch mein eigentliches Wesen ein verschlossener, schweigsamer, ungeselliger, unzufriedener Mensch, ohne dies aber für mich als ein Unglück bezeichnen zu können, denn es ist nur der Widerschein meines Zieles. Aus meiner Lebensweise, die ich zu Hause führe, lassen sich doch wenigstens Schlüsse ziehn. Nun, ich lebe in meiner Familie, unter den besten und liebevollsten Menschen, fremder als ein Fremder. Mit meiner Mutter habe ich in den letzten Jahren durchschnittlich nicht zwanzig Worte täglich gesprochen, mit meinem Vater kaum jemals mehr als Grußworte gewechselt. Mit meinen verheirateten Schwestern und den Schwägern spreche ich gar nicht, ohne etwa mit ihnen böse zu sein. Der Grund dessen ist einfach der, daß ich mit ihnen nicht das Allergeringste zu sprechen habe. Alles, was nicht Literatur ist, langweilt mich und ich hasse es, denn es stört mich oder hält mich auf, wenn auch nur vermeintlich. Für Familienleben fehlt mir dabei jeder Sinn, außer der des Beobachters im besten Fall. Verwandtengefühl habe ich keines, in Besuchen sehe ich förmlich gegen mich gerichtete Bosheit. Eine Ehe könnte mich nicht verändern, ebenso wie mich mein Posten nicht verändern kann.«

30. August. Wo finde ich Rettung? Wieviel Unwahrheiten, von denen ich gar nicht mehr wußte, werden mit heraufgeschwemmt. Wenn die wirkliche Verbindung von ihnen ebenso durchzogen würde wie der wirkliche Abschied, dann habe ich sicher recht getan. In mir selbst gibt es ohne menschliche Beziehung keine sichtbaren Lügen. Der begrenzte Kreis ist rein.

15. Oktober. Ich habe mich vielleicht wieder aufgefangen, bin wieder vielleicht im geheimen einen kürzeren Weg gelaufen und halte mich, der ich im Alleinsein schon verzweifle, wieder an. Aber die Kopfschmerzen, die Schlaflosigkeit! Nun es steht für den Kampf oder vielmehr, ich habe keine Wahl.

Der Aufenthalt in Riva hatte für mich eine große Wichtigkeit. Ich verstand zum ersten Male ein christliches Mädchen und lebte fast ganz in seinem Wirkungskreis. Ich bin unfähig, etwas für die Erinnerung Entscheidendes aufzuschreiben. Nur um sich zu erhalten, macht mir meine Schwäche lieber den dumpfen Kopf klar und leer, soweit sich die Verworrenheit an die Ränder drücken läßt. Mir ist aber dieser Zustand fast lieber als das bloß dumpfe und ungewisse Andrängen, zu dessen überdies unsicherer Befreiung ein Hammer nötig wäre, der mich vorher zerschlägt.

Mißlungener Versuch, an E. Weiß zu schreiben. Und gestern im Bett hat mir der Brief im Kopf gekocht.

In der Ecke einer Elektrischen sitzen, den Mantel um sich geschlagen.

Trostlos. Heute im Halbschlaf am Nachmittag: Schließlich muß mir doch das Leid den Kopf sprengen. Und zwar an den Schläfen. Was ich bei dieser Vorstellung sah, war eigentlich eine Schußwunde, nur waren um das Loch herum die Ränder mit scharfen Kanten aufrecht aufgestülpt, wie bei einer wild aufgerissenen Blechbüchse.

An Krapotkin nicht vergessen!

20. Oktober. Die unausdenkbare Traurigkeit am Morgen. Abends *Der Fall Jacobsohn* gelesen. Diese Kraft zu leben, sich zu entscheiden, den Fuß mit Lust auf den richtigen Ort zu setzen. Er sitzt in sich, wie ein meisterhafter Ruderer in

seinem Boot und in jedem Boot sitzen würde. Ich wollte ihm schreiben. Ging statt dessen spazieren, verwischte alles aufgenommene Gefühl durch ein Gespräch mit Haas, Weiber erregten mich, nun las ich zu Hause *Die Verwandlung* und finde sie schlecht. Vielleicht bin ich wirklich verloren, die Traurigkeit von heute morgen wird wiederkommen, ich werde ihr nicht lange widerstehen können, sie nimmt mir jede Hoffnung. Ich habe nicht einmal Lust, ein Tagebuch zu führen, vielleicht weil darin schon zuviel fehlt, vielleicht weil ich immerfort nur halbe und allem Anschein nach notwendig halbe Handlungsweisen beschreiben müßte, vielleicht weil selbst das Schreiben zu meiner Traurigkeit beiträgt.

22. Oktober. Zu spät. Die Süßigkeit der Trauer und der Liebe. Von ihr angelächelt werden im Boot. Das war das Allerschönste. Immer nur das Verlangen, zu sterben, und das Sich-noch-Halten, das allein ist Liebe.

18. November. Ich werde wieder schreiben, aber wie viele Zweifel habe ich inzwischen an meinem Schreiben gehabt. Im Grunde bin ich ein unfähiger unwissender Mensch, der, wenn er nicht gezwungen, ohne jedes eigene Verdienst, den Zwang kaum merkend, in die Schule gegangen wäre, gerade imstande wäre, in einer Hundehütte zu hocken, hinauszuspringen, wenn ihm Fraß gereicht wird und zurückzuspringen, wenn er es verschlungen hat.

Zwei Hunde liefen auf einem stark von der Sonne beschienenen Hof aus entgegengesetzten Richtungen gegeneinander. Den Anfang eines Briefes an Fräulein Bl. mir abgequält.

19. November. Mich ergreift das Lesen des Tagebuchs. Ist der Grund dessen, daß ich in der Gegenwart jetzt nicht die geringste Sicherheit mehr habe? *Alles erscheint mir als Konstruktion.* Jede Bemerkung eines andern, jeder zufällige Anblick wälzt alles in mir, selbst Vergessenes, ganz und gar Unbedeutendes, auf eine andere Seite. Ich bin unsicherer, als ich jemals war, nur die Gewalt des Lebens fühle ich. Und sinnlos leer bin ich. Ich bin wirklich wie ein verlorenes Schaf in der Nacht und im Gebirge oder wie ein Schaf, das diesem Schaf nachläuft. So verloren zu sein und nicht die Kraft zu haben, es zu beklagen.

Ich gehe absichtlich durch die Gassen, wo Dirnen sind. Das Vorübergehen an ihnen reizt mich, diese ferne, aber immerhin bestehende Möglichkeit, mit einer zu gehn. Ist das Gemeinheit? Ich weiß aber nichts Besseres, und das Ausführen dessen scheint mir im Grunde unschuldig und macht mir fast keine Reue. Ich will nur die dicken ältern, mit veralteten, aber gewissermaßen durch verschiedene Behänge üppigen Kleidern. Eine Frau kennt mich wahrscheinlich schon. Ich traf sie heute nachmittag, sie war noch nicht in Berufskleidung, die Haare lagen noch am Kopf an, sie hatte keinen Hut, eine Arbeitsbluse wie Köchinnen, und trug irgendeinen Ballen, vielleicht zur Wäscherin. Kein Mensch hätte etwas Reizendes an ihr gefunden, nur ich. Wir sahen einander flüchtig an. Jetzt abends, es ist inzwischen kalt geworden, sah ich sie in einem anliegenden, gelblichbraunen Mantel auf der andern Seite der engen, von der Zeltnergasse abzweigenden Gasse, wo sie ihre Promenade hat. Ich sah zweimal nach ihr zurück, sie faßte auch den Blick, aber dann lief ich ihr eigentlich davon.

Die Unsicherheit geht gewiß von den Gedanken an F. aus.

24. November. Vorgestern abend bei Max. Er wird immer fremder, mir war er es schon oft, nun werde ich es auch ihm. Gestern abend einfach ins Bett gelegt.

Traum gegen Morgen: Ich sitze im Garten eines Sanatoriums beim langen Tisch, sogar am Kopfende, so daß ich im Traum eigentlich meinen Rücken sehe. Es ist ein trüber Tag, ich muß wohl einen Ausflug gemacht haben und bin in einem Automobil, das im Schwung bei der Rampe vorfuhr, vor kurzem angekommen. Man soll gerade das Essen auftragen, da sehe ich eine der Bedienerinnen, ein junges zartes Mädchen, in sehr leichtem oder aber schwankendem Gang, mit einem Kleid in Herbstblätterfarben durch die Säulenhalle, die als Vorbau des Sanatoriums diente, herankommen und in den Garten herabsteigen. Ich weiß noch nicht, was sie will, aber zeige doch fragend auf mich, um zu erfahren, ob sie mich meine. Sie bringt mir wirklich einen Brief. Ich denke, das kann nicht der Brief sein, den ich erwarte, es ist ein ganz dünner Brief und eine fremde dünne unsichere Schrift. Aber ich öffne ihn, und es kommt eine große Anzahl dünner vollbeschriebener Papiere heraus, allerdings ist auf allen die fremde Schrift. Ich fange zu lesen an, blättere in den Papieren und erkenne, daß es doch ein sehr wichtiger Brief sein muß und offenbar von F.s jüngster Schwester ist. Ich fange mit Begierde zu lesen an, da sieht mir mein rechter Nachbar, ich weiß nicht, ob Mann oder Frau, wahrscheinlich ein Kind, über meinen Arm in den Brief. Ich schreie: »Nein!« Die Tafelrunde nervöser Leute fängt zu zittern an.

Ich habe wahrscheinlich ein Unglück angerichtet. Ich versuche, mit einigen raschen Worten mich zu entschuldigen, um wieder gleich lesen zu können. Ich beuge mich auch wieder zu meinem Brief, da erwache ich unweigerlich, wie von meinem eigenen Schrei geweckt. Ich zwinge mich bei klarem Bewußtsein mit Gewalt wieder in den Schlaf zurück, die Situation zeigt sich tatsächlich wieder, ich lese noch rasch zwei, drei nebelhafte Zeilen des Briefes, von denen ich nichts behalten habe, und verliere im weitern Schlaf den Traum.

4. Dezember. Von außen gesehn ist es schrecklich, erwachsen, aber jung zu sterben oder gar sich zu töten. In gänzlicher Verwirrung, die innerhalb einer weiteren Entwicklung Sinn hätte, abzugehn, hoffnungslos oder mit der einzigen Hoffnung, daß dieses Auftreten im Leben innerhalb der großen Rechnung als nicht geschehen betrachtet werden wird. In einer solchen Lage wäre ich jetzt. Sterben hieße nichts anderes, als ein Nichts dem Nichts hinzugeben, aber das wäre dem Gefühl unmöglich, denn wie könnte man sich auch nur als Nichts mit Bewußtsein dem Nichts hingeben und nicht nur einem leeren Nichts, sondern einem brausenden Nichts, dessen Nichtigkeit nur in seiner Unfaßbarkeit besteht.

12. Dezember. Im Spiegel sah ich mich vorhin genau an und kam mir im Gesicht – allerdings nur bei Abendbeleuchtung und der Lichtquelle hinter mir, so daß eigentlich nur der Flaum an den Rändern der Ohren beleuchtet war – auch bei genauer Untersuchung besser vor, als ich nach eigener

Kenntnis bin. Ein klares, übersichtlich gebildetes, fast schön begrenztes Gesicht. Das Schwarz der Haare, der Brauen und der Augenhöhlen dringt wie Leben aus der übrigen abwartenden Masse. Der Blick ist gar nicht verwüstet, davon ist keine Spur, er ist aber auch nicht kindlich, eher unglaublicherweise energisch, aber vielleicht war er nur beobachtend, da ich mich eben beobachtete und mir angst machen wollte.

1914

14. Februar. Wenn ich mich töten sollte, hat ganz gewiß niemand Schuld, selbst wenn zum Beispiel die offenbare nächste Veranlassung F.s Verhalten sein sollte. Ich habe mir selbst schon einmal im Halbschlaf die Szene vorgestellt, die es ergeben würde, wenn ich, in Voraussicht des Endes, den Abschiedsbrief in der Tasche, in ihre Wohnung käme, als Freier abgewiesen würde, den Brief auf den Tisch legte, zum Balkon ginge, von allen, die hinzueilen, gehalten, mich losreißen und die Balkonbrüstung, während eine Hand nach der andern ablassen muß, überspringen würde. In dem Brief aber stünde, daß ich F.s wegen zwar hinunterspringe, daß sich aber auch bei Annahme meines Antrages nichts Wesentliches für mich geändert hätte. Ich gehöre hinunter, ich finde keinen andern Ausgleich, F. ist zufällig die, an der sich meine Bestimmung erweist, ich bin nicht fähig, ohne sie zu leben, und muß hinunterspringen, ich wäre aber – und F. ahnt dies – auch nicht fähig, mit ihr zu leben. Warum nicht die heutige Nacht dazu verwenden, schon erscheinen mir die

Redner des heutigen Elternabends, die vom Leben und von der Schaffung seiner Bedingungen redeten – aber ich halte mich an Vorstellungen, ich lebe ganz verwickelt ins Leben, ich werde es nicht tun, ich bin ganz kalt, bin traurig, daß ein Hemd um den Hals mich drückt, bin verdammt, schnappe im Nebel.

23. Februar. Ich bin unzweifelhaft in einer mich ganz umgebenden Hemmung, mit der ich aber noch ganz gewiß nicht verwachsen bin, deren zeitweise Lockerung ich merke und die gesprengt werden könnte. Es gibt zwei Mittel, heiraten oder Berlin, das zweite ist sicherer, das erste unmittelbar verlockender.

9. März. Ja, das kann ich beurteilen, ich bin fast einunddreißig Jahre alt, kenne F. fast zwei Jahre, muß also schon einen Überblick haben. Außerdem aber ist hier meine Lebensweise eine derartige, daß ich nicht vergessen kann, selbst wenn F. keine solche Bedeutung für mich hätte. Die Einförmigkeit, Gleichmäßigkeit, Bequemlichkeit und Unselbständigkeit meiner Lebensweise halten mich dort, wo ich einmal bin, unweigerlich fest. Außerdem habe ich einen mehr als gewöhnlichen Hang zu einem bequemen und unselbständigen Leben, alles Schädigende wird also noch durch mich verstärkt. Endlich altere ich doch auch, Umwandlungen werden immer schwerer. In alledem aber sehe ich ein großes Unglück für mich, das dauernd und aussichtslos wäre; ich würde mich auf der Gehaltsleiter und in den Jahren fortschleppen und immer trauriger und einsamer werden, solange ich es eben überhaupt aushielte. Du hast

doch aber ein solches Leben dir gewünscht? Das Beamtenleben könnte für mich gut sein, wenn ich verheiratet wäre. Es gäbe mir in jeder Hinsicht gegenüber der Gesellschaft, gegenüber der Frau, gegenüber dem Schreiben einen guten Rückhalt, ohne allzuviel Opfer zu verlangen und ohne auf der andern Seite in Bequemlichkeit und Unselbständigkeit auszuarten, denn als verheirateter Mann hätte ich das nicht zu fürchten. Als Junggeselle aber kann ich ein solches Leben nicht zu Ende führen. Du hättest aber doch heiraten können?

Ich konnte damals nicht heiraten, alles in mir hat dagegen revoltiert, so sehr ich F. immer liebte. Es war hauptsächlich die Rücksicht auf meine schriftstellerische Arbeit, die mich abhielt, denn ich glaubte diese Arbeit durch die Ehe gefährdet. Ich mag recht gehabt haben; durch das Junggesellentum aber innerhalb meines jetzigen Lebens ist sie vernichtet. Ich habe ein Jahr lang nichts geschrieben, ich kann auch weiterhin nichts schreiben, ich habe und behalte im Kopf nichts als den einen Gedanken und der zerfrißt mich. Das alles habe ich damals nicht überprüfen können. Übrigens gehe ich bei meiner durch diese Lebensweise zumindest genährten Unselbständigkeit an alles zögernd heran und bringe nichts mit dem ersten Schlag fertig. So war es auch hier. Warum gibst du alle Hoffnung auf, F. (doch zu bekommen? Ich habe jede Selbstdemütigung schon versucht. Im Tiergarten sagte ich einmal: »Sag ›ja‹, auch wenn du dein Gefühl für mich als nicht genügend für eine Ehe ansiehst, meine Liebe zu dir ist groß genug, um auch das Fehlende zu ersetzen, und überhaupt stark genug, um alles auf sich zu nehmen.« F. schien durch meine Eigenheiten beunruhigt, vor denen ich ihr im

Laufe eines großen Briefwechsels Angst eingejagt hatte. Ich sagte: »Ich habe dich lieb genug, um alles abzulegen, was dich stören könnte. Ich werde ein anderer Mensch werden.« Ich hatte, wie ich jetzt, da alles klarwerden muß, eingestehen kann, selbst zur Zeit unseres herzlichsten Verhältnisses oft Ahnungen und durch Kleinigkeiten begründete Befürchtungen, daß F. mich nicht sehr liebhat, nicht mit aller Liebeskraft, deren sie fähig ist. Das ist nun, nicht ohne meine Mithilfe allerdings, auch F. zu Bewußtsein gekommen. Ich fürchte fast, F. hat sogar nach meinen letzten zwei Besuchen einen gewissen Ekel vor mir, trotzdem wir äußerlich freundlich zueinander sind, einander du sagen, Arm in Arm gehn. Als letzte Erinnerung an sie habe ich die ganz feindselige Grimasse, die sie machte, als ich mich im Flur ihres Hauses nicht mit dem Kuß auf ihren Handschuh begnügte, sondern ihn aufriß und ihre Hand küßte. Nun hat sie im übrigen, trotzdem sie die pünktliche Einhaltung des ferneren Briefwechsels versprochen hatte, auf zwei Briefe mir nicht geantwortet, nur durch Telegramme Briefe versprochen, aber das Versprechen nicht gehalten, ja sie hat sogar nicht einmal meiner Mutter geantwortet. Das Aussichtslose dessen ist also wohl unzweifelhaft.

Das sollte man eigentlich niemals sagen dürfen. Schien, von F. aus gesehn, dein früheres Verhalten nicht auch aussichtslos zu sein? Es war etwas anderes. Ich gestand immer, selbst beim scheinbar letzten Abschied im Sommer, meine Liebe zu ihr offen ein; ich schwieg niemals mit dieser Grausamkeit; ich hatte Gründe für mein Verhalten, die sich, wenn nicht billigen, so doch besprechen ließen. F. hat bloß den Grund der gänzlich unzureichenden Liebe. Trotzdem ist es richtig, daß ich warten könnte. Mit einer doppelten Hoffnungslosigkeit warten kann ich aber nicht: einmal F. mir immer weiter entschwinden sehn und außerdem selbst in immer größere Unfähigkeit geraten, mich irgendwie zu retten. Es wäre das größte Wagnis, das ich mit mir versuchen könnte, trotzdem oder weil es allen übermächtigen schlechten Kräften in mir am meisten entsprechen würde. »Man kann niemals wissen, was geschehn wird«, ist kein Argument gegenüber der Unerträglichkeit eines gegenwärtigen Zustandes. Was willst du also tun?

Von Prag weggehn. Gegenüber diesem stärksten menschlichen Schaden, der mich je getroffen hat, mit dem stärksten Reaktionsmittel, über das ich verfüge, vorgehn. Den Posten verlassen?

Der Posten ist ja nach dem Obigen ein Teil der Unerträglichkeit. Die Sicherheit, das auf Lebensdauer Berechnete, der reichliche Gehalt, die nicht vollständige Anspannung der Kräfte – das sind doch lauter Dinge, mit denen ich als Junggeselle nichts anfangen kann, die sich zu Qualen verwandeln. Was willst du tun?

Ich könnte alle derartigen Fragen mit einemmal beantworten, indem ich sage: Ich habe nichts zu riskieren, jeder Tag und jeder geringste Erfolg ist ein Geschenk, alles, was ich tue, wird gut sein. Aber ich kann auch genauer antworten: Als österreichischer Jurist, der ich ja im Ernst gar nicht bin, habe ich keine für mich brauchbaren Aussichten: Das Beste, was ich für mich in dieser Richtung erreichen könnte, besitze ich ja in meiner Stelle und kann es doch nicht brauchen. Übrigens kämen für diesen an sich ganz unmöglichen Fall, daß ich aus meiner juristischen Vorbildung etwas für mich herausschlagen wollte, nur zwei Städte in Betracht: Prag, aus dem ich wegmuß, und Wien, das ich hasse und in dem ich unglücklich werden müßte, denn ich würde schon mit der tiefsten Überzeugung von der Notwendigkeit dessen hinfahren. Ich muß also außerhalb Österreichs, und zwar, da ich kein Sprachtalent bin und körperliche sowie kaufmännische Arbeit nur schlecht leisten könnte, wenigstens zunächst nach Deutschland und dort nach Berlin, wo die meisten Möglichkeiten sind, sich zu erhalten.

Dort kann ich auch im Journalismus meine schriftstellerischen Fähigkeiten am besten und unmittelbarsten ausnützen und einen mir halbwegs entsprechenden Gelderwerb finden. Ob ich etwa gar noch darüber hinaus fähig zu inspirierter Arbeit sein werde, darüber kann ich mich jetzt auch nicht mit der geringsten Sicherheit aussprechen. Das aber glaube ich bestimmt zu wissen, daß ich aus dieser selbständigen und freien Lage, in der ich in Berlin sein werde (sei sie im übrigen auch noch so elend), das einzige Glücksgefühl ziehen werde, dessen ich jetzt noch fähig bin. Du bist aber verwöhnt.

Nein, ich brauche ein Zimmer und vegetarische Pension, sonst fast nichts.

Fährst du nicht F.s wegen hin?

Nein, ich wähle Berlin nur aus den obigen Gründen, allerdings liebe ich es wegen F. und wegen des Vorstellungskreises um F., das kann ich nicht kontrollieren. Es ist auch wahrscheinlich, daß ich in Berlin mit F. zusammenkommen werde. Wird mir dieses Zusammensein dazu verhelfen, F. aus meinem Blut hinauszubekommen: desto besser, es ist dann ein weiterer Vorteil von Berlin.

Bist du gesund? Nein, Herz, Schlaf, Verdauung.

5. April. Wenn es möglich wäre, nach Berlin zu gehn, selbständig zu werden, von Tag zu Tag zu leben, auch zu hungern, aber seine ganze Kraft ausströmen zu lassen, statt hier zu sparen oder besser sich abzuwenden in das Nichts! Wenn F. es wollte, mir beistehn würde!

8. April. Gestern unfähig, auch nur ein Wort zu schreiben. Heute nicht besser. Wer erlöst mich? Und in mir das Gedränge, in der Tiefe, kaum zu sehn. Ich bin wie ein lebendiges Gitterwerk, ein Gitter, das feststeht und fallen will.

6. Mai. Die Eltern scheinen eine schöne Wohnung für F. und mich gefunden zu haben, ich bin nutzlos einen schönen Nachmittag lang herumgestrichen. Ob sie mich auch noch ins Grab legen werden, nach einem durch ihre Sorgfalt glücklichen Leben.

29. Mai. Morgen nach Berlin. Ist es ein nervöser oder ein wirklich verläßlicher Zusammenhalt, den ich fühle? Wie wäre das! Ist es richtig, daß, wenn man einmal die Erkenntnis des Schreibens erhält, nichts verfehlt werden kann, nichts versinkt, aber auch nur selten etwas übermäßig hoch emporschlägt? Wäre es das Herandämmern der Ehe mit F.? Sonderbarer, mir allerdings in der Erinnerung nicht ganz fremder Zustand.

6. Juni. Aus Berlin zurück. War gebunden wie ein Verbrecher. Hätte man mich mit wirklichen Ketten in einen Winkel gesetzt und Gendarmen vor mich gestellt und mich nur auf diese Weise zuschauen lassen, es wäre nicht ärger gewe-

sen. Und das war meine Verlobung, und alle bemühten sich, mich zum Leben zu bringen, und da es nicht gelang, mich zu dulden, wie ich war. F. allerdings am wenigsten von allen, vollständig berechtigterweise, denn sie litt am meisten. Was den andern bloße Erscheinung war, war ihr Drohung.

23. Juli. Der Gerichtshof im Hotel. Die Fahrt in der Droschke. Das Gesicht F.s. Sie fährt mit den Händen in die Haare, gähnt. Rafft sich plötzlich auf und sagt gut Durchdachtes, lange Bewahrtes, Feindseliges. Der Rückweg mit Fräulein Bl. Das Zimmer im Hotel, die von der gegenüberliegenden Mauer reflektierte Hitze. Auch von den sich wölbenden Seitenmauern, die das tiefliegende Zimmerfenster einschließen, kommt Hitze. Überdies Nachmittagssonne. Der bewegliche Diener, fast ostjüdisch. Lärm im Hof, wie in einer Maschinenfabrik. Schlechte Gerüche. Die Wanze. Schwerer Entschluß, sie zu zerdrücken. Stubenmädchen staunt: es sind nirgends Wanzen, nur einmal hat ein Gast auf dem Korridor eine gefunden.

Bei den Eltern. Vereinzelte Tränen der Mutter. Ich sage die Lektion auf. Der Vater erfaßt es richtig von allen Seiten. Kam eigens meinetwegen von Malmö, Nachtreise, sitzt in Hemdärmeln. Sie geben mir recht, es läßt sich nichts oder nicht viel gegen mich sagen. Teuflisch in aller Unschuld. Scheinbare Schuld des Fräulein Bl.

Abends allein auf einem Sessel unter den Linden. Leibschmerzen. Trauriger Kontrolleur. Stellt sich vor die Leute, dreht die Zettel in der Hand und läßt sich nur durch Bezahlung fortschaffen. Verwaltet sein Amt trotz aller scheinbaren Schwerfälligkeit sehr richtig, man kann bei solcher Dauerarbeit nicht hin- und herfliegen, auch muß er sich die Leute zu merken versuchen. Beim Anblick solcher Leute immer diese Überlegungen: Wie kam er zu dem Amt, wie wird er bezahlt, wo wird er morgen sein, was erwartet ihn im Alter, wo wohnt er, in welchem Winkel streckt er vor dem Schlaf die Arme, könnte ich es auch leisten, wie wäre mir zumute? Alles unter Leibschmerzen. Schreckliche, schwer durchlittene Nacht. Und doch fast keine Erinnerung an sie.

27. Juli. Nächsten Tag zu den Eltern nicht mehr gegangen. Nur Radler mit Abschiedsbrief geschickt. Brief unehrlich und kokett. »Behaltet mich nicht in schlechtem Angedenken.« Ansprache vom Richtplatz.

2. August. Deutschland hat Rußland den Krieg erklärt. – Nachmittag Schwimmschule.

3. August. Allein in der Wohnung meiner Schwester. Sie liegt tiefer als mein Zimmer, es ist auch eine abseits gelegene Gasse, daher lautes Gerede der Nachbarn unten vor den Türen. Auch Pfeifen. Sonst vollendete Einsamkeit. Keine ersehnte Ehefrau öffnet die Tür. In einem Monat hätte ich heiraten sollen. Ein schmerzhaftes Wort: Wie du es wolltest, so hast du es. Man steht an der Wand schmerzhaft festgedrückt, senkt furchtsam den Blick, um die Hand zu sehn, die drückt, und erkennt mit einem neuen Schmerz, der den alten vergessen macht, die eigene verkrümmte Hand, die mit einer Kraft, die sie für gute Arbeit niemals hatte, dich hält. Man hebt den Kopf, fühlt wieder den ersten Schmerz, senkt wieder den Blick und hört mit diesem Auf und Ab nicht auf.

6. August. Von der Literatur aus gesehen ist mein Schicksal sehr einfach. Der Sinn für die Darstellung meines traumhaften innern Lebens hat alles andere ins Nebensächliche gerückt, und es ist in einer schrecklichen Weise verkümmert und hört nicht auf zu verkümmern. Nichts anderes kann mich jemals zufriedenstellen. Nun ist aber meine Kraft für jene Darstellung ganz unberechenbar, vielleicht ist sie schon für immer verschwunden, vielleicht kommt sie doch noch einmal über mich, meine Lebensumstände sind ihr allerdings nicht günstig. So schwanke ich also, fliege unaufhörlich zur Spitze des Berges, kann mich aber kaum einen Augenblick oben erhalten. Andere schwanken auch, aber in untern Gegenden, mit stärkeren Kräften; drohen sie zu fallen, so fängt sie der Verwandte auf, der zu diesem Zweck neben ihnen geht. Ich aber schwanke dort oben, es ist leider kein Tod, aber die ewigen Qualen des Sterbens.

1. September. In gänzlicher Hilflosigkeit kaum zwei Seiten geschrieben. Ich bin heute sehr stark zurückgewichen, trotzdem ich gut geschlafen hatte. Aber ich weiß, daß ich nicht nachgeben darf, wenn ich über die untersten Leiden des schon durch meine übrige Lebensweise niedergehaltenen Schreibens in die größere, auf mich vielleicht wartende Freiheit kommen will. Die alte Stumpfheit hat mich noch nicht ganz verlassen, wie ich merke, und die Herzenskälte wird mich vielleicht nie verlassen. Daß ich vor keiner Demütigung zurückschrecke, kann ebensogut Hoffnungslosigkeit bedeuten als Hoffnung geben.

13. September. Wieder kaum zwei Seiten. Zuerst dachte ich, die Traurigkeit über die österreichischen Niederlagen und die Angst vor der Zukunft (eine Angst, die mir im Grunde lächerlich und zugleich infam vorkommt) werden mich überhaupt am Schreiben hindern. Das war es nicht, nur ein Dumpfsein, das immer wieder kommt und immer wieder überwunden werden muß. Für die Traurigkeit selbst ist außerhalb des Schreibens Zeit genug. Die Gedankengänge, die sich an den Krieg knüpfen, sind in der quälenden Art, mit der sie mich in den verschiedensten Richtungen zerfressen, ähnlich den alten Sorgen wegen F. Ich bin unfähig, Sorgen zu tragen, und bin vielleicht dazu gemacht, an Sorgen zugrunde zu gehn. Wenn ich genug geschwächt bin – und das muß nicht sehr lange dauern –, wird vielleicht die kleinste Sorge genügen, um mich auseinanderzutreiben. In dieser Aussicht kann ich allerdings auch die Möglichkeit finden, das Unglück möglichst lange hinauszuschieben. Ich habe zwar mit aller Kraftanwendung einer damals verhältnismäßig noch wenig geschwächten Natur wenig gegen die Sorgen wegen F. ausgerichtet, aber ich hatte damals nur in der Anfangszeit die große Hilfe des Schreibens, die ich mir jetzt nicht mehr entreißen lassen will.

7. Oktober. Ich habe mir eine Woche Urlaub genommen, um den Roman vorwärtszutreiben. Es ist bis heute – heute ist Mittwochnacht, Montag geht mein Urlaub zu Ende – mißlungen. Ich habe wenig und schwächlich geschrieben. Allerdings war ich schon in der vorigen Woche im Niedergang; daß es aber so schlimm werden würde, konnte ich nicht vor-

aussehn. Erlauben diese drei Tage schon Schlüsse darauf, daß ich nicht würdig bin, ohne Bureau zu leben?

25. November. Leere Verzweiflung, unmöglich sich aufzustellen, erst bei der Zufriedenheit mit dem Leiden kann ich haltmachen.

30. November. Ich kann nicht mehr weiterschreiben. Ich bin an der endgültigen Grenze, vor der ich vielleicht wieder jahrelang sitzen soll, um dann vielleicht wieder eine neue, wieder unfertig bleibende Geschichte anzufangen. Diese Bestimmung verfolgt mich. Ich bin auch wieder kalt und sinnlos, nur die greisenhafte Liebe für die vollständige Ruhe ist geblieben. Und wie irgendein gänzlich von Menschen losgetrenntes Tier schaukele ich schon wieder den Hals und möchte versuchen, für die Zwischenzeit wieder F. zu bekommen. Ich werde es auch wirklich versuchen, falls mich die Übelkeit vor mir selbst nicht daran hindert.

2. Dezember. Nachmittag bei Werfel mit Max und Pick. *In der Strafkolonie* vorgelesen, nicht ganz unzufrieden, bis auf die überdeutlichen unverwischbaren Fehler.

13. Dezember. Letzthin bei Felix. Auf dem Nachhauseweg sagte ich Max, daß ich auf dem Sterbebett, vorausgesetzt, daß die Schmerzen nicht zu groß sind, sehr zufrieden sein werde. Ich vergaß hinzuzufügen und habe es später mit Absicht unterlassen, daß das Beste, was ich geschrieben habe, in dieser Fähigkeit, zufrieden sterben zu können, seinen Grund hat. An allen diesen guten und stark überzeugenden

Stellen handelt es sich immer darum, daß jemand stirbt, daß es ihm sehr schwer wird, daß darin für ihn ein Unrecht und wenigstens eine Härte liegt und daß das für den Leser, wenigstens meiner Meinung nach, rührend wird. Für mich aber, der ich glaube, auf dem Sterbebett zufrieden sein zu können, sind solche Schilderungen im geheimen ein Spiel, ich freue mich ja in dem Sterbenden zu sterben, nütze daher mit Berechnung die auf den Tod gesammelte Aufmerksamkeit des Lesers aus, bin bei viel klarerem Verstande als er, von dem ich annehme, daß er auf dem Sterbebett klagen wird, und meine Klage ist daher möglichst vollkommen, bricht auch nicht etwa plötzlich ab wie wirkliche Klage, sondern verläuft schön und rein. Es ist so, wie ich der Mutter gegenüber immer über Leiden mich beklage, die bei weitem nicht so groß waren, wie die Klage glauben ließ. Gegenüber der Mutter brauchte ich allerdings nicht so viel Kunstaufwand wie gegenüber dem Leser.

14. Dezember. Jämmerliches Vorwärtskriechen der Arbeit, vielleicht an ihrer wichtigsten Stelle, dort, wo eine gute Nacht so notwendig wäre.

31. Dezember. Seit August gearbeitet, im allgemeinen nicht wenig und nicht schlecht, aber weder in ersterer noch in letzterer Hinsicht bis an die Grenzen meiner Fähigkeit, wie es hätte sein müssen, besonders, da meine Fähigkeit aller Voraussicht nach (Schlaflosigkeit, Kopfschmerzen, Herzschwäche) nicht mehr lange andauern wird. Geschrieben an Unfertigem: *Der Prozeß*, *Erinnerungen an die Kaldabahn*, *Der Dorfschullehrer*, *Der Unterstaatsanwalt* und kleinere

Anfänge. An Fertigem nur: *In der Strafkolonie* und ein Kapitel des *Verschollenen*, beides während des vierzehntägigen Urlaubs. Ich weiß nicht, warum ich diese Übersicht mache, es entspricht mir gar nicht!

1915

4\. Januar. Großer Lust, eine neue Geschichte anzufangen, nicht nachgegeben. Es ist alles nutzlos. Kann ich die Geschichten nicht durch die Nächte jagen, brechen sie aus und verlaufen sich, so auch jetzt *Der Unterstaatsanwalt*. Und morgen gehe ich in die Fabrik, werde nach dem Einrücken P.s vielleicht jeden Nachmittag hingehn müssen. Damit hört alles auf. Die Gedanken an die Fabrik sind mein dauernder Versöhnungstag.

6\. Januar. *Dorfschullehrer* und *Unterstaatsanwalt* vorläufig aufgegeben. Aber auch fast unfähig, den *Prozeß* fortzusetzen. Gedanken an die Lembergerin. Versprechungen irgendeines Glückes ähnlich den Hoffnungen auf ein ewiges Leben. Von einer gewissen Entfernung aus gesehn, halten sie stand, und man wagt sich nicht näher.

18\. Januar. In der Fabrik bis halb sieben in gleicher Weise nutzlos gearbeitet, gelesen, diktiert, angehört, geschrieben. Gleiche sinnlose Befriedigung danach. Kopfschmerzen, schlecht geschlafen. Unfähig zu längerer konzentrierter Arbeit. Auch zuwenig im Freien gewesen. Trotzdem eine neue Geschichte angefangen, die alten fürchtete ich zu verderben.

Nun stehen vor mir vier oder fünf Geschichten aufgerichtet, wie die Pferde vor dem Zirkusdirektor Schumann bei Beginn der Produktion.

19. Januar. Ich werde, solange ich in die Fabrik gehen muß, nichts schreiben können. Ich glaube, es ist eine besondere Unfähigkeit zu arbeiten, die ich jetzt fühle, ähnlich jener, als ich in der ›Generali‹ angestellt war. Die unmittelbare Nähe des Erwerbslebens benimmt mir, trotzdem ich innerlich so unbeteiligt bin, als es nur möglich ist, jeden Überblick, so als wäre ich in einem Hohlweg, in dem ich überdies noch den Kopf senke.

24. Januar. Mit F. in Bodenbach. Ich glaube, es ist unmöglich, daß wir uns jemals vereinigen, wage es aber weder ihr noch im entscheidenden Augenblick mir zu sagen. So habe ich sie wieder vertröstet, unsinnigerweise, denn jeder Tag macht mich älter und verknöcherter. Es kommen die alten Kopfschmerzen zurück, wenn ich es zu fassen versuche, daß sie gleichzeitig leidet und gleichzeitig ruhig und fröhlich ist. Durch viel Schreiben dürfen wir einander nicht wieder quälen, am besten, diese Zusammenkunft als etwas Vereinzeltes übergehn; oder glaube ich vielleicht daran, daß ich mich hier frei machen, vom Schreiben leben, ins Ausland oder sonstwohin fahren und dort mit F. heimlich leben werde? Wir haben uns ja auch sonst ganz unverändert gefunden. Jeder sagt es sich im stillen, daß der andere unerschütterlich und erbarmungslos ist. Ich lasse nichts nach von meiner Forderung nach einem phantastischen, nur für meine Arbeit berechneten Leben, sie will, stumpf gegen alle stummen Bitten, das

Mittelmaß, die behagliche Wohnung, Interesse für die Fabrik, reichliches Essen, Schlaf von elf Uhr abends an, geheiztes Zimmer, stellt meine Uhr, die seit einem viertel Jahr um eineinhalb Stunden vorausgeht, auf die wirkliche Minute ein. Und sie behält recht und würde weiterhin recht behalten, sie hat recht, wenn sie mich zurechtweist, als ich dem Kellner sage: »Bringen Sie die Zeitung, *bis* sie ausgelesen ist«, und ich kann nichts richtigstellen, als sie von der ›persönlichen Note‹ (es läßt sich nicht anders als knarrend aussprechen) der erwünschten Wohnungseinrichtung spricht. Sie nennt meine zwei ältern Schwestern »flach«, nach der jüngsten fragt sie gar nicht, für meine Arbeit hat sie fast keine Frage und keinen sichtbaren Sinn. Das ist die eine Seite. Ich bin unfähig und öde wie immer und sollte eigentlich keine Zeit haben, um über etwas anderes nachzudenken als über die Frage, wie es kommt, daß jemand auch nur Lust hat, mit dem kleinen Finger nach mir zu tasten. Kurz hintereinander habe ich dreierlei Menschen mit diesem kalten Atem angeblasen. Die Hellerauer, die Familie R. in Bodenbach und F.

F. sagte: »Wie brav wir hier beisammen sind.« Ich schwieg, als hätte während dieses Ausrufes mein Gehör ausgesetzt. Zwei Stunden waren wir allein im Zimmer. Um mich herum nur Langeweile und Trostlosigkeit. Wir haben miteinander noch keinen einzigen guten Augenblick gehabt, während dessen ich frei geatmet hätte. Das Süße des Verhältnisses zu einer geliebten Frau, wie in Zuckmantel und Riva, hatte ich F. gegenüber außer in Briefen nie, nur grenzenlose Bewunderung, Untertänigkeit, Mitleid, Verzweiflung und Selbstverachtung. Ich habe ihr auch vorgelesen, widerlich gingen die Sätze durcheinander, keine Verbindung mit der Zuhörerin, die mit geschlossenen Augen auf dem Kanapee lag und es stumm aufnahm. Eine laue Bitte, ein Manuskript mitnehmen und abschreiben zu dürfen. Bei der Türhütergeschichte größere Aufmerksamkeit und gute Beobachtung. Mir ging die Bedeutung der Geschichte erst auf, auch sie erfaßte sie richtig, dann allerdings fuhren wir mit groben Bemerkungen in sie hinein, ich machte den Anfang.

Die für andere Menschen gewiß unglaublichen Schwierigkeiten, die ich beim Reden mit Menschen habe, haben darin ihren Grund, daß mein Denken oder besser mein Bewußtseinsinhalt ganz nebelhaft ist, daß ich darin, so weit es nur auf mich ankommt, ungestört und manchmal selbstzufrieden ruhe, daß aber ein menschliches Gespräch Zuspitzung, Festigung und dauernden Zusammenhang braucht, Dinge, die es in mir nicht gibt. In Nebelwolken wird niemand mit mir liegen wollen, und selbst wenn er das wollte, so kann ich den Nebel nicht aus der Stirn hervortreiben, zwischen zwei Menschen zergeht er und ist nichts. F. macht den großen Umweg nach Bodenbach, hat die Mühe, sich den Paß zu beschaffen, muß mich nach einer durchwachten Nacht erdulden, gar noch eine Vorlesung anhören, und alles sinnlos. Ob sie es als solches Leid fühlt wie ich? Gewiß nicht, selbst gleiche Empfindlichkeit vorausgesetzt. Sie hat doch kein Schuldgefühl. Meine Feststellung war richtig und wurde als richtig anerkannt: Jeder liebt den andern, so wie dieser andere ist. Aber so wie er ist, glaubt er, mit ihm nicht leben zu können.

30. Januar. Die alte Unfähigkeit. Kaum zehn Tage lang das Schreiben unterbrochen und schon ausgeworfen. Wieder

stehn die großen Anstrengungen bevor. Es ist notwendig, förmlich unterzutauchen und schneller zu sinken als das vor einem Versinkende.

7. Februar. Vollständige Stockung. Endlose Quälereien.

Bei einem gewissen Stande der Selbsterkenntnis und bei sonstigen für die Beobachtung günstigen Begleitumständen wird es regelmäßig geschehn müssen, daß man sich abscheulich findet. Jeder Maßstab des Guten – mögen die Meinungen darüber noch so verschieden sein – wird zu groß erscheinen. Man wird einsehn, daß man nichts anderes ist als ein Rattenloch elender Hintergedanken. Nicht die geringste Handlung wird von diesen Hintergedanken frei sein. Diese Hintergedanken werden so schmutzig sein, daß man sie im Zustand der Selbstbeobachtung nicht einmal wird durchdenken wollen, sondern sich von der Ferne mit ihrem Anblick begnügen wird. Es wird sich bei diesen Hintergedanken nicht etwa bloß um Eigennützigkeit handeln, Eigennützigkeit wird ihnen gegenüber als ein Ideal des Guten und Schönen erscheinen. Der Schmutz, den man finden wird, wird um seiner selbst willen dasein, man wird erkennen, daß man triefend von dieser Belastung auf die Welt gekommen ist und durch sie unkenntlich oder allzu gut erkennbar wieder abgehn wird. Dieser Schmutz wird der unterste Boden sein, den man finden wird, der unterste Boden wird nicht etwa Lava enthalten, sondern Schmutz. Er wird das Unterste und das Oberste sein, und selbst die Zweifel der Selbstbeobachtung werden bald so schwach und selbstgefällig werden wie das Schaukeln eines Schweines in der Jauche.

9. Februar. Endlich ein Zimmer aufgenommen. Im gleichen Haus in der Bilekgasse.

10. Februar. Erster Abend. Der Nachbar unterhält sich stundenlang mit der Wirtin. Beide sprechen leise, die Wirtin fast unhörbar, desto ärger. Das seit zwei Tagen in Gang gekommene Schreiben unterbrochen, wer weiß für wie lange Zeit. Reine Verzweiflung. Ist es so in jeder Wohnung? Erwartet mich eine solche lächerliche und unbedingt tödliche Not bei jeder Vermieterin, in jeder Stadt?

15. Februar. Alles stockt. Schlechte unregelmäßige Zeiteinteilung. Die Wohnung verdirbt mir alles. Heute wieder die Französischstunde der Haustochter angehört.

1. März. Mit großer Mühe nach wochenlanger Vorbereitung und Angst gekündigt, nicht ganz mit Grund, es ist ja ruhig genug, ich habe bloß noch nicht gut gearbeitet und deshalb weder die Ruhe noch die Unruhe genügend ausgeprobt. Gekündigt habe ich vielleicht aus eigener Unruhe. Ich will mich quälen, will meinen Zustand immerfort verändern, glaube zu ahnen, daß in der Veränderung meine Rettung liegt, und glaube weiter, daß ich durch solche kleine Veränderungen, die andere im Halbschlaf, ich aber unter Aufregung aller Verstandeskräfte mache, mich auf die große Veränderung, die ich wahrscheinlich brauche, vorbereiten kann. Ich tausche gewiß eine in vielem schlechtere Wohnung ein. Immerhin ist heute der erste (oder zweite) Tag, an dem ich, wenn ich nicht sehr starke Kopfschmerzen hätte, recht gut hätte arbeiten können. Habe eine Seite rasch hingeschrieben.

11. März. Wie die Zeit hingeht, schon wieder zehn Tage, und ich erreiche nichts. Ich dringe nicht durch. Eine Seite gelingt hie und da, aber ich kann mich nicht halten, am nächsten Tag bin ich machtlos.

17. März. Von Lärm verfolgt. Ein schönes, viel freundlicheres Zimmer als das in der Bilekgasse. Ich bin von der Aussicht so abhängig, die ist hier schön, die Teinkirche. Aber großer Lärm der Wagen unten, an den ich mich aber schon gewöhne. Unmöglich aber, mich an den Lärm am Nachmittag zu gewöhnen. Von Zeit zu Zeit ein Krach in der Küche oder am Gang. Über mir auf dem Boden gestern ewiges Rollen einer Kugel wie beim Kegeln, unverständlicher Zweck, dann unten auch Klavier. Abends gestern verhältnismäßige Stille, ein wenig aussichtsvoll gearbeitet (*Unterstaatsanwalt*), heute mit Lust angefangen, plötzlich nebenan oder unter mir Unterhaltung einer Gesellschaft, so laut und wechselnd, als umschwebe sie mich. Ein wenig mit dem Lärm gekämpft, dann mit förmlich zerrissenen Nerven auf dem Kanapee gelegen, nach zehn Uhr Stille, kann aber nicht mehr arbeiten.

23. März. Unfähig, eine Zeile zu schreiben. Das Wohlbehagen, mit dem ich gestern in den Chotekschen Anlagen und heute auf dem Karlsplatz mit Strindberg *Am offenen Meer* gesessen bin. Das Wohlbehagen heute im Zimmer. Hohl wie eine Muschel am Strand, bereit, durch einen Fußtritt zermalmt zu werden.

27. April. Unfähig, mit Menschen zu leben, zu reden. Vollständiges Versinken in mich, Denken an mich. Stumpf, ge-

dankenlos, ängstlich. Ich habe nichts mitzuteilen, niemals, niemandem.

3. Mai. Vollständige Gleichgültigkeit und Stumpfheit. Ein ausgetrockneter Brunnen, Wasser in unerreichbarer Tiefe und dort ungewiß. Nichts, nichts. Verstehe das Leben in »Entzweit« von Strindberg nicht; was er schön nennt, widert mich, in Beziehung zu mir gesetzt, an. Ein Brief an F., falsch, nicht wegschickbar. Was hält mich für eine Vergangenheit oder Zukunft? Die Gegenwart ist gespenstisch, ich sitze nicht am Tisch, sondern umflattere ihn. Nichts, nichts. Öde, Langweile, nein, nicht Langweile, nur Öde, Sinnlosigkeit, Schwäche. Gestern in Dobřichowitz.

4. Mai. Besserer Zustand, weil ich Strindberg (*Entzweit*) gelesen habe. Ich lese ihn nicht, um ihn zu lesen, sondern um an seiner Brust zu liegen. Er hält mich wie ein Kind auf seinem linken Arm. Ich sitze dort wie ein Mensch auf einer Statue. Bin zehnmal in Gefahr, abzugleiten, beim elften Versuche sitze ich aber fest, habe Sicherheit und große Übersicht.

Überlegung des Verhältnisses der andern zu mir. So wenig ich sein mag, niemand ist hier, der Verständnis für mich im ganzen hat. Einen haben, der dieses Verständnis hat, etwa eine Frau, das hieße Halt auf allen Seiten haben, Gott haben.

28. September. Warum ist das Fragen sinnlos? Klagen heißt: Fragen stellen und warten, bis Antwort kommt. Fragen aber, die sich nicht selbst im Entstehen beantworten, werden niemals beantwortet. Es gibt keine Entfernungen zwischen

Fragesteller und Antwortgeber. Es sind keine Entfernungen zu überwinden. Daher Fragen und Warten sinnlos.

30. September. Roßmann und K., der Schuldlose und der Schuldige, schließlich beide unterschiedslos strafweise umgebracht, der Schuldlose mit leichterer Hand, mehr zur Seite geschoben als niedergeschlagen.

6. Oktober. Verschiedene Formen der Nervosität. Ich glaube, Lärm kann mich nicht mehr stören. Allerdings arbeite ich jetzt nicht. Allerdings, je tiefer man sich seine Grube gräbt, desto stiller wird es, je weniger ängstlich man wird, desto stiller wird es.

7. Oktober. Unlösbare Frage: Bin ich gebrochen? Bin ich im Niedergang? Fast alle Anzeichen sprechen dafür (Kälte, Stumpfheit, Nervenzustand, Zerstreutheit, Unfähigkeit im Amt, Kopfschmerzen, Schlaflosigkeit), fast nur die Hoffnung spricht dagegen.

21. November. Vollständige Nutzlosigkeit. Sonntag. In der Nacht besondere Schlaflosigkeit. Bis viertel zwölf im Bett beim Sonnenschein. Spaziergang. Mittagessen. Zeitung gelesen, in alten Katalogen geblättert. Spaziergang Hybernergasse, Stadtpark, Wenzelsplatz, Ferdinandstraße, dann gegen Podol zu. Mühselig auf zwei Stunden ausgedehnt. Hie und da starke, einmal geradezu brennende Kopfschmerzen gefühlt. Genachtmahlt. Jetzt zu Hause. Wer kann das von oben vom Anfang bis zum Ende mit offenen Augen überblicken?

25. Dezember. Eröffnung des Tagebuches zu dem besonderen Zweck, mir Schlaf zu ermöglichen. Sehe aber gerade die zufällige letzte Eintragung und könnte tausend Eintragungen gleichen Inhalts aus den letzten drei bis vier Jahren mir vorstellen. Ich verbrauche mich sinnlos, wäre glückselig, schreiben zu dürfen, schreibe nicht. Werde die Kopfschmerzen nicht mehr los. Ich habe wirklich mit mir gewüstet.

1916

19. April. Vor kurzem geträumt: Wir wohnten auf dem Graben in der Nähe des Cafés Continental. Aus der Herrengasse bog ein Regiment ein, in die Richtung zum Staatsbahnhof. Mein Vater: »So etwas muß man sehn, solange man dazu imstande ist«, und schwingt sich (im braunen Schlafrock des Felix, die ganze Gestalt war eine Vermischung beider) auf das Fenster und spreizt sich draußen mit ausgestreckten Armen auf der sehr breiten, stark abfallenden Fensterbrüstung. Ich packe ihn und halte ihn an den beiden Kettchen, durch welche die Schlafrockschnur gezogen ist. Aus Bosheit streckt er sich noch weiter hinaus, ich spanne meine Kräfte auf das äußerste an, um ihn zu halten. Ich denke daran, wie gut es wäre, wenn ich meine Füße mit Stricken an irgend etwas Festem anbinden könnte, um nicht vom Vater mitgezogen zu werden. Allerdings müßte ich, um das zu bewerkstelligen, den Vater wenigstens ein Weilchen lang loslassen und das ist unmöglich. Diese ganze Spannung erträgt der Schlaf – und gar mein Schlaf – nicht und ich erwache.

11. Mai. Also Brief dem Direktor übergeben. Vorgestern. Bat entweder, falls Krieg im Herbst zu Ende ist, um langen Urlaub für später, und zwar ohne Gehalt, oder, falls der Krieg weitergeht, um Aufhebung der Reklamation. Das war eine ganze Lüge. Halbe Lüge wäre gewesen, wenn ich um sofortigen langen Urlaub gebeten hätte und für den Fall der Verweigerung um Entlassung. Wahrheit wäre gewesen, wenn ich gekündigt hätte. Beides wagte ich nicht, daher ganze Lüge.

Nutzlose heutige Unterredung. Direktor glaubt, ich wolle die drei Wochen des gewöhnlichen Urlaubs, die mir als Reklamiertem nicht gebühren, erpressen, bietet sie mir daher ohne weiteres an, war dazu angeblich schon vor dem Brief entschlossen. Vom Militär spricht er überhaupt nicht, als stünde es nicht im Brief. Wenn ich davon spreche, überhört er es. Langen Urlaub ohne Gehalt findet er offenbar komisch, erwähnt es vorsichtig in diesem Ton. Drängt mich, den Drei-Wochen-Urlaub sofort zu nehmen. Macht Zwischeneinfügungen als laienhafter Nervenarzt, wie alle. Ich hätte doch keine Verantwortung zu tragen wie er, seine Stellung, die könnte allerdings krank machen. Wieviel habe er auch früher gearbeitet, als er sich zur Advokatursprüfung vorbereitete und gleichzeitig in der Anstalt Dienst tat. Neun Monate elf Stunden Tagesarbeit. Und dann der Hauptunterschied. Hätte ich denn irgendwie und jemals für meine Stellung zu fürchten? Er aber hätte diese Furcht gehabt. Er hätte Feinde in der Anstalt gehabt, die alles mögliche versucht hätten, um ihm sogar in dieser Weise den »Lebensast« zu durchschneiden, ihn zum alten Eisen zu werfen.

Von meinem Schreiben spricht er merkwürdigerweise nicht.

Ich, schwächlich, trotzdem ich sehe, daß es fast um mein Leben geht. Bleibe aber dabei, daß ich zum Militär will und daß drei Wochen mir nicht genügen. Darauf verschiebt er die Fortsetzung der Unterredung. Wäre er nur nicht so freundlich und teilnehmend! Ich werde an Folgendem festhalten: Ich will zum Militär, diesem zwei Jahre verhaltenen Wunsch nachgeben; aus verschiedenen Rücksichten, die nicht meine Person betreffen, würde ich, wenn ich einen langen Urlaub bekäme, diesen vorziehn. Das ist aber wohl aus amtlichen wie militärischen Rücksichten unmöglich. Unter langem Urlaub verstehe ich – der Beamte schämt sich, es zu sagen, der Kranke nicht – ein halbes oder ein ganzes Jahr. Ich will kein Gehalt, weil es sich nicht um eine organische, zweifellos feststellbare Krankheit handelt.

Das alles ist Fortsetzung der Lüge, kommt aber in der Wirkung, wenn ich konsequent bleibe, der Wahrheit nahe.

2. Juni. Was für Verwirrungen mit Mädchen trotz aller Kopfschmerzen, Schlaflosigkeit, Grauhaarigkeit, Verzweiflung. Ich zähle: es sind seit dem Sommer mindestens sechs. Ich kann nicht widerstehn; es reißt mir förmlich die Zunge aus dem Mund, wenn ich nicht nachgebe, eine Bewunderungswürdige zu bewundern und bis zur Erschöpfung der Bewunderung zu lieben. Gegenüber allen sechs habe ich fast nur innerliche Schuld, eine aber ließ mir durch jemanden Vorwürfe machen.

19. Juni. Alles vergessen. Fenster öffnen. Das Zimmer leeren. Der Wind durchbläst es. Man sieht nur die Leere, man sucht in allen Ecken und findet sie nicht.

Mit Ottla. Sie von der Englischlehrerin abgeholt. Über den Quai, steinerne Brücke, kurzes Stück Kleinseite, neue Brücke, nach Hause. Aufregende Heiligenstatuen auf der Karlsbrücke. Das merkwürdige Abendlicht der Sommerzeit bei nächtlicher Leere der Brücke.

3. Juli. Erster Tag in Marienbad mit F. Tür an Tür, von beiden Seiten Schlüssel.

5. Juli. Mühsal des Zusammenlebens. Erzwungen von Fremdheit, Mitleid, Wollust, Feigheit, Eitelkeit und nur im tiefen Grunde vielleicht ein dünnes Bächlein, würdig, Liebe genannt zu werden, unzugänglich dem Suchen, aufblitzend einmal im Augenblick eines Augenblicks.

Arme F.

6. Juli. Unglückliche Nacht. Unmöglichkeit, mit F. zu leben. Unerträglichkeit des Zusammenlebens mit irgend jemandem. Nicht Bedauern dessen; Bedauern der Unmöglichkeit, nicht allein zu sein. Weiter aber: Unsinnigkeit des Bedauerns, Sichfügen und endlich Verstehn. Von der Erde aufstehn. Halte dich an das Buch. Aber wieder zurück: Schlaflosigkeit, Kopfschmerzen, von dem hohen Fenster hinunterspringen, aber auf den vom Regen durchweichten Boden, auf dem der Aufschlag nicht tödlich sein wird. Endloses Wälzen mit geschlossenen Augen, dargeboten irgendeinem offenen Blick.

Ich war noch niemals, außer in Zuckmantel, mit einer Frau vertraut. Dann noch mit der Schweizerin in Riva. Die erste war eine Frau, ich unwissend, die zweite ein Kind, ich ganz und gar verwirrt.

19. Juli. Sonderbarer Gerichtsgebrauch. Der zum Tode Verurteilte wird dort in seinem Zimmer vom Scharfrichter ohne Beisein anderer Personen erstochen. Er sitzt an seinem Tisch und beendet den Brief, in dem es heißt: Ihr Geliebten, Dir Engel, wo schwebt ihr, unwissend, unfaßbar meiner irdischen Hand...

20. Juli. Erbarme dich meiner, ich bin sündig bis in alle Winkel meines Wesens. Hatte aber nicht ganz verächtliche Anlagen, kleine gute Fähigkeiten, wüstete mit ihnen, unberatenes Wesen, das ich war, bin jetzt nahe am Ende, gerade zu einer Zeit, wo sich äußerlich alles zum Guten für mich wenden könnte. Schiebe mich nicht zu den Verlorenen. Ich weiß, es ist eine lächerliche, in der Ferne und schon sogar in der Nähe lächerliche Eigenliebe, die daraus spricht, aber lebe ich einmal, so habe ich auch die Eigenliebe des Lebendigen, und ist das Lebendige nicht lächerlich, dann auch seine notwendigen Äußerungen nicht. – Arme Dialektik! Bin ich verurteilt, so bin ich nicht nur verurteilt zum Ende, sondern auch verurteilt, mich bis ins Ende hinein zu wehren.

An dem Sonntagvormittag kurz vor meiner Abreise schienst du mir beistehn zu wollen. Ich hoffte. Bis heute leeres Hoffen. Und was ich auch klage, ist ohne Überzeugung, selbst ohne wirkliches Leid, schwingt wie der Anker eines verlorenen Schiffes weit über der Tiefe, die Halt geben könnte.

27. August. Schlußansicht nach zwei schauerlichen Tagen und Nächten: Danke deinem Beamtenlaster der Schwäche, Sparsamkeit, Unschlüssigkeit, Berechnungskunst, Vorsorge usw., daß du die Karte an F. nicht weggeschickt hast. Es ist möglich, daß du sie nicht widerrufen hättest, ich räume ein, es ist möglich. Was wäre der Erfolg? Eine Tat, ein Aufschwung? Nein. Diese Tat hast du schon einigemal vollzogen, gebessert hat sich nichts. Suche es nicht zu erklären; gewiß kannst du alle Vergangenheit erklären, da du doch nicht einmal eine Zukunft wagen willst, ohne sie vorher erklärt zu haben. Was eben unmöglich ist. Das, was Verantwortungsgefühl ist und als solches sehr ehrenwert wäre, ist im letzten Grunde Beamtengeist, Knabenhaftigkeit, vom Vater her gebrochener Wille. Das Bessere, daran arbeite, das liegt unmittelbar vor deiner Hand. Das heißt also, schone dich nicht (überdies auf Kosten des doch von dir geliebten Menschenlebens von F.), denn schonen ist unmöglich, das scheinbare Schonen hat dich heute fast zugrunde gerichtet. Es ist nicht nur das Schonen, was F., Ehe, Kinder, Verantwortung usw. betrifft, es ist auch das Schonen, was das Amt betrifft, in dem du hockst, was die schlechte Wohnung betrifft, aus der du dich nicht rührst. Alles. Also damit höre auf. Man kann sich nicht schonen, nicht vorausberechnen. Du weißt nichts von dir in der Hinsicht, was besser für dich ist. Heute in der Nacht zum Beispiel ist in dir auf Kosten deines Gehirnes und Herzens ein Kampf zwischen zwei ganz gleichwertigen gleich starken Motiven durchgeführt worden, auf beiden Seiten Sorgen, das heißt Unmöglichkeit der Berechnung. Was bleibt übrig? Dich nicht mehr zu solchem Kampfplatz zu entwürdigen, wo förmlich ohne Rücksicht auf dich ge-

kämpft wird und du nichts fühlst als die Stöße der schrecklichen Kämpfer. Dich schwinge also auf. Dich bessere, der Beamtenhaftigkeit entlaufe, fange doch an zu sehn, wer du bist, statt zu rechnen, was du werden sollst. Die nächste Aufgabe ist unbedingt: Soldat werden. Laß auch den unsinnigen Irrtum, daß du Vergleiche anstellst, etwa mit Flaubert, Kierkegaard, Grillparzer. Das ist durchaus Knabenart. Als Glied in der Kette der Berechnungen sind die Beispiele gewiß zu brauchen oder vielmehr mit den ganzen Berechnungen unbrauchbar, einzeln in Vergleich gesetzt sind sie aber schon von vornherein unbrauchbar. Flaubert und Kierkegaard wußten ganz genau, wie es mit ihnen stand, hatten den geraden Willen, das war nicht Berechnung, sondern Tat. Bei dir aber eine ewige Folge von Berechnungen, ein ungeheuerlicher Wellengang von vier Jahren. Mit Grillparzer stimmt der Vergleich vielleicht, aber Grillparzer scheint dir doch nicht nachahmenswert, ein unglückseliges Beispiel, dem die Künftigen danken sollen, weil er für sie gelitten hat.

8. Oktober. Die Erziehung als Verschwörung der Großen. Wir ziehen die frei Umhertobenden unter Vorspiegelungen, an die wir auch, aber nicht in dem vorgegebenen Sinne glauben, in unser enges Haus. (Wer möchte nicht gern ein Edelmann sein? Türschließen.) Das Lächerliche in der Erklärung und Bekämpfung von Max und Moritz.

Der Wert des Austobens der Laster, der durch nichts zu ersetzen ist, besteht darin, daß sie in ihrer ganzen Kraft und Größe aufstehn und sichtbar werden, selbst wenn man in der Erregung der Mitbeteiligung nur einen kleinen Schimmer von ihnen sieht. Man lernt das Matrosenleben nicht durch

Übungen in einer Pfütze, wohl aber kann man durch allzu großes Training in der Pfütze unfähig zum Matrosen werden.

16. Oktober. Ist es möglich, daß ich die Zukunft zuerst in ihren kalten Umrissen mit dem Verstand und dem Wunsch erkenne und erst, von ihnen gezogen und gestoßen, allmählich in die Wirklichkeit dieser gleichen Zukunft komme?

Wir dürfen den Willen, die Peitsche mit eigener Hand über uns schwingen.

1917

4. August. Literatur, als Vorwurf ausgesprochen, ist eine so starke Sprachverkürzung, daß sie – vielleicht lag von allem Anfang an Absicht darin – allmählich auch eine Denkverkürzung mit sich gebracht hat, welche die richtige Perspektive nimmt und den Vorwurf weit vor dem Ziele und weit abseits fallen läßt.

Die Lärmtrompeten des Nichts.

15. September. Du hast, soweit diese Möglichkeit überhaupt besteht, die Möglichkeit, einen Anfang zu machen. Verschwende sie nicht. Du wirst den Schmutz, der aus dir aufschwemmt, nicht vermeiden können, wenn du eindringen willst. Wälze dich aber nicht darin. Ist die Lungenwunde nur ein Sinnbild wie du behauptest, Sinnbild der Wunde, deren Entzündung F. und deren Tiefe Rechtfertigung heißt, ist

dies so, dann sind auch die ärztlichen Ratschläge (Licht, Luft, Sonne, Ruhe) Sinnbild. Fasse dieses Sinnbild an.

19. September. Mir immer unbegreiflich, daß es jedem fast, der schreiben kann, möglich ist, im Schmerz den Schmerz zu objektivieren, so daß ich zum Beispiel im Unglück, vielleicht noch mit dem brennenden Unglückskopf mich setzen und jemandem schriftlich mitteilen kann: Ich bin unglücklich. Ja, ich kann noch darüber hinausgehn und in verschiedenen Schnörkeln je nach Begabung, die mit dem Unglück nichts zu tun haben scheint, darüber einfach oder antithetisch oder mit ganzen Orchestern von Assoziationen phantasieren. Und es ist gar nicht Lüge und stillt den Schmerz nicht, ist einfach gnadenweiser Überschuß der Kräfte in einem Augenblick, in dem der Schmerz doch sichtbar alle meine Kräfte bis zum Boden meines Wesens, den er aufkratzt, verbraucht hat. Was für ein Überschuß ist es also?

21. September. F. war hier, fährt, um mich zu sehn, dreißig Stunden, ich hätte es verhindern müssen. So wie ich es mir vorstelle, trägt sie, wesentlich durch meine Schuld, ein Äußerstes an Unglück. Ich selbst weiß mich nicht zu fassen, bin gänzlich gefühllos, ebenso hilflos, denke an die Störung einiger meiner Bequemlichkeiten und spiele als einziges Zugeständnis etwas Komödie. In Kleinigkeiten hat sie unrecht, unrecht in der Verteidigung ihres angeblichen oder auch wirklichen Rechtes, im ganzen aber ist sie eine unschuldig zu schwerer Folter Verurteilte; ich habe das Unrecht getan, wegen dessen sie gefoltert wird, und bediene außerdem das Folterinstrument. – Mit ihrer Abfahrt (der Wagen mit ihr

und Ottla umfährt den Teich, ich schneide geradeaus den Weg ab und komme ihr noch einmal nahe) und einem Kopfschmerz (Erdenrest des Komödianten) endet der Tag.

25. September. Zeitweilige Befriedigung kann ich von Arbeiten wie *Landarzt* noch haben, vorausgesetzt, daß mir etwas Derartiges noch gelingt (sehr unwahrscheinlich). Glück aber nur, falls ich die Welt ins Reine, Wahre, Unveränderliche heben kann.

8. Oktober. Dickens *Copperfield* (Der *Heizer* glatte Dickens-Nachahmung, noch mehr der geplante Roman). Koffergeschichte, der Beglückende und Bezaubernde, die niedrigen Arbeiten, die Geliebte auf dem Landgut, die schmutzigen Häuser u. a., vor allem aber die Methode. Meine Absicht war, wie ich jetzt sehe, einen Dickens-Roman zu schreiben, nur bereichert um die schärferen Lichter, die ich der Zeit entnommen, und die matten, die ich aus mir selbst aufgesteckt hätte. Dickens' Reichtum und bedenkenloses mächtiges Hinströmen, aber infolgedessen Stellen grauenhafter Kraftlosigkeit, wo er müde nur das bereits Erreichte durcheinanderrührt. Barbarisch der Eindruck des unsinnigen Ganzen, ein Barbarentum, das allerdings ich, dank meiner Schwäche und belehrt durch mein Epigonentum, vermieden habe. Herzlosigkeit hinter der von Gefühl überströmenden Manier. Diese Klötze roher Charakterisierung, die künstlich bei jedem Menschen eingetrieben werden und ohne die Dickens nicht imstande wäre, seine Geschichte auch nur einmal flüchtig hinaufzuklettern. (Walsers Zusammenhang mit ihm in der verschwimmenden Anwendung von abstrakten Metaphern.)

27. Juni. Neues Tagebuch, eigentlich nur, weil ich im alten gelesen habe. Einige Gründe und Absichten, jetzt, dreiviertel zwölf, nicht mehr festzustellen.

30. Juni. Im Riegerpark gewesen. An den Jasminbüschen mit J. auf und ab gegangen. Lügenhaft und wahr, lügenhaft im Seufzen, wahr in der Gebundenheit, im Vertrauen, im Geborgensein. Unruhiges Herz.

6. Juli. Immerfort der gleiche Gedanke, das Verlangen, die Angst. Aber doch ruhiger als sonst, so als ob eine große Entwicklung vor sich ginge, deren fernes Zittern ich spüre. Zuviel gesagt.

5. Dezember. Wieder durch diesen schrecklichen langen engen Spalt gerissen, der eigentlich nur im Traum bezwungen werden kann. Aus eigenem Willen ginge es allerdings im Wachen niemals.

8. Dezember. Montag Feiertag im Baumgarten, im Restaurant, in der Galerie. Leid und Freude, Schuld und Unschuld, wie zwei unlösbar ineinander verschränkte Hände, man müßte sie durchschneiden durch Fleisch, Blut und Knochen.

11. Dezember, Donnerstag. Kälte. Schweigend mit J. im Riegerpark. Verführung auf dem Graben. Das alles ist zu schwer. Ich bin nicht genug vorbereitet. Es ist in einem gei-

stigen Sinn so, wie es vor sechsundzwanzig Jahren der Lehrer Beck, ohne allerdings den prophetischen Spaß zu merken, sagte: »Lassen Sie ihn noch in die fünfte Klasse gehn, er ist zu schwach, solche Überhetzung rächt sich später.« Tatsächlich bin ich so gewachsen, wie allzu schnell hochgetriebene und vergessene Setzlinge, eine gewisse künstlerische Zierlichkeit in der ausweichenden Bewegung, wenn ein Luftzug kommt; wenn man will, sogar etwas Rührendes in dieser Bewegung, das ist alles.

1920

6\. Januar. Alles, was er tut, kommt ihm außerordentlich neu vor. Hätte es nicht die Frische des Lebens, so wäre es dem Selbstwert nach, das weiß er, unvermeidlich etwas aus dem alten Höllensumpf. Aber diese Frische täuscht ihn, läßt es ihn vergessen oder leichtnehmen, oder zwar durchschauen, aber schmerzlos. Es ist doch heute unzweifelhaft dieser, der heutige Tag, an dem der Fortschritt sich aufmacht, weiter fortzuschreiten.

9\. Januar. Aberglaube und Grundsatz und Ermöglichung des Lebens:

Durch den Himmel der Laster wird die Hölle der Tugend erworben. So leicht? So schmutzig? So unmöglich? Aberglaube ist einfach.

Ein segmentartiges Stück ist ihm aus dem Hinterkopf herausgeschnitten. Mit der Sonne schaut die ganze Welt hinein.

Ihn macht es nervös, es lenkt ihn von der Arbeit ab, auch ärgert er sich, daß gerade er von dem Schauspiel ausgeschlossen sein soll.

Es ist keine Widerlegung der Vorahnung einer endgültigen Befreiung, wenn am nächsten Tag die Gefangenschaft noch unverändert bleibt oder gar sich verschärft oder selbst wenn ausdrücklich erklärt wird, daß sie niemals aufhören soll. Alles das kann vielmehr notwendige Voraussetzung der endgültigen Befreiung sein.

1921

15. Oktober. Alle Tagebücher, vor einer Woche etwa, M. gegeben. Ein wenig freier? Nein. Ob ich noch fähig bin, eine Art Tagebuch zu führen? Es wird jedenfalls anders sein, vielmehr es wird sich verkriechen, es wird gar nicht sein, über Hardt z.B., der mich doch verhältnismäßig sehr beschäftigt hat, wäre ich nur mit größter Mühe etwas zu notieren fähig. Es ist so, als hätte ich schon alles längst über ihn geschrieben oder, was das gleiche ist, als wäre ich nicht mehr am Leben. Über M. könnte ich wohl schreiben, aber auch nicht aus freiem Entschluß, auch wäre es zu sehr gegen mich gerichtet, ich brauche mir solche Dinge nicht mehr umständlich bewußt zu machen, wie früher einmal, ich bin in dieser Hinsicht nicht so vergeßlich wie früher, ich bin ein lebendig gewordenes Gedächtnis, daher auch die Schlaflosigkeit.

17. Oktober. Dahinter, daß ich nichts Nützliches gelernt habe und mich – was zusammenhängt – auch körperlich verfallen ließ, kann eine Absicht liegen. Ich wollte unabgelenkt bleiben, unabgelenkt durch die Lebensfreude eines nützlichen und gesunden Mannes. Als ob Krankheit und Verzweiflung nicht zumindest ebenso ablenken würden!

Ich könnte diesen Gedanken auf verschiedene Weise abrunden und damit zu meinen Gunsten zu Ende führen, aber ich wage es nicht und glaube – wenigstens heute und so in der Mehrzahl der Tage – an keine für mich günstige Lösung.

Ich beneide nicht das einzelne Ehepaar, ich beneide nur alle Ehepaare – auch wenn ich nur ein Ehepaar beneide, beneide ich eigentlich das ganze Eheglück in seiner unendlichen Vielgestalt, im Glück einer einzigen Ehe würde ich selbst im günstigsten Fall wahrscheinlich verzweifeln.

Ich glaube nicht, daß es Leute gibt, deren innere Lage ähnlich der meinen ist, immerhin kann ich mir solche Menschen vorstellen, aber daß um ihren Kopf so wie um meinen immerfort der heimliche Rabe fliegt, das kann ich mir nicht einmal vorstellen.

Die systematische Zerstörung meiner selbst im Laufe der Jahre ist erstaunlich, es – war wie ein langsam sich entwickelnder Dammbruch, eine Aktion voll Absicht. Der Geist, der das vollbracht hat, muß jetzt Triumphe feiern; warum läßt er mich daran nicht teilnehmen? Aber vielleicht ist er mit seiner Absicht noch nicht zu Ende und kann deshalb an nichts anderes denken.

19. Oktober. Das Wesen des Wüstenwegs. Ein Mensch, der als Volksführer seines Organismus diesen Weg macht, mit einem Rest (mehr ist nicht denkbar) des Bewußtseins dessen, was geschieht. Die Witterung für Kanaan hat er sein Leben lang; daß er das Land erst vor seinem Tode sehen wollte, ist unglaubwürdig. Diese letzte Aussicht kann nur den Sinn haben, darzustellen, ein wie unvollkommener Augenblick das menschliche Leben ist, unvollkommen, weil diese Art des Lebens endlos dauern könnte und doch wieder nichts anderes sich ergeben würde als ein Augenblick. Nicht weil sein Leben zu kurz war, kommt Moses nicht nach Kanaan, sondern weil es ein menschliches Leben war. Dieses Ende der fünf Bücher Moses hat eine Ähnlichkeit mit der Schlußszene der *Education sentimentale*.

Derjenige, der mit dem Leben nicht lebendig fertig wird, braucht die eine Hand, um die Verzweiflung über sein Schicksal ein wenig abzuwehren – es geschieht sehr unvollkommen –, mit der anderen Hand aber kann er eintragen, was er unter den Trümmern sieht, denn er sieht anderes und mehr als die anderen, er ist doch tot zu Lebzeiten und der eigentlich Überlebende. Wobei vorausgesetzt ist, daß er nicht beide Hände und mehr, als er hat, zum Kampf mit der Verzweiflung braucht.

21. Oktober. Alles ist Phantasie, die Familie, das Bureau, die Freunde, die Straße, alles Phantasie, fernere oder nähere, die Frau; die nächste Wahrheit aber ist nur, daß du den Kopf gegen die Wand einer fenster- und türlosen Zelle drückst.

25. Oktober. Die Eltern spielten Karten; ich saß allein dabei, gänzlich fremd; der Vater sagte, ich solle mitspielen oder wenigstens zuschauen; ich redete mich irgendwie aus. Was bedeutete diese seit der Kinderzeit vielmals wiederholte Ablehnung? Das gemeinschaftliche, gewissermaßen das öffentliche Leben wurde mir durch die Einladung zugänglich gemacht, die Leistung, die man als Beteiligung von mir verlangte, hätte ich nicht gut, aber leidlich zustande gebracht, das Spielen hätte mich wahrscheinlich nicht einmal allzusehr gelangweilt – trotzdem lehnte ich ab. Ich habe, wenn man es danach beurteilt, unrecht, wenn ich mich beklage, daß mich der Lebensstrom niemals ergriffen hat, daß ich von Prag nie loskam, niemals auf Sport oder auf ein Handwerk gestoßen wurde und dergleichen – ich hätte das Angebot wahrscheinlich immer abgelehnt, ebenso wie die Einladung zum Spiel. Nur das Sinnlose bekam Zutritt, das Jusstudium, das Bureau, später dann sinnlose Nachträge, wie ein wenig Gartenarbeit, Tischlerei und dergleichen, diese Nachträge sind so aufzufassen wie die Handlungsweise eines Mannes, der den bedürftigen Bettler aus der Tür wirft und dann allein den Wohltäter spielt, indem er Almosen aus seiner rechten in seine linke Hand gibt.

Ich lehnte aber immer ab, wohl aus allgemeiner und besonders aus Willensschwäche, ich habe das verhältnismäßig sehr spät erst begriffen. Ich hielt diese Ablehnung früher meist für ein gutes Zeichen (verführt durch die allgemeinen großen Hoffnungen, die ich auf mich setzte), heute ist nur noch ein Rest dieser freundlichen Auffassung geblieben.

29. Oktober. Einen der nächsten Abende beteiligte ich mich dann wirklich, indem ich für die Mutter die Ergebnisse notierte. Es ergab sich aber kein Nähersein, und wenn auch eine Spur dessen da war, so wurde sie überhäuft von Müdigkeit, Langeweile, Trauer über die verlorene Zeit. So wäre es immer gewesen. Dieses Grenzland zwischen Einsamkeit und Gemeinschaft habe ich nur äußert selten überschritten, ich habe mich darin sogar mehr angesiedelt als in der Einsamkeit selbst. Was für ein lebendiges schönes Land war im Vergleich hierzu Robinsons Insel.

7. November. Unentrinnbare Verpflichtung zur Selbstbeobachtung: Werde ich von jemandem andern beobachtet, muß ich mich natürlich auch beobachten, werde ich von niemandem sonst beobachtet, muß ich mich um so genauer beobachten.

Jeder, der sich mit mir verfeindet oder dem ich gleichgültig oder lästig werde, ist zu beneiden um die Leichtigkeit, mit der er mich loswerden kann (vorausgesetzt wahrscheinlich, daß es nicht ums Leben geht; als es einmal bei F. ums Leben zu gehen schien, war es nicht leicht, mich loszuwerden, allerdings war ich jung und bei Kräften, auch meine Wünsche waren bei Kräften).

1. Dezember. M. nach vier Besuchen weggefahren, fährt morgen weg. Vier ruhigere Tage innerhalb von gequälten. Ein langer Weg von da, daß ich über ihre Abreise nicht traurig bin, nicht eigentlich traurig bin, bis dorthin, daß ich wegen ihrer Abreise unendlich traurig bin. Freilich: Traurigkeit ist nicht das schlimmste.

2. Dezember. Briefschreiben im Zimmer der Eltern. Die Formen des Niedergangs sind unausdenkbar. – Letzthin die Vorstellung, daß ich als kleines Kind vom Vater besiegt worden bin und nun aus Ehrgeiz den Kampfplatz nicht verlassen kann, alle die Jahre hindurch, trotzdem ich immer wieder besiegt werde. – Immer M., oder nicht M., aber ein Prinzip, ein Licht in der Finsternis.

1922

16. Januar. Es war in der letzten Woche wie ein Zusammenbruch, so vollständig wie nur etwa in der einen Nacht vor zwei Jahren, ein anderes Beispiel habe ich nicht erlebt. Alles schien zu Ende und scheint auch heute durchaus noch nicht anders zu sein. Man kann es auf zweierlei Arten auffassen, und es ist auch wohl gleichzeitig so aufzufassen. Erstens: Zusammenbruch, Unmöglichkeit, zu schlafen, Unmöglichkeit, zu wachen, Unmöglichkeit, das Leben, genauer die Aufeinanderfolge des Lebens, zu ertragen. Die Uhren stimmen nicht überein, die innere jagt in einer teuflischen oder dämonischen oder jedenfalls unmenschlichen Art, die äußere geht stockend ihren gewöhnlichen Gang. Was kann anders geschehen, als daß sich die zwei verschiedenen Welten trennen, und sie trennen sich oder reißen zumindest auseinander in einer fürchterlichen Art. Die Wildheit des inneren Ganges mag verschiedene Gründe haben, der sichtbarste ist die Selbstbeobachtung, die keine Vorstellung zur Ruhe kommen läßt, jede emporjagt, um dann selbst wieder als Vorstellung von neuer Selbstbeobachtung weitergejagt zu werden.

Zweitens: Dieses Jagen nimmt die Richtung aus der Menschheit. Die Einsamkeit, die mir zum größten Teil seit jeher aufgezwungen war, zum Teil von mir gesucht wurde – doch was war auch dies anderes als Zwang –, wird jetzt ganz unzweideutig und geht auf das Äußerste. Wohin führt sie? Sie kann, dies scheint am zwingendsten, zum Irrsinn führen, darüber kann nichts weiter ausgesagt werden, die Jagd geht durch mich und zerreißt mich. Oder aber ich kann – ich kann? –, sei es auch nur zum winzigsten Teil, mich aufrechterhalten, lasse mich also von der Jagd tragen. Wohin komme ich dann? »Jagd« ist ja nur ein Bild, ich kann auch sagen »Ansturm gegen die letzte irdische Grenze«, und zwar Ansturm von unten, von den Menschen her, und kann, da auch dies nur ein Bild ist, es ersetzen durch das Bild des Ansturmes von oben, zu mir herab.

Diese ganze Literatur ist Ansturm gegen die Grenze, und sie hätte sich, wenn nicht der Zionismus dazwischengekommen wäre, leicht zu einer neuen Geheimlehre, einer Kabbala, entwickeln können. Ansätze dazu bestehen. Allerdings ein wie unbegreifliches Genie wird hier verlangt, das neu seine Wurzeln in die alten Jahrhunderte treibt oder die alten Jahrhunderte neu erschafft und mit alldem sich nicht ausgibt, sondern jetzt erst sich auszugeben beginnt.

18. Januar. Einen Augenblick Denken: Gib dich zufrieden, lerne (lerne, Vierzigjähriger) im Augenblick zu ruhn (doch, einmal konntest du es). Ja, im Augenblick, dem schrecklichen. Er ist nicht schrecklich, nur die Furcht vor der Zukunft macht ihn schrecklich. Und der Rückblick freilich auch. Was hast du mit dem Geschenk des Geschlechtes ge-

tan? Es ist mißlungen, wird man schließlich sagen, das wird alles sein. Aber es hätte leicht gelingen können. Freilich, eine Kleinigkeit, und nicht einmal erkennbar, hat es entschieden. Was findet du daran? Bei den größten Schlachten der Weltgeschichte ist es so gewesen. Die Kleinigkeiten entscheiden über die Kleinigkeiten.

M. hat recht: Die Furcht ist das Unglück, deshalb aber ist nicht Mut das Glück, sondern Furchtlosigkeit, nicht Mut, der vielleicht mehr will als die Kraft (in meiner Klasse waren wohl nur zwei Juden, die Mut hatten, und beide haben sich noch während des Gymnasiums oder kurz darauf erschossen), also nicht Mut, sondern Furchtlosigkeit, ruhende, offen blickende, alles ertragende. Zwinge dich zu nichts, aber sei nicht unglücklich darüber, daß du dich nicht zwingst, oder darüber, daß du, – wenn du es tun solltest, dich zwingen müßtest. Und wenn du dich nicht zwingst, umlaufe nicht immerfort lüstern die Möglichkeiten des Zwanges. Freilich, so klar ist es niemals, oder doch, so klar ist es immer, zum Beispiel: Das Geschlecht drängt mich, quält mich Tag und Nacht, ich müßte Furcht und Scham und wohl auch Trauer überwinden, um ihm zu genügen, andererseits ist es aber gewiß, daß ich eine schnell und nah und willig sich darbietende Gelegenheit sofort ohne Furcht und Trauer und Scham benützen würde; dann bleibt nach dem obigen doch Gesetz, die Furcht usw. nicht zu überwinden (aber auch nicht mit dem Gedanken der Überwindung zu spielen), wohl aber die Gelegenheit zu benützen (aber nicht zu klagen, wenn sie nicht kommt). Freilich, es gibt ein Mitteldung zwischen der ›Tat‹ und der ›Gelegenheit‹, nämlich das Herbeiführen, Herbeilocken der ›Gelegenheit‹, eine

Praxis, die ich nicht nur hier, sondern überall leider befolgt habe. Aus dem ›Gesetz‹ ist kaum etwas dagegen zu sagen, trotzdem dieses ›Herbeilocken‹, besonders wenn es mit untauglichen Mitteln geschieht, dem ›Spielen mit dem Gedanken der Überwindung‹ bedenklich ähnlich sieht, und von ruhender, offen blickender Furchtlosigkeit ist darin keine Spur. Es ist eben trotz ›wörtlicher‹ Übereinstimmung mit dem ›Gesetz‹ etwas Abscheuliches und unbedingt zu Vermeidendes. Freilich, Zwang gehört dazu, es zu vermeiden, und zu einem Ende komme ich damit nicht.

19. Januar. Was bedeuten die gestrigen Feststellungen heute? Bedeuten das gleiche wie gestern, sind wahr, nur daß das Blut in den Rinnen zwischen den großen Steinen des Gesetzes versickert.

Das unendliche, tiefe, warme, erlösende Glück, neben dem Korb seines Kindes zu sitzen, der Mutter gegenüber. Es ist auch etwas darin von dem Gefühl: Es kommt nicht mehr auf dich an, es sei denn, daß du es willst. Dagegen das Gefühl des Kinderlosen: immerfort kommt es auf dich an, ob du willst oder nicht, jeden Augenblick bis zum Ende, jeden nervenzerrenden Augenblick, immerfort kommt es auf dich an und ohne Ergebnis. Sisyphus war ein Junggeselle.

Nichts Böses; hast du die Schwelle überschritten, ist alles gut. Eine andere Welt, und du mußt nicht reden.

Die zwei Fragen:

Ich hatte aus einigen Kleinigkeiten, die anzuführen ich mich schäme, den Eindruck, daß die letzten Besuche zwar lieb und stolz wie immer waren, aber doch auch etwas müde, etwas gezwungen, wie Krankenbesuche. Ist der Eindruck richtig?

Hast du in den Tagebüchern etwas Entscheidendes gegen mich gefunden?

20. Januar. M. hat hinsichtlich meiner recht: »Alles herrlich, nur nicht für mich, und mit Recht.« Mit Recht, sage ich und zeige, daß ich wenigstens dieses Vertrauen habe. Oder habe ich nicht einmal das? Denn ich denke nicht eigentlich an ›Recht‹, das Leben hat vor lauter Überzeugungskraft keinen Platz in sich für Recht und Unrecht. So wie du in der verzweifelten Sterbestunde nicht über Recht und Unrecht meditieren kannst, so nicht im verzweifelten Leben. Es genügt, daß die Pfeile genau in die Wunden passen, die sie geschlagen haben.

21. Januar. Ohne Vorfahren, ohne Ehe, ohne Nachkommen, mit wilder Vorfahrens-, Ehe- und Nachkommenslust. Alle reichen mir die Hand: Vorfahren, Ehe und Nachkommen, aber zu fern für mich. Für alle gibt es künstlichen, jämmerlichen Ersatz: für Vorfahren, Ehe und Nachkommen. In Krämpfen schafft man ihn und geht, wenn man nicht schon an den Krämpfen zugrunde gegangen ist, an der Trostlosigkeit des Ersatzes zugrunde.

23. Januar. Es war so, als wäre mir wie jedem andern Menschen der Kreismittelpunkt gegeben, als hätte ich dann wie jeder andere Mensch den entscheidenden Radius zu gehn und dann den schönen Kreis zu ziehn. Statt dessen habe ich immerfort einen Anlauf zum Radius genommen, aber immer wieder gleich ihn abbrechen müssen. (Beispiele: Klavier, Violine, Sprachen, Germanistik, Antizionismus, Zionismus, Hebräisch, Gärtnerei, Tischlerei, Literatur, Heiratsversuche, eigene Wohnung.) Es starrt im Mittelpunkt des imaginären Kreises von beginnenden Radien, es ist kein Platz mehr für einen neuen Versuch, kein Platz heißt Alter, Nervenschwäche, und kein Versuch mehr bedeutet Ende. Habe ich einmal den Radius ein Stückchen weiter geführt als sonst, etwa beim Jusstudium oder bei den Verlobungen, war alles eben um dieses Stück ärger statt besser.

Habe M. von der Nacht erzählt, ungenügend. Symptome nimm hin, klage nicht über Symptome, steige in das Leiden hinab.

Herzunruhe.

24. Januar. Das Glück der Jungen und alten Ehemänner im Bureau. Mir unzugänglich, und wenn es mir zugänglich wäre, mir unerträglich und doch das einzige, an dem mich zu sättigen ich Anlage habe.

Das Zögern vor der Geburt. Gibt es eine Seelenwanderung, dann bin ich noch nicht auf der untersten Stufe. Mein Leben ist das Zögern vor der Geburt.

Standfestigkeit. Ich will mich nicht auf bestimmte Weise entwickeln, ich will auf einen andern Platz, das ist in Wahrheit jenes ›Nach-einem-andern-Stern-Wollen‹, es würde mir genügen, knapp neben mir zu stehn, es würde mir genügen, den Platz, auf dem ich stehe, als einen andern erfassen zu können.

Die Entwicklung war einfach. Als ich noch zufrieden war, wollte ich unzufrieden sein und stieß mich mit allen Mitteln der Zeit und der Tradition, die mir zugänglich waren, in die Unzufriedenheit, nun wollte ich zurückkehren können. Ich war also immer unzufrieden, auch mit meiner Zufriedenheit. Merkwürdig, daß aus Komödie bei genügender Systematik Wirklichkeit werden kann. Mein geistiger Niedergang begann mit kindischem, allerdings kindisch-bewußtem Spiel. Ich ließ zum Beispiel Gesichtsmuskeln künstlich zusammenzucken, ich ging mit hinter dem Kopf gekreuzten Armen über den Graben. Kindlich-widerliches, aber erfolgreiches Spiel. (Ähnlich war es mit der Entwicklung des Schreibens, nur daß diese Entwicklung leider später stockte.) Wenn es möglich ist, auf diese Weise das Unglück herbeizuzwingen, sollte alles herbeizwingbar sein. Ich kann, sosehr mich die Entwicklung zu widerlegen scheint und sosehr es überhaupt meinem Wesen widerspricht, so zu denken, auf keine Weise zugeben, daß die ersten Anfänge meines Unglücks innerlich notwendig waren, sie mögen Notwendigkeit gehabt haben, aber nicht innerliche, sie kamen angeflogen wie Fliegen und wären so leicht wie sie zu vertreiben gewesen.

Das Unglück auf dem andern Ufer wäre ebensogroß, wahrscheinlich größer (infolge meiner Schwäche), die Erfahrung dessen habe ich doch, der Hebel zittert gewissermaßen noch von der Zeit her, als ich ihn zuletzt umgestellt habe, warum vergrößere ich aber dann das Unglück, auf diesem Ufer zu sein, durch die Sehnsucht nach dem andern.

Traurig mit Grund. Abhängig von diesem. Immer in Gefahr. Kein Ausweg. Wie leicht war es das erstemal, wie schwer diesmal. Wie hilflos schaut mich der Tyrann an: »Dorthin führst du mich?« Trotz allem also doch nicht Ruhe; am Nachmittag ist die Hoffnung des Morgens begraben. Mit einem solchen Leben in Liebe sich abfinden, ist unmöglich, es gab gewiß noch keinen Menschen, der das hätte können. Wenn andere Menschen an diese Grenze kamen – und schon hierhergekommen zu sein ist erbärmlich –, schwenkten sie ab, ich kann es nicht. Mir scheint es auch, als wäre ich gar nicht hierhergekommen, sondern schon als kleines Kind hingedrängt und dort mit Ketten festgehalten worden, nur das Bewußtsein des Unglücks dämmerte allmählich auf, das Unglück selbst war fertig, es bedurfte nur eines durchdringenden, keines prophetischen Blicks, um es zu sehn.

Am Morgen dachte ich: ›Auf diese Weise kannst du doch vielleicht leben, jetzt behüte dieses Leben nur vor Frauen.‹ Behüte es vor Frauen, aber in dem ›Auf-diese-Weise‹ stecken sie schon.

Zu sagen, daß du mich verlassen hast, wäre sehr ungerecht, aber daß ich verlassen war, und zeitweise schrecklich verlassen, ist wahr.

Auch im Sinne des ›Entschlusses‹ habe ich das Recht, über meine Lage grenzenlos verzweifelt zu sein.

30. Januar. Warten auf die Lungenentzündung. Furcht, nicht so sehr vor der Krankheit als wegen der Mutter und vor ihr, vor dem Vater, dem Direktor und weiterhin allen. Hier scheint es deutlich zu sein, daß die zwei Welten bestehn und daß ich der Krankheit gegenüber so unwissend, so beziehungslos, so ängstlich bin wie etwa gegenüber dem Oberkellner. Sonst aber scheint mir die Teilung allzu bestimmt, in ihrer Bestimmtheit gefährlich, traurig und zu herrisch zu sein. Wohne ich denn in der andern Welt? Wage ich das zu sagen?

Wenn jemand sagt: »Was liegt mir denn am Leben? Nur wegen meiner Familie will ich nicht sterben.« Aber die Familie ist ja eben die Repräsentantin des Lebens, so will er doch wegen des Lebens am Leben bleiben. Nun, das scheint, was die Mutter betrifft, für mich auch zu gelten, aber erst in letzter Zeit. Ob es aber nicht die Dankbarkeit und Rührung ist, die mich dazu bringt? Dankbarkeit und Rührung, weil ich sehe, wie sie mit einer für ihr Alter unendlichen Kraft sich bemüht, meine Beziehungslosigkeit zum Leben auszugleichen. Aber Dankbarkeit ist auch Leben.

31. Januar. Das würde heißen, daß ich wegen der Mutter am Leben bin. Das kann nicht richtig sein, denn selbst wenn ich unendlich viel mehr wäre, als ich bin, wäre ich nur ein Abgesandter des Lebens und, wenn durch nichts anderes, durch diesen Auftrag mit ihm verbunden.

Das Negative allein kann, wenn es noch so stark ist, nicht genügen, wie ich in meinen unglücklichsten Zeiten glaube. Denn wenn ich nur die kleinste Stufe erstiegen habe, in irgendeiner, sei es auch der fragwürdigsten Sicherheit bin, strecke ich mich aus und warte, bis das Negative – nicht etwa mir nachsteigt –, sondern die kleine Stufe mich hinabreißt. Darum ist es ein Abwehrinstinkt, der die Herstellung des kleinsten dauernden Behagens für mich nicht duldet und zum Beispiel das Ehebett zerschlägt, ehe es noch aufgestellt ist.

1. Februar. Nichts, nur müde. Glück des Fuhrmanns, der jeden Abend so, wie ich heute meinen, und noch viel schöner erlebt. Abend etwa auf dem Ofen. Der Mensch reiner als am Morgen, die Zeit vor dem müden Einschlafen ist die eigentliche Zeit der Reinheit von Gespenstern, alle sind vertrieben, erst mit der fortschreitenden Nacht kommen sie wieder heran, am Morgen sind sie sämtlich, wenn auch noch unkenntlich da, und nun beginnt wieder beim gesunden Menschen ihre tägliche Vertreibung.

Mit primitivem Blick gesehn, ist die eigentliche, unwidersprechliche, durch nichts außerhalb (Märtyrertum, Opferung für einen Menschen) gestörte Wahrheit nur der körperliche Schmerz. Merkwürdig, daß nicht der Gott des Schmerzes der Hauptgott der ersten Religion war (sondern vielleicht erst der späteren). Jedem Kranken sein Hausgott, dem Lungenkranken der Gott des Erstickens. Wie kann man sein Herankommen ertragen, wenn man nicht an ihm Anteil hat noch vor der schrecklichen Vereinigung?

3. Februar. Schlaflos, fast gänzlich; von Träumen geplagt, so wie wenn sie in mich, in ein widerwilliges Material eingekratzt würden.

12. Februar. Die abweisende Gestalt, die ich immer traf, war nicht die, welche sagt: »Ich liebe dich nicht«, sondern welche sagt: »Du kannst mich nicht lieben, sosehr du es willst, du liebst unglücklich die Liebe zu mir, die Liebe zu mir liebt dich nicht.« Infolgedessen ist es unrichtig, zu sagen, daß ich das Wort ›Ich liebe dich‹ erfahren habe, ich habe nur die wartende Stille erfahren, welche von meinem ›Ich liebe dich‹ hätte unterbrochen werden sollen, nur das habe ich erfahren, sonst nichts.

Die Angst beim Rodeln, die Ängstlichkeit des Gehens auf glattem Schneeboden, eine kleine Geschichte, die ich heute gelesen habe, bringt wieder den lange unbeachteten, immer naheliegenden Gedanken herauf, ob nicht doch nur der irrsinnige Eigennutz, die Angst um mich, und zwar nicht die Angst um ein höheres Ich, sondern die Angst um mein gemeines Wohlbefinden, die Ursache meines Niederganges war, so freilich, daß ich aus mir selbst den Rächer geschickt habe (ein besonderes: die rechte-Hand-weiß-nicht-was-die-linke-tut). In meiner Kanzlei wird immer noch gerechnet, als finge mein Leben erst morgen an, indessen bin ich am Ende.

5. März. Drei Tage im Bett. Keine Gesellschaft vor dem Bett. Umschwung. Flucht. Vollständige Niederlage. Immer die in Zimmern eingesperrte Weltgeschichte.

6. März. Neuer Ernst und Müdigkeit.

7. März. Gestern der schlimmste Abend, so als sei alles zu Ende.

9. März. Das war aber nur Müdigkeit, heute aber neuer, den Schweiß aus der Stirn treibender Angriff. Wie wäre es, wenn man an sich selbst erstickte? Wenn durch drängende Selbstbeobachtung die Öffnung, durch die man sich in die Welt ergießt, zu klein oder ganz geschlossen würde? Weit bin ich zuzeiten davon nicht. Ein rücklaufender Fluß. Das geschieht zum großen Teil schon seit langem.

Das Pferd des Angreifers zum eigenen Ritt benützen. Einzige Möglichkeit. Aber was für Kräfte und Geschicklichkeiten verlangt das! Und wie spät ist es schon!

Buschleben. Eifersucht auf die glückliche, unerschöpfliche und doch sichtbar aus Not (nicht anders als ich) arbeitende, aber immer alle Forderungen des Gegners erfüllende Natur. Und so leicht, so musikalisch.

Früher, wenn ich einen Schmerz hatte und er verging, war ich glücklich, jetzt bin ich nur erleichtert, habe aber das bittere Gefühl: »wieder nur gesund, nicht mehr«.

Irgendwo wartet die Hilfe, und die Treiber lenken mich hin.

10. April. Als Junge war ich (und wäre es sehr lange geblieben, wenn ich nicht mit Gewalt auf sexuelle Dinge gestoßen

worden wäre) hinsichtlich sexueller Angelegenheiten so unschuldig und uninteressiert wie heute etwa hinsichtlich der Relativitätstheorie. Nur Kleinigkeiten (aber auch die erst nach genauer Belehrung) fielen mir auf, etwa, daß gerade die Frauen, die mir auf der Gasse die schönsten und schönstangezogenen schienen, schlecht sein sollten.

Ewige Jugend ist unmöglich; selbst wenn kein anderes Hindernis wäre, die Selbstbeobachtung machte sie unmöglich.

14. November. Abend immer 37.6, 37.7. Sitze beim Schreibtisch, bringe nichts zuwege, komme kaum auf die Gasse. Trotzdem Tartufferie, über die Krankheit zu klagen.

1923

12. Juni. Die schrecklichen letzten Zeiten, unaufzählbar, fast ununterbrochen. Spaziergänge, Nächte, Tage, für alles unfähig, außer für Schmerzen. Und doch. Kein ›und doch‹, so ängstlich und gespannt du mich ansiehst, Krizanowskaja auf der Ansichtskarte vor mir. Immer ängstlicher im Niederschreiben. Es ist begreiflich. Jedes Wort, gewendet in der Hand der Geister – dieser Schwung der Hand ist ihre charakteristische Bewegung –, wird zum Spieß, gekehrt gegen den Sprecher. Eine Bemerkung wie diese ganz besonders. Und so ins Unendliche. Der Trost wäre nur: es geschieht, ob du willst oder nicht. Und was du willst, hilft nur unmerklich wenig. Mehr als Trost ist: Auch du hast Waffen.

Nachwort

Jürg Amann
Über die Hungerkunst

»Ich bin einsam – wie Franz Kafka.« Das sage nicht ich von mir. Das hat Kafka von sich gesagt, wenn es richtig ist, was uns Gustav Janouch aus seinen Gesprächen mit ihm überliefert.

Was heißt das? Was heißt es, wenn einer von sich behauptet: Ich bin einsam wie ich? Wenn sich einer mit sich selber vergleicht? Vor allem, daß er sich nicht für vergleichbar hält mit den andern. Daß er von uns nicht mit uns verglichen sein will. Daß er in seiner Einzigartigkeit und Einmaligkeit, die allein er mit den anderen teilt, begriffen und also belassen sein will. So einsam ist er.

»Jeder Mensch hat sein Leben und seinen Gott«, soll Kafka gleichfalls zu Janouch gesagt haben. Es paßt ins Bild. Ist es nicht das, unter anderem, was auch das berühmte Türhüter-Gleichnis meint?

Da kommt der Mann vom Land vor das Gesetz und bittet um Einlaß in das Gesetz und wartet und wartet vergeblich vor seiner Tür darauf, daß ihm der Einlaß gewährt wird, und wundert sich, als es ans Ende kommt, daß niemand außer ihm Einlaß in das Gesetz verlangt hat; und der Türhüter erklärt ihm: »Hier konnte niemand sonst Einlaß erhalten, denn dieser Eingang war nur für dich bestimmt. Ich gehe jetzt und schließe ihn.« Jeder hat sein Leben und seinen Gott.

Sein Leben. Franz Kafkas Leben. Geburt am 3. Juli 1883 in Prag. Tod am 3. Juni 1924 in Kierling bei Wien. Dazwischen das, was ihn von uns unterscheidet. Die Kindheit mit den drei Schwestern Gabriele (Elli), Valerie (Valli) und Ottilie (Ottla). Mit dem Kinderfräulein. Zwischen Mutter und Vater. Der ewige Kampf mit dem Vater. Das ständige Wechseln der Wohnung in Prag, wenn sich der Vater mit seinem Geschäft wieder verbessert. Die Deutsche Volksschule am Fleischmarkt. Das Altstädter Deutsche Gymnasium. Die Prager Deutsche Universität. Freundschaften mit Rudolf Illowy, Oskar Pollak, Oskar Baum, Felix Weltsch. Die Freundschaft mit Max Brod. Die Promotion zum Doktor der Rechte. Die ›Assicurazioni Generali‹. Die Anstellung an der ›Arbeiter-Unfall-Versicherungs-Anstalt‹. Reisen nach Paris und Berlin. Zu den oberitalienischen Seen. Das jiddische Theater in Prag. Eine Reise nach Wien, Venedig und Riva. Die Schweizerin. Die Bekanntschaft mit Felice Bauer. Fünf Jahre Briefwechsel. Das zweimalige Sich-Verloben und -Entloben. Die Mittlerin Grete Bloch. Das eigene Zimmer, die eigene Wohnung in Prag. Der Ausbruch der Tuberkulose. Die Flucht zur Schwester Ottla nach Zürau. Die Kur in Schelesen. Der Brief an den Vater. Die Verlobung mit Julie Wohryzek. Die Entlobung. Die Kur in Meran. Der Briefwechsel mit Milena Jesenská in Wien. Die Kur in der Tatra. Die Kur an der Ostsee. Das Zusammenleben mit Dora Diamant in Berlin.

Und vor allem, immer wieder, dazwischen, gleichzeitig, das Schreiben. Das Schreiben von Briefen, Tagebüchern,

Aphorismen, Erzählungen, Romanen. Das Schreiben, das ihm hilft, das andere, die anderen zu ertragen. Das es ihm möglich und nötig macht, sie auf Distanz zu halten und doch nicht ganz aus dem Blick zu verlieren.

Möglich und nötig zugleich. Kafka wird früh der Einsame, mit dem er sich dann vergleicht, weil seine Einsamkeit wie jede mit keiner anderen zu vergleichen ist, ist früh aus dem Gleichschritt mit der Welt, mit den anderen gefallen. An seinen Jugendfreund Oskar Pollak schreibt der Zwanzigjährige am 6. September 1903 zwar: »Einsiedelei ist widerlich, man lege seine Eier ehrlich vor aller Welt, die Sonne wird sie ausbrüten; man beiße lieber ins Leben statt in seine Zunge; man ehre den Maulwurf und seine Art, aber man mache ihn nicht zu seinem Heiligen.«

Aber so leicht es sich anhört, wird hier schon deutlich, daß es eine Art magischer Abwehrformel für all das ist, was sich als das Gegenteil des Wortlauts gerade noch hinter ihm bannen läßt. Und der sie gebraucht, gehört selber zur Gattung der Maulwürfe. Zwei Monate später, in einem Brief an denselben Freund, heißt es denn auch schon: »Verlassen sind wir doch wie verirrte Kinder im Walde. Wenn Du vor mir stehst und mich ansiehst, was weißt Du von den Schmerzen, die in mir sind, und was weiß ich von den Deinen. Und wenn ich mich vor Dir niederwerfen würde und weinen und erzählen, was wüßtest Du von mir mehr als von der Hölle, wenn Dir jemand erzählt, sie ist heiß und fürchterlich. Schon darum sollten wir Menschen voreinander so ehrfürchtig, so nachdenklich, so liebend stehn wie vor dem Eingang zur Hölle.«

Ich bin einsam wie ich. Du bist einsam wie du. Zwischen unseren zwei Einsamkeiten ist keine Brücke. Das Gefühl der Fremdheit, das sich hier formuliert, ist absolut. Selbst dem damals besten und einzigen Freund gegenüber, von dem es im selben Brief umgekehrt heißt: »Du warst, neben vielem andern, auch etwas wie ein Fenster für mich, durch das ich auf die Gassen sehen konnte.« Etwas wie eine Verbindung zur Welt, zu den andern. Aber: »Du warst«, das ist die Vergangenheitsform, und indirekt kündigt sich darin schon die Vision einer Zukunft ohne Gassenfenster an.

Wieder knappe zwei Monate später schreibt er dem Freund: »Wenn man einander schreibt, ist man wie durch ein Seil verbunden [...] Gestern abend hat mich nämlich dieses Bild gepackt. Nur dadurch, daß die Menschen alle Kräfte spannen und einander liebend helfen, erhalten sie sich in einer leidlichen Höhe über einer höllischen Tiefe, nach der sie wollen. Untereinander sind sie durch Seile verbunden, und bös ist es schon, wenn sich um einen die Seile lockern und er ein Stück tiefer sinkt als die andern in den leeren Raum, und gräßlich ist es, wenn die Seile um einen reißen und er jetzt fällt.«

Kafka ist einer von denen, die nicht nur nach der Tiefe wollen, sondern müssen und der Schwerkraft mit der eigenen Kraft assistieren, indem sie an den Seilen zerren, durch die sie ja nicht nur gehalten, sondern auch gebunden sind. »Aus eigenem Willen, wie eine Faust drehte er sich und vermied die Welt«, wird er über sich schreiben. Das muß der Freund empfunden und er wird sich für seine vielleicht zu große Nähe entschuldigt haben, so daß ihm Kafka am 10. Januar 1904 entgegnen kann: »Du machst Dir in Deinem letzten Brief ungerechte Vorwürfe. Mir tut es gut, wenn mir einer eine kühle Hand reicht, aber wenn er sich einhängt, ist es mir schon peinlich und unverständlich.« Und von hier führt ein direkter Weg zu der Eintragung, die er achtzehn Jahre später, am 19. Mai 1922, über sich in sein Tagebuch machen wird: »Zu zweit fühlt er sich verlassener als allein. Ist er mit jemandem zu zweit, greift dieser zweite nach ihm, und er ist ihm hilflos ausgeliefert. Ist er allein, greift zwar die ganze Menschheit nach ihm, aber die unzähligen ausgestreckten Arme verfangen sich ineinander, und niemand erreicht ihn.«

Niemand erreicht ihn. Kafka ist immer der andere. Immer der Schreibende. Immer der Künstler. Schreiben als eine andere Art der Teilnahme am Leben, als eine Art Fortsetzung des Lebens mit anderen Mitteln: Darüber kann man bei keinem so viel erfahren wie eben bei ihm.

Noch einmal: Am 3. Juni 1924 stirbt Franz Kafka in einem Sanatorium in Kierling bei Wien. Wenig später erscheint sein letztes noch von ihm selbst zur Veröffentlichung bestimmtes Buch. Es trägt, nach einer der darin enthaltenen Erzählungen, den Titel *Ein Hungerkünstler*. Nicht ahnend, wie nahe er dem Ende schon ist, hat ihm der Verlag die Probeabzüge zur Genehmigung ans Krankenbett nachgeschickt. Einen Tag vor seinem Tod bricht Kafka, mit ihrer Durchsicht beschäftigt, über den Fahnen zusammen. Sein Freund und medizinischer Helfer während der Jahre der Lungen- und Kehlkopftuberkulose, Robert Klopstock, berichtet darüber: »Kafkas körperlicher Zustand zu dieser Zeit und die ganze Situation, daß er selbst im wahren Sinne des Wortes verhungerte, war wirklich gespenstisch. Als er die

Korrektur beendete, was eine ungeheure, nicht nur seelische Anstrengung, sondern eine Art erschütternder geistiger Wiederbegegnung für ihn sein mußte, rollten ihm lange die Tränen herunter. Es war das erste Mal, daß ich eine Äußerung von Bewegung dieser Art in Kafka miterlebte.«

Es muß in der Tat gespenstisch für den Dichter gewesen sein, auf diese endgültige Weise der eigenen Geschichte zu begegnen. Schon zwei Jahre früher hat er zu fürchten begonnen: »Was ich gespielt habe, wird wirklich geschehen. Ich habe mich durch das Schreiben nicht losgekauft. Mein Leben lang bin ich gestorben, und nun werde ich wirklich sterben.« Jetzt ist es soweit. Er stirbt den Tod, den er gedichtet hat. Das Leben hat die Kunst eingeholt. Sein Wort ist Fleisch geworden. »Der Geist, der das vollbracht hat«, nimmt er vorweg, »muß jetzt Triumphe feiern.« Es ist wahr, die Erfüllung eines Hungerkünstlers liegt in seinem Tod.

Was ist die Hungerkunst? Kafka, nicht nur weil er ihr eine Geschichte gewidmet hat, sondern weil diese Geschichte seine Lebensgeschichte ist, ist ihr Experte. »Versuche, jemandem die Hungerkunst zu erklären!« schreibt er zwar: »Wer es nicht fühlt, dem kann man es nicht begreiflich machen.« Aber dann schickt er sich doch zu einer Erklärung an, indem er einen Hungerkünstler erläutern läßt, warum seine Kunst eine Kunst sei, die man nicht bewundern dürfe: »›Weil ich hungern muß, ich kann nicht anders‹, sagte der Hungerkünstler. ›Da sieh mal einer‹, sagte der Aufseher, ›warum kannst du denn nicht anders?‹ – ›Weil ich‹, sagte der Hungerkünstler, hob das Köpfchen ein wenig und sprach mit wie zum Kuß gespitzten Lippen gerade in das Ohr des Aufsehers hinein, damit nichts verlorenginge, ›weil ich nicht die Speise finden konnte, die mir schmeckt. Hätte ich sie gefunden, glaube mir, ich hätte kein Aufsehen gemacht und mich vollgegessen wie du und alle.‹ Das waren die letzten Worte, aber noch in seinen gebrochenen Augen war die feste, wenn auch nicht mehr stolze Überzeugung, daß er weiterhungre.«

Nicht die Speise, die mir schmeckt. Das ist das Stichwort. Milena, in einem Brief an Max Brod, deutet es aus: »Für ihn ist das Leben etwas gänzlich anderes als für alle andern Menschen, vor allem sind für ihn das Geld, die Börse, die Devisenzentrale, eine Schreibmaschine völlig mystische Dinge (und sie sind es ja in der Tat, nur für uns andere nicht), sie sind für ihn die seltsamsten Rätsel, zu denen er durchaus nicht so steht wie wir. [...] Seine Beengtheit dem Geld gegenüber ist fast die gleiche wie die der Frau gegenüber. [...] Diese ganze Welt ist und bleibt ihm rätselhaft. Ein mystisches Geheimnis. Etwas, was er nicht zu leisten vermag. [...] Das alles ist für ihn etwas Fremdes. [...] Gewiß steht die Sache so, daß wir alle dem Augenschein nach fähig sind zu leben, weil wir irgendeinmal zur Lüge geflohen sind, zur Blindheit, zur Begeisterung, zum Optimismus, zu einer Überzeugung, zum Pessimismus oder zu sonst etwas. Aber er ist nie in ein schützendes Asyl geflohen, in keines. Er ist absolut unfähig zu lügen, so wie er unfähig ist, sich zu betrinken. Er ist ohne die geringste Zuflucht, ohne Obdach. Darum ist er allem ausgesetzt, wovor wir geschützt sind. Er ist wie ein Nackter unter Angekleideten. Es ist das alles nicht einmal Wahrheit, was er sagt, was er ist und lebt. Es ist solch ein determiniertes Sein an und für sich, von allen Zutaten entledigt, die ihm helfen könnten, das Leben zu verzeichnen – in Schönheit oder in Elend, einerlei. Und seine Askese ist durchaus unheroisch – hierdurch allerdings um so größer und höher. (...) Das ist kein Mensch, der sich seine Askese als Mittel zu einem Ziel konstruiert, das ist ein Mensch, der durch seine schreckliche Hellsichtigkeit, Reinheit und Unfähigkeit zum Kompromiß zur Askese gezwungen ist.«

Determiniertes Sein an und für sich. Zur Askese gezwungen. Kafka selbst, in einem Tagebucheintrag vom 3. Januar 1912, sagte es so: »Als es in meinem Organismus klargeworden war, daß das Schreiben die ergiebigste Richtung meines Wesens sei, drängte sich alles hin und ließ alle Fähigkeiten leer stehn, die sich auf die Freuden des Geschlechtes, des Essens, des Trinkens, des philosophischen Nachdenkens, der Musik zuallererst, richteten. Ich magerte nach allen diesen Richtungen ab. Das war notwendig, weil meine Kräfte in ihrer Gesamtheit so gering waren, daß sie nur gesammelt dem Zweck des Schreibens halbwegs dienen konnten. Ich habe diesen Zweck natürlich nicht selbständig und bewußt gefunden, er fand sich selbst.«

Die Kunst des Hungerns, leiblich, geistig, seelisch, kommt also dem Schreiben zugute. Kafkas Verhältnis zur Literatur ist das seines Hungerkünstlers zum Hungern: Er kann nicht anders. Determiniertes Sein. Der Zweck fand sich selbst. »Die ungeheure Welt, die ich im Kopfe habe. Aber wie mich befreien und sie befreien, ohne zu zerreißen. Und tausendmal lieber zerreißen als sie in mir zurückhalten oder begraben. Dazu bin ich ja hier, das ist mir ganz klar.« Und: »Nur die Nächte mit Schreiben durchrasen, das will ich. Und daran zugrunde gehen oder irrsinnig werden, das will ich auch.« Oder: »Sünde ist das Zurückweichen vor der eigenen Sendung.« Auch das sagt Kafka.

Seiner Braut, Felice Bauer, die seine Briefe zur Analyse einem Graphologen gezeigt hat, sagt er es so: »Der Mann [...] soll die Graphologie lassen. Ich bin gar nicht ›überaus sinnlich‹, sondern habe großartige, eingeborene asketische Fähigkeiten. Nicht einmal das ›künstlerische Interesse‹ ist wahr, es ist sogar die falscheste Aussage unter allen Falschheiten. Ich habe kein literarisches Interesse, sondern bestehe aus Literatur, ich bin nichts anderes und kann nichts anderes sein.« Und dann läßt er, zur Illustration, ein sprechendes Gleichnis folgen, das er einer »Geschichte des Teufelsglaubens« entnommen hat: »Ein Kleriker hatte eine so schöne süße Stimme, daß sie zu hören die größte Lust gewährte. Als ein Geistlicher diese Lieblichkeit eines Tages auch gehört hatte, sagte er: Das ist nicht die Stimme eines Menschen, sondern des Teufels. In Gegenwart aller Bewunderer beschwor er den Dämon, der auch ausfuhr, worauf der Leichnam (denn hier war eben ein menschlicher Leib anstatt von der Seele vom Teufel belebt gewesen) zusammensank und stank.«

Was dem Kleriker der Dämon ist, der ihn belebt, ist Kafka die Literatur. Sie ist seine Seele, sein Atem des Lebens. Ohne sie wäre er nicht. Man kann nicht einmal sagen, sie sei sein Schicksal, das wäre zuwenig gesagt, denn gleichzeitig ist er es ja, der es sich wählt. Zwang und Wille sind ihm, was den Beruf betrifft, eines. »Dahinter, daß ich [...] mich [...] auch körperlich verfallen ließ, kann keine Absicht liegen. Ich wollte unabgelenkt bleiben, unabgelenkt durch die Lebensfreude eines nützlichen und gesunden Mannes«, schreibt er, und er fährt fort: »Die systematische Zerstörung meiner selbst im Laufe der Jahre ist erstaunlich, es war wie ein langsam sich entwickelnder Dammbruch, eine Aktion voll Absicht.«

Zwang zur Askese und Absicht: beides ist richtig, es sind die zwei Kehrseiten der Kunst, sie sind nicht zu trennen. »Was bedeutete diese seit der Kinderzeit vielmals wiederholte Ablehnung?« fragt Kafka sich: »Das gemeinschaftliche, gewissermaßen das öffentliche Leben wurde mir durch [...] Einladung zugänglich gemacht [...], trotzdem lehnte ich ab. Ich habe, wenn man es danach beurteilt, unrecht, wenn ich mich beklage, daß mich der Lebensstrom niemals ergriffen hat [...] – ich hätte das Angebot wahrscheinlich immer abgelehnt.« – »Ich kann, sosehr mich die Entwicklung zu widerlegen scheint und sosehr es überhaupt meinem Wesen widerspricht, so zu denken, auf keine Weise zugeben, daß die ersten Anfänge meines Unglücks innerlich notwendig waren, sie mögen Notwendigkeit gehabt haben, aber nicht innerliche, sie kamen angeflogen wie Fliegen und wären so leicht wie sie zu vertreiben gewesen.«

So steht es im Tagebuch. Wie Fliegen kamen sie angeflogen, die Anfänge des Unglücks. Aber es sind ja auch die Anfänge des Glücks. Auch das ist nicht zu trennen. Und: sind Fliegen wirklich so leicht zu vertreiben? So oder so, nicht nur die Welt, heißt das doch, ist daran schuld, daß Kafka auf sie verzichtet. Der Verzicht ist eine Aktion voll Absicht, planvoll und systematisch durchgeführt, im Bewußtsein der Konsequenzen, des Hungerns nach dem, worauf er verzichtet. Nahrung fände sich schon, aber sie ist nicht gut genug. Das Hungern ist nicht nur Zwang, sondern auch Kunst, erlernte, sich selbst auferlegte, schließlich wie selbstverständlich beherrschte Kunst. Der, der sie ausübt, kann nicht nur nicht anders, er will auch nicht anders. Nur darum kann der Geist, der sich im Hungertod vollenden wird, wie Kafka sagt, am Schluß Triumphe feiern.

Eine kleine Geschichte, Milena mitgeteilt, faßt den Mechanismus ins Bild: »Auf dem Balkon ist ein Spatz und erwartet, daß ich ihm vom Tisch aus Brot auf den Balkon werfe, statt dessen werfe ich das Brot neben mich mitten im Zimmer auf den Boden. Er steht draußen und sieht dort in dem Halbdunkel die Speise seines Lebens, es lockt maßlos, er schüttelt sich, er ist mehr hier als dort, aber hier ist das Dunkel und neben dem Brot ich, die geheime Macht. Trotzdem überhüpft er die Schwelle, noch paar Sprünge, aber mehr wagt er nicht, in einem plötzlichen Schrecken fliegt er fort. Aber was für Kräfte in diesem jämmerlichen Vogel stecken, nach einem Weilchen ist er wieder hier, untersucht die Lage, ich streue noch ein wenig, um es ihm leichter zu machen und – wenn ich ihn nicht absichtlich-unabsichtlich (so wirken die geheimen Mächte) durch eine kleine Bewegung vertrieben hätte, er hätte sich das Brot geholt.«

Kafka verkörpert sich in beiden Gestalten, im Mann und im Vogel. Er, der Mann, wirft sich, dem Vogel, Brot, Nahrung, »Lebensmöglichkeit« zu, wie es andernorts heißt. Er ist von der Nahrung des Lebens immer nur einen Schnabelbreit sozusagen entfernt, bräuchte nur zuzupicken und wird es nie tun, um sich die Möglichkeit, es zu tun, immer offenzuhalten. Diese Möglichkeit gibt ihm die Kraft, das weiß er. Diese ungenutzte Möglichkeit, an die Speise zu kommen, ist wichtiger als die Speise. Mehr als die Nahrung selbst ist es der absichtlich-unabsichtliche Verzicht auf die mögliche Nahrung, von dem er sich nährt an seinem Tisch, der sein Schreibtisch ist. Er ist dem Halbdunkel des Lebens so nahe, daß er es durchschaut, und so fern, daß es ihn nicht verschlingt. So wirken, das weiß er auch, die geheimen Mächte. So wirkt er selbst: ich, die geheime Macht.

Aber warum? Warum geschieht das, was geschieht? Warum wird der Vogel vertrieben? Warum läßt sich der Vogel vertreiben? Warum der Verzicht auf die Speise des Lebens? Warum die Askese, das Fasten, das Hungern? Es mag unsichtbare, unnennbare Gründe geben, der sichtbare, nennbare Grund ist die Kunst. »Und tatsächlich«, schreibt Kafka, »so mager wie ich bin, und ich bin der magerste Mensch, den ich kenne (was etwas sagen will, da ich schon viel in Sanatorien herumgekommen bin), ebenso ist auch sonst nichts an mir, was man in Rücksicht auf das Schreiben Überflüssiges und Überflüssiges in gutem Sinne nennen könnte. Gibt es also eine höhere Macht, die mich benützen will oder benützt, dann liege ich als ein zumindest deutlich ausgearbeitetes Instrument in ihrer Hand.« Und er schreibt: »Von der Literatur aus gesehen ist mein Schicksal sehr einfach. Der Sinn für die Darstellung meines traumhaften innern Lebens hat alles andere ins Nebensächliche gerückt, und es ist in einer schrecklichen Weise verkümmert und hört nicht auf zu verkümmern. Nichts anderes kann mich jemals zufriedenstellen.« Und schreibt schließlich: »Derjenige, der mit dem Leben nicht lebendig fertig wird, braucht die eine Hand, um die Verzweiflung über sein Schicksal ein wenig abzuwehren – es geschieht sehr unvollkommen –, mit der anderen Hand aber kann er eintragen, was er unter den Trümmern sieht, denn er sieht anderes und mehr als die anderen, er ist doch tot zu Lebzeiten und der eigentlich Überlebende.«

Tot zu Lebzeiten und der eigentlich Überlebende. Franz Kafka hat überlebt. Franz Kafka wird überleben. Er hat sich dieser Welt, mit der er lebendig nicht fertig wurde, enthungert. Hat sich zum Schreibwerkzeug gehungert. Hat auf die Speise des Lebens, die ihm nicht schmeckte, verzichtet. Um ein Werk zu hinterlassen, das noch immer lebt von seinem ungelebten Leben. Das ist die Hungerkunst.

Zeittafel

1883
Geburt Kafkas am 3. Juli in Prag als Sohn des Kaufmanns Hermann Kafka (1852–1931) und der Julie Kafka, geb. Löwy (1856–1934).

1889–1893
Deutsche Volks- und Bürgerschule am Fleischmarkt. Geburt der Schwestern Gabriele (1889), Valerie (1890) und Ottilie (1892).

1893–1901
Altstädter Deutsches Staatsgymnasium. Freundschaft mit Rudolf Illowy und Oskar Pollak.

1901–1906
Studium an der Deutschen Karl-Ferdinand Universität in Prag. Freundschaft mit Max Brod, Oskar Baum und Felix Weltsch. *Beschreibung eines Kampfes* entsteht.

1906
Promotion zum Doktor der Rechte. Eintritt in die Rechtspraxis. Ferien in Zuckmantel.

1907
Hochzeitsvorbereitungen auf dem Lande entsteht. Eintritt als Aushilfskraft in die ›Assicurazioni Generali‹ in Prag.

1908
Anstellung an der ›Arbeiter-Unfall-Versicherungs-Anstalt‹ in Prag (bis zur vorzeitigen Pensionierung 1922). Erste Publikationen von acht Prosastücken in ›Hyperion‹.

1909
Ferien mit Max Brod und Otto Brod in Riva am Gardasee und Brescia.

1910
Erste Eintragungen ins Tagebuch. Reise nach Paris und Berlin.

1911
An den oberitalienischen Seen mit Max Brod. In Prag Besuch des jiddischen Theaters.

1912
Beginn der Arbeit am Roman *Der Verschollene* (*Amerika*). Das erste Buch, *Betrachtung*, erscheint. Bekanntschaft mit Felice Bauer aus Berlin. Literarischer Durchbruch mit den Erzählungen *Das Urteil* und *Die Verwandlung*. Erste Lesung.

1913
Besuche bei Felice Bauer in Berlin. *Der Heizer* (das erste Kapitel aus *Der Verschollene*) erscheint. Reise nach Wien, Venedig und Riva. In Riva glückliches Verhältnis mit einer jungen Schweizerin.

1914
Bekanntschaft mit Felice Bauers Freundin Grete Bloch. Im Juni erste Verlobung mit Felice Bauer. Im Juli Entlobung. Im August Bezug des ersten eigenen Zimmers in Prag. Beginn der Arbeit am Roman *Der Prozeß*. *In der Strafkolonie* entsteht.

1915
Reise nach Ungarn. Carl Sternheim gibt den Fontane-Preis an Kafka weiter. *Die Verwandlung* erscheint.

1916
Aussöhnung mit Felice Bauer in Marienbad. *Das Urteil* erscheint. Die ersten *Landarzt*-Erzählungen entstehen.

1917
Zweite Verlobung mit Felice Bauer im Juli. Im September Ausbruch der Tuberkulose. Übersiedlung von Prag nach Zürau zur Schwester Ottla. Im Dezember zweite Entlobung. Eine Reihe von Aphorismen entsteht.

1918
Ab November in Schelesen. Bekanntschaft mit Julie Wohryzek.

1919
In der Strafkolonie erscheint. Verlobung mit Julie Wohryzek in Prag. Im November wieder in Schelesen, wo der *Brief an den Vater* geschrieben wird.

1920
Die Aphorismenreihe *Er* entsteht. Bekanntschaft mit Gustav Janouch. Kuraufenthalt in Meran. Beginn des Briefwechsels mit Milena Jesenskă in Wien. Entlobung von Julie Wohryzek. *Ein Landarzt* erscheint. Ab Dezember Sanatoriumsaufenthalt in Matliary in der Tatra. Beginn der Freundschaft mit dem Medizinstudenten Robert Klopstock.

1921
Erstes Lied entsteht.

1922
Vorzeitige Pensionierung. Der Roman *Das Schloß* und die Erzählungen *Ein Hungerkünstler* und *Forschungen eines Hundes* entstehen.

1923
Im Juli in Müritz an der Ostsee. Bekanntschaft mit Dora Diamant, mit der er den Winter über in Berlin zusammenlebt. *Eine kleine Frau* und *Der Bau* entstehen.

1924
Josefine, die Sängerin entsteht. Betreut von Dora Diamant und Robert Klopstock im Sanatorium in Kierling bei Wien.

Tod am 3. Juni. Am 11. Juni Begräbnis in Prag. Der Erzählungsband *Ein Hungerkünstler* erscheint.

Editorische Notiz

Dieses Lesebuch will in kompakter Form möglichst repräsentativ Einführung in und Überblick über Franz Kafkas Werk und Welt sein. Darum berücksichtigt die Auswahl alle von Kafka gepflegten Textsorten: Kurzprosa, Erzählungen, Romane, Briefe und Tagebücher.

Den Anfang macht der Abdruck sämtlicher achtzehn Kurztexte, die Kafkas erste Buchveröffentlichung *Betrachtung* (von 1912) ausmachen. Daran schließen sich die wichtigsten kürzeren und längeren Erzählungen aus dem Gesamtwerk an, zunächst die vom Autor selbst veröffentlichten in der Reihenfolge ihres Erscheinens in Buchform, dann jene aus dem Nachlaß, chronologisch nach ihrer Entstehungszeit angeordnet.

Kafkas eigenem Beispiel folgend, der das Eingangskapitel zu seinem ersten Roman *Amerika* unter dem Titel *Der Heizer* im Einzeldruck 1913 als sein zweites Buch erscheinen ließ, beschließen wir unsere Prosaauswahl, ebenfalls in der Reihenfolge ihrer Entstehung, mit den jeweils ersten Kapiteln aus seinen drei Romanen.

Als Kunstbrief weder erzählende Prosa noch privates Dokument, steht der berühmte *Brief an den Vater* von 1919 als Scharnier zwischen beiden Teilen dieses Auswahlbandes, dem literarischen und dem biographischen.

Jeder Versuch, alle Facetten von Kafkas immenser Briefhinterlassenschaft mit einer Auswahl, nach welchen Kriterien auch immer, auch nur einigermaßen gerecht zu werden, müßte vollkommen willkürlich erscheinen. Darum haben sich die Herausgeber entschlossen, sich auf ein einziges, dafür geschlossenes Korpus zu beschränken, nämlich auf die elf Briefe an seinen Jugendfreund Oskar Pollak, die Kafka diesem zwischen dem 4. Februar 1902 und dem 27. Januar 1904 geschrieben hat: Eine Art Selbstporträt des Künstlers als junger Mann, Lebensentwurf und literarisches Programm zugleich, auf das später berühmt gewordene Bekenntnis des gerade erst Zwanzigjährigen hinauslaufend: »... ein Buch muß die Axt sein für das gefrorene Meer in uns. Das glaube ich.«

Sind diese frühen Briefe Entwurf, so stehen die Auszüge aus den Tagebüchern (1910–1923), mit denen diese Auswahl endet, für den Vollzug, für den täglichen Kampf zwischen Leben und Schreiben und damit um und gegen das, was das dem Leben abgerungene Schreiben nährt und gefährdet – Familie, Brotberuf, Frauen –, schließlich für die finale, tödliche Zuspitzung auf das hin, was Kafka selbst eine ›Hungerkunst‹ nennt.

Dieser Hungerkunst geht auch das Nachwort nach. Die Zeittafel am Schluß des Bandes soll dem Leser im Hin- und Hergehen zwischen Werk und Leben zur Orientierung dienen.

Nachweis

Das vorliegende Lesebuch basiert auf der Erstausgabe der *Gesammelten Schriften* bzw. auf der Ausgabe der *Gesammelten Werke*, herausgegeben von Max Brod, erschienen im S. Fischer Verlag, Frankfurt am Main. Im Folgenden die Nachweise der Erstveröffentlichungen.

Drucke zu Lebzeiten

Die Prosastücke mit dem Sammeltitel *Betrachtung* erschienen in dieser Zusammenstellung erstmals 1913 unter dem gleichnamigen Titel im Ernst Rowohlt Verlag, Leipzig.

Der Kaufmann (Nr. I), *Zerstreutes Hinausschaun* (Nr. II), *Der Nachhauseweg* (Nr. III), *Die Vorüberlaufenden* (Nr. IV), *Kleider* (Nr. V), *Der Fahrgast* (Nr. VI), *Die Abweisung* (Nr. VII) und *Die Bäume* (Nr. VIII) erschienen erstmals 1908 in ›Hyperion‹, Heft 1, 1. Band, München.

Das Urteil erschien erstmals 1913 in ›Arkadia‹, ein Jahrbuch für Dichtkunst, herausgegeben von Max Brod im Kurt Wolff Verlag, Leipzig. In Buchform wurde *Das Urteil* zum erstenmal 1916 im Kurt Wolff Verlag, Leipzig, veröffentlicht.

Die Verwandlung erschien erstmals 1915 in ›Die weißen Blätter‹, Heft 10, Jg. 2, Leipzig. In Buchform wurde *Die Verwandlung* zum erstenmal 1915 im Kurt Wolff Verlag, Leipzig, veröffentlicht.

Ein Landarzt erschien erstmals 1918 in *Die neue Dichtung* im Kurt Wolff Verlag, Leipzig.

Ein altes Blatt erschien erstmals 1917 in ›Marsyas‹, einer Zweimonatszeitschrift, Heft 1, 1917, Berlin. In Buchform wurde *Ein altes Blatt* zum erstenmal 1919 in *Ein Landarzt. Kleine Erzählungen* im Kurt Wolff Verlag, München und Leipzig, veröffentlicht.

Vor dem Gesetz erschien erstmals 1915 in ›Selbstwehr‹, Nr. 34, Jg. 9, Prag. In Buchform wurde *Vor dem Gesetz* zum erstenmal 1916 in *Vom jüngsten Tag an. Ein Almanach neuer Dichtung* im Kurt Wolff Verlag, Leipzig, veröffentlicht.

Das nächste Dorf erschien erstmals 1919 in *Ein Landarzt. Kleine Erzählungen* im Kurt Wolff Verlag, München und Leipzig.

Eine kaiserliche Botschaft erschien erstmals 1919 in ›Selbstwehr‹, Nr. 38–39, Jg. 13, Prag. In Buchform wurde *Eine kaiserliche Botschaft* zum erstenmal 1919 in *Ein Landarzt. Kleine Erzählungen* im Kurt Wolff Verlag, München und Leipzig, veröffentlicht.

Die Sorge des Hausvaters erschien erstmals 1919 in ›Selbstwehr‹, Nr. 51–52, Jg. 13, Prag. In Buchform wurde *Die Sorge des Hausvaters* zum erstenmal 1919 in *Ein Landarzt. Kleine Erzählungen* im Kurt Wolff Verlag, München und Leipzig, veröffentlicht.

Ein Brudermord erschien erstmals 1917 in ›Marsyas‹, einer Zweimonatszeitschrift, Heft 1, 1917, Berlin. In Buchform wurde *Ein Brudermord* zum erstenmal 1919 in *Ein Landarzt. Kleine Erzählungen* im Kurt Wolff Verlag, München und Leipzig, veröffentlicht.

Ein Traum erschien erstmals 1917 in ›Das jüdische Prag‹, einer Sammelschrift, Prag.

Ein Bericht für eine Akademie erschien erstmals 1917 in ›Der Jude‹, einer Monatsschrift, Jg. 2, Berlin. In Buchform wurde *Ein Bericht für eine Akademie* zum erstenmal 1919 in *Ein Landarzt. Kleine Erzählungen* im Kurt Wolff Verlag, München und Leipzig, veröffentlicht.

In der Strafkolonie erschien erstmals 1919 unter dem gleichnamigen Titel im Kurt Wolff Verlag, Leipzig.

Ein Hungerkünstler erschien erstmals 1922 in ›Die Neue Rundschau‹, Nr. 33, Berlin und Leipzig. In Buchform wurde *Ein Hungerkünstler* zum erstenmal 1924 im Verlag Die Schmiede, Berlin, veröffentlicht.

Aus dem Nachlaß

Von den Gleichnissen, *Der Schlag ans Hoftor*, *Kleine Fabel* und *Der Bau* erschienen erstmals 1931 in *Beim Bau der Chinesischen Mauer*, herausgegeben von Max Brod und Hans Joachim Schoeps, im Verlag Gustav Kiepenheuer, Berlin.

Der Kübelreiter erschien erstmals 1921 in der ›Prager Presse‹, Nr. 270, Jg. 1921, Prag. In Buchform wurde *Der Kübelreiter* zum erstenmal 1931 in *Beim Bau der Chinesischen Mauer*, herausgegeben von Max Brod und Hans Joachim Schoeps, im Verlag Gustav Kiepenheuer, Berlin, veröffentlicht.

Die Abweisung, Der Aufbruch, Gib's auf!, Nachts, Fürsprecher und *Heimkehr* erschienen erstmals 1936 unter dem Titel *Beschreibung eines Kampfes. Novellen, Skizzen, Aphorismen aus dem Nachlaß* in Band v der *Gesammelten Schriften*, herausgegeben von Max Brod in Gemeinschaft mit Heinz Politzer, im Verlag Heinrich Mercy Sohn, Prag.

Eisenbahnreisende (Titel von den Herausgebern), ein Auszug aus dem dritten Oktavheft (1917–1918), erschien erstmals 1937 in *Tagebücher und Briefe*, Band VI der *Gesammelten Schriften*, herausgegeben von Max Brod in Gemeinschaft mit Heinz Politzer, im Verlag Heinrich Mercy Sohn, Prag.

Amerika erschien erstmals 1927 im Kurt Wolff Verlag, München. Das Kapitel *Der Heizer. Ein Fragment* wurde bereits 1913 in *Der jüngste Tag*, Band III, im Kurt Wolff Verlag, Leipzig, veröffentlicht.

Der Prozeß erschien erstmals 1925 im Verlag Die Schmiede, Berlin.

Das Schloß erschien erstmals 1926 im Kurt Wolff Verlag, Leipzig.

Der Brief an den Vater wurde erstmals 1953 in ›Die Neue Rundschau‹, Heft 63, im S. Fischer Verlag, Frankfurt am

Main, veröffentlicht. In Buchform wurde der *Brief an den Vater* zum erstenmal 1953 unter dem Titel *Hochzeitsvorbereitungen auf dem Lande und andere Prosa aus dem Nachlaß*, Band VII der *Gesammelten Werke*, herausgegeben von Max Brod, im S. Fischer Verlag, Frankfurt am Main, veröffentlicht.

Die Briefe an Oskar Pollak erschienen erstmals 1937 unter dem Titel *Tagebücher und Briefe* im Verlag Heinrich Mercy Sohn, Prag.

Auszüge aus den Tagebucheinträgen von 1910, 1911, 1912, 1913, 1915, 1917, 1921, 1922 und 1923 erschienen erstmals 1937 unter dem Titel *Tagebücher und Briefe*, Band VI der *Gesammelten Schriften*, herausgegeben von Max Brod in Gemeinschaft mit Heinz Politzer, im Verlag Heinrich Mercy Sohn, Prag.

Die erste Gesamtausgabe der Tagebücher 1910–1923 erschien 1951 unter dem Titel *Tagebücher 1910–1923*, Band III der *Gesammelten Werke*, herausgegeben von Max Brod, im S. Fischer Verlag, Frankfurt am Main.

Die Eintragungen aus dem Jahre 1911 ›Die besondere Art meiner Inspiration...‹, ›Schlaflose Nacht...‹ und ›Schon die dritte in einer Reihe...‹ erschienen bereits 1928/29 unter dem Titel *Aus ungedruckten Tagebüchern* in ›Der Lesezirkel‹, Nr. 5, Jg. 16, herausgegeben vom Lesezirkel Hottingen, Zürich.

Die Eintragungen ›Ein Vorteil der Tagebuchführung...‹ (1911), ›Die ungeheure Welt...‹ (1911), ›Nicht verzweifeln...‹ (1913) und ›Zeitweilige Befriedigung...‹ (1917) erschienen erstmals 1949 unter dem Titel *Aus Kafkas Tagebüchern* in ›Der Monat‹, Heft 8/9, München.

Franz Kafka im Diogenes Verlag

Die Verwandlung

Erzählung

Als Gregor Samsa eines Morgens aus unruhigen Träumen erwachte, fand er sich in seinem Bett zu einem ungeheueren Ungeziefer verwandelt. Das revoltierende Unbehagen in ihm – gegen seinen Beruf, seine Familie – hat sich eine äußere Gestalt geschaffen.
Franz Kafkas großartige Erzählung einer beunruhigenden Metamorphose.

»Ich erinnere mich, wie ich ein Bändchen zu lesen begann, es war von einem unbekannten Franz Kafka und hieß *Die Verwandlung*, und immer wieder blätterte ich zum Titelblatt zurück und buchstabierte den Namen des Verfassers, denn mir schien, diese phantastische, zugleich schreckliche und schöne Erzählung sei aus einem ganz besonderen, märchenhaften, seltenen Stoff, einem Spinnweb aus Spiel und blutigem Ernst, aus Traum und tiefster Bedeutung, und obwohl in dieser unerhörten Erzählung etwas war, was mich damals irritierte, ja abstieß, war ich dennoch von ihr bezaubert und habe sie nie wieder vergessen können.«
Hermann Hesse

Brief an den Vater

Mit einem Nachwort von Max Brod

»Liebster Vater, Du hast mich letzthin einmal gefragt, warum ich behaupte, ich hätte Furcht vor Dir. Ich wußte Dir, wie gewöhnlich, nichts zu antworten, zum Teil eben aus der Furcht, die ich vor Dir habe, zum Teil deshalb, weil zur Begründung dieser Furcht zu viele Einzelheiten gehören, als daß ich sie im Reden halbwegs zusammenhalten könnte. Und wenn ich hier versuche, Dir schriftlich zu antworten, so wird es doch nur sehr unvollständig sein, weil auch im Schreiben die Furcht und ihre Folgen mich Dir gegenüber behindern und weil die Größe des Stoffs über mein Gedächtnis und meinen Verstand weit hinausgeht…« – so beginnt der *Brief an den Vater.* Franz Kafka verfaßte den Brief 1919 aufgrund heftiger Einwände seines Vaters gegen die Verlobung mit Julie Wohryzek. Er händigte den Brief seiner Mutter aus, mit der Bitte, diesen an den Vater weiterzugeben. Der Brief gelangte jedoch nie in die Hände seines Empfängers. Franz Kafka schuf damit das wichtigste autobiographische Zeugnis, das wir von ihm besitzen.

»Was für ein Sprachgenie gehört dazu, eine vordergründig private Familiengeschichte in so einer ungeheuren und gerechten Präzision zu fassen, wie es Kafka im *Brief an den Vater* geglückt ist.«
Katharina Rutschky / Frankfurter Rundschau

Der Prozeß

Roman. Mit einem Nachwort von Max Brod

Joseph K. wird am Morgen seines dreißigsten Geburtstags von einem Gericht angeklagt, ohne daß er erfährt, was ihm zur Last gelegt wird. Immer stärker verstrickt er sich in die Frage nach seiner Schuldhaftigkeit und dem Sinn des Verfahrens. Die Widersprüchlichkeit der Ereignisse, die inkonsequenten Reaktionen K.s und das dubiose Gerichtsszenario sorgen für eine beklemmende Atmosphäre: Das Vertrauen des Menschen auf eine der Welt zugrundeliegende, verläßliche Ordnung im Sinne eines Gesetzes wird erschüttert.
Auch wenn der Autor selbst seinen Roman für unvollendet hielt, gilt *Der Prozeß* zu Recht als Kafkas Hauptwerk.

»Man wird über diesen versponnenen Prager Juden, der ein vorbildliches Deutsch geschrieben hat, über diesen pedantisch-exakten Phantasten, der viel mehr war als nur ein Phantast und Dichter, noch nachdenken und disputieren, wenn das meiste vergessen ist, was wir heute an deutscher Literatur unserer Zeit schätzen.« *Hermann Hesse*

Das Schloß

Roman. Mit einem Nachwort von Max Brod

Der Landvermesser K. kommt in einem am Fuße eines Schloßes gelegenen Dorf an, in dem die Bewohner in ständiger Angst vor den im Schloß herrschenden Machthabern bzw. Behörden leben. Sechs Tage lang begegnen K. die merkwürdigsten Dinge, er versucht vergeblich, zum Schloß vorzudringen, und kämpft verzweifelt um Anerkennung. Eine düstere, alptraumhaft anmutende Stimmung liegt über dem Geschehen.
Das Schloß ist einer der rätselhaftesten Romane des 20. Jahrhunderts, nicht nur K., sondern auch dem Leser wird stets aufs neue der Boden unter den Füßen weggezogen.

»Kafkas Werk hat den Blick, wie wir die Welt sehen, verändert. Hat Literatur heute noch diese Kraft? Ich glaube, sie hat diese Kraft verloren.«
Don DeLillo / Die Zeit, Hamburg

Amerika

Roman. Mit einem Nachwort von Max Brod

Amerika erzählt die Geschichte von Karl Roßmann aus Prag, der wegen eines Verhältnisses mit dem Dienstmädchen von seinen Eltern nach Amerika geschickt wird und dem es dort nicht gelingt, sich in der entpersonalisierten, von Maschinen und Industrie geprägten Neuen Welt zurechtzufinden.
Die vorliegende von Max Brod 1927 unter dem Titel *Amerika* herausgegebene Fassung beinhaltet das Romanfragment, welches von Kafka in Tagebuchaufzeichnungen ›Der Verschollene‹ genannt wurde, und

zwei umfangreiche Bruchstücke des unvollendet gebliebenen Schlußkapitels.

»Noch besitze ich das kleine schwarze Buch, Franz Kafka, *Der Heizer*, ein Fragment, Leipzig, bei Kurt Wolff, über Fährnisse bewahrt. Es gab Zeiten, da rettete man, wenn das Haus brannte, die Bibel.«
Wolfgang Koeppen

Das Franz Kafka Lesebuch

Herausgegeben von Jürg Amann und Winfried Stephan

Das größtenteils postum erschienene Werk Franz Kafkas zählt zu den bedeutendsten und meistgedeuteten Werken des 20. Jahrhunderts. Der vorliegende Band enthält eine Auswahl aus dem Prosawerk und Kafkas Tagebuchaufzeichnungen.

»Sein Werk soll gelesen werden, solange noch gedacht, gesprochen und gelesen wird in unserer Sprache.«
Klaus Mann

Meistererzählungen

Ausgewählt von Winfried Stephan
Mit einem Nachwort von Walter Muschg
und einer Erinnerung an Franz Kafka
von Kurt Wolff

Die berühmtesten und die anderen Meistererzählungen von Franz Kafka: *Das Urteil*, *Die Verwandlung*, *In der Strafkolonie* und viele andere mehr. Mit einem Nachwort von Walter Muschg und einer Erinnerung an Franz Kafka von Kurt Wolff.

»Er ist ein Großsohn von Kleist – aber doch ganz selbständig. Er schreibt die klarste und schönste Prosa, die zur Zeit in deutscher Sprache geschaffen wird.«
Kurt Tucholsky

»Ich habe nie eine Zeile von diesem Autor gelesen, die mir nicht auf das eigentümlichste mich angehend oder erstaunend gewesen wäre.« *Rainer Maria Rilke*

Krankenzimmer Nr. 6 / Erzählung eines Unbekannten
Kleine Romane II

Drei Jahre / Mein Leben
Kleine Romane III

Die Insel Sachalin

● **Frühe Erzählungen in 2 Bänden**
Übersetzt und herausgegeben von Peter Urban

Er und sie
Frühe Erzählungen 1880–1885

Ende gut
Frühe Erzählungen 1886–1887

● **Gesammelte Humoresken und Satiren in 2 Bänden**
Übersetzt und herausgegeben von Peter Urban

Das Leben in Fragen und Ausrufen
Humoresken und Satiren 1880–1884

Aus den Erinnerungen eines Idealisten
Humoresken und Satiren 1885–1892

● **Gesammelte Stücke**
Herausgegeben, übersetzt und kommentiert von Peter Urban

● **Briefe (1877–1904) in 5 Bänden**
Herausgegeben und übersetzt von Peter Urban

Außerdem erschienen:

Das Drama auf der Jagd
Eine wahre Begebenheit. Roman. Deutsch von Peter Urban

Ein unnötiger Sieg
Frühe Novellen und Kleine Romane. Deutsch von Beate Rausch und Peter Urban. Herausgegeben, mit Anmerkungen und einem Nachwort von Peter Urban

Meistererzählungen
Deutsch von Ada Knipper, Hertha von Schulz und Gerhard Dick. Ausgewählt von Franz Sutter. Mit einem Nachwort von W. Somerset Maugham

Freiheit von Gewalt und Lüge
Gedanken über Aufklärung, Fortschritt, Kunst, Liebe, Müßiggang und Politik. Zusammengestellt von Peter Urban

Das Čechov-Lesebuch
Herausgegeben, kommentiert und mit einem Vorwort von Peter Urban

Wie soll man leben?
Anton Čechov liest Marc Aurl. Herausgegeben, übersetzt und mit einem Vorworf von Peter Urban

Kaschtanka
und andere Kindergeschichten. Ausgewählt und übersetzt von Peter Urban. Mit Zeichnungen von Tatjana Hauptmann
Ausgewählte Geschichten auch als Diogenes Hörbuch erschienen, gelesen von Peter Urban

Veročka
Geschichten von der Liebe. Diogenes Hörbuch, 4 CD, gelesen von Otto Sander. Diogenes Sammler-Edition

Anton Čechov
Sein Leben in Bildern. Herausgegeben von Peter Urban. Mit 793 Abbildungen, einem Anhang mit Daten zu Leben und Werk und einem Personenregister

Čechov-Chronik
Daten zu Leben und Werk. Zusammengestellt von Peter Urban

Joachim Ringelnatz im Diogenes Verlag

»Wer hat so viel Achtung und Liebe vor fremdem Leben, vor der fremden Fülle, der Wichtigkeit der andern, den Mikrokosmen der andern...?«
Kurt Tucholsky

Das Gesamtwerk in sieben Bänden in Kassette
Herausgegeben von Walter Pape

Kuttel Daddeldu
Gedichte

Gedichte und Prosa
in kleiner Auswahl

Die wilde Miß vom Ohio
und andere ungewöhnliche Geschichten. Mit 42 Handzeichnungen von Joachim Ringelnatz

Als Mariner im Krieg

Das Ringelnatz Lesebuch
Herausgegeben von Daniel Keel. Mit einem Nachwort von Anton Kuh

Sämtliche Gedichte

Sämtliche Erzählungen

Sämtliche Erzählungen und Gedichte
in zwei Bänden im Schmuckschuber

Ich habe dich so lieb!
Die schönsten Liebesgedichte. Herausgegeben von Daniel Keel und Daniel Kampa

Meistererzählungen
Ausgewählt von Winfried Stephan

Das große Ringelnatz-Buch
Die schönsten Gedichte und Geschichten mit vielen Bildern von Tatjana Hauptmann

Kurt Tucholsky im Diogenes Verlag

Schloß Gripsholm

Eine Sommergeschichte

Wir lagen auf der Wiese und baumelten mit der Seele. Der Himmel war weiß gefleckt; wenn man von der Sonne recht schön angebraten war, kam eine Wolke, ein leichter Wind lief daher, und es wurde ein wenig kühl. Ein Hund trottete über das Gras, dahinten. »Was ist das für einer?« fragte ich. »Das ist ein Bulldackel«, sagte die Prinzessin.

Sommer in Schweden – ›Daddy‹ und seine ›Prinzessin‹ verbringen unbeschwerte Ferientage auf Schloß Gripsholm. Doch die traute Zweisamkeit währt nicht lange: Erst taucht *sein* Freund Karlchen auf, dann *ihre* Freundin Billie. Und auch die übrige Außenwelt läßt sich nicht gänzlich ignorieren. – Ein Hauch von Melancholie und Vergänglichkeit schleicht sich in die sonst so vergnüglich, frivol und verspielt daherkommende Erzählung.

»Eine Liebesgeschichte… wie denken Sie sich das? In der heutigen Zeit Liebe? Lieben Sie? Wer liebt denn heute noch? Dann schon lieber eine kleine Sommergeschichte.« *Kurt Tucholsky*

Auch als Diogenes Hörbuch erschienen, gelesen von Heike Makatsch

Rheinsberg

Ein Bilderbuch für Verliebte

Illustriert von Tatjana Hauptmann

Um dem hektischen Berlin zu entfliehen, reisen Claire und Wolfgang für drei ›leuchtende Tage‹ in das idyllische Rheinsberg. Sie necken, zanken, sie amüsieren und sie lieben sich – und das alles für damalige Verhältnisse unerhört offen.

In nie mehr erreichter Leichtigkeit schildert Tucholsky die zärtlichen Stunden der zwei Verliebten, die sich mit ihrer höchst amüsanten Liebessprache und in kleinen Gesten ihre eigene Welt schaffen.
Tatjana Hauptmanns bezaubernde Illustrationen fangen die Unbeschwertheit der Liebenden meisterhaft ein: Wolfgang mit Sommersprossen und Claire mit Matrosenkragen und beide vor allem ganz arg verliebt.

»Was in dem Buch da ist, das weiß ich schon. Eine bessere Zeit, und meine ganze Jugend.«
Kurt Tucholsky

»Tucholsky schrieb gemütvoll und schnoddrig in einem. Er ist der Erfinder oder zumindest der Vollender der Sentimentalität mit Pfiff.« *Marcel Reich-Ranicki*

Auch als Diogenes Hörbuch erschienen,
gelesen von Helene Grass

Die schönsten Gedichte

Ausgewählt von Daniel Kampa

Eine Auswahl der schönsten Gedichte von Kurt Tucholsky, der das Herz am rechten Fleck hatte, und nicht etwa rechts. Der Band versammelt neben den romantischen auch die satirischen Gedichte von Tucholsky.

»Kurt Tucholsky hat seinen Platz im Pantheon der deutschen Literatur des 20. Jahrhunderts.«
Marcel Reich-Ranicki

Sehnsucht nach der Sehnsucht

Die schönsten Liebesgedichte
von Kurt Tucholsky

Ausgewählt von Daniel Keel
und Daniel Kampa

Kurt Tucholsky ist nicht nur der Autor von Liebesgeschichten *(Rheinsberg, Schloß Gripsholm)* und ein politischer Journalist und Feuilletonist mit spitzer Feder, sondern auch ein großer Lyriker und beschwingter Chansonnier, der frei von der Leber und vom Herzen weg die ganze Welt bedichtet hat... und natürlich auch die Liebe. Ironisch, drastisch, frech und dann wieder ganz leise, melancholisch und gefühlvoll – Tucholsky ist in seinen Liebesgedichten ein satirischer Romantiker, dem jede Prüderie fremd ist.

»Frau und Mann sind niemals frei,
Stets ist ein Gefühl dabei.«
Kurt Tucholsky

Das Tucholsky Lesebuch

Ausgewählt von Daniel Keel
und Winfried Stephan

Ein Querschnitt durch das Gesamtwerk, ein Lesebuch, das Berühmtes und Entlegenes, Vertrautes und noch oder wieder neu zu Entdeckendes sammelt.

»Wer Kurt Tucholsky war, hat Erich Kästner einmal mit einem melancholischen, zärtlichen Satz so umschrieben: ›Ein kleiner dicker Berliner, der mit der Schreibmaschine eine Katastrophe aufhalten wollte.‹ Weil ihm das leider nicht gelungen ist, könnte man ihn natürlich erfolglos nennen. Andererseits wird er noch heute mit Hingabe gelesen, auch von jungen Leuten; und das ist dann schon ein kleines Wunder, wenn man bedenkt, daß er zu seiner Zeit weder als Enthüller einen Kanzler gestürzt noch als Talkmaster einen Bambi errungen oder irgendwo Quotenrekorde aufgestellt hat. Wie gesagt ein Wunder, übrigens ein ermutigendes.« *Herbert Riehl-Heyse / Süddeutsche Zeitung, München*